21世纪
年度小说选

2019 短篇小说

21世纪年度小说选

2019 短篇小说

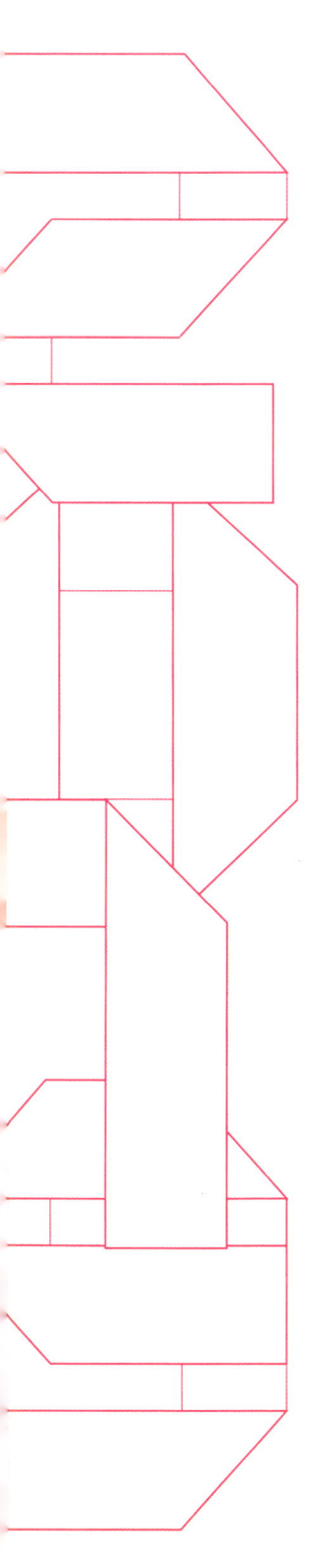

人民文学出版社编辑部 编

人民文学出版社

图书在版编目(CIP)数据

2019短篇小说 / 人民文学出版社编辑部编. —北京:人民文学出版社,2020
(21世纪年度小说选)
ISBN 978-7-02-016034-1

Ⅰ.①2… Ⅱ.①人… Ⅲ.①短篇小说—小说集—中国—当代 Ⅳ.①I247.7

中国版本图书馆CIP数据核字(2019)第301153号

责任编辑	徐晨亮　王昌改
装帧设计	李思安
责任印制	徐　冉

出版发行	人民文学出版社
社　　址	北京市朝内大街166号
邮政编码	100705
网　　址	http://www.rw-cn.com

印　　刷	河北鹏润印刷有限公司
经　　销	全国新华书店等

字　　数	397千字
开　　本	880毫米×1230毫米　1/32
印　　张	16　插页3
印　　数	1—6000
版　　次	2020年4月北京第1版
印　　次	2020年4月第1次印刷

书　　号	978-7-02-016034-1
定　　价	56.00元

如有印装质量问题,请与本社图书销售中心调换。电话:010-65233595

出 版 说 明

我社自 1977 年起，即每年编选和出版年度短篇小说选和中篇小说选，两种年选曾经深得读者的喜爱，在文学界和读者中具有广泛影响。1994 年后，这项工作一度中断。21 世纪肇始，根据文学界人士和读者的建议，我社决定恢复中、短篇小说年选的编选和出版工作，以便及时总结年度中、短篇小说创作的成绩，向读者集中推荐优秀的中、短篇小说，也为新世纪的文学积累做出我们的贡献。

恢复出版的中、短篇小说年选总冠名为"21 世纪年度小说选"，以示我们一百年不动摇，长期做下去的决心。"21 世纪年度小说选"分中篇小说和短篇小说，各编一册，于次年出版；编选范围为当年全国各报刊上发表的中、短篇小说，入选篇目的排列以作品发表时间先后为序。

"21 世纪年度小说选"的编选工作得到许多著名文学评论家和编辑的支持和帮助，他们应我社之邀，对当年的中、短篇小说创作状况进行深入、广泛的研讨，提出许多极有价值的选目。我们在广泛阅读的基础上，充分参考专家们的意见，严格进行编选。在此，谨向诸位专家深表谢忱。

人民文学出版社编辑部

目录

- 001 · 猎人　双雪涛
- 016 · 炖马靴　迟子建
- 035 · 苟滑脱逃　朱山坡
- 047 · 一斗阁笔记　莫言
- 062 · 猛禽·蚁人　班宇
- 078 · 铃子小姨　陈永和
- 098 · 替代者　李唐
- 123 · 传彩笔　陈春成
- 134 · 木星时刻　李静睿
- 152 · 金鸡　张楚
- 168 · 神童与录音机　林培源
- 189 · 雪从南方来　张惠雯

- 209 · 尾随者　默音

- 235 · 十三不靠　黄昱宁

- 260 · 天台上的父亲　邵丽

- 281 · 天食,地食　王好猎

- 311 · 小陶然　房伟

- 344 · 鼹鼠之王　肖铁

- 368 · 缕缕金　张怡微

- 384 · 神龛　周李立

- 404 · 火车　宁肯

- 426 · 核桃树下金银花　弋舟

- 447 · 金钢　陆颖墨

- 465 · 迟到的青年　黄锦树

- 481 · 木佛　冯骥才

猎 人

双雪涛

吕东移开落地灯，转身看了看自己和墙的距离，又走过去看了看自己已经摆好的椅子。不需要椅子，他应该趴在地上。他拉开窗户，走到阳台上，把晾衣竿端在手里朝外探去。晾衣竿太轻了。这是目前最主要的问题，不是落地灯，不是地板的颜色，不是余光里的桌子干扰他的视点，是晾衣竿，太轻了。

刘一朵和孩子正在卧室里搭乐高玩具，他听见女儿说，妈妈，我看不懂图纸，但是我知道这个轮子错了。吕幡四岁半，已具备了相当强的语言表达能力，常作令人惊奇的比喻，比如春节的时候她看见别家放起高高的烟花，说，你看爸爸，像是星星碎了。吕东把孩子的话牢记在心里，记了一大堆，他不跟别人讲，只是自己记住，他觉得吕幡是个特别的孩子，将来一定可以从事特别的职业，取得特别的成就，她可以成为一个艺术家，但不应该是传统的艺术家，等她长大了，一定有新型的艺术家出现，比如就坐在人群中间表演比喻，或者戴着一个头盔，把脑中的奇想直接投射到幕布上，但是现在要将此事保密，就像一锅米饭，掀盖太早就会夹生了。吕东是一个五流演员，这是他给自己的定位。第一流的是大明星，就是那种一旦出场就是新闻的人物，赚钱如流水，名利如包浆。第二流的是好演员，吃手艺饭的，有无数的代表作，有其在，电影或者电视剧就具备了深入人心的可能。第三流的是有希望的年轻演员，还没有特别好的作品，但是普遍被大家看好，假以时日，看个人的发展和造化，或者会成为一流或者二流的一种。第四流是熟脸，但是普通观众不容易叫出名字，这些人混迹于各种各样的影视剧中，扮演无法给人留下深刻印象的角色，但是那种脸就像陈年的布景，你知道你曾经见过他，一旦在剧中看见他，就感到亲切和安全：没错，这就是我一直看的那种电视剧，这就是帮我打发时间的众人。第五流是什么样的呢？演过不少戏，但是不知是表演的问题还是长相的问题，和没演过差不多了多少，有些戏也有不少的台词，几个清晰的镜头，但是说了就说了，就像水渗进沙土一样消弭了。一晃十几年过去，戏也还在演，没有失业，但是很多时候都在消磨时间。据吕东的观察，这样的演员大多离过一次婚，目前还在租房，房子的位置不偏，跟其他影视从业者住得不远。有时在超市会碰见曾经合作过的明星，戴着口罩和墨镜，排队排在他后面，但是从没认出过他。有几次吕东曾想回头说，你记得吗？五年前有一场夜戏，我背过你，穿过一片丛林，躲过无数炮火，把你放在一匹矮马上，然后我被一颗流弹击中，死了。他只在头脑里想了想，就结账走出去了。

这是北京四月一个礼拜日的早晨，到处飘着柳絮，他把晾衣竿拄在手里，心情前所未有地干燥。三天前的晚上，他和情人吃过了晚饭，向家走去。他不怎么饮酒，只是纵欲，但是这次喝了一点，因为他对她感到厌烦了，他相信她也有同感，他们都需要更换对象。酒精使他情不自禁地说起话来，他聊起高中爬旗杆的故事，总是爬得最高，然后双腿夹住光溜溜的旗杆滑下来，从中得到难言的快感。但是他从来没有爬到过红旗的位置。即使那时是他人生中最有力气的阶段，他也总是在离红旗两米远的地方双腿酸软，顺溜而下。有一天下了雪，他迎着雪花向上爬，他戴着手套和护膝，几乎就要成功了，手已经搭到了红旗靠近旗杆的一角，一个女同学在底下拽了一把绳子，绳子抽中他的眼睛，他掉下来，摔断了胳膊。情人刷着手机，问他是不是可以留下过夜，他拒绝了她，略带怀旧的酌饮就此收场。

　　回家的路途上飘荡着植物味的夜风，当他走过一家夜总会的门前，看见一个男人坐在路肩上抽烟，神色清醒，没有喝醉。男人抬起头，目光落在吕东的脸上，又把头低下，几秒钟之后又抬起来，把吕东叫住。哎，我在哪见过你？吕东早已把他认出，此人是一位著名的艺术片导演，叫作章语，大概十五年前，他拍过一部三十万成本的小片子，吕东演了男二号，一个总是弄丢自己钱包的杀手，当时章语给了他五千块钱。吕东没比那时胖多少，只是脸上多了些赘肉，主要长在眼睛下面和下颚两侧。他有一双极长的睫毛，好像双引号一样突出，当年章语因为睫毛用他，现在他的睫毛并没有脱落，只是眼睛因为赘肉的挤压小了一点。章导，我是吕东，我演过你的戏。章语说，我想起来了，是你，坐下抽支烟吗？吕东每天抽两包烟，他坐下，接过烟抽了起来，这支烟特别有劲儿，烟草在肺内雾化成巨型的手指，使他的脸一下就红了。里面太闹了，章语说，他们都醉了，估计没人发现我离开。吕东点点头，章语的手里有一座金熊和一座银狮，可是他还像过去一样，无论是在片场还是在私下，一旦场面令他厌烦，他就走开，自己一个人待着。他还像过去一样羞涩，吕东心想，他还像过去那样，有时候为他人感到羞耻，以至于自己内心产生了多余的痛苦。章语说，你现在在忙什么？吕东说，四处串串戏。章语说，结婚了吗？吕东说，结了，孩子都四岁多了。章语说，挺好，我这十几年离了两次婚，两次像复印件一样相似，我记得当年我们聊过，你不建议我结婚，我没听你的，事实证明你有先见之明。你是个好演员，就是太不合群，长得也缺乏特点，最重要的一点是，你的欲望低，沸点高，出头的演员都正相反。吕东点点头，没说什么，对于自己的问题他有一些认识，但是他爱演戏，这样的话不好说出口，他坚持到现在，就是因为爱演戏，这话是实话，一旦说出来就像是假的。章语又从盒里揪出一根烟，他把烟在膝盖上敲了敲说，你走几步我看看。吕东站起来走了几步，章语说，再走远点，走到那个路灯底下。吕东走过去，他忽然意识到他应该好好走，好像突然有一个从远处传来的声音说，拜托，走得认真点。那是一个温柔的声音，母性的声音，恳求的声音。他一边走一边解开自己的裤腰带，走到路灯底下撒了一泡尿，事实上他也确实憋了很久，然后系上裤腰带走了回来。章语示意他坐下说，你来演我的新戏吧，是个配角，但是已经非常不同了，有彩儿，你懂吧。吕东觉得又想拉屎，腹腔痉挛起来，他说，好，谢谢导演。章语说，你的片酬是多少？吕东说，我很便宜，您看着给吧。章语说，给你一个整数，十万，不多，用你也有这个考虑，可能和你的能力不匹配，你别见怪。我们在西安拍，周期大概是三个月，两个月之后进组，你不用学陕西话，你说普通话。我的团队还是原先那些人，你基本都见过，他们大部分都在里面唱歌，一会儿你跟我进去，我帮你再介绍一下，他们和我一样都老了，这没什么稀奇。剧本是根据一个西安作家韩春的小说改的，明天我把小说和合同都发你，你还是演一个杀手，使长枪，卧射，你爱吃面吗？我有点不记得了。吕东实事求是地说，我胃不好，总吃面。章语说，好，你最近再研究一下怎么做面。你要和枪和面建立感情，角色把射击当作一个重要的事儿，所谓"用志不分，乃凝于神"，你明白我的意思吧？吕东说，我一定回去好好练。章语说，不是练，是成为，你的脸还要瘦一点。

第二天早上，章语的助理发来了原著小说、剧本和合同。到家已经凌晨三点，吕东一夜没睡，也没跟刘一朵提起这件事。他躺在床上睁着眼睛，一点不困也一点不累，只是担心各种各样的事情，他忽然担心起章语的身体，怕他这天夜里会死。孩子尿床，他起来换了一套被褥。吕幡在梦里吃着糖果，嘴唇使劲鞭挞着，用小手轻轻扶着他的脸，好像要撕开一张糖纸。合同非常规范，也并没有什么暗藏的陷阱，他签好合同，寄回前给刘一朵看了看。刘一朵这几年一直在运营一家电影特效公司，势头良好，擅做可爱的妖怪和糊涂的神明。这天她没去上班，在家里给他做了两顿饭。她仔细读了小说和剧本，吕东的角色在支线上，是个彻底的配角，台词极少，但有二十三场戏，而且有个性，重要的是很适合他，木讷，有感情，但是做的事情是错的。小说不长，大概一万字，有一段是这样的：

  枪手趴在地上，从瞄准镜里他看见老董检查了女人的伤口，然后站起来端详墙上的画，他也跟着看，画不太完整，以他对画的理解，画中少了重要的一笔。他打出一枪，子弹擦过老董的脖子，钉在墙上，这回完整了。他把枪拆开放进背包，卷起地上的毯子，走了。他是中国人，说道北的话，但是有个英文名字，叫迪克。

  吕东过去在剧组里使过真枪，打的空弹，但是现在他没法搞到，也不能网购仿真枪，因为是犯法的。迪克只为一个人工作，就是陈老板，从两个人在非洲狩猎时相识到故事开始时，已经十年。十年间他每年大概接三到四单的工作，每一单从准备到实施需要两个月左右，完成之后去国外游荡半个月再回来。自从射杀了第一个人之后，他再没打过动物。

  这天早晨吕东鼓捣了半天晾衣竿，他想办法将其增重，用三指宽的透明胶布缠了一条浴巾在上面，然后在阳台上趴了一上午。北京五月已经很热，他盯着楼下那个丁字路口。路口的南面是一座购物城，相当现代，状如大船，一楼都是名品的广告，特斯拉的锚形logo嵌进一面血红的背景里面。路口的北面是一条狭长的小道，将将巴巴能过两排车，经常拥堵，小道的两旁是一些小门脸，有的是铜锅涮肉，有的是挂着粉色窗帘的性用品商店。其实早年就是一个胡同，从楼上看还能看到一个公厕，就在几家小店的后身。再往眼皮底下看，是一家加油站，像个喉结一样在小道的更北，这也是经常闹堵车的原因之一。吕东早上和中午都没有吃饭，中午之后他在卧室看了一会儿剧本，感到大脑缺氧，在冰箱里找到一只苹果吃了。晚上睡觉的时候饿得睡不着，一直打嗝。刘一朵说，杀手不是饥民，你这样饿着不行。吕东说，这人物台词不多，重要的是状态，我的脸上都是油，先把油挨下去。刘一朵伸手摸了摸吕东的脸颊说，我明白你，女儿也明白你，今天她跟我说，不找你玩了，不打扰爸爸。但是光靠发狠是不行的，你得吃东西，配以运动，明天早晨我把你的运动鞋找出来，少吃点，跑跑步，这些比较可持续。

第二天早上六点，刘一朵还没醒，吕东就起来下了一袋方便面，然后找出运动鞋穿上，下楼跑了一圈步。他的腿这么沉，还没跑出小区就跑不动了，只好走回来，整个人像从水里捞出来一样。吕东想起来上次运动应该是在六年前，他和刘一朵刚结婚，那时俩人住在西头，那时他养家，周末去大学里打羽毛球，打完之后挽着手走回小小的出租房。吕幡出生以后就再也没动弹过。白天刘一朵上班，吕幡去幼儿园，一般情况这时吕东都没起来。这天他给两人热了牛奶，用微波炉打了两片面包，刘一朵吃了，吕幡没吃。她要去幼儿园吃早餐，不过她还是肯定了吕东的行为，她说，爸爸，这样我们在一起的时间就多了。吕东回想起自己过去为什么睡得这么多？没什么特别的理由，他不会开车，也就没有送孩子的责任，而且在睡眠里他感觉很清净，很安全，在梦里再多的苦恼也会醒来，啊，空荡荡的家，每个人各司其职，没有出事，没人戳穿他，他独自躺在柔软的床上,好像刚刚降世。他特别害怕做美梦,害怕美梦的虚伪,害怕醒来时发现自己还要忍受幸福的生活,害怕意识到自己已经犯下所有罪却没有勇气去认领,也没人希望他认领。出门时,吕东抱了抱刘一朵和吕幡,他用胡子轻轻刮了刮吕幡的脸蛋,感到既正确又懊悔。

两人走后,吕东吃了剩下的面包,又拿起晾衣竿趴在阳台上。这回他找了一条毯子铺在身子底下,这是吕幡两岁时的浴巾,现在小了,不再用了,大小正好,双肘搁在上面,不再疼了。现在还缺一个三脚架,也就是枪的支架,家里没有合适的东西,他就到书房里找了几本书垫在底下。趴了大概半个钟头,他一直盯着一个遛狗的女人看。女人应该是个保姆,牵着一条巨狗,通身黑色,头大如斗,脖子上套着棕色项圈,像是一条体面的领带。女人瘦小枯干,脖子和腿都短,步速很快,一直走在狗的前面。狗走走停停,在人行道上拉出两条粗壮的粪便,女人用手纸包了,环顾左右,快走两步扔进了小区中央的池塘里。一个和吕幡年龄相仿的男孩迎面遇见了狗,从自己的滑板车上下来,非要爬到狗的后背上去。狗很顺从,甚至半蹲下来让男孩上去,男孩的妈妈抱起男孩往回走,狗去舔母亲的脚后跟,母亲叫了一声,抱着男孩跑了。吕东用枪指着这个母亲的头,直到她走进楼道消失不见,回头再找那条狗,也找不见了,只看见小区里的桃树被风一吹,抖下许多花瓣来。他向远处看,那个路口的商城前面有一个地铁站,这时人正在涌入,密密麻麻,如同泥浆。一个男人从地铁口里出来,少数的逆流,过了马路走到食杂店的窗口,买了一盒烟,然后向他的小区走过来。男人的年龄和吕东相仿,较他瘦一些,发际线退后,露出两块白白的额头,穿一件蓝色的薄夹克,底下是黑色运动裤,他把枪口指向他。男人走到小区的围墙边上,撕开烟盒抽起烟,透过栅栏往里边看。吕东想象他是一个匪徒,来干什么呢?来抢劫一个富人的姘头,他知道这个小区里住了不少这样的女子,房子很大,独自一人,去超市也涂口红，白天睡觉，晚上也睡觉。但是吕东忽然想起自己是个杀手，杀手为什么要杀匪徒呢？毕竟不是演艺圈，同行相残，他便想象此人是一个便衣警察，跟了他两年，终于摸到他的住处。再往前一步就打死你，吕东小声说。男子把烟蒂丢在地上，顺着原路走远了。中午过后突然刮起了狂风，小区里歇脚的老人和遛孩子的保姆都不见了。吕东一时找不到目标，趴着睡着了。醒来时有点沮丧，职业杀手怎么可能会在端枪的时候睡着呢？他站起来从冰箱里找了点冷牛奶喝，然后在房间里转了转。如果吕幡是个男孩就好了。家里没有玩具枪。他拿起手机给刘一朵发了一条微信：回家时如果方便，给我带一把玩具枪，最好有瞄准镜，枪长要超过一米。

他又把小说读了一遍，小说很短，缺乏细节，陈老板死后，迪克依然在工作，或者说小说里大部分的篇幅在写老板死后迪克的工作。他躲了一阵，然后开始四处射杀在城市里随处小便的人。他又把剧本读了读，剧本也没有给出迪克的逻辑。射杀小便的人没有收入，而且相当费事，过去陈老板会把时间地点人物都给他，他只要找好狙击点，等待，射击，撤离即可。他无法蹲守在一处只射杀在一根电线杆后面小便的人，因为那样顺着弹道可以很轻易地找到他。他需要先锁定目标，然后跟踪，蹲点，然后在其并非小便之时将其狙杀。有人是从家门口的超市出来，有人是在幼儿园门口等待自己的孩子，就被他的子弹从遥远的窗户里面飞来打中了脑袋。吕东给章语发去了一条微信：

导演，我想知道迪克的心理，我想知道他的父母是谁？爱上过什么人？喜欢喝茶还是可乐？睡觉时是仰壳睡还是侧向一方？杀了人之后，他是会吃面还是会去洗澡？最重要的一点是他为什么要射杀随地小便的人呢？极端的环境保护者？或者他自己有小便的困难？抱歉打扰您，您的一点提示对我都是很大的帮助。

暂时没有收到回信。

吕东洗了个澡,然后把剧本拿起来读迪克的台词,一共十二句:

一、我要一盒爱喜,不是那个绿的,是那个蓝的,不是那个,是下数第三排左数第五个。

二、(讲电话)我知道了,是只什么样的狮子?咬在哪里了?跟太太说,我很难过,我们不要再联系了。

三、你看见我的手了吗?顺着这条路直走,过第一个路口,你会看见一个日本人小学校,不要拐弯,再直走,过第二路口,右手边有一个粥铺,这时你右拐,走大概五百米,就是你要找的按摩店了,不过那人不是瞎子,他能看见,只是闭着眼。

四、我不喜欢你今天做的面,你情绪不好,面都拧在一起了。

五、这是你的问题,不是我的问题,不要混为一谈,不过也许有一天我的问题会变成你的问题,你要祈祷这一天不要到来。

六、人们都羡慕飞鸟,我不羡慕飞鸟,只要我愿意我随时可以把它打下来。我羡慕河流,你永远截不断河流,你可以建水坝,但是河流并没有被截断,只是在等待。

七、你打错了。

八、我们之间产生了一点误会,这是我们的职业造成的,但是我希望我们个人之间没有误会。如果我不小心引起了你的注意,那是因为你的敏感,这个世界每天都在死人,你太敏感了。

九、请问这家面店哪里去了?

十、随地小便是很危险的事情,我看见你有两个孩子才告诉你这些。你看看远处,那个东西叫作太阳,它照耀着你,每天充满热情,你不应该这样对待生活,你应该在家里建一个温馨的洗手间,有尿的时候就去享受尿尿的乐趣，并且你应该把这个习惯传给你的孩子。

十一、你们研究了我，这很好，你们用显微镜看我，可是你们的心是死的，用显微镜又有什么用呢？

十二、请打中我的人出来。你好，我叫迪克，你叫什么名字？

吕东把这些句子都研究一遍，用铅笔画上重音，读了三遍。迪克的台词很怪，大多是说一句给别人，然后就不再有下句，或者是回答一句给别人，也不再说了。所谓来言去语，基本没有，可以说迪克是不聊天的。结尾处迪克问，你叫什么名字？那人却是一个无名小卒，还没有从掩体后面走出来报上姓名，迪克就死了。一个用心射杀随地小便的人的杀手当然要死，可是这种死法让吕东很难受，读到最后悲从中来。你好，我叫迪克，你叫什么名字？他又念了两遍，找准了节奏，他面带微笑，并不因为生命正在失去而悲伤，他笃定要了解一下对方。你叫什么名字？吕东站到镜子前面，看着自己的脸，你叫什么名字？他使自己的嘴角轻微翘起，眼眉放平，力求安详。到时就这样演，他忽然感到他可以演好这个人，至少这一句台词，他的诠释是合理的。如果现在有人喊action，他相信自己可以令所有人满意。

这时手机来了微信，章语回复：

我刚才在游泳，你的问题我不容易解答，你知道我的，如果我想清楚了，就不会拍电影，所以请你谅解。其实，这些问题是不是非常紧要，我也不清楚，如果你觉得紧要，那是对你紧要，需你来负责。不过我给你一点提示，不要恨你的目标，要理智地思考他的存在和不存在，如果他不存在，会对世界更好，你的目标就是这种人，你不是士兵，士兵总有国家的立场，你是一个独自整顿世界的人，一个不接受道德约束的雷锋，一个轻微的智识分子。祝好。

吕东回复了抱拳加 OK 的表情，他相信自己明白了。

当晚刘一朵买回了玩具枪。有瞄准镜，没有三脚架，瞄准镜是装饰，透过瞄准镜只能看到灰暗的塑料蒙子，子弹是橘黄色的圆形塑料弹，即使面对面射击，也无法伤人，换句话说，这把枪就像一个乒乓球发球机一样无害，但是至少有扳机。在家里待了一会儿，夫妇二人带着吕幡出去吃比萨。吕幡极爱吃西餐，自己能吃半张九寸的比萨和一块菲力牛排，但是不胖，好像天生就有把西餐转化成水和二氧化碳的能力。晚上回来，吕东给女儿讲了霸王龙的故事。霸王龙食肉，但是有一天掉到深谷，只能吃果子，一只狐狸爱上了它，每天给它捡果子，使它得以幸存。等它有一天回到属于自己的丛林，又开始吃其他的动物，但是每当遇到狐狸它都犹豫一下，然后掏出一枚硬币决定是否吃下。通常，硬币会遂它的心意。

之后几天，吕东白天自己排戏，晚上接管孩子，让刘一朵能够处理白天没有处理完的工作。他每天六点起床，给妻子孩子做饭，晚上孩子睡后，自己下楼在园区跑步，减除身上和脸上的赘肉。因为迪克每天只抽半包烟，所以他每天也抽半包烟，不多不少，正好十支。他的内心里有时候会勃起对情人的肉欲，但是转瞬就被眼前的工作压制下来，使他近五年来第一次有了自己还算清洁的感觉。一周之后，迪克的台词他已烂熟于心，每一个场景里的动作他也有自己的设计，在剧本之外，他给迪克设计一个小动作，就是每次射击之前，都用右手食指掏一下耳朵，然后再用这根手指扣动扳机。他一天的三顿饭里，有两顿饭是面条，有时叫外卖，有时自己做，一周之后他发现那个丁字路口开了一家小小的山西面馆，卫生状况一般，但是面的味道不错，他就每天中午去那吃一碗刀削面。十天之后的一个晚上，他第一次梦见了迪克，他知道那是迪克，在远处的一扇窗户后面，姿势标准，面带笑容。他在路边小便，迪克用手指掏了

011

掏耳朵，然后把他打死了。

美好的噩梦。

在第二十三天的下午，像每天上教堂一样，吕东照例趴在阳台上。他看见那个穿蓝色夹克的男人又来到了小区门口，他用玩具枪指着他的头，一个买菜的保姆用门卡开了小区的门，男人跟着走了进来。这次他背着一个红色的双肩背包，进来之后走到池塘边的长椅上坐下，四处望了望，然后专心看起水中的锦鲤。这天阳光大好，水面闪着亮光，男人坐了一会儿，好像想起了什么事情，从背包里拿出一顶棒球帽戴上。他的脸一下掉到阴影里，吕东用枪指着他头顶的帽心。男人双手交叉，就这么一直呆坐着，有几个居民带着孩子在池塘边玩水，孩子指着水中说着什么，一个孩子把脚放进水里，他的妈妈拽了他一把。有孩子把面包屑投入池塘，鲤鱼围而争食，如同花瓣围绕花蕊。吕东有点渴了，但是他没有动，他心里说，你不动我就不动。过了半个小时，一个四十岁左右的保姆推着一台婴儿车来到池塘边，婴儿车上是一对双胞胎，各睡在一只车篮里。吕东在园区里没有见过这个保姆和这台婴儿车，估计是刚刚搬来或者孩子刚刚出生。保姆没有和其他人说话，把车停在水边，自己坐在椅子上晒太阳。过了一会一个男孩的水枪掉入了池塘，风一吹漂到水中心去了，几位家长都束手无策，保姆站起来走过去，好像在给他们出主意。这时戴帽子的男人快步走到婴儿车旁边，放了一个什么东西在其中一个孩子的车篮里，然后径直顺着小区的门走出去了。

炸弹？吕东心想，他想从窗户中大喊，随即摇了摇头，万一不是炸弹呢？万一只是一张儿童早教的传单呢？他的羞涩和担忧在内心交战，终于他站起来换了一件干净的衬衫，坐电梯下楼，来到池塘边。那个保姆和双胞胎已经不见了，男孩的父亲正用一只杆网捞起水中的水枪，他抬头看了看自己的窗口，那把枪还搁在那里，指着这个方向。他转身从小区走出去，围着小区的围墙走了一圈，没有发现那个男人，他有点怀疑自己刚才是睡着了，做了一个简短的梦。他来到超市买了一包烟。我要一盒爱喜，不是那个绿的，是那个蓝的，不是那个，是下面第三排左数第五个。售货员说了一句什么，他觉得他没有听清他的话，就把刚才的话重复了一遍。售货员说，先生，我们的爱喜卖完了，先生，你看，卖完了。吕东点了点头，买了一盒口香糖。回到家之后，他在书房坐了一会儿，从桌上拿起眼药水给眼睛点了点，闭着眼睛休息。应该吃面条了，他心想，可是他感到有点疲倦，他忽然非常想念吕幡，他希望她早点从幼儿园回来，跟他讲讲幼儿园发生的事情。他意识到，原来专注等于孤独。他睁开眼回到阳台上，那个保姆和双胞胎的婴儿车又出现在池塘边，他忽然感到有一个计时器在嗒嗒地响，应该清除掉刚才那个男人的，他意识到，真是一失足成千古恨，万一是头发丝一样的袖珍炸弹呢？万一是比头发丝炸弹还要先进的透明炸弹呢？不爆炸之前永远不会被发现，一旦爆炸就足以炸掉一层楼。第一次看见那个男人的时候他就应该意识到，这人是给世界带来坏处的，他是唯一注意到他的人，可是现在却让他溜走了。

他拿起手机查看时间，发现来了一条微信，是章语的制片主任发来的：

章语导演于今日下午三时游泳时溺亡，剧组解散，以导演公司名义所签合同作废，具体情况以稍后发布的讣告为准。我们都在震惊与悲痛之中，且开始着手与游泳馆之诉讼事宜。诸位节哀，保重。

吕东看了眼时间，是傍晚六点，他给刘一朵打去电话，刘一朵没有接，他才想起来今天她和吕幡要去上钢琴课，然后要跟几位家长聚餐。他感到自己的心脏震颤，好像飞机降落时那种震颤，下落，下落，还没着地。他在心里默念，这是你的问题，不是我的问题，不要混为一谈，不过也许有一天我的问题会变成你的问题，你要祈祷这一天不要到来。还有一个问题，那个时钟还在哒哒地走着，在他的脑中一刻不停。他来到阳台，太阳已经落山，楼下的孩子越聚越多，孩子、成人、狗、简易的风筝、脚踏车、喷水的兽头。他看见了那个保姆，坐在双胞胎的婴儿车旁边，跷着二郎腿，吃着手帕里的瓜子，在保姆不远处的长椅上，他又发现了那个戴帽子的男人，背着红色的双肩包，双手交叉，低头不语。他马上走到厨房，拿了一把厨刀，长约两拃，刀刃是锐三角形，用报纸包上夹在腋下，坐电梯下楼。跑到池塘边，男人已经不见了，抬头看，刚刚走出小区的门口，他抬手打掉保姆手里的手帕，说，你车里有东西，快把孩子抱走。说完撒腿去追那个男人。跑出小区，男人不见踪影，他想起上次那个男人是从丁字路口走过来的，就向丁字路口跑去。路上经过那个面店，他停下脚步站了几秒钟，面店已经不见了，原来是面店的地方，现在落着一扇卷帘门，上面画着一台显微镜。

　　他继续往前跑，逆着地铁里拥出的人流，在丁字路口的马路中间追上了那个男人。他紧跑几步把男人扑倒，用刀尖顶住男人的咽喉，说，你往车里放了什么东西？男人说，什么车？吕东说，婴儿车，还有，那个面店去哪了？男人说，什么面店？吕东说，就是刚才路上那个面店，去哪了？男人说，哦，你说的那个山西面馆，我也在纳闷为什么不见了。吕东用另一只手掏了掏耳朵，刀尖在男人喉咙上划动了一下，说，不要避重就轻，你往婴儿车里放了什么？男人说，一只布娃娃。吕东说，布娃娃肚子里有什么？男人说，布娃娃肚子里当然是布。一辆奥迪车从他们身边疾驰而过，响着刺耳的喇叭。吕东说，你为什么要放布娃娃在里面？男人说，我想念孩子，所以去放布娃娃，我有两个女儿，但是因为我出了不可饶恕的问题，再也见不到她们了。你可以扎死我，帮我自己省了事儿，就是也给你添了麻烦。吕东忽然感到一股气体从胸中游荡出来，从他的嘴巴，从他的鼻子，从他的耳朵，游荡出来，与此同时他的肉体好像从他的身体上走下,一种轻盈的遥远的精神托住他的双脚,使他不至于倾倒。他扔下刀,和男人并肩坐在车流中间,他抬起头看看高处,也许此时正有人瞄准他,因为他出生以来的所有错误而审判他?那又如何?男人拍了拍他的肩膀说,你看待生活有点严肃,是吧?吕东没有说话,他看见就在不远处有一条河流,在这人群中在这晚霞底下流淌开去,清澈见底,鱼跃之上,水草丰沛,不畏闸门,不怕子弹,就这么一直流入大海。

原刊《收获》第 1 期

炖马靴

迟子建

故事发生在一九三八还是一九三九年，父亲记得并不很清楚，他说年份不重要，重要的是时令，寒冬腊月，祭灶的日子，西北风呜呜叫，他们抗联部队的一个支队（父亲至死对他部队的番号保密），二十多号人，清晨从四道岭小黑山的密营出发，踏雪而行，晚饭时分，袭击了位于中苏边界的一个日军守备队。

父亲说他们事先侦察了，这个守备队在山脚下，距离一个小镇四五里路，驻扎着三十来人，有一栋长方形板房，两个矩形仓库，还有一对大狼狗。板房是营房；两座仓库呢，为弹药库和粮库。这两座库，是他们的主攻目标。

那时关东军在中国东北，一方面针对苏联，在边境一带秘密修筑防御工事；另一方面针对抗日武装，进行围剿。为切断老百姓与抗日队伍的联系，他们大规模实施归屯并户，建立"集团部落"，大片农田荒芜，无数村落夷为废墟。父亲说自此之后，队伍的给养成了问题，缺粮少衣，陷入被动。

四道岭在哪里？我在地图上找不到。父亲说除了四道岭，还有头道岭、二道岭、三道岭和五道岭。这些岭呈刀锋状，山上林木茂盛，山下溪流纵横，地形复杂，易守难攻，适宜做密营。父亲说他们最初的营地在头道岭的大黑山，那里狼多，当地人也叫它野狼岭。深夜时群狼齐嗥，狼眼鬼火似的在树丛闪烁，地窨子的女战士恐惧这"夜歌夜火"，就往男战士住的这一侧跑。父亲也不避讳，说他们因此喜欢狼嗥。

狼通常群居，但也有离群索居的。父亲说头道岭就有这样一条母狼，它双眼瞎。不知是天生瞎眼，还是后天瞎的——比如被猎人打瞎、疾病或是同类相残所致。大家分析，它在狼群里受排斥，才被驱逐出来。一条瞎眼的狼，就是一把锩刃的剑，锋芒不再。虽说它的嗅觉依然灵敏，但它朝着掠食目标飞奔的时候，由于深陷永无尽头的黑暗，往往会撞到树上，或是跌入谷底。猎物到不了嘴，反受皮肉之苦。但狼是聪明的，父亲说这条瞎眼狼自打发现支队的行踪后，就一直凭声音和嗅觉尾随他们，求得生存。

父亲是火头军，他可怜瞎眼狼，做了几个鼠夹子，将拍死的老鼠扔给它。战友们都说，狼是吃人不吐骨头的野兽，喂不熟的，可父亲还是不忍看它挨饿，尤其到了漫漫长冬，白雪像巨大的裹尸布一样覆盖了山林，它几乎找不到吃的，连哀叫的力气都没了，像一团飘浮的阴云，蔫巴巴地尾随着队伍，父亲总会想方设法给它口吃的。它得了食物后会叫几声，像小孩子没吃饱奶时的吭唧声，带着些许的满足，又些许的抗议。

大地回春了，瞎眼狼的日子就好过多了。春夏秋三季，它可以用鼻子觅到果腹之物，而那些东西其他狼基本是不碰的，譬如浆果、蘑菇、青苔或是昆虫。它食肉的机会有没有呢？那得看它的运气了。病死的鹰，半腐烂的兔子，对它来说就是美味。一旦发现，它就迅疾赶去。可这样的食物，也是乌鸦的珍馐。常常是它大快朵颐时，乌鸦纷纷落下，与其争食。瞎眼狼反正看不见，奋勇吃它的。父亲说他们不止一次撞见它与乌鸦同食腐肉的情景。看着它被漆黑的乌鸦给挤在一角，像条瘪了的布袋，实在是心疼。

有时不是瞎眼狼先发现的腐肉，而是乌鸦，它也能跟着蹭点荤腥。乌鸦一鼓噪，它就循声而去。所以瞎眼狼最爱的声音，该是乌鸦的叫声吧。乌鸦啃不动的骨头，对它来说就是心仪的阳光，它会把它们拖进山洞，作为存粮，以备不时之需。它瘦弱不堪，但牙齿锋利，骨头于它，恰如糖果。

瞎眼狼像个讨债鬼，跟着支队，渐渐地成了编外一员。

有年正月，这条狼突然消失了！看不见它了，大家还担心，它是不是被老虎或狗熊给吃了？父亲说瞎眼狼失踪三个月后，他和战友为前方的大部队运粮，在二道岭遇见它。它居然大了肚子，怀了崽了！它拖着沉重的身子，穿越新绿点点的灌木丛，往头道岭走。它的爪子在林地上，留下的印痕明显比过去深了，而它的毛色，也比过去光鲜了！闻到它熟知的队伍的气味，它还停下来，转过头，低低叫了几声，有点羞怯，又有点骄傲似的。

它是在哪里俘获了一条公狼的心呢？父亲说他们猜测，公狼与它发过情后，恐怕也是后悔的，否则不会在它怀着孕的时候，让它孤独地在山岭间穿行。

那次运粮，父亲他们中途遭到日伪军伏击，死伤过半。原来是队伍里一个姓梁的通信员做了叛徒。他们不得不放弃头道岭的密营，重整旗鼓，在四道岭的小黑山再建营地。这样，头道岭的瞎狼，就在他们视野消失了。两三年不见它，大家还念叨，它生了几崽？养活得了小狼吗？因为一直没见它来找他们，父亲认定，瞎眼狼生的小狼，个个都是好眼睛，它的生活有了灯，不需要他们了。但父亲还会在队伍偶尔开荤时，将吃剩的骨头，扔在附近的山洞。瞎眼狼喜欢山洞，也能对付骨头，万一他们转移了，而它走投无路，寻到那儿的话，总不会饿着。

那次行动，父亲说他们做了周密计划。选择过小年的日子，是因为侦察员带来消息说，日本兵到了冬天的晚上，为打发长夜，喜欢三五结对，去镇上喝酒。小镇有家烧锅，酒好，下酒菜地道，且店主人的老婆俊俏，待人周全，烧锅便成了这个守备队士兵的温柔乡。每逢中国的传统节日，端午、中秋和小年，烧锅一派花园气象，菜品多姿多彩，香气勃勃，撩人胃肠。每逢此时，守备队的人有一半会开小差，防卫空虚，易于突袭。

小年那天飘着雪花，从四道岭到目标点，大约八十里路，要穿越几道山谷和数条冰河。父亲他们驾着滑雪板，清晨就出发了。呼呼叫的北风，让雪花成了薄命人，未等落下，在半空就被风撕裂了。雪粉飞扬，常眯了人的眼睛。父亲说他们不讨厌这样的眯眼，因为雪花纤尘不染，就像老天送来的润眼膏，无比清凉。

他们在午后三点接近了日军守备队，埋伏在山后，把滑雪板卸下，藏在一条沟塘里，预备着突袭成功后，再穿上撤离。父亲说每个战士都是滑雪高手，在冬季，滑雪板就是他们的战马。

腊月的太阳冻得够呛，午后四点不到，就缩着脖子退出天朝了，想必急着烤火去了。太阳落山后，遗下一片滴血的晚霞，好像西边天负了伤。父亲说天黑透了，侦察员带来消息，三辆摩托车驶离守备队，带走了十一个日本兵，看来他们是去镇上的烧锅。父亲说支队长没有犹豫，下达了进攻令。

趁着夜色，队伍匍匐向前，靠近目标。守备队四周是铁丝电网，两扇宽大的铁门紧闭，门侧的岗楼是空的，没有岗哨。营房灯火通明，照亮了院子。那生硬的铁丝电网，因为有了光的照拂，在院子投下无数爪形的印痕，像一幅工笔的松枝图。两条大狼狗嗅到异常，汪汪叫起来。身手敏捷的神枪手小张，握着手枪，埋伏在岗楼，单等日本兵开门察看时击毙他，打开进攻的通道。岗楼对面，隔着一条雪道，是一摞半人高的柴垛，一个机枪手和五个持步枪的战士，作为冲锋的主力，以此为掩体，准备突击。其他人员，分布在左右两翼，对守备队形成三面夹击。

两条狼狗越叫越凶，营房的门终于"嘎吱"一声响，有人出来了。狗迎了主子，引至铁门，更凄厉地叫起来，用爪子"嚓嚓"挠门报警。那个日本兵没有想到外面重兵埋伏，打开铁门，他刚一露头，小张便举起手枪。子弹飞过，他应声倒地！两条狼狗狂吠着，像两朵暴风雨中滚动的浓云，一前一后冲出，一个奔向岗楼，一个奔向柴垛。奔向岗楼的，被小张击毙了；奔向柴垛的，被步枪手撂倒了。不同的是前一条狼狗吃了一颗枪子，后一条吞了两颗。守备队的日本兵听到枪声，携枪而出反击。院子的光亮，让他们成为鲜明的靶子，在交战中处于劣势。支队伤亡极小地冲进守备队，可以说是旗开得胜。

然而谁也没有料到，那三辆刚离开不久的摩托车回来了！

十一个荷枪实弹的日本兵回来了！

父亲说抗战胜利后，他路过那个小镇，才知道那天日本兵为什么突然回返。原来镇上的几个农民，看不惯开烧锅的夫妇做日本人的生意，知道小年的这天他们又要来喝酒，自制了燃烧弹，投向烧锅，让烈火吞噬了它！

他们在返回途中，已经听到了守备队传来的枪声。

父亲说他们受到了前后夹击，优势立刻转为劣势。

当队伍冲向弹药库和粮库的时候，没想到这两座库，居然还有碉堡的功能，这是他们事先没有侦察到的。虽说守备队门前的岗哨形同虚设，但粮库和弹药库，哨兵一直在岗。这两座仓库架设的机枪，让暴露在空场的战士陷入绝境，父亲说大部分战友牺牲在那里，包括支队长，以及两名救护伤员的女战士。

最终从虎口脱险的,只有五个人,一个副支队长,三名战士(两男一女),加上父亲这个火头军。当然,父亲说他是后来才知道的,因为逃出的五个人,分了三个方向。

他们事先也制订了撤退计划,一般来说,为牵制敌人,保存实力,撤退时会分两个方向。火光中父亲不辨东西,所以他开辟了一个撤退的第三方向。

他们没有全军覆没,得益于绰号"磨牙王"的战士。这个人爱磨牙到什么程度呢?不仅睡觉磨,行军磨,吃饭也磨。挨着他睡的战士,梦中被他扰醒,常将臭袜子塞他嘴里。他咬着袜子,吭吭哧哧的,磨不出声了,但醒来后塞袜子的战士就惨了,袜子湿漉漉的不说,对着太阳一照,还亮光点点(到处是窟窿眼),好像他用牙齿,在袜子上播撒了繁星。

父亲说交战处于被动时,靠近粮库的副支队长下达了撤退令,父亲眼见着身负重伤的磨牙王,咬着牙,趁乱爬向弹药库,在冻土上爬出一条墨似的血痕,用自制的手雷引爆了弹药库。剧烈的爆炸令大地震颤,冲天的火光像一条条金红的鲤鱼,跃向夜空,守备队周围的铁丝网被撕裂了,日本兵赶紧转向粮库防御。

父亲就从弹药库北侧逃了出来。从此以后,与磨牙相似的声音,比如吱扭的扁担声、喑哑的拉锯声,甚至是老鼠啃东西的声音,都被他视为美音。

父亲逃得并不顺利,一个日本兵不屈不挠地追捕他,两个人之间的周旋和战斗,也就进行了大半夜。

初始父亲并未察觉身后有人,他戴着狗皮护耳,呼哧带喘的,加上踏雪发出的咯吱声,根本听不到背后的动静。由于撤离方向有误,预先藏在守备队山后沟塘的滑雪板,对父亲来说是梦里的彩虹,遥不可及,他在雪中跋涉了一个多小时，才走了七八里路。但父亲觉得这距离足够安全了，他停下来，打算歇歇脚，给身体补充点能量。

父亲说作为火头军，无论行军还是打仗，他总是背着一口铁锅。那铁锅跟菜墩那般大，与他的背一样宽，所以他背着它的时候，一点也不突兀，就像他身体的一部分，当然这使他看上去像个罗锅。除了铁锅，他棉袄外还斜挎着干粮袋，里面装着二斤左右的炒米。此外他棉军服的里子，靠近胸口的地方，还缝了两个布袋，一个装盐，一个盛火柴。火柴和盐，是部队陷入被动时的救生索。

父亲停下的一刻头晕眼花，也许是先前战友的死刺激着他，他忽然恶心起来。当他垂头呕吐的时候，后背的锅猛地一震，冲击力让他险些栽倒，接着右前方树丛闪出一团白炽的火花，好像彗星划过，父亲马上意识到这是子弹擦着锅的右角飞过，后有敌手追击！父亲本能地卧倒，拔出枪来，匍匐到一处雪坎，以此为掩体。

父亲讲起这个人时，总以"敌手"相称，那么我也随他这么叫吧。

雪已停了，父亲说借着雪地的反光，依稀看见一团黑影在树丛飘动，距他不过四五十米。敌手对父亲的突然消失满怀警觉，因为他知道子弹打飞了，父亲不是中弹消失的，对方已进入防御，他的最佳进攻机会葬送了。敌手开始隐蔽自己，父亲说那团黑影下沉了，鬼影似的不见了，证明他也就势趴在雪地上了。那年雪大，积雪足有两尺，正好隐蔽。

父亲说他所在的支队的武器装备，在当时算精良的，有七八条老套筒步枪，还有两把毛瑟枪。手枪中好的是缴获来的王八盒子，其余的是自制的转轮手枪。而有的队伍武器装备紧张，像火头军和救护兵，只配备大刀，而父亲所在的支队人人有枪。父亲所持的是一支自制的转轮手枪，有些笨重，但很好使。父亲自诩枪法不错，用它打过野猪和狍子，为支队改善伙食。不过对他的枪法，我一直怀疑他有吹嘘的成分，因为在我童年时,看他参加武装部的运动会,父亲投掷的铁饼和铅球,都是不听话的孩子,落脚点不在规定范围内,没一次成绩有效的。还有他每每教训我时,无论是飞向我的砖头还是空酒瓶,也无一砸中。当然,也许他只是为了吓唬我,没让它们走正确路线。

在与日军守备队的交战中,父亲所带的子弹基本用光,只剩三发。每一发对他来讲,都贵如黄金。父亲说一个人在野外作战,子弹的用途多着去了。既可抵御敌手,又可预防野兽袭击,还可以猎取动物、获得食物,以及向搜寻自己的人发出求救信号。除了这些,父亲说子弹还有一项顶要紧的功能,万一奄奄一息,有落入敌手的危险,不如给自己个痛快,所以他说要给自己留颗子弹,就当是藏着一块人生最后的糖。

但那个晚上,他的糖果没能保住。

父亲说腊月天本来就冷,加上夜间气温骤然降至零下三十多摄氏度,人趴在雪坎上,一刻钟就冻木了。如果双方僵持下去,都将被活活冻死。为了让敌手主动出击,父亲想了个办法。他穿了两层衣服,里层是棉绒秋衣,外层是棉袄。他不顾严寒,卸下锅和干粮袋,脱下棉袄,将里层的秋衣脱下,再把棉袄穿回,锅背上,顺手捡了一根被暴风雪刮断的柞木树杈,故意大声咳嗽几声,引起敌手注意,然后用树杈将秋衣挑起来,轻轻舞动,制造他在运动的假象,敌手果然上当,连着两发子弹打过来,父亲说那家伙的枪法真不错,子弹都是穿过秋衣呼啸而过。两发子弹过后,父亲丢下树杈,让秋衣垂落,使对方以为他中弹了。果然,敌手认为父亲凶多吉少,慢慢露出头来,缓缓朝前移动,准备察看战果。当敌手走了十多米时,父亲扣动扳机,想在最有利的时机下,一枪撂倒他。可是也不知是手冻得麻木了,还是移动状态的黑影有点飘忽,总之第一颗子弹打飞了。枪声让他暴露,敌手自知上当,卧倒瞬间,父亲又开了第二枪,这一枪中弹的是一棵树,树发出嘶嘶叫声,火花绽放。父亲说他剩下最后一发子弹后,反倒镇定了。双方都知未伤对方皮毛,也就是说,他们的生命,处于同一地平线上,谁有日出,就看命运了。

父亲说他占据的雪坎驼峰一样凸起,是天然堑壕,毕竟有利,不想转移。但他知道卧在雪地撑不了多久,所以紧盯着那个方向,等待敌手的意志先崩溃。他们对峙了近半小时,父亲说他感觉周身的血液要凝固的时刻,敌手背后传来凄厉的狼嚎。这一直萦绕着支队的声音对父亲来说,习以为常,权当是老朋友来打招呼。可敌手却感到了危机,躁动不安,听得见他潜伏之处传出咯吱咯吱的声音,他想着避开狼吧,终于起身了,一直全神贯注盯着他的父亲,就在他露头的一瞬,打了最后一枪。

父亲很镇定,撤退时没忘了将中弹的秋衣拿上,顺手系在腰间,将两只袖子打结。他说现在很多人在运动时喜欢把外套脱下来这样装扮,自以为时髦呢,其实那时他就这么干了。那天西北风从背后吹得厉害,秋衣像棉帘子护住腰臀,让他暖和不少。

父亲说自己太走运了,等后来终于瞅清时,才知道最后一枪,击中敌手的左肩,而这家伙是个左撇子,右手虽也能持枪,但枪法比起左手差远了,所以尽管父亲消耗了所有子弹后被迫撤退,而为避免中枪采取蛇形方式,忽左忽右,但暴露在敌手有利射程范围的他,没有倒下。那人开的最后两枪,都成了献给夜的森林的小礼花。

父亲是什么时候察觉到敌手也没子弹了呢?他说为了便于听动静,他解开了护耳,在雪地跋涉约两里路后,他不再听到背后传来枪声,只是越来越清晰的狼嚎,觉得奇怪,回身一望,隐约见尾随他的敌手所挎的枪,似乎枪头朝上,说明它也无用武之地了。父亲说那一刻他轻松了一下,赶紧放慢脚步,撒了泡尿。他说战事紧急时,只要不是冬天,尿就撒在裤子里,尤其是雨天的时候。可是北风呼号时节,一泡尿下去,不出一刻钟,裤裆就会冻成硬坨,男人的家伙挨着冰坨,再强旺的人也会废了!父亲说如果那样,就不会有我和姐姐的出生了。

父亲撒完尿,再回身看了一眼,敌手追得近了些,但离他还有二三十米的样子。他走得跟跟跄跄的,看得出很吃力。父亲也没多想,心想你有耐力就追吧。武器都成了哑巴后,双方拼的就是毅力、体力和运气了。

雪又下了起来。父亲说不下雪的话,他不会迷失方向,他本来是向着四道岭新建的密营方向撤退的,他渴望在那儿与离散的战友会合,渴望在地窨子拢起火,喝上一缸热水,吃顿饭,踏实睡一觉。

然而雪越下越大,父亲说雪夜的森林,就是打了数不清的烟幕弹,你不走上歧路都不可能。他分辨不出东西南北,觉得哪儿都是前方,可走了一个小时后,会突然发现,自己又回到了先前经过的地方。敌手无路可走,紧追父亲。父亲怎样走,他就怎样追随,父亲想除了斗志在起作用,这家伙一直跟着可能与背后狼的追逐以及他无法辨认来时的路有关,也就是说,他也无力撤退了。

他们就这样在飞雪中又行进了两个多小时,午夜时分,父亲实在走不动了,在靠近河岸的灌木丛停下。飞雪中林木模糊,可狼的叫声一点也不模糊,愈发清晰。对付狼,火光就是子弹,父亲打算与敌手,徒手决一死战,如果幸存的话,就卸下锅,燃起一堆火,化点雪水,就着热水吃炒米。想起炒米,他一摸斜挎的干粮袋,却是瘪的,他立时就腿软了。父亲仔细摸索,发现干粮袋靠近后脊梁的部位,有道寸长的口子,看来这一通疾走,穿山时被树枝给刮破了,炒米白白流失了。所幸吊在干粮袋上的茶缸还在,行军中它既能喝水,还能当食物的容器。父亲说鸟儿要是寻到遗落的炒米,一定会张开翅膀欢呼。他说脱险以后,干粮袋就不在衣服最外面斜挎着了,而是像护卫盐和火柴似的,将其当银元捆在腰间,这样就不会有闪失了。

老实说复述到此,我觉得父亲无数次唠叨的这个故事,没啥新奇,无非是他们行动失败，他单枪匹马撤退，被一个敌手，不懈追击而已。

但接下来发生的故事，尽管父亲每次讲述时，语气是平静的，但总能在我心底搅起波澜。我对后半程的故事永不厌倦，就像对一首喜欢的乐曲，不管循环播放多少次，依然爱听。

雪没停，父亲选择了靠近河谷的一片灌木丛停了下来。除了手枪，他还携带着一把三寸长的钢刀。作为火头军，这把刀的主要用途是炊事，剜个野菜，剥点引火的桦树皮，打到野兽开荤时用于肢解动物等。当然危急时刻，它还可以作为武器。

父亲说他卸下锅，把枪也卸下，看着敌手一步步逼近。他的喘息传来了，如此沉重，好像喘不动的样子。父亲手握钢刀，身体绷紧，做好了决战准备。可是敌手踩着父亲蹚出的脚印，趔趔趄趄靠近他时，既没做出战斗的姿态，也没举手投降，而是一头栽倒在雪地上。父亲怕他佯装倒下，持刀慢慢凑近，才发现他左臂中弹了，他的军服残破不堪。原来情急之下，他撕扯军服当绷带，包扎伤口了。可是他伤得厉害，军服的面料又不适宜做敷料，所以包扎处渗血严重，一团墨色。父亲说他从未见过一个人的眼睛会在夜的飞雪中发出那样强的光，锐利、绝望，又不甘。敌手打着寒战，牙齿磨得咯咯响，不知他是被疼痛折磨的，还是因为憎恨父亲。

父亲先缴了他的枪。是一支轻便灵活的三八式步骑枪，俗称小马盖子枪，父亲说那是女战士最喜欢的一款枪。他最终靠着这支枪，俘获了母亲的芳心，那时她在后方营房的被服厂做军服，当然这是后话了。

小马盖子枪到手后，父亲继续搜他身，没发现手枪和刀具，说明他们仓促应战中，装备不足。父亲说本来可以一刀子扎在他心口上，让失去反抗能力的敌手立即毙命，但见他气息奄奄，挺不了多久了，再说狼嚎声越来越近，父亲准备赶紧点火。敌手受伤后，伤口没包扎好，血滴在雪地上，父亲想，是血腥气让嗅觉灵敏的狼一路跟着吧。狼的叫声越来越近时，父亲听出至少两条狼在叫，一种声音富有攻击性，凄厉而有穿透力；一种比较婉转、犹疑，像婴儿的啼哭，让他有似曾相识之感。

父亲在灌木丛划拉了一抱干枯的树枝，又找了棵桦树，剥了块桦树皮，生起火来。这堆火距离敌手倒地之处，有四五米远。父亲把锅支上，想融化点雪水来喝。没有食物，吃几粒盐，喝一缸热水，也能补充能量。

他烧雪水的时候，想着该怎样处置敌手。他失血过多，倒地后就再也没能爬起来。父亲知道这样下去，不出几个小时，他就会死在那片灌木丛。他似乎不惧怕父亲，但对狼的叫声表现出异常的惊恐，狼一叫唤，他就呻吟。

父亲又找来一些柴火，打算在篝火旁多休息两个小时，等雪停了再行动。他抱着柴火回到篝火旁时，雪水烧沸了，狼也来到近前。躲避在灌木丛后的狼，交替发出叫声，一种是带着威慑和焦急情绪的大叫，一种是故人似的低沉呼唤。敌手哼唧得更厉害了，他身体扭曲着，似乎想努力爬到篝火这来，可他终归没能离开跌倒之地半步。

父亲是怎么判断出徘徊在附近的狼，有一只就是他熟悉的瞎眼狼的呢？他喝过一缸热水后，发现篝火的斜对面，狼发声之处的灌木丛，有两个黄绿色的光点在闪烁，那是狼眼发出的光。两条狼应该有四个发光点，可父亲说他望了多次，总是两个光点，这说明另一条狼的眼睛是不发光的，它不是瞎眼狼又会是谁呢！父亲说直到这时他才明白，为啥有一条狼发出的叫声，令他有熟悉的感觉。

一缸热水落肚，父亲觉得已快凝固的血液，开始苏醒，一波一波地缓缓流动了。他摸出几粒盐，当点心一样品咂。直到和平时期，父亲都有囤积食盐的习惯，这与他战争年代的经历有关吧，他常说盐粒是尘世的珍珠！

不瞎的狼一定是饥饿到极点了，它的叫声带着极度的不耐烦和愤怒。父亲向篝火填了更多的柴，让它愈发旺盛，篝火噼啪燃烧，就像黑夜的心脏，怦怦跳动。父亲说他歇息的时候，不时瞄一眼敌手，他努力挥起右手，似在召唤他。父亲走过去，发现他浑身颤抖，脸被疼痛和恐惧折磨得扭曲变形，他对着父亲，从牙缝中迸出一个"冷——"字，父亲明白，他这是想离篝火近些。父亲犹豫了一下，想着这可能是他此生的最后愿望了，最终还是又怜又恨地，拽起他双脚，确切说是拽着一双半新的长勒马靴，将他扯到篝火旁。篝火照耀着他，他发出一声怪异的笑声。不知是被篝火激动的，还是因父亲最终屈从了他而得意的。

敌手是个年轻的士兵，懂得一点中国话，说不连贯，单字单字地蹦。他到了篝火旁，先是艰难吐出个"水——"字，父亲没搭理他；他又吐出个"盐——"字，父亲还是没搭理他。父亲说了，水和盐的摄入，也许会让一条毒蛇苏醒。想着自己差点成为他枪下的鬼，想着牺牲的磨牙王，父亲甚至觉得把他拖到篝火旁，让他得到最后的人间温暖，都是对战友的背叛。

父亲说那夜的篝火太美了，将它周围飘舞的雪花，映照得像一群金翅的蝴蝶！他看着飞旋在铁锅上空的雪花，心想它们要是化成小年的饺子，该有多好啊。父亲饿得慌，狼也饿得慌。一条狼始终凶悍地叫，它一定希冀篝火快点熄灭，黎明快些到来。敌手怕自己最终会成为狼的盘中餐吧，他在生命的最后时刻，拼尽全力，拍一下自己，然后指指篝火，再吃力地拍一下自己，再指指篝火。父亲明白，他想让他火葬了他。父亲说你要是投降，优待俘虏，我或许可以考虑。敌手听得懂父亲的话，但他没有将手上举，而是牢牢贴在胸口，像守卫最后的堡垒，至死没有做出投降的姿势。

敌手挣扎了最后一程，凌晨两三点钟死了。父亲说这时雪停了，老天爷不撒纸钱似的雪花了。西北风刮了起来，父亲又捡了一抱柴，让篝火始终处于旺盛状态。父亲饿得肚子咕咕直叫，可雪水沸腾的铁锅，依然没有可煮食的东西。父亲再次搜敌手的身，希冀有所发现，万一有两块压缩饼干，或是一支香烟，那将是这个小年的好享受了，可他最终失望了。他只在军服的口袋里搜出两样东西，一个是一方蓝格子手帕，另一个是长方形金属外壳的镜盒。打开一看，里面竟夹着一张二寸的黑白相片。父亲凑近篝火一看，那是个穿着印花和服的姑娘，她额头很宽，鼻子小巧，微微垂头，浅浅笑着，满眼都是甜蜜。这掩藏在镜盒里的姑娘的相片，令父亲有看见原野小花的感觉。父亲想这相片中的人，也许是敌手远在家乡的恋人，而她再也见不到心上人了。父亲将镜盒放回敌手的口袋，而将蓝格子手帕揣进自己兜里了。

父亲从敌手的头一直细搜到脚，突然有了救命的发现。敌手穿着的马靴，是长靴，长靴通常是军官和骑兵的装备。从这名士兵的肩章和帽子看出，他不是军官，那么他是守备队中的一名骑兵？军官的靴筒通常为平口的，而骑兵长靴为斜口的。父亲说敌手的马靴就是斜口的，深棕色，里面有黑色绒毛，极其保暖。靴子是上好的牛皮的，靴帮靠近脚腕处，有一圈韭菜叶宽的装饰带，好像给这靴子戴了一个项圈。

父亲将这两只靴子从敌手脚上拔下来，靠近篝火，用钢刀切割靴子。靴筒很温乎，敌手死了，可他身体的余温未散，孤魂似的游荡。父亲说摸到热气时，他心里哆嗦一下，望了一眼敌手，他死时眼睛没闭上，父亲停下手，将敌手的那块蓝格子手帕掏出来，走过去蒙在他脸上。父亲每每讲到这个细节，我总要问，你是怕他看见你吃他的马靴吧？父亲的回答总是，一个死了的人，唉，他就是没闭上眼的话，哪能真瞅见呢。他并不解释给他蒙面的具体原因。

父亲割掉靴底，将要扔掉时，发现靴底烙印着一行字，仔细辨认，原来是"昭和十二年制"的字样。他将靴底撇得远远的，说感觉是将这罪恶的一年给抛掉了。父亲划开靴帮，燎猪毛似的，将靴筒绒毛在火上处理掉，再用刀子，将它一遍遍地刮着，除掉绒毛烧后留下的灰烬，再尽力刮掉所染的颜色，让牛皮尽量恢复本色。他数了数，一双马靴，经他分解后，得了大大小小的牛皮，一共十块。他将它们放进雪堆，一遍遍揉搓，使它们更为清洁，然后加柴调旺篝火，往铁锅续了雪，使融化的水更多，把马靴皮下到锅里，又折了几簇樟子松苍绿的松枝，作为提香除秽的调料，投进锅里，开始炖马靴了。

父亲说火旺，锅很快就烧开了，咕嘟嘟冒热气。在冬夜的山林，这口锅散发的水蒸气，在升腾的一刻，被篝火映照得像一条腾空的金龙。没有锅盖，水汽蒸发极快，父亲不停地往锅里添雪。马靴的味道渐渐散发出来，初始是煳味，跟着是膻味，半小时后，牛皮仿佛被熬煮得苏醒了，淡淡的香气出来了。父亲说他等不及了，狼也没耐心了，它们闻到肉皮的味道，嗥叫不休。一种是威慑性的想要攫取的叫声，一种是乞求施舍的温和的叫声。

父亲用桦树枝条做筷子，捞出最大那块马靴皮，用刀切下一小块，填进嘴里。牛皮虽然膨胀起来了，但炖的时间不长，极其难嚼。父亲努力吃了半块，将余下的一分为二，撒给盘踞在灌木丛的狼。我问他食物如此短缺，为啥还要喂狼？他说可能是习惯吧，毕竟瞎眼狼在那里。再说狼得了吃的，就不会过来吃人。他说的人，是否包括敌手呢？这个话题我始终没敢问他，直到他辞世。

父亲说肚子一旦有了食物，哪怕只是垫了个底儿，心就不慌了。西北风越刮越大，树也开始呜呜叫起来。父亲不担心会有敌兵追来，因为路途艰险不说，他们留在雪地的足迹，早被飞雪和狂风搅起的雪浪给荡平了，任谁也别想找到他们了。

马靴又被炖了一段时间后，终于嚼得动了，父亲吃了两块，体力恢复了,他将剩下的牛皮捞出来。父亲说几乎就是打个哈欠的工夫,它们就在寒风中凉透了,再打个哈欠的工夫,它们就冻硬了,父亲将它们当点心,分别揣进裤兜,然后取下篝火上的铁锅。热锅落在雪地的一刻,发出"吱吱——"的叫声,父亲说锅底下的雪被烫得不轻,破了很大一片,流出汩汩雪水,但热锅烫伤的雪,很快结痂,寒风也让热锅成了冷锅。父亲抬头望了望天,雪停了,但夜空还没晴朗起来,望不见北斗星,父亲不知置身何方。夜晚的山岭,看上去都是一个模样,按照父亲的比喻,它们就像一把把钢刀插在那里,阴森恐怖,让人觉得是在屠宰场。

父亲本不想天亮前出发的,他不知该走向哪里。天明以后,他能从太阳判断方向。可是狼逼得他必须走,因为它们窸窸窣窣地冲出灌木丛,朝向篝火了,显然那点牛皮,不够打牙祭的。父亲说当它们离自己仅有五六米远时,他在它们斜对面,借着残余的篝火,望见了一生难忘的情景,两条狼一前一后,呈一条直线,前面的狼高大威猛,后面的狼矮小瘦削。前狼挣扎着向前,后狼拼死咬住前狼的尾巴,试图阻止它的步伐。父亲认出了后狼就是瞎眼狼。他说从未见过狼眼会泛出红光,前狼试图奔向篝火旁边的人时,眼睛漫溢的就是这种光,也不知是不是篝火映的。父亲"嗨——嗨——"地叫了两声,这是以往瞎眼狼尾随支队时,他抛给它食物时,惯常的招呼声。瞎眼狼显然熟悉父亲的呼唤,它更加用力地往回拽前狼,前狼的尾巴绷得直直的,像一支在弦之箭,就要绷不住了,它的尾巴随时有被扯掉的危险,痛到极点,叫声格外瘆人。最终前狼让步了,瞎眼狼将它生生地拖回灌木丛。父亲长舒一口气,感恩似的分出两块牛皮,投给它们。

父亲说既然前狼连火光都不怕了,久留于他来讲,危险太大了,他准备出发。他本想换上敌手的棉服,它的保暖性更好,可是这件棉服的肩胛处,被父亲发射的子弹打穿后,先前涌出的鲜血已成凝固剂,衣服破损污秽不说,要是强行脱下,等于撕敌手的皮。最终父亲将他的帽子取下,扣在自己头上。然后划拉了一抱柴,将篝火调得旺旺的,拔腿出发了。

常听父亲讲炖马靴故事的母亲和我,一再问过父亲,你都要开拔了,还点篝火做什么?是不是火葬了敌手?父亲给出的答案总是模棱两可的。有时他说:"我缴了他的枪,还吃了他的马靴,不然就得饿死啊。"有时他说:"我战友的尸骨还不知埋在哪里呢。"有时他说:"那晚上没月亮,生火能照亮一段路啊。"最接近答案真相的一次,他说:"唉,让他和那个姑娘的相片一起化成灰,他做鬼也值了吧。"

父亲说他根据西北风吹来的方向判断,他要撤退到队伍的密营,得与风向逆向而行。结果他走了一两里路后,风竟然休克了,没了,他等于丧失了唯一路标,又不知所向了。按照父亲的说法,当时森林整个冻僵了,树枝动也不动,连一声野生动物的叫声都没有,他感觉自己在地狱中。天渐渐亮了,可它亮在阴云里,父亲期待的太阳没有现身。就在他走投无路之际,他听见了背后有走兽的声音,回身一望,距他五米多远,就是那两条狼!冬季的狼皮毛黯淡,它们就像荒草堆一样。瞎眼狼还是在后面,叼着前狼的尾巴。前狼见着父亲,停了下来,它的目光柔和多了。瞎眼狼低低叫着,安慰着陷入绝境的父亲。父亲仔细打量前狼,发现它是条年轻的公狼,它对瞎眼狼不敢违命,原来是瞎眼狼的儿子啊!父亲是怎么看出的呢?前狼追上父亲,停下的一瞬,它身后的瞎眼狼,立马松口,放下前狼的尾巴,上前两步,用嘴温柔地触着前狼的脸,似在亲吻,前狼发出撒娇和委屈的叫声。父亲说只有母亲对孩子才能表现出如此的怜惜和爱抚,也只有孝顺的孩子,才会对母亲发出的哪怕它不喜欢的指向,俯首帖耳。直到这时,父亲才明白瞎眼狼当年为什么怀孕,它是为自己的未来生活,寻找一双眼睛啊!不知瞎眼狼一窝生了几崽,存活几只,它的丈夫和它另外的骨肉,也许都因嫌弃而背弃了它,但至少父亲看到了,有一只忠勇的小狼,把自己的尾巴当做母亲的生命线,在荒无人烟的深山,不离不弃地牵引着它。父亲说瞎眼狼所叼着的尾巴,是它生命的脐带,也是一道藏在心底的光啊。

后来的故事,我和母亲差不多都能背诵了,天连阴了三天,不见日月,瞎眼狼和它的孩子在前引路,把父亲领出迷途。他们靠着所剩的煮熟的马靴皮,和深埋在雪下的红豆浆果,以及山洞的骨头,渡过难关。而那些骨头,有瞎眼狼备下的,也有父亲当年丢给它的。骨头怎么吃呢?父亲说晚上在山洞口生起火后,会把它们在火上烤酥,这时的骨头就能咬动了。而小狼很卖力地想帮他们解决伙食,其间它发现一只雪兔,可它跳跃着要扑向它的时候,它的母亲松开它的尾巴过慢,它扑了个空。母子狼最终带着他,靠近了一个村庄。父亲说闻到炊烟的气息后,瞎眼狼觉得告别的时刻到了,它松开嘴,用两只前爪激动地刨着地,洗尘似的,快乐地躺倒,在雪地打了几个滚,然后起身抖了抖毛,沾在它身上的雪粉飞溅出来,飞进父亲的眼睛,与他的泪水相逢。瞎眼狼看不见父亲的泪,它无比骄傲地仰天嗷嗷叫了几声,仿佛宣告它的使命完成了。小狼卸下了父亲这个沉重包袱,得到解放,它比母狼还要欢欣鼓舞,父亲说它原地转了好几个圈,像在跳舞,然后站定看着父亲,身体后倾,调皮地做出进攻的姿态,长嗥一声,最后吓唬一下父亲。

母子狼转身走了,依然是小狼在前,瞎眼狼叼着孩子的尾巴在后。父亲说它们转身前,他给两条狼作了个揖,瞎眼狼无法看见,小狼却并不领情,对着他又是一声长嗥,好像在说,少来这套,没吃掉你,算你走运!父亲说他夜晚栖息在山洞的那三天,瞎眼狼守候在洞口外,也不忘了叼着小狼的尾巴,怕它万一不听话,会对父亲下口吧。

父亲得救后,认识了后方被服厂的母亲,那支缴获来的小马盖子枪,经组织同意,配给了后来跟父亲一同上阵的母亲。他们在我之前,生了一个女孩,跟着他们转战,营养匮乏,两岁就死了。我命好,出生在抗战胜利后。父亲待我甚为严格，他像严苛的教官，要求我学习攀岩、游泳、滑雪、测绘、爆破甚至跳伞等本领。据母亲说，这些都是抗联战士当年要学的科目。每到小年的时候，他都要讲一遍炖马靴的故事。所以我落下了一个毛病，父亲去世后，每年腊月二十三，我也给我的儿子，讲炖马靴的故事。而且我退休后，爱泡在图书馆的地方志资料室里，查阅抗联时期的相关历史资料，希冀能找到头道岭二道岭四道岭的位置，希冀能找到那个不依不饶追逐父亲的敌手的资料，希冀能够从民间资料中看到有关瞎眼狼的传说，可是我就像一个蹩脚的渔夫，撒下无数片网，却终无所获。最后我甚至怀疑，父亲的这个故事，是不是编造的。但有一点肯定的是，父亲中弹的棉绒秋衣，弹孔还在，边缘处的烧灼痕迹清晰可见，不过它没有传到我们下一代手里，而是在抗联博物馆陈列室的橱窗里。

父亲去世的次年，母亲也走了，他们都活过了八十岁。炖马靴的故事，只有我一个人给下一代讲了。儿子是做网站编辑的，他每次听这故事，总要俏皮地说，驴马牛都是大牲口，算是一族的，爷爷当年在山中，吃的可是大补的阿胶啊。之后便骂张学良，说当年他要是带领东北军抵抗侵略军的话，日军不会轻易占领东北。他说当年的东北军是只老虎，空军有两百架战机，地面部队也不错。张作霖当时开办的兵工厂设备优良，还有德国进口的设备呢，所以造的武器也过硬。儿子说要是张作霖不被炸死，妈拉个巴子的，侵略者休想进犯东北半步！儿子经常是发完牢骚，就会打电话叫外卖，外卖的主角是猪皮冻和鱼皮冻，他说动物的皮，是身体的精华。我想他是用他的肠胃，帮助他的精神，记忆这个故事吧。

最后我要补充的是，父亲每回讲完炖马靴的故事，总要仰天慨叹一句：人哪，得想着给自己的后路，留点骨头！

原刊《钟山》第1期

荀滑脱逃

朱山坡

生而为贼,我很抱歉。真的非常抱歉。荀滑向人展示他细长而灵巧的双手,说,我祖上都靠扒窃养家,我一生下来就是扒手,我干不了别的,只能子承父业,我比你们更讨厌我自己。他说此话的时候像一个谦谦君子,态度很诚恳,很羞愧,甚至痛心疾首,是在憎恨自己,恨不得向所有的人下跪谢罪。他不止一次向受害人说这句话。只是,说完了继续作案,在蛋镇热闹的街头,把手隐蔽而熟练地伸向那些乡下人的裤兜。

荀滑从不扒镇上的人的裤兜,都是街坊邻居,他下不了手。虽然如此,如果站在正义一边,我们都认为荀滑是可恨可恶之人,希望雷电劈掉他的双手。但跟其他贼不太一样,荀滑有可爱之处。比如说,他从不希望通过窃取他人财物发家致富,只求一日三餐,从不大吃大喝,每顿都像乞丐一样吃得很节俭,有时候一碗稀饭就足矣。填饱了肚子,他便安分守己,老实巴交地坐在肉行的角落里打盹,只有想看电影时,才睁开眼睛,寻找猎物。

荀滑是一个虔诚的影迷。他向别人索取不多，有时候够买一张电影票就可以了。"我真的非常抱歉。我是为了看电影才这样的。"荀滑向我们解释说，"我看电影的时候，希望坐在电影院里的全是好人。夜不闭户，路不拾遗，所有人的心里都歌舞升平。"

因而，他从不在电影院里下手。虽然电影院人头攒动，拥挤不堪，光线昏暗，正是扒窃的好机会。但荀滑认为，如果一旦意识到可能有贼，观众就必须时时提防，根本无法聚精会神看电影，就会造成艺术的浪费，最终会导致良知的丧失。

"艺术的良知要靠像我这样的人来维护！"荀滑自信地说。我们不知道他心里的"良知"到底是什么概念，但荀滑确实向空中挥舞着拳头咬牙切齿地公开警告过那些贼眉鼠眼的人，不要在电影院行窃，谁搞事砸烂谁的头颅。实际上，他是在警告自己，因为蛋镇只有他一个扒手。电影院从没有出现扒窃的情况，无论是镇上的人，还是乡下人，甚至外乡人，坐在电影院里看电影用不着担心自己的裤兜会被扒手光顾。

"电影院就像是外国人的教堂，不是撒野作恶的地方。"荀滑说的，我们都十分认同。镇上所有的人都觉得"作恶多端"的荀滑说了一句深得人心的箴言。

这里的"我们"，包括了几个游手好闲之徒，因为太闲而凑在一起消磨时光，当然也有谨慎而有限的友谊。

荀滑长相粗鲁，常目露凶光，但内心柔软，即便是欺负乡下人也留有余地，不把事情做绝。比如，他从不把一个人身上的钱扒光。把钱包窃取出来后，他只取一半的钱，把另一半悄悄地归还原主。这叫休养生息，给人留下活路，也算是为自己积点阴德。果不其然，那些不幸被扒却发现钱财还剩一半的人，既有无端失财的悲痛，也有劫后余生之惊喜。荀滑既受尽了诅咒，又收获了赞美。因而，在蛋镇，他从来都是毁誉参半，让人爱恨交加。

但凡做贼的人，总有马失前蹄的时候。荀滑也是。有时候他将手伸向汗渍斑驳的裤兜时，被人察觉了。察觉者惊惶失措，抓住他朝着熙熙攘攘的人流大呼"捉贼"。人赃并获，此时的荀滑无法狡辩，有些尴尬和挫败感，他会把钱退还给原主，并义正词严地警告再三："保管好你的钱物，不要再丢了。"围过来的乡下人都认出了他，义愤填膺，叫嚷着揍扁他，但看到他粗壮凶悍随时以死相搏的模样，也就退却了。他从人缝里闪出去，装作从容地戴上草帽，粗略乔装打扮一下，重新消失在人海里。

"我只有在一边作案一边想着电影里的情节时才会失手。"荀滑总是把失手的原因归咎于电影。这也不奇怪。像电影影响了工作和生活的情况在蛋镇比比皆是。比如，炒菜时想到电影，竟把菜炒煳了；走路时想着电影，走反了方向；夫妻吵架，互相指责对方在过性生活时心里想着电影明星，嘴里喃喃着影星的名字……但电影使得荀滑马失前蹄，这是电影的独特贡献。我们希望电影要么把坏人全部变好，要么把他们全部消灭。

即便是失手，荀滑总是能轻易地逃脱乡下人的惩罚，并非仅仅是因为他的凶悍的外表。他是真的凶悍，打架下手很狠，不顾后果。五年前，他父亲还在蛋镇，他在高州练习手艺和胆识。有一次中了地痞的圈套，失手了，被当众掳获，十几个地痞围殴他，把他打得半死。他们以为荀滑真的被打趴了，当他们往他身上吐完口水扬长而去时，他从地上爬起来，手抓一块砖头将他们其中的三个脑袋砸开了洞，吓得其他地痞抱头鼠窜……当然，荀滑进了两年少教所，实际上就是坐牢。从牢里出来后，他再也没有向谁扬起过拳头，但依然常常目露凶光，那是骨子里与生俱来的狠，令人胆寒。荀滑从他父亲那里继承了脱逃术，但都是低端的，比如说易容术、乔装术、求饶术、死皮赖脸术、丢盔弃甲术、就地隐身术、绝境求生术……如果无法脱逃，只好抱头扮死猪，任人踹踢，生死由命。荀滑的祖父是逃跑时翻墙摔死的，父亲是慌不择路掉进食品站的粪池沼气中毒死的。荀滑基本上不使用这些脱逃术了，因为在蛋镇，没有人敢揍他，他不需要狼狈逃跑。乡下人知道他的恶名，畏惧这个命贱如泥的烂仔，不愿跟他玉石俱焚，只求他的手不要伸进他们的裤兜，相安无事。这也是一种善良。荀滑希望善良的乡下人养他一辈子。

"蛋镇还不富裕，只能养活我一个扒手。"荀滑说话绵里藏针，"我不允许有竞争对手。"

事实上，很多年来，蛋镇也只有一个扒手。在荀滑之前，是荀滑的父亲。在荀滑父亲之前，是荀滑的祖父。这几年，就是荀滑了。他的祖父、父亲都曾经对竞争者下狠手，除了他们家的，没有谁敢在蛋镇开展扒窃业务。这几乎成了一条潜规则，连派出所都默许了。每当接到裤兜被扒的报案，派出所第一个要找的人便是荀滑："乡下人不容易，你把钱还给人家吧。"荀滑从不承认，警察也无法从他身上找到证据，又因为乡下人本来就没什么钱，报案者损失都不大，警察便不了了之，对受害人说："你口袋里的钱不是还剩下一半嘛，扒手已经手下留情了，算了吧。"也只能算了。荀滑出入派出所就像回家离家那样平常，甚至跟那里的四个警察有着源远流长的深厚友谊。派出所被乡下人骂作"蛇鼠一窝"，后来他们被扒窃，连报案都懒得去了。

荀滑只是蛋镇街头众多浑蛋中的危害最小的一个，犹如厨房里的蟑螂，又犹如一个人身上的小疥癣，包括警察在内没有人觉得非要除掉他不可。

荀滑也因此觉得他会像他父亲一样，可以安心当一辈子扒手，直到老之将至，自己摔死在逃跑的路上。

有一天，电影才放到半截，电影院里突然有人惊叫，说自己的裤兜被扒了！这一叫，很多观众才发现自己的裤兜被人摸过了，有的还被刀片割了口子，身上的钱不翼而飞。电影院里一下子变得闹哄哄的，荀滑看电影的心情一下子没了。

"谁他妈的那么缺德，竟然在电影院里行窃？"荀滑站起来大声吼道。

然而，所有人都看着他。灯亮了。荀滑看到的全是对他充满怀疑和鄙视的眼神。

"蛋镇只有你一个扒手，你说是谁在电影院里扒窃？"

"可是，我一直在专心看电影，我的手从没离开过自己的裤裆！"荀滑争辩道。

没有人相信荀滑一直在看电影，都讥讽他比他父亲多使用了一条脱逃术：贼喊捉贼。荀滑有口难辩，把身上的衣服脱下来让他们查看。他身上没有钱。但还是无法洗清自己。

"反正蛋镇只有你一个扒手。除非你爷爷、你老爸复活了。"

此时荀滑意识到，蛋镇来了同行，跟他抢食了，而且是冷酷无情，不择手段，胆敢在电影院作案。荀滑突然目露凶光，脸上却有慌张。

一连几天，电影院里都有观众被扒窃，他们再也无法心无旁骛地看电影，时时提防。即使荀滑没有进电影院，他也是唯一的怀疑对象，观众的怒火都往他身上撒，大声责骂他把电影院变成了菜市场。派出所每天都接到有人裤兜被扒的报案，荀滑不厌其烦地向警察自辩清白。新来的派出所所长不相信荀滑，警告他，如果不能证明扒手另有其人，便要抓他归案，让法庭从严从快判决，把他押往遥远的监狱，在挖煤中度过余生。

荀滑委屈得像一只即将被宰杀的母鸡，发誓要揪出竞争对手。镇上没出现过几张陌生的面孔。陌生人也不敢在蛋镇贸然下手。荀滑怀疑是大家都熟悉的人作的案，比如麦香面包店的伙计李泡菜，银饰铺的学徒樊白毛，做棉花糖生意的叶呆子，游手好闲的痞子蔡，喜欢潜伏在女厕所的流氓顾……他们看上去呆头呆脑，却是贼眼圆睁，双手却灵巧得很，功夫藏得很深，如果不是荀滑压住，他们早就出手了。荀滑不动声色，暗地里重点盯着他们，细心观察，耐心跟踪，可是一无所获。他们像往常一样，虽然鬼鬼祟祟，却并无扒窃之举。他把所有可疑分子全跟踪过了，都被他一一排除。可是扒窃案仍然频频发生，且常常把人身上的钱财和贵重物品一扒而光，毫不留情，一时间大街小巷人心惶惶，电影院里更是怨声载道，观众不得不一边看电影，一边双手捂住裤兜，即便如此，仍然有人钱包凭空消失。

有人猜测说，荀滑喜欢上了供销社最漂亮的售货员卢卡妮。但卢卡妮要嫁万元户。只要是万元户，嫁谁都无所谓。荀滑要当万元户，所以才一改常态，疯狂作案。

荀滑是喜欢卢卡妮，但他没打算当万元户。

"我喜欢电影，但没必要非得建个电影院不可。"荀滑说，"喜欢卢妮卡也是一个道理。"

对手藏得很深。荀滑面临的压力越来越大，内心充满了惶恐，寝食难安，对我们说："现在我是千夫所指了，每个人心里对我恨入骨髓，好像只有我死了，或者重新坐牢了，他们才安心，蛋镇才恢复安宁。"

荀滑的主要压力不仅来自派出所，更多的来自乡下人。似乎是，每一个乡下人都被他扒窃过。他们同仇敌忾，要跟他算总账了，甚至要把他祖宗三代的账一起算，只是没有找到合适的契机而已。但他感觉到危险在迫近。

这一天，已经临近春节。中午，南洋大街布行前突然有一个乡下人躺在地上呼天抢地地痛哭，引来里外七层的人围观。原来，这个乡下老头的裤兜被人扒了，养了一年的鸡，卖得二十八块钱，刚进布行，要给老母亲买七尺布做寿衣用的。老母亲在床上衣不蔽体，死前总得穿得体面些。付款时却发现钱不见了,裤兜被刀片割了一个口子。

"这是我一年的收入啊!"那个老头像被人割走了卵蛋,悲恸欲绝,在地上翻滚挣扎,哭声博得了同情。二十八块,对乡下人来说确实是一笔大款了。老头是新茗村的一个五保户,年迈的老母亲在家等着他的钱买棺木。老母亲可能都挨不过春节了。

荀滑成了众矢之的,口诛之声响彻云霄。

荀滑怎么变得那么贪婪无情了?竟然一下子盗取了一个五保户的全部家当!

民愤汹涌,如火山喷发。怒火把南洋大街烧得炽热。乡下人越围越多,很快便水泄不通,他们高呼着口号,要揪出荀滑,为老头讨回公道。

没有人认出草帽遮脸、稍做易容了的荀滑。他小心翼翼地从人群里退了出来。

"我认得这个老头。刚才他经过电影院门口时,我只窃取了他左边裤兜的一块钱。因为我突然想看电影了。"荀滑对我们嘀咕说,"但我没偷他右裤兜的钱。你们知道,我从不使用刀片。"我们相信荀滑说的是真的。他没必要坏到透顶。

老头被割的是右裤兜。割口很直、很小,刚好够二十八块钱进出,说明两个问题:一是刀片很锋利,二是手法娴熟。作案者是一个高手。

荀滑把口袋外翻给我们看,确实只有一块钱。

"今天我不看电影了。我把钱还给老头。"荀滑说。

荀滑要拿着一块钱重新回到人群,亲自还给那个老头。我们阻止了他。我们远远看着那些被怒火点燃了的乡下人,心里也十分害怕。因为我们去年见识过香蕉大滞销农民围攻政府的情形。

"他们会像一群鬣狗将你撕食了。"我们对荀滑说,"哪怕你是一头狮子、一只河马。"

041

荀滑悻悻地说:"可是,有人败坏了我的名声,我要证明我的清白。"

你的名字比东风旅社的暗娼还家喻户晓,还想证明什么呀?我们不是他的帮凶,只是他的街坊,严格来说,只有他不做坏事的时候,我们和他才算得上朋友。我们平日里也做些不正经的事,但都遵循了彼此和平共处、互不干涉的原则,哪怕看到荀滑正在作案,我们也是睁一眼闭一眼。此时他像一只飞蛾要扑向一堆怒火,眼看蛋镇街头又要出现一起血案了。这些年,我们吃过不少亏,知道和平的可贵,不太愿意再看到有人喋血街头。幸好,他听从了我们的劝告。

"生而为贼,我很抱歉。真的非常抱歉。"荀滑说。这是他的口头禅。我们从不怀疑他的诚意。从牢里出来后,他曾经决定向善,要金盆洗手,走正道,去锯木厂上班,干正经的事业。但那些无孔不入的木屑使得他浑身发痒,轰鸣的锯木声使得他心烦意乱,漫长的工作时间让他坐立不安。不到一个星期,便向锯木厂说再见。不仅仅是他,我们当中的哪个小混混不想弃恶从善,做一个光明正大、有体面工作的人?只是时机未到,我们都在电影院里等待。

世事纷扰,江湖难清。电影是最好的避风港和桃花源。

我们推着荀滑走向电影院。这天放映的是一部旧电影,我们都看过多少遍了。但是,除了看电影我们还能干什么?电影里有的东西,蛋镇都没有,比如最简单最常见的火车。荀滑就喜欢火车。荀滑从牢里出来后,我们曾经结伴去陆川县看过火车。坐在铁轨旁边,从中午一直等到傍晚,才有一列绿皮火车从北面徐徐而来。残阳的余光照在火车身上,车厢通体金黄。我们被长得几乎看不到尽头的火车吓得目瞪口呆,又莫名兴奋,拼命向火车招手。出乎意料的是,火车并非想象中那样比闪电还快,而是开得很慢,好像它是故意慢下来让我们看个究竟的,甚至让我们跳上去,带我们前往遥远的地方。车厢里挤满了人,我们十分羡慕他们,向他们招手,他们却没有给我们相应的礼仪。但我们一点也不怪他们。荀滑却追着火车跑,眼看他追上火车了,却被枕木绊倒了。等他爬起来,火车已经转过一个弯,最后消失在隧道里。

"如果不绊倒,我早应该到了广州。"每当想起当年前看火车的往事,荀滑都兴奋而不无遗憾地说,"那是我离世界最近的一次。而且,还让我明白了一个道理:当扒手是可耻的。"

那时候,他父亲没有因为儿子坐过牢而产生悔意、让儿子悔过自新,而是加紧训练他当扒手,教授他如何脱逃。因为在他看来,儿子坐牢的原因恰恰是学艺不精。在等火车来的无聊时间里,荀滑给我们演示扒窃和脱逃技术,我们都赞叹他身怀绝技。"还有更绝的脱逃术,你们做梦也想不到。"只是火车来了,他没有展示。这段经历,是我们和他的友谊的基石,也是不愿意看到他毁灭的原因。

后来,只要是能看到火车的电影,荀滑都要看。我觉得他进电影院不是为了看电影而是为了看火车,各种各样的火车。这天上映的电影极其无聊,但是能看到火车。这就够了。

"我用那糟老头的钱买电影票吗?"荀滑在售票窗口前犹豫了。

我们说:"当然。这是一块钱最好的用途。"

荀滑向售票员递上一张皱巴巴的一元纸币,换来一张电影票。荀滑接到电影票的刹那,像触电了似的,手抖了一下,脸部肌肉剧烈地抽搐,目光前所未有的谦卑、温和。

"怎么看上去像是一张远程火车票呢?"荀滑晃着手中的电影票说。

我们说:"待会儿能看到火车,很长的绿皮火车,比一百条南洋大街连起来还要长。"

荀滑抬头看了一眼电影院,说:"今天的电影院像一座监狱。"

我们推着他往前走。

"我害怕坐牢。你们没坐过牢,不理解的。"荀滑喃喃地说,"电影院可以像监狱,但监狱一点也不像电影院。"

我们推着他往前走。

"你们这是把我往监狱里推。"

南洋大街传来越来越激愤的声讨声。此时还有什么地方比电影院更安全呢?荀滑半推半就走进了电影院。但今天的他显得很特别,双手是颤抖的,汗水湿透了他的背心。电影院里坐满了人。我们的座位在最靠前的一排。刚坐下来,电影便开始了。

荀滑坐在我们中间,忐忑不安地、不时地伸直身子,抬头环顾四周,仿佛要让人看见他在安静地看电影,又仿佛是,他正在窥探谁在扒窃。电影院外突然传来阵阵喧闹声,很猛烈,气势汹汹,无法阻挡。毫无疑问,是一群情绪激昂的人在冲击电影院。

后来我们才知道,那个在南洋大街上倒地痛哭的老头趁人不备,用尽最后的一口气,一头撞向布行门口的电线杆上,脑袋开花,当场死了。那根电线杆碰晕过多少人的脑袋,早有人要求把它移走,政府总是置若罔闻,现在倒好,成了老头自杀的工具。后来我们说,如果没有那根晦气的电线杆,老头就不会死了。老头死状极惨,那些乡下人咆哮起来,每个人都瞬间变成了狮子。有人告诉他们,荀滑正是用老头的钱买票进了电影院。

围攻电影院开始了。他们手持凶器,誓言要打死荀滑,为民除害。派出所的四个警察和守门的卢大耳根本无法阻止他们。

乡下人冲进了电影院,一下子占领了后面的空隙地带。黑暗中,他们喊嚷:"杂种荀滑,你滚出来!"

电影院里骚动起来。观众被泰山压顶的阵势吓坏了,小孩子都哭了起来。放映员蒋卷毛见多识广,没有被眼前的局面吓倒,稳坐放映室,淡定地让放映机正常地转动。电影仍在继续。只是荀滑坐不住了,喘着粗气,不断地擦拭额头上的汗水。我们也害怕起来,对他说,你应该脱逃了。然而,荀滑无动于衷,绝望地瘫软在座位上,似乎是被吓坏了,忘记了所有的脱逃术,一筹莫展,只能坐以待毙。是啊,往哪里逃啊?他们已经把电影院围得水泄不通,连一只老鼠也无法在他们的眼皮底下脱逃。我们为荀滑揪心。他会被愤怒撕碎的。

那些怒火中烧的乡下人开始分头逐个座位查找,脸对脸地辨认,信心满满地要揪出荀滑。

电影的光线照亮了乡下人一张张愤怒的脸孔。他们也偶尔抬头瞧一下银幕,有的还被银幕上的影像吸引,停下来,驻足观看。荀滑的脸上凝结着死之将至才有的恐惧、绝望和悲凉。

电影院里乱糟糟的,像清晨的菜市场,也像杀气腾腾的屠宰场。

"火车快来了!"我们兴奋地告诉荀滑。

是的,银幕上出现了一片无垠的草原,天空像海一样湛蓝。火车就要来了。

荀滑如梦中初醒,豁然开朗,猛站起来,回过头来对所有人说:"亲爱的街坊,朋友们,生而为贼,我很抱歉,真的非常抱歉。但是,我要走了。我要离开蛋镇到世界上去。"

电影院一下子安静下来。在微弱的光线中,所有的人都看清了荀滑的脸。未等他们回过神来,荀滑径直跑向银幕,然后站在银幕前,朝观众席弯腰躬身,然后再次向我们挥手:"我要跟随火车走了。再见!"

此时,银幕上,火车从远方开过来,很长的绿皮火车在草原上奔跑,比我们见过的火车都快,风驰电掣一般。所有人都看到并永远记住了这个场景:荀滑转身冲向银幕,冲向火车……

荀滑在火车里向我们挥手。

我们也下意识地向他挥手。

火车消失了，荀滑也消失了。银幕安然无恙。电影依旧在继续。观众席上鸦雀无声。所有人，包括我们，包括那些乡下人，都目瞪口呆。

电影结束了。乡下人幡然醒悟过来，封锁了所有的出口，把电影院翻了个底朝天。可是，哪有荀滑的踪影？

荀滑就这样销声匿迹。十年间，我们都弄不清楚荀滑到底去了哪里。这是蛋镇电影院历史上最匪夷所思的往事。奇怪的是，自从荀滑消失之后，蛋镇再也没有出现过扒窃现象，似乎坐实了什么。荀滑脱逃后的第十一年，正好是春节，电影院正在上映《东方快车谋杀案》，人们正看得入迷，突然从电影里的火车上跳下一个人，径直走出银幕，站到所有人的面前，向大家挥手致意："……我很抱歉。真的非常抱歉。我回来了！"

此人西装革履，风度翩翩，像一个谦谦君子。借助电影的光束，我们好不容易认出来了：荀滑。

是的，荀滑回来了。电影院里发出了一阵惊呼。有人冲上去拥抱他，拉住他，仿佛担心他会重新回到银幕，跳上火车，又离开蛋镇。

下面的情况同样家喻户晓。荀滑在蛋镇投资办了一个香蕉食品加工厂，招收了三百名乡下人，第二年初便当了县政协委员。在遥远的北方，他还经营一家大型煤矿，从地下能源源不断地扒出很多的煤，实际上扒出来的是钱。他的事业和理想远不止于此。有朝一日，他要建设一条长长的铁路，起点就在蛋镇，让所有的人都有机会到世界各地去。

他的成功像当年脱逃一样如此匪夷所思。然而，人们不但没有撤销对他作案的嫌疑，反而还怀疑他扒窃了全世界。只是谁也不再提起，不屑议论，像曾经看过的烂电影。

原刊《青年文学》第 1 期

一斗阁笔记

莫 言

真 牛

那头牛,身材魁梧,面貌清纯,是牛中伟丈夫也。初购来时,儿童围绕观看,社员点评夸奖,队长扬扬得意。但此牛厌恶劳动,逃避生产。套一上肩,立即晕眩,跌翻在地,直翻白眼。鞭打不动,火烧不理。一摘套索,翻身跃起。如此这般,众人傻眼。支书曰:"人民公社可以养闲人,但绝不能养闲牛。"队长曰:"若不是法律保护耕牛,老子一定要宰了你。"会计曰:"好男不当兵,好牛不拉犁。"支书曰:"闭嘴,你的话里有严重的政治问题!当心撸了你的会计。"会计面色灰白,悄然而退。牛翻白眼,不见青光,疑似阮步兵转世。无奈,只好将它牵到集市售卖。那牛一到集市,双眼放光,充满期待又略带忧伤,仿佛一个待嫁的新娘。集市上收税的人一见它就乐了:"伙计,您又来了呵。"牛眨眨眼曰:"伙计,不该说的莫说,拜托了呵!"

诗 家

大清乾隆年间，吾乡白公有三子，皆忤逆不孝，但俱有诗才。父将三子诉之于官。差役将三子拘至衙，县官升堂审讯。父历数三子不孝行状，言至动情处，失声号啕，老泪纵横。官曰："忤逆不孝乃本朝法定大罪，轻则廷杖，重可大辟。但本官爱才，不忍动刑。闻尔等皆能诗，即以衙前竹为题，各做一首，通即恕，不通则严惩之。"长子咏曰："老爷衙前一丛竹，顺着节儿往上数。老爷今年做知县，明年定会升知府。"次子曰："老爷衙前竹一丛，旭日初照枝叶红。老爷明年升知府，后年提拔进京城。"三子曰："老爷衙前竹丛一，观音菩萨来送子。送个儿子中状元，送个女儿嫁皇帝。"官大喜，令差役责打白公四十大板，斥之："生了三个诗人，还告什么刁状。"

葱 管

余少年时与兄割草、牧羊于野，渴甚。沟渠中虽有水，但苦如盐卤，不能饮。兄遂问羊：羊羊羊，何处有水井？羊咩咩数声，东向狂奔，吾与兄追随至翰林碑。碑前果有一古井，深可数丈。时有翠鸟由井中飞出，水汽淋漓焉。探身下望，井中映出倒影。吾口渴愈烈，恨不能跳入井中畅饮。兄突发奇想，采来葱管数根，以口叼之，劈开双腿，足蹬井壁，次第下之，如入幽灵之境。良久，兄口叼贮水葱管，攀缘而上。以葱管授我，饮之，其水甘洌，如琼浆玉液。如是者数，兄气喘吁吁，力渐不支。余心不忍，道：哥，我不渴了。兄道：再取一次即止。兄蹬壁又下。忽听扑通一声，余知兄落水，急忙低头探看，只见兄站在井底，水及其胸。余急问：哥，没事吧？

兄道：好凉快啊。我道：哥，你快上来吧。兄道：我踩到一个硬硬的东西。兄俯身入水数次，摸上一黑色长物。兄解下腰带，拴住此物，挂在脖上，攀缘上来。拔草擦去泥污，竟是一把长刀。找砖头磨去铁锈，发现刀背上刻有两个篆字，经学校老师辨认，说是"葱管"。我与兄闻之愕然，难道古人知道我们会用葱管取水吗？许多年后，我想，也许是一个姓管名葱的人，将自己的名字刻在刀背上。

锦 衣

一富家女，容貌姣好，及笄，自言宁死不嫁。其母怪之。每至夜深人静时，闺中即有男子说笑之声。母逼问之，女曰：系一美貌华服男儿，夜来幽会，鸡鸣时，即匆匆离去。母授计于女。至夜，男又至，女将其华服锁于柜中。平明，男索衣欲去，女不予，男怅怅而逝。清晨，大雪，母开鸡舍，见公鸡赤裸而出，不着一毛，状甚滑稽。女急开柜，见满柜鸡毛灿灿。女抱鸡毛出，望裸鸡而投之。只见吉羽纷扬，盘旋片刻，皆归位鸡身，有条不紊，片羽未乱也。公鸡展翅，飞上墙头，引颈长啼。啼罢，忽作人语，曰：

吾本天上昴星官，贬谪人间十三年，今日期满回宫去，有啥问题找莫言。

茂 腔

吾乡高密有戏曲茂腔，流传二百余年，至今演唱不绝。吾从小耳濡目染，得益甚多。此戏起源于民间，曲调委婉凄凉，如泣如诉，如怨如慕，尤为村妇所迷。剧情多惩恶劝善、帝王将相、才子佳人等老套路。剧中唱词，多使用方言土语，听起来格外亲切，但外乡人不懂也。

黑龙江边祝家屯，系民国初年由一闯关东的祝姓高密人创建，后亲戚朋友皆投奔而来，遂成一高密屯。九十年代中，屯中一老妇病重，对儿女说出最后愿望，临死前想听一段茂腔。那时还没有互联网，但VCD已经有了。其子就给高密的亲友拍电报，索求茂腔光盘，同时去哈尔滨买了一台机器等候着。半月后，光盘寄到，老妇已在弥留之际。家人匆忙将茂腔放出，起调过门一响，老妇手指颤动，慢慢地睁开眼睛。等到著名旦角郭秀丽那悲凉婉转的唱腔响起来时，老妇竟然坐了起来。一曲听罢，心满意足地说："中了，现在可以死了。"言毕，仰倒而逝。

褂 子

吾少时曾随生产队里的妇女采摘棉花。深秋时节，天气寒冷，妇女们已有披棉衣者。是秋，余新缝一件蓝华达呢褂子，穿在身上，自觉添了二分人才。因棉花柴磨损衣服甚重，余即将褂子藏在麻袋中。赤膊拾花，身上被花萼划得伤痕累累。一日，冷风飕飕，阴云密布，时有雪花飘落，气温降到零度。妇女们都穿上了棉衣。一常姓大嫂激我："青年，今天还光膀子吗？"我说："光啊！"于是我冒着寒冷脱下褂子，塞进麻袋，放在地头，然后将白布包袱，上挂脖子下系腰，赶紧拾花，塞进包袱，棉花冰冷，凉着肚皮，风吹到背上，如被刀割。妇女们嬉笑不止。为了不让她们看我笑话，我发誓宁愿冻死，也不穿褂子。为了抵抗寒冷，我开始唱样板戏："穿林海跨雪原气冲霄汉——"那些娘儿们，一定认为我疯了。我暗自得意。装疯卖傻是为了吸引女人的注意，她们注意我了，并且知道了我的抗寒和我的爱护衣服。当我拾满了一兜棉花到地头上找麻袋时，麻袋没有了，珍藏在麻袋里的褂子自然也没有了。

装疯卖傻是要付出代价的。

踩 鱼

吾家房后五十米,即胶河也。夏天晌午,河中全是洗澡的人。河水被晒得滚烫,浅水处,水仅没脚踝。河系沙底,硬而平滑,有银白鲢鱼被烫得发昏,来回乱窜。吾等追逐踩踏之。有乳名皮囤者,一中午曾踩鱼八十条。

皮囤七岁时,父母双亡。皮囤跟哥嫂生活。其兄懦弱,其嫂霸蛮。皮囤常受其嫂虐待,其兄不敢阻拦。一日,其嫂与邻村一著名泼妇打架,被打翻在地,踢踏不止。皮囤奋勇向前,揪住泼妇头发,将其拽倒在地。有邻人问:"皮囤,你嫂子对你那么不好,为什么还要救她?"皮囤说:"她再不好,也是我嫂子。"其嫂闻知,甚为感动,从此改变态度,视皮囤如同己出。

吾曾追随皮囤下河踩鱼,但总是踩不到。看那皮囤,在浅水中跳跃腾挪,如同舞蹈,一会儿弯腰,从脚底摸出一条,放到胸前布袋里,一会儿又弯腰摸出一条,放在胸前口袋里。我问皮囤,为什么你能踩到而我踩不到?他说:"左脚撵了右脚踩,右脚撵了左脚踩。"

虎 疤

吾乡有一奇人,面目狰狞。自言系在关东挖参时为老虎所伤,人送外号"虎疤"。吾曾听其亲口讲述此事。说,一日黄昏,他挖得一枝七品叶,大喜。忽觉脑后冰冷,猛回头,见一只吊睛白额大虫正款款地从林中走出来。大虫说:"挖参的小子听着,此参是我栽,此山是我宅。要想拿参走,留下小命来。"那人说,我扑上去与大虫斗,虫死我伤。

这个打死过老虎的人,人民公社时期,在生产队里当饲养员,喂牛喂马，颇有怀才不遇之慨，常常在我们面前发牢骚："奶奶的，老子堂堂的打虎英雄，竟然落魄到如此地步啊……"接着就唱："何日里施展我盖世武功，打尽了老虎再打恶龙——"人民公社解体后，此人成了卖药酒的，四集遍赶，卖虎骨酒、虎鞭酒，当有人质疑其假时，他指着自己的疤脸说："看到了吧？这是跟老虎搏斗时所伤，虎死我伤。"

槐 米

槐树分国槐与洋槐。国槐花籽可入药，能治风症。吾家曾养一猪，因去势而染破伤风，牙关紧咬，身体僵直，平躺在地，不能站立。兽医云，必死无疑。吾母曰：死猪当成活猪医吧。遂将槐米炙末，混以米汤，用兽用针管自嘴角灌之，半月后竟愈。之后此猪狂吃疯长，邻人曰，其报恩也。

数十年后，我爬上北海公园白塔所在之小山，下山时，见山路两侧，全是粗大的国槐，槐花半谢，槐米累累。一老人正在采摘槐米，曰：半花半米，正是最佳采摘时。吾问老人采此何用，老人曰：晒干，炙粉，蘸煮鸡蛋，日食两枚，可轻身健体。

深 巷

我的朋友襁糕在县城梧桐街开了一家咖啡馆，生意兴隆。馆名"深巷"，系我所题。戊戌春节，我在故乡。襁糕来访，邀我去喝咖啡。盛情难却，即随其往。进馆便见墙上挂着一幅署名"莫言"的书法，字迹秀美，法度森严。文字内容是："一辆由白鹅驾辕的四轮车由小巷深处摇摇摆摆地驶出来。拉长套的是两只肥胖的绿鸭，车上载着狐狸的新娘。她身披白色的婚纱，头上戴着丁香花冠，睫毛很长。早起送牛奶的工人看到她们来了,慌忙跳到一边,为她们闪开了道路。"

我问:"这是怎么回事?"他憨憨一笑说:"替你扬名呢!"

蛙 泳

三十二年前,我曾写小说《生蹼的祖先》,描写了一个生活在沼泽地里手足上生有蹼膜的家族。这部小说最根本的灵感来源于我的一位小学同学。他手指与脚趾间有蹼膜相连,大家也不以为怪。那时吾乡雨量充沛,每到夏秋,河中水势滔天,沟渠池塘中也水满槽平。是时省直机关的"右派"集中在我们村子东边的国营农场劳改,一时龙虎云集,各显其能,令村民眼界大开。有几位"右派"体育健将担任了我们小学的体育教师,其中一位姓邓名赞的是省蛙泳纪录保持者。邓老师耐心纠正我们的"狗刨"泳姿,教我们标准的蛙泳。我这位同学脱颖而出,先得了县级冠军,又得了地区冠军,很快名声远播。他这个冠军和亚军差距很大,横渡大湾子,一个来回大约一千米,他能将亚军甩出去三百米。邓老师是省纪录保持者,虽然当了"右派"后速度有所下降,但入水后依然是一条蛟龙。他与我们这个同学在大湾子里游了一个来回,竟然被落下十几个身位。邓老师是胶东人,夸奖人时喜欢加上"妈拉个×的"做定语,他拍着我们同学的脑袋说:"妈拉个×的小兔崽子你不得世界冠军谁还敢得!"接下来就要到省里比赛,有好事者写信给省体委,取消了我同学的比赛资格。后来,邓老师出钱,让我同学去手术,术后泳技尽失。"文革"期间"红卫兵"批斗邓老师,说他迫害贫下中农子弟,邓老师恼怒地说:"妈拉个×的,我真傻!"

我至今记得这位同学在村西大湾子里蛙泳的英姿:邓老师一吹哨子,学校游泳队的队员们一齐蹿进湾子,奋勇向前游去。湾子南北长三里，东西宽一里，水深平均三米，最深处八米，据说最深处有一个鳖的宫殿。等大家游出几十米后，我这位同学才慢吞吞地举起双手，对着太阳照照，然后纵身入水，如同一只油滑的海豹。邓老师挥舞着拳头，兴奋地说："看看，看看，妈拉个×的，这才是蛙泳！"

七十年代末，我在保定当兵时，看了美国电视剧《大西洋底来的人》，心中感慨万千，剧中主角麦克·哈里斯，就是手指间生有蹼膜的人。我想，那个将我同学手足上生有蹼膜的事告发给省体委的人，真不是个东西。

九十年代末，我去烟台新华书店签名售书，一位白发苍苍的老人，捧着一盒子红樱桃挤到我面前，提着我的乳名问我还认不认识他，我困惑地摇摇头。他恼怒地说"妈拉个……"我大喊一声"邓老师！"邓老师在暴烈的阳光下穿着游泳裤、炫耀着一身腱子肉给我们上游泳课的往事便像老电影一样浮现在我的眼前。晚上我到邓老师家去吃鲨鱼肉馅的饺子，师母特意捣了一碗蒜泥。师母说："我记得有一次吃大蒜比赛，你得了第一名。"我笑了。我想不到师母竟然是胡珂老师。胡珂老师也是那拨"右派"中的一位，也是体育运动健将，曾经在省女子篮球队里打过中锋。她带领着我们修了一个标准的篮球场。这都是上世纪六十年代初的事情了。吃着饺子喝着啤酒，我和邓老师说起了我那同学的事，我们都恨那个写信的人。

昨天，我收到了胡珂老师一封信。胡老师在信中说，邓老师昨天去世了。我早就想写信告诉你，那封信，是我写的。当时，邓老师跟音乐老师蔡美玲好，蔡美玲弹着风琴，邓老师唱歌，金童玉女一般，我很嫉妒。后来发生了很多事，我也没想到我成了他的妻子。如果你有兴趣，我可以跟你讲上三天三夜。现在我只能跟你说，因为嫉妒，我写了那封信。其实，即便我不写那封信，吴三太（我同学的名字）也成不了世界冠军。你想想，奥运会怎么会让一个手脚上生蹼的人参加呢？

老 汤

寒冷的腊月里,给爷爷拉着小车去赶集卖草,是我童年的美好记忆之一。黎明前最黑暗的时候,我们就出发了。到了路边那三棵大柳树下,爷爷支起小车,抽了一袋烟。这时太阳出来了,东边的天际被映得通红。柳条上,路边的枯草上,爷爷的眉毛胡子上,都沾着白色的霜花。我奋勇拉着车,踩着冻得裂开大纹的路面,听着河道里冰层坼裂时发出的"嘎巴嘎巴"的响声,向牛庄集进发。牛庄集是我们县除县城外最大的集市,集市南头有一棵据说是宋朝的老银杏树。树有多粗?七搂八拃一媳妇。说古代有一个人在树下避雨,想量一下树粗,张开双臂算一搂,搂了七搂,看到一个小媳妇在树缝里避雨,无法再搂,只好拃,伸展开拇指和中指算一拃,拃了八拃。

在这棵大树下,有一个老汤锅。那锅非常大,据说有三十二印。这个"印",到底是个什么单位,我问了很多人也没得到准确回答。反正那锅倒进去十桶水也不满,把一头牛剁巴碎了扔进去也绰绰有余。这锅里煮着牛的下水,灶下燃着劈柴,火光熊熊,锅里的汤翻着浪花,咕嘟咕嘟的,几根牛肠子什么的随着热浪翻滚。臭烘烘的老汤味儿在那个没有工业的贫穷年代里的寒冷的早晨,能扩散出很远,夸张点说,一出村我就闻到这个迷人的气味了。有经验的吃货都知道,不管是猪下水还是牛下水,下锅前万不能洗得太干净,洗得太干净了就没有那个味道了。吃的就是这味儿。说实话我之所以踊跃地帮爷爷拉车赶集,为的就是这几碗老汤。

我当兵第十一年,调到总部机关工作,一位同事,曾经给一位名震胶东的将军写过回忆录。他说,将军说过,1943年初冬,久病不愈,在你们县牛庄一棵大树下,喝了三碗老汤,出了一身大汗,精神立即健旺,第二天即指挥着部队，全歼了伪军一个团，活捉了伪团长，缴获武器弹药若干，最重要的是缴获了一批布匹棉花，解决了部队的冬装。

这个故事我对很多人讲过。说者无意，听者有心。如果你到我们县牛庄去赶集，在集市南头那棵比"七搂八拃一媳妇"又粗了一些的大银杏树下，那个热气腾腾的老汤锅已经变成了一组雕塑，其中有一位将军，蹲在锅前，捧着大碗，在喝老汤。雕塑旁边的一块碑上刻着隶体大字：某某将军喝汤处。

我老家的一个旅游局长在一次旅游经验交流会上慷慨激昂地说："发展旅游，经验两条。一是造景，二是造谣。"

鸟　事

五十多年前，我对养鸟产生了浓厚的兴趣。那时我们村子里有一个光棍汉，名叫好胜，外号喜鹊。之所以他有这样一个活泼的外号，是因为他曾经驯养过一只喜鹊。夏天的中午，村子里的人喜欢到大湾子边上那棵大柳树下乘凉。柳树喜水，不怕涝。因为靠着湾，红色的树根都扎到湾水中，柳树长得格外茂盛。后来我常到北京的北海公园去散步，看到水边那些枝繁叶茂的大柳树，我就想起我们村湾子边那几棵大柳树。北海公园里有个亭子，亭子里很多人在那里唱歌。有一个文质彬彬的老人带着一只秃尾巴的喜鹊，每天都到这里来。老人坐在凳子上打盹，有时也不打盹。喜鹊在他周围蹦来蹦去。有一天，有三只野喜鹊降落下来，与那秃尾巴喜鹊打招呼。喳喳，喳喳喳，喳喳喳喳喳喳喳。秃尾巴喜鹊，突然用标准的普通话说："别惹我，烦着呢！"三只野喜鹊夆夆翅膀，飞走了。秃尾巴喜鹊用英文说："Goodbye！"我这是亲眼所见，亲耳所听，如果撒谎，让我下辈子变只喜鹊。

当时，我很好奇，上前去问那鸟主老人："先生，它怎么会说话呢？"老人翻翻眼睛，冷冷地说："你怎么会说话呢？"我的脸一阵发烧，感觉到羞臊，这个问题的确没有质量，老人刺我，是我自找的。我灰溜溜地往前走，一个操着一口北京胡同语言、戴着白手套、双手托着四个沉重铁球格楞楞转动的人，仿佛是对着虚空说："这老爷子，康熙皇帝的十五世孙，真正的贵族！"

我差不多有十年没到北海公园去了，这个老贵族和他的会两种语言的喜鹊还好吗？

我还是继续说一下好胜那只喜鹊。夏天的中午，我们集合在大柳树下，看好胜的喜鹊。好胜的喜鹊胃口很好，荤素都能吃。我亲眼看到它吃了半个生地瓜，也亲眼看到它一口气吃了三条蜥蜴，像无牙老人吃面条一样。最让我着迷的是好胜跟喜鹊的关系，那样好，形影不离。好胜走到哪里，喜鹊跟到哪里。有时候喜鹊在好胜的头上低飞，有时候喜鹊蹲在好胜肩头。我想我要是有这样一只鸟就好了。

有一天好胜的喜鹊不见了，好胜到处找，吹着口哨找，流着眼泪找。好胜脾气暴躁，经常用屈起的强有力的中指，猛弹儿童的脑门。弹一下就鼓起一个包。我们有点恨他，也有点怕他，但更多的是崇拜他，因为他养了一只会说话的喜鹊。在那个时代里，养鸟是被视为腐朽堕落的事儿，好胜出身好，三代赤贫，又是光棍，无人敢说他。好胜的喜鹊只会说一句话"奶奶个熊！"

好胜为了找喜鹊旷了三天工。他吹着口哨，眼泪汪汪地在村子里转悠，村子转完了，就到村外的树林里去转。一个整劳力，为了一只鸟，三天不干活，这可是一件大事。队长汇报给村子里的主任，希望主任能够修理一下好胜。但村主任说："别说他三天不干活，他就是三年不干活，我也不会去说他。"队长问："凭什么？"主任道："你说凭什么？"

牛 黄

吴鸣自故乡来，言两个月前，村中张二爷家一头黄牛拴在户外，被冰雹击毙。张二爷失声痛哭。此牛如不死，可卖三千元，死了，连一千元也卖不了了。张二爷的女婿吴晋是屠户，前来帮忙，将死牛剖剔，从胆囊里弄出一块鸡蛋大的结石，用刀背敲之，铿然有声。吴晋对岳父说："爹，你就别难过了，牛胆里长了这么大的石头，这牛，即便不被雹子砸死，也活不了几天。"张二爷接过结石看看，叹道："嗨，怎么会长这么大的石头呢？"说完他就将结石撒到池塘里去了。当天晚上，吴晋正在家吃饭，张二爷赶来，急火火地说："快快快，快去把那块结石捞上来！"原来，张二爷晚上与兽医孙宝功喝酒，说起牛胆结石的事，孙宝功说，那是天然牛黄，无比珍贵，比黄金还要贵。吴晋跟着老丈人来到池塘边，借着月光，跳下水去，先是乱摸，后来就用脚一点点地顺着摸，悄没声的，怕被人看到。摸到后半夜，几乎绝望了时，脚尖碰到了一个东西，摸上来一看，正是那块结石。几天后，来了一个香港商人，用十万元买走牛黄。懂行的人说，这样大个的牛黄，是宝贝，十万元，贱卖了。

按说，吴晋辛辛苦苦，把死牛剥皮解剖，发现了宝贝，又在池塘里摸了半夜，把宝贝摸上来，张二爷卖了那么多钱，应该拿出一部分给女婿才是正理公道。但张二爷是出了名的铁公鸡，一毛不拔。吴晋起初还不好意思开口，以为老丈人迟早会分钱给自己，但过了几个月，一点动静也没有。村里的搅屎棍尚老四撺掇吴晋："吴晋吴晋，你真是死熊啊，你想想，如果不是你在那苦胆上豁了一刀，那块牛黄能掉出来吗？如果你在池塘里摸到牛黄后，悄没声地塞到裤裆里，你老丈人如何能知道？你这老丈人太不够意思了，他分给你五万元都不多……"

吴晋被撩得火冒三丈，气昂昂地去找老丈人，但到了老丈人面前就蔫了。他挠着头皮结结巴巴地说："爹……那个……爹……"张二爷怒冲冲地说："什么爹爹爹，不就是尚老四那狗娘养的王八蛋给你喂了点枪药让你来跟我要钱吗？我跟你实说了吧，如果你不来要，我还真想给你一万，让你回去把那三间破房子翻修一下，让我女儿也住住新房。但你来要，对不起，一分钱也不给。"吴晋于是把那人教他的话颠三倒四地说了一遍，张三爷说："呸！牛是我的，别说牛胆里的牛黄，就是牛肠子里的屎，也是我的财产。我女儿陪你睡觉给你生孩子，你来帮我干点活怎么啦？不应该吗？"吴晋无言以对，灰溜溜地回去了。尚老四又来撺掇道："你这老丈人太不地道了，告他去！"

吴鸣说，吴晋的老婆可是个有主见的人，她把前来挑拨离间的尚老四臭骂了一顿，然后揪着吴晋的耳朵说："你这个不成器的东西给俺好好听着，俺爹就我一个独生女儿，别说这十万块牛黄钱，就连他那五间大瓦房，他那辆拖拉机，他那个玉石烟袋嘴儿，他家里一切的一切，最后都是我们的，你着什么急？"

下次吴晋在集上卖肉，尚老四又凑上来要说什么。吴晋举起钢刀，怒冲冲地说："你肚子里有块牛黄，要不要我帮你剜出来？！"

识 字

戊戌腊八下午，与老友霍文典同台做节目，向读者推荐他的一本说文解字的书。开场后我说："天上有很多我们看不见的星星，但字典里没有霍文典不认识的字。"他一听，扔下话筒就跑了。主办此次活动的人追出去一千多米才把他抓回来。他严肃地说："哥，我跟你没仇啊，干吗要这样害我？""好，你既然这么谦虚，那我就不考你了。"我晃晃手中的小本子，说，"来前从《康熙字典》里抄了二十个生僻字，本来是想考你的。"霍文典是我们这个年龄段里的作家中认识字最多的，但比起我今天要讲的故事里的主角，那还是有点差距。

咱们先说说前年高考时，一个山东省的考生，用甲骨文写了一篇内容与环境保护有关的作文。判卷的人一看，晕了。说实话那些判卷的人，有很多就是在读的现当代文学的硕士研究生，他们认识的字，比我也多不了多少。甲骨文，我不认识，他们也不认识。后来，这张卷子层层上交，到了几位古文字专家手里。专家经过辨认，确定考生所用的甲骨文字，是有典可查的，文章的内容，也是顺理成章的。最后这个考生被某大学的考古系录取了。这是得胜头回，也叫小帽，接下来，咱们讲故事的正题。

话说大清朝乾隆年间，一次会试，和珅担任主考官。有一个江南举子，全用带"鸟"的字，写了一篇文章。一篇八股文，七百字，字字有鸟，好生了得。阅卷官一看，愣了，连忙送呈和珅。和珅一看，也愣了，奶奶的，好多字不认识——其实和珅的文化水平很高，电视剧把他丑化成胸无点墨，这是与事实不符的——和珅怕担责任，忙把文章进呈御览。皇上一看，也愣了。愣了一会儿，吩咐和珅，将卷子送到刘墉那里。皇上心里想，你刘罗锅不是自恃才高吗？看看你到底是真有才还是假有才。刘大人那个村，清朝时属诸城，1950年后划归高密。所以我可以理直气壮地说他是我的老乡。我爷爷说刘大人是天上的文曲星下凡，他的学问不是学的，是从天上带下来的。刘大人读完卷子，发现了一个生造的字。他冷笑一声，又叹息一声，然后抄起朱笔，在卷子上批道："左边一鸟，右边一鸟，鸟鸟相对，是个甚鸟？才华横溢，良心不好，一撸到底，回家养鸟。"

一撸到底，就是把他的举人、秀才资格全部给剥夺了。这惩罚不谓不重。没想到过了几年，这小子又从秀才而举人，然后进京参加大考。这次写了一篇八股文，全篇都用带"马"的字。卷子最后又落到刘大人手里。

刘大人看了一遍，这次字字都有典可查，文理通达，立论高明，没有理由不录取。但刘大人内心里厌恶这种炫耀才华的轻浮小人，便以他的卷面上有一点污渍为由，将他的卷子甩出三榜。刘大人在卷子上用朱笔批道："上次是鸟，这次是马。气浮心躁，炫耀才华。卷面有污，品德有瑕。一撸到底，回家养马。"

和珅觉得刘大人处理得有点过分，便跟皇上汇报了。皇上查着《康熙字典》看了卷子，对刘大人说："刘爱卿，人才难得啊，给他把红椅子坐吧。"

录取的进士要张榜公布，最后一名，考官会用朱笔勾一下，这就是"坐红椅子"。

那考生看了榜，心中不服，从背囊中摸出毛笔墨盒，在那黄榜上题了一首诗：

才华横溢状元诗，鸟马成文世上奇。
巨耳垂肩头颈短，罗锅压背眼窝低。
大师失意趴红椅，小丑成名演大师。
掌掴腮肥非是胖，回头再看脸无皮。

有人将这首诗抄给刘大人。刘大人瞥了一眼，轻蔑地说："'低'字出韵了。"

有人将刘大人的话传给那人，那人冷笑一声，道："老子能倒背《康熙字典》，难道还不知道'低'字出韵？——他只配用这个字！"

现如今高密县城的女人骂男人，还喜欢用这样的话："你这块'低'！"如果情绪再激烈一点，那就会骂："你这块活'低'！"

原刊《上海文学》第1、3期

猛禽·蚁人

班 宇

猛 禽

　　晨风轻过，街上树响，几滴雨扫下来，沾染尘土，落在外套上，化为道道泥渍，人与影彼此斑驳，纵横交错。穆成昂首栽肩，缓步左行，俯首翻墙，低进低出，迅速钻越栏杆，动作一气呵成，像只久困笼中的老兽，稍微蓄力，便轻松完成一次脱险。

　　临街站一排客人，秩序井然，有的提盆挂壶，多数两手空空，睡眼惺忪，再往前望，铁锅立在中央，底下劈柴燃烧，蹿出火苗，锅内的羊汤尚未沸腾翻滚，一层褐油凝在表面。旁边是竹蒸屉，摞几层高，水汽上升，溢出一阵清香，萦绕盘旋，屉中的烧麦静待盛放。几个戴着白帽的人来回进出。穆成排在队末，掏出毛巾，擦去额头与颈上不断渗出的汗液。

　　劳动公园的西大墙下，穆成刚打过一趟拳。拳有后劲，逐渐回返，心脏像是被攥紧后又放松下来，起伏不定，持续向外撞击，他半张开嘴，呼入冷气，试着平复心境，又转向一侧望去，几十米外，在公园入口处，有人支好画板，提笔勾勒，也是一位老者，头上一顶画家帽，横握着铅笔，比画几下，又放下手来，对着坛中松树，长久相视。

这一刻钟，穆成又想起他的师傅，也常常对着静物凝视。师傅姓郭，祖籍河北，因家事变迁，逃到关外，隐姓埋名，窝在场里干活，平日少言寡语，闲时打拳，提着一瓶暖壶来到江边，背完语录，便在雪地上沉身踩步，一推一进，筋颤若簧，借自身之力，向上攀空，虚实相映，踢散江声与雾气，热浪涌动，最终藏身于一片洁白，不见踪影。穆成初见时，不以为然，一套民间把戏，回到屋里再想，琢磨出来几分趣味，喊打拳者来办公室，一番问询，穆成也有了兴致，隔三岔五，便跟着操练起来。

说是师傅，其实是穆成的下属，成分有点问题。穆成当年外派驻在，负责调配物资，职位不高，但管理的人数不少，东西南北，全听他的口令，郭师傅便是其中之一。每逢节假日，一老一少，在江边与风过招，强身健体为主，也兼思想辅育。郭师傅跟穆成讲境界，有人写字画画，境界高妙，老话讲，吾写此纸时，心入春江水，江花随我开，江水随我起，打拳也是一个道理，身与心，没入世间，先是我随江水，倾泻浩荡，起落如翻浪，而后，江水随我，江风拂我，江声为我，江心入我心，万物即我，我即万物，你慢慢悟。穆成想了一下，说道，老郭，这是唯心主义，不好，我悟不出来。郭师傅连忙说，其实我也没悟到，扯犊子呢，当我没讲过。

今日看见作画者，穆成便又想起上一次与老郭会面，那时他尚在世，精神状态不错。一九七九年时，穆成调回沈阳，分配到变压器厂，在后勤处任职，刚开始不适应，规矩多，上级压制下级，行事不便，处处受拘束，几个月下来，身心俱疲，全靠打拳纾解，心中念起师傅，常怀感激之情。一九八二年，工会举办"比武较劲大会"，十几万人的大厂，不乏高手报名，打野仗的，练拳击的，学八卦掌的，各门各派，借此机会，共济一堂。穆成写信给老郭，邀请来沈，游玩叙旧，顺便观摩切磋。

大会当日，场地内拉一道横幅，上面写隶书大字，气氛热烈，各车间分组竞赛，刚开始相互试探，嬉皮笑脸，真动起手来，场面就有些失控，相互撕扯缠绊，龇牙咧嘴，拳脚毫无章法，十分难看。郭师傅叹气，问穆成报名没有，穆成摇头。郭师傅说，不报名是对的，打不出名堂，按规矩练习的，站桩几年，觉得自己顶天立地，掌可毙牛，结果上台不到三分钟，被乱拳打倒，这是愚痴，止于外象，但要去讲用途，拼力度与反应，也不科学，会变成一种功能，而功能总有进退；你看这些打法，所谓实战，其实是将部分身体遮蔽，看似刚猛急促，以强逞强，其实不堪一击。穆成不懂，问，那到底要怎么打才能赢呢？郭师傅摇摇头，说，我们打个拳，就图个延年益寿，把自己往高层次上带，比武是过去的老话，不提倡，这些年，我总结下来，就一句俗话，到了深处，拳术即全输，要接受败，要迎着败去打，别给自己留胜算。

傍晚，滚云密聚，穆成在家里设宴，四菜一汤，还包了酸菜饺子，炕桌放在外屋地，他端坐在马扎上，跟郭师傅喝酒，同席的还有一位，装配车间青工吴凤友，也就是穆成的女婿，也住附近，身强体壮，平时爱比画几下，被叫过来一起喝酒。酒过三巡，吴凤友起了兴，要跟郭师傅讨教一番，穆成面有愠色，厉声喝止，其实心里反而有期待，许多年来，他还从未见过师傅跟人动手。郭师傅一眼看明，轻笑两声，抬头望向朗月，不语，等再低回头来，已然换了一副面庞，虽仍稳坐，但五官扭结在一起，不分个数，模样难辨，顷刻之间，臂膀反旋，腰胯向前一送，突发整劲，半推半撞，吴凤友猝不及防，跌出几米之外。再看郭师傅，不知何时，已经起身后蹬，摆好架势，三七之步，落得悄无声息，像是一只白雀，其羽如夜霜，浮于半空，伺机而动。

吴凤友踉跄起身，拍去尘土，嘟囔一句，操，这属于暗算啊。

何为暗算,穆成想到这里,心头又是一股火,吴凤友当年说遭郭师傅暗算,他现在觉得自己反被吴凤友暗算一道。

吴凤友的父母死得早,婚后一直住在穆成家里,算是倒插门。他的工作清闲,三班倒,为人也勤快,对内对外,说话办事,一切都很得体,婚后,还跟着穆成练过几天拳,青出于蓝,一点就透。刚开始时,穆成对这位女婿也十分满意,倾囊相授,甚至教过他一记当年郭师傅身授的绝招,并非攻击,而是用作逃遁,默念一句语录,不管风吹浪打,胜似闲庭信步,之后闪身移位,借力而行,迅疾如闪电,辗转腾挪,步步登天,旁人难以企及。穆成当年练习时是在冰面上,无力可着,颇费一番心思,在桥与廊柱之间滑脱数次,摔得筋骨错移,却眼看着郭师傅一路飞奔,飘逸矫健,在远处的教堂侧窗旁一闪而过,羡慕不已。

日久天长,穆成逐渐发现吴凤友品行不佳,常在外惹是生非,他数落过几次,但不见效果,后来外孙女出生,全家对他无暇顾及,此时,吴凤友摇身一变,辞去工作,去海南经商,一来二去,颇有几分成就,人一有钱,难免狂妄,吃喝挑剔,看谁都不顺眼,有几次,破口大骂妻子,甚至作势要打,穆成半闭眼睛,举着半导体,置于左耳旁,听《新闻联播》,粮油价格上下浮动,右耳朵则仔细分辨外面的动静,他在心里已经演练数次,只要吴凤友敢动一下手,那他绝不会轻易放过。虽已年迈,但这点信心,他也不缺乏。

感情不和,吵骂不断,吴凤友却始终没有动过粗,似乎也有所忌惮,结局常常是摔门而出,十天半个月见不到人,仿佛也念了语录,一路沿冰飞行,闲庭信步,无影无踪。

穆成要了一屉烧麦、一碟牛腱子、一碗加厚羊汤,还喝了二两散白,吃完一抹嘴,腹中下沉,便束起肩膀,往家里走。到门口时,发现吴凤友的摩托车正停在外面。

人还没进屋，哭声先传出来。推门一看，吴凤友跪在地上，耷拉脑袋，穆晓玲靠在椅背上，眼睛哭得通红，穆成不明所以之时，吴凤友又忽地转过身来，朝他磕了三个头，声音清脆，像一只熟透了的瓜拍在地上。

吴凤友说，爸，做错一件事，疏忽大意，违背国家政策了。穆成一头雾水，问道，啥事情？吴凤友说，爸，经济问题，估计要判。穆成说，那你现在什么情况？吴凤友说，爸，对不起，我就是回来说一声，准备去自首，往后尽不了孝心，别挑我。穆成说，到底啥错误，坦白交代，争取宽大处理。吴凤友说，宽大不了，十年起步。穆成说，那我陪你去派出所，一五一十，问题交代清楚。吴凤友说，清楚不了，牵扯太多，最好的办法就是自己扛，一人做事一人当。穆成暴怒，咬牙切齿，骂道，这时候你还装上英雄好汉了。身随心动，忽飞起一脚，吴凤友虽跪在地上，反应倒也机敏，双手护面，轻松格挡，将力道完整卸下。

摩托车开走之后，穆成跟穆晓玲端坐两侧，他点着一根烟，望着壁上挂钟一秒一秒走过，一圈又一圈，整个清晨如梦一场，电视剧里十集的内容，不一会儿就演完了，简直滑稽。穆成倍感疲惫，在这种重复单调的声响里，沉沉睡去，身体不断向下滑，直至跌在地上，才醒过来，浑身酸痛，仿佛在梦里又遭一次暗算，武功尽失。不知何时，穆晓玲也已离家而去，屋内空余一声叹息。

人走茶未凉，穆晓玲正值好年华，虽条件一般，但也每周出去相对象，没过多久，穆晓玲稳定交往一位，在冶炼厂开吊车，离异无子，二人出双入对，偶尔也住在穆成家里，天翻地覆，不太顾及旁人。每逢此时，穆成心里便极不踏实，情绪难以言表，家中无可立足之处，只能带着外孙女出门玩。外孙女问他，姥爷，那人谁啊？穆成不知如何回答是好。

穆晓玲说，爸啊，我们准备结婚，日子算好了，但是酒席不办了，两家小聚一下，是那意思就行，二进宫，说出去难听，给你这老干部丢人现眼，你说得对，这些年来，老是你惦记我，我也得替你想一想。

穆成没有说话。

穆晓玲说，爸啊，结完婚后，我俩想去南方看一看，享受一下改革开放的果实，孩子你能不能帮忙带一阵子，反正也是送幼儿园，长托班，偶尔看看去就行，孩子都得锻炼，不然以后咋独立。

穆成没有说话。

穆晓玲说，爸啊，你要是愿意找一个，我是一点意见都没有，但是话说在前头，房子不能给吧，这边早晚要动迁，这是基本要求，其次，我没啥挑剔的，对你好，那就是比啥都强。

穆晓玲说，爸啊，你说，吴凤友还能回来不，他闹这一出，到底是真是假，要是真的，到时候他完好无损，平安归来，那我可咋办，算了，脑袋疼，反正有你在，我也不用操心这么多。

穆晓玲说，爸啊，这一把我算真找到对我好的了，衣来伸手，饭来张口，家里啥都不用我管，你替我高兴不？

穆晓玲说，爸啊，你咋不说话。

婚礼当日，对方父母相当拘谨，穆成面色深沉，酒只喝了一两，有人举杯，他就抿一口，沾沾嘴唇，也不寒暄，趁着上厕所的工夫，带着外孙女出来透口气。一老一小，行至派出所附近，他提议跟外孙女捉迷藏，刚闭上眼数数，穆成的身子一转，迈步进入派出所里，支支吾吾地问，有没有叫吴凤友的来自首过，对方一头雾水。穆成说，查一查档案。没人理他。他本来是想告诉派出所，要抓他的话，也许不易，对方有功夫，如有必要，他可亲自出马，大义灭亲，为民除害。但话到嘴边，又咽回去了，径自走出门去，拉着外孙女去坐小火车。

下午时分，公园里人少，小火车开动，没有汽笛声，只有一首生日快乐,循环播放,外孙女一人孤零零地坐在车厢里,低着脑袋,什么也不看,火车走过一圈,钻进桥洞,然后又是一圈。

对面是假山,南方运来的怪石,瘦漏险峻,堆积在池塘旁边,再往上是低矮的土坡,穆成忽生兴致,默念语录,使出功力,三步两步,攀至高处,沉稳站立,火车和水在脚下流动,无人留意到他。

他听见外孙女在喊:姥爷。

穆成在山顶眺望,想象着一场激战,新人或者旧人,拉帮结伙,要与他恩断义绝,没有磕头或者暗中行窃,只是无尽的联合,要将其逼至绝境。他在高处,腹背受敌。梦里也常是这样的场景,被紧缚,又挣脱开来,直飞天际。

生日歌逐渐消隐,火车也停下来,外孙女翻过围栏,来到山下,抬着脑袋看他,满脸困惑,又喊道:姥爷,姥爷。

穆成觉得这声音奇妙,稚嫩,充满疑惑,像是要将他接下来的日子全部召唤回来。他的晚年由此开始,也将在此结束,时间被延展、押平,逐渐勒向他的喉咙。

外孙女说:姥爷,你要上哪去。

穆成想起来,有一次在江边,师傅打完拳,盘膝而坐,雪花飘落,他对穆成讲道,老一辈拳师,晚年下场均十分诡秘,很少人因疾病而终,多是意外,或失足摔桥,或溺水而亡,或被猛兽伏击,或被落石砸中,只留一声叹息,便咽了气,看似草率收场,其实不然,拳到极致,其实是感应附体,山石泥河,草木野兽,均注入体内,浑然自成,内里庞杂混乱,相互搏击,外部秩序也由此而出,一招一式,空洞却又复杂,超出经验,所以不存在具体招数,随机应变,似江海,绵延不绝,暗潮漩涌;似生灵,繁衍不息,相克相生。

外孙女说:姥爷,我想回家了。

他又忆起那天傍晚，师傅化身为白雀，在砖地上跳跃，仿佛离你很近，伸出手去，方知遥不可及，逼至角落，仍可飞往高空，委身于云。穆成仿佛也至此境，也许不是今天，但终会置身于此：岩高百仞，浪声喧哗，他立于崖边，化身为兽，双臂如翅般张开，如大鹰或巨隼，而目光所及，大荒之中，讹兽遍地。他闭上眼睛，屏息凝神，俯身向下，是无际的嘈杂，他开始等待，为这即将到来的一刻，为全部即将到来的日子，他已做好充足准备，不留丝毫胜算。

蚁　人

我们犹豫很久，决定饲养蚂蚁。

那是我们婚后的第四年，一切相对平静，虽然过得始终不算宽松。年初时，报社改制，我跟领导吵了一架，从此赋闲在家，也好，我将物质需求降到最低，开始写一本无法完成的书，但当时自己并不知情。妻子则继续在旅行社做导游，收入不高，工作也比较艰辛，总是要出差，不过她似乎已经习惯了，很少抱怨。我们是高中同学，辗转多年后，又在一起。

旅行社不大，只有几条周边线路，妻子负责将游客带到景点，并作适当讲解：有时是荒凉的农庄，几座孤零零的木屋，立在公路旁，一匹老马拴在树上，马首朝向远处静止的河流，一切都像是睡着了，无比困倦，她介绍道，这是某位作家的故居，在其人生低谷时，曾驻留于此处；有时则是未经开发的岛屿，妻子为其编造历史，并附上一个牵强的故事，发生在古代，一位骄傲英武的首领，遭遇暗算，狼狈奔逃，退败至此，人马筋疲力尽，而身后的追兵不断逼近，行将溃败之时，途经这片海滩，忽然一个浪潮打过来，冲击崖石与山脉，随后是另一个，前仆后继，无穷无尽，相互叠加，渐渐升高，最终在空中形成一道喧嚣的屏障，为其阻隔追兵，首领乘机逃脱，重整旗鼓，报仇雪耻，成就一番伟业。

这两个故事我听过不止一次，妻子对我说，她在讲述时，偶尔会略有改动，有时候那位作家的身份会变成画家，或者已经过世的音乐人，反正也无从考证；而那不存在的浪，有时候会化为一条龙，自远古而来，春分登天，秋分潜渊，从海中升起，栖息于岸，怒视众人，分隔出神与人的两个世界，既不能跨越，也无法弥补。

妻子出差的夜晚，我通常会在家里通宵写作，偶尔顺利，但多数时刻陷入停滞，对于我们之间的关系，我难免会多想一些，即使她不讲，我也能猜到，在高峰旅游季，床位紧张，为节约成本，导游与司机往往会被安排在同一间房内。这是小说里的常见情节，他们住在海边的房间里，劳作，漫步，吃药，睡眠，时间在彼处弯曲，也是一个被分割出来的世界。

我见过与她搭档的司机，比我年轻不少，外地人，鼻梁很高，四肢修长，臂上有青筋，还有隐约的文身，辨不清具体图案，与其深色的皮肤相互混淆。他的长相称得上清秀，五官分明，但衣着随意，甚至有点邋遢，倒是很擅长交谈，总能找到新颖的话题。事实上，养蚂蚁这件事情，最初，就是他向我们提出的建议。

我们躺在床上，妻子如是转述：蚂蚁在纸箱里饲养，家里只要有空闲之处，均可安放，卧室、客厅、厨房、厕所，都是不错的位置，电视或者缝纫机上，也未尝不可，总之，所有角落都不要浪费，饲养起来也容易，像对待普通鸟类一样，食物残渣和几滴水就可以，连续半个月不管，也饿不死，它们的生命力很顽强，进货无需费用，但需要向公司缴纳一万元的保障金，公司每隔三个月返一次款，共计四次，总计返回一万三千五百元，即便期间稍有差池，至少也会有一万二千元入账，保本经营，这种蚂蚁目前的市场需求极大，前景广阔，原因是它可以入药，且功效神奇，调理内分泌系统的同时，还能刺激大脑皮层兴奋，激发细胞潜能，相关部门已经发布证明文件。

　　缴纳保障金的次日，司机便与蚂蚁一起来到我家。他神情兴奋，为我们悉心指导，像是这些蚂蚁的主人，先是在几间屋子里来回走动一番，之后坐在转椅上，望向窗外，推测日光走向，并指挥我将一箱箱的蚂蚁移至阴凉处，我数了一下，总共六箱，每箱近万只。他嘱咐我说，这种蚂蚁行动能力很强，牙齿锋利，时常会咬破一角，钻出纸箱，要做到随时观察、及时修补，若有蚂蚁爬到外面，也不要慌张，装进透气的药瓶里，统一处理，或者抓起来吞掉也行，对身体益处不少，这点他有所体会，此外，其味道也不是那么难以忍受。

　　安置好蚂蚁后，妻子整理行李，准备去上班，今天是夜间发车，要在凌晨之前抵达目的地，这样旅行团才有机会观赏到海上的日出。妻子换衣服的间歇，我问司机，日出好看吗。他说，没留意，每次都在车上睡觉。我又问，蚂蚁到底是什么味道呢？他说，形容不好，有点酸，你尝尝就知道了。

　　妻子收拾得很快，拖着皮箱，跟在司机身后出门。我在楼上听见客车发动的声音，笨拙倒转，缓缓蹭动，在狭小的街道上调整方向，向着远处的日出驶去。我打开一瓶啤酒，开始看电视，天黑下来，我想着那篇停滞许久的小说，不知不觉有些醉，十点钟时，忽然意识到，我今晚将与数万只蚂蚁一同入眠。

　　临上床之前，我透过塑料膜观察这些蚂蚁，它们爬来爬去，步伐匆忙，像是不断运动着的文字，正在试着组合成一篇文章，我往里面滴了几滴水，想起妻子经常讲起的那个故事，神的水幕将其一分为二。饲养结束后，我关紧门窗，拉灭灯，躺在床上，却怎么也睡不着，那些蚂蚁爬行的声音从纸箱里传出来，窸窸窣窣，细微而密集，在黑暗里疾驰奔涌，我又想起故事里的那条龙，从海中跃起，怒视众人，我对此十分忧虑，却不敢起身，只能祈祷这些蚂蚁不要钻出纸箱。

睡眠断断续续，似乎总能闻到一股烧焦的味道，像正处于一个失火的黄昏。第二天，我起得很早，第一件事就是去看这些蚂蚁，它们好像正处睡眠状态，很少移动，我悄悄掀开一角，从箱中取出一只，让它在手臂上行走，晨光使其晕眩，它好像还不能完全适应，急速走几步，又停下来，再走几步，仿佛在翻越重山，而风势很大，不得不经常判断一下所在方位。

接下来的一天，我发现自己几乎无心做其他事情，这些蚂蚁也许将成为我与新世界之间的纽带，不只是金钱问题，我想象着无数种可能，失窃、火灾、疫情，或者纸箱破损，逃去室外，无限繁衍，毫无疑问，对于妻子和我来说，无论何种情况，都将是一场灾难。我在白天里一直在为此担忧，辗转这几箱蚂蚁之间，束手无策，夜里也睡不安稳，总觉得它们在我的神经上爬行，成群结队，持续开采，蔓延至心脏。

我决定以知识去克服焦虑，埋头于书本，查找许多相关资料，仔细罗列，精心呵护这些蚂蚁，甚至忘却时间，不分昼夜，待到我回过神来时，已经是两天后，而妻子仍未归家，我打了个电话，她告诉我说，由于某些不可预估的原因，行程有所后延，让我不要着急。我听后有点失落，此时此刻，我迫切想要见到她，想与之分享蚂蚁的常识，以及我的痛苦与忧愁。又过了一天半，妻子还是没有回来，这次电话也没打通，我开始有些慌神，甚至想去旅行社去询问消息，但衣服还没穿好，便打消了这个念头，我想，也许这些蚂蚁更需要我，或者说，我需要这些蚂蚁。

照料蚂蚁的同时，我给妻子发去几条信息，直至很晚，妻子才给我回过电话，她的声音很低，对面风声嘈杂，讲话断断续续，但又能听出几分慵懒，我不知道她身在何处，只听见她对我说，又有一些问题，耽搁在半路上，让我不要担心，她也许马上就能回来了。然后便匆忙结束通话。

我稍稍放下心来,并试着转移注意力,强迫自己回归到写作上,仍旧难以为继,这个小说我越写越陌生,翻回开头来看,有那么一瞬间,竟无法辨认是自己所写。凌晨时分,我仔细勘查,终于发现,那股烧焦的气味是不断从小说里传出来的。具体说来,与其中的一段描写关系密切:纸烧起来,火焰高扬,往水里一送,它也不熄灭,就浮在上面,漂着烧完,最后还残留一些火星,在海面上一闪一闪。我思考许久,将这一段勾去。

整整一周过去,妻子还是没回来,她反复对我说着,旅程如同噩梦,他们不断地被突如其来的状况所耽搁,不过还好,一切行将结束,她已经离我很近,咫尺之间,此外,她也很想念我,以及家里的那些蚂蚁。挂掉电话后,我在窗前等待很久,仍是不见她的踪影,我甚至开始怀疑,有没有一种可能,就是这些蚂蚁将时间延展至无限。我在地板上追踪它们爬行的痕迹,试图揭开其中的奥秘,它在屋内游走几圈,最终顺着爬至桌面,落在稿纸上,一格一格仔细经过,稿纸上正是我的小说。

我把它捏起来,放在手心里,在小说未完成之前,我并不希望任何人读到它,蚂蚁也不例外。不过它要是愿意的话,我倒是可以随便讲一讲。我将这只蚂蚁放回纸箱,吸了口气,清清嗓子,坐在沙发上,开始对着纸箱高声讲述,关于一个消失的女人。纸箱内的蚂蚁不断爬动,上下翻腾,撞击内壁,发出顿挫的声响,时而低沉,时而激昂,也像是在与我交谈。

我说,朋友,夜深人静,我们却都睡不着,那就来讲个故事,你或许还不知道,我十几岁就不读书了,成绩不行,家境也差,只能出去混社会,兜里揣着卡簧,卡簧听过没有,也叫侧跳,弹出来反握,藏在袖口里,用的时候转动半圈,拇指毙住刃,斜下刺入,快进快出,我那时候下手黑,反应快,不顾及后果,比较出名,最开始做物流生意,赚到过一些,但也不满足,年轻嘛,总要往高处走,虽然高处有时就是更低处,后来跟着认识一位朋友,我认他作哥,帮他处理一些简单的事务。隔着箱子,那些蚂蚁如急行军一般，步伐铿锵而整齐，而窗外的夜色像一道深河，漫向四周，平平流开，不多时，箱中发出类似说话的响声，回应我说，看不出来，你还有这段经历。我说，有时候啊，我自己都快忘了，想起来像上辈子的事情，继续说，我哥是个人物，名号响亮，呼风唤雨，有好几家歌厅饭店，我成天跟着他，收入不菲，很有地位，可谓春风得意。当时我很羡慕他，现在想想，实际情况未必像我推测的那样乐观。你想想，每天早上醒来就感觉很孤单，身边都是要倚靠他的人，却没有他能倚靠的人，这不好受，跑题了，不说这个。当时我还交了个女友，虽然条件不太允许，但我们的感情很好，无所不谈，在一起时总有事情可做，这种亲密关系，在我的一生里，也只有过这么一次。蚂蚁问，为什么条件不允许？我说，你倒是很会抓重点，现在讲出来，倒是无所谓。我的这个女友，本来是我哥众多情人中的一位，俩人在歌厅结识，她说当时是在勤工俭学，很难令人信服啊，朋友，但她怎么说，我就怎么听。蚂蚁说，你胆子不小啊。我说，也许根本无所谓，我哥并不是那种狭隘之辈，主要还是在于我，心里迈不过去这道坎。刚开始时，我们偷偷摸摸，半年后，一不小心，她怀孕了，就有点藏不住。这期间，她一直劝我离开这里，换个城市生活，跟她结婚，回归正途，好好过日子。蚂蚁说，你答应了吗？我说，朋友，我当时只有二十岁，根本没想过这些，更不可能为这个女人把一辈子都搭进去，于是犹豫几天，找了个借口，骗她说，不能再在一起，我哥已经有所察觉，可能会有麻烦。蚂蚁说，她信你吗？我说，当然骗不过，不过这样一来，她也就知道我的想法了，总归是有点伤心，哭闹过后，让我去陪她打掉孩子，我如释重负，松了口气。或许还有一点要说明，就是她比我大十岁整。蚂蚁说，跟这样的女人有过一段，肯定难忘。我说，没错，本来约好第二天早上去医院，头天晚上出事了。我陪我哥去谈生意，喝了不少酒，散场之后，司机去后院取车，我俩站在门口等，我想搀着他，他却一把将我推开。我正不知所措时，忽然有两个骑摩托车的冲到面前,头盔没摘,直接掏出枪来。其中一个用枪顶着我,这个阵势,第一次遇,我吓得不敢乱动,口干舌燥,酒全醒了,冷汗直流。另一个朝着我哥开枪,瞄得很准,不慌不忙,像是在执行死刑,总共三声,我哥倒在台阶上,俩人迅速分头离去,我立在一旁,一句话都说不出来,也跑不动。后来有人报警,我被带进派出所,接受调查数日,也没任何线索,无迹可寻。放出来时,才知道我哥当天就死了,没抢救过来,我又去联系女友,却怎么也找不到,如同人间蒸发。两个我最亲密的人,全都消失不见,我极其失落,万念俱灰。我哥这一走,很多债主上门要钱,此一时彼一时,人不在了,牛鬼蛇神全部到位。我很不服气,带了白酒和砍刀,孝带裹身,坐在他家门口,前后待了三天三夜,为其守灵。蚂蚁说,有你这么个兄弟,也算值了。我说,不是一回事儿,我总觉得有所亏欠,女友一事倒是其次,主要是没尽到义务,当然,子弹是拦不住的啊,不过这个事情,后来有很多传言,对我颇为不利。我也没办法辩解,只好隐姓埋名,换个身份生活,那些年里,这样的事情不难办到。蚂蚁说,后来也没抓到凶手?我说,没,你要知道,死了这么个人物,警方也许求之不得呢。女友那边,也没有踪影,我找了很多年,从南到北,依然毫无线索。很不理解啊,一个人怎么能就这样消失了呢?

蚂蚁说,你想没想过,为什么要给你留条命呢?我的意思是,存不存在另一种可能,一个女人要是爱上另一个人,任何事情都做得出来。我说,说不好,不过我想,她的离去,还是因为我失约,她一定相当失望,认为我是懦夫,某种程度上来说,的确如此。蚂蚁说,女人看着软弱,实际上,做许多事情时,要比男人坚定。我说,后来,听到一个说法,也无法验证,有人告诉我,她当年离开之后,四处漂泊,在游轮上唱过几年歌,凭海临风,几乎没上过岸。她唱歌很好听,当年绰号小邓丽君,还会几首她的日语歌,有一首很著名,叫《夜幕下的渡轮》,她模仿得惟妙惟肖,我很喜欢,所以现在只要一有机会,我就去海边。朋友,你知道,虽然跑内陆运输赚得更多一些,但我不愿意去。现在这样很好,带带旅行团,隔几天就能看到海,也许有一天,可以听到她的歌声,哪怕相隔遥远,只要她唱,我想我一定听得到。

讲完后,屋内传来一阵撕裂的响声,我还没来得及做出反应,那些纸箱便已四分五裂,数万只蚂蚁,从四面八方涌过来,彼此借力攀登,如锁链或者血管,组合成人形,坐在我对面,像一道不断流动着的影子。他对我说,朋友,你的故事不错,我也有故事回赠,关于我的一位友人。我们在年轻时相识,他模样英俊,家境好,工作也不错,就有一个毛病,好赌,输得倾家荡产,还借了不少外债。老婆要跟他离婚,虽然赌瘾大,但他还是很爱老婆的,当时逼得走投无路,债主上门,甚至以妻儿威胁,怎么办?一筹莫展之时,其中一位女债主给他指了一条路,简而言之,就是让他去做次杀手,往大海里面扔个人去喂鱼,报酬可观。他算了算,这笔钱够他偿还大部分债务,也许还能重新生活,他思前想后,决定接下这项任务。租好船,琢磨方案,怎么动手,什么时刻,补救措施,都在心里反复演练,头天晚上,睡不着觉,有好几次,他都想反悔,干脆逃掉,也许他根本不适合做这样的事情,但不知为何,他仍躺在船里,纹丝未动,仿佛被钉死于此处。第二天,按照计划,他开车去火车站接人,连续几趟车,却怎么也没有接到,死活联系不上,只好又返回船上,给女债主拨通电话,对方也诧异,怀疑事情败露,匆匆挂掉,这件事也就不了了之。后来听说,原来前一天晚上,那人在外地被袭,直接丧命,不需要他再去动手。有时候命运这东西很奇妙,朋友对我说,做了这么多准备,结果都没用上。我说,然后呢?蚂蚁说,他到回家里,装作什么事情都没发生过,不过老婆还是跟他离了婚,再往后,改邪归正,去海上打工几年,当水手,在深水里放灯泡,见识许多风浪,也吃不少苦,慢慢还掉债务,又娶个新妻,生个儿子,一家人过得很幸福，满月酒还邀请我去，相当阔绰，包了一艘船，真是热闹啊！他满面红光，气色极好，整个人跟以前完全不同。对了，他老婆虽然不算年轻，但长得不错，唱歌也动听，当天特意献唱几首，嗓音一亮，满堂喝彩。我们那天在船上玩了通宵，早上去看日出，太阳从苍茫之间升起，炽烈而宽广，真美啊！我们的船追随着云缝间的阳光驶去。所以说，朋友，人啊，有时候就是一念之间。我说，是啊，一念之间，但是你信不信，风如猎手，而海是藏不住罪的，哪怕你动过一点念头，它也会通过浪潮的声音讲述出来，反反复复，像是一道咒语，像是几颗火星，你的朋友虽然没有杀死他，但他仍是凶手，如蚁一般，在逝者的躯体上爬行。

故事讲完，我们相对而坐，仿佛处于同一艘游轮里，引擎忽然静止，水声消失，船正浮于夜海的中央。他沉默片刻，又说道，我那个朋友，其实就是我啊。我说，猜得到，说自己的朋友，往往都是自己，简单的道理。蚂蚁说，对不起啊，撒了个谎。我说，也不要紧。蚂蚁说，经过这件事后，不知怎么，我居然开始走运，十赌九胜，但这次学聪明了，见好就收，最后全身而退，我现在对什么都很珍惜，一切来之不易。我说，但是朋友啊，海是藏不住罪的。他叹了口气，不再说话，那些蚂蚁也不再游动，月色之下，躯壳反光，形成一面黑镜，我在他身上看见自己的倒影。长风吹拂，外面传来歌声，一首久违的日语老歌，远处仿佛海港，有灯火闪烁，船身摇荡，即将起航。我从沙发上站起来，扭扭脖子，舒展臂膀，活动一下身体，悄悄掏出卡簧，弹开背锁，毙住利刃，骤然向前冲刺。而组成人形的蚂蚁，只一瞬间，便坍塌在地，重又分散，化作无数细密的符号，缠绕四周，将我团团围住。云遮蔽火光，夜如帷幕，低沉垂落，在不曾间断的歌声里，蚂蚁逐渐覆盖在我身上。

《猛禽》原刊《上海文学》第 1 期
《蚁人》原刊《小说界》第 1 期

铃子小姨

陈永和

我又梦见铃子小姨家着火了。一年中，总有几次，我会梦见她家着火。

火突然间从屋顶蹿出，焰火似抛出大把金星，点燃了漆黑的天空，继而抱成团，充满生气冲向四边，迅速吞没所有的窗框柱子，伴随一阵阵噼噼啪啪的声音，滚成一个巨大的火球，天空被照亮了。火焰烧出梦外，朦胧中，它变得金碧辉煌，仿佛所有生命在燃烧，在轰响，在走向毁灭，在辉煌地消亡。

这一刻，转瞬即去的一刻无与伦比，它穿透时空，比任何现存艺术品，绘画雕刻音乐建筑……都绚丽多姿，光彩夺目，更渗透灵魂。

梦，使我更清晰地体悟到白天看不到的一切。

我的身体在战栗。我无法思考，思想、情绪、情感全部被冻结成石，眼前只剩下这美妙绝伦的壮美，燃烧着的生命。这是一场仪式，隆重辉煌的仪式。一个母亲带走一个儿子的仪式。那些美丽的小白圆圈，壁画，精致的小摆设，铃子小姨几十年精心制造出来美的沉淀全都被带走，荡然无存。美销魂荡尽，留下一片空荡荡的大地真干净。

这一切令人窒息。美连同它的死亡。我听到自己身体的声音，在噼噼啪啪的响声中化为碎片，重新组合。

二十一世纪初最消沉的那些日子，除了给一家中文报纸打点零工，一个星期有一两个白天离开家，其余时间我就窝在家里。家，成了我的死海。我终日浑浑噩噩，基本对外界失去感觉。无论樱花飘雪还是红叶斗秋，都像是在另一个世界里发生的事。我的一天从读报喝咖啡开始，坐在饭桌前，边喝咖啡边看报纸。咖啡是森喜欢的牌子。哥伦比亚咖啡豆，京都小川公司的产品。报纸是森喜欢的《读卖新闻》。森对咖啡报纸这一类事情很讲究，有许多细微具体的标准。满足了这些标准，他的五官就充填满快感，一天就有了一个美好的开始。但我不。我五官愚木，对这一类事情感觉混沌。它们对我不重要。有，行。没有，也行。我跟森都不得自主，肉体是父母给的。森生来就五官敏感。我生来就五官迟钝。我跟他都得挑着自己的担子走完一生。

报纸上每天都有大事。这里战争，那里死人。国内的，国际的，天南地北。但都是文字。入眼，退去，像水流了进来，又退出去，不留踪影。

对我，什么重要呢？就不知道了。但好像有，总有什么重要在遗漏掉，在哪里，藏在什么地方，等着我去发现，找到它们似的。

每天晚上，熄灯躺在床上，看黑暗中的天花板，看偶尔飞进屋的一两只小虫，就想，日子不应该这样过，手抓过去什么也没有留住。但有没有该怎么过的日子呢，就不明白了。只是我不在乎不明白，没有森那种不明白就惶惶不可终日的感觉。换了女友，会说，会来的，该来的总会来的，等着就好。但我，连这种想法也没有。

跟森呢，也从不争论。我们各自生活在不交叉的价值世界里。

比如森认为过了四十岁，人应该对许多事物都形成自己的标准，否则就表明他不成熟。我跟森的观点相反。我认为成熟恰恰是指四十岁后能在许多事物上放弃自己标准的人。我敏感的是另一类事，肉眼看不见，不具形体的东西。都是关于人不关于物的。诸如人的底色，肉身的节奏，底色是否决定灵魂，节奏是否决定行动，美是什么，等等。又比如，森相信自己的眼睛。他的口头禅是我亲眼看见。可我，连自己的眼睛也不相信。

人，可以相信自己的眼睛吗？

我不知道可以相信什么。

这一切都让人沮丧。这些轻轻掠过肌肤的触感，像一杯淡绿色的液体，散乱在心思里，凝结不成块，说是说不出来的。也无法跟人说。自己都弄不清楚，怎么跟人说。于是，就腐烂在肚子里了。

就在这种时候，铃子小姨来了。我后来一直想，这一定是上天要成全我。他把我带到铃子小姨和辰面前，让我目睹了那场惊心动魄的火灾。让我知道了，人可以那样完美地死去。既然这样，那人就可以更加完美地活着。

那天上午，我正在边看报纸边喝咖啡，电话铃响，接起来是婆婆的，声音出奇地干涩，说铃子小姨走了。

铃子小姨走了？我重复着婆婆的话。有时候，需要重复，用重复来确认某种感觉。什么时候？我问。

一阵空白。婆婆没有回答，只说她现在在小姨家，让我转告森一下。

森去上海出差了。我站起来，把话筒从右边手换到左边手，微微兴奋起来。这不是报纸上的死人，何况死的是铃子小姨。

墙上挂着地图。日本趴在中国旁边的海上，看上去跟虫一样。我一眼就看见京都。

铃子小姨是婆婆的小妹。婆婆姐妹四个。婆婆老二,老大春子,老三纯子。前面三个都还活着,现在,死按照它跟时间无关的顺序排列,最小一个最早死了。

我问婆婆铃子小姨家的住址,拿出笔,记在笔记本上。

放下电话时,我微微兴奋起来,决定去铃子小姨家。我想再见一次铃子小姨,她的脸,她的家。这种愿望跳上来时很强烈,突如其来。

我突然明白了,这些年的颓废,跟身边没有死人恐怕有点关系。

我匆匆抓起几件衣服装进小旅行包,从架子上抓了一本三岛由纪夫的书。后来想这是一件很奇怪的事,怎么偏偏会是三岛。如果不是三岛,后面发生的事或许对我就不会来得那样强烈。

临出门前犹豫了一下,不知这样去是否合适。但这种冲动来得如此久违,我不想把它扼杀在摇篮里。

我赶到东京车站,买了张10点30分往京都去的"愿望号"新干线车票。

庞大的车站挤满了人,喧闹嘈杂。人人行路匆匆。这情景让人心里踏实。喧闹嘈杂仅只表面,人人目的明确,知道自己要去哪,而且知道自己一定能达到目的。很少有比车站更完美的人生了。

铃子小姨是我见过最精致的美人。总让我想起瓷器。德化的白瓷。不知是哪个朝代遗留下来的瓷杯。薄到透明,每一丝纹里面都隐藏着无数故事,手一碰就破碎的感觉。但恰是这种透明的勾魂,会使人连一口气都不敢轻易吹他珍惜。只能看。眼睛离开了心还留在那里的感觉。

跟年龄没有关系。跟年龄有关系的美,青春的、跳跃的美转瞬即去。能沉淀下来的美才是真美。我看铃子小姨就是这种感觉。纯度极高的女人。

　　我好奇她的一切。我对美永远贪婪，从小就这样。美人总是那样富有生命力，辗转反复在人们嘴里流传。我听到了许多关于她的故事。于是我知道了，铃子小姨的美是她爱出来的。她从小就爱美。婆婆的四个姐妹中，小时候她也许并不是最美的。但她最爱美。不是最漂亮的衣服她也总能穿出最漂亮来。这种气度是天生的。姐妹们谁也不像她。她也不像父母。仿佛是她出生的时候神在她额头上画过一笔，使她充满灵气似的。

　　我当然对她拥有什么样的男人感兴趣。但遗憾家里人谁也没见过他。她去法国留学，一去去了十几年，回来时带着一个儿子和一笔钱。她用这笔钱在京都郊外买地盖了一座房子。据说是她自己设计的。从此就带着儿子住在那里，再也没去过法国了。

　　车厢里很空，十几个人，彼此座位隔得很开。熟人，总是尽可能离得近点，陌生人，总是尽可能离得远点。我的座位靠窗，旁边是空的。隔着过道，后排坐着一个三十多岁的女人。她的侧脸让我想起美人山口百惠。她一直看着窗外。我要是男人，会愿意上前跟她搭讪两句的。

　　我把旅行包放在座位上面的行李架上，坐了下来，打开三岛由纪夫的书想读。

　　三岛由纪夫的《金阁寺》是一本好书。好书总使人流连忘返。他讲一个美毁灭的故事。惊心动魄。

　　有点什么东西从身体里面渗出来，使我读不下三岛。有些人就会这样，老是想从你身上溢出来，想跟你对视。就像铃子小姨。其实我只见过她一次，在森表弟的婚礼上。

　　我干脆把书放下，望着窗外飞驰而过的房屋树木街道山。天气很好，所有的东西看上去都像在享受阳光,但所有东西都转瞬即去,来不及看清晰就被下一个东西替代了。

那天铃子小姨说过什么了?印象中她穿件藏青色长连衣裙,戴手套、脖子上一串珍珠项链。我一看见她就想起竹久梦二画里的日本女人。也奇怪,照理我不应该想起竹久梦二的。因为她穿的不是和服。她的三个姐姐都穿和服。但她鹤立鸡群,比她三个姐姐都更像竹久梦二画里的女主人公,更日本。她们站在一起,油跟水混在一起似的,很不和谐。我相信,衣服虽然简单,却可以是一个人全部的故事。

她有什么故事呢?

她脸上是那种有保留却又十分得体的微笑。拒人于千里之外,却又显近在咫尺。风度教养品位,那张脸,那肢体里,什么都有。一切到位,一切完美无缺,连从帽檐里露出来的几撮头发都翘得恰到好处。

我仔细看她,像喝名贵葡萄酒,含一小口在嘴里,让味道慢慢化开。那种葡萄酒一瓶值二十多万人民币。我没喝过,只是想象喝的时候。不可能像喝二锅头,咕嘟咕嘟往嘴里灌。只能品。一种敬畏。这,跟钱没关系。

什么东西达到极致,都能让人产生敬畏。

然后那场宴会我就一直注意她。我发现她很奇怪。整场宴会,她坐在席上,戴着手套的手放在桌上,一口东西也没吃。

所有人都在吃。为了吃而来。所谓庆祝,就是吃。整个庆祝史就是吃史。吃饱喝足就表达了最深厚的庆贺。我吃了一只大龙虾,一块牛排,和一大堆色彩斑斓的食物,喝了白葡萄酒、红葡萄酒、日本清酒等。总之,充分表达我对新婚夫妻最深厚的祝贺。

而她,为什么不吃呢?

后来问森。森很认真地想了一会说:或许她不愿意脱掉手套吧?

为什么?

这就不好说了。为了完美?

那她可以戴着手套吃呀。

不行。

为什么?

为了完美。

森的话让我更加疑惑了。

后来铃子小姨就谁也不见了。婆婆说类风湿病使铃子小姨身体完全变形,只有声音没变,还是那么好听。

我想象不出铃子小姨变形后的样子,也没法想象一个人什么都丑陋了以后还能有怎样美好的声音,就不去想象,想这样更好。我不愿意打碎记忆中那个德化瓷器般的美人。

后来我给她打过一次电话,向她推荐一种中药。国内朋友推荐的一种治疗类风湿的药。从蚂蚁身上提炼出来的,据说很有效。

电话里传来铃子小姨的声音。很年轻,甜甜的,没有任何阴影的声音。这声音完整无缺,暗示着她的脸和身体,跟过去一样迷人,充满着魅力。

原来人也可以这样,什么都没有了,还可以有声音,还能这么美。

我彻底被征服了。

这就是我跟她的结缘。她神秘的底色使她具有双重吸引力。

当然,她丝毫不知。谁都不知,除了我。我连森都没说。

到京都车站已经下午一点半。车站那个巨大的观光咨询处里,站着十几个男女。一个面目慈祥的老太太给了我一张京都地图,上面画着许多寺庙，看上去跟坟墓一样。她在一个坟墓旁边用笔在理论上是小姨家的地方画上小圈。

我坐上巴士绕了半个京都。铃子小姨住在郊区，距离繁华市区很远，寺庙后面的幽静街上。一座孤零零的小院，略显破旧但很有感觉的洋式楼房，两层，白色的门与落地窗。落地窗前面有个小院子。

门关得紧紧的，敲了几声，没有反应，我绕到屋子前面。前面是个院子，一地枯叶，脚踩在上面发出柔软的声音。却不见树。原来的几棵大树，都被锯掉，剩下光秃秃的树墩。一扇大落地玻璃门，开着，里面地板上坐着一个人，面朝院子，低着头手里正忙着什么。

请问……我犹犹豫豫，终于还是发出了声音。

他抬起头看我。我看到一双深邃的眼睛，又大又亮，眼珠是灰色的，飘着点淡绿，长长的睫毛像树围绕着青青的湖。我很惊讶，有一瞬间说不出话来，他的眼睛太特别，我无法不被它们吸引。清纯透明，稚气的，不，全身心都倒映在里面，整个生命都集中在一点上似的。没有一个成年人有这样的眼睛。

我对美男子从来就没有什么兴趣。男人一美就完了。但他不一样。我后来无数次回想起这次遭遇，想起他那双无与伦比的眼睛。

你的围巾很漂亮。他盯着我看，突然说。

漂亮？我低头看了一下。围巾是名牌，红色的，上面有花的模样，铃子小姨送给我的结婚礼物。我平日从来不用。我一直觉得围巾太精致，不适合我。但森觉得适合。小姨不会弄错，一定觉得合适你才送的。森说。

他目光在我围巾上停留了好久。太久了，我有点不自在起来，挪动了一下。

你是来看我妈妈的吗？他问道。

我点了点头。我不能不点头。看着他的眼睛我只能点头。我不忍心使他失望,这种眼睛你不会让他失望。虽然我完全没有听懂他的话。他是谁?他妈妈是谁?

那等我折完纸就带你去看妈妈。他说。

那好。我说。

他又低下头去折纸。我松了一口气。我不习惯被人这么专注地看。谁也没这样看过我,即使是在我与森最热恋的时候,森都没有这样看过我。那仿佛不是看,而像身体被搅动,有什么东西被吸管吸掉的感觉。

他身边摆着两个大盒子,里面堆着许多折好的小东西,白色纸折成的。我看不出是什么。他默默地折着,头再也不抬一下,好像已经把我这个人忘记了。

他有几岁了?我看着他的侧影想。离开了他的视线,我的头脑又恢复了正常思维。

他的侧影比他的眼睛年岁大。成年人的侧影。我模模糊糊想起铃子小姨有个儿子,我没有见过。他几乎不出门,大家都说他智力有点障碍。

房间很大,有十五个榻榻米左右,但什么家具都没有,空荡荡的。墙壁天花板都画满了画。不,说画不准确,是涂满了色彩。四面墙四种颜色。说不清是什么颜色,既不红也不黑不黄不绿,但又好像所有这些颜色都混在一起。从轻到重。像从轻飘的少女走到沉重的老人。每种颜色上都画满了小圆圈,白色的小圆圈,有大有小,但都不交错。他就被这些奇怪的小圆圈包围着。

我想起草间弥生。神奇的圆圈。一个奇异的女子。带动现代艺术的女鼻祖。她神经有病,只有画圆圈才能使她平静下来。她一辈子就画圆圈,从日本画到美国,画到世界。我微微激动起来。很奇怪的感觉。

这些都是你画的吗?我忍不住问道。

他抬起头看我,点点头,说,我只会画圆圈。

这些小圆圈，得画多久才能画完呀。我感叹道。

我每天画。妈妈说我爱画什么就画什么。

真好。我说。我说的是实话。这些小圆圈，给我一种恍然出世的感觉。我几乎把为什么站在这里忘记了。我突然意识到，这里坐着的是个天才，是跟草间弥生一样的天才。

他又低头折纸。也不知过了多久，他停下动作，端起地上的一个盒子，站起来，对我说，你帮我拿百合好吗？

百合？这是百合花？我一愣，想了一下，才明白他折的是百合花。

我端起一个盒子，跟在他后面，穿过房间、走道，对面房间门虚掩着，他用身体碰了一下，门开了，传出一股清甜的香味，一阵木鱼声。客厅模样的房间很大，被布置成灵场，前面墙上地上台子上全是百合花，差不多把木柩覆盖住。中间摆着一张铃子小姨的照片。照片上的铃子小姨不年轻，四十来岁的样子，梳着日本式头，和服。她不笑，瞪着眼睛，但目光茫然，仿佛在思索，一双饱经沧桑却充满少女的眼睛。

婆婆后来说这是铃子小姨生前最喜欢的一张照片。我很意外。我印象里的铃子小姨永远穿洋服。

一群人散坐在地上。前排正中一个和尚正坐着念经。六七个穿黑色丧服的人跪坐在和尚后面。听见我们进来的声音，他们全都回过头来。

我愣在那里。这些目光使我踌躇，好像我正在做着一件很羞愧的事。

他什么也没感觉到似的，端着盒子，穿过众人身边，走到前面，把盒子里的纸百合一朵朵拿出来，放到正中的台子上。

你过来呀。他回头朝我叫道。

我不知如何是好。他看着我，天真无邪地看着我。奇迹又出现了，眼前所有东西都模糊掉，只剩下他那双眼睛。我的脚不由自主地往前迈去。

百合花堆成的小山中间，露出铃子小姨化过妆的脸，睡似的安详平静。

妈妈,蜻蜓来看你了。他俯下身,对铃子小姨说。

我吃了一惊。蜻蜓是我的小名。连森都不知道,他难道知道?怎么会有这种巧合。

他接过我手里的盒子,把纸百合一朵朵拿出来放在真正的百合上,然后转身对我说,我们走吧。这里不好玩。说着拉起我的手就往外走。他的手很柔软,肉肉的,一股热气传了过来。

所有的人都沉默着,低着头好像什么也没看到一样。和尚念经的声音在空间里回旋,沉闷而单调。我很尴尬,一瞬踌躇,瞥了一眼坐在角落里的婆婆。她穿了一件黑色挑纱衣服,跟其他人一样低着眼睛。但我感觉到她的目光从她头顶上放射出来,似乎不是在看我,而是在看一片聚集在天边的乌云,无奈而哀愁。

我听任他拉着我的手。我感到手心在冒汗。不知道是他的还是我的。

你怎么知道我的名字?我终于憋不住,还是问了。

他没回答我。他的注意力依旧在我的围巾上。他一直好像不放心围巾,时不时看它一眼。

这条围巾是妈妈的,他突然指着我的围巾说,你围着很好看。他拉着我的手走到楼上,进了一间卧室。

很精致的一间卧室。一看就知道是铃子小姨住的。卧室里充满了她的气息。淡淡的百合香味。一张巨大的床,有点旧了,木头沉重而笨拙,欧式风格,但更显得有味道。墙角摆着一张化妆台,墙上挂着一张莫奈的画,边上是一个有很多小格子薄薄的橱柜,每个格子里都有一个很精致的摆设,戒指项链手镯,瓷器木器铁器……全都小巧玲珑,精美雅致,凝固着铃子小姨的目光。我感觉到铃子小姨在看着我,突然很犹豫,不知道自己在这里是不是合适。

妈妈就睡在这里。他说。进了房间,他就放下我的手。

他打开衣橱,里面满满挂着衣服。他挑了半天,挑出一件绿底白小圆圈的连衣裙来,举起来对我说,你穿你穿。一定好看。

我犹豫了一下,他看着我。我又感觉到那种魔力。那好吧,我说,你把身体转过去。

我每天都看妈妈穿衣服。他天真地说。

我很绝望,但同时也很惊喜。我突然想他是不是把我当作他妈妈了。这不知怎么让我兴奋。我真的把衣服脱了,穿上连衣裙。连衣裙意外地非常合身,不大不小,紧紧贴在我身上,好像是为我量身定做的。

你看,很好看。他把我拉到镜子前面,让我自己看。

镜子里出现了一个穿绿色小白圆圈连衣裙的女子,脸是迷茫的,有一种我很不熟悉的味道。

你的口红不好看。他站在我身后,看着镜子里的我说。他又把我拉到梳妆台前,让我坐下。我帮你化。你很好看。

他从梳妆台抽屉里很熟练地拿出化妆盒,眉毛眼睛嘴巴,一点一点,非常仔细认真地帮我化过去。我闭上眼睛,任凭他化。偶尔睁开眼睛看他一眼。他嘴里的热气呼到我脸上。我看到他上嘴唇上面细细的汗毛。他的嘴唇很可爱,粉红色的。

难道他也这样帮铃子小姨化妆吗?我暗暗想。

楼下一点声音也没有,远处传来一阵寺庙的敲钟声。我什么也没想,没法想。但头脑特别清醒,似乎身体里渗出某种物质,五官变得非常敏锐,全都张开了,想去感觉但却什么也感觉不到的感觉。世界被屏蔽,只剩下我们两个人的感觉。

至少有过了半个钟头吧。

你睁开眼睛看。他说。

我睁开眼睛。镜子里映出一个女人,很美丽的女人,不是我,是另一个女人。我似曾相识的另一个女人。

他站在后面,从镜子里看着我。起初笑着,但慢慢皱起眉头。他突然把我头发扯乱,从梳妆台抽屉里抓起一把剪刀,在我头上七剪八剪,剪一下看一下镜子,用喷,夹子,总之像最专业的美容师一样,最后终于满意的样子。

好了。他轻轻说。

镜子里的女人变了。已经不再是我似曾相识的女人,变得有点像铃子小姨,不是五官像,而是那种味道,铃子小姨的味道,精致高雅,无一瑕疵女人的脸。

你很好看。他看着镜子里的我说。

我们就这么相互看着。我看镜子里的我和他。他看镜子里的我。看了好久。有一瞬我感到恐惧,我害怕失去镜子里的我,我知道这不是我。她是另一个女人。跟我毫无关系的另一个女人。但却不愿意失去她。

我困了。他突然说,我要睡觉了。他拉起我的手,把我拉到床上。我们躺下。他躺在我身边,脸朝着我,闭上眼睛,头依在我肩上。

我一动不敢动,没过一会他就睡着了,发出轻轻的呼吸声。

魔力消失了,一切又都回来了。我想起婆婆、楼下那些人来。我必须起来。我对自己说。我最后在镜子前又看了另一个女人一眼,把连衣裙脱下,穿上自己的衣服。我没有卸妆。我想等他醒来了会愿意看到另一个女人的我。

他睡得很熟,发出均匀的呼吸声。脸像孩子一样,白里透红,我想起一颗挂在树上熟透了的苹果。

楼下。和尚已经走了,大家正围坐在饭桌前吃饭。饭桌上摆着几大盘寿司。

你来了。纯子三姨先看到我,叫了起来。

快来吃吧。婆婆往旁边让了让,我坐了下来。人死了,东西还得吃,这我知道。但我没有胃口。一点胃口也没有。胃里满满的,装着他和铃子小姨。

有时候胃里真可以装人。装了人时食物就装不进了。

辰睡了吗?纯子三姨问我。我没法说话,光点点头,嘴里正塞满一块鲷鱼寿司。寿司很新鲜,据说是京都有名寿司店的外卖。

他原来叫辰。我一边咀嚼着,让鲷鱼的余味慢慢化开,一边在心里念了几遍这个名字。辰,很好听的名字。

眼前这些人看上去都像在梦幻里一样。他们边吃边说着话。声音嘈杂。

大约九点。所有人都离开铃子小姨家。婆婆说铃子小姨已经为我们预订了旅店。

走之前我上楼去看了看辰。他侧着身子,双手抱着枕头,还睡得很熟。他醒来后看不见人了会怎么样呢?我打开灯,开到最小一挡,轻轻带上门,才下楼去。

旅馆距离铃子小姨家的士十分钟。洋式楼房,五层,每个窗口前都有一个嵌有花纹精致的铁栏杆。木框玻璃大门,进去看见一座雕塑。一个身体跟头发一起飞起来的女子。

我跟婆婆一个房间,在五楼。窗口外面是溪流,对岸有几棵树,一轮圆圆的月亮挂在树上,发出清冷的光,有话要说,但又说不出的样子。

不知道铃子怎么看到月亮上面去的?婆婆自言自语似的说。

看到月亮上面去?我问。

是呀。月亮上面。婆婆说。她站在我旁边,抬着头跟我一起看着天上的月亮。

后来我们一起躺下了。在黑暗中，婆婆告诉我小时候铃子小姨经常晚上不睡，坐在窗口看月亮。婆婆问她看什么。她说看宫殿。她说月亮上有一个宫殿，很美很美的宫殿，里面住着一个美丽的公主。她经常做梦梦到她。婆婆说我什么也看不见。月亮就是月亮。她抓住婆婆的手，把婆婆的手放在她心口上，说，你现在闭上眼睛就能看到。婆婆闭上眼睛。她的心在婆婆手上跳动着。但婆婆还是什么也没有看到。

我后来想，月亮里的公主就是铃子自己。是铃子心里的宫殿和公主跑到月亮上去了。

那天晚上我一直睡不着。铃子小姨跟辰老在我头脑里走动。他们平日怎样生活？铃子小姨能走动吗？辰经常替她化妆吗？然后在镜子里看她，跟她一起躺到床上……他们一直睡在一起吗……

我想起他那双无与伦比的眼睛。我感觉到他在那里看着我。心一阵揪疼。要是他醒来没看见我会找吗……以后就睡了过去。也不懂过了多久，似乎听到窸窸窣窣的声音，我睁开眼睛，模模糊糊看到婆婆站在黑暗里。

你来这里干什么？婆婆的声音，嘶哑嘶哑的，低低的。

我吓了一跳，完全醒了。婆婆在跟谁说话？

我知道你心里不好过，你在想辰以后怎么办。你走了，留下辰一个孩子不放心，他还是个孩子，今天他拉着和的手去看你，他不懂得你走了，他还当你活着，这可怜的孩子……但你放心，只要我还在，就一定会把他安顿好的……你有话要跟我说吗，你想要我做什么吗？这些年一直没见到你，今天见到了，却是这个样子……你放心走吧……婆婆呜咽起来。

然后，突然，一切声音都没了。

一片死寂。

妈，我叫了一声，你怎么啦？

婆婆没有回答。我跳了起来，打开灯。婆婆盘腿坐在床上，脸色麻木，筋疲力尽的样子。

我看到铃子了。她刚才就在这个房间里。

她在这里？我吓了一跳。我环顾了一下四周，什么也没看到。

她的魂。一团白色的绒球，兔子那么大，刚刚从门里出去了。她神情古怪，不回答我。我觉得什么不对，婆婆说着站了起来，不行，我得去看看。

去哪里看？我问。

到铃子家去看看。我眼皮一直跳。会有什么事的，一定。婆婆不安地说。

那我也去。我跟着婆婆匆匆穿上衣服。

婆婆总是可以看到许多一般人看不见的东西。那时候我不相信世界上有什么东西是看不见的。看不见就等于没有。

我们来到街上，要了一辆的士。月亮换了一个方向，还挂在天上。天气很冷，被月亮照冷的。婆婆催司机车开快点。一路无话。婆婆脸色不太好。我不知道她心里在想什么。

很远就看到了一团火光，天边在骚动的感觉。我莫名其妙地紧张起来，头脑里浮现出辰那双明亮的眼睛。我感到他在看着我。我想说什么，却发不出声音。

那边好像出了什么事。司机说。

没关系，开过去。婆婆说，声音很镇定。

车停到路边。我们一下车就确定了，起火的正是铃子小姨的家。整座楼的窗子里全冒出浓烟和火光，屋顶烧着了，木板开始倒塌，发出噼噼啪啪的响声。突然，二楼的窗口前出现一个黑影，晃了一下，又消失在火光中。

那是辰。我叫起来,不好,他准是不知道怎么朝外面跑。有往火里冲的一闪念,但我的脚发软。

不要去。来不及了。婆婆一把拉住我的手说。

这时,一根大柱子啪地倒下去,火光冲天,然后噼噼啪啪一阵巨大的轰隆声,屋子塌了。我仿佛看见那涂满颜色画满小圆圈的墙壁。我的脚一软,浑身的劲一下泄了。辰的眼睛在火光中燃烧。

旁边聚集起一群人,有人大声呼叫,有人往火里浇水,消防车来了,警车来了,几个穿制服的人飞快朝倒塌的房子里冲去。

一切都结束了。在黑暗中,婆婆一直拉着我的手。许多人来了,又走了。火灭了。天气还是很冷,我站在黑暗中颤抖着,感觉辰那双眼睛一直在看着我。好几天,辰的眼睛都跟着我。要是我当时没有离开房子,在身边陪着他,或许他就不会……

我这样想,头痛欲裂。

回到旅馆,前台交给婆婆一封信,铃子小姨写的。

二姐:

我累了。

你看到这封信时,我已经带着辰走了。远远地离开这个曾经让我迷恋,也让我伤心的尘世。这些年的疾病差不多摧毁了我的整个身体。

我做不到残缺不全地活下去。也做不到让辰残缺不全地活着。

他永远也不会知道什么是死。对他,这世上,人,没有死这一个字。

但我知道。我庆幸前面有死。要不,我真不知道这一切该怎样结束。

这么多年来，我总是想着怎样来结束这一切。我不知道有没有完美的死。但我知道，死，跟活一样无价。

我带到这世上来的，我也要带走。

原谅我没有事先跟你讲这一切。

记得我们小时候一起看月亮吗？我跟辰回到那里去了。

永生永世。永不返回。

铃子

两天后，有一封挂号信送到了铃子小姨家。婆婆签收的。英文信。从法国巴黎一家画廊寄来的，说铃子小姨寄卖在画廊的一幅画，终于以铃子小姨希望的价格卖出了。

我通过一个懂法语的朋友，给画廊挂电话咨询了一下。朋友说这是巴黎一个很著名的画廊。画是 A 画的。A 这些年在国际上越来越有名，画卖得很好。画廊的人说铃子小姨这幅画是二十年前寄卖的。当时 A 才刚刚出名。但铃子小姨要价太高，所以画一直卖不出去。画题名为《裸体的维纳斯》。这次是被某地博物馆买去收藏的。

我在网上查到了这幅画。一看就知道，画面上的裸体女人就是铃子小姨。她坐在一艳丽和服的褶皱上，画风有点浮世绘的味道，巨大的乳房裸露着。铃子小姨的表情辛辣放荡，跟我印象中的她一点不像，似乎连目光也裸露了一样。

难道铃子小姨曾经做过 A 的模特？要不她跟 A 是什么关系？难道说……我突然有了一种想法，我匆匆在网上找 A 的照片。有。很多。我把他跟我头脑中的那双眼睛相比。我发觉，除了那双眼睛，辰的脸我什么也没记住。我仔细盯着 A 看。想找出他跟辰相似的地方。辰的眼睛是灰色的，不像 A 的眼睛。A 的眼睛没有什么孩子气。我比了很久，终于放弃了。

这是一个已经结束了的问题。

铃子小姨在巴黎过的是什么样的生活？她为什么没有把这张画带回日本呢？

警察后来告诉婆婆，灵柩差不多烧成了灰，铃子小姨不在灵柩里面。他们的遗体是在距离门口不远的位置上发现的。他抱着她。两个人都被烧成黑炭，但他的手还紧紧抓住她不放。

大概是想把她抱到外面去吧。四十来岁，脸上有一颗红痣的警察说。

离开京都的前一天下午，我独自走到铃子家的废墟上。断墙残壁，烧焦了的柱子，我看到那美丽房间残留下的一小块白色的小圆圈，上面沾满了黑灰。地上飘着一片纸，我用棍子一拨，是一本书。我把书捡起来，抖掉泥土，是三岛由纪夫的《金阁寺》。我很意外，觉得缘分，这不跟我携带的书一样吗。

我跟铃子小姨居然喜欢同一个作家。我们居然喜欢同一个人。我感慨，我一直只看到铃子小姨精致的外表，我有没有疏忽掉更重要的东西呢？

但有谁需要知道美丽后面的东西呢？

美丽的后面还能是美丽吗？

乘新干线回东京。车上，我照例翻开书，三岛由纪夫的《金阁寺》，但不自觉就睡过去了，迷迷糊糊中，我仿佛看到了铃子小姨跟辰手牵着手在车窗外的黑暗中飘过。

那天晚上，我梦见了铃子小姨着火的情景。火一直在梦境里燃烧，烧到我身上来了。我身体热起来，渐渐像火一样在燃烧。第二天早上醒来以后,蒙眬中,身体还是热的。那一整天,只要我一闭上眼睛,就看见铃子小姨跟辰。到晚上,我突然有了一种冲动,久违的冲动。我想写。很想。想把在京都看到的一切用笔写下来。我拿起笔,在一张空白的纸上写下铃子小姨跟辰几个字,然后,许多意象与文字纷涌而至,我不停地写,写,用了一个晚上一个白天,终于把它们写下来了。

但那股冲动并没有结束,大约是身体沉默得太久了,像地火在地底下燃烧,终于有一天冲破地表喷发而出,仿佛身体里的一个开关被打开了,许多东西源源不断地流了出来。我不得不继续写。只要有几天不写,我就觉得难受,什么东西堵在身体里面的感觉,非倒出来不可。倒出来为快。

我终于为身体找到一个出口,沉闷的日子说结束就结束了。人是可以改变的。不,准确说,是可以被激发被打开的。

铃子小姨和辰用死的燃烧打开了我身体的开关。

我感谢铃子小姨和辰。

铃子小姨和辰的骨灰最后被送到了大阪的一心寺。

到月亮上去的一定是她跟辰的灵魂吧。

原刊《花城》第 2 期

替代者

李 唐

一

　　他走到一棵树下，站住。这是个晴朗的好日子，天空中，由于前几日连续下了几场大雨，此时见不到一丝云朵。天空湛蓝而赤裸，仿佛一面巨大的镜子，因其本身所映照的事物太过庞杂、繁复，且意义不明，于是这些事物干脆混合到了一起，变成了纯然的蓝色。当问题太过复杂，他想，有时反而会显得异常简单。

　　他凝视着这棵树。树干粗壮、有力。他有些怀疑如果自己抱住它，是否能够将两只手再次握在一起。他可以试一试的，但他只是站着不动。目光向上，树干开始分杈，变成了杂乱的树枝，而每一根树枝又结出更加细小的分支，如此继续下去……叶子长在树枝上，非常茂密。从下面看，他发现树冠里面的叶子要比外面的叶子颜色浅一些。风一吹，它们就开始摆动，仿佛一团柔软的绸布，在自身中显示出风的形状。而风本是没有形状的。他伸出手,感受着风从他指间的缝隙中穿梭而过。

真实的感觉。他想。

有时,他觉得自己已经丧失了真实感——自从他成为一名"替代者"以来。这种丧失是潜移默化的,是在不知不觉中发生的。当你意识到时,往往已无力改变。这些年,他越来越无法确定究竟何为真实,何为虚幻。或许真实与虚幻其实本质上属于同一种东西?他摇了摇头,一片叶子从他的头顶落下来,落在他的肩膀上。他扭过头,注视着这片叶子。他用手将叶子拿起来,放在鼻子下面闻了闻。一股带着湿润气息的清香。前几日的雨还残存在它薄薄的身体内部。

他扔掉叶子,向前走去。

这是一座三十三层高的商业大楼。每一层都有无数家公司,每一家公司都是热火朝天的景象。他差点迷了路。如果不是之前他已经将自己今天的身份背得滚瓜烂熟,他就要迷失在这座商业大楼的迷宫中了。终于,一个小时后,他找到了自己所在的公司,并且准确地找到了自己的工位。正当他准备走过去时,一个满脸严肃的中年男人拦住了他。

"林峰,"中年男人说,"你今天又迟到了。"

"对不起。"他——作为"林峰"的替代者——说,"堵车了,实在抱歉。"

中年男人责备地看了一眼"林峰",扭头走了。

他走到自己的工位里,坐下。四周都是忙碌的身影。他打开电脑,准备一天的工作。从事先的资料里,他知道这个叫"林峰"的男人的工作基本上都是重复性的、没有什么技术含量的。这样的人为什么也需要"替代者"呢?他有些疑惑。但无论如何,这是属于他的工作,他没有质疑工作的权利,更何况,这还是一件相对而言比较轻松的工作。他只需要敲敲键盘,写几封邮件就行。此前,他曾短暂地替代过一名长跑运动员,那一天的训练真是把他累得半死。

"林峰,"一个女人急匆匆地走过来,将一沓文件放到他面前,"这些文件你看看,有没有毛病,下午开会要用。"说完,她就走开了。他甚至都没看清她的面孔。

他环视着周围的"同事们"。他们难道真的看不出来,我并不是"林峰",而只是他的替代者吗?可是没有一个人对此表示惊讶,或者疑问。他们依然在干着自己的事,并且把他当成真的林峰那样相处。为什么会这样?这是他职业生涯中最大的困惑之一。或许——他胡思乱想起来——就像上级说的那样,究竟谁是"林峰"并不重要,重要的是"林峰"要坐在这里,否则就有可能酿成祸端。

"林峰,"他身边的一个胖子打断了他的思绪,"怎么样,跟莉莉新婚还和谐吗?"

他注视着胖子。胖子也注视着他,脸上挂着坏笑。

"你难道真的看不出来吗,我并不是林峰。"他忍不住对胖子说道。

主动揭示自己的"替代者"身份,而给周围的人带来困扰——他知道,这是严重违反职业规定的,如果被发现,他将受到惩罚。可是,即使如此,他仍然忍不住想要发问。

"说什么呢你?"胖子有些紧张地瞥了他一眼,转过身去噼噼啪啪地敲打起电脑键盘。

一切如常。世界安稳如斯。

二

"你好像还有很多事情不明白。"

上级坐在桌子后面。他的双肘戳在空无一物的桌面上,双手交叉托住下巴,因而遮挡住了半边脸。这是一个戴着墨镜的男人。屋子里光线昏暗,而他沉浸在黑暗的角落中,因此仿佛只是一道阴影,或某种事物的轮廓。但是,他又是实实在在地存在着,并且在这间屋子里是绝对的主宰者。透过黑色镜片,他似乎在饶有兴趣地观察着坐在自己面前的人。

是的,他可以感觉到上级的目光,尽管他看不见他的双眼。他清楚地感受到那种审视的意味,在这间小小的屋子里造成了一种紧张感,仿佛有什么东西在暗中紧绷着。很明显,上级喜欢这种氛围,这可以表明:一切都在他的掌握之中。

面对上级,他小心地斟酌着词汇。他不得不承认,在上级面前,自己莫名地变得渺小,如同蝼蚁,如同那只不停地撞击着暗淡灯泡的蛾子——它是房间里唯一的光源,悬挂在他的头顶。由于那只蛾子的影响,灯泡左右摇晃,使得房间仿佛也在随时变幻着构造。

"是的。"他对上级说,"我有一些疑惑。"

"说出来。"与外在的形象相反,上级的声音显得很慈祥,并且有某种鼓励的成分在里面,"只有解决了问题,才能更好地执行工作,不是吗?"

听到上级的话,他稍稍地放松了一些。于是他鼓起勇气,继续说:"我想知道,我为什么要替代林峰这种人?"

"你是指……"

"他不是重要的人,"他说,"甚至可以说,他微不足道。即使这个人消失了,也不会造成任何后果。既然如此,我替代他的意义是什么?"

这时,他听到了上级的笑声,并且他从笑声中听到了怜悯。当然,也可能是他的幻觉——坐在这间逼仄、昏暗的房间里,与上级面对面,确实让他太紧张了。

"你说得没错。"上级平静地说,"但是现代社会发展到今天,已经是一种庞大、精密、复杂的系统，复杂到你无法想象。这样的系统容不得任何差池，所以才有我们的出现。就算林峰是一个微不足道的人，他依然有他在社会中的位置与价值。你可听说过蝴蝶效应？"

他愣了一下，好像明白了什么。

"林峰是微不足道的，可是他失去了身份，就会在系统中造成一个空缺，或者说造成一个漏洞。这漏洞不大，可没人能预料它会造成怎样的后果。既然蝴蝶的翅膀可以在另一块大陆掀起一场风暴，那么，没人能确保这个小小的漏洞百分之百不会危害我们的社会系统。而我们要做的，就是维持这个系统平衡、稳定的运转，消除潜在的威胁，将风险降到最低。这也是替代者的工作的意义。不知我解释清楚了吗？"

蛾子依然在坚持不懈地朝灯泡发起一次次攻击。直到它精疲力尽，掉落在他的脚边。他看着那只垂死挣扎的蛾子在自己脚旁无助地扇动翅膀，原地打转。

"那真正的林峰去了哪里？"他问。

"按照规定，我本来不应该告诉你。"上级从抽屉里拿出一个文件夹，翻开几页，"不过为了消除你的疑惑，我可以破例向你透露——资料显示，他欠下了巨额赌资，因此以非法渠道出售了自己的身份。也就是说，他现在是一个'没有身份的人'。"

他吃了一惊。他知道，"没有身份的人"意味着此人不存在，因此是一种极其危险的状态：一旦被剥夺了身份，所有人都可以对你做任何事，而你却不会受到任何保护。因为从社会系统的角度上讲，你已经不存在了。就像死人不会死第二次。

"我真的不会被识破吗？"他沉默了一会儿，不再理会蠕动的蛾子，"毕竟我并不是他，所有人都知道，我不是他……"

"记住。"上级依然用那种平静的语气说，"身份只是众多社会属性的集合,你也可以把它理解为某种社会符号。现在,你替代了'林峰'这个社会符号。换句话说,正是因为你是林峰,所以你便是林峰。没有人会否认这一点。"

"我还是不太明白……"他摇了摇头。

"你会明白的。"上级的语调中多了一丝嘲弄的味道,"记住,你现在就是林峰。直到任务结束。"

"任务会结束吗?"

"这个还不太确定。除此之外,今天你违反了规定,必须要接受惩罚。"

"你是怎么知道的?"虽然他早已预感到了,但还是感到了一丝恐惧。

"我们知道一切。"上级说,"别忘了,我们是社会系统稳定的维持者和修复者。不过念在你是初犯,我们不会太过严厉。经讨论决定,扣除你两个月的工资,以儆效尤。"

三

他一眼就在人群中认出了她。

莉莉——林峰年轻的妻子,此时正站在街角,茫然地向四处张望。她是一个长相清秀的女孩,留着清爽的短发。他躲在一个橱窗后面,巧妙地将自己隐藏在阴影之中。这个角度便于他暗中观察。不知为何,他有些踟蹰,有种想要逃跑的想法。时间一分一秒过去,莉莉焦虑地不停低头看手表。

他知道自己不能逃避。这是他工作的一部分。他硬着头皮,艰难地穿过从四面八方涌动的陌生人群,朝那个身影走去。莉莉搜寻的目光很快就在他的身上停住。此时,他的心跳动得很快,似乎穿透了周边的嘈杂声,整个世界只剩下他的心跳。绿灯亮了,他随着过马路的人群走到了她的面前。

她沉默不语地凝视着他。

他有些紧张起来。她为什么这样看着我?他想。是不是她发现了我是个冒牌货?很明显,我并不是林峰。她会不会大声质问我:你到底是谁?你把我的丈夫弄到哪里去了?她会不会在街头突然失声痛哭起来(因为自己的丈夫变成了另一个人)?这一连串的假设迅速闪过他的脑海。他的额头和手掌心立刻就变得汗津津的。

预想的事情没有发生。他看到一抹笑容出现在这张美丽的脸庞上。如一个慢镜头那样悄然绽放的笑容。她向前一步,主动挎住了他的胳膊,有些撒娇似的抱怨道:"你可又迟到了,都第几次了?"

他几乎是被她拽着,往电影院的方向走去。

一路上,他悬着的心并未完全放下。他的身体有点僵硬,不时瞥一眼莉莉,又赶紧收回目光。对他而言,她是一个完全陌生的女人,此刻他们却手拉着手,亲密无间,与一对普通的新婚夫妇无异。他很想停下来,郑重地问她:你好好确认一下,我真的是你的丈夫吗?可他知道自己不能这样做,因为上级知晓一切。

莉莉身上淡淡的香气传进他的鼻子里。这是一种类似柠檬的清淡香味。这种静谧的味道让他稍稍平复下来。她的手很柔软,身体紧紧地靠着他。没有人会对陌生人如此亲密,他想。事实证明他确实多虑了。目前为止,作为林峰的替代者,他的工作进行得很顺利。

我现在的身份是林峰,为了打消挥之不去的紧张感,他在心中一遍遍重复着这句话。正因为我是林峰,所以我便是林峰。没错,我就是林峰。想到这儿,他停住了脚步。

"怎么了？"莉莉困惑地看着他。

他需要一个证明，用于彻底地使自己安心的证明。他注视着莉莉的眼睛。这是一双明亮的眸子。他这才发现，她的瞳仁是栗色的，闪烁着明丽动人的光泽。他忽然不再紧张。他就这样闭上眼睛，吻了上去。他感受到了莉莉薄而软的嘴唇。

几秒钟后，莉莉推开了他。她的脸微微涨红，露出羞涩窘迫的表情。

"你怎么突然……"她的呼吸变得有些急促——即使他们已经结婚成家，她仍然不习惯在公众场合展示这种过于亲密的行为，"这么多人呢。"

他笑了笑，主动挽住了她的手，领着她走进电影院。

他们找到位子，坐下。片刻后，电影院的灯光熄灭。在短暂而完全的黑暗中，他深深地吸了一口气。电影开始了。他根本没去关注电影演了什么，他的注意力全在莉莉身上。他不时转过头，看看莉莉。大屏幕的光映照着这张精致的脸庞。他不禁看得有些入迷了。偶尔，莉莉会侧过身，与他相视一笑。那时他感觉到自己的身体在微微战栗。他握住了莉莉的手。温暖而神秘。

他希望这一刻永远不要结束。

四

星期天，他与莉莉一起去拜访父母。他们住在同一座城市。当他看到这两个笑容可掬的老人站在自己面前、称呼自己为他们的孩子时，他再次感受到了那种强烈的不真实感：仿佛眼前的事物都只是一场戏剧里的情景，那面墙、那只沙发都与平常无异，然而观众们都知道它们只是剧里的道具，是仿制品。但是演员们却不能将这一层关系说破……他坐到沙发上，拿起茶几上的玻璃杯。为了确认这日益稀薄的真实感，他控制不住地反复摩挲着玻璃杯光滑的表面。至少，这触感是真实的。

"小峰，你在干吗呢？"父亲亲切地问道。

他放下玻璃杯，盯着父亲。这是一个两鬓皆白、正步入老年的男人。他报复似的想从父亲的眼神中捕捉到一丝不自然或怀疑的神态。或者说，他其实是在寻找真实——当一切都显得那么不真，唯有对"不真"的质疑才包含了真实的成分。然而父亲很快站起身，去厨房的冰箱里给他和莉莉拿了冰镇的可乐。

厨房里，母亲正在忙活着午饭。

客厅处于背阴的位置，因此光线有些暗淡——这让他感到不适，因为他下意识地想到了上级的那个小房间。每件物品都沉浸在阴影中，似乎是它们自身流淌出了阴影。他再次与父亲对视。父亲很自然地避开了他的目光，拿出一只折扇不停地呼扇。

他仿佛看到阴影正在自己的脚底扩散，像是某种黏稠的液体。莉莉起身去厨房帮忙。客厅很静，除了炒菜的声响，就只有父亲扇动折扇的声音，像是某种鸟类在扑扇翅膀。

坐在餐桌前，对着一桌子的饭菜，他却丝毫没有胃口。在他面前安坐的这对夫妇，此前他只在林峰的资料里见过。现在，他感觉自己像是一名奇怪的客人：所有人都对他很熟悉，只有他自己对环境感到无比陌生。就像是当人们身处梦中，哪怕最熟悉不过的事物也会变得有些不对劲……

"小峰。"母亲放下筷子，担忧地问，"你是不是有什么心事？"

"有什么事就跟我们说，"父亲接着说道，"毕竟咱们是一家人。"

莉莉也转过头，疑惑地看着他。

于是，他不得不一下子承受来自三个人的目光。他的嘴唇颤动着，想要说什么。他忽然觉得眼前的这一幕很虚假。他们会不会其实知晓一切？他暗自思忖道，他们会不会只是在嘲弄我？是的，他有了一种被欺骗的感觉，即使他知道明明自己才是欺骗者。

"我想看相册。"他说，"我想看看我的相册。这里应该有吧？"

对于这个要求，他们显然有些惊讶。他知道，这属于一种挑衅，是他的最后一搏。上级会知道这件事吗？但上级也没有理由责罚他，毕竟他的这个要求并不过分……这对夫妇交换了一个眼神。然后，母亲站起身，走到卧室。过了一会儿，她重新回到客厅，手里拿着一本厚厚的相册夹。

"这是你上小学的时候。"她拉着他并排坐在沙发上，每翻一页都会附上讲解，"这是你初中，在游乐场……"

他俯下身，仔细观瞧。没错，照片上的那个人，与他完全不一样。那个人才是真正的林峰。如果非要说他俩有什么相似之处，恐怕只能说他们都有一点忧郁的神色。

他一边听着，一边偷偷观察着这个老妇人。直到翻到最后几页，她都没有露出丝毫破绽。她指着照片上那个与他完全不一样的人，说道："那个时候你多瘦啊，不过现在也不算胖……"她完全沉浸在了自己的回忆中。

这荒谬的场景使他感觉有些晕眩。他挽救真实感的最后一丝希望破灭了。他虚弱地靠在沙发背上，盯着昏暗的天花板。他好像看到一只蛾子正趴在那里。他揉了揉眼睛，发现那只是一块脱落的墙皮。

现在，他可以确定了，自己确实完全替代了林峰——替代了他的家庭、他的职业，甚至替代了只属于他的回忆。他完全地占据了"林峰"这个身份。是的，人只是社会属性的集合，只是一个符号，或许这才是最大的真实……此时，上级的话给了他些许安慰，减轻了他莫名的负罪感。

母亲仍在自顾自说着，丝毫没有意识到他的异常。

五

那之后,他有了一个意外的发现:他发觉自己真的爱上了莉莉。

每天早上,他们一同起床,一起站在卫生间的镜子前刷牙。那时莉莉的头发总是乱糟糟的,脸上的表情似醒未醒,懵懵懂懂,再加上她那件宽大的印有长颈鹿图案的睡衣——他觉得她在自己面前就像是一只安静的小动物。他忍不住拍拍她的头发,或是捏捏她的脸。莉莉则会一边刷牙一边不耐烦地将他的手挡开。

然后,莉莉会做上一桌丰盛的早餐。摊鸡蛋、牛奶、面包、水果、牛肉……他们边吃边聊,互相打趣。吃完饭,他们把碗筷放进水槽里,简单收拾一下。之后他们穿戴整齐,一起出门上班。他们像是学生情侣那样手拉着手走到地铁站。他们坐的是相反的方向。每次,他们都是站在中间,等某个方向的地铁先到,便挥手告别。透过车窗,他看着莉莉的身影倏忽而逝。从这一刻开始,他已经迫不及待地想要回到莉莉身边了。

在此之前,他从未感受过女人的温存,也没有感受过父母的爱。他从小就离开家乡,四处漂泊。他性格软弱,因此吃过不少亏。他觉得这个社会是如此可怕,他害怕别人靠近他,也不愿靠近别人。那时,他整日将自己关在屋子里,打游戏、看电视、睡觉,日子过得浑浑噩噩。他不想回家,不想看到父母间那无穷无尽的争吵。他以为自己的人生也就这样了,像是一颗误入臭水沟的种子,无论长成什么样子,也都改不了在臭水沟里的现实……直到,他误打误撞成了"替代者"。

据他所知,上级喜欢收留像他这样孑然一身的人当"替代者"。没有留念,甚少牵绊。这是一份报酬不菲的工作,只不过,签合同的时候他发现这相当于一份"卖身契"。如果中途想要退出,他不但会失去工作,而且作为合同里最严厉的惩罚，他将失去身份，成为"没有身份的人"。无疑，这是件恐怖的事。然而他几乎想都没想就签了合同——他本身就一无所有，还有什么可失去的呢？

作为林峰的替代者，这是他的第一份正式工作。之前他只是短期地替代过一些人，往往是作为临时工的性质。现在，他终于体会到了这份工作的美妙之处——借由工作，他得到了一个崭新的人生！在这个新身份中，他拥有了虽有些无聊但体面的工作，爱他的父母，以及美丽的妻子——莉莉。每天他会无数次默念这个名字，仿佛这个名字是一道照亮黑暗的光，是一种神圣的恩赐。此前，没有女人这样地爱过他，他也没有真正地爱上过某个女人。但现在一切都不一样了，如果现在让他为莉莉死去，他也会毫不迟疑地去死。第一次，在他昏暗的人生中，感受到了"爱"的滋味。

是的，他明白，这一切原本是属于那个叫"林峰"的人。他是如此地嫉妒他。他不明白，为什么有人会甘愿放弃这一切。这对他来说简直是梦寐以求的天堂般的生活。或许正是因为对林峰这样的人而言，生活太容易了，太唾手可得了，因此才不会去珍惜。傻瓜！他在心里骂道，十足的傻瓜！

出了地铁，他意气风发地朝商业大楼走去。路过公司底下的那棵树时，他稍稍停下脚步。他抚摸着粗糙的树干，心想：哪怕这所有的一切都是虚幻的，又有什么关系呢？比起现实，我更喜欢这虚幻。没错，我全身心地热爱这虚幻。他不禁露出了笑容。

工作他很快就得心应手了。他工作牌上的照片仍旧是林峰的，可没有人在意这一点。他们很自然地把他当成了林峰，没有人会去怀疑他的身份。是的，他愉悦地想，社会系统已经接纳了他作为林峰的身份，自己没有必要再犹豫不定了。他应该尽可能地去享受属于他的新生活。

下班回来，他迫不及待地打开门，紧紧地抱住莉莉（一般她下班会比较早）。他将她抱到床上，解开她的衣服。"饭还没做呢！"莉莉说。他不管。此时此刻，他想要亲近莉莉身上的每一寸皮肤，想要与她真正地融为一体。

"你最近像变了一个人似的。"莉莉说，"以前你总是无精打采的。"

"我确实不一样了。"他贪婪地亲吻着她，"我变得比以前更加爱你。"

"油腔滑调。"莉莉笑着，"一会儿吃饭别忘洗手！"

六

时间一天一天过去。他渐渐适应了自己的身份——那身份就像是一个移植器官，从最初强烈的排斥反应中慢慢安静下来，终于接受了这具陌生而温暖的新肉体。他不再去思考关于身份的问题，那种压抑的、充满了不安全感的生活，他不想再去回顾。往日的生活如同远处渐淡的幻影。他的人生从接受新身份的那一刻才真正开始……

下雨了。连续几天的雨水使天空长期沉浸在晦暗不明的状态。积雨云层层叠叠堆砌在空中，如同一片广袤的旷野。他从电梯里走出来。已经晚上八点多了，他刚结束了加班，迫不及待地准备回家。莉莉正在家里等着他。想到这儿，他感觉自己正在被一种甜蜜、轻松的氛围轻轻摇晃，写字楼过道里整排的白炽灯将走廊照得干净、整洁。他的脑袋并没有因为加班而感到困顿，相反，新生活的幸福感使他的内心一片澄明。

这段时间，他感到自己真正地融入了生活。他与莉莉平日里有了偶尔的争吵；工作上，也会有一些不尽如人意的地方。这些却让他获得了久违的真实感——他感到自己正实实在在地生活着。生活里那些小小的瑕疵反而是他求之不得的恩赐。

雨仍然在下。他来到大楼门口，伸出手。几颗水滴接连不断地落到他手上。清凉的触感使他很满意。他撑开伞，迈步走进雨幕之中。

莉莉正在家里等着我。他不禁加快了脚步。

这时，他看到有一个穿黑色雨衣的人朝自己凑了过来。他以为是平日里那些散发小广告的推销者，便摆了摆手。谁知，那人竟一把握住了他的手。他吃了一惊，停下来仔细打量这位不速之客。

穿雨衣的人似乎也有些不好意思，放开了他的手。

"抱歉，"那人喃喃地说，"我只是一时有点激动。"他说着，将雨衣上的帽子摘下来。他的雨衣湿漉漉的，不停往下淌水，看来已经在雨中等了有一会儿了。接着，他又摘下了那副厚厚的白口罩。"是我。"他说。

低垂而隐秘的雷声远远地传过来。

他认出了他。这个穿雨衣、戴口罩的男人，除了林峰还能是谁呢？

他握着伞柄的手开始颤抖。成千上万颗雨滴正在同时坠落。附近的树叶发出连绵不绝的沙沙声。他盯着林峰的脸，喉咙迅速地干涸，仿佛有细小的沙砾卡在了他的嗓子眼里。

"咱们到那边说话。"林峰紧张地环视了一下四周，"这里人太多，被发现就糟了。"

林峰不由分说地将他拉进了旁边的小公园。公园中心有一个亭子，他们走进亭中。林峰神色忧郁地看着面前的人——他的替代者。

替代者面无表情地将伞收了起来，还甩了甩上面的水滴。

"你怎么敢来这里？"替代者不动声色地说，"要是遇上认识你的人就麻烦了。"

"我丢失了身份。"林峰嘴角浮现出一丝冷笑，"在社会系统中，没人会认识一个没有了身份的人。"

"你究竟要干什么？"替代者转而严肃地凝视着林峰。

"我想要见莉莉。"林峰有些苦涩地说,"我太想念她了。我只想看她一眼,一眼就够。但我不敢在白天露面。你能不能帮我把她晚上约出来,散个步什么的,我只要远远地看上一眼就好。"林峰的语气转为哀求。

"不行!"替代者几乎是下意识地拒绝了他。奇怪的是,林峰从他的脸上看到了某种恐惧。

"你得到了我的一切。"林峰面色凝重,"难道连这一个小小的请求都不肯吗?"

"那是你自找的。"替代者再一次断然拒绝,"我绝不会让你靠近莉莉一步。"

他们沉默地对视着。雨势比刚才更急切了,打在亭子的顶部,全世界好像只剩下了这一种落寞的声音。

"你真是个混蛋。"半晌,林峰挤出了这几个字。

替代者冷冷地凝视着林峰。杀掉他——这个念头像是闪电般划过他内心深处。虽然只是短短的一瞬,却使他既恐惧又兴奋。他绝不容许任何人夺走他目前拥有的一切。林峰的意外出现是他意想不到的,无论如何都是一个严重的威胁。

他现在是没有身份的人,他想,就算杀掉他也不会有任何问题。他用余光注意到自己脚边有半块砖头。他慢慢地蹲下身,将那半块砖头捡起。

林峰惊愕地看着他。

"你想杀我?"不等他说完,替代者已经上前一步,将手里的砖头狠狠抡了过来。林峰灵敏地避开,然后使劲地推了一把替代者。"记住,"林峰吼道,"你只是我的替代品,他们只是把你当成了我!"替代者脚下不稳,踉跄了几下。林峰趁此机会逃进了雨中的夜色。

替代者望着林峰逃跑的方向。一片漆黑。雨声掩盖了脚步声。过了一会儿,他整理好自己的衣服,撑开雨伞,走出亭外。

七

  他在黑暗中睁开眼睛。连续几天的失眠使他疲倦不堪。他从床上坐起身,看着躺在旁边的莉莉。她睡得很香,似乎没有任何事物可以打扰到她。有一次,莉莉做了噩梦,半夜惊醒,由于惊恐而哭泣起来。他将莉莉抱在怀里,低声安慰着。他想,每个人都有自己的恐惧,这恐惧既无法使别人真正感同身受,也不能令它自行消失。你能做的,唯有与它对视,看清它究竟是什么样子。

  现在,恐惧包裹着他。电子钟上显示的是凌晨四点。窗外还是一片昏暗。他轻轻地抚摸着莉莉的头发,将她贴在脸上的一缕头发拢到耳后。他爱这个女人,这是毋庸置疑的。可是她爱我吗?他有些悲哀地望着她沉睡的脸。她是爱她的丈夫的,不过,她爱的是林峰,他想,而我只是林峰的替代品。那晚林峰说得不错,她爱我,只是因为她把我当成了林峰。如果我不再是林峰,她还会爱我吗?甚至,她可能自始至终连"我"究竟是谁都不知道……

  他仍然爱抚着莉莉的脸。可是,他忽然有了种与以往不同的感觉。那是一种模糊的异样感——仿佛不是他在爱抚莉莉,而是林峰在爱抚她。他低下头,盯视着自己的双手,越看越陌生,仿佛这双手已不再属于他,而是林峰的手……

  他使劲地捶了几下脑袋,想让自己清醒一点。他努力不让自己胡思乱想。

  窗外,掠过一阵不知名的光束。他贴着莉莉的后背,轻柔地亲吻着她柔软、小巧的耳垂。睡梦中,莉莉发出舒服的哼哼声。这一刻他觉得自己是幸福的。然而,短暂的幸福感之后,那种异样感再次袭来。他觉得仿佛是林峰在借由他的嘴唇亲吻着莉莉,在借由他的手抚摸着莉莉的身体……

不是这样的,不是!他不知道自己是怎么了,痛苦得直想大喊大叫。他使劲捂住嘴才没有喊出声来。

他沮丧极了。这是一种他从未有过的绝望的体验,如同冰冷的液体注入他的全身,从他的血管朝身体里的各处蔓延。他愣愣地坐在床头,一时不知该如何是好。

天空渐渐出现了亮光,只是这亮光还很微弱,显得苍白无力。他紧紧地搂住莉莉,像是一个怕黑的孩子,借助他人的臂膀来驱散恐惧。他越搂越紧。

"怎么了?"莉莉醒了过来。她讶异地发觉自己丈夫的身体在颤抖。

他沉默。过了片刻,他忽然将她的身体扳过来,骑在了她的大腿上。他们在昏暗的光线中对视着。"你压疼我了……"莉莉的身体动弹不得。他的动作变得粗暴起来。"你这是怎么了?"她话音未落,他已经粗暴地进入了她的身体。可她看到他的脸上分明不是欢愉,而是一种被痛苦扭曲的表情。她有些惊恐地看着他。

"你爱我吗?"他闭上眼睛,声音嘶哑地问。

莉莉根本不知道发生了什么事。"我当然爱你了。"她说。

"不。"他打断了她,"你是爱我,还是爱林峰?"

"你到底怎么了,"莉莉哭笑不得,"我听不懂你的话……"

"你仔细看看我的脸!"他爆发出那压抑已久的情绪,"不要把我当成符号,不要把我当成任何东西,仅仅把我当成我。现在,我要你回答,你到底爱我吗?"

她被他歇斯底里的样子吓住了。这时,她觉得丈夫变得无比陌生,她感到了疼痛,感到了被侵犯。她想要挣扎,但双腿和双臂都被紧紧地压制住。她的眼眶里涌出了屈辱的泪水。

这是一段显得漫长的时间。终于，他从莉莉身上起来，跳下床，像是一头发了狂的野兽。他在卧室的穿衣镜前站住。

他看到镜子中浮现出了林峰的脸。

没错，那确确实实是林峰的面孔。

他不可置信地摸着自己的脸，发出了一声尖叫。他一拳挥向镜子。这次伴随的是莉莉的叫声。镜子碎了一地。

细小的血滴从他的手指间一颗颗渗透出来，滴落在地板上。

八

他觉得自己落入了某种不可言说的境地。林峰的突然出现仿佛一下子改变了他的生活轨道。曾经被他刻意回避的，或者说逃避的事物正在变得面目清晰，使他不得不承受——他只是一个替代品。他占据了林峰的身份，所有人都认为他就是林峰，可是只有一个人知道，这一切都建立在谎言之上。那个人就是他自己。

究竟什么是"我"？此后无数个不眠之夜，他都会思考这个虚无缥缈的问题。他好不容易构建起来的真实感顷刻间便如沙质的堡垒被海浪吞没。他躺在床上，就像漂流在无边无际的海面上。陆地遥遥无期，只有微弱的光亮若隐若现，然而，那可能只是某种虚假的希望。如塞壬的歌声。"我"究竟是什么？他想，如果身份被完全地改变了，是否"我"也会彻底改变？如果真是这样，那他只能得到一个苦涩的结论："我"是一种虚妄，一个幻境。每个人都孤独无依，漂泊在这世上，没有可以抓住的东西。

一切都是流动的……

但是他的潜意识在抵制这种虚无的念头。刚开始，他想得很简单：无非是替代某个人的身份，按照这个身份去生活而已。这有什么难的？甚至他还感到了愉悦。可是，林峰的出现作为一次契机，让他忽然发现了在貌似阳光明媚的生活里，一处不易察觉的深邃暗洞。那洞穴是如此之深，散发着灼人的寒气。自从他发现了这处洞穴，就再也无法假装对它视而不见。曾经看似美好的生活像是纸片被风浪卷走，露出背后那死寂般的真相。

有几次，他将莉莉从深夜中叫醒。她睡眼惺忪地凝望着他，眼神中满是不解与惶惑。那天的事情之后，他们的关系出现了看不见的裂痕。莉莉像是一只受伤的小动物，蜷缩在自己的角落里。他们仍然躺在一张床上，心的距离却不可避免地拉远了。

"那天晚上，我觉得你很陌生。"事后，莉莉曾对他坦言，"我感觉自己像是被一个陌生人强奸了。"

莉莉的话反而令他有某种解脱感：毕竟，我不是林峰。我是"我"。莉莉的话印证了确实有那么一个"我"的存在。假如她完全觉察不到他的陌生，那才真的让他觉得恐怖至极呢。他能做的，只有将她抱在怀里，温柔地安慰。

"你觉得，人有灵魂吗？"他忽然问道。

"你怎么突然问这个问题？"莉莉眨眨眼，"你以前从来不会思考这种事。"

"据说人是有灵魂的。"他继续说，"我听过一个实验，说的是一个人死前和死后的体重出现了变化——死后人的体重减轻了。那是不是就是灵魂的重量呢？"

"你竟然还信那个谣言？"莉莉忍不住笑出了声，"你难道不知道故事的后半段吗？后来发现其实是那个死者的女儿趁人不注意拿走了死者的金戒指。"

他沉默了。他意识到，自己是在一个没有灵魂的世界里。在这个世界中，人的心灵的位置令人生疑。他知道，如果自己不主动说破，如果林峰永远要不回他的身份，那么，他将永远作为林峰生活下去。到最后，他将验证上级的话：因为你是林峰，所以你是林峰。

其实这也没什么不好。他想。只是，他觉得有些悲哀。悲哀源自莉莉——这个他终于找到的，此生最爱的人。他永远都要以林峰的身份爱她。他觉得自己仿佛被囚禁在某个没有门窗的禁闭室中，四围皆是厚厚的墙。无论他如何拍打都无济于事。于是，他终于意识到，其实并非他替代了林峰，而是林峰替代了他。是林峰的身份将"我"禁锢，甚至更严重的，让他开始怀疑"我"是否真的存在。

"你到底怎么了？"莉莉不无担忧地说，"最近你状态很不好，要不要去看医生？"

"不用了。"他轻轻地说，"睡吧。"

他伸手关掉了灯。

夜幕再一次笼罩他。他躺在床上，感觉到从未有过的孤寂。一滴泪不自觉地从他的眼角流下来，融进枕头的布纹中。黑暗中，不会有人发现一个独自哭泣的人。

九

现在，他仿佛站在一个岔路口前。这一天他没有上班。他像往常那样跟莉莉一起去地铁站，目送着莉莉的身影消失在隧道中。然后，他回到了家。他凝视着这里的一切，从沙发到喝空的可乐罐，不想放过任何细节。这里真的是他的"家"吗？准确地说，他是一个入侵者，他占据了本属于别人的生活。

别想那么多了！他在心中咒骂着自己，难道这样的生活你还不满意吗？不，他回答着自己，这段时间是我从未有过的快乐时光。

替代者。担负着平衡社会稳定的重任。这是一项崇高的使命。没什么可自责的。我应该安安稳稳地忘掉那个虚无的"我"的存在，他想，去尽情享受自己的新生活。想到这儿，他变得轻松了不少。他走进厨房，开始洗一只玻璃杯。这是一只洁净的玻璃杯，他也不知道为什么要洗它。他只是看着水流冲刷它光滑的内壁。

他想象着今后的生活——他会与莉莉有自己的孩子，他们会慢慢老去，共度彼此的一生，直到生命尽头。那时，莉莉会对他说什么？他毫不怀疑他们的爱情会保持到最后。在那最后一刻，他仍会对莉莉说：我爱你。那时，他会回顾自己的人生。他会想到，他们的开始源自一个巨大的谎言……

不！他使劲地摇了摇头，这不是谎言。难道我爱她，也会是虚假的吗？即使所有的事物都是虚假的，他相信爱绝对不会虚假。

可是莉莉呢？他不禁打了一个寒战。莉莉真的知晓我的爱吗？自始至终，她都会以为爱着她的人是林峰——那个背着妻子赌博，不惜放弃了生活的男人。无论他的爱多么深沉，他都注定会被另一个人所替代。

嫉妒、不甘与屈辱融合一起，在他的内心深处搅动。这时，他听到了一阵玻璃破裂的声响。他低下头，发现玻璃杯被捏碎了，而他竟毫无知觉。碎片扎进皮肉，可他并不感到疼痛。他只是茫然地想：这双受伤的手，究竟是我的，还是林峰的？

走出厨房，他再一次环视这里，他的生活。他的眼眶里充盈了泪水。这是怎么回事？他深深地吸了一口气，不让泪水流出来。接着，他开始打扫卫生，浇花，洗衣服，将随处乱丢的东西放回原处……做完这些，他在阳台抽了一根烟。阳台上晾晒着他刚刚洗好的衣服，他看着它们被风轻轻吹起，在阳光的照耀下散发着洁净的光芒。

他微微眯起了眼。

他知道,自己已经做出了决定。

这是一个让他感到艰难而痛苦的决定。他穿戴整齐,最后一次打量他与莉莉的家。他知道,这一步一旦迈出,就再没有挽回的余地。他会后悔吗?或许,日后他会对自己这个愚蠢的决定后悔不迭。但是,此时此刻,他是无比坚定的。

在此之前,他从未想过自己能对某一件事如此坚定。

谢谢你,莉莉。他在心里说道。

十

"你实在太让我失望了。"

上级的头颅隐藏在阴影中,只有薄薄的镜片反射着不知从哪里来的光。屋子依然暗淡,所有的光源依然来自那盏小小的灯泡。他看不清上级的表情,但从上级的语气中,他可以听出毫不掩饰的愤怒——这种情况是不多见的。上级总是那样冷漠、严酷,以至于让他无从分辨坐在那个座位上的人的喜怒哀乐。

黑暗中,他听到一种莫名的响动。像是某种东西在扑打翅膀——他看到在上级的桌子上,摆放着一个玻璃罩,里面有一只硕大的蛾子正不停地左突右撞,似乎想摆脱玻璃壁的束缚。他知道,这是上级的新宠物。

此刻,他依然是一名被审问者。但是,这一次,情况有了很大不同。他掌握了事情的主动权,这一切都是在他的意志下进行的,而不仅仅像从前那样作为一个没有自主性的执行人员。他知道,从他说出"我要放弃替代者的工作"的这一刻开始,他就成了主导者。

即使,他要付出沉重的代价。

"你知道这意味着什么吗？"上级的口吻里有着隐隐的威胁，"这意味着你失去的不仅是替代者这份工作，同时，作为违约的最严厉的惩罚，你还将失去身份。"

他知道，这意味着自己将变成一个"没有身份的人"。

"你知道事情的严重性吗？"上级不禁提高了音量。声音回荡在这间逼仄的屋子。

一阵仿佛凝固般的沉默过后，他轻声说道："我明白。"

"为什么？"上级的语气恢复了以往的冷静，"告诉我理由。"

理由？是的，他曾有很多话要说。可以说就在几分钟前，他还有着强烈的倾诉欲。他想要将他的困惑、迷茫与思考一股脑地全对上级说出来。他迫不及待地想要倾诉，痛痛快快地倾诉一番……然而，不知为何，那些话、那些理由涌到他嘴边时，忽然就烟消云散了。他知道自己其实不必再说什么。

他清了清嗓子。

"我不想当一具行尸走肉。"

这是他唯一说出的话。说完，他感到了彻底的轻松。他浑身充满了莫名的力量。他看着上级，忽然觉得那个高高在上的人不再令他那样敬畏，相反，他觉察出了上级面临的窘迫。

"正是由于有你这样的人，"上级说，"极端的个人主义，丝毫没有责任感，不知荣誉为何物，才使得社会系统愈发沉沦、衰退……千里之堤毁于蚁穴，没想到你已堕落至此。"

"对不起。"他说。

"不用道歉。"上级的声音像大理石般冷漠，"现在，我对你只有怜悯。你已经被剥夺了替代者的身份，根据协议，你将不再拥有任何身份。你的身份档案将彻底销毁。"

"也就是说……"上级顿了一下，继续道，"也就是说，从社会系统的角度,你已经不存在。"

他听着上级的话,忽然有些恍惚。直到他离开这间屋子,恍惚感仍未退去。他觉得这就像是一场梦,甚至比梦还要荒诞。

十一

他躲藏在灌木丛中。

想要在城市中隐藏自己并不容易。到处都是人,到处都是喧嚣。似乎不再拥有某个角落,可以供人真正地独善其身。但是,作为"没有身份的人",他必须要躲藏。自从他的身份被剥夺以后,他看到了许许多多如幽灵般徘徊在城市中的像他一样的人。他们由于种种原因失去了身份,变成了社会系统的弃儿。他看到他们很轻易地便丢掉了性命,因为在社会系统中,他们早已不存在。

死人不会死第二次。他想起了上级曾说过的话。世事难料,他自己现在也成了"不会死第二次"的人。

此前,他从没注意过这些人。而现在他们却一下子出现在他面前。难道,只有当自己也加入了他们的行列,他才能真正发现他们吗?他不清楚。他只是看着这些"没有身份的人"像自己一样在东躲西藏,稍有不慎就彻底地消失了。他曾见到在熙熙攘攘的大街上,一个"没有身份的人"被活活打死,尸体躺在街头,所有人却视而不见,仍像平时一样从那具尸体身旁走过。他想,他自己也曾那样目不斜视地从旁边走过吧?

他想到了林峰。想到了那晚林峰惶恐的模样。他也像林峰一样买了口罩,可这样仍不算保险。他随时都可能被发现。我不能就这样死去,他在心里说道。他所做的这一切,只有一个目的。或者可以说,这是他最后的心愿——

"我要真正地爱一次莉莉，不是以林峰或其他人的身份，而是真正以'我'的名义，去爱一次莉莉，哪怕仅有一次。"

他当然希望莉莉也能知道他的心意，不过他并不奢求。毕竟，这是他自己的事。

他藏在楼下的灌木丛中，等待着莉莉下班。这里曾是他与莉莉的家，而现在，他已失去一切。他只能偷偷地窥望那个阳台。那个已向他紧锁的世界。

我做得对吗？直到现在他仍在疑惑。一整天，他的精神都处于紧绷的状态，因此有些迷迷糊糊的。他不知道自己何时睡着的。他在梦中见到了一棵大树，上面开满了美丽的花朵。他站在树下，用一种难以言喻的心情注视着树冠。花朵全都闪烁着耀眼的光芒。这时，一片闪亮的花瓣掉落下来。他伸出手，接住了它。他将花瓣攥在手中。片刻后，他慢慢张开手掌……

他忽然醒来了。天色已暗。他吓了一跳，以为自己竟错过了莉莉。正当他自责不已时，他发现莉莉正走进小区。在她旁边，还有一个男人。他看不清那个男人的脸庞。他明白，那是林峰新一任的替代者。

他凝视着莉莉，同时体会着自己心中的爱意。他甚至激动得颤抖起来。因为他知道，此时此刻，他完完全全是以他自己在爱着莉莉。这份爱终于没有了任何怀疑的暗影。它无比明亮，无比纯粹，在他内心深处静谧地涌动。他有一种冲动：走过去，再跟莉莉说说话，甚至有可能的话，再拥抱她一次。最后一次，他将永生铭记……然而，他只是看着莉莉从自己面前走过，消失在楼门里。夜幕降临了。他战栗着，久久地站在灌木丛中。

他觉得自己仿佛已经经历了一生的时光。

原刊《十月》第 2 期

传彩笔

陈春成

叶书华是我们县的作家。他是我爸的老友,我叫他老叶叔叔。我和他儿子是初中同学。

每个县都有几个作家。他们多半在体制内工作,业余喜欢写上几笔,写的多是乡土风物、生活记趣、童年回忆之类,有时也讴歌盛世。他们在艺术上野心不大,下笔平和端正,但文笔往往不错,那是一种年深日久的自我修养。老叶叔叔就是其中之一,他也写那种老式的散文,花上两三千字来描绘清晨散步时的遐想、公园里一条小径四季的变化、当知青时吃过的野菜等等。这种文字,对一般读者来说,不够有趣味性,没销路;在文学圈的人看来,又不够有深度,太陈旧。但他的文笔尤其好,能看出对文字的温情和耐心,我一度很喜欢看。他在县文化馆工作,散文只在地方刊物上发表过,所谓名不出闾里。在小县城里,大家对这样的人是有几分敬意的,但也不太多,只有在家中小孩作文成绩不好时,才想起有这么一号人。

大学时我念的中文系，免不了迷过一阵子文学。我自己也写了几年，不得其法，明白没有天分，于是作罢了。有一年为完成论文，我啃了好多现代派名家的作品，他们大都写得怪诞、沉重、扭曲，用迷离的呓语架构出一种貌似深刻的东西，我看得头疼欲裂，眩晕不已，差点就厌恶起文学来。寒假回家，我偶然拿起厕所中的一本地方刊物，看到了叶书华的名字，便睡眼惺忪地翻看起来。那是一篇描写在乡村一株柿子树下观看晚霞的散文。那些字句安宁、疏朗，如冬日的树林。语感真是好极了，让人不禁跟着低声念诵起来。我一下子就看进去了，很多年没从文字中获得这样的愉悦了。大学之后，我终日游走于西方大师之间，说实话，对这种乡土刊物上的乡土作家，是不太瞧得上的。这时，我却像从一家重金属摇滚乐肆虐的酒吧里逃出来，在后巷里呕吐之后，听到了天边清远的笛声。

　　从此我很爱看他的散文。得知他有个博客后，常追着看，有时还抄录一些段落。他的博客叫大槐宫，点击量很少，除了我以外好像也没什么人看。

　　后来他突然不写了。我身在异乡，自然不知原因，在博客上留言，他也没回复。和我爸在电话里闲聊时，谈及此事，我爸说："这不很正常吗？都老了，我以前爱打乒乓现在也不打了，膝盖受不了。"

　　今年九月，一个秋雨绵绵的周末下午，我午睡起来，打开电脑，无所事事地刷了一会儿豆瓣。想清一下浏览器的收藏夹，就点开来，一条条地删。瞥见老叶叔叔的博客地址，躺在收藏夹里好多年了，就顺手点进去瞧瞧。竟然有一篇没看过的博文，阅读2，评论0。我看了一下，是篇小说。他好像从没写过小说。语言风格也大不一样。我把原文贴在这里：

　　我不记得谈话如何开始。我不记得我怎么来到了这里，坐在这亭子下，听着石桌对面的老人娓娓而谈。他在谈论文学。声音很遥远，仿佛来自晋朝的某个清晨，又像在光年外的太空舱里同我通话。嗓音有一点沙，带着黑胶唱片的杂音。在我生活的小城中，平日没什么人和我聊这个，此时和他一聊，真是痛快极了。那些沉埋在我脑海深处的观点，像残破的瓷片，被他灵巧地拾捡起来，合拢成一只圆满的碗。我正听得入迷，忽然意识到这是一个梦。因为他引用了一句诗，这是我中学时写在课堂笔记背面的句子，连同那本子一并遗失了，不可能有人知道。

我们坐在公园山顶的小亭子下。公园笼在浓白的雾中，仿佛与世隔绝。我的梦从山脚开始。我看见小径边的茶花，几团暗红，湿漉漉的。我先是看见花，随后想到花是香的，香气这才翩然而至。沿着小径往上走时，我记起山头上有个亭子，于是亭子的轮廓在雾中冉冉浮现。这公园许多年没有来过，似乎丝毫未变。松树的姿态，虫鸣的节拍，石上青苔的形状，甚至松果掉落的位置都未曾更改。只是雾大得有点出奇。登上山头，见亭下站着一人。是个老人，穿着略显破旧的灯芯绒夹克，微微秃顶，眼袋有点像王志文。他很自然地同我说起话来。我并不认识他，但也不觉奇怪。梦嘛。就朦朦胧胧地应着。云雾漫上亭子，堪堪没过脚面，我们像仙人般凌虚而坐。好像是他提议，我们来聊聊文学吧。我说好，聊文学。于是聊起来。

不知话题如何盘绕，他忽然说起韩愈的"小惭小好，大惭大好"，他说，无论一部作品在文学史上的地位如何，如果作者自己不满意，那么对他来说，这作品就是失败的。我点头同意，说《随园诗话》里有个说法，叫"可以惊四座，不可适独坐"，不能取悦自己的文章，再怎么让世人惊佩也没多大意思。他说，是的，反倒是作者越用心得意处，越不容易被人留意到。所谓"诗到无人爱处工"。我说，那就够了，"清香未减，风流不在人知"嘛。我从没和人聊得这么投机过，他也很高兴的样子，他说，我觉得像你写的"兴到闲拈笔，诗成懒示人"，这个状态就很好。介于"不示人"和"欲示人"之间，有个微妙的平衡。这时一缕奇异感让我寒毛直竖，这年少时的诗句我早已忘记。我明白身在梦中,且想起这公园早就不存在了,山头已被铲平,此处现在是个商场。我回忆起睡前我在修改一篇新写好的散文,文中试图描写竹林间的落日。我想写出余晖在竹叶间明灭不定的模样,却无论如何也不满意。这些年来,我已逐渐接受有许多事物无法用文字来形容这一事实。美景当前,人所能做的只有平静地收下这份美,连同那种无力感,试图付诸笔墨,多半是徒劳。抛下笔,我带着疲惫和怅然入睡。然后就飘坠进这座早已消失的公园。

意识到是梦后,周身的一切都暗下来,行将瓦解冰消。"如果你可以……"老人的声音响起,又把我牵扯回来,公园亭子,石桌石凳,重又明朗。他没来由地问:"如果你可以写出伟大的作品,但只有你自己能领受,无论你生前或死后,都不会有人知道你的伟大——你愿意过这样的一生吗?"

我想了想,问道:"你说的伟大,是那种孤芳自赏的意思吗?"

"不是,是绝对的伟大,宇宙意义上的伟大。伟大到任何人看到你的作品都会倾倒、折服、迷醉。但没有人会看到,这就像一个交换条件。"

我已到人生的中途,写作三十余年,自认为天分并无多少,但对文学的虔诚却少有人及。何况,这是个假设。我故作旷达地一笑,说:"当然了。为什么不愿意?"

他听了,点点头,从怀中掏出一物,缓缓地说:"这支笔是你的。拿好了。"我伸出手时,发觉我的右手散发着莹润的光,像灯下的玉器。疑惑间,他已把一支奇怪的笔向我递来,我接过它。过程毫不庄重,像接过一支烟。我端详起来。这笔只略具一个笔的样子,一头钝一头尖,材质不明,却像有虹霓在里边流转不停,光色莫定,绚烂极了。又像一根试管,盛满液态的极光。迷幻的色彩在笔杆上交叠又舒展。我盯着看了一会儿,似要被吸进去一般,连忙把笔插进衬衫口袋,抬头看时,老人已无踪影。亭子溶解在雾中,我醒来。

　　起床后,觉得神清气爽,精神饱满。回味了一番刚才的梦,我走到书桌前,拿出昨夜的稿纸。才看了几行便已羞愧难当,我敏锐地觉察到其中的杂质、裂痕和磨损之处。笨拙得像中文初学者的习作。我把它揉成一团,在另一张稿纸上疾书起来。早饭前就完成了。我用了两个结实的自然段就捕捉到了竹林中的落日,轻松得像摘一枚橘子,阐明了竹叶、游尘、暮光、暗影和微风间的关系,删掉了多余的排比和不克制的抒情。如果世上有且只有一种方式能如实留存住我在那个黄昏的所见所闻,那么方才我已然做到。昨夜我觉得满纸字句像铁栅栏一样困住我,左冲右突而不得出;此刻却仿佛在星辰间遨游,探手即是光芒。

　　早饭后我把文章输入电脑,发邮件给当地报刊的编辑,在陶醉中构思新的文章。一小时后他回了邮件。他说叶老师你是不是选错附件了,是空白的。我再发了一遍。他说还是空白的,是不是版本问题?不祥的预感在上空盘旋。我拿着稿纸去厨房找妻子。在递给她的一瞬间,我看到纸上的字尽数消失了,像莲叶上失踪的朝露。她问我干吗。我失魂落魄地走开,才走了几步,字迹又布满了稿纸。我猛然领悟了昨夜的梦境。当旁人的目光触及,我的文章就会消失。我试着将它念诵,却张口无声。我甚至用相机拍下稿纸,照片在旁人眼中依然了无一字。我暗自琢磨了几天,认定这是一种代价,惩罚我窃取了某种秘奥(也许是仓颉的秘奥)。多年后,我觉得这更像是一道屏障,以维持宇宙间固有的平衡。我的理解是,对宇宙而言,任何形容词都无效,宇宙既不美也不丑,因此全宇宙的美与丑应是等量的,二者之和应为零。而那支笔将扰乱这一平衡,所以只能封印在创作者的精神领域,不能落实到现实当中。当然只是猜想。

　　但这些都不重要。重要的是文章。我不知这状态能持续多久,于是立即开始写新的,或者说旧时想写却没能够写出的文章。最初的阶段大约花了两年。我先把那座不存在的公园的一石一木都描摹出来，让它们在文字中不朽。然后干脆复原了整座县城八十年代的旧貌，所有店铺所有面孔，声音气味，无不传神。具体文字我已忘记，只记得写得优美极了，明澈极了。有时一篇只写一种野花，一个池塘，有时几个自然段就写尽了周边的群山。你就算从未到过那个县城，只消读上几页，诸般景象便会在眼前升起，仿佛已在其中生活了几世几代。

　　头几年中，练习越多，我的笔力提升得越是惊人。我能精确地形容出草叶的脉络，流水的纹理，夜半林中的声响，月出时湖面一瞬间的闪光，露水如何滴落，草茎如何弯曲又弹起。我能工笔写照，也能一语传神；能镂刻尘埃，也能勾勒出星河的轮廓。即便是少年人最微妙的情绪，在我笔下也会像摩崖石刻般展露无遗。没多久，我就厌倦了描摹现实。让我倾心的自然景观差不多写尽了，故乡和回忆都已拓印在纸上。情怀得到满足后，技巧上的野心就骚动起来。我意识到表达的畅快来自于阻碍和阻碍的消除，而当我的笔无往不利，思路开阔无碍，那种畅快也就不复存在，一切只是熟极而流的操作。我不得不制订更难的写作计划。

　　我先是试着写了一秒钟。也就是说，我写下了这一秒钟内世界的横截面。蜻蜓与水面将触未触，一截灰烬刚要脱离香烟，骰子在桌面上方悬浮，火焰和海浪有了固定的形状，子弹紧贴着一个人的胸膛，帝国的命运在延续和覆灭的岔口停顿不前而一朵花即将绽放……我试图立足于有限的时间里，来用文字笼络住无穷的空间。用去半年，写了几万字，文体难以命名。然后我又写了一立方米。也就是说，写了过往岁月中这一立方米内发生过的一切。填满过它的有黑暗、海水、坚冰、土壤。一只雷龙的嘴部在其中咀嚼银杏叶子。岩浆在其中沸腾。雪峰的尖顶在其中生长。头盔上的红缨。刀剑的光芒。蝴蝶在其中回旋了片刻。一支箭，一只隼，一抹云，一道闪电穿透过它。一对情侣的唇在其中触碰，又分离。现在它就在我书桌上，被一盏台灯的光给注满……但这些仍不能让我满意，笔力得不到充分的驰骋。我明白主题并不重要，歌颂英雄的功绩和赞美冬夜的被窝并无高下，重要的是主题的完成是否完美。我开始考虑文体的问题。

这几年里，一个我在纸上勇猛精进，另一个我在现实中却耐着诸般苦恼。首先，我变得太过敏锐，任何感触在我这都像洞穴中的呼喊，无端被放大数倍。再轻微的细节也印在心上，好似雪地留痕。我自己申请调去一个闲职，人际关系越简单越好。另外是构思时的浑浑噩噩、文章写成后的自鸣得意，这两者我写作多年来虽已习惯，但人间文字和天仙辞句终究不同，反应强了数倍，酝酿时如中邪，搁笔后如醉酒。我花了不少时间来适应，日常举止仍不免有些古怪。自从那场梦后，我不再有作品示人，相识的编辑都以为我放弃写作了，这也正常不过，中年后放弃写作的大有人在。有一天朋友开玩笑说我是不是江郎才尽了，我恍然大悟，第一次明白了这个成语的含义。

江淹的故事传反了。真实的故事和我们熟知的版本几乎是镜像。我查阅了几本书（那些文字在当时的我眼中自然已是拙劣不堪，我硬着头皮读下去），很快就琢磨明白了。江淹曾在梦中得到一支彩笔，从此文采俊发，后又在梦中将笔交还给人，此后再无佳作，世称才尽。给他笔的人，有的版本说是郭璞，也有说是张协的，这无关紧要。在我看来，真相是这样：江淹原本就才华横溢，传世之作都写于得笔之前，因此才有得笔的资格（也许他的右手也会发光）。得了那支笔后，他成了真正的天才，写出了伟大的诗，但无法示人，因此被误解为才尽。他也许失口对人说过那支笔的存在，世人根据他的创作经历，曲解了故事的原委。想到自己能有和江淹一样的遭遇和资质，我简直喜不自禁。彩笔就在我的梦中，别在我衬衫的口袋上。我不知道给我笔的老人是谁，但我不会再把它交给任何人。

得笔的第三年，我终于着手写一些真正不朽的东西。我意识到散文的美在于舒展与流动，像云气和水波，但这也注定了它的形式不够坚固。再精致的散文，也总有一些字可以增减。想要那种不可动摇的圆满，只有求诸诗歌。我要写这样的诗歌：它的语言应是最优美的现代汉语，不应求助于古诗的格律，但音韵和结构要如古诗般完美。文笔要节制而辉煌，吟咏的对象包括但不限于整个世界。鉴于诗歌和漫长是相当程度上的反义词，因此这不是一首长诗，而是一组诗，但每首之间相互关联、呼应，像星体环绕着星体，水裹着水，花枝连缀着花枝。一旦我完成并记住这组诗，全宇宙就包含在我体内。所有山岳和星斗，所有云烟，所有锦缎和烛光，所有离别，所有帝王的陵墓，古往今来每个春天豪掷的所有花瓣，这些事物都将隐藏于我体内某个神秘的角落，并将在我无声的吟诵中逐一闪烁。

制订好计划，就开始动笔。起初，我的脑子像一面巨大的中药柜，词汇分门别类地躺在无数抽屉里，我清楚它们的位置，熟练地抓取需要的文字，配成需要的句子。该芬芳的芬芳，该灿烂的灿烂。到后来，文字们纷纷扬扬从天而降，我像在雪中舞剑，总能在万千雪花中击中最恰当的一朵。当我要使用比喻时，我仿佛洞晓了万物之间隐秘的联系，用一个比喻就能将彼此接通。所有意象都蹲伏在肘边，听我号令。斟酌音韵就像编织花环一样容易。我熔铸月光，裁剪浮云，掣长鲸于碧海，我统治天上的星星……

两年后，我完成了组诗的四分之三。但问题已初露端倪。这种通灵般的写作状态对生活的影响，在我完全可以忍耐，难以忍耐的是写作之后的狂喜。这狂喜无人可以分享，直到拖垮成一种疲倦。写作诚然能带来最澎湃的快乐，但他人的认同能让这份快乐变得确切，从滔天的浪涛变成可以珍藏的珠玉。我确实越写越好了，即便是现在，也已足够伟大，但这伟大无人见证。这并非无关紧要的事。我年轻时有许多次类似的经验：自以为写出了杰作而狂喜，隔了些时候再看，不过敝帚自珍罢了，一场蜃楼。我穿越了一万重蜃楼才奔走到如今，如今我确信这不是幻觉，眼前是真正的琼楼玉殿，可此时的狂喜和当时似乎并无不同。一样是胜事空自知。我指着天边的蓬莱幻境欢呼雀跃，所有人都视而不见；仙乐自云中降下，唯我如痴如醉，他们却充耳不闻。有时我突然动摇起来，怀疑一切又是一场错觉。我渴望听到别人的评价，来将这狂喜落到实处。有时我甚至想，要是当初没有得到这支笔，凭着仅有的一点天分努力下去，似乎也会有一个不错的人生。我尽力写一些还过得去的东西，得一点肯定，再踏实地写下去。那种欢乐虽然细碎，毕竟是细碎的珠玉。

动了这念头之后，我又开始做关于那支笔的怪梦。梦中我怀揣着彩笔，飘荡在夜空中，幽灵一样，俯瞰人间的屋顶。我寻找那些手指间有光的人。我能透过屋顶看见那些微光，然后飘落下去，穿进那个人的梦里。每个人梦中的场景都不同。有的在山洞里，有的在马背上，有的在潜水艇中。我挨个问他们当初那老人问过我的问题。他们都表示不愿意，将我请出或轰出了他们的梦。毕竟人在梦中没法说谎和逞强。我像个失败的推销员，四处游荡。后来我遇到一个少女。她戴着圆形眼镜，五官看起来很温驯，但眉眼间有一点执拗。"如果你可以写出伟大的作品，但只有你自己能领受，无论你生前或死后，都不会有人知道你的伟大——你愿意过这样的一生吗？"我熟练地问出来。"嗯，我愿意。"她有点怯怯地说。这来得猝不及防。像特工对上了暗号，齿轮合上了齿轮，我似乎听到黑暗中咔嗒一响，有什么开始运转起来。我把笔给了她，不舍又释然。

醒来后，我打算继续前一天的工作。组诗即将完成。打开笔记本，我目瞪口呆，随即想起昨夜的梦。纸上一字也无。我只是动了不想要笔的念头，并没有决意要舍弃，却已在梦中诚实地交了出去。仿佛那笔容不得一丝不虔诚。我无法形容我的懊恼。我试图回忆那些诗句，脑中空空荡荡，像从群仙的会饮中骤然离席，再也想不起琼浆的滋味和霓裳的色彩。我强行挤出了一些文字，却无法卒读。我把它们展示给朋友看。多年的呕心沥血之后，总算有人看见了我的文章，我有一种终于抵达的倦意。他们都表示赞赏，且说比我当年写的还要好，但我并无喜悦。我像从云端跳伞，挂在了崖边树上，形成了一种不上不下的风格。我领受过伟大作品的伟大，便无法再满足于这种残次品。饕餮过诸神的盛宴，从此人间脍炙都索然无味。我不再写作了。当时那种通灵般的笔力荡然无存，眼界却似乎并未降低。我知道现在敲下的每一个字都粗粝不堪，这种折磨细小而绵长，像鞋中永远倒不出的沙粒。我忍耐着把这个故事记录下来。

我不再写作，甚至也不再阅读了，我知道真正伟大的文字都存放在我们目光无法触及的地方，古往今来都如此。我对不从事写作的人肃然起敬，因为他们都有可能曾经拥有，正拥有，或将要拥有那支笔，在无人知道的地方书写各自的杰作。因此那支笔无处不在。它正在某个人的梦里发光，从一个人的梦里传到另一个人的梦里。人会死，文明也可能覆灭，唯独它是永生的。

我并非一无所获，我还有这些年用过的笔记本，一抽屉，一书架都是。打开来，全是空白的。但我知道，当本子闭合时，隔绝开所有目光，那些字句会重新显现。黑暗中，它们自顾自地璀璨。我把本子放在枕下，临睡前摩挲一番，枕着我几乎就要拥有的整个宇宙，然后坠入日常的、琐碎的梦中。

老叶叔叔的这篇博文发表于 2011 年 11 月，也就是他去世前两年左右。风格和他以前的散文大不相同，我看完很吃惊。过年回家，找了个略牵强的理由，约老叶叔叔的儿子吃饭。他儿子现在也从事写作，算是子承父业，而且成功得多。前几年网络小说兴盛时，他在某网站写过玄幻、修真、种马、穿越和宫斗小说,都挺受欢迎,其中一部正在洽谈影视改编权。如今他经营一个公号,好几篇文刷爆朋友圈,单是给电影、红酒、空气净化器写写软文,一年收入就很可观了,比他父亲一辈子的稿费还多。菜上齐了,我们喝了几杯。我说起前阵子看了老叶叔叔的博文,一个挺有意思的小说。他说,是吗,他还会写小说?我真不知道。我以为他只会写那种老套的散文,写写乡土风光什么的。他吃了一筷子菜,突然叹口气,说:"你知道吗?其实我爸去世前好几年,脑子就有点不太清楚了。他一下班就把自己关在房里,说在写一个厉害的东西。趁他去上班,我偷偷翻了他的本子,你知道写着什么吗?"我摇头。"什么都没有。全是空白的。我都有点毛骨悚然,不敢告诉我妈。后来他好像突然好了,不闷在房里,出去跟人下下象棋,和你爸遛遛弯,精神也好多了。谁想到心脏有毛病。"我问后来那些本子呢?"放在家里看着硌硬,清明节都烧掉了。怎么了?"他有点奇怪地看着我。

原刊《特区文学》第 2 期

木星时刻

李静睿

一

我们从春天开始等待，一路等到七月，终于等来一场大雨。

真正的大雨，暴雨如注，不舍昼夜。雨下到第三天凌晨四点，我对汪晓渡说："差不多了。"家中漆黑，三天前我们就偷偷拉掉电闸，太阳能供电板随之启动，到了现在，供电板的余量也已经耗尽。就是这个时刻了，而这个时刻就像窗外大雨，很快将会逝去。

汪晓渡点了一支蜡烛。半年前，我们偶然在超市的一个小角落里发现蜡烛，透明塑料袋落满灰尘，印着"无烟蜡烛"四个黑字。我惊喜万分，拿起来对汪晓渡说："你记不记得，我们小时候就用这种，停电用白色，死人用红色……"外婆死掉的时候，妈妈让我一直守着灵堂，灵堂里的蜡烛整夜不能灭，滴下的蜡油堆在桌子上，像是半凝半融的血。

塑料袋里既有白色蜡烛，也有红色蜡烛，都化掉一些，相互交织在一起,像谁死了,血先是流出,继而慢慢淡去。

汪晓渡按住我的嘴:"小声点,万一别人看见了。"

没有人看见我们,超市门口是自助结账机。我们故意排在最后一个,买下这些蜡烛,所有这些,两包一百支,可能是全世界最后的蜡烛。我们回到家中,把它们用黑色袋子层层裹好,放在我的内衣收纳箱里。

半夜,我竭尽所能压低声音:"为什么还有蜡烛?"

他对着我的耳朵呼气:"他们可能把这件事给忘了。"

也只能是这样。他们记得销毁拖把、菜刀和挤奶器,却忘记了蜡烛。蜡烛,"是由蜡或其他燃料所制成,中有烛芯,点火之后可以持续燃烧的用品。蜡烛一般用于照明,但在电力革命以后逐渐被电灯取代,现在蜡烛多是停电时的备用照明用品"。

系统忘记它,大概因为他们忘记了人世间还有停电这回事。系统现在也没什么人了,AI们又都非常年轻,它们什么都知道,但它们对任何事情都不关心,比如人类的心情,比如不过二十年前,我们使用蜡烛,自己开车,每天做饭,亲自怀孕,用奶瓶给孩子喂奶,屏住呼吸处理婴儿大便,为他们拉肚子整日忧伤,并且认为这一切非常合理。

借着这么一点点微光,我们拿出储物间里早就收拾好的东西:衣服、急救包、酒精锅、一箱方便面。每年有三次郊外野餐额度,我们总是提前一个月就开始兴奋,准备种种过量物品,去年最后一次野餐,我们一人吃了四包方便面,回到家中拉了好几天肚子,芯芯提醒,如果再有一次"过度生理放纵",我们明年的野餐额度将会被取消。

好几天了,汪晓渡总在半夜偷偷提醒,"想办法多买一些午餐肉和榨菜啊,这样我们可以煮出很好吃的面。"这些东西都有个额度,我毫无保留,用完了今年额度,好像我们真的是要去郊外野餐。

是的,野餐,我们这样告诉芯芯,"七月二十五日,外出野餐",这让我们的各种准备获得了系统的合法性许可。芯芯说："重复,七月二十五日,外出野餐。本年度第一次野餐,本年度野餐余额为……三。"芯芯在"为"后面有一个轻微停顿,因为她得计算,只有在她计算的那么零点零一秒的时间里,我才能穿过她说不清像我还是像汪晓渡的脸庞确认,芯芯不是我们的女儿,她是我们的 AI。

我和汪晓渡十年前结婚,婚后一个月,按照法律规定,我们有了芯芯。法律还说:"公民有权按照个体偏好定制家庭 AI。"所以芯芯有我的眼睛、睫毛和鼻尖弧度,汪晓渡的眉毛、头发和皮肤。80% 的性格来自汪晓渡,他乐观、开朗、善于社交,但他冲动、易怒、缺乏耐心,所以需要我的 20% 进行中和,这个比例我们讨论多次,最终确定。

填定制表格的时候我有点担心,问汪晓渡:"万一出了错怎么办?万一她眼睛像你、性格像我怎么办?"

汪晓渡安慰我:"不会的,不会出这种错。"

"万一呢?我不想她性格像我,像我不好,老想自杀。"

汪晓渡笑出声:"机器人怎么自杀?"

我打他的头:"那才可怜啊,不能死,又一直活着。"

汪晓渡摸摸我的头发:"错了也没关系,我们换一个,再走一次申请程序就行……对了,头发还是像你吧?像你自然卷,蓬蓬的多好看。"

一个月后,我们收到芯芯,蓬蓬长发,装在一个巨大纸盒里。芯芯和想象中的一模一样,圆圆杏核眼,鼓鼓尖下巴,鼻头上翘,抿着嘴唇,她乐观、开朗、热情、温柔、耐心、不生气、不抱怨,从来不想死。总而言之,她是我们毕生优点的总和,却又完全不像我们——她根本不像一个人,人不是这样的,人是遗憾的产物,人总会让人烦心。

我们没有换一个。芯芯没有什么不好,既然每个家庭必须拥有一个AI,那我们就有了芯芯。她替我们做饭、洗衣、清洁房间,她汇总各个房间的监控视频，监督我们的每日工作进程，每周末做出当周评估和下周预测。今年春天以来，我俩都心神不宁，根据视频分析我们的表情、语言和心电图，芯芯已经连续七次给出五分以下，再有三次，我们就会被降级，降级意味着失去工作、收入、眼前的一切，包括芯芯。

芯芯坐在沙发上。每晚我们都睡下之后，她喜欢坐在这里，双眼闪动光芒，处理各种数据。芯芯发现问题，再把问题上传给系统，自行修复微小 bug，安排明天的早餐，确认所有的事情，按照系统既定的规则和秩序。

芯芯天然臣服于规则和秩序，但我们不是，我们大概是最后一代上学时还能逃课的人类，汪晓渡现在总说这件事："我天天逃课，去山上打鸟，那时候山上好多鸟。"

我说："我也是，我就没上过第一节课，根本起不来。"

现在这些事情都不再发生。我们现在不怎么能看到鸟，除了每年三次的法定野餐，我们坐在草坪上，看鸟从灌木丛中飞起，我说"啊，喜鹊"，汪晓渡却坚持认为那是一只燕子。我们都试图说服对方，但大家都对自己的记忆抱有一种近乎偏执的坚持，毕竟到了现在，记忆是我们手中仅有的幸存的东西。

这些事情都消失了。打鸟，懒觉，种种无关紧要的事情。

现在芯芯每天早上七点叫醒我们，晚上十一点熄灭家中所有的灯，根据她的数据，这个时间最适合我们休息。如果我们在半个小时内依然没有进入深度睡眠，芯芯就会径直走进卧室，给我们注射助眠药物。

芯芯当然爱我们，然而这是她所懂的唯一一种爱。现在她熄灭了，坐在沙发上，紧闭双眼。眼睛是她的开关，十年里，她总睁着那酷似我的眼睛，确保家里所有事情都在她的眼下，一刻也不会停息。我们等了这么久，就是为了等这一场大雨耗尽家中电量，这样她就终能停息。

二

去年年底我们才搬进这栋房子。按照系统的要求运转多年之后，我们的家庭社会评级终于达到 A-，这意味着我们可以从三居室搬至联排别墅，各自拥有每日三十分钟的法定无监控时间，在此之前我们一直只有十分钟，B 级家庭只配拥有十分钟。我们还年轻，欲望持久而强烈，经过多年配合，汪晓渡学会了怎样把整件事精确控制在十分钟之内，不浪费一秒，也不跨越一步。这让我们搬家之后的第一次性生活显得非常古怪，十分钟之后，我们无所事事，又无法再来一次，只能赤身裸体，在床上下了一盘五子棋。下次可以长一点，我们互相说，但身体就像被调好闹钟，时刻嘀嗒作响，我们实在无法在嘀嗒声中再长一点。就这样，我们渐渐对性失去了兴趣，把那三十分钟用在了别的地方，随便什么地方，汪晓渡在车库里不知道鼓捣什么事情，我则躺在床上看一集多年前的连续剧，看里面的人在随便什么时候做爱，看他们在炽热的夏天吹着风扇，流下汗水。

只有 10% 的家庭能分配到这样的房子，不管从哪个意义上来说，我们好像都成功了，除了我们并没有孩子。没有孩子的家庭，无法在社会评级中获得 A 和 A+，达到这样评级，就能住独栋别墅，更大的院子，更好的 AI，游泳池，儿童游乐场，更长的无监控时间，其实也就是这些东西，像一张菜单，密密麻麻写满繁复菜名，但你无法点一个菜单之外的东西，哪怕只是一盘清炒土豆丝。

汪晓渡说："我们不能那样。"

我表示同意："绝对不行。"

联排别墅带车库和地下室，另有一个下沉式院子，我在院子中种了一些辣椒、小葱与大蒜。小葱品种不对，长成大葱粗细，辣椒有青有红，是标准的四川二荆条和小米辣。它们都长得很好，但并没有什么用处，泥下的蒜瓣先是发芽，随后长出高高蒜苗，又抽出细细蒜薹，最后一切都枯萎了，又回到一粒粒的大蒜。我把大蒜留在地里，辣椒蔫透了，渐渐变得焦黄，耷拉在枝头，看起来垂头丧气。我对汪晓渡说，妈妈要是看见，一定会不开心。

我们现在不被允许自己做饭了。法律说："为保障公民人身安全，公民个人不得进行任何危险操作，包括但不限于烹饪、驾驶、运动、手工制作、电器修理、家庭清洁等。"法律实施前我特意去告诉妈妈，她挥舞手中锅铲："放屁，哪个说的饭都不准做？褒挡斗我，锅里头要煳了。"她给我们端出一大盘回锅肉，蒜苗碧绿，清香扑鼻，二十分钟前才刚刚从院中扯下。

妈妈一直不信什么狗屁法律，直到她热火朝天做了一桌菜给我过生日，然后被拘留十五天。从看守所出来之后，她扔掉锅铲，开始吃琴琴做的饭菜，琴琴是她的家庭 AI，擅长川菜、面食和日本料理，这些技能是我亲自下单定制，我向妈妈保证，琴琴做饭会非常好吃。

"是还可以，就是油少了点。"妈妈说。

"油多不健康，琴琴把油盐都配好，这是为你好。"我说。

妈妈点点头，表示理解。但她渐渐不爱吃饭了，像我们大多数人一样，她靠牛奶和代餐粉活了下来，她原本是个胖胖的中老年妇女，后来则和我差不多瘦，瘦是好的，系统赞许瘦子。

搬家后大概一个月，清晨起床，汪晓渡正在厨房里喝牛奶，他见我进来，清清喉咙，对正在给我准备代餐粉的芯芯说："今日无监控时间，八点至八点三十分，共同使用，地点，车库。"

芯芯点点头："今日无监控时间确认。地点：车库。时间：八点至八点三十分。车库摄像头设置完毕。"

我看着他，感到疑惑，搬家之后，我们从未去车库做过，也从未在清晨做过。工作时间由九点开始，在此之前，有大概半个小时的时间。我只想死，但死也并不容易，法律不允许自杀，若是死不掉，我会被终身监禁，若是真死了，汪晓渡会被终身监禁。

汪晓渡对我眨眨眼睛，又喝了一口牛奶，牛奶糊在他的唇上，像我们刚刚相识，某一个清晨，我们一起喝牛奶，喝出乳白胡子。那时候我们还在清晨做爱，那时候我们还能自己做很多事情，种种"他们"判定为危险的事情，那时候还没有这部或者那部法律，像一张不断自我进化的大网，开始还能漏出一条条鱼，后来甚至无法穿过小小虾米。

我们七点五十五到了车库。车库有两辆车，以前我们只有一辆，进入Ａ-家庭后之后政府又发了一辆，最新款，彻底无人驾驶。以前我们还可以坐在驾驶座上，以防紧急状况，汪晓渡喜欢把手搭在方向盘两边，装模作样通过看后视镜看路况，伪装成他还是自己开车，而我喜欢坐在副驾驶上，放古尔德弹的巴赫，伪装成这还是多年以前。

最新款则不行，我们必须坐在后座，系好安全带。《安全行车法》颁布只有八年，汪晓渡在我们结婚那年考到了驾照，我们没有什么钱，而那时候买车还需要花钱。我们选了一辆小小的二手红色日产，车已经有十年，却保养得很好，后视镜上挂一个金阁寺的交通安全御守，木头外包着红色绸缎，汪晓渡说，我们以后也去金阁寺。

我们总在深夜开出去兜风，往根本不知道哪里开去，打开天窗，让《哥德堡变奏曲》传到天上。有一个晚上木星格外地亮，紧挨着月亮也看得清清楚楚，我对汪晓渡说："你知不知道，木星就是吉星……所以这就是吉星高照，我们是不是会发财？"

汪晓渡停下抽烟，他把烟圈往木星的方向吐去："放屁，难道这个时候看到木星的人都能发财？"

好像也有道理。但不管怎么样，在那个时刻，木星就在那里。后来我们没有发财，只是财富也变得不再有什么意义。那辆日产"基于安全原因"被没收销毁，系统给我们分配了一辆新车，一切都很好，除了不再有天窗，"基于安全原因"，所有天窗都被取消了，我们坐在崭新的车上，从一个地方，精确而安全地，到另一个地方去。

那五分钟很长，终于到了八点。汪晓渡确认了一下三个摄像头都已经关闭，没有任何征兆，他钻进了一辆车的车底，然后伸出一只手，招呼我过去。

我满心疑惑走过去，看见地上有一个巨大的洞，汪晓渡拿着一个扳手，得意扬扬，站在洞里。

三

我没有想到，还有能再见到扳手这一天，要是爸爸在这里，他应该会开心。

爸爸做了三十年电工。小时候我总陪着他四处修灯，他常年穿蓝色工作服，不是这套就是那套，拎一个黄色工具箱，那箱子非常沉，我是个矮矮小不点，却总想在边上帮他。爸爸开始不让，后来则慢慢让我搭把手，他说，星星，小心一点，里头有锤锤和扳手哦。

我被扳手砸到过一次，四岁还是五岁，砸在膝盖上，破皮之后涂上紫药水，留下一个星星形状的淡淡黑印。后来不再有"电工"这个职业，危险工具则必须统一销毁，爸爸已经退休了，好几天不眠不休，抱着他的工具箱。我挽起长裤，给他看膝盖上的疤痕，说："你看，要是当时砸到头，我就死了。"

爸爸说："不会的,我看着你呢。"

"那我怎么砸到的?"

"这是腿,我不会让你砸到头的,我看着你呢。"

"砸到腿也很疼啊,我疼了一个星期呢。"

爸爸哭了:"我能不能留把螺丝刀。"

"爸爸,现在不需要你自己拧螺丝了。"

"我想自己拧螺丝。"

"没必要,为什么一定要自己拧螺丝?"

"我想自己拧螺丝。"

就这样,一个死循环。最后当然没有留下螺丝刀,爸爸在第二年死于脑溢血,因为他一定要用手去拧一颗螺丝,越拧越着急,也许系统是对的,拧螺丝意味着危险,而危险应当被禁止。如果爸不拧螺丝就不会死,但爸爸想自己拧螺丝,爸爸死了,死循环还在这里。

他走之后我收拾东西,发现他在床下藏了一个黄色箱子,里面用橡皮泥捏了一套完整的工具:锤子、扳手、十字螺丝刀、一字螺丝刀、卷尺、榔头、试电笔、美工刀、钳子。我这时候才知道,原来还能买到橡皮泥。

明知道摄像头已经关了,我还是下意识压低声音:"这是什么?!"

汪晓渡挥舞手里扳手:"一个地洞,我几天前发现的。"

"怎么发现的?"

"我想看看车的底座,发现地上有一道暗门。"

汪晓渡刚学会开车的时候,喜欢装模作样钻到下面修车,再沾一身机油出来。我觉得这非常傻,但又有点怅然,因为这让我想到爸爸,爸爸总相信,他能亲手修好一切坏掉的东西:冰箱、电视,打不上热水的热水器,不制冷的空调。

我钻进洞里,看见一辆小小的红色日产,就像十年前我们自己拥有的那一辆，但这不可能，那一辆我们亲眼看见它被送入危险物品销毁中心。那地方在城市之外，我们使用了一次郊外野餐的额度，让无人驾驶汽车把我们载到那里。出城往北开一个小时，开始我们也担心找不到，但后来发现这不可能，车渐渐往山上开去，山风浩荡，吹过两旁那些并不破败却已被废弃的房子，野草长到过人高低，草丛中是绵延几十公里的自动传送带，上面排着那些等待被销毁的汽车、电器、工具，所有在二十年前构成一个家庭、而当今被法律定义为"危险"的用品，像一个它们的奥斯威辛。我们沿着传送带走了很久，终于找到自己那辆日产，挂着金阁寺的交通安全御守，在传送带上一点点向前挪动。它真的很旧了，汪晓渡开得也不大好，总与路边乱停的车剐蹭，车身上满是划痕，我们就这样看看它，越走越高，直至进入中心。

我们流着泪回到城市，因为这次违规出行，我们写了五篇存档报告，又失去了那一年剩下的野餐额度。野餐应该在指定的地方进行，那地方没有什么不好，湖泊、小溪、树林、草地上开满杂色野花，如果选在盛夏，桑葚熟透了，顺着风簌簌下落，像一场紫色的大雨。那里真是美啊，但你只能去那里，有方圆三公里可以选择，但你无法超出这三公里，一开始我们对此没有意见，"三公里很大啊"，但渐渐地，和所有我们本来没有意见的事情一样，这变得让人丧气。

我摸了摸车灯，终于尖叫起来："这是什么？！"

"车啊，跟我们以前那辆一模一样！"汪晓渡挥舞扳手，兴奋极了。

"我知道是车，怎么会有车？！"

"应该是以前住的人留在这里的，他们没把它送进销毁中心。他们什么都没送！车，汽油，什么工具都有！我还找到一个手磨咖啡机！"汪晓渡放下扳手，想给我找咖啡机，以前每天早上都是他现磨咖啡给我喝，我们一直喝一种肯尼亚的豆子，后来大家只准喝无咖啡因的饮料，因为咖啡因对身体不好，而所有不好的事情，逐次逐次都在消失。

"他们怎么做到的？"

"什么怎么做到的？"

"留着这么多东西。"

"谁知道，想做总能做到的吧？我们就是太听话了，甚至没有去想。"

"这里有多大？"我往前看了看，隐约见到绵延弯曲的一条长路，像我们在某条巨蛇的肚子里。

"不怎么大，但是非常长，我每次只敢走十五分钟，前面看着还有很远。"

"前面是哪里？"

汪晓渡看着我，好像我问了一个极为愚蠢的问题："外面啊。"

对的，外面，现在我们习惯性这样称呼城市之外的地方。外面，是无人居住之所，没有人，也就没有与人相关的一切，系统、管理、摄像头、AI。因为不便于管理，现在也不再有农村，所有的人都必须进入城市生活，留下上次我们见到的那些房子。

我往那条看不清终点的长路望去，下一次我会带上蜡烛，搞清楚它到底能带我们走向哪里。

四

从那时候开始，我们大部分时间都待在车库，虽然每天的无监控时间还是只有三十分钟，但我们都愿意在里面多待一会儿，挨着那辆无人驾驶汽车，以及汽车底下绵延悠长的秘密。

汪晓渡把书桌也搬了进去，填满仅有的一点点空地。我们就在里面工作，书桌不够长，两个人肩挨肩靠在一起。为了支开芯芯，我们要求吃正常饭菜，这倒是法律允许的，只要我们不自己烹饪，以及接受一份"公民定制健康菜单"。

芯芯做好饭，我们让她送到车库里，健康菜单非常难吃，蔬菜青是青白是白地摆在盘子里，放一点点"公民定制健康调味汁"。那调味汁没什么味道，我只能自我想象成一只兔子，硬生生把蔬菜吞下去。

小时候外婆自己养兔子，灰兔子和白兔子，拉一粒粒硬硬的屎，兔子屎臭极了，鸭子屎稍好一点，我有时候会想念那种味道，像想念一百年前，但我只有三十五岁。那些兔子最后都被我们吃掉了，混杂着大量姜丝和辣椒。外婆做的任何肉类都混杂着大量姜丝和辣椒，辣椒对胃不好，她死于胃癌，我对汪晓渡说，外婆愿意这么死。

我吃着吃着那一盘子草，突然哭起来："外婆烧的油焖笋真好吃。"

芯芯站在旁边，搜索了一下资料，说："油焖笋，净春笋二百五十克、花生油三十克、酱油十五克、白糖十五克、生抽一百克。"像每一次搜索那样，她停顿了一下，然后得出结论："无效菜单，已被系统禁止。"

我推开盘子："我吃完了。"

芯芯又说："吃饭时间低于五分钟，不利于胃肠健康。"

我下次就掐着表，刚好吃五分钟。芯芯不再说什么，收拾好东西出去，她会把碗筷放入洗碗机，又开始洗涤衣物，准备打扫卫生，这将耗时三十分钟。我们一般选择在这三十分钟结束后开始无监控时间，经过这段时间的观察，汪晓渡发现芯芯在打扫卫生时发生了内部线路冲突，也就是说，她这段时间里只能处理这唯一一件的工作，这意味着我们的无监控时间事实上可以延长三十分钟。

"每个AI都有自己的bug，只要你多点耐心，以及不要向系统报修。"汪晓渡的工作，就是专门修复AI的bug，他每周只需出门一次，去系统中心下载各个家庭的报修文件，再带回家里工作。大部分工作现在都只需每周出门一次，因为系统认为，出门这件事意味着危险，本来这些文件也可以在家共享，但系统担心我们通过这种方式入侵。汪晓渡说，这件事两年内就会消失，系统正在升级，到时候我们很可能无法出门，系统每一次升级，都意味着我们的生活会发生某种改变，每一次都是小事，看起来都不怎么剧烈，但我们就是一步一步地，抵达了今天。

一个小时，步行最快可以走七公里，算上往返和休息，我们点上蜡烛，最远去到过三公里左右的地方，那条路歪歪斜斜，又越来越窄，到后面仅能容那辆日产勉强开过。我们量过了，车身宽一米七六，那条路最窄的地方只有一米九，我们应该得把后视镜扣上才能出去。挖出这条路的人，粗糙而精确地，给不知道谁留出了一条车道，虽然我们迄今还不知道通往哪里。

那三公里多我们来来回回走熟了，后来的无监控时间并没有什么事情做，但我们还是喜欢钻进地洞，坐在车里。他坐驾驶座，我坐副驾，我们系上安全带，摇下车窗，像多年以前的那些夜晚，我们打算出去兜风，随便去哪里。

现在却只有这里，一个黑漆漆的地下暗道，我们甚至舍不得点一支蜡烛。我们在暗中谈话，沉默，抽烟，汪晓渡找到了一条软玉溪，和我们以前抽的那种一模一样，烟雾在黑暗中升起，又往不确定的方向蔓延，现在也有电子烟，去掉了尼古丁、焦油、一氧化碳、胺类、酚类、烷烃、醇类、多环芳烃、氮氧化合物、重金属元素镍、镉及有机农药，汪晓渡抽过一次，跟我说："你别抽了，这是诈骗。"

现在我们抽着烟，真正的烟，我吐出一个无人看见的烟圈："你说，这地方怎么挖出来的？"

汪晓渡好像也在吐烟："谁知道，他们这里还有切割机和电钻。"

"你记不记得以前有部电影,一个人在监狱里挖了洞,后来从下水道里跑出去了。"

"记得,蹚了五百米的粪坑。"

"这前面会不会也是粪坑?"

"谁知道,有可能。"

我们都沉默了,想象着一个有粪坑的远方,但那依然是远方。我吐出一个更悠长的烟圈,如果它一路不散,应该能抵达有光的地方,哪怕途经大海、高山、峡谷,以及粪坑。

到了三月的一天,汪晓渡抽着烟说:"我有个想法。"

我两手空空,坐在旁边。那条烟没剩下多少了,我俩现在轮流一天一支,轮空的那个人就在边上抽二手烟,二手烟比没有烟好,我们都深深把毒气吸进肺里,生怕浪费一丝一缕。

我猛吸一口气:"我现在主要的想法是再搞点儿烟。"

"我想要个孩子。"

我咳起来:"你说什么?"

"我想要个孩子。"

"我以为我们讨论过这件事了。"

"不是那种孩子。"

"还有什么孩子。"

"我们自己的孩子。"

"那种孩子"是指现在的孩子。按照法律,他们取出我的卵子,再取出汪晓渡的精子,剔除有缺陷的基因,修补不完美的基因,最后放进"人类培育与进化中心",仅仅五个月后,我们就可以拥有一个孩子,一个法定完美的孩子。

法律出来之前,我流过一次产,医生说,没关系,下一次就好了,休息半年就可以再怀孕。等到半年之后,我对汪晓渡说:"我不想要了。"

"我也是。"

我们没有在任何细节层面讨论过这件事,因为讨论会带来悔恨,而悔恨让人心碎。

汪晓渡又重复一遍:"我想要个孩子,我们自己的孩子。"

我在黑暗中向他伸出手,烟灰灼热,落下皮肤,发出焦味,像我们以前一起烧烤,鸡翅将熟未熟。我不知道为什么会在此时此刻想到烧烤,我明明只应该握住他的手说:"我也想要,好,我们来生个孩子。"

五

进入五月,渐渐是夏天,这意味着一场大雨总在前方,迟或者晚。我们找到一个迷你手电和一板电池,洞里就总有一束白光,映出两个人完全无法掩饰兴奋的脸。

我坐在车里,第一千遍问汪晓渡:"你是不是真的认识路?"

他第一千遍来回检查车:"肯定认识,出了城,一路往北开,经过龙庆峡,就能看到传送带……龙庆峡你还记得吧?"

我当然记得龙庆峡,我们在那里开始恋爱。十几个人去山上露营,爬山时我总落在后面,两个小时后我就发现,汪晓渡总在我前方一百米左右。爬到后面,我满脚水泡,叫苦连天:"老子再也不要来爬什么山。"

汪晓渡把针用打火机烤烤,替我挑破水泡,又用纱布包起来,他说:"下次你穿对鞋子就好了,谁会穿高跟鞋来爬山?"

我痛得平地打跌,信誓旦旦:"我说真的,老子再也不要来爬什么山!"

誓言就像一种诅咒,后来,后来我们再也没有爬过山。从山上下来的第二天,汪晓渡约我去看话剧,那部戏没有人说话,像一首漫长而沉默的诗,话剧叫《形同陌路的时刻》,但从剧场出来,我们就走在了一起。我穿着一双更高的高跟鞋,又一次走到满脚水疱,我后来对汪晓渡说:出门的时候我特意想了想,穿这双是因为接吻的时候,我就不用踮起脚尖。

现在我的脚不再起水疱,不管穿什么鞋。当然现在也没有什么鞋了,我一直穿一双黑色平底鞋,这是系统推荐的鞋子,"有利于足弓及脚底健康",有时候我会想念我那五十双高跟鞋,尖头细跟,非常不健康,后来它们和别的我曾经喜欢而不健康的东西一样,被送入了危险用品销毁中心。

危险用品销毁中心这件事是汪晓渡想起来的:"你想想,传送带上有所有我们需要的东西,所有!"

"还有房子!"我想起山上那些被遗弃的房子,有一栋外墙上爬满月季,还有一栋院子里种了紫藤,屋顶破了,需要搭梯子上去修,但没有关系,以后我们会有梯子。

"我们可以养只猫!"

"狗也可以!"

汪晓渡摆摆手:"我不喜欢狗。"

我用手电筒揍他:"谁在乎,我喜欢。"

我们打成一团,最终变成一个长长的吻,带着让人战栗的期待。

汪晓渡把手电筒接过去,让光柱对着车头方向:"我们可能会失败的,你知道吧?前面……前面也不知道有什么,说不定这条路根本没有挖通,再走五百米就是死路。"

我尽量装作满不在乎:"那就算了呗,咱们再回来,和芯芯过一辈子。"

"回不来了。"

"什么意思？"

"我们会死。"

"你怎么知道？"

"我偷偷看过系统的数据。"

我吓一跳，偷窃系统数据在《刑法》里会被判终身监禁，每判下来一个，所有显示屏都会直播现场，大概是想让我们看看，这些人的慌乱和悔恨。上次的是个女孩子，非常年轻，薄嘴唇，白皮肤，脸上星星点点雀斑，镜头里她没有慌乱和悔恨，她满不在乎，对着不知道什么方向飞吻："妈妈我爱你。"后来直播就被掐断了，重播的时候这个镜头消失了，像从来不曾存在过，我总想到她的样子，忧虑她妈妈没有看到直播，忧虑她错过了这一句"我爱你"。

我呆呆地："可是现在没有死刑了。"

"不会判刑，不走这套程序，我们当场就会死。"

"你怎么知道？"

"数据里有，去年有一百多个。"

"一百多个什么？"

"系统叛逃者。"

"什么意思？"

汪晓渡无意识地摇晃手电，让那光柱像在黑暗中写出一个又一个的"不"："没什么意思，数据上就这么写的。"

我应该再问得清楚一些，比如他们怎么死的，比如我们有什么可能不死，但我突然高兴起来，原来这个城市里还有一百多个如此这般的人，原来大家只是失散了，原来我们不仅仅是我们。

我用手遮住光柱，它穿过指缝，在漆黑墙壁上照出一点点光斑，微弱，却实实在在存在的光斑，我对汪晓渡说："哦，那要是有这一天，我们就一起去死。"

现在就是这一天了。雨声似鼓,连在地下也能听清,像古老电影里有古老的枪,一发发打出子弹,穿过那些茫茫然死掉的身体。我们系好安全带,打开车灯,照亮眼前起码五百米前路,我们暂时只能看清这五百米,在五百米之后,我们也许会有下一个五百米,再下一个,然后再下一个,不知道会停在哪里。我们也许真的会有一个孩子,偏偏眼睛像他性格像我,又暴躁又忧郁,是芯芯的反义词,没有关系,我们会爱这个反义词。

汪晓渡拉起手刹,雨中带雷,我相信那个瞬间闪电照彻天空,而属于木星的时刻正在降临。四周真黑啊,我们又再也舍不得另一支蜡烛,我握住汪晓渡的右手,他轻轻挠了挠我的手心。我们将从现在出发,走一条漫长曲折长路,奋力向前,回到过去。

原刊《小说界》第 2 期

金 鸡

张 楚

秋天总是很短，仿佛黎明时墙壁上花卉的倒影。白昼也短，直至卯时杨树上的喜鹊才叫，而等我醒来，所有的鸟鸣声都消失了，只看到室友穿着肥大的睡衣趴在电脑屏幕前移动着鼠标。还不睡啊夜猫子？通常我礼节性地问候一句。修图，他略带羞赧地笑笑，轻声打个哈欠，头仰向布满细小蛛网的屋顶，点几滴眼药水。我挺佩服他。我一直不会自己点眼药水。这样会把身体熬坏的，没听老中医说吗，子时养肝，丑时养胃。没事啦大叔，习惯了，再说如果我偷懒，就真找不到工作了。

他搬进来也有段时间，跟上位室友相比，这孩子过于安静，睡觉不打呼噜，看《奇葩说》和《十三邀》时戴副 Audiofly 牌白色耳机，即便外卖点的海鲜烩饭，碎龙虾壳吐得满桌都是，也像家猫般不出声响。他瘦，但不是枯瘦，眼大，但不瘆人。他还是个爱干净的孩子，临出门前总要洗澡，如果不洗澡的话就洗头。他用无硅油洗发水，他说自己是油质皮肤，而斯里兰卡的这款洗发水去油效果强悍，他尤其喜欢洗发后那种涩涩的犹如初恋的感觉。他还有三瓶不同水果味道的发胶和啫喱水，有一次我看到他在镜子面前小心翼翼地摆弄着发梢，半个时辰也有了。你要去拍戏吗？哦，大叔，他严肃地盯着我，你这话一点不幽默。发型对男人来讲太重要了！我忙活半天，还是没有办法将额头上的这一绺完全竖起来。他有些沮丧地掸了掸头发，一根根重新拽直。

跟他相比，我可真的老了。我从来没有买过除臭器，每晚将鞋子用油擦净后再郑重其事地悬挂在上面，我也没有像他那样，如果晚上不洗澡就用"小天使"牌柠檬味湿纸巾将腋窝擦拭两遍。他的袜子也比我多，有次我忍不住用眼光偷偷数了数，光夏天穿的短袜和船袜就有五十多双，更别提那些堆在床边的长腿棉袜和色泽鲜艳的足球袜了。

说实话，我甚至连瓶发胶都没有，当我为自己的邋遢寻找借口时，我才发觉我不是没有发胶，而是从小到大就根本没用过这种闻起来犹如空气清洁剂的奇怪液体。这就是代沟吧。代沟是什么？代沟就是我只有两双从超市买的廉价皮鞋，而他有三双手工复古尖头皮鞋、两双旅游鞋、四双板鞋和一双运动鞋。当他要走出那扇奶油色的房门时，他会根据自己穿的衣服选择其中的一双。

我们的作息也完全相反，当我睡觉的时候，他在设计平面图；当他睡觉的时候，我在图书馆看小说。只有中午，我们结伴去吃点东西。让我欣慰的是，他嘴不刁，这样，我们就能去离宿舍最近的那家小吃店。

这大概是世界上最小的店铺了，只有七八平方米，专卖成都小吃。据说他家的酸辣粉和红油抄手是学校里最地道的。这不是我说的，是室友说的。你在北京根本吃不到这么正宗的酸辣粉，他吸溜吸溜地吞咽着银白粉条，艳红的辣椒油顺着唇角蜿蜒至下颌。老板，家是哪里的？老板正叼着香烟剥鸡蛋。他是个讲究人，手上戴着一次性塑料手套，只是我老担心烟灰要掉进盛满了猪小肚的铁锅里。

我是四川人。四川哪里的？成都。成都哪里的？蒲江。哦，我是青羊的。你娃儿是小老乡哦，加个蛋，加个蛋。我看到老板犹豫片刻后用勺子舀了个鹌鹑蛋大小的卤蛋，倒进室友碗中。

我才知道室友是成都人。他的普通话那么标准，丝毫没有川普那种软绵绵的桂花甜味。闭上眼，你会以为是电视里的播音员在一板一眼地念新闻稿件。

相对于室友的日常起居，我的生活规律得仿若机器人：晨七点起床，洗漱后去食堂吃早餐，通常是一碗豆腐脑两个煎牛肉包，要是煎牛肉包卖完了，我就吃两碗豆腐脑。上午骑着小黄车跑人文楼听专业课，我喜欢那个有点斜眼的老教授用西安话讲《中国文学通史》。中午小睡四十分钟，下午要么旁听历史学院的清史，要么躺在图书馆的沙发上读维特根斯坦。这套《维特根斯坦全集》共有十二册，我读了半年，连一本都没读完，读过的也半懂不懂。只记住一句话，"我只有放弃对世界上发生的事情施加任何影响，才能使自己独立于世界，从而在某种意义上支配世界。"能记得这句话是因为我认为它从逻辑上讲是错误的……晚饭后我去体育馆跑步。我想学游泳，从十岁时就想学，想了三十年也没有学。当然，这次还是没去，主要担心被教练或年轻学员笑话，我自己都能想象到那种场景：一个松弛的中年男人挥动着黑毛手臂在水中胡乱扑腾，他以为自己是青蛙或蝴蝶，其实不过是头落水的猪。三个月后我彻底断了念想，每晚绕操场小跑十圈。初二时我曾在学校的春季运动会上拿过五千米长跑亚军，如今呢，跑起来倒像背上还驮着另外一个沉默寡言的灵魂。

我快快地想，这样已经很好了，这样能有什么不好？一切都将被细菌般的时光轻柔地吞噬、肢解、分离，变身泥土或尘埃……当然，吃饭是快乐的，只不过这快乐不关乎食物，也不关乎胃，它更像是厌食症患者的机械选择。

除了离图书馆最近的东区食堂，我最常去的就是那家成都小吃。店面委实小，又窝在阴面，白天也要开灯。老板跟他老婆在里面都要侧着转身。我时常听到他们用家乡话嘀嘀咕咕，虽绵软低沉，也能猜得出是在拌嘴。也难怪，夫妻店，连服务员都没有，他们又不是蜈蚣，他老婆还要时不时骑着电动车去宿舍楼送外卖。他们在台阶下面摆了四五张狭长洁净的小桌，顾客随便坐，有时我恍惚着老板真的变成了蜈蚣，瞬间长出了若干条手臂将一碗碗汤面甩到桌上。吃完后我通常吸支烟，吸完如果他们还忙得脚尖朝后，就帮他们端端饭菜，拾掇拾掇碗筷，反正闲人最不怕浪费的就是时间。

哎呀，你人太好了，老板大概想跟我握手致谢，刚探出却又缩回，胡乱在裤子上揩了揩。下次我要给你加个蛋！加个蛋！当然他说了也就忘记，翌日即便多加个卤蛋，也要收两元钱的。我倒没什么，很喜欢跟他聊一聊。通常是阴雨天，客少人稀，麻雀在草丛里觅食，他蹲在树下择葱洗菜，搓洗腐竹。他嘴上叼烟，时不时猛吸两口，烟灰落在洗净的蔬菜上。整支烟吸完，手连碰都不碰，当他"呸"的一口将烟蒂吐在地上，我才长长地呼口气。

你是哪里人，幺弟？我浙江的。你是学校的老师？不是。你是陪读的家长？不是。你是保安？不是。你是修锁修自行车的？不是。你是卖水果的？不是。你是宿管？不是。他这才乜斜我一眼，又叼上支"娇子"，你是扫厕所的？不是。他不问了，他不问了，我也就不说。我跟婆娘累得要吐血了，他抱怨道，腰杆都要裂咯。你们找个手脚勤快的老太太，花不了几个钱。他摇头，你晓得不，房租一年要八万呢，他伸出食指和拇指，狠狠地朝我比画。我感觉他把我当成房东了。下个月把我娃娃叫过来，反正毕业了，没个屌正事。闺女还是儿子？幺妹，长得嘿巴适。他得意地龇出口黄牙，唾沫星子差点喷溅到我脸上。

室友依旧过着黑白颠倒的日子。下午起床，起床了喝袋芬兰牛奶，然后穿着睡衣坐在硕大的电脑屏幕前。我老担心稍不留神，他的头部和躯干都会被电脑倒吸进去。他接了幼儿美术培训学校的活儿，说起来简单，给学校起个新名字。以前学校有两名股东，多年闺蜜不慎翻脸，一方另立门户，另一方要给新公司起个告别过去又展望未来的名字。我这才晓得这个长相颇似侦探柯南的室友有多神奇了：他把北京所有同类培训学校的资料搜集起来，按照所属区域、学校规模、学生年龄、学生性别、收费情况进行了索引。光这一项就花费了他七天时间。我忍不住问他，你是在做社会调查还是在起名字？

他说，大叔，这你就不懂了，要整合全部资源才能起个与众不同又醒目贴切的名字。这名字要高贵、要通俗，还要符合学校定位。瞧见没，就在国贸附近，国贸附近有几个高档小区？每个高档小区有多少户家庭？每户家庭是一孩还是多孩？户主是本地土著还是外来人口？这些都要综合考量……你收费很贵吧？他摇摇头，我刚出道，只收六百元。你别以为只是顿撸串的钱，如果跟客户建立了良好密切的关系，彼此信任，难道不是铺了条无形的路吗？你别小瞧这个培训学校的校长，好歹是美国普林斯顿大学的教育学博士，她父亲是国务院参事，她哥是东城区公安局政治部副主任……

后来他又接了个烧烤炉的平面广告图。他在烤炉上不停地更换着品种、色泽、厚薄度不同的牛肉、羊肉、猪排，将这些肉类的颜色变成浅红、绯红、深红、霞红、朱红、血红……你觉得哪种颜色看上去最有食欲？他忧心忡忡地盯着我。我只好说，你这是在卖肉，还是在卖烧烤炉？他说，大叔，你思维不能太僵化，看事物要看它的本质。我们去超市选择烤炉，首先留意到的难道不是炉上的食品吗？所有烤炉的功能大同小异，我们应该考虑如何让深思熟虑之后才去买烤炉的人在第一时间注意到烹饪后的奇妙效果,当他的味蕾在图片的催化下猛然苏醒并做出虚假判断时,他已经下意识地将烤炉抱在了怀里……

烤炉的平面图得到了老板的认可,但这个老板肯定不是普林斯顿大学毕业的,烤炉都快上市了室友才拿到八百元设计费。他倒得意得很,大叔,我请你吃饭,去中关村的"河豚先生",还是苏州桥的"第六季"?穷学生请什么客,省省吧。他笑嘻嘻地说,大叔啊,你不也是学生吗?别瞧不起我,我的生活费比你多。你以为我穷啊?偷偷告诉你,我家财万贯呢。我说,你讲话注意点,别闪了舌头,我以前可在税务局上班。要不,你请我吃红油抄手吧。他叹息一声,你们这些老人家,真是温良恭俭让,勒紧裤腰带过日子,还啥事都喜欢替别人操心,累不累啊?

那是深秋的午后。白杨树的叶子将黄未黄,天空是那种清冽的蓝,蔷薇还没开败,从破旧的栅栏里挣扎出来,我从花蕊里逮过几只灰翅蜂鸟送给玩滑板的孩子们。那天,还没到小吃店,远远就瞅到那棵粗大的白杨树脚下闪着团动来动去的黄金。走近了,竟然是一只公鸡。这是我见过的最雄伟漂亮的公鸡了,浑身一点杂毛没有,只有鸡冠是血红的,像涂抹在黄金上的血迹。

幺妹!一碗抄手,放香菜不加卤蛋!一碗酸辣粉,不放香菜加卤蛋!老板正在店门口抽烟,瞅到我们就梗着脖子朝店内喊。我问,哪里来的公鸡?老板说,幺妹来帮忙,把她的宠物也带来咯。果然,有个女孩匆忙走出来,慌里慌张地朝我们问,哪个加香菜哪个不加?再说一遍,我忘咯。她声音很小,像在跟人窃窃私语。室友瞪了眼说,随便,香菜我也吃的。女孩朝这边又瞥了瞥,没吱声。幺妹上的大专,在家里陪她奶奶,缺人手,才喊过来。老板嘿嘿地笑着,这个瓜娃子,傻得很。

我看到女孩走到白杨树下,从兜里抓出把玉米粒撒在草丛里。公鸡抖抖双翅,跳着脚过来,脖颈闪电般一探一缩、一缩一探,玉米粒顷刻就光了。我这才发现这只公鸡只有一条腿。我以为眼睛花了,不禁凑前瞅了瞅。没错,这只威武的公鸡只有一条腿。

小时被黄鼠狼咬掉了,女孩细声细气地说,别看一只脚,能飞到榆树顶顶高头。今年春天,还啄死过一条蛇。我们镇上的母鸡,都喜欢它呢。

再去看那只公鸡,又蹦跶着去草里觅食了。

把你的公鸡看好。室友用湿纸巾将每根手指刮得干干净净,盯着女孩说,把你的公鸡看好。

女孩呆呆地"哦"了声。

这里野猫特别多,比黄鼠狼还贼。前几天,我亲眼见到一只胖野猫叼着一只胖喜鹊蹿上树梢,啃得只飘下几根羽毛。

女孩瞪大眼睛瞅他,又快速瞅了下公鸡。

你用麻绳把它拴在树上,它就不会四处乱跑了。这学校,比你们蒲江还大呢。咦?你手上全是红油,还不快去擦擦。

女孩又"哦"了声,噘着嘴转身去收拾碗筷。

室友这段时间不再熬夜了,据他说导师要开个人画展,作为导师这届唯一的弟子,他要马首是瞻回报师恩,另外就是要写毕业论文了,必须白天到图书馆查阅文献资料。这样我们的作息不免一致起来。不过白天他总是蔫头蔫脑,骑着小黄车跑完展厅跑图书馆。即便如此,他还抽空网购了熨衣板和熨斗。他将冬天的棉袜和长袜统统翻出,一只一只熨好,再挂在一个环形衣架上。他还帮我熨烫了我唯一的一件白色亚麻衬衣。你都这么大岁数了,难道只有一件衬衣?他张大嘴巴盯着我,你光膀子穿毛衣吗?我只好告诉他,像我这个年龄的,通常都会买若干件秋衣换着穿。他撇了撇嘴说,秋衣有纯棉的吗?你穿起来不拉肉吗?我只好再告诉他,秋衣里面还会套条跨栏背心。跨栏背心,他扑哧一下笑了,跨栏背心难道不是打篮球才穿吗?我说我以前是单位的篮球队队员,13号球衣，人送绰号"罗德曼"，我打了三十多年篮球，跨栏背心也有四五十件了。他不可思议地凝望着我，半晌才嗫嚅着说，天了噜，你竟然还是篮球运动员……你有两百斤吗？我说我是虚胖，其实只有一百九十三斤。他也没接话，抓起桌上的香梨啃，啃着啃着扭头对我说，叔啊，你老了，但也要规划好自己的生活，不能将就，人这一辈子，不容易呢。我使劲朝他点点头。

要是女儿还活着，应该比他小不了几岁。

深秋那段日子，我跟他频繁地去吃午饭。他们家又添了钟水饺、肠粉、凉皮和担担面。我们去了也不用说话，女孩就把面和粉端来，有时排队的人多，她就偷偷给我们加塞。我跟室友说，你发现没？我碗里的面还是那么多，但你碗里的粉的量明显大了。他就问，大叔，你这句话的潜台词是……？我说很明显啊，这女孩可能喜欢你。他咧嘴笑了，说，难道你觉得我的情商是负数吗？我说你别太自负，仔细瞅瞅，女孩长得多好，大眼睛双眼皮……你对女人的审美还停留在上世纪九十年代，他打断我的话，现在的年轻人都喜欢狐狸脸，这姑娘腮帮子上的肉也太沉了吧。我说，圆脸的姑娘有福气……他摆摆手说，我不敢谈恋爱了，怕了，多好的姑娘跟了我，她就不再是原来的她。为啥？都被我宠坏了呗。我还想问点什么，没问。他盯着杨树下的那只公鸡，心不在焉地说，真像是用黄金雕出来的。

女孩大概忙完了，去喂鸡，喂完了朝我们喊，你们忙不？不忙的话帮我录下"快手"。室友说，好啊，录什么？难道你也要生吞缅甸蟒蛇钢牙咬碎玻璃？女孩说，乱讲，"快手"不全是疯子，还有很多好玩的人呢，不要一棍子打死。室友懒洋洋地问，比如——女孩说，有个小姐姐叫文静，住在内蒙古乌兰布统景区，养了一群狼，她每天跟狼嬉戏打闹，狼要是不听话了，她就把狼打一顿。室友说，哦。女孩说，还有个养牛人，是个牛经济,每天直播如何在牲口市场挑选好牛,又翻眼皮又摸牙齿又验牛粪的。室友歪头问,那你直播什么?女孩说,我呀,直播堂吉诃德跳舞、上树、爬寨子、捡项链。室友问,谁是堂吉诃德?女孩指着公鸡说,它呀,你不觉得这个名字很配吗?室友干咳了声,问,你学中文的?女孩说,哪里,我学的织染专业。室友说,好吧,我们现在要录的是——?

女孩将脖子上的项链扔出去,然后吹了声口哨。我们看到堂吉诃德疯了般单腿猛蹿出去,直奔阳光下闪闪发光的饰品。说实话,我觉得堂吉诃德奔跑的样子很像饥饿的澳大利亚袋鼠。

天越来越冷,却没有下雪。来这里一年多了,只碰到一场雪。对我这样的南方人而言,不得不说是件遗憾的事。室友导师的画展结束了,结束当晚举办了盛大的庆祝晚宴,室友还把我邀请过去跟他导师同席,介绍说这是中国很有名的编剧。他的导师是位满头银发的老太太,热切地跟我握手、碰杯、加微信,弄得我很是羞愧。晚宴快结束时,我才瞅到小吃店的女孩混坐在室友的师姐师妹中间,穿了条咖啡色呢子长裙,得体又漂亮。那晚室友喝了很多酒,当我把他搀扶到宿舍,他抱住马桶就哇哇狂吐。我用温水给他泡了杯蜂蜜水,他囫囵灌下,很快就又冲向卫生间。听着他呕吐的声音我有点恍惚。后来他耷拉着双腿斜靠住墙壁,闷头闷脑地说,大叔,我谈恋爱了。

我说,挺好啊。我早就说过,那个女孩不错,适合当老婆。他有些惊讶地说,你怎么知道的?我笑着说,我谈恋爱的时候,你还在你妈妈的怀里喂奶呢。他说,其实上个礼拜六我跟她去天津了,没错,我们坐了摩天轮。我一直想跟我的女朋友坐一次摩天轮。我跟她说,我是个精致的利己主义者,你条件不好,学历低、家庭一般,但我喜欢你。这不符合我的处事原则,可我愿意破一次例。我明年就要在北京买房、工作,你要是愿意,就当我女朋友吧。她想了想,答应了。我们拉了拉手。她的手很凉。她说她的手从小就凉,她一直怀疑自己是冷血动物。我们就面对面坐着,拉着手,看地面上的马路、淮海、大桥,建筑一点一点地远离我们,因为速度缓慢,我们并没有觉得离人间越来越远,离星空越来越近,相反,在这段弧线运动里,我觉得时间、空气、思维都凝固了,我仿佛是坐在一列密闭的宇宙飞船里,正跟心爱的人以光速驶向某个神秘的星系。到达制高点时,摩天轮静止了片刻,我想吻她,她笑着推开了我。她说,早知道坐摩天轮,就把堂吉诃德抱来了,也让它从空中看看美景,顺便直播一下,就叫"堂吉诃德大战摩天轮"。后来呢?后来我们在附近的宾馆住下,大床房,我们都没有脱衣服。我抱着她睡的。她身上的味道很奇特,是陈皮和花椒的气味……

他后来,说着说着,就靠着墙睡着了。我拿了条毛毯给他盖上。

女孩的父母大概晓得他们的事,比以往更客气。那次甚至给我们免费送了份水芹猪肉水饺,糖醋蒜也多给了两头。室友当着我倒不知道如何跟女孩讲话,只是一双眼贴在女孩身上,脸上是那种热恋的人惯有的傻笑。得闲了,女孩坐在我们旁边洗猪小肚。水那么凉,她也不怕,手上全是碱。室友跟我商量面试的几家单位。在他看来最好能去腾讯或中国移动。但面试的条件极为苛刻,他的专业并不对口。虽然他托朋友通融,也不保险有面试机会。如果去不了这两家公司,最佳选择是完美游戏公司……女孩洗完猪肚继续听我们讲,听着听着开始打哈欠,后来她把堂吉诃德抱在怀里哼哼唧唧地唱歌。她声音小,曲调也婉转,可架不住堂吉诃德在她怀里扑腾时羽毛发出的声响,我一句也没听懂。当我喝掉碗里的热汤,发现女孩靠着椅背打盹,公鸡好像也睡了。有那么片刻,稀薄的阳光照着她洁净甚至有点凸起的额头和怀里的堂吉诃德。她均匀地呼吸着,粉色围巾的细穗被她的鼻息轻柔地荡出去,又缓缓地落在堂吉诃德的鸡冠上。抱着黄金的女孩。我想起了女儿。我说我们走吧。室友摸了摸女孩的耳朵,女孩哆嗦一下醒了,笑着说,我做梦了。室友问,梦到啥了?女孩红着脸说,等晚上再告诉你。

  有一次我去寄快递,路过静园时发现树下围着一群人,不时听到惊奇的赞叹声,还有人举着手机照相,凑前瞅了眼,却是室友和女孩。一条细长的绳子,一头在室友手里,一头在女孩手里,他们将绳子抡成了圆形,每晃动一次臂膀,女孩都会鼓着腮帮吹声哨子,哨子很响亮,然后,我看到独腿的堂吉诃德纵身而起,双翅在空中展成金色的降落伞,而那条绳子温柔地舔下地皮,又甩向洁净的天空。

  我站在那里看了很久,堂吉诃德也跳了很久。

  接下去的一个月我几乎没在学校。有个大学同学以前是国美房地产高管,后来辞职干起了影视。那几年,有钱人,无论是开矿的、做饭店的、盖房子的、卖保健品的,只要是有钱人,都想拍电影。不管是洗钱还是真的想赚钱,反正是把这个行当搞得比好莱坞还红火,听说连刚出道的三线小鲜肉,只要肯接活儿一年赚一亿还嫌少。他不晓得从哪里搞到一笔投资,想拍部关于广场舞的都市轻喜剧。导演也找好了,获过金鸡百花奖和金鹰奖,是拍家庭剧的大师。作为刚出道的制片人,能请到大导演简直是中了彩票头奖。为了套住人家,哥们儿先预付给导演两百万订金,又陪他到拉斯维加斯赌钱,"输"给他一百五十万。可都年终岁尾了剧组仍迟迟没有组建,原因很简单,导演认为剧本"是一泡狗屎"。用导演的原话讲,就是如果他拍了这部戏,这辈子的名声就毁了,而且一辈子都别想翻身。既然问题如此严重,朋友只好换编剧,换了七八个,可无论出名的还是即将出名的,都被导演骂得要跳楼。

  你帮帮我吧,哥们儿说,我彻底没辙了,疯了,瘗了,抑郁了。我说我这种烂木头怎敢冒充椽子和檩?哥们儿说,我一集给你十万,一共四十集,怎么样,够意思不?我想了想说,我缺钱,但也不能糟蹋你。这样吧,我有个朋友,以前给国师当过御用编剧,让他来帮你擦屁股吧。

尽管如此,还是在他那边待了段时间。他给我安了个文学顾问的头衔,我也不能白吃干饭。这期间我接到过室友的电话。他支支吾吾地说,有些事想跟我商量商量,除了我,他实在想不起还能找谁。当时我们正在开剧务会,导演正在训斥他的助理,我说忙完就回学校找你。等真的忙完了,却忘了这茬。翌日回电话过去,室友关机。隔天又打了几次,还是关机。也许是他跟女孩出了问题?不过,这世界上还有他搞不定的事吗?

回学校时已是冬天。我喜欢北方的冬天,树木赤裸干瘪,野猫仍像士兵一般巡逻,乌鸦的叫声要比夏日漫长,人们行走在路上时只露出焦灼的眼睛。一切都在萧瑟中等待着春风吹来。而我,则等待着传说中的漫天大雪将这一切都覆盖。诗人说,只有雪是免费的,希望雪不要落在坏人的屋顶上,要落就落在鸽子的眼睛里。我想,雪可以落在好人的屋顶上,也可以落在坏人的屋顶上。当世界上只有一种颜色时,无论好人还是坏人,都会在彻骨的寒冷中悄然入眠,都会在梦中彻底忘记那些早就该遗忘的人。

而我的室友大概也将我忘记了。打电话不接,发短信不回。看着他电脑桌上的灰尘,我突然萌生出某种不祥的预感。当我站在小吃店门口瑟瑟发抖时,女孩问,大叔,好久不见,来碗抄手?她跟以前比没什么变化,只是脸颊更红润,像来自高原的姑娘。我点了碗酸辣粉,抽上支香烟,问她,室友怎么失踪了?她搓着手说,大叔,我也快半个月没他的消息。你们,难道……我们挺好的,女孩说,他好像家里有点事,处理好就回来。他还说,要带着我和堂吉诃德再坐一次摩天轮呢。我去看那棵树,堂吉诃德没在树下。我把它关在卧室了,女孩笑嘻嘻地说,它可是只从来没有在北方过冬的公鸡。

那天我正在读阿摩司·奥兹的《爱与黑暗的故事》,室友忽然推门进来。那么冷,他只穿了件咖啡色风衣。他朝我摆了摆手,然后闷头整理行李箱。等我烧完水沏完茶,他已穿鞋和衣躺在床上,须臾便听到了急促的鼾声。我掩上房门,去超市买了只烧鸡、两袋老蚕豆,还有一瓶红星二锅头。回来时他醒了,正坐在床边发呆。我说这么冷的天,大叔陪你喝两盅,暖和暖和。他接过酒杯,嘬了一口,皱着眉头问,酒杯没洗吧?全是灰尘的味道,哎,你这个邋遢大叔。我笑了笑,撕了只鸡腿给他说,你这风尘仆仆的,干大事哪?他估计饿坏了,也没吭声,三两口就把整只鸡腿吞咽掉。我爸出事了,他望着墙角说,操,去年就该用我的名儿把三里屯那几间商用房买下来。都怪我,什么都不着急,总觉得什么都来得及,一切都为时不晚,这下好了。

我没再问别的。我不习惯在别人的伤疤上撒盐。按他的口风,他父亲犯了事,资产全被冻结,父亲的合伙人也跳楼自杀了。这段时日他一直跟他姐夫找律师跑关系。跑似乎也是白跑,哪里有路?路都被堵死了,或许我爸被逮捕的那个下午,世上所有的路就全部消失了,他将剩下的半杯白酒干掉,愣愣地盯着我说,大叔,我说得没错吧?

他说得确实没错,他其实什么都懂。

我们也从北京找了人,人家开口就要三百万。你说,这些人的胃口怎么这么肥?从小吃恐龙长大的?你知道吗大叔,我姐夫现在只能住如家酒店,天天找不同的人,等相同的信儿。

我又给他倒了杯白酒。酒是最好的安眠药。这个时候,他需要一个漫长、踏实的睡眠。

室友一直在成都跑门路。我给他打过电话,他声音嘶哑,但依旧像往常一样口齿清晰。他说他母亲也被关进看守所了,不过这样他就放了心,过年的时候,好歹父母能团聚。他说他打算和女孩分手。为什么?大叔你傻啊,我能给她好日子过,才有底气跟她在一起,如今家破了、业也败了,她还跟着我，难道一起喝西北风？我说，女孩要是真喜欢你，就不会在乎这些，你要尊重她的选择。他沉默了一会儿说，大叔，那是你们那个年代的选择，现在不一样了。你老了，这些你不懂的。

让我意外的是，女孩倒来过几次宿舍。我猜她联系不到室友，又不甘心，才会冒失地来找我。我含混其词地解释说，室友家里有点琐事，需要他亲自出马，只要处理好就马上回北京。她嘟囔着说，死活联系不上他，怕他出事，觉也睡不踏实。要是室友回学校，让我暗地里知会一声。有天雾霾很大，整个校园变得像座迷宫，女孩又来了，她戴着黑口罩，头上裹着围巾，只露出鼹鼠般羞怯的眼睛。她递给我一个牛皮纸信封说，大叔，我晓得他家里的事了，这是我平时攒的零花钱，还有跟堂吉诃德直播的钱，等他回来你转给他。我从微信转，他直接退回来了。

她走后我数了数，总共三千四百五十二块钱。那两枚一元的镍币很新，亮晶晶的。

等室友回来，已是一月中旬。他剃了个光头，穿着件类似袍子的黑色风衣，围着条蓬松的波西米亚围巾，像个忧心忡忡的牧师。他气色比上次见面时还差，眼袋肿胀，嘴角生着几粒暗疮，不过胡子刮得很干净。他给我带了箱都江堰猕猴桃，说是表姐家种的，以前都用来酿酒。你又胖了，大叔，他上下打量着我，你最近没有夜跑吗？你是不是打算过年了把自己卖掉？不过，最近的猪肉可都是大白菜价。我不晓得该如何安慰他，也许他只是怕我安慰，才会这般生硬地调侃。他一向是个不会讲笑话的人。我说，你新发型不错啊，以后那些啫喱水就全归我了，你这是打算出家当和尚吗？他跷着二郎腿说，大叔，你这主意不错，等我料理好家事就去九华山剃度，这世上的事，我是看个透心凉。我把女孩的信封递给他，他打开瞄了瞄。我说，你可要想清楚，不要辜负了人家。他没吭声，半响才磕磕巴巴地说，大叔，我辜负她……也是为了她好……她傻乎乎地跟着我……会一辈子受苦的。我拍了拍他肩膀,然后到洗漱间给女孩发了个短信。

天已擦黑,我们也懒得开灯。我看着太阳余晖从东墙移动到南面的窗口,又从窗口移到西墙的书架,最后房内彻底陷入了一种羽翼般的黑暗。很多时候,我们就是这般眼睁睁地看着光亮从眼前一点点流逝。室友絮絮叨叨地讲述着这段时间的经历——也许用"奇遇"这两个字更为恰当,我完全能想象得到一个孩童站在悬崖边的情景。他也谈及诸多与他父亲的往事,在叙述这段涉及隐私的时光时,他没有任何羞涩与迟疑,或许正是他的这种坦荡让我对他还算放心。他说了什么我大都忘记,只模糊记得几句,他说他父亲从来没有教育过他"什么是爱"以及"如何去爱",庆幸的是,也没有教育过他"什么是恨"……于是我说,我听到我自己说,我们只有放弃对世界上发生的事情施加任何影响,才能使自己独立于世界,从而在某种意义上支配世界。他想了想说,大叔,你的心灵鸡汤真够咸的。

女孩敲门时都晚上八点了。我开门时闻到了浓郁的肉香。她嘟囔着说,你们俩是瞎子啊,真是省电。边说边开灯。我这才看清她怀里抱着个青花瓷盆,盆上覆着锅盖。室友挠着光头说,你……你……怎么来了?女孩足足盯了他有两分钟,才细声细气地说,我当然要来,我要看看,你到底是活着还是真死了。

他们笨手笨脚地抱在一起。女孩在他怀里不停地哭。我才知道原来女孩哭泣的声音可以这么响亮。室友下巴抵住她头顶,双臂环住她有些臃肿的腰身左右轻柔地晃动。他们像两个刚学会跳舞的人。女孩后来终于不哭了,她掀开锅盖说,我炖的鸡,你快吃吧。你不是最爱吃鸡肉吗?屋内立马充溢着呛鼻的香气。我听到自己的肚子也咕噜咕噜地响起来。女孩用筷子夹了个鸡腿小心塞进室友口中,室友嘟囔着说,烫。女孩吹了吹说,吃吧、吃吧,又抬头扫我一眼说,大叔,愣着干吗,趁热吃,你们有酒吗?我想喝点酒。我说你要真想喝,我书橱里还有瓶陈年茅台。女孩说,真的呀?我还没喝过茅台呢。我就把酒拿来,打开,倒好。这时女孩盯着室友问,好吃吗?室友说,好吃。

女孩说,当然好吃了。堂吉诃德从来没吃过饲料,玉米和青菜喂大的。

我和室友的嘴巴都不动了。

女孩端起一杯白酒,小抿了口,可能呛着了,咳嗽了一通说,白酒原来是这个味道。

室友晃着手里的鸡腿问道,你刚才说什么?

女孩说,没啥。我记得有一次你问,我有多爱你,我说,我可以把堂吉诃德炖了给你吃。你说实话,堂吉诃德好吃不?

室友再次回成都时,终于下了第一场雪。这是我来北京后第一场大雪。我想,真正的雪就该是这样子吧,如白天鹅的绒毛弥漫了天与地,它落在好人的屋顶上,也落在坏人的屋顶上,但它没机会落在堂吉诃德的鸡冠上了。我不知道室友跟女孩后来如何了。女孩再也没来过我们的寝室。之后去过几次小吃店,只有老板跟他老婆在狭窄的屋子里转来转去,叽叽咕咕。我本想问问女孩去哪里了,但从来都只是慢慢地吃着我的红油抄手。男人到了我这岁数,就会发现沉默是一种真正的美德。那天在地铁口,看着室友踏入那段漫长幽暗的甬道,我的嗓子不禁哽咽了一下。他的头发长出来一些,没戴帽子,他的下巴更尖了,或者说,他的头颅更像一个标准的倒三角形了。我不知道以后是否还能见到他,我伸出迟钝的手臂,用力地挥了挥,他大概没有看见,只佝偻着腰滑动着黑色行李箱。本来我还想大声地说句"再见",可大朵大朵的雪花倏尔旋进了我的喉咙,那么凉,甚至有点甜,我就哑巴似的翕合了几下颌骨,然后彻底闭了嘴。

原刊《青年作家》第3期

神童与录音机

林培源

  时候不早了，刘恪从一阵拉扯的抽动中睁开眼，被右手手腕上紧绑的绳索勒得生疼，他知道，儿子醒了，世界经过漫长的停顿又重启了。他睁开眼，看到儿子坐在床边地板上，布条绕过他的颈部，在左边肩膀突起处隐没。光线透过窗帘射进来，房间半明半暗，叫人生出穴居动物般的荒诞感。

  刘恪醒转过来，肢体感觉比昨天更钝重了些。一天中，儿子大部分时段是醒着的，他就像湍流里的石头，在静止中被时间裹挟。刘恪无可奈何地意识到，他老了，过了缺觉也能生龙活虎的年纪，儿子却不同。他难以置信，人的体内怎么可以蕴藏如此充沛的能量，在绳索圈定的固定范围内，儿子以一种非正常的姿势行走坐卧、吃喝拉撒。这一切使他更像一头被缚的野兽。

  儿子站起身，差点将刘恪拉下床。他往后扯，儿子定住了，回过头呆呆望着他。

如果没有这道绳索，儿子就会走出家门，冲上大街，堵在路中间，朝急速驰来的车辆飞奔过去。刘恪尝试用铁链将儿子双脚绑起来，但过不了一天，儿子的脚踝就会被勒得血肉模糊。最终他不得不解开锁链，结束这种对待重刑犯的残忍方式，也终结了自己形同"狱卒"的身份。

现在，刘恪的右手和儿子的左手由一根粗粝结实的绳索捆在一起，绳索两头各有圆环，棉布缝制的圆环里塞满棉花，被几股铅线固定在绳索上，紧紧缚住一粗一细两只手腕。起初刘恪不懂这种捆绑的技艺，也排斥这种畸形的捆绑。在不辨方向的拉扯中，他和儿子手腕上的皮肤都被磨出血来。流血的皮肤痊愈后结痂，又在下一次的撕扯中破开。日子在捆绑中，从一个起点，到另一个起点，如同无限重生的莫比乌斯环。

在别人眼中，儿子是一个低能儿，一个病患，是一截露在腰间溃烂的盲肠。只有他这个做父亲的拒不承认这点，他理解的病患理应气若游丝躺在病榻上（假若他瘫痪或肢体残缺）或囚禁在房间中（假若他是一个精神病人）。可是儿子四肢健全，没有患上任何精神疾病——起码他不胡言乱语，也少有躁狂妄动的时刻。这些都让刘恪笃定，儿子只是身体某些机能暂时丧失了，随着时间流逝，他会好起来的。

刘恪如此坚信，是因为儿子曾给这个家带来那么多的荣誉和欢乐。

儿子从小就是县里出了名的"神童"，他有过目不忘的能力，可以出口成章。三岁不到，识得两千多个常用汉字；四岁，能够一字不漏背《三字经》和《千字文》；五岁，将唐诗宋词熟记了大半。随着年龄增长，儿子异于常人的天赋逐渐展露得更彻底。真正让他一举成名的，是十年前那场中华汉字记忆挑战赛，小小年纪的他和从各省市晋级来的二十四位选手一起接受挑战。全国多家电视台对比赛进行了实况转播，使得赛事变成了一场全民记忆比拼的大狂欢。

刘恪和妻子坐在观众席上，为儿子加油和祈祷。儿子的个头并不高，头发理得很短，神神气气的，站在聚光灯下，双眸闪闪发亮。他的镜头感很好，面对主持人的提问和"刁难"，总是对答如流，从不怯场。他的完美表现就像一台看不出任何破绽的机器人，即使出了些微小差错，也能及时自我纠正。观众和评委都对他的逻辑思维和记忆力惊叹不已。当他从容写出在场其他选手都写不出的生僻字时，更是引起了众人欢呼。最终他一路过关斩将，拿到了冠军。

比赛过后，一家人满载而归，镀金的奖杯，被小心地供在带玻璃门的书柜上。比赛的视频在网络上被人疯狂转发和评论，听闻消息的朋友登门拜访，请求刘恪透露些育儿秘方。市里召开的一次教育论坛，也邀请他们夫妇出席，甚至有人开出高价，要给他们开设专场讲座，教授培养孩子学习跟记忆能力的方法。刘恪的儿子，从这次比赛以后，又登了省城综艺节目的舞台，给无数人带来了震撼。当地媒体记者上门采访，问刘恪和妻子，你们培养孩子有什么诀窍。刘恪说，天赋就像基因，是与生俱来的，但后天的悉心培养至关重要。妻子笑着说，我们没有让孩子上过一天的辅导班，他是自学成才的。记者还想追问，刘恪摆摆手说，今天采访就到这里吧，我们接下来还有活动。儿子就这样被他们带着，从学校，到电视台，又从电视台，到了市民大讲堂。奇怪的是，面对蜂拥而来的围观和称赞，儿子却异常平静，他沉浸在一个隐秘的洞穴中，自动屏蔽了周遭的喧嚣，除了比赛，余下时间上学放学，和普通的学生没什么两样。如果不是因为在升旗仪式中受到校长表扬，谁也不会察觉到，他们身边藏着一个天才。

但是，刘恪怎么也想不到，这个昔日的神童会突然"生病"，没有任何征兆，就像一棵树被拦腰砍断，停止了生长。刘恪想起那个下午，儿子放学归来，双眼哭得红红的。他和妻子觉察到了不对劲，问他发生了什么事，儿子哭着说，有个成语，我忘了，不会写。他们觉得不可思议，妻子说，不会写也不用哭！儿子继续道，我记得"战战兢兢"的，可就是写不出来。

刘恪疑惑，怎么会写不出来？妻子追问，那你现在会了吗？儿子眉头一皱，脸一红，眼泪就掉了下来。他说，老师罚我抄写一百遍，全班……全班就我一个人不会。

妻子一听，气得浑身发抖，抓起手机就要打电话给老师投诉，被刘恪制止了。

晚上趁儿子睡着了，刘恪偷偷翻他书包，鼓鼓的书包塞满了教材和作业本，他找出作业本，拧开台灯，纸上密密麻麻抄的全是"战战兢兢"四个字。儿子写得很认真，工工整整的字铺满了格子。他想象儿子趴在课桌上抄写的情景，心中生出许多疑虑和闷气。刘恪还记得，儿子三岁时学认这个成语的样子。现在，这个《诗经》的成语，从纸上跳出来，跃入眼帘，他的眼皮被刺了一下。他满心的怨恨，凭什么让我儿子抄成语？他是拿过全国记忆大赛冠军的啊！他越想越气，急不可耐地翻查作业本，渴望从里头寻出些蛛丝马迹来。纸上那些笔画并不复杂的字，越看越陌生，汉字的形和意长了脚似的，猖獗而狰狞，每一个字都歪歪扭扭的，像是要爬出来。他不敢和它们对视，生怕这些张牙舞爪的汉字，会一口咬住他。

刘恪将作业本胡乱塞回书包，像怯战的士兵那样吓得落荒而逃。重新躺回床上，他的心跳得飞快。眼睛一闭上，就全是密匝匝的字，它们长了脚，横冲直撞地将他围起来。以前，刘恪从未觉得让孩子熟记汉字是件多么可怕的事，他想起以前父子俩经常玩猜字游戏，只要他给出谜面，儿子很快就能抓住谜底，乐此不疲。他认为儿子能有今天的成绩，和他的寓教于乐分不开。可是这一刻，面对眼前的幻象，他禁不住怀疑是不是哪里出错了。

妻子醒过来，见他翻来覆去，问他，怎么没睡？

刘恪说，我刚刚去翻儿子书包了。

妻子说，有什么发现没有？刘恪没有回答。

171

妻子自说自话,你说会不会中邪了?

刘恪说,都什么年代了,哪有这种事?

那你说,怎么会想不起来呢?明天我们再考考他?

刘恪沉吟了一下,让他休息吧,别折腾了。

妻子听完,叹口气,陷入了沉默。

令刘恪和妻子抓破头皮也想不到的是,后面几天,情况愈加严重了。一次语文测试,儿子连《滕王阁序》也背不出来了,他握笔的手在抖,面对空白的纸张,就像面对起伏不定的大海。

班主任打来电话,把儿子近期在学校的异常和他们沟通了。刘恪说,我们也不知道孩子怎么了,可能学习太累,有厌学情绪。班主任说,下月就是全国挑战赛了,能不能卫冕冠军,关系到市里的名誉。刘恪在电话这头唯唯诺诺,挂了电话,他焦头烂额地来回踱步。妻子从他紧皱的眉头中,察觉到了事态的严重。你说,我们是不是给孩子太大压力了?刘恪揉了揉额头,坐回沙发上发呆。

他们惴惴不安地等儿子放学。这一次,儿子没有和父母打招呼,进了门,书包也没搁下,鞋也没脱,一屁股坐到了地板上。

刘恪和妻子面面相觑,这时,儿子突然背起了《赤壁赋》:"……寄蜉蝣于天地,渺沧海之一粟。哀吾生之须臾,羡长江之无穷。挟飞仙以遨游,抱明月而长终。知不可乎骤得,托遗响于悲风……"后面的句子,堵在喉咙里,怎么也吐不出来。儿子挠着头,憋红了脸。母亲咬着嘴唇,站在他身边,想安慰他,又不敢发出声音。从前儿子读起古文来,都是摇头晃脑有板有眼的,但这一刻,他的表情痛苦极了,脸部扭曲,拳头紧握,好像在和什么看不见的东西搏斗。妻子终于忍不住,捧住他的脸,将他往怀里靠,轻轻拍着他的肩。

儿子怔怔的,眼睛发红,他抽泣着说,妈,我怕……

现在，刘恪想起这些，心口还是一阵痛。起初他们都觉得，这一切只是暂时的，他们向学校请假，带儿子去外地散心。在外地的那几天，儿子的情况有了好转，他们坐缆车，爬山，又看了不少名胜古迹，儿子就像放归山野的小动物，连脚步也轻快了。刘恪和妻子心中一阵暗喜。

谁也不曾料到，在外几天的表现不过是种"假象"，回来后，儿子的"病情"急转直下。起先，他的记忆出现了紊乱，先是词语，后是句子，竹笋似的，一层一层从身上剥落。每天清早醒来，他都会浑身出汗，坐在床头，不想穿衣，不想刷牙洗脸，也拒绝吃饭和上学。不管父母怎么劝，他就是不肯动弹。母亲蹲在他跟前，安慰他，有什么心事，和妈说。儿子抬起眼，母亲发现，他的眼底布满血丝，原来他一整晚都没有合过眼。

刘恪和妻子带他去省城最好的医院看病，医生检查了五官，也测了智力，并没有检查出什么异样。医生纳闷，他行医这么多年，从来没碰过这种怪状，眼前这个孩子，语言能力完好，也没有什么认知障碍，奇怪的地方就在于，他无法像常人那样进行记忆。

医生打了个比方说，孩子现在的状态，就像电脑出了故障。

刘恪的妻子哭了，差一些就向医生跪下，她问医生，我家孩子的病到底能不能治？

医生没有给出肯定的回答，只是开了处方，让他们到药房取药。

医生说，我把这个病例记下来，有新的发现我会给你们电话。临走时，医生还嘱咐道，别给孩子太大压力了，他可能是记忆太用力才会生病的。

从医院回来后，刘恪和妻子如临大敌。儿子拒绝吃药，他说：我没病，我不吃药。不管父母如何软硬兼施，他就是不肯张嘴。

妻子说，你得吃药，吃了才会好，吃了记忆力才会回来。

儿子摇摇头，赌气似的，眼底蓄满了泪。

刘恪径直走过去，拉开妻子，将她手里的药瓶夺走，一把扔进了垃圾桶。

他说，没有检查出具体病情前，不能乱吃药，万一吃坏了怎么办？

那段时间，儿子没有去上学。刘恪向单位请了假，妻子也从公司辞职，两个人轮流在家陪儿子。儿子想出门，他们不放心，只让他在家里待着。为了消磨时间，也为了锻炼记忆力，儿子平日重复做的事，就是坐在书桌前抄文章。他抄了满满一大本，每个字都写得极为用力。他抄写时，全神贯注，浑身的肌肉紧绷着。天气并不热，但他就像在热水里泡过一遍，汗珠从额头渗出，滴落在纸上。母亲陪着他，他抄到多晚，她就陪到多晚。刘恪看不下去，走过去将儿子手里的笔夺走，将台灯关掉。房间的光线暗下来，儿子抬起头，看着父亲，既不反抗，也不说话，只是将桌子上厚厚的一沓抄写本抱起来，搂在怀里，然后爬上床，弯腰弓背，像裹在羊水里的胎儿那样。

妻子被刘恪的粗暴给骇住了，她质问，这也不许，那也不许，你到底想怎么样？

刘恪说，你忘了医生怎么说的吗？孩子是记忆太用力才会生病的！

妻子哽咽，那怪谁呢？能怪孩子吗？

刘恪想起妻子说的那些话，再看看儿子，陷入了沉默。

后来，情况更糟糕了。不管接触什么样的文字，儿子转眼就忘得精光，他不甘心，硬着头皮强记，可是记得越多，忘得越快。刘恪和妻子看在眼里，疼在心里，他们茶饭不思，上网查资料，到不同的医院问诊，就是无法知道孩子到底患的什么病。为了避免让孩子接触和文字有关的东西，他们想了很多办法，撕掉电器的标签，将印有说明的包装袋藏起来，停了电视，将家里的书本收到纸箱中，甚至将正对着街口广告牌的窗户也糊了起来……夫妻俩减少了说话，在儿子面前，他们用眼神和手势交流，试图人为制造一个没有语言和文字的环境。

有人建议他们到乡下问落神婆,他们将儿子生辰八字念给落神婆听,落神婆说,儿子本是文曲星下凡,但遭了小鬼暗算,须做法事,才能保平安。那时已是农历七月,落神婆说,鬼门关开了,中元节之前,务必做好法事。他们给落神婆包了厚厚的红包。法事就在落神婆自家的庵堂里做。儿子跪在地上,不断回头张望,母亲暗示他,头低下去。他没有遵从,只是直愣愣地盯住落神婆满是皱纹的脸。落神婆念念有词,赤着脚在庵堂绕圈。符纸烧了起来,儿子看到繁复的符号在灰烬中飞舞。最后,他们按住儿子,灌他喝下掺了纸灰的水。刚灌下去,儿子就呜哇呛起来,符水吐得一干二净。

他们一度放弃了救治,也因此错过了那场能让儿子再度扬名的比赛。刘恪和妻子意识到,他们这么做无异于掩耳盗铃。这个世界有那么多的文字符号,禁掉汉字,还有英文……有形的物体能消除,但无形的东西灭了还会再生。儿子头脑里装了那么多的语言符号,就算所有东西都忘光了,他潜意识里的认知仍然无法消除,而如果连这一认知也没了,儿子就彻底作废了。

儿子比谁都害怕这个结局,他晚上睡不着,和母亲哭诉,说看到有人伸手将他的脑袋掏空了,他还说,他们抢了东西就跑了。他说话时,眼神躲闪,已经开始不正常了。刘恪和妻子无能为力,他们搂住儿子,彻夜难眠。

刘恪替儿子办了休学手续,离开学校那天,班主任送他们到校门口,就像送别迟暮的英雄。那群曾经以儿子为豪的同学,也远远地看着他们。妻子不敢回头看这群送行者,哪怕看一眼,都会陷入羞愧。她比任何人都清楚,这个昔日的神童即将陨灭光亮,陷入寂灭。

面对父母的禁令,儿子难以理解,他想回到过去。母亲说,我们这么做是为你好。刘恪说,好儿子,你听话,熬过这一关,就会好的。

儿子没有说话,他不解地看着父母,像看着陌生人。

那段日子,儿子表面上遵从父母的命令,背地里又瞒着他们不知从哪里找到了一本《新华字典》。那是他开始认字时,父亲送他的礼物。他曾经无数次翻阅这部字典,熟悉字典上所有的字词,连字典那略带潮湿的味道,也记忆深刻。捧起这部字典,就好像捧起了过去的时光。他从第一页开始,看到最后一页。纸上留了他淡淡的指痕。他想强占所有的汉字,想变成一个巨型的字库。他天真地以为,只要占有的汉字足够多,就能抵消遗忘的啃噬。从前,他闭上眼能背出大半部字典,可是现在,他无从背起。纸上的字胡乱跳动,从这一处滚落到另一处。他置身于汉字的迷宫,顺着这个汉字,爬到另一个,想将所有方块字连起来,织成一张网。遗憾的是,他迷路了。他痛苦地趴在字典上哭,身体剧烈地抽搐起来。

到后来,他连识字能力和方向感也丧失了,语言能力一落千丈。从哆哆嗦嗦地拼凑出一句话,到只能吞吐出零碎的单字,中间隔了不到一年。语言对这个少年施行了报复,它们脱离理智的掌控,将这个曾经占领它们的人丢在荒漠中。儿子气急败坏,将字典一页页撕下,用打火机点燃,风把燃烧的纸张吹起,窗帘布着了火,家里差点就给毁了。刘恪气得浑身发抖,不顾妻子的反对,将他锁进房间。

儿子在房里哀号,喉咙像含了滚烫的热水,没人听得懂他在说些什么。后来,他不知用了什么方法,竟然撬开了窗户,试图翻出去,幸好被卡住了,半个身子挂在窗台,路过楼下的人发现了,急忙呼救,这才免于坠楼的危险。

妻子哀求道,送他去医院吧。

刘恪说,你疯了?进了那个地方,孩子这辈子就毁了。

儿子的哭闹越来越不受控制,刘恪不忍心打他,只好想出一个下策,趁儿子安静片刻,给他喂安眠药,吃完,儿子就像被驯服的野兽那样,浑身软塌塌的,一沾床就睡了过去。

妻子看着熟睡的儿子,默默垂泪。儿子的"驯服"并没有让她安下心,相反,她觉得这是对儿子更可怕的戕害,长期服用安眠药,只会损伤他的脑组织。儿子已经这样了,不能再坏下去。

刘恪知道,生活就是从那时开始脱轨的。有一次,刘恪看了一部纪录片,纪录片拍的是一只叫 Chantek 的红毛猩猩,这只红毛猩猩在人类学家的训练下,学会了手语,能够独立收拾房间并使用工具,甚至认得去快餐店的路线,知道用特制的钱币买汉堡。看完纪录片,刘恪兴奋不已,红毛猩猩的事迹给了他启发。既然猩猩可以学手语,那儿子也应该没问题。他网购了一套手语教程,先自学,再教给儿子。他想借助手语让儿子重新认识世界。他把这个想法告诉妻子。妻子说,你觉得可行,就试试吧。

可惜事与愿违,不论他怎么教,儿子就是学不会。他看着父亲变换各种手势和肢体语言,觉得很新鲜,龇牙咧嘴笑了起来。一阵悲哀掠过刘恪的身体,他意识到,儿子现在的学习能力,连一头红毛猩猩也不如。他越想越气,越气越恼,突然抬起手,朝儿子脸上甩去一巴掌。儿子受了惊吓,抱头蜷在地上,嗷嗷哭起来。没用的东西,父亲愤愤地骂道。妻子跑过来抱住儿子,她破口大骂,你发什么神经!刘恪后悔极了,他害怕,害怕哪天儿子会朝他扑过来,将他撂倒。

但更大的担忧是,哪天他们老了,而儿子还健健康康活着,到时候谁来照顾他?

妻子指责道:要不是因为你,儿子不会这样!

刘恪看着眼前的妻子和儿子,忍不住抹了抹眼。他想起儿子牙牙学语时,他将儿子抱在膝头,一字一句读唐诗给他听。儿子看着他,双眼扑闪扑闪的。那些错落有致的字词,掉进了他眼里,也落到心底生根发芽。

那样美好的场景一去不复返了。如今想到这些，刘恪的心揪成一团。他不明白，这一切到底怎么了。到最后，他跌入了巨大的惶惑中，苦苦维系现在的状态为了什么？儿子失去自由，作为父亲的他也失去了自由。他幻想过，如果将儿子放归深山，放归到没有社会秩序的荒野，他兴许就能像原始人那样，赤身裸体，茹毛饮血，他将重新学习狩猎和追捕，开垦荒地，刀耕火种，在另一种意义上，成长为人。

刘恪从回忆中缓过神来，日光爬上窗台，他从床底移出便盆，儿子立在那里，高耸的身躯像一截树桩。他扯下儿子的裤子，儿子的尿液喷洒在便盆边缘，又洒落一些在地板上。刘恪听到一阵沙沙声，闻到了刺鼻的腥臊味。他想，再过一些时日，儿子会退化到连便溺也无法自控的地步，那时，他得给儿子换上纸尿布。他想起儿子小时候，妻子小心翼翼给儿子擦屁股，然后裹上洗得白净的尿布。儿子撒完尿，刘恪帮他拉上裤子，尿道残留的液体在裆部洇出一小圈颜色很深的尿渍。刘恪拉着儿子到厨房，从电饭煲里舀了保温好的粥喂他，自己也胡乱吃了一碗。

日头照在了阳台上，他牵着儿子走过去。

这是一天中难得的光景。从阳台望下去，是条水泥路。在老县城，这样的水泥路蜿蜒纵横，切割出城市斑驳的地图；青苔从墙脚潮湿处延伸出来，爬到水泥路的阴影中。早些年，那里铺的是砖石，放学后，儿子小小的身影常在那里出没。他和小区里的伙伴们嬉笑打闹，那时他还是个健康活泼的孩子，有双耐看的眼睛和永远白里透红的肤色。他被所有的人包围着，像舞台中央永远的主角。现在，记忆里的光彩褪了色，因为常年足不出户，儿子的皮肤白得吓人，清澈的双眼也浑浊了。

父子两人连体婴儿般坐在一起。儿子喉咙咕嘟着不知吞吐些什么。刘恪叹了口气，妻子还没有离开这个家时，他的痛苦还有人分担，后来妻子走了，他只能和自己说话。他向儿子诉苦，儿子呆呆望着他，仿佛父亲说的都与他无关。刘恪想，很快我也不会说话了，到那一步，你我就只能坐着等死了。

儿子对着墙玩起了手影游戏。刘恪望过去，看到儿子的双眼像反照日光的玻璃珠子。失语多年的他好像试图借助手影，再度与世界产生联系。

刘恪把儿子绑在阳台的门框把手上，折回屋子里，拿电动剃须刀替儿子刮胡子。床头柜的抽屉开着，他取了剃须刀，又随手拉开了另一只抽屉。无意间，他撞见那里躺着一台熊猫牌录音机，灰白色，长条形，上面的按键掉了漆，连商标也模糊得看不见了。他想起来，这是以前儿子用来听诗词朗读的。他掰开后盖，找出两节电池装进去。接着，他又想起了什么。

他迅速走出房间，在屋子里翻箱倒柜。终于，他在杂物间找到了一只硕大的纸箱。纸箱被挤压得变形了，散发一股呛鼻的霉味。刘恪将纸箱抱出来，小心翼翼地打开。那里，装着大大小小上百盒磁带。磁带码得整整齐齐的，标了数字和日期。他拣出其中一盒，吹掉上面积落的灰，打开装着磁带的透明塑料盒。磁带正面，用签字笔记着"二〇〇七年八月四日"。这个日期，他没有任何印象了。他只记得，这些磁带，是儿子还没完全丧失语言能力之前，他和妻子费了很大劲录下来的，就像面对不可挽回的财产，试图抓住一鳞半爪。他们让儿子背诵所有记得起来的篇章。这是一项繁重的工程，每录完一盒，妻子就标注日期，写上标题，收进塑料盒里。这个过程就像抢修文物。刘恪和妻子想不到，儿子的脑袋里装了那么多东西。他坐在椅子上，微闭着眼，像个坐拥无数宝藏的皇帝，享受背诵和录音的过程。磁带咔嚓咔嚓转动，他的声音被一次又一次地吸附进去。那段时间，儿子沉浸其中，录音成了他留存记忆天赋的证明。他明白，必须跟时间赛跑，和遗忘打拉锯战。刘恪和妻子不知什么时候是"终点"，他们既渴望早日录完音，又害怕那一刻的到来。日子一天天过去，有一天，儿子终于背不出了。他坐在沙发上，像电量耗尽的机器人，停止了工作。

刘恪和妻子如释重负，又心怀愧疚，他们这么做，对一个年仅十岁的孩子来说，无异于一次残酷的榨取和掠夺。刘恪将录好的磁带摊在地上，妻子找来空调的包装箱，分门别类将这些磁带一一收起来。刘恪看到，妻子眼眶红红的，她的动作很慢，她抚摸着磁带，手止不住发抖。

从儿子发病，到和妻子离婚，这期间屋子漏过水，装修时，家中的旧物堆到了杂物间，这只装满磁带的纸箱，也被束之高阁。后来刘恪忙于照顾儿子，也忙于和生活迎头相撞，早就忘了家里还有这么一箱旧时代的遗物，儿子的声音，就装在其中。

刘恪将磁带小心取出，装进了录音机。他捧着录音机，迟疑了很久，这才按下放音键。磁带咔咔地转起来，一阵噪音过后，儿子清澈的童音从里面流了出来。

"无路请缨，等终军之弱冠；有怀投笔，慕宗悫之长风"，是《滕王阁序》，他从那里听到了命运的多舛。儿子还没有活到王勃早逝的年龄，但上天赐给他的才华早已耗尽。他的声音稚嫩，饱含感情，一开口，古老的词语便跳落出来，在空空的墙壁和地板上滚动着。刘恪被这遗忘多年的声音包裹着，大气不敢出一声，只是静静地听着，像掉进了时光隧道。他捧着录音机走到客厅，接着调大了音量。儿子听到录音，定住了，像从这陌生的朗读里辨识出了什么。刘恪看着儿子，心一阵扑通直跳，他觉得自己捧着的不是录音机，而是儿子早已丢了的灵魂。

他就这么和儿子面对面地站着，"听"完了录音。录音机停下来的那一刻，刘恪捧着脸哭了起来。

从这一天开始，刘恪的生活发生了变化。失而复得的录音机跟磁带，成了他活着的重心。他每天例行公事，将磁带一盒盒取出来，放进录音机，播给儿子听。儿子听到自己的声音，就会安静下来，偶尔，嘴角还会露出似笑非笑的表情。刘恪激动不安。他怎么也没想到,那时他和妻子突发奇想录下的声音,最后会以这样的方式重现在他的世界里。他按捺不住心中的喜悦,试着从绳索的束缚中脱开身,他将儿子绑到阳台门的把手上,留出一截绳子供他活动。然后,像走出监狱那样,他大口呼吸着,压在他身上的那块巨石滚落了。

他站在客厅里,看着儿子,懊悔为什么没有早日发现这箱磁带,他恨不得现在就走出家门,告诉所有人,儿子有救了。可刚走到门口,他就停了下来,他立在那里,想开门,又不敢。他这才意识到,他已经好几年没有出过门了,门外的世界犹如深渊。想到这里,他双脚发软,扶住墙,大口大口地喘着气。

儿子发病的这些年,他一直仰仗单位领导的好心。后来他办了内退,领到一笔退休金,专心在家照顾儿子。此刻他眼前浮现出妻子的脸,那张被生活压榨得干瘪的脸。孩子患病后,她一度情绪崩溃,觉得什么都毁了,半夜哭醒,扯着刘恪的手问他,我们到底造了什么孽,怎么会这样?是啊,怎么会这样?我也想弄明白。刘恪想起君特·格拉斯的《铁皮鼓》,奥斯卡有一天宣布不再长大,拒绝融入成人世界,整天"咚咚咚"敲着一面铁皮鼓到处游走。奥斯卡的个头不再长高,但智商和观察复杂世界的能力并没有退化,可是儿子不同,身体的成熟伴随的是认知能力的严重退化。

读《铁皮鼓》时刘恪还是个大学生,那时他痴迷文学,写了不少废掉的小说和不成熟的诗句,幻想着有天成为一个伟大的作家。大学毕业后,他的幻想很快就被现实收编了。他费了好大的力气才考进税务局,后来经人介绍,和妻子结了婚。在别人眼中,他和妻子是对恩爱夫妇。"郎才女貌",周围的人总是带着艳羡如此评价道。刘恪也沉浸在幸福中自得其乐。他记得妻子分娩那天,医生建议做剖宫产,他同意了,家里老人家却一再坚持顺产，他们说，顺产的孩子才够聪明健康。他难以理解，老人家为何这样固执，为了孩子，宁愿让儿媳承担生育的风险。所幸最后关头，孩子顺产出来了。听到孩子啼哭的那一刻，刘恪站在产房外喜极而泣。

现在想起这些，他觉得儿子既是上天赏赐的礼物，也是上天抛给他们的一个玩笑。

这些年他花光了积蓄，带儿子跑过很多省份，看了无数的医生，知名的医学专家和不知名的赤脚大夫，他都拜访过。有时妻子陪着一起，有时他单独带儿子上路。家里的抽屉塞满了多年攒下来的方子和车票。他和妻子日复一日等待诊断结果，得到的都是无助的回答。后来，他们放弃了，他们害怕医院，害怕医生口中那些专业术语，那些谜一样的词语。

看不到头的生活终于将妻子彻底压垮了，连一日三餐，对她也成了折磨。那天妻子做完菜，突然站在厨房里哭起来。刘恪问她怎么了。她说，我受不了了，我受不了了。她抓着头发拼命撕扯。他们吵了起来，妻子将这些年受的委屈一股脑倾吐出来，他也将挤压多年的愤懑发泄出来。争吵消磨了妻子的耐心，也消磨了他的耐心。他忍不住，动手打了妻子。妻子捂住脸上的红印，像看疯子一样地看着刘恪。刘恪很后悔，又拉不下脸道歉。妻子哭得更厉害了，一气之下，将炒好的菜全倒进垃圾桶。

刘恪颓丧地坐下，不敢抬头看妻子。在那样一个时刻，他无比悲哀地预感到，生活的闸门打开了，洪水就要淹过来。

吵完架的那个深夜，妻子没有在房间睡。刘恪半夜醒来，听到儿子在睡梦中发出均匀绵长的呼吸。他披上衣服走到客厅，看到妻子立在阳台，紧抱着双臂，夜风吹来，她的头发披散着。他走过去，手搭住妻子的肩。她脸上的泪在月光下像发白的霜。他们默默地站了很久。妻子说，我累了。他鼻头一酸，也跟着落泪。他想劝几句，话到嘴边，又咽下了。他知道，生活的水位线已经被没过了。他向妻子道歉。妻子说，你也累了，就这样吧。

在那个难熬的深夜,刘恪也终于理解了妻子。他一直以为,难关是可以一起渡过的,儿子也一定会好起来的。可事实证明,他错了。他把全副精力投入到儿子身上,却完全忽略了妻子的感受,组成这个家庭那个稳固的三角形,早就被消磨腐蚀掉了。只是他不明白,为什么首先撑不下去的不是他,而是妻子?

他们办了离婚手续,妻子离开那天,台风袭击了这座南方的小城,雨水横流到街道上,路旁的榕树被连根拔起,整座小城泡在雨水中,空气里散发着潮湿的腥气。他们家的阳台玻璃门被狂风击碎,雨水从漏空处灌进来,没过阳台,流到家里。他找不到人来修门窗。妻子说,等雨停了吧。她已经收拾好了行装,拉着皮箱站在门口,语气并无任何异样,好像等待她的不是别离,而是计划已久的一场远行。儿子还不知道,母亲就要远走了。他脸上没有任何的情绪,只是背靠沙发,呆呆地看着天花板。

妻子的头发白了不少,脸上长满了褐色的斑。刘恪很久没有仔细端详过这张脸。这一刻,她的衰老赫然入目。他说,我知道,你我没办法才走到这一步。妻子说,如果你需要,我还会回来的。刘恪没有回应,他已经不需要任何人了。

临走前,妻子说,原谅我吧,我不是一个称职的母亲。

刘恪恍惚觉得自己重新活过来了,儿子也活过来了。儿子喜欢上了"自己"的声音。尽管分辨不出这稚气的童声属于十年前的他,但这不妨碍录音对他致命的吸引力,他仿佛听见时间在流动,哗啦啦的,水一般流动起来。一盒录音带播完了,刘恪教他按了重放,很快他就学会了,反反复复听录音,乐在其中。

刘恪被儿子的天真打动了,他多么希望时光也可以像磁带那样倒头重放。

楼上的住户陈伯走下楼梯。他好多年没听见刘恪家传出说话声了,他隔着门问，小刘，家里来人了？刘恪和陈伯打了照面，没有没有，我在给儿子放录音。陈伯好奇，放的什么录音？刘恪说，是孩子读的，好久前录的。陈伯点点头，露出笑来，问他，今天想吃点什么？刘恪说，还是老三样。说完，他从裤兜掏出钱交给陈伯。所谓老三样，无非鱼菜肉，好心的陈伯会根据时令、菜价和钱的多寡来决定具体买些什么。独居的陈伯乐于担任采购员的角色，这是刘恪和他多年来达成的默契。

陈伯透过防盗门往内看，躲在屋子里的年轻人专注在录音里，外界的一切都与他无关。

陈伯背起手走开了。陈伯让刘恪想起自己的父母。孩子发病后，他们多次劝他把孩子送去精神病院。他愤怒不已，和二老大吵了一架，二老搬去了养老院，此后就很少来这里了。

陈伯走后，刘恪泡了杯茶喝，陪儿子听录音。他冒着险将儿子手里的绳索解下来，没想到，儿子不但没反抗，反而安安静静的。刘恪找出一条耳机线插上，将耳机塞进儿子的耳朵里。儿子对耳机很好奇，不停将耳机取下，又戴上，他沉浸在自己的声音里，服服帖帖的。如此一来，那个声音的世界，就只属于他一个人了。

日子一天天过去，儿子每天戴着耳机，在录音机的陪伴下行走坐卧，那台小小的录音机成了他身体的器官。奇怪的是，没有了绳索的束缚，刘恪并不感到轻松，相反，他时而觉得有一股压抑感缠绕着他。录音机不过是暂时的解药，儿子依旧生活在一个不能说话，没有声音的世界里。想到这些年一家人受的苦，他不禁悲从中来。自此，他患了严重的失眠症，白天昏沉，晚上清醒。他怕这样下去，身体会扛不住。他不能生病，他一生病，儿子就毁了。

但长此以往，身体还是熬不住了。刘恪浑身发烫，吃了退烧药也不见好，他拼命灌热水喝，喝得满头大汗。好不容易睡过去，又发起梦来。他撞见儿子四处狂奔,手上的绳索不见了,大张着嘴,把黑色的录音带扯下,塞进嘴里一顿乱嚼,吞了下去。儿子将磁带踩烂,扯过黑色的带子绕紧身体,将自己裹成一具黑色的木乃伊。刘恪听见儿子开口说话,是发育后成年人的声音,有些低沉,略带一丝沙哑。他向儿子喊话,叫儿子的名字。儿子没有理会,他成了一台说话的机器,不断吐露他掌握的所有语言词汇。儿子越说越快,那些语言凝结成玻璃珠子,啪嗒啪嗒从他嘴里滚落,堆满了整间房子,有几颗跳起来,溜进刘恪的喉咙,活活将他呛醒了。

刘恪摸到了额头的热汗,喉咙干渴得像是着了火。他爬起来走到厨房,趴在水龙头下喝水。那个梦让他胆战心惊,他突然意识到,必须将磁带翻录成电子音频,存进电脑。他相信磁带是有寿命的,而电子音频是永生的。如果有一天磁带受损,儿子的声音便不复存在了。这个担忧刺痛了他,他坐在客厅沙发上,望向阳台,那里铺着薄薄一层月光。他看了手机,才知道这一天是中元节,或许刚才发梦,是被鬼附了身。

天亮后,刘恪决定出门找人翻录磁带。他不放心儿子一个人在家,又不敢贸然带他出去。小区的人都怕这个患病的年轻人,以前他领儿子出门,大家像看马戏团的驯兽师牵着猛兽游街那样。妻子离开后,他就很少带儿子出门了,慢慢地,连踏出家门的念头也断了。外头的世界让他恐惧,社交和日常生活也令他痛苦不堪。他记得有一次带儿子上市场买菜,儿子跑起来撞倒了菜摊,菜贩子气急败坏,跳着脚咒骂,还将儿子推倒在污水横流的地上。

刘恪永远记得那句"人模狗样",那既是对儿子的辱骂,也是对他们父子恰如其分的讽刺——他是人,而儿子是狗。他浑身发抖,站在围观的人群中,像示众的罪犯那样低下头,恨不得手中牵的不是儿子,而是一头恶犬,只要他撒手,这头恶犬就会扑过去将那人咬烂。

想到过去种种的痛苦耻辱,刘恪再也无法待下去了。他将儿子和自己绑在一起,双手抱起纸箱,拉着儿子出门。楼梯在脚下延伸,他感到一阵晕眩。他闭上双眼抵挡闯进楼道的光。儿子抓着录音机跟在他身后,黑色的耳机像延伸出来的触须。父子二人一前一后,慢慢地下了楼梯。单元楼老旧的自动门打开时,刺目的光线打在刘恪身上,他回头望了儿子一眼。这次,他松了一口气,儿子没有像从前那样不加约束地跑起来,他对眼前的一切充满了好奇,他跟在身后,神情温驯地走在日光下。

  多年不出门,街上的事物变得陌生,路人的目光盯在刘恪和儿子身上,刘恪的脸热辣辣的,他不得不加快步伐。街道和往日不同了,多了一些刷成黄色和蓝色的自行车,一排排停在人行道边上。沿街摆卖的摊贩稀稀拉拉的,车声和说话声汇聚成一条声音的河流,他被淹没其中。

  刘恪朝前望了望,又迅速地朝两侧逡巡过去。世界比之前运转得更快了,又或者,是他太慢,跟不上世界的步伐。他抱着装满录音带的纸箱,拉着儿子走了一段路,最后在一家音像店门口停下来。

  店里光线比外头更暗,里头堆满了大大小小的音箱和碟机,老板埋头在工作台捣鼓一台功放。刘恪走过去打了声招呼。那是一个理着平头的中年男人,眼袋浮肿,金属框眼镜架在鼻梁上快脱落下来了。老板抬起头,看了看抱着纸箱的陌生顾客,又看了看被绑缚在后面的年轻人,并没有停下手里的工作。刘恪向老板说明了来意。老板脸上闪过一丝不悦。他让刘恪把纸箱搁到工作台上,摘下眼镜说,现在都没人用录音带了,不过这活我可以接,价钱先讲定,这么多录音带,工程不小,加上工本费,五百吧。刘恪本想讲价,但话到嘴边停住了。他看了看儿子,儿子不断拨弄着耳机线。他不愿再折腾了,五百就五百吧,只要能将儿子的声音永久存下来,再多的钱他也愿意。

  老板说,录音都会刻进碟片,三天后你过来取。

  刘恪点点头,留下手机号,拽着儿子离开了。

离开音像店的那一刻，刘恪感到前所未有的轻松。多年来沉积在心底的那块顽石，即将化为璞玉。他领着儿子走在路上，觉得天比刚来时蓝了些，他再也不怕别人的眼光了，他的胸口鼓鼓的，脚步也轻盈起来。儿子抱着录音机，跌跌撞撞跟在身后，他边走边四处张望，眼之所及都是新鲜。刘恪感到欣慰，多年来足不出户，并没有让儿子变成一头穴居动物。他甚至幻想，当儿子的语言能力恢复之后，世界会重新回到正常轨道，万物复归原来的席位，而他们，也将从里到外焕然一新。

回到家后，他难以抑制内心的兴奋，躺在床上迷迷糊糊快睡着了，突然被一阵急促的手机铃声吵醒。他按了接听键，是音像店老板的声音，他说，你过来一趟吧。刘恪不知道发生了什么事，挂了电话，爬起来套了件汗衫。出门前，他仔细检查儿子的绳子有没有绑好。儿子靠在墙上，双手按住耳机，张着嘴，露出一口黄黄的牙齿。他吩咐道，我出去一下，马上回来。

刘恪气喘吁吁来到音像店，进门撞见了老板阴沉着的脸。刘恪不明所以，只见纸箱原封不动搁着，来时什么样，现在还是什么样。老板不耐烦，大哥你怎么搞的？你这些录音带全是空的，什么也没有。刘恪以为听错了，凑上前去看，不会的，怎么是空的呢，是不是搞错了？老板指着纸箱旁的录音机说，不信你放上去听听。刘恪将信将疑，取出磁带放进录音机，几乎是屏住呼吸按了播放键。

一阵短暂杂音过后，磁带咔嗒咔嗒转起来，他的心悬在了嗓子眼。

刘恪以为像往常那样，儿子清朗的声音水一样流淌出来，但是，什么也没有，没有唐诗，也没有宋词，什么也没有。

刘恪脸色煞白。他不相信，以为是幻听，便换上第二盒磁带，结果依旧。录好的磁带，声音全消掉了，第三盒，第四盒，第五盒，连续很多盒都一样，磁带像是被人动了手脚，录好的内容全被抹掉了。他像遭遇了噩耗,脑袋"嗡"地炸开了,怎么会这样?之前不都好好的?老板冷笑,说了你还不信,东西带回去吧,我还要做生意呢。老板事不关己的派头让刘恪的愤怒达到了极点,他脸颊的肉在颤抖,身体筛糠似的打战,他觉得自己被糊弄了,看着那箱录音带,又看看眼前的老板,突然,冲上去揪住老板的衣领,大声吼道,把录音还给我!把录音还给我!刘恪不知道自己怎么有这么大的力气。老板被掐得满脸通红,你疯了,滚出去!接着他使劲推了刘恪一把,刘恪一个趔趄,重重跌到地上。老板喘着气,将刘恪连踢带拖赶出店,连同那只装满磁带的纸箱,也一并扔给了他。

磁带散落满地,刘恪还想爬起来理论,可愤怒和屈辱已经叫他没了气力。他感到全世界的重负都压在了肩上,使他瘫痪,令他无法动弹。他跪在地上,望着散落在街面上的灰扑扑的磁带发怔。老板骂咧咧回店里去了。很快有人过来围观。刘恪弓着背,几乎是匍匐着,将那些散落地上的磁带捡起来。磁带进了沙土,他拍了拍,收拢进纸箱。围观者并不知发生了什么事。阳光炽烈如火,晒得他头脑发昏,眼皮发烫,他用力睁开眼,手摁住额头,让自己平静下来。恍惚间,他撞见儿子出现在眼前,身影贴着录音机,手指不停地,一次次戳按那颗掉了漆的录音键。周遭的喧嚣隐匿了,他清晰听见儿子的朗读声,从循环往复的录音里消去了。他痛苦地低下头,脸贴住纸箱,哭了起来。

原刊《广州文艺》第 4 期,原题《神童与磁带》

雪从南方来

张惠雯

一

预报今天有雪,是这个冬天的第一场雪。吃早餐时,他又查了一遍当日天气状况:预测中的雪会从晚七点开始下,七点降雪的可能性是百分之七十,八点降雪的可能性是百分之九十。

他夜里睡得不好,早餐有点儿食之无味。最后,他把没吃完的、已经变硬的烤面包片倒进厨房的垃圾桶里。咖啡凉透了,但他还是把它喝了。他把餐盘、咖啡杯洗干净,放在控水的餐具架上。不锈钢餐具架和悬挂在它斜上方的那些酒杯一样,擦得发亮,发出银色的光。灶台上同样一尘不染,像黑色的镜面。对着石头台面的吧台,并排放着两张褐色带靠背的皮质吧椅,一把明显磨损得更厉害——他一个人就坐在吧台那儿吃饭。他背后那张六人座的长餐桌上空空荡荡,既没有餐具、桌裙,也没有花。

他打开电脑,开始在记事簿上列下一日事项:

一、查看公司邮件

二、回复小敏的邮件

三、清理车库,为下雪天做准备

四、解决午餐

五、去公司

  他习惯在记事簿里写下一条条标注着数字的事项安排,即便可记的事越来越少。他不知道这样是否真能提高效率,或者只是为了让生活看起来更充实、有序。这个早上,他脑海里不断浮现出来的始终是女儿那封邮件。他想他今天务必要给她回一封信,至少让她知道他已经看了邮件,不必再为此担心。

  小敏很少给他写电邮,她喜欢发手机短信,那是最简单的方式。如果是她认为比较重要的事,她会给他打电话。她去纽约读大学时,他们之间有个约定:每周通一次电话,每个月至少见一面。除了假期,每月一次的聚会,几乎都是他开车去纽约看她。后来,她有了男友、工作,以及越来越多的朋友……他们俩每个月见一面的约定早已不知不觉打破了,唯有一周一次电话的习惯保持下来。她几乎从不发电邮。两天前,当他打开邮箱看到她的邮件时,他心里有种预感:这或者是惊喜,或者是什么不幸的事。

  那封电邮是用英语写的:

亲爱的爸爸:

  今年感恩节不能和你一起过了,我觉得抱歉,但我和几个朋友约好了,我们会一起在纽约过感恩节。我希望感恩节过后,工作和杂事都少一些。也许新年以后你能过来?不过,让我们先不要这么早决定。无论如何,我盼望我们尽快见面。

如你所知,我和蒂姆已经订婚了。时光飞逝!亲爱的爸爸,你能相信你的女儿马上快要三十岁了吗?当然,你会强调说只有二十八岁半。你总是说在你的印象里,我还是个小姑娘,但事实本身总会吓人一跳。不过,你知道,我很享受我的成年生活。谢谢你在我的成长时期给我的所有支持。你上次问到结婚的事情。不,不,你的女儿还不想这么早结婚。在这一点上,我和蒂姆高度一致,在很多事情上,我们都能彼此理解。我们对彼此非常认真。蒂姆是我遇到的最理解我的人,这一点,我相信你完全同意我的判断。

我要告诉你的这件事难以启齿。亲爱的爸爸,其实,这几年来,我一直想告诉你。当我自己明白什么是爱情,什么是一种在生命里相互扶持、陪伴的珍贵关系时,当我明白这种事对我们每个人多么重要时,我为过去的任性感到羞愧。但我没有勇气告诉你。昨天,我把这件事告诉了蒂姆,我需要他的建议。他鼓励了我,让我给你写这封信,告诉你那件让人遗憾的事情的真相。

爸爸,你还记得那天晚上发生的事吧?我告诉你徐宁阿姨和我争吵之后把妈妈的照片撕成了碎片。但是,爸爸,那并不是她撕的。我让你看到的妈妈的照片碎片是我自己撕的。我那时候只有十二岁,我对你太依赖,太爱你,我害怕徐宁阿姨把你从我身边抢走,我不能想象会失去你对我的爱、深切的关注。是的,我当时总是威胁你说我要回北京找妈妈,但那一点儿也不是我的想法。从五岁开始,我就和你生活在一起,我对妈妈并没有那么深的感情,也不能想象再回去和她共同生活。我现在回想,徐宁阿姨对我并没有冒犯,而我也没有其他讨厌她的理由,我只是不想让你忽略我。我看得出你多么喜欢她,否则你不会在我不高兴的情况下仍然让她搬过来和我们一起住。爸爸,从我五岁时你带我来到美国,我们相依为命,我一直觉得生活就是我们两个人的生活,家就是我们两个的家!

你选择了相信我,而她离开了我们家……爸爸,但是我欺骗了你!请你原谅十二岁的我的幼稚、自私和嫉妒。很多次我回想起这件事都无法安宁,我为此哭过。我选择告诉蒂姆,因为我不愿带着这样的忏悔走进婚姻。他鼓励我告诉你,他要我无论多么惭愧,都对我的父亲诚实。爸爸,我可以自豪地告诉你,蒂姆是个高贵的男人。

爸爸,我折磨了你,也折磨了自己。我祈求你的原谅。如果可能,我希望你也能有机会对徐阿姨说出我的愧疚,祈求她的原谅。

爸爸,你感恩节为什么不去得克萨斯一趟呢?你在那里应该还有不少老朋友吧?你可以去拜访他们。南方的冬天多温暖!我现在也经常想起休斯敦,毕竟从五岁到十四岁,我在那里生活了十年。也许不久后我会带蒂姆去休斯敦一趟,他很想看看我长大的地方。爸爸,去南方吧!现在公司并不需要你,理查德早已可以帮你料理一切。

很多吻,很多拥抱。

爱你的敏

这完全不是他意料中的邮件。它……实在是太出乎意料!那封邮件一直在他面前打开着,几分钟后,电脑屏幕黑下去,他再点一下键盘让它亮起来。他惊愕、困惑、坠入记忆的迷雾,像突然患病的人一样不断用手指紧紧地按压额头。

二

他坐在那儿写那封回复的信。他感觉不能写得过于简短,但也想不出多么富有感情且足以安慰她的话。他不得不把她那封信重读一遍，一种往事突然涌来造成的时空错乱和晕眩感全然地笼罩住他。在电脑前呆坐半个多小时后，他写了一封半长不短的信。在第一段里，他告诉女儿他已收到她的邮件，他夸奖蒂姆，说他多么令人信赖，而他又是多么乐意把女儿托付给这样一个正直、诚实的男人。在第二段里，他说那件事他依稀有些印象。既然已经是很久以前的事，他们都不必再为此痛苦、愧疚，最好的办法是忘掉，但他仍感激她告诉他，她是个勇敢的孩子。在第三段，他说他会考虑她的建议，也许找个时间去温暖的南方一趟，他希望感恩节以后能尽快见到她，她应该明白，对他来说，这才是最幸福的事。

把邮件发送出去，他立即关上电脑，起身到车库里去，仿佛急于把它抛诸脑后。他上午得把车库整理出来。冬天之前，车都停在外面车道上。

天气仍然晴朗、干燥，没有雪的征兆。车库太久没打开，门吱啦啦卷上去，光线里立即飘满尘埃。隔一条街，对面那座房子勤恳的男主人背着吹风筒，在吹草坪上的树叶，树叶翻飞的空中同样微尘飞扬。

车库里看起来一片狼藉。地上堆放着很多拆开的纸箱——除了食物以外，他几乎什么东西都从网上购买。靠近车库门口，立着笨重的高尔夫球球筒，里面插着七八支球杆，旁边的地上扔着一袋袋的球，白色的袋子上和球筒、球杆上都落满灰尘。球袋后面，不知道哪年遗留下来的几桶油漆排成一排，地上扔着粉刷用的各种型号的刷子。他看到一个巨大的长方形纸箱，他蹲下身仔细看了箱子上的图案才知道里面装的是一棵仿真圣诞树。圣诞树的大箱子旁边放着好几个鞋盒大小的纸盒，盒子用白色的纸胶带封着口，胶带上是小敏用潦草的英文写的标注：圣诞树挂件、圣诞彩泡、雪花图案投影仪……当然，小敏早已不在家过圣诞节了。在她和蒂姆关系稳定以后，圣诞节和新年她都在蒂姆家过，感恩节是她留给他的唯一一个节日。往年的感恩节，或者她回家，或者他去纽约找她。当她在信里说约好了和朋友们一起过感恩节时，他明白她是委婉地告诉他不必去纽约和她相聚了。

靠另一面墙堆放着他的"农具"：锄头、耙子、铁锹、短柄和长柄的铲子，还有各种型号的园丁剪刀、浇草坪的自动旋转喷头、手动喷头、盘成一团的乌蛇一样的水管……都是他春夏季节整理花园时用的。还有一辆墨绿色手推车，手推车后面靠墙立着一架折叠梯。折叠梯旁边，三个同等规格的透明塑料箱子摞成一摞，装着小敏的旧鞋子：扁平柔软、可以折叠起的船形鞋、细跟的舞鞋、网球鞋、跑鞋、夹趾的、草编鞋底的凉拖鞋、褐色羊皮长筒靴、鞋口翻毛的短靴……他一直想把它们送到"救世军"的捐赠中心去，但好几年了，始终没有行动。转过墙角，在车库通往客厅的那扇小门左边，并排放着两辆自行车，一辆黑色，一辆天蓝色。温暖的季节里，沿"民兵小径"骑车，曾是他们俩最喜欢的周末活动。他们从贝尔福德小镇出发，穿过莱克星顿，一直骑到剑桥。他骑那辆黑色的车，她骑那辆蓝色的车。那是她上大学以前的事。

这些经年累月积存下来的杂物，混乱无序地堆放在一个长久封闭的空间，每样东西都附着着一段旧时光，这情景颇像人的记忆：一堆时间遗留下来的、彼此之间没有关联却混杂在一起的东西随意堆放在某个昏暗的库房里，拥挤不堪，默无声息、潮湿、落满灰尘……他决定先用裁纸刀拆那些箱子，把它们压成纸板，然后把靠左边这面墙堆放的东西转移到右边去，把这些东西占用的空间规整、压缩，留出左边的空间停车。车库里没有暖气，阴冷，散发出陈旧、饱含灰尘的气味，幸好还有阳光照进来。

昨天夜里，躺在床上睡不着的时候，他试图理清他到美国后的生活线索：他住过哪些地方，在每个地方、每段时间里曾发生过什么……他发现有些东西他完全记不起来，有些时间和地点被他弄混淆了。譬如，一九九七年到一九九八年这段时间，他究竟是已经搬到得州糖城，还是仍然住在凯蒂区。那栋客厅里有架房东留下的橡木色老旧钢琴的房子，究竟是他带女儿到美国后租的第三个还是第四个住处？那段短暂时光里，他和徐宁从她住的位于三楼的公寓窗户里望到的远处那个湖，冬天的湖边长着发黄的荒草、干枯的芦苇，湖面上似乎永远笼着一层柔曼的雾气……那幅冬景是在二〇〇三年的年末还是二〇〇四年的年初，是在圣诞和新年假期之前还是之后？小敏出走那次，是住在她的女友泰勒家还是凯西家？他被这些想不清楚的细节纠缠，而且无处求证。时间的难以衔接、某些细节的丧失也许无关紧要，但当有关它的记忆掉进了黑暗无光、深渊般的遗忘之中，他生命中的某一段仿佛就有永久消失、不复存在的危险。在夜深人静的时候，这让他极度焦虑，变成一种折磨。现在，那种折磨淡多了，似乎黑暗中尖锐的感觉会融解、消散在白日的光里。

带小敏来美国那年，他三十六岁，小敏五岁。他前妻没有来，那时她已经是一所小学的副校长。她确信五年内，她能成为那所学校的正校长。她选择离婚。这对他来说倒不是多大的痛苦，因为他们早已不和。她身上兼具了小官僚和一位严厉教师的双重特质，使得家里充满庸俗、古板的气氛。有时婚姻是件奇怪的事，两个性格相去甚远的人会瞎摸误撞地进入婚姻，而后在婚姻里越走越远，直到最后难以理解为何当初竟会相爱。但他们也许从未相爱，在那个清教的年代，你很难区分什么是相爱，什么是仅仅渴望一个可以合法触摸、合法拥有的女人。在办完离婚手续后，他们俩都松了一口气。

他们最先住在休斯敦。初来的三四年里，他们每年换一次公寓，因为公寓只给新房客可观的租金折扣。一开始的生活不安定，更不富裕。租住的公司公寓不提供家具，他们的住处只有几件必不可少的简易家具：床、双人沙发、餐桌、一张学生用的小写作桌。他后来又从不同公寓的垃圾回收点捡过一把靠椅、一张小边桌，还有一面带木框的、完好无损的穿衣镜。他把它们捡回家，擦洗干净，告诉小敏说这是从别人家买来的二手货。他不能说他捡的，担心她自尊心受伤。那时候，他在一个中国人开的小贸易公司打工，每个月只有两千美金的薪水，而房租占去了三分之一，而且，他们得有一辆车，他要为女儿购买基本的医疗保险，他上班之外还在学习一个付费的 IT 课程……生活究竟是什么时候开始稳定下来的？他想是在他加入那家生产医疗器械的美国公司以后。他的薪金比之前那份工作翻了一倍，他们离开廉价住宅区，搬到了凯蒂一带。在那里安定地生活了两三年后，他在糖城买了自己的房子。他记得他带小敏住进新房的那一天，她看到他买给她的那张圆顶的、挂着纱幔的木床（那一直是她想要的公主床），忍不住跳起来吻他。他把所有的旧家具都送人了，房子连同房子里的一切都是崭新的、精致的。他告诉小敏说，她就是这房子的女主人。

拆好的纸板已经码放在右边墙角里。球具和圣诞树、灯饰也被搬到了右边。他找了块抹布，坐在塑料矮凳上，开始擦自行车上的灰尘。他累了，身上出汗，有点儿喘息。他比过去胖了一些，尤其肚子那边，肥厚、松弛。他变得容易疲劳，站起身时用力稍猛膝盖会抽疼……他注意到对面的吹风筒安静下来，居家男人也消失了。和十多天前绚烂的景致相比，现在的街景单调、萧瑟。在那么短暂的时间里，火焰般的叶子全都枯萎飘落了，屋后的树林曾像是金黄橙红的颜料流溢、堆叠而成的巨幅油画，现在只剩下一堆暗淡的灰褐色线条。那些赤裸的枝丫有时如凝固般静默，有时又被风吹得剧烈颤抖。

在遇见徐宁之前的很长时间里，小敏是他生活里唯一重要的人，她是女儿，是他的小女友，还是他家里的女主人。到美国以后，有热心的人给他介绍女友，他都拒绝了。他在心里做过决定，不会在小敏年幼的时候给她找个继母，以免她有任何被伤害的危险。徐宁不是别人介绍的，是他在朋友家里遇见的。他第一次看见她的时候，她穿着牛仔裤和一件白色衬衫，袖口挽到了肘部以上，烫着短短的卷发。她活泼、爱笑，动作利索，身上有种男性的飒爽气质。她是个护士。那是个午餐聚会，每人需带一道菜到主人家聚餐，他带的菜是从餐馆打包的。她毫不客气地说他偷懒、缺乏诚意。过一会儿，她对他说："你不尝尝我做的这道菜吗？小鱼豆干。很好吃的，台菜。"他于是吃了她做的那道菜，真的好吃。

他想，他是和徐宁在一起以后才明白什么是男女之爱的，他指的既是精神意义上的也是肉体意义上的情爱。她有种出奇的热情，这热情会从她眼神里、头发里、皮肤里散发出来，仿佛是一股强劲的力量，你很难不被她感染。她把这热情也蔓延到了他身上——他这个被长久冰封的乏味、僵硬的人。他们迅速建立起一种亲密无间的关系。那时候，只要她不上班，白天他就去她住的地方找她，即便遇到公司下午开会、他和她相处半个小时就得离开。

她住在一栋三层公寓的顶层，那公寓的门、床、窗帘以及屋里每一样摆设他都记得。每一次，从踏入她的房间开始，他就像脱去了沉重的躯壳，变成了另一个人，一个柔和、富于感情的人。他有一把她公寓的钥匙，如果去得早而她还没有回来，他就在那里等她。他此前从来不知道等待也是这么美好的事。从她客厅的落地窗可以望见那个湖，湖很小，但和休斯敦那些高档居民区里挖掘的人工湖不同，它有种天然、荒野的美。如果某个午后还有足够的时间，他们会坐在沙发上喝茶、聊天。有时候，湖面的雾霭中突然冲出一只鸟，像条灰白色的线笔直地抛向高空，像一条弧线划向远方，然后消失在蓝色的天幕里。那大概是他一生中唯一的恋爱时光。他们只能白天见面，晚上他需要在家陪小敏。那是他很多年里第一次感到被束缚的烦恼。

那段幸福时光很短暂。他想他后来犯的一个巨大错误是草率地让徐宁搬过来和他们一起住，以为朝夕相处会有助于培养她和小敏的感情。在徐宁搬过来之前，她和小敏也见过几面。小敏始终表现出青少年的淡漠、不易讨好，但并没有明显的失礼，而徐宁确实一直努力争取她的好感。在小敏面前，她变得不自在，胆怯起来。每次见面，她都会给小敏带礼物，但小敏只是礼节性地道个谢，从未当面打开过，过后也不再提起它们。他印象深刻的是那个圣诞节，他们三个人一起吃饭。徐宁送给小敏一份圣诞礼物，小敏接过去就放在了旁边一张椅子上。徐宁笑着问她要不要打开看看，小敏说她不喜欢当着别人的面拆礼物。而他送给她的礼物，她却马上打开了。那天晚些时候，他送完徐宁回来，小敏躺在客厅沙发上看电视。他注意到椅子上的礼盒不见了。他问她是否看过徐宁送她的礼物，喜不喜欢。据他所知，那是一条很贵的围巾。小敏冷冷地说："一条围巾，老女人戴的，我打算把它寄回去给我妈。"又过了一会儿，她说："你对她说，以后不用再送我礼物了，或者是些不值钱的东西，或者是这种老里老气的东西，我一点儿也不喜欢。"女儿的尖刻让他吃了一惊。但他没说什么，他想如果他反对的话，只会激起她对徐宁更大的敌意。

在几次见面以后，她们的关系没怎么改善，而他对女儿的态度一筹莫展。可他竟天真地认为，只要徐宁搬过来住，小敏会慢慢接受她，会适应这个家里有另一个人和他们共同生活。他甚至幻想着小敏会慢慢喜欢上她，以为一切只是时间的问题。

那封信把这一段回忆带回来，那么鲜明、清晰，却令人痛苦。当两个未曾遭遇过生活折磨的年轻人，带着某种让人讨厌的乐观选择告知"真相"时，他们像是把他枯竭但平静的生活突然撕开了一道口子，恐怕是一道无法愈合的口子……

时间接近下午一点。他把整理好的园丁工具收进他留下的一个空纸箱里，用胶带封好口。这个冬天他再也不需要它们，直到明年四月过后，直到像民谣里唱的那样："四月的雨水带来五月的花。"

三

如果不去公司，他经常在镇里的 Panera Bread 解决午餐。这里的食物简单但很新鲜，而且，他们不像餐馆那样有明确的午餐打烊时间。他叫了烤牛肉三明治，配一小碗清汤，随套餐送一个苹果，但他每次都会把苹果带回家。对他的牙来说，去啃咬一整个苹果已经相当困难。

吃完午餐，他要了杯咖啡。天色阴沉下来，天空中堆积着深灰色的云层。两辆黄色的铲雪车从街上开过去。它们大概已经为晚上要来的雪做好了准备。

在过道另一头、靠前的一张桌子那儿坐着位华人女子，她看起来三四十岁的样子，身材纤秀，穿一件米色的高领毛衣，羽绒外套搭在旁边那张椅子的椅背上。在他前面隔着两张桌子，坐着一位五十岁上下的美国男人，和他一样在喝餐后咖啡。男人坐的位置面对着他，他能看到他的目光不时朝对面那个女人瞟过去。男人终于起身走到那女人的桌子旁边，毕恭毕敬地站着，问他可不可以和她聊聊天。他没听到那女子的回答，但看到那男人在她对面坐下来，看起来有点儿局促，脸膛兴奋得发红，并不像个游刃有余的猎艳老手。他像许多美国男人一样声音洪亮、中气十足，他听见他开始谈论天气，说晚上会来一场大雪，还提到他就住在这个镇。但背对着他的那个女人的回答他听不清楚。过一会儿，他看到男人尴尬地笑了，嘴里说着对不起，声称他没看到她戴结婚戒指。他由此猜想那女人刚才告诉他她已经结婚了。但那个男人并没有离开，他红着脸，希望她允许他去给她买一杯咖啡，他只是想聊聊天。随后，他就雀跃地站起来,走去柜台。

　　有些滑稽,有些难堪,又有点儿令人感伤,男人和女人之间这种持续不断的无休无止的追逐游戏。窗外一辆辆车在灰色的公路上静默无声地快速穿行,仿佛钢铁的鱼群。店里的碎冰机发出群蜂飞舞般的巨大的噪音。那个男性追求者端着他的两杯咖啡走回来,像是捧着他的两份战利品。他兴奋地坐下来,面对一个仅仅是由于礼貌而没有把他赶走的女人。

　　他想到和徐宁在一起时,她和眼前这个女人差不多的年纪,也是这种偏瘦的身材。他常常惊讶她纤瘦的身体里怎会蕴藏着那么大的热情和能量。她的长相说不上特别美,但在他眼里,她身上每个地方都是细腻的。他知道她早已找到了另一个人。他不知道那个人是谁,但他嫉妒那个男人,相信他比自己幸福。像她这样的伴侣,会和你始终胶着、缠绕在一起,会让你的生活温热、充满生气……很遗憾,在他们相遇的时候,他们面临的不只是两个人的幸福的问题。

　　他突然打消了去公司的念头,猜想公司里的人恐怕并不想要见到他。今晚有雪,也许大家已经开始陆续离开。趁着还有点儿天光,他想去附近一个湖边走走。

　　他抓起那个鲜红的苹果,塞进外套口袋。经过那两个人时,他不无自嘲地想:他们会不会注意到他?会不会意识到他是他们这场追逐游戏的唯一目击者?但他知道他们甚至不会看他一眼。有时候,老境的尴尬并不在于变老本身,而是你心灵的变化追不上身体的衰退。在心灵的镜像里,你还是个仪表堂堂的壮年人,但在他人眼里,你已经是个颓唐的老者。

　　他开车十分钟就来到湖边。眼前已是一片冬日景象:衰草、枯枝、腐烂破碎的落叶,仿佛冻僵了的光秃秃的小径,被一阵阵风吹皱的、银光闪闪的湖面。只有在冬天,这里的湖面才显露出来,开阔、清亮。春夏季节,湖面完全被浮萍和水藻覆盖，秋天则漂满落叶。风不大，但阴冷刺骨。一群灰褐色的加拿大鹅在湖中游着，它们像肥硕笨拙的大个儿的野鸭。下雪的时候，它们是仍然待在湖上，还是会去哪里躲避？最冷的时候，它们会不会挤在一起取暖？生活于它们而言是严酷的，但它们倒不会形单影只。

回想起来，徐宁搬过来以后那段时间就像阴郁的梦一般，充满了混乱和挣扎。晚餐桌上的冷言冷语、明嘲暗讽、沉默、委屈、猜疑、忍辱负重……他们俩小心翼翼，唯恐伤害了孩子。但这种小心翼翼又被小敏当成了他和徐宁"同谋"的证据。徐宁本来像个欢快的大孩子，但在眼前这个真正的孩子面前，她欢快的光芒全都暗淡下去。如果小敏拒绝吃她煮的晚餐，开始打开冰箱找冷冻餐盒，她也只是勉强笑笑。有时小敏假装没有听见她说话，忽略她示好的动作，她不过无奈而又嘲讽地看他一眼。她曾让他喜欢的那种天真的轻狂、肆意妄为的勇敢，反而变成他所惧怕的东西：他怕她不够容忍，怕她没有掩饰好她的不快，怕她直率的表达又会引起一场争执。她说话、发笑的声音稍微大一点儿，他都会害怕，怕这声音会从他们的卧室传到另一个房间里去……

起初，他们还相互安慰、鼓励对方，但慢慢地，他们也都疲倦了。那种阴沉、压抑、暗含着怨愤的气氛弥漫在家里的每个角落，压灭了每一点儿快乐的念头。小敏的卧室里经常整夜地亮着灯，她似乎以灯光、以她深夜不眠的事实来时时警示他们。徐宁也变了，变得暴躁、易怒，她不能在小敏面前发作，却开始对他发泄她的强烈不满。她觉得他过于宠溺女儿，却没有考虑她的委屈。但在那样的情况下，他又能做什么呢？她愤怒、冷漠起来令人绝望。也许她身上那种强烈的能量如果不能用于快乐，就会用于愤怒。

他们一起生活了三个多月以后，某一天，小敏失踪了。她夜里十一点钟还没有回家，手机也关机。他打电话报了警。整个夜里，他坐在客厅的沙发上等电话。徐宁说她可以替换他，让他去楼上睡一会儿。他几乎是愤怒地拒绝了她。他想，如果小敏打电话回家，她第一时间绝不想听到徐宁的声音。第二天接近中午的时候，一位女人打电话给他，说她是泰勒（或者凯西）的妈妈，告诉他小敏在她家，昨晚和她女儿睡在一起。她再三道歉，说她昨天的确问过小敏，但小敏说她已经知会过爸爸她要在朋友家过夜。他听到这消息就抓起车钥匙离开了家。他边开车边哭，本来，他以为他已经失去了女儿。他痛苦地意识到一个人的介入如何改变了这个家，改变了他和女儿那密不可分的关系。

过后，徐宁说她可以搬走，但他劝阻了她。就这样，她又留了下来，直到一个月后发生了另一件事，也就是小敏在邮件中提到的那件事。

那晚他回到家，徐宁去上夜班了，小敏的房门紧闭。他敲门，过了一会儿小敏才打开门，看到他突然号啕大哭。他抱着她，问她发生了什么事。她只是哭。他让她在床上坐下来，他一直说：好了，好了，平静下来。后来，她哽咽着，说她和那个女人吵架了，那个女人发疯一样撕了妈妈的照片。当小敏从她写字桌的抽屉里拿出一小堆照片的碎片时，他一下子蒙了。他根本不敢正视女儿手里捧着的那堆彩色的碎片，也不敢想它究竟意味着什么。当他带着年仅五岁的她离开她母亲时，他心里是确信不会让她受一点儿委屈的……突然之间，徐宁成了阴毒地坑害一个柔弱、毫无抵抗力的女儿的恶毒继母的化身。他怒不可遏，疯狂地打徐宁的手机。很久以后，她终于接了，还压低声音问他是不是疯了，说她一直在忙，突然看到手机上有二十多个未接电话。她装得像什么事都没有发生一样，这让他觉得她更加恶毒、有心机。他开始失控地骂她，他从未这么骂过任何人。她试图说什么，但他不容她辩解。最后，她冷冷地说："我不明白你在说什么，有什么事回去说。""不要再装了！"他喊道。但她已经把电话挂了。然后，他又回到小敏的房间。他紧紧地抱住她，她那双仿佛受了惊吓的眼睛望着他——那是一双完全信赖他的、孩子的眼睛。

他一夜没睡。第二天上午徐宁回来的时候，他多少冷静了一些，觉得可以和她谈谈那件事。而她看起来比他冷静得多，冷静得近乎轻蔑。

"说吧。"她说，"你指的究竟是什么？我究竟对她做了什么残忍的事，我假装了什么？"

等他说完，她的冷静像镜面骤然碎裂，坐在椅子上的她猛地站起来："你现在就叫她起来，你让她过来当面和我说。"

她声音发抖，样子看起来很可怕，似乎要马上冲过去找小敏。他一把拽住她。她发疯似的抓他的手。他想，她也会有如此丑陋的时候。

"我绝不会让你再刺激她。"他说，紧抓住她不放。

后来，她放弃了挣脱他的努力，安静下来。她又在椅子上坐下来，一阵绞痛般的表情突然掠过，让她的脸扭曲了。

"骗子！骗子！这么小一个孩子……"她一字一顿地说。

"你不许这么说她。"他的模样一定非常凶狠、丑陋。

她抬起眼睛，望了他一会儿，嘴唇上浮现出一抹近乎微笑的弧度。

"所以，你昨天晚上打电话是为了这个？在我上班的时候，像发疯的畜生一样吼叫、骂人？"

他没说话。他已经后悔他昨天说过的话。他看见她眼睛里突然涌满泪水，她的嘴唇抖动，随后整个身体都在发抖。他不知道他能做什么。

"你选择相信她，是吗？"哭完了她问，哑着嗓子。

他不回答。

"不用回答，什么都不用说！"她站起来说，拿一张纸巾擦掉脸上的泪，像是如释重负，"我应该早就明白的，我应该早想到结果会是这样……"

第二天，她收拾东西离开了，他没有挽留她。他想帮她租一套房子，想给她一些经济上的帮助，但她断然拒绝了。事实是她不再接他的电话，也不再回复他的短信、邮件。很快，她换了号码，大概只是为了摆脱他。找不到她的那段时间，他失魂落魄。他让自己尽量去想她的冷漠、她的刻薄、她做的那件可怕的事，但这都于事无补。他睡不着，焦虑地一遍遍翻看手机，半夜起床打开邮箱写信；他到她上班的医院，在停车场里等着，却在她可能出现的时间逃之夭夭；他还到处打电话给认识她的朋友，只为了从别人那里听到一星半点儿她的消息……慢慢地，他知道他必须接受这样的事实：他所做的这一切都没有意义，他们之间的困境毫无解决的可能。

家里又恢复了那种平静——多年来的、一贯的平静。他和小敏心照不宣，谁也不再去提那些痛苦的事。这个家，这个小世界，它像一个有着坚硬外壳的、封闭的东西，打开过一条缝隙，很快又惊恐而痛苦地闭合了。他想他在这世界上只剩下一个角色必须心无旁骛地、永远地演下去——一个好父亲。

他走到湖边有围栏的地方。不知道为什么，这里有一带齐腰高的木围栏，像农场里圈马的那种围栏，延伸出去两三百米，又毫无征兆地中断了。他沿着围栏旁的小路走，眼前是平缓的草坡。湖三面被树林环绕，唯有这面向着开阔的草坪，仿佛牧场的风景。草黄了，但很平整，看得出不久前有人割过。那些年里，他和小敏喜欢在这草坡上野餐。最好是春天，五月以后，日光那么温煦，空气里弥漫着花草的香味。小敏说："同样的东西在外面吃，味道好得多。"吃完东西，她喜欢趴在毯子上看书，有时她看着书睡着了，他就在她旁边守着，半个小时，一个小时……对他来说，那两三年算是轻松愉快的时光，是彻底放弃了其他念想的轻松。

他不相信心理学家说的"选择性遗忘"，不然，他为何没有忘记那天晚上发生的事呢？那件令人痛苦的事的每个细节都印刻在他的记忆里。倒是那些快乐的事，常常只剩下一两个格外清晰的镜头，其他部分都模糊了，像一团柔和、明亮的烟云，像湖面上闪烁不定的、细碎的光。

褐色的林梢在远处勾出天际线。天边浮着一条长长的孤云，泛出冬日薄暮时的冷光。周遭那么沉寂。某种微茫而凛冽的声音像滞留不散的烟雾一样漾在冬日的湖面上，潜行在林间、落叶堆和枯草丛中——一种低沉却无所不在的冬日鸣响。鹅群低飞，掠过湖面，在另一边上了岸。而后，它们在湖对面呆立不动，迎风立着，像在忍受，又像在冥想。他穿着单裤，在草坡上伫立太久，腿冻得麻木，眼睛酸涩。他发现这是一件荒唐又可悲的事：他让一个十二岁的孩子替他做了生活的选择！而一个十二岁的孩子的谎言几乎说不上是欺骗……这大概就是命运，只需要一个谎言、一点儿差失，它就拿走了原本属于你的东西，全然改变了你的生活。

他开车回家，发现路上已经撒了盐。粗粗的结晶体铺在地面上，像冻硬的灰绿色雪粒。那件痛苦的事发生后不到两年，他带小敏来到马萨诸塞州。他原以为新英格兰漫长冬天会相当难熬，但后来发现这地方知道如何对付严冬和风雪。途中他去油站加了油。再启动车子，油表显示可行驶里程四百六十五英里。如果他现在沿着90号公路开下去，开出马萨诸塞，进入康涅狄格，转上84号公路，一路向南开上两百多英里，他就能到达纽约，那个拥挤喧闹、杂乱不堪的城市。这是他最熟悉的一条行车路线。但很快，它对他来说就会变得生疏。

四

五点刚过，天就黑了。他打开房子里的灯。睡觉以前的时间里，他一般都待在楼下，但他习惯把楼上卧室里的灯也打开。一个其他部分断然漆黑、只有楼下一盏孤灯的房子，从外面看起来总有些怪异。他仍旧坐在吧台旁边那张椅子上，打开电脑查看邮件。小敏还没有回复。当然，他上午才发给她邮件，而那也是一封不需要回复的邮件。

他们其实离得很近，两百多英里。但他知道她离他越来越远。她不再需要他，那么他就在他能达到她的距离之外。那年，小敏申请的所有大学都在东岸，但没有一所在马萨诸塞。她解释说，她希望到自己熟悉的地方之外生活，适应陌生的环境也是一种挑战；她也希望离家远一点儿，这样她不会那么依赖他。他表示完全支持她的意愿，私底下却像一个被无情抛弃的老男人，感到说不出的委屈和痛苦。她离开以后，他就一直往返在那条路上：从波士顿到纽约，从纽约回波士顿……虽然辛苦，但就像个赴心上人的约会的男人，心里至少是振奋的、怀着希望的。

想到明天早晨起来需要扫雪，他去了一趟楼上，从卧室储物间里翻找出手套、帽子、围巾，还有一条秋裤。大约十年前，他还不至于在外裤里再套条裤子。他像大部分美国人一样，穿单裤过冬，因为暴露在严寒里的时间毕竟是很短的。但这些年，他开始畏寒，在零下十摄氏度的天气里穿单裤走几步，腿会发抖。冬天开始变得难挨，尤其一、二月最冷的时节，大雪一场紧接一场，扫雪变成了一种苦役。上午花一个多小时清理出来的走道、车道，到了下午又完全被积雪覆盖了。傍晚还要清扫一次，因为如果夜里冻上的话，清扫起来更加困难。但夜里往往还会继续下雪，一夜之间大雪封门甚至会埋住一楼的窗户……

他下楼，回到他清寂的厅里。他想，再过几年，他就会把这房子卖掉，搬到公寓里住。他去参观过那种公寓，里面的大部分住户是老人——那些再也无力自己清扫积雪的人，那些发现守着一栋很多房间的空屋再无多大意义的人。冬天，管理处会雇用工人来扫雪。温暖的季节，院子里的草木会被修剪得整整齐齐，鲜花盛开，一片生机，老人们走出来，在阳光下舒缓地散步……很快,他就会搬到这样的地方,融入这样的人群之中。在风雪交加的夜里,在温室般的房子里长久地、如同静物般坐着,望着玻璃窗外飘落的雪,独自一人。

朋友圈里都在分享下雪的消息和图片:下午三点,纽约在下雪;四点半,康涅狄格开始下雪;大约六点的时候,罗得岛的新港、普罗维登斯都在下雪。在他这里,雪是七点过后开始下的。昏暗的路灯光里,雪散漫地飘落下来,一开始像星星点点的白色碎屑,但很快就变成了大片的、斜飞的雪花。今年的雪像是从南方来,从纽约一路向北,最后到达波士顿。而他知道在最南方的休斯敦,在她那里,三天前已经下过雪了,一场多年来罕见的大雪。

她的样子开始缓缓地出现在他的脑海里,那么清晰,在不同的时刻、不同的地方,像一帧帧黑白照片。都是当年的样子。他试着描绘出她现在的样子,在她额头、眼角贴上细小的皱纹,在她的黑发里夹杂进去几缕灰发……他还想起她说话的声音,仿佛听见她的笑声、她轻柔的气息。但当他沉浸在他们俩甜蜜的笑言低语之中时,她的质问、哭声总是突然闯进来。同样,在那些温柔、静好的照片里,他会突然看见她眼睛满含泪水、发抖的模样。他突然意识到那个晚上,他对她做了极其卑劣的事。难道他真的认真判断过他应该相信谁吗?他真的想听她的辩解吗?他只是选择了一个对他而言便利的解决方法,他只是急于摆脱那种困境,回到他以前的生活……

仿佛感到一阵强烈的刺痛,他从枯坐的那把扶手椅上蓦地站起来。他扫视这个到处亮着灯光的宛如通体洁白、透明的所在。他发现他的居所如他的生活本身:整洁、光亮,似乎不缺少任何东西,但没有温暖。

他觉得饿了,但还不想做晚饭。午餐带回来的那个苹果放在餐桌上,他把它切成四瓣吃下去。站在客厅的窗户前面,他看见街道、屋顶、树已经披上一层白纱一样的薄薄的雪。等到雪积得更厚、大地上的一切完全被雪所覆盖时,雪地会泛出蓝光,雪夜会变成蓝色……天地之间都是飞旋的、曼舞的雪,有时候你看不出它究竟是在向下飘落,还是向上跳升。他在想是否应该走出去拍张照片,像他们那样发到朋友圈里,宣告他这里也在下雪。但他还是打消了这念头。这是件奇怪的事,各处的人们都在为一场新雪激动、振奋,而它不过是漫漫长冬的开始。

原刊《人民文学》第 4 期

尾随者

默 音

意识到时,公交车上只有我一个人。

不,准确说来并非如此。售票员和司机仍在车上。

属于过去时代的两节式公交车,车厢连接处是如同手风琴风箱的橡胶褶皱,在车辆转弯时也像手风琴演奏时一般折成扇形,发出的只有嘎吱声,没有音乐。

司机在左前端的驾驶座,售票员在右侧的中门旁边,我坐在"风箱"背靠背的四只座位之一,背对司机,斜对着售票员。随着车辆行进,我身下的座位不时大幅度地摆动。售票员的座位高出一截,加上头顶的灯光,她像是舞台上的演员,又像是审讯台后的犯人。她挂在胸前用来收钱找零的帆布包很旧了,不知是不是老一辈传下来的,带子两侧张着毛絮。制服白衬衫则是新的,闪着白光。

售票员垂着眼,仿佛睡着了,也可能是死了。

我忽然有些紧张,这趟深夜的公交车会不会在接下来的站牌不停,摇晃着把我带向深夜不可测的某地？以及，我身后的驾驶座，果真坐着司机吗？会不会车上其实只剩下我和闭目合眼的女售票员？

一旦开始放任想象，车厢中部微暗的空间倏然变得难以忍受。我感觉到脉动加快，口腔干涩，泛起咸味。

当我把关于公车的梦讲给江云水听，她没有立即做出回应。和以往一样，我坐在她的办公桌对面，视线一转便能看到对着窗户的书架上的相框。那里面的照片上，比现在年轻、笑容也比现在放得开的江云水蹲在一个四五岁模样的男孩身边，揽着男孩的肩。

我问过她，男孩是不是她的儿子，她说不是。所以那是某个患者，还是什么亲戚？我知道她不回答涉及其他患者的问题，便放弃了追问。

"你最近仍然感觉到自己被人跟踪吗？"江云水问了个和我的梦无关的问题。

"昨天还遇到过。我在罗森买东西，有个人隔着货架，盯着我看。"

"后来呢？"

"后来我就去结账了。出门的时候往那边看了一眼，已经没人了。"

"那个人是男的还是女的？"

"没注意。戴棒球帽，很瘦。好像男女都有可能。"我停顿一下，"你是不是一直觉得是我的幻觉，类似被害妄想？"

江云水温和地说："我们第一次见面是在咖啡馆，当时你说斜后方桌子坐的人是跟踪狂——那张桌子没人。我并不是说你遇到的类似情况都是你臆想出来的，不过，也许有些时候是。"

"也许有些时候，确实有人在跟踪我。"

"李茗，那你觉得是什么人在跟踪你？你的公众号粉丝吗？"

她总是连名带姓地叫我，让我想起教过我的一些老师。尽管我离开学校有十八年了。

我说我当然没有头绪,继而问她,有没有看过我上一条关于带孩子走一小段四国遍路的推送。

其实是某款儿童跑鞋的广告,拿了三万推广费。品牌商提出让松果穿他们的跑鞋出镜,被我拒绝了。我的公众号向来是随笔加插画,从不放照片。

我对他们表示,孩子出镜后患无穷。对方说可以不拍脸,我坚决不松口。

最后达成的协议是用两幅插画承载品牌方的热望。一幅是我和儿子松果手牵手的背影,我戴着遍路者标志性的斗笠。另一幅是松果盘腿坐在树下休息,我站在他旁边俯瞰的视角,画面呈现的是他有两个旋的圆脑袋,一片樱花瓣沾在发旋旁。画笔的好处是不用摆拍,场景天成。不,应该说,可根据实际需求生成。

江云水还没和我聊过松果,可能她有她的步调。算上今天是第三次见面,除了被跟踪,我也提到失眠的问题,指望她给我开点特效药。她说她没有处方权,她是心理治疗师,不是精神科医生。收钱不办事,指的就是她这种吧。

我忍不住主动提醒她,昨天那条推送也是"十万+"的阅读。

"江老师,你可能不太了解粉丝这个群体的生态。有的人看看文章就算了;有的人爱打赏,用行动表示支持;还有人热衷于抢沙发留言,后台私信那更是聊什么的都有,好在主要由助理帮我回复;然后就是渴望在现实中和公众号的主人交流的……"

我忽然说不下去了,嗓子像被猫爪挠过。我端起杯子,喝得急,差点呛到。江云水看我的眼神带着冷漠的好奇,像一只没学过抓老鼠的猫面对啮齿类。

那天直到咨询时间用完,她都没给出任何建设性的意见,只在告别时对我说，如果再做记忆鲜明的梦，请及时在微信写给她或者语音。

离开江云水位于建国西路的工作室兼住家，我沿着梧桐毛絮飞舞的马路走了一段，纯粹是为了躲避毛絮的攻击，躲进一家咖啡馆买了杯牛奶咖啡。不大的咖啡馆室内整体呈白色，牛奶咖啡其实就是Flat White，装在比iPhone SE更迷你的玻璃杯里，二十五元。我想起和某位咖啡培训师聊天时听来的，花式咖啡的成本占比最大的不是咖啡而是牛奶。十七年前我打工的那家台湾人开的红茶馆，一杯柠檬红茶也是这个价。如果仅以此作为观察样本，可以说近二十年来物价没什么变化。这当然是错觉，看看房价就知道了。我认为培训师说错了，咖啡的成本，不管是花式还是黑咖啡，最多的部分在房租。

江云水是否知道她的居所是本城最昂贵的地段之一呢？如果她有一天厌倦了心理医生的工作，只需要卖掉房子，就能在任何一个二三线城市度过不为稻粱谋的后半生。

作为高中毕业后来到这个城市试图闯出一片天地的人，我自问混得不算差，错就错在没有及时买房。对比房价，不管是之前的工资还是后来的自由职业收入，我的所得简直像个玩笑。从去年夏天起，靠公众号一个月有小十万进账，这才看见些微的曙光。

照这个节奏，明年就能凑够首付。

喝完咖啡，九号线转八号线，花了一个多小时，回到我在同济大学斜对面的家。来上海这些年，生活区域从浦东到浦西的西南角，再移到东北角，近几年总在大学周边打转。

我喜欢大学。可能出于缺什么补什么的心理。十九岁离开老家，之后换工作像翻书，也算是在社会各个层面摸爬滚打过。本质上我是个"社恐"的人，尽管为了生计不得不和各色人等打交道。大学在我眼里是最好的地方，远离外面的营营役役。草坪上、走道上、食堂里，年轻男女们在恋爱、辩论、温书或戴着将自己与他人隔绝的耳机。他们即便在群体中也维持着个人的形态。尚未被打磨。

以前杰森嘲笑过我对校园的看法,说我把自身内面的幻想投射到大学,再从大学汲取虚假的安慰。

他还说,就像粉丝对偶像,只不过你的目标不是个人。

人类学专业的人,就喜欢对事物贴标签,下总结。我没有反驳他,是因为我崇拜他。

至少在当时。

从地铁出来不想回家,我直接进了校园。离晚饭还早,随便晃晃也不错。

地铁上看到的一幕附着在大脑皮层,不肯掉落。

高中生模样的女孩坐着玩手机,双肩包反背在胸前。有一年很热的韩国牌子,人造革质地缀满金属钉,假充朋克,实则浮华。旁边的女人大概是女孩的母亲,握着指甲钳耐心地在女孩肩膀附近剪啊剪,帮她修掉包带上几乎看不出的线头。女孩全程头也不抬。

江云水在上次面谈时说,如果你愿意,我们可以聊聊你的父母。

我拒绝道,我离家早,我是自己长成现在这样的,不要和我谈原生家庭那一套。

校门口的甬道上伫立着毛泽东像,永远昂扬的神气。老家的高中也有这么一尊,做工和规模逊色许多。我从雕像台座旁走过,摸出从去江云水那里就设成免打扰的手机。能够三个小时不碰手机,连我自己都感到惊讶,既没有逃离的放松感,也没有应该有的焦虑。但只要重新看一眼就够让人焦虑的了。密密麻麻的未读消息和未接来电,红色的圆点和数字。我先回了某个甲方,合作过一次的玩具公司,想让他们的火车模型在我近期的推送"出镜"。当然了,是以插画的形式。

我说，松果喜欢火车！不过家里没地方放轨道啊，我要想一想。

未接来电有助理小夏打来的，三次。我回拨过去，她却没有接。现在的小姑娘几乎都不靠谱。小夏是朋友介绍的，据说家里有个假发厂，所谓的"富二代"。毕业后她不想回老家，对正经上班也没兴趣，就来了我这边，刚过了三个月的磨合期。小夏负责接洽广告，开发新客户。另一个打理微信后台的助理青岚已经做了一年多，她排版干净，留言和评论管理也比较仔细，要说有什么缺点，那就是对我太知根知底。

玩具厂商的营销在微信打了一长串的字。茗姐，您家里还会没空间吗，收拾收拾就出来了。我们会派人上门安装调试，不用您费神。

我尚未想好怎么回，电话进来了，是小夏。

"茗姐，有个新的广告，我们报价对方也认可了。"

"是什么？"

她整个音阶比平时高出一截，显得兴高采烈，我决定先不苛责她不问我一声就报价的冒失举动。

"冷榨果汁。是个进口牌子。他们以前只走五星级酒店和餐厅，现在打算铺生鲜电商，所以想做下推广。正好我们七、八月的广告还没定档。"

"果汁？都有些什么？松果对芒果过敏。"

"好几十种呢。对方说可以约了去他们那里，先试喝一下。"

我的公众号没接过食品广告。以前找上门的若干家打着健康食品的幌子，感觉就是圈钱的乡镇企业。进口品牌听着稍微有点意思。我试图在脑海中勾勒喝果汁的松果，跳出来的却是另一幅图景。

郑枞枕在他妈妈郑沐如的腿上睡着了。遍路第三天，爬山加日晒并且还要背包，让六岁的男孩很快没了第一天上蹿下跳的劲儿。

他脖子上系着一条印有小黄人图案的三角巾，乍看像是一只只黄色瓢虫。可能怕他睡觉影响到呼吸，郑沐如用一只手小心地解开他颈部的活结，顺手用三角巾擦去孩子鬓角的微汗。她的动作和地铁上帮女儿剪背包线头的女人的动作重叠在一起，我仿佛看到了郑沐如围着成年后的儿子打转的未来，心头瑟缩起一阵不知是喜悦还是惆怅的抽搐。

回到家，我叫了西北菜的外卖，在电脑上浏览公众号留言。后台的私信如果太多天没看会被清空，上个月我在四国期间，助理青岚把她判断为重要的私信加了星标，便于我过后浏览。手机端有小程序，不过我还是习惯用电脑。和私信不同，留言则没有时间限制，像不合季节的落叶，越积越多。有的留言非常之长，简直把我当知心姐姐倾诉个人烦恼。有的是广告。也有的纯粹出于自我显示欲。眼熟的 ID 和新读者混作一堆。扫这些落叶的时候，我每每怀念尚未拿到第一个"十万+"的草创期，那时留言的人似乎纯粹得多。

不过这年头又有谁真的纯粹呢？

两年前的夏天，我突然提出辞职，总监说，你找好下家了？我说没有，他显然不信，没再追问。我其实没撒谎。那时郑沐如病了，郑枞无人照料。郑沐如的妈妈邵女士正在谈一场新的恋爱，顾不上女儿和她一直嫌弃的拖油瓶外孙。我见过她数落郑沐如。把你养这么大，小时候还蛮像我的，怎么越长越像你爸，一脑子糨糊！离婚没问题，哪有空手拖着个小人回来的？在日本几年啥也没捞着，我讲出去人家都不信，谁还不是以为你拿了老大一笔赡养费回来的！

住院期间的郑沐如显得比平时憔悴，因此和邵女士多了几分相像。不知等她变成老阿姨，会不会像她母亲一样周旋于舞场，和各式各样的半老头子打情骂俏。都说三岁看到老，虽然见过少女时期的她、二十来岁的她，乃至如今三十出头恢复单身带娃的她，我还是得说，郑沐如的走向谁也预料不到。

留言看了没几页，门铃响了。我拿了外卖，把调味汁拌进凉皮，在工作桌兼餐桌上铺了报纸,边吃边继续看。

一条留言吸引了我的注意。

"真巧,我有个朋友和你一样是单亲妈妈,最近也带她儿子走了一段四国遍路。可惜她不像你这样会表达。"

这是粉还是黑?我停止咀嚼,盯着屏幕看了几秒钟,最后决定不予理会。对于那些觉得有价值的留言,我会宽宏大量地将其"上墙",显示为可见。其中有部分能得到我的回复。有时候这项工作交给青岚,不过总体来说我更愿意亲力亲为,处理留言是最亲密的与粉丝互动的行为之一,值得花时间。

一份凉皮吃完,留言也处理得差不多了。我拿起手机给郑沐如发微信:周末做什么?

前年年底,出院后仅休整了一个月,郑沐如又恢复了自由日文译者的作息。我一直觉得她不像是那种能静下心做一件事的类型,所以说一个人对另一个人的了解或者说自以为了解,总是有限。她的上一份工作是家庭主妇,再之前则是空姐。为了养活自己并抚养郑枞,她开始做从未做过的商业翻译。为的是时间相对自由,且大部分是笔译,可以在家干活。郑沐如像上班的人一样周休两天。周一至五,除了接送郑枞和简单打理家务,她都在电脑前。她讨厌打扫,请了钟点工,做饭则是自己动手。有些小孩在母亲做饭时会像个树袋熊般黏人,六岁的郑枞在这方面显出惊人的独立。给他一盒彩铅几张白纸,他就能自己乖乖待着。

遍路途中,我对他说:"枞枞,你要是走不动,你妈和我都抱不动你。"

他像个大人般说:"干妈,我比我妈能走多了。"

三年前刚认识的时候,他还是个为上幼儿园哭一整天的小不点。T恤底下的肚子鼓得像假的,大头大眼。让他喊我干妈,便直愣愣地盯着我看。

当时郑沐如甚至以为儿子有自闭症。当妈的总是愁这愁那,平白生出不切实际的忧虑。

郑沐如回微信说:周六下午小家伙踢足球,你来看吗?

我当然说好。

和郑沐如重逢是因为一场和日本艺术家合作的展览,我们公司负责媒体发布。请口译这类琐碎的工作照例是助理们的事,发布会开始前半个小时,负责口译的郑沐如过来和我打招呼。

十年不见,她的变化惊人地小。仍然是笑起来弯弯的月牙眼,长发变成了刚过耳的短发。我印象中她有颗虎牙,如今一口牙平整极了,让我疑心是自己的记忆失误。她应该也过三十岁了,面貌仍有几分学生气。

我在装作第一次见面和相认之间踌躇片刻,选择了后者。我说:"你是……杰森的?"

她眨了几下眼,像在困惑此时此地为什么会冒出她想必早已抛在脑后的前尘往事。离开上上份工作后,我听说杰森的小女友最终当了国际航线的空姐,并很快找了张"国际饭票",杰森为此颇为失落。把这番八卦传给我的人,意在表达,你看,他舍你找了个在校学生,没想到雏鸟养不熟就飞走了。

我当时是怎么回应的?总之面上一定不曾显现内心的旋涡。

不是失恋导致的失意那么简单。隔了十年,我也只能推测,那个时候,类似抑郁症的状况如野火烧遍我的全身。失眠、心悸、无故流泪、渴望自行了断,每一个夜晚都是危机重重的跋涉。

而当年那场危机的导火索就站在我的面前,带着不自知的茫然,少许惊异。"您认识杰森?好多年没听过这个名字了。"

"我以前是他的下属。"

助理过来和我确认流程，谈话就此被打断。日方艺术家发言的间隙，郑沐如将他的话翻译成中文。我不懂日语，不过也算是见过一打以上的译者，足以判断她很不错。

时隔多年，我还是为杰森默哀了一把。你以为的今生至爱，听到你的名字时，眉头上扬的幅度不到五毫米。

活动结束，日方艺术家和美术馆的人去聚餐，我们的团队继续琐碎的善后，和媒体寒暄，让速记回去发文件，查看刚拍的现场照。隔着喧嚣，我寻找那个高挑的身影，她似乎走了。会餐另有日方的熟人做翻译。正打算找助理问她的联系方式，我又看到了她，蹲在角落的椅子旁，椅子上坐着个小男孩。组里的小余站在他们旁边。

我几乎是第一时间想到，哦，那是她儿子。难道她的日本丈夫也来了？小余不干活跑那里做什么？

回过神时，我已经站在他们旁边。小余正在逗一脸不开心的孩子，说，妈妈来了呀，把脸擦干净。

男孩有张鼓鼓的脸，五官看不出他母亲的影子。脸上泪痕分明。

我说："小朋友多大了？"

郑沐如和小余像是这才注意到我的出现，前者略带窘迫地起身说："三岁。家里没人，我就把他带来了。前面还麻烦小余照看。真不好意思。"

我学郑沐如刚才那样蹲下，对男孩说："三岁是大孩子了，妈妈不在跟前就哭，可不像个男子汉。来，阿姨带你吃冰淇淋，好不好？"

男孩迅速地瞟了郑沐如一眼。我发现我对三岁孩子缺乏认知，那完全是个大人的眼神呀。包含了言和、征询和渴求。不知怎的，我觉得在男孩身上看到了杰森的影子，但这当然不可能。

知道郑沐如已和日本丈夫离婚并回到上海定居，是在重逢后两周多。我和她很快相熟起来。没理由不熟。我给她介绍口译的工作，给郑枞买玩具,带他们在城里适合孩子出入的餐厅吃饭。如果我是个男的,旁观者铁定以为我在追求郑沐如,女人做出种种示好的举动,则只会被判断为友情。

星期六,我没能和郑沐如母子一起吃午饭。昨晚发完推送又看各种公众号,熬夜到太晚。

外行人多半以为,公众号一旦做成爆款,就立即变身印钞机。我不知该把持这种想法的人评论为"缺乏想象力"还是"想象力泛滥"。不切实际的想象来自于现实经验的贫瘠,就像如今从造型到台词均浮夸不堪的都市偶像剧,稍有职场经验的人很难忍受超过五分钟。

我为了公众号付出的时间和精力,无异于独立导演制作电影,需要方方面面收集信息、考证、多角度比较、事后验证,还要尽可能多看同行们的成果。

"我不是辣妈"走的是亲子路线。类似的公众号成千上万,我这个号能脱颖而出,靠的是人设、插画和文字风格。看似随意的唠叨,偶尔呈现单亲妈妈的疲惫和怨气,更多的时候怀着天然的斗志,借此"治愈"广大的读者。

一切都是精心计算的结果。

我也随时注意其他号的推送,尽量不落俗套。世风衰颓,每天都能看到某某公众号抄了谁,有时候还是名气大的抄袭订阅量平平的,被抄的自然不甘心自己的脑力成果被人拿去变现,于是从公众号到微博乃至知乎豆瓣,掐得漫天飞灰,简直和这季节的梧桐毛絮有一拼。

我有时觉得自己是宛如独孤求败的剑客,独行在新媒体时代的浮华与硝烟中。

当然是我残存的文艺心导致的无意义错觉。

我在路上买了个面包,匆匆赶往郑沐如从微信发来的定位地址。郑枞人小主意大，今年九月就会进入一年级的他已学过绘画、小提琴和围棋，每样都是几天就厌弃了，最近说要踢球，于是做母亲的又开始新一轮陪学。

我更喜爱幼儿园小班的郑枞，安静得让人担心他有自闭倾向，看不到妈妈就开始生闷气，有时还会流眼泪，但绝不发脾气胡闹。那时他对郑沐如的无条件依赖，看得人心头一软。

四天的遍路加后面两天的温泉吃喝之旅，我得到一个结论，这个干儿子将来也就是个小白眼狼，总有一天会抛下妈妈过他的多彩人生。小小年纪，他就经常甜言蜜语地哄我。干妈，你最好了。小崽子一说这话，后面必然是要这要那。

松果也有同样的臭毛病。我昨晚发的推送是《有时想把孩子塞回去》，今早一看，阅读量两万多，不好不坏。留言倒是异常踊跃，足有近千条。看来我在文章中历数松果从小到大的诸般变化，并感慨"孩子还是在肚子里最乖巧"，得到了一众妈妈们的真心认同。

小夏有时说，茗姐，改天带松果一起出来玩吧。青岚就不会犯这种无知者无畏的错误。主要是早期我没留心眼，她在我流感发烧时上门来过。造成的直接结果是我现在对这个小助理多少有些忌惮，不敢轻易炒了她。

松果并不具有三次元的存在，他只是我在公众号虚构的孩子。是虚构，不是欺骗。我的公众号名字就已经够有诚意了不是？"我不是辣妈"。

辞职帮郑沐如带娃，可以说是一时的意气用事。那时我以为她要挂了。谁能想到她切除癌变的乳房之后，能好端端的到今天？她出院后，我从她家搬回了自己家，每天往返于两边，觉得自己像个全职不住家保姆。每到夜晚，在自己的家里，我莫名地有些想念郑枞——当然并不想念给他生命的那个女人——完全是为了排遣那种突如其来的空虚，我注册了公众号,开始以单亲妈妈的口吻,写一个叫松果的孩子,配了些随手画着玩的插画。

谁能想到,由自娱开始的公众号不到半年就火了呢。不得不感慨命运的嘲讽。

抵达球场的时候,训练已经开始了一会儿。说是球场,不过是借用了中学操场的一角。人造草坪的外沿是铺着红色胶粒的跑道,四月下午的太阳底下,慢跑者三三两两地跑过,有人戴着耳塞心无旁骛,有人不断瞥向扎堆踢球的孩子们。

我先在十几个男孩当中找到郑枞,再走近郑沐如。她站得比其他家长远,不注意就会以为她只是停下来看热闹的。

"忙完了?"她问我。

我拧开矿泉水瓶盖,咬一口面包。"忙不完。最近真是累成狗。"

"文字工作者就是这样。"她笑笑说,"我也算半个文字工作者。"

郑沐如只知道我在帮某个公众号撰文,没有问过我具体是什么。在我的身边,即便不是唯一,她也算是十分少有的,不用朋友圈的人。某种意义上,她是个缺乏好奇心的人。自从我们成为朋友,她一次也没有问及杰森的现状。可以理解为她只关注儿子,前任过得如何,尤其是被她抛弃的前任,无法在她的"想要知道"清单占据一星半点。与此形成对比的是她对育儿知识的收集癖,我通常不用自己买书,想看什么儿童心理学和教育的书,上她那里借就行。我有很好的理由借书,因为"赚稿费的公众号"与此有关。也曾试探着问她有没有订阅什么公众号,她说不爱看手机,整天对着电脑已经够累了。

我应该为郑沐如的老派生活方式感谢上天。

郑枞的个头比场上其他孩子小,跑得也就慢一截。看不出他是在追球还是在追人,不过看起来很是投入,喘息出汗,小脸通红。

我问过郑沐如,为什么没留在日本。她说单亲家庭又是个中国妈妈,怕孩子在学校被欺负。

我猜另一层理由是,同样的赡养费在中国可以过得宽裕。不过没就此问过她。

我们一度非常亲近。她住院期间,我觉得自己像她的姐妹或者母亲。接送郑枞,陪他吃饭哄他睡觉。中间趁他在幼儿园的空当煲汤送给郑沐如。她在病床上变白变薄,越来越像一张纸。我在想,我知道她也在想,万一复查的结果不好,郑枞怎么办。如果是无聊的都市剧,这时该有托孤的对话。当然没有。我们不过是新近变熟的朋友,她也不知道我辞职的理由,对她我只说是厌倦了忙碌想有个间隔年,正好有空就照顾你们一下。我猜她和孩子爸有过事务性的联络,毕竟比起孩子外婆,那个已再婚的男人更靠谱些。不知是学日语还是几年的旅居东瀛生活造就的底色,她就像日本人一样,小心地把重大的情绪和决定封存起来。

当她出院,郑枞喜不自胜。我才发现孩子是养不熟的,是谁的就是谁的。

距离那时差不多两年过去了,郑枞身上有可见的变化,从个头到语汇到性格。我的另一个发现是,小孩不像我们以为的那么单纯,他有小心机,会看大人脸色,懂得什么时候撒娇比较有用,偶尔也会忘形地玩成一个收不住的疯子。我们大人和孩子的差距,其实无非是几乎不再有那种忘形的时刻。

消灭掉简陋的午饭,我对郑沐如说,有个朋友的公司做火车模型,那种很高级的带轨道和实景的,回头也许能搞一套给郑枞。

她惊笑,"太夸张了,你会惯坏他的。"

听着并非拒绝。我因此知道将可以和玩具厂商进一步谈,说自己家放不下,可否送闺蜜家,这样松果也有的玩。

如果说接受别人的好意并将其当作理所当然,是一种可以养成的习惯,郑沐如的淡然处之并非我起的头。她念大学的时候,杰森就送过笔记本电脑名贵丝巾以及钻石耳环。杰森说,用名牌包是老女人的恶习,年轻女孩子不需要。

说这话的他似乎忘了半年前送过我一只 LV,我讨厌那个带夸张标志的设计,只用了一两回。而我和郑沐如不过差两岁。

我当时是杰森所在的 PR 公司的设计助理,一个月四千的工资,那是在北京奥运会前六年,四千的月薪不算太低。

只是,手上挎个 LV 仍然像假的。

郑楸的训练结束,他跑过来让妈妈给他擦汗,边嚷着口渴边喊我"干妈"。

"干妈,我们待会儿去吃蛋糕。"

我说好,摸摸他热气腾腾的脑袋。剃得极短的头发在掌心唤起一点痒意。我忍不住把他拉过来比画一下。"怎么感觉几天不见,又长高了。"

"没有。昨天才量过。"郑沐如说。

"说起来,你原先还怕他不会走路。现在都和大好几岁的孩子一起踢球了。"我笑道。

郑楸很早就开口讲话,口齿清晰,不带含糊的娃娃音。可能语言和身体总是此消彼长,他两岁多了不会走路,只会爬。倒是爬得飞快。

和郑沐如因为口译见面时,郑楸三岁,终于学会了走路。这些我是听他妈妈讲的。此刻,郑沐如也许在心里回顾了爬行期的郑楸,嘴角带笑说:"总算从恐龙进化成灵长类了。"

我不由得暗自感谢她,随口一说,就给了我一个绝佳的推送标题。

恐怕对任何一个公众号创作者而言,"十万+"都像高纯度的毒品,一旦尝试过,便很难忘怀那种嗨感。

虽然传播周期也就一周左右。

我们写下的是方生即死的文字,真实经历加上提纯的高光、各种风格的滤镜,再撒上大把人类情感的添加剂。鸡汤成为流行的同时,所谓的"真实故事"则是另一种流行。俗语说"干了这碗有毒的鸡汤",大众未必不知道他们在消费什么。手指点击和眼球扫视化作即时的数字,折算成金钱。货币早已数字化,成为手机里一行行记录。

有时候,细想自己的营生,我觉得自己贩卖的和收入的都是空无。

那天和郑沐如母子在咖啡馆,还发生了一件小事。

郑枞的嘴边沾着提拉米苏的奶酪,郑沐如说:"擦擦嘴。"

她很少像其他孩子的母亲那样动手帮擦,如果郑枞听见了却不动手,她不会再催。许久之前有一次也是这样,小朋友不动弹,我看不下去,伸手拿纸巾擦了,几乎在同时,我在郑枞的眼里辨认出一抹得意。那表情太过迅速和微弱,我几乎以为是自己的错觉。我不觉愕然,这真是个孩子吗?他的得意是因为得到了大人的关注,还是由于他执意不清洁自己熬到了胜利?

郑沐如在旁边淡淡地说:"你这样惯他,他只会得意。"

当妈的如此一针见血,让我越发惊愕。难道母子关系其实是一种无形的角力,需要战术才能制胜?

我把这些观察与困惑也写进了我的公众号——当然是以第一人称的叙述方式。

好像就是从那篇《多吃了几十年盐,难道我还斗不过我生的娃》开始,公众号拥有了一大批死心塌地的拥趸。留言们纷纷表示,辣老师你的总结真精辟,养孩子光靠爱可是不够,得提到战略的高度。

给公众号取名为"我不是辣妈"的时候,我万万想不到自己会被称作"辣老师""辣姐",听起来像包辣条。

扯远了。

踢完球在咖啡馆，郑枞表现得十分乖巧。听到郑沐如让他擦嘴，他抓起纸巾胡乱抹了几下嘴巴周边，腮帮子上仍有可可粉的痕迹。

我忍住了伸手的冲动。

这时我看到，在他的后方，落地门上方的玻璃窗上，一只黑色凤尾蝶一次次撞在玻璃的表面，上演着不成功的越狱。

门其实开着。蝴蝶只要往下几厘米就能飞出去，但它不具备那样的视野和智慧。

郑沐如也看到了挣扎的蝴蝶。她没有喊儿子看，侧脸上不具备表情。我陪她带娃的时候，她经常处于放空的状态，大概工作和儿子加起来过于耗神。我有时很想问她，没有和杰森在一起，你后悔过吗？遗憾的是她不是爱叙旧的人，我们之间只在第一次见面时由我的口中冒出过杰森的名字，她的表现就如同那仅是个过去的熟人，而不是买好了婚房却被她抛弃的旧男友。

新推送名为《我的恐龙男孩》，照例在深夜发出。我在第二天中午起床，看到免打扰模式的手机上有一串未接来电。郑沐如。两个助理。我妈。玩具厂商。助理们各打了不止一次。我刚把免打扰关掉，又有电话进来。仍是我妈。

以为她有什么要紧的事，没想到她只是问我五一回不回家。快两年了，妈至今不知道我辞职的事，以为我还在PR公司。我说，我们不一定放假，可能要帮客户做活动。她便开始讲她的那一套，大意是，工资再高，也不要把自己卖给公司。终身大事还是要放在心上……

我听到一半的时候连上蓝牙耳机去刷牙，刷到一半终究心神不宁，含着牙刷回来开电脑。公众号登录时需要扫码，我按指纹打开手机画面，点开微信，尚未来得及调动扫码框，一眼看到密密麻麻的未读信息，脑袋不由得发晕。自从公众号开始成为营生，微信比上班时代更成为绑在身上的魔咒。人人都在屏幕那头畅所欲言，发出商业邀约，讨价还价，赞扬或诋毁，更有各种不知何时被拉进去却又碍于情面不好退出的群——大部分被我设成消息免打扰，任凭它几百上千条未读不断增加——仿佛就是为了证明我们生活在信息冗余的年代。

有时候会怀念我还在梅姐的红茶坊做服务生小妹的日子。那时对未来最大的奢望不过是可以靠画画的技能找份坐办公室的工作，而现实中的小小奢侈则是在红茶坊对面的柴板馄饨摊吃碗加了大量鲜辣粉的小馄饨。

有一次在郑沐如跟前说漏了嘴。我感慨地说，现在外面的馄饨没吃头，多年前兰生电影院门口的馄饨摊才叫美味。她惊讶道，你不是二〇〇二年大学毕业才来上海的吗？好像那时候已经开始市容整治，没有馄饨摊了。我说，嗯，跟同学来玩吃过一次，印象很深。

郑沐如毫无疑心地说，是的是的，那家真的好吃，小砂锅煮的，又浓又鲜。我有个同学就住在那附近，以前经常一道去。

和她一起吃馄饨的并不是什么同学。我当然不至于拆穿她。

我深吸一口气，凝视手机屏幕。最上面的三条新消息分别来自一个群和两个商业公众号。什么时候我的号也能脱离个人公众号的领域，像这样单独有一个未读提示就好了。看来注册公司的事要加紧。再往下是青岚和小夏，都有三十多条。然后是大批订阅号的主入口。往下则是郑沐如。她不仅打过电话，还给我发了十九条微信。时间停留在最新一条凌晨四点，只有四个字：

　　为你悲哀

我睡一觉的时间里，这个世界都发生了什么？

妈还在电话那头絮叨,我强忍着心悸说我在忙,先挂了。挂上电话,我点开和郑沐如的对话,满屏的文字让我一阵目眩。如果说最后一条秉持了她平时微信的简短风格,那么前面的十八条留言则是破纪录地长。每条都超过一整个屏幕。白地黑字构成情感的旋涡。愤怒的,毫不留情的,字字戳心的。

我看着手机发呆。我应该能看懂她的每句话,奇怪的是文字在这一刻变成了我全然陌生的某种东西。一个个字像整齐的队列,操练着我看不懂的游行。

电话响了,十分刺耳。我哆嗦了一下。平时都设成振动的电话怎么会突然响?接着我意识到耳麦还插在耳孔里。手机显示电话来自小夏。

接起来,小夏在那头说:"茗姐,你看到我发给你的微博链接了吗?"

我茫然地说:"什么微博?"

说话间,我点开小夏的微信。她发了一连串的语音,中间有个微博链接。因为是转帖,标题只显示一半。"我的朋友被人抄了,只见过抄文抄梗抄设定的,还有这种……"

尚未点开链接,我脑海中一个个僵死变硬的螺栓像是被上了油,重新松活,而刚读过的郑沐如的句子则化作一把把尖刀,扎进头脑的深处。

> 你剽窃我的生活放在网上。三年来我把你当作朋友。我没想到你是这样的人。

在网上爆料的人,我不认识。应该是昨天踢球的十来个孩子当中一个的妈妈。也就是前几天在微信后台给我留言,说她有朋友带娃走了四国遍路和我很像的那个读者。

千里之堤溃于蚁穴，正是我的写照。只见这位所谓郑沐如的朋友，一个粉丝量不过三百的微博账号，在微博上发的爆料帖有了超过两千的转发量。不用去看，我的公众号后台一定炸了。留言和私信想必攀升到从未有过的高峰。昨天那条在我入睡时也就是发布两小时后刚过一万阅读量的《我的恐龙男孩》，此刻一定被推上了"十万+"。尽管这一次，人们看我的文章和插画的视线，将混合了猎奇与评判的目光。

我昨晚实在太过大意，画画时直接用了手机相册里郑枞踢球时的打扮。绿T恤，黑色及膝裤。微博的正义使者说，我朋友小孩的这件T恤绝无二件，请问"松果"怎么会穿了一样的？

遍路期间我给郑枞买了件橙色T恤，背后有个绿色的河童，很抢眼。当时他说，下次干妈画一件T恤给我吧，那样就是和别人都不一样的。那么小的孩子怎么会有"独一无二"的概念，我因此和郑沐如有过讨论。我说，我小时候可没郑枞这么精怪，顶多是别人有什么我想有个一样的。

后来也是偶然，去一个朋友的工作坊，发现他们的丝网印刷设备可以制作T恤，就给郑枞画了一件。墨绿色底，图案是白色的。无头鬼在玩抓娃娃机，思想泡泡表示，它想要一只笑脸的头。娃娃机里全是凶恶的丑陋的和悲伤的头，无头鬼没有头，自然也就看不到。

郑沐如对这件T恤的评语是，也只有我们家郑枞会喜欢。

郑枞对满大街的机器猫可妮兔米老鼠之类的大众卡通形象毫无兴趣。他喜欢妖怪。我给他买过水木茂的画集。郑沐如说，可能是怀着郑枞的时候读过京极夏彦的小说的缘故，尽管她并不特别中意那些与其说是讲妖怪不如说是描摹人心黑暗的故事。

毕竟是自己的设计，展示欲隐隐澎湃。在《我的恐龙男孩》中，我让飞奔踢球的男孩穿着那件绘有诡异抓娃娃机的绿T恤。画里是他的背影。我不厌其烦地精勾细画了T恤的图案。心里也不是没有过小算盘。

要是有超过五十个读者表示喜欢那件衣服,我就干脆去订制一批作为公众号的周边,也是时候开始做自己的产品了……

没想到那幅画的效果,就好像贼洗劫了银行却忍不住在墙上留下亲笔签名。

浏览微博的同时,我意识涣散地听见自己对着耳麦和小夏交代了什么。不要回应。我说。按理应该再叮嘱青岚一遍,但我已无心力。关掉微博,我放弃了登录公众号,继而关掉手机,换了身衣服出门。在地铁车厢里,我终于回过神,自己在去郑家的方向。去了又能怎样呢?我苦笑着在下一站走出去。是个陌生的站,位于地下好几层,出站的自动扶梯长得让人厌倦。我站在扶梯右侧,心神恍惚。要说我从未想象过这一刻的到来,那未免太过乐观和天真。我只是没想到,当现实中披挂的假面被他人用力撕开,感觉就像血肉相连的皮肤被扯下来一般。假面之下,血淋淋的创痛里——

并不存在我以为应该存在的,我的,真实的面孔。

扶梯尚未到头。我忽然心有所感,扭头看去。一个穿连帽衫戴棒球帽和耳机的男人在我身后几级,低着头。从我的角度看不到他的脸。我是不是在哪里见过这个人?某次在便利店隔着货架,是不是同一件藏青色缺乏特征的连帽衫?我有些慌乱,往上走了两步。

有时候,陌生人对我们来说不存在。快递员,送餐员,餐厅里的服务生,地铁里的治安协调员,街上的交通协管。我们听见他们的话语,看见他们的面孔,可是谁又能说他记得其中任何一个?

从前,我也曾经是郑沐如的陌生人。

那年我十九岁。高三毕业,没考上设计专业,家里不肯出钱给我复读,说不如直接托人找工作。同乡有人在上海的美发店,我跟着来了,做了一个多月就受不了给人洗头并趁机推销产品的尴尬套路,想辞工又不敢，休息日在街上闲走。附近一家红茶坊贴着招工的启事，店里的灯光调得暗暗的，走进去像进到洞穴。店内最亮的是吧台和两张玻璃桌面下装着射灯的桌子，那其实是某种柜台，陈列的是带繁复蕾丝的女式内衣，白色、米色、藕色，在射灯光线里闪着无辜又邪恶的光泽。我不知道那是吧台里的半老女人收藏的设计品，心想不会是奇怪的店吧。我试着和女人说我在找工作，这才得知她就是老板，来自台湾。她自称梅姐。

梅姐收留了我，连同我不知天高地厚的青春迷茫。她听说我爱画画想学设计，有一天指着一桌客人说，喏，那个男的是我们台湾有名的平面设计师，在 4A 做总监。回头介绍你和他认识，请他多指点吧。

男人半谢顶，鹰钩鼻。他对面的女孩看起来比我更小，笑起来便露出尖尖的虎牙。那是我第一次看见郑沐如，并不知道她的名字。现在回想，她那时应该是十七岁。

念高中的她每周有两到三个晚上在梅姐的红茶坊和男人约会，自以为隐秘。如果在日本，人们会用"援助交际"形容他们之间的关系。我不知道郑沐如自己如何界定她青春期的过往，毕竟我们从未谈起。我也不知道她和男人的交往是否仅限于喝茶看电影。从肢体语言看，他们相当亲密。有时男人在出门时揽着她的腰。

有一次，我趁梅姐不在，让另一个服务生看店，自己溜到对面兰生看夜场电影。在当时，那是我贫乏得看不到转折的生活中唯一的慰藉。我住在带我来上海的同乡和别人合租的房子里，和她共用一间，睡一张起床后必须收起来的折叠床。红茶坊的夜班到凌晨两点，坐夜宵线回浦西，到家三点多，进屋得放轻手脚，不然就会在第二天早上被同屋泄愤般用各种动静吵醒。上大学的想法显得遥远，越来越像是一种奢侈。我一个月挣八百元。在一九九九年，不算太坏。如果说我有不满，那么不光是对寄人篱下的生活，也是对看不到将来的迷茫。

兰生门口的小馄饨一块五一份。看完电影出来，我感到饿，坐下要了馄饨。油腻的折叠桌边已有好几个客人，一转头，我发现旁边的人是她。和老男人约会的虎牙女孩。她旁边是个年轻男人，俩人一边吃馄饨，一边聊刚才的电影。如果我仅仅是个陌生人，那么映在我眼里的她该是无比单纯和快乐的学生吧。

馄饨装在滚热的搪瓷砂锅里，我加了辣油，可能是加多了，吃着吃着就开始吸鼻涕。我没带纸巾，有些狼狈。这时一张纸巾被递到我跟前。

抬头望时，她冲我笑笑。我感到窘迫。她显然并未认出我。

我想，下次她再来红茶馆，我要说声"谢谢那天的纸巾"。很想看一下坐在台湾设计师对面的她听到这句话的表情。会不会也有一丝丝的窘迫？奇怪的是，她从此没再出现。

那个台湾男人再来的时候，看起来比过去老了一些。事实上也有几个月的间隔。他照例点了泡沫柠檬红茶。我把饮料送过去的时候问他，你的女朋友怎么没来啊？

他说，什么女朋友？

就一直和你一起来的，长头发的女孩。

他有些尴尬地笑起来说，她那么年轻，怎么会是我的女朋友？

我没有立即走开，站在桌边。他这才把视线投向我。接着，像是第一次在幽暗的店内看清了我的脸，他盯着我看了片刻。

我说，我做你女朋友好不好？

人生如同连续的赌局，我第一次扔出的筹码，得到了所谓"新手的运气"。他是个有风度的男人。在我成为他的情人的那几年里，他教会了我很多，从为人处世，到用电脑做设计。也是他在我二十二岁的时候帮我找了 PR 公司的工作，那家公司和他很熟，人事甚至没问我要文凭复印件，就相信了我在表格的谎话。

就我记忆所及,他从来没有抱怨过郑沐如——从他口中,我才知道了她的名字。尽管他为郑沐如那个不靠谱的妈妈还了一笔债,数额不菲。他一向喜欢不到二十岁的年轻女孩,后来我们分手,也与之有关。我开始和公司从香港挖过来的杰森谈恋爱,不得不说,和自己年纪相近的人交往,毕竟愉快得多。

至今我仍然不知道,杰森提出分手,是不是因为郑沐如。我们分手后两个月,我第一次见到来公司找杰森的她。应该说,是重新见到她。她不记得见过我,也是理所当然。

我的心理治疗师江云水说,在你没有把你的经历从头和我谈一遍的目前,我没法帮到你。你心事太多。你的问题很可能不是来自外界,而是来自你自身。

我也去过教堂,试图通过参加周日的弥撒缓和我日渐被蚕食的睡眠。不吃药根本睡不着。吃药睡着了,也无法避免噩梦。讲给江云水的公车噩梦,是所有梦境当中最温和的一个。更多的时候,我梦见我是尾随者。

在梦里,我走在她的身后。时间永远是黄昏。街道看起来不像现在的上海,更像是我刚来上海那几年见惯的杂乱的旧街。她走过一群男人赤膊打麻将的人行道,小心地让开正在冲水洗地的鱼贩,在水果店跟前驻足片刻,最后什么也没买,继续往前走。她穿着T恤、牛仔裤和白色帆布球鞋,长发在脑后束成马尾,背影看不出年纪,仿佛既有可能是我刚见到她的十七八岁,也有可能是和杰森谈恋爱的二十多岁,或是三十四岁的现在。她的步伐轻快,像是丝毫没有意识到我跟在她的身后。我们一前一后地走过一条条街市,穿弄堂,过马路,走人行天桥,我不知道她的目的地,兀自跟随不休。走着走着,我注意到她的影子长长地折过来,逶迤在我的脚边。我这才有所觉,转头望去,在本该是我的影子的方位,空荡荡的什么也没有。

我在电梯上又紧走了几步,差点撞上前面的人。左行右立。我移到左边,不断往上攀升。上到电梯顶上,我擦了额上的汗,胡乱看了下换乘标志,往另一条地铁线走去。当务之急是甩开身后的人,如果他真的是前几天跟踪我的那个人。

来到下行自动扶梯的顶端,我再一次回头看去。人来人往的地铁通道似乎没有那个藏青色的身影。感到心安的同时,脚下不稳,我赶紧低头。

错了。这边是上行扶梯。意识到错的同时,伸得太急的脚已经踏上第一级传送阶梯,被往后送。我惊叫一声,身后有人将我扶住了。我说"谢谢",在扶梯顶上的金属平台稳住身体,身后那人却仍然抓着我的胳膊不放。我纳闷地回头。

是郑沐如。

来不及细想她为什么会出现在这里。理智的螺栓纷纷松开落下,丁零当啷响个不停。我挣脱她的手,奔向刚跳离的扶梯口。

在我所有的噩梦里,当我转头发现自己没有影子的同时,会在稍远的地方看到郑沐如。本该被我尾随的她正在尾随我,她的眼睛像两粒没有表情的黑扣子,一动不动地盯着我看。

没有什么比噩梦成真更可怕。

也没有什么比试图跑下逆行的扶梯更艰难。

我以为我会摔倒,但并没有。中间撞到几个站在一侧的人的肩膀。人们用或谴责或惊愕的目光望着我。好不容易下到最后一层,我不敢回头看,正好有趟车来了,我不辨方位地跳上去。直到车门合上,我才长长地出了一口气。

接着我发现,这趟车居然是空的。不,并不是一个人都没有。空荡荡的车厢里只有我和穿藏青色连帽衫的男子，他坐在离我半节车厢的位置。一排排吊环在我和他之间无力地摇晃，吊环上方印着某个APP的广告。我拼命思索，车厢的桃红色应该是几号地铁？这趟车究竟开往哪里？下一站是……我看向对面的车门上方，在本该是路线示意图的地方，却不知怎么镶嵌着一面角度朝下的镜子。镜中映着仓皇的我，一头乱发。我看到，在原本是我的脸孔的地方，是郑沐如的脸。

原刊《花城》第3期

十三不靠

黄昱宁

一、B小调

那天B小调如果开着门,康啸宇说,事情就不一样了。

"B小调"是小区门口的干洗店的名字,白色亚克力板招牌上的蓝色的B被某次暴雨冲掉半截,从此成了"3小调"。整个锦绣苑的居民,甚至包括店里的人,都只管这家干洗店叫"干洗店"。这个简陋的店面其实有一个毫不相干的奇怪的名字,这事好像只有康啸宇记得。

后来再回忆那天的事,康啸宇只能从B小调讲起,它成了谈论整件事唯一的入口。你能想象,不过年不过节,也没停电,一家干洗店为什么不开门吗?康啸宇问得工工整整,带着那种在心里排练了很多遍的口气。如果它开着,康啸宇便可以把洗好的浅藏蓝外套取出来——只有它的样式和色调,尤其是那道比底色深一个色号的深藏蓝绲边,配上他的米色针织衫,才显得刚刚好。

刚刚好的意思是不太贵也不太贱，不太旧也不太新，不太正式也不太随意。那天，康啸宇坐在碧云天的包房里舀起一块蛋白蒸雪蟹，感觉到腋窝下的接缝线头紧紧绷住，处在将断未断之间。在最不该走神的时候，他在想衣服与肉体之间的关系很哲学，很尼采。他的肉身在想象中飞出簇新的白衬衫和灰正装，躲进藏在衣柜里的针织衫和那件被锁进B小调库房的外套里。他想念着衣领与脖子像拌累了嘴的早就没有性生活的老夫老妻那样自然和解，而不是像现在这样僵硬地对抗。又一层细密的汗珠从后颈往肩膀弥漫，他想象着白得刺眼的领口正被洇染成可疑的黄。

事情过去整整三个礼拜之后，康啸宇才想起去B小调。招牌上掉落的半截，不知什么时候已经找人来补上了。迎上来搭话的照例是那个喜欢在刘海上挂卷筒的女人，她的男人照例游离在昏暗的视野边缘。康啸宇依稀记得上次见到他，在柜台后面好几排真丝旗袍中露出小半张脸。现在他还是在那里，只是架子上换成了羊绒大衣。寒暄中，外套被男人小心地递到眼前，接着那男人缓缓地瞟了他一眼。这对小夫妻的分工总是格外明确，女人说话，男人配上慢了半拍的动作和表情。

弟弟回乡下办酒，女人说。杂事太多需要人手，家里紧催着去火车站，都等不及贴张告示。不好意思啊康老师，耽误你正事了？

康老师点头，再摇头。他的手在熟悉的质地上摩挲，努力忍住不去假设——在碧云天，如果穿着这件衣服，他的情绪会不会稳定一些。

他把三周前穿过的那件白衬衫交到男人手里，说能洗成什么样就什么样吧。男人的手指被各种细腻的衣料磨炼得异常敏感，一下子就捏住衣角上略微发硬的那一块。他顺势翻过面来，衬衫摊在柜台上，迎着日光灯。

白衬衫上晕开一团暗红。女人劈头就问：血？

康啸宇几乎想顺嘴说是。想象整件事本来可能滑向更失控的方向，倒也是一种解脱。他不无遗憾地否认。喝多了，那是红酒。他冲着紧紧盯着他的男人笑。我酒量不行。

二、于思曼

白衬衫和灰正装是康啸宇的老婆于思曼挑的。法国小众牌子，腰线领口肩膀都额外收窄了一分。好看就好看在这一分——于思曼从法国出差回来，两根手指勾住衣架，歪着头对他说。

确实好看。可它只有挂在衣橱里才好看。他跟于思曼争辩，说他有的是衣服可以选，说一场老同学聚会没必要穿得像是去面试，说他康啸宇的气场不需要靠一套新衣服来提升。

所以，你激动什么，我说过你气场不够吗？

就像在大学里一样，于思曼总是用一句话结束战斗，连战场都打扫干净。三十年前她过生日，毕然在她宿舍门口转悠了三个钟头，以为用一只淡绿色的文字BP机和一盒费列罗巧克力就能撬走康啸宇的女朋友。于思曼说她的数字机够用了，毕竟，要费点心思猜的事情才好玩——小毕你说是不是？是是是。小毕把礼物悲愤地撂在月光最亮的那一片草丛上，走开三十米才回头看。他一路竖着耳朵听，没有听到于思曼离去的脚步声，但人已经不见踪影。凝固的画面被一只肥胖的老鼠打破，它横穿过宿舍门口。

毕然冲过去把礼物捡起来，带走。

当时康啸宇并不在场。这一幕是通过毕然的叙述才在他眼前逼真起来的。不知从什么时候开始，这件逸事成了一道可以随时拆卸的花边，适合镶嵌在毕然出席的几乎任何场合。最新一次是在网上转发了"十万+"的短视频，剪了五分钟的TED演讲现场。在他的故事里，于思曼的婉拒，成了毕然知耻后勇、通往未来成功的第一道阶梯。在他的故事里,于思曼不叫于思曼,叫女神。

"没有女神对我关上的这道门,"毕总说,"就没有世界向我打开的那些窗。"

聚光灯下的毕总,目光和衣领一样坚挺,头发鬈曲的弧度刚好把夹杂其中的白发勾勒出精致的、仿佛刻意挑染的轮廓。他把这类演讲的要诀拿捏得恰到好处:三言两语就能带出画面的小故事,毫无理解难度的转折,几句俏皮话。基调是既感伤又昂扬的,自嘲里透着自信,励志之余不失幽默。作为锦上添花,毕总让这个故事如藤蔓般向四面伸出触须,挨个卷起再放下——女人和男人,成功与失败,新媒介与旧时光,业已消逝的诗和远方。

是的,他又说到了诗。他喜欢提醒观众他曾经是个诗人,校园诗人。他要你暂时忽略他现在的身份是一家互联网企业的总裁,下个月就要首次公开募股。他当过诗人的唯一证据是当年在校刊上发表的那首诗,后来给选进了一本书,再后来给谱上了曲。流行歌曲而已,毕总说,上不了大雅之堂。

然而,只有这首诗流行歌曲证明他们那个叫"梅花落"的诗社曾经存在过——搜索引擎的百科词条"校园民谣"在说到这首诗的时候提了一笔。那个词条甚至没有把整首诗都列出来。他们的青春,被历史封存成标本,只剩下副歌里最好听的那一句:

你挽起长发,断线缠绕其中,任凭我的风筝,倒挂在你的天空。

木吉他弹到"筝"字时空了一拍,好让歌手从容地滑个颤音。康啸宇每次在 KTV 里听到这一句,都想捂住耳朵。

三、碧云天

溅在衬衫上的红酒据说是从法国波尔多的什么酒庄里直送过来的。反正碧云天里的人都这么说。门厅总台背后，一整面墙喷绘着夕阳笼罩下的葡萄园，光影层次被 PS 得过头，色彩过渡的线条僵硬而尖锐。每次站在门厅里，康啸宇就觉得身边的于思曼成了一个陌生人，好像刚刚从墙上的画面里走出来。大片橘色光从画里溢出来，像是探出一只手，随时会把她抓回去。

在这团光里，于思曼脸上的浮粉绽开裂纹。他觉得她从来没有这样难看过。

总台小姐一眼认出来的是毕总的老同学，冲着对讲机咕哝了几个字，就把他们引到包房里。每次都是同一间有日式马桶和意式吊灯的包房，主位背后的墙上挂着《草地上的午餐》。这不是喷绘，是定制的临摹油画。康啸宇不得不承认，这一幅比他在大芬村见到的大部分马奈都顺眼一点，裸女的腿部肌肉的线条更结实。也许出自哪个缺钱的美院油画系学生，他想。白胖的女人托着下巴，侧转头俯视桌面。通常，康啸宇就坐在毕然对面，一抬头就迎上女人挑衅的目光。

一切都像被摁在某条看不见的流水线上，反复循环。每次聚会，康啸宇和于思曼总是倒数第二个到场——进门冷眼一瞥就知道还差毕然。空调总是开得太足。话剧导演冯树跟电视综艺制作人廖巍照例占据长沙发的左侧，冯树正在给廖巍演示烟斗的用法。气派要足，腔调要好——关键是，这一整套耗时费力，你的注意力全在仪式感上，实际上并没吸进多少，肺里也就攒不下尼古丁了。

廖巍直摇头，说我们的工作节奏可不能这么玩——我琢磨过，最多试试电子烟。说话间,他一抬头看见康啸宇,说老冯你可以跟老康切磋切磋,他有的是时间。哪里哪里,康啸宇说,我也瞎忙。

长沙发的另一侧,米娅和苏眉抢着给早年离婚之后便一直单身的邵岐山看手机里的照片。也只有小邵(他就算头发已经秃了大半也还是小邵),才有耐心在她们俩之间周旋,每次都能想出新鲜的赞美角度——两个女人一共有分布在不同年龄段的三个孩子,一条狗,两只猫,一大缸热带鱼。

几乎在同时,米娅和苏眉眼角的余光扫到于思曼,刚才忘形地垮在沙发上的中年妇女的臀和腹,顿时像被按了开关似的绷直。米娅左腿略略弯曲,顺势虚跪在沙发角,右腿站直,左手拽住披肩裹住腰,右手亲热地揽住刚刚走到她身边的于思曼的肩膀。

小曼你真是哪哪儿都没变,就像薇薇的姐姐——不对,你跟薇薇就像双胞胎。

总得有人扮演称职的闺密,康啸宇想。在这场游戏里,苏眉的反应永远慢半拍。

刚降过一波温的暮秋,露台上已经不太能站脱掉外套的人。康啸宇却还是径自往露台上走,任凭江南的湿冷像纤柔而阴险的虫子,往关节的缝隙里钻。按照毕然的说法,他之所以喜欢在碧云天召集饭局,就是看中了这间包房的露台。康啸宇知道一定还有别的理由,但他宁愿相信毕然的说法。

他也喜欢这露台。尤其是夏天傍晚,这里直到七点还不会暗下来。倚在露台的木椅上,眼前全无遮挡,你会觉得整座城市都热得卸下防御,迎着你,在所有的秘密上都掀开一个角。而你也热得失去了斗志,懒懒的,甚至不必看清它们。凭着夏夜的能见度,往东北方向你能望到高架桥上的车流堵成一帧静止画面(一格一格的色块就像于思曼抽屉里的眼影盘),想象着下班路上的疲惫的人们困在里面听着车载空调发出越来越响的嗞嗞声；往西北则是这座城市近郊别墅区的起点，最早买得起别墅的那群人都住在这里。你会再次惊讶于自己对生活的麻木，那种近乎发甜的麻木。

于思曼跟出来，在露台栏杆边站定。她没有看康啸宇，嘴里却在跟他说话。今天就算了吧，她说，来日方长。为什么算了？康啸宇说，我们早就讲好了怎么能算了？你的毕总帮了我们大忙，这事儿不表示表示我就不要在同学圈里混了。

表示也不用现开销吧，倒有点显得我们小气了，不像见过大世面。于思曼的语气有点急，甚至没时间计较毕然为什么成了"你的毕总"。

我见过的世面是不大，不过一顿饭总还请得起。康啸宇知道自己在偷换概念，可他就是忍不住。你放心，康啸宇的头侧转过来，盯着于思曼的眼睛说，我分得清好歹——薇薇的事，我一定得谢谢他。

于思曼想说你又不是不知道碧云天根本就是毕然自家地盘，在这里买单是他的权威他的享受，但以她对康啸宇的了解，几乎立刻就想象出他会怎么反驳她。难道你想揣着这份人情，藏在抽屉里，压在枕头下，以后单独还给他？昨天晚上，他就这样质问过她。

你真无聊。于思曼一摔门，跑到隔壁去检查薇薇的奥数题，整晚没再跟他说过一句话。

包房里一阵喧嚷。毕然那训练有素的声线，带着悦耳的共振传过来。来晚了，开好酒，必须是好酒。八八年的其实评分不如九二年的，不过也算拿得出手，今儿一定得开几瓶——毕竟要凑个三十年嘛。

怎么，你们都不记得了？

四、梅花落

三十年前，也是在深秋，梅花落诗社成立。毕然宣布这个答案的时候，稍稍凑近玻璃醒酒器。整个包房的人都能听见他吸了一口气。

再醒个两分钟差不多。毕然微微点头，两根修长的手指下意识地在桌上交替叩击。米娅说不止三十年吧，明明在那年春天，老康老范他们，已经开始挑头拉场子了。以前的我不管，毕然一边说一边示意服务员给米娅倒上第一杯酒，我是在快要入冬的时候才混进来的。只有人凑齐了才算正式开张，是不是？

是是是，来来来，大家走一个。还是老康爽气，第一杯就见底。今儿这开局不错。一醉方休，一醉方休。

苏眉开始小声计算，那些年整个师大里究竟成立过多少诗社，有几个算是过了明路，能在社团联申请到经费。邵岐山用牙签挑起一只醉花螺，嘿嘿一笑，说我们这些人，没给一百多号人的春风拉去打杂，可见耳根都不软。

春风是师大的招牌，是高校联合赛诗会上的明星。那时候，在春风里出名的男生毕业了都不舍得走，他们去食堂不用带菜票，去小礼堂不用排队抢那些皱巴巴的跟菜票长得很像的录像券。那时候，女生从牙缝里省下的零花钱，可以在食堂里换一碗菜肉大馄饨，看诗人吃下去，也可以到小礼堂里占两个能看清莎朗·斯通大腿弧度的座位，或者买春风油印的诗集，在某一页留下几滴灰黄的泪痕。

这三十年，梅花落的聚会，提起梅花落的次数，似乎还不及提起春风多。在他们的回忆中，春风渐渐成了一个类似于传销组织的地方，尽管他们在师大念书的时候根本不知道什么叫传销。他们用"下线"来形容那些分布在各个系里的春风分社，说那些把菜票分一半给诗人的女孩子都是"脑残粉"。这叫《爱的供养》，苏眉说，顺势哼起了那首歌，甚至逼真地模仿出偶像歌手轻微的、奶声奶气的走调。米娅哧哧地笑，说，你确定你没有供养过？

我没有,我们梅花落不搞这一套。于思曼懒懒地注意到,苏眉讲这话的时候,瞥了康啸宇一眼。早十年,苏眉的眼神会成为她和康啸宇半真半假的争吵的调味剂,于思曼会笑着说苏眉不是不想养你而是没养成。现在,别说眼神了,哪怕苏眉趁着醉意揽住康啸宇亲一口,于思曼也懒得激动了。她只会觉得无聊。

站在春风的对立面,梅花落在他们的回忆中出淤泥而不染。他们说他们才是真正的民间社团,跟学生会没有一点儿瓜葛,成员来自不同专业。他们从成立到解散只有三年,"全盛时期"只有三十几个人——因为他们宁缺毋滥,只有那些肯用自己的脑袋思考的人才能入伙。他们宣布,他们才是——至少曾经是——真正的理想主义者。小邵说,诗歌的唯一灵魂是自由。他的脸不知道是被酒上了头,还是被这句话憋红的。两分钟前,他还在跟米娅打听投资移民新西兰的事情,冷不丁冒出这样一句话,就像是往面包里塞进一团芥末。

照例,毕然娴熟地化解了突兀。他说他今晚推掉三件事,有个什么会现在还没结束,可他抬脚便溜。什么都能推,这个局我不能不来——我哪次不是这样?他的眼睛在镜片后闪烁。我们是什么交情?我们这一代,事业、感情、钱、性,哪一样不是用血肉之躯去滚一滚,才滚明白的?

毕然似乎真的动了感情。这是精神家园啊各位,他说,安放灵魂的地方。灵魂之外,都是场面上的事。场面是场面,灵魂是灵魂,不能混为一谈。康啸宇想,在他认识的人里,只有毕然能在说这样宏大的词语时,不惹人讨厌。这是天分。

在这样的饭局里,所有的话题都是对"世风日下"的延伸和变奏。他们已经到了这样的年龄:一切好事情都发生在以前,发生在那个初心尚未消逝的原点。开始总是好的,比如春风,然后就渐渐地走了味串了调。初心碎裂,渐渐溶蚀在岁月中。碰巧(天知道为什么那么巧),这一桌人都是例外。就好比,当中年的油脂像一大块漂浮在海面上的冰山一样飞奔而来时,他们恰巧都不在那艘大船上。

通常,话说到这里,便是饭局气氛最愉悦的时刻。一桌人暗暗分享着集体构建的优越感,各种轻巧的段子在空气中友好地摩擦,你看到火花照亮刚刚洗过的牙齿表面。春风,多么平庸的名字,简直从一开始就预示了必将流于庸俗的结局。想当年,我们的"梅花落"可是郑重其事,投了三轮票才选出来的。

康啸宇记得那次投票,记得在最后一轮里于思曼怎样把他们俩的票都折成鸟的形状。"兰波"和"叶芝"都已经在前两轮给淘汰了,只剩下"梅花落"和"草生长"。于思曼说,"没有人看见草生长"当然不错,但那是外国人写的啊。在帕斯捷尔纳克和张枣之间,你感觉不到那种,嗯,那种微妙的、发自血缘的倾斜吗?

只要想起一生中后悔的事,梅花便落满了南山。康啸宇念了好几遍,最后在于思曼的凝视中把票上的草改成了花。八比七,梅花落险胜,于思曼在回宿舍的路上踮起脚尖献上骄傲的初吻。她的睫毛在鼻翼两侧投下阴影,牙关紧闭。慌乱的康啸宇只能打着哆嗦在她嘴唇表面来回蹭。

康啸宇被三十年的时差震得微微晕眩。毕然的朗声大笑仿佛隔了一堵墙隐隐透进来。投票那会儿,毕然还没有加入诗社,却总是能把这段历史描得栩栩如生,巧妙地融入他的演讲素材。他说不让一生中后悔的事情堆积成负能量是何等重要,他说落满南山的梅花是我们心底里最柔软的净土——但你不能陷进去,要不净土就会成为沼泽。他说着说着语速越来越快,突然一个急停,把一个温暖宽厚的微笑抛向康啸宇——你瞧,我又拿陈年旧事来班门弄斧了。我差点忘了,我们这些人都是文艺的逃兵,只有你康老师才是专家。

五、新文艺

在康老师的圈子里，说专家就跟骂人差不多。至少康啸宇的眼前会马上浮现出《新文艺》杂志开研讨会时，迎来送往的那些老面孔。他们签到，接过一模一样的环保袋，拿出其中的信封塞进公文包里，然后把环保袋留给自己的老婆买菜。你很容易判断专家们的资历。年轻一点的从会一开始就把手里的材料翻出响声，用铅笔在白纸上奋力记录着什么。他们熟练地察言观色，计算着什么时候接过话筒才算既得体又不浪费——会开到三分之二以后，媒体通常会走得一家都不剩。越是资格老的，越是不需要掩饰自己并不怎么熟悉会议的主题。书好不好，电影行不行，画高级不高级，我不用看，闻一闻就知道——真正的专家都这么说。

康老师相信自己跟他们不是一路人，却拿不出有力的证据。用于思曼的话说，康啸宇既不是缺少才气也不是毫无运气——他就是眼神差，看不准。看不准别人，看不准自己，更看不准形势。刚毕业那会儿，高校清汤寡水，只有他傻乎乎地选择留校，一边念秦教授的硕士，一边当助教。秦教授北上发展之前，招呼他到家里来吃饭，几次欲言又止，到底没说出什么来。他知道，这一走，康啸宇必然被系主任视为老秦留下的外人——剪掉他就像剪掉一枚根本来不及长硬的翅膀，只是举手之劳。

即便如此——于思曼站在时间的瞭望台上指出——只要再忍两年，也许一年半就够了，全国高校的大规模扩招就开始了。在师大，一毕业就留校，一留校就有课教的好时光，早就是过了这个村没有那个店了。如今，没有海外名校的学位，没有一点拿得出手的项目，你都根本不好意思往学校递简历。相比之下，系主任的态度又算什么呢？事情是会变的，主任是会老的，小鞋穿着穿着，说不定是会渐渐合脚的。

这两年，于思曼喜欢研究心理学。她说康啸宇之所以总是把一手好牌打烂，其实是受到了强烈的负面心理暗示的影响。康啸宇当然不承认，可他没法解释自己身上怎么会出现那么多巧合。从师大投奔出版社，三年就当上了总编助理，这明明是个进可攻退可守的良好开局，怎么会转眼间就给逼到了阴暗的墙角？他上任以后签的第一个字，怎么会偏巧卷进一场出版事故？

小康啊你听我说——社长的眼神看起来就跟秦教授一样闪烁不定——我知道这事跟你没关系，可是你这总编助理没有级别，背个处分没有实质性影响，过了这阵风头，社里的后备干部还不是我们说了算？

话说到这个份上，他康啸宇还能有什么选择？后来，当他给调到社办期刊《新文艺》当编辑部主任的时候，还宽慰于思曼说这样也好。最起码，文艺，新文艺，难道不是我们最喜欢干的事情吗？于思曼没有回头，对着镜子卷睫毛，照例用一句话结束战斗：文艺这种事，一旦从纸上跳下来，我就不喜欢了。

社长的许诺只是说说而已，这个康啸宇知道；踩空一步，上升通道就会在你眼前缓缓关上门，这个他也知道。他没有料到的是科技的力量。他不知道他接手《新文艺》的时候，四五个人尚且能自负盈亏的状况，将是这本双月刊在未来十年里的巅峰——然后，就只有走下坡路的份了。

现在轮到于思曼来宽慰康啸宇了。如今哪有杂志不走下坡的，上坡的是他们新媒体。你们社办期刊虽然没有政府资助，好歹有出版社罩着，只要开源节流不进人，要混总能混得下去。康啸宇被于思曼的善解人意打动，顺便接受了她话里的潜台词：他已经过了可以另起炉灶的年纪。然而，紧接着，她一转头，压低嗓门，手指向客厅。

《土耳其进行曲》。钢琴八级曲目。康啸宇凝神听了半分钟，这一段薇薇竟然没弹错，但音符与音符之间那么拥挤，像一串互相牵绊的回形针。

其实没钱我不怕,我对生活质量没什么要求。包裹在于思曼言辞之外的那层温热还来不及消散。只要不委屈了薇薇就行,她说。

六、康采薇

三岁那年冬天,康采薇得了支气管周围炎。他们挂专家门诊,看着医生在空中比画支气管的形状,说抗生素根本渗不进那些纤细的末梢。也没什么大事,就咳嗽,总有一口痰瘀着,萎靡不振,有事没事儿来点低烧,哪天高烧发作就来挂个水。医生说得就像吃一顿火锅那样简单。

那个阴湿的江南的冬天,构成了康啸宇的一道认知门槛。跨过去,他便再也回不到那种连成一片、无须割裂的时态中。于思曼在中法合资的化妆品公司里上班,请假不容易。所以每天清早,康啸宇起来熬中药,用盐蒸橙子,用冰糖炖梨。这几种东西的气味混在一起,钻进他们家每一面墙纸的纤维,隔了好几年似乎还没挥发完。薇薇亢亢地咳,咳到他的肺也跟着痒。于是他也咳,咳到薇薇笑起来,脸颊和鼻子一阵潮红。

爸爸我要坐小火车。车头上有米老鼠的那个。

薇薇听话,外面风大,过两天咳嗽好透了再出门。

某个风不太大、咳嗽不那么揪心的礼拜天,他们再也找不到拖延的理由。被两条大围巾裹得只剩下眼睛的薇薇,站在好容易露脸的太阳底下,看着街道公园里,原来跑小火车的地方,变成一块空地和一张贴在老树上的告示。整修,翻新,迁址。告示末尾甚至还很有人情味地画了个笑脸,向孩子们承诺那只盗版的米老鼠只是暂时消失。

昨天,昨天还有的——薇薇的鼻子皱起来。上次来是一个月以前的事啦,爸爸纠正她。薇薇的嘴在两层围巾底下一张一合。康啸宇想,在孩子的世界里,一天,一月,一年,都差不多。

当天晚上,于思曼睡不着,把已经进入迷糊状态的康啸宇推醒。

你看到薇薇的脸吗?/我光顾着把她抱起来扛肩上了,肩膀疼。/她趴在你肩膀上,大眼睛瞪着我。/你看到了什么?/看到失去。/长大了就好。/我还看到了我自己。/什么意思?/这只是个开始。/什么意思?/她还要面对很多失去,很多很多。/睡吧小曼。/那些一个招呼都不打,就从眼前消失的人和事,出现在我们身上就够了。/睡吧。/你懂我意么康啸宇?

康啸宇似懂非懂。他想,于思曼懂就够了。于思曼是个行动派,她勇猛地冲在前头,替薇薇开疆拓土。所有尚未发生、但于思曼认为必须发生的事,都被她默默地圈进了薇薇的城堡。她要用现在时的占有——哪怕只是假想的占有——抵挡将来时的失去。

钢琴课是"你们文艺界"的事,所以康啸宇必须从音乐学院里找个老师来。少儿剑道在"我们时尚界"(你们不是化学界吗?——康啸宇问她)很火,所以这事儿于思曼自己来解决。然而,三年前,他们发现小升初是一项复杂的系统工程,是重中之重,是压在城堡头顶上的一大团乌云。他们谁都没把握。

直到上星期,康啸宇才知道于思曼私下去找过毕然,并且拿到了那张据说在黄牛手里值十二万的附中入围表。入围表只是第一步。毕然告诉于思曼,程序总要走一走的。他说,我能保证的是,这张表会在合适的时间落到合适的人手里。

靠不靠谱啊,你的毕总又不是教育界的,康啸宇咕哝了一句。有本事的人不分什么界,于思曼稳稳地回答。

千真万确。坐在碧云天包房里的人,都懂得这个道理。这几年,打着梅花落旗号的聚会,常常在开始上热菜之后渐入佳境。平均速度是办一件事上两道菜。康啸宇算给于思曼听,被她翻了个白眼。你就知道说怪话，吃吃喝喝就把事情办了有什么不好？非得像你们似的，动不动开一下午会，最后的结论是"后现代语境里的现代性迷失"？我就不信你们真的知道自己在说什么。

廖巍就知道自己在说什么。他手里的一档新综艺，在上一次饭局中敲定了毕然的"深度加盟"。深度既体现在创意上，也体现在资金上。第一期要是踩不上我们IPO的节奏——等不及毕然说完，廖巍就把手里的酒一饮而尽，咣当一声撂在桌上——哥们，那不可能发生。

苏眉和米娅停下窃窃私语，单手支住下巴看他们。她们脸上渐渐舒展开这样一种神情：仿佛额头刚刚被魔术师柔韧的指关节扫过，她们先是惊讶，再是入迷，终于羞涩。

康啸宇熟悉这种神情。女人喜欢轻巧整洁的事物，喜欢一个问题只有一种解决方案，喜欢一群人里只有一个核心，喜欢天下万物给打成精致的包裹，装进一场饭局，或者一本诗集。三十年前，他在苏眉、米娅和于思曼脸上也看到过这样的神情。那时，诗歌是整个世界的灵魂，而他康啸宇是梅花落的核心。至于毕然，至于他那首《风筝》——康啸宇摇摇头，想把那讨厌的旋律甩出去。

七、风筝误

《风筝》是梅花落的万年梗。它适合出现在饭局的任何时间，适合匹配任何微妙的情绪。骄傲、自嘲、怀旧、揶揄，都可以有一点儿——也可以一点儿都没，只是偶尔冷场时小邵吹起的一句口哨。苏眉说廖制片你做这新节目缺不缺主题曲啊，于思曼便飞快地接口——上《风筝》啊，就让《爱的供养》的那位唱，流量够不够？

毕然顺着话音朝于思曼看了一眼。虽然不露痕迹，康啸宇还是在其中捕捉到了某种无处安放的亲昵。于思曼没有告诉他,她私下去找毕然是在哪一天,在怎样的环境里。他没有问她,除了附中的表格,他们还有没有聊点别的,毕然是不是像电视剧里演的那样,极力压制伤感和得意,问她——你后悔了没有?

然而康啸宇无法遏制想象。想象这样的画面,让他既厌恶又兴奋——尤其是当他穿着这样一套僵硬的、让人忍不住出汗的新衣服。他的意识飞出身躯,用毕然的眼睛看于思曼,把曾经的仰视变为满含怜爱的俯视乃至逼视。最后,这问题甚至穿透了思曼的身体,像一支不屈的箭,射向更深处。他使劲看,看见更深更远处,站着一个模糊的人影。那是三十年前的康啸宇。

你后悔了没有?

没有。我有什么好后悔的?三十年前,我就知道诗不是为了被看懂而写的。苏眉说康啸宇将来一定会比海子厉害的时候,她看懂我了吗?她知道我从来不读海子吗?她知道我写"树林另一边是哪座校园,倒影在河水中四分五裂",是在向艾略特致敬吗?那时她连《荒原》都还没听说过。

于思曼也许比苏眉懂一点儿。她对我说,让我亲吻写出这些字的手。她的膝盖慢慢弯曲,我的手指微微震颤。她不让我把手举起来,而是跪在地板上,嘴唇从我双手垂下的地方,向上,向下,向内,向四面游走。我的裤子潮热得像东南亚的红树林。这一刻凝固在我的记忆里。我越来越无法肯定,让她跪下的,是我,还是我写的那句"我们都是被历史除不尽的余数",或者仅仅是她喜欢自己臣服于文学的姿态——那时谁不喜欢这样想?

我不后悔。去年我跟于思曼说,如果《风筝》是我写的,你怎么想?我说,你想想,除了《风筝》,毕然还有过什么作品?他进诗社以后就光顾着跟别的社团搞公关了。于思曼鼻子里哼了一声，低头继续刷手机，过了一刻钟才抬起头，说康啸宇你不要编这么劣质的故事好不好？那怎么可能是你写的，它的意象那么直接，结构那么简单，它那么浅——有几句，甚至还押了韵。

也许，最了解我的那个人，是毕然。他不晓得用什么办法，从外文书店的仓库里弄来一本烟灰色布面的英文版《荒原》，说要我把他弄进"你们那个诗社"里。他不稀罕春风，他说我不会写诗但我知道什么是好诗你的就是。他说跟着我混就好像跟着艾略特混——这话没法更假了，但是假得讨人喜欢。他说他想进诗社是为了泡妞这话固然没错，但他会认真地泡毕竟他做什么事都很认真。他说你们的章程规定要交一首诗，最好能发在校刊上，拜托你拿一首最差的给我就成。

《风筝》是我最差的诗，差到我写完以后就扔在一边不好意思给于思曼看。它就像一张甜俗的有酒窝的脸，贴上用玻璃纸剪出来的眼泪。毕然拿到《风筝》的第一天就把它背出来，此后的人生他将无数次背诵它。他读得那么好听那么真诚，让我怀疑这首诗本来就是从他皮肤的某个毛囊里生长出来的，混在他浓密的毛发中，只不过借助了我的手——被于思曼亲吻过的手——才落到了纸上。

我们从来没谈论过这件事。我是说，把《风筝》交给毕然之后，我就再没有跟他提起一个字，交换过一个眼神——即便在它被写成歌之后，即便在它把他塑造成带着一长串定语的"代言人"之后。

八、代言人

米娅从包里翻出的《新贵》杂志上，毕然又当了一次代言人。这回被他代表的是"华丽转战商界的八十年代诗人们"。整整四页的专访配上一组在布达拉宫前拍的大片，毕然双手拇指托住下巴，其他手指并拢成三角支在鼻梁上，像是在冥思，也像在祈福。在酷烈的日光下，毕然脸上的皮肤依然光滑，显然是后期处理过度磨皮的结果。

IPO前最后一哆嗦了，毕然说，最近出镜率是有点儿高。大家忍着点儿哈哈。

我以诗人的身份旅行。诗歌也有与社会对话的能力。守住诗意就是守住底线。小邵把小标题轮流念了一遍，放下杂志，说毕总你这人设扛着这么大一家公司，我看着都累得慌。

话也不能这么说……毕然舀起一勺嫩豌豆，作势要讲出一番内幕，话到嘴边又似乎觉得没什么意思，于是原路折返，跟豌豆一起咽了回去。稍事整理后再吐出来，便字字都是场面话了。

企业形象。新媒体特性。成熟稳健。文化底蕴。团队精神。组合拳的第一套打法。传播路径的蝴蝶效应。渐渐浓厚的酒意把一个毕然变成几重略微分离的影子，把一大段演讲分割成一串关键词。

然而康啸宇还是在其中捕捉到了老范的名字。他听到毕然的男中音突然往下沉了三度，那种熟悉的先抑后扬的高潮前奏仿佛从远处隔着山隔着水传过来。他听到每个人都在发出一些声音，好像生怕保持沉默，就会掉进哪个时间的黑洞。

老范如果在 / 他在多半就不会在这种馆子里 / 也许烤个串 / 也许上谁家 / 他哪一年不见的 / 不就那几年吗 / 再来一杯 / 那几年日子都连一块全过糊涂了 / 那时候人人都没钱 / 那时候谁想过没钱也是个问题 / 干 / 我还存着一盘他的拷带 / 《迷墙》/ 平克·弗洛伊德？ / 你运气好啊他不肯借给我 / 我偷的从他宿舍里 / 有人在匈牙利见过他 / 酒是真他妈的好酒 / 最后的消息是 / 哪有什么最后 / 有人说他死了你信吗 / 反正我不信 / 我老觉得他在哪里逍遥 / 咱俩还没碰过 / 远远地看着我们 / 这杯我

先干为敬／就远远地看／偷着乐那种／我半夜里醒来／觉得应该还给他／别装了现在上哪里去还／我没装／我他妈每年听一次听到磁粉全没了录音机全扔了还是没听懂

每一场中年人的饭局里总会有一个早逝的名字，或者不知下落的故人。他永远横在他们中间。人们既不能不谈他，也不能多谈他。他渐渐成为一个抽象的符号，一道屏障，替所有人挡住了噩运、愧疚，以及生活的其他可能性。吊灯的光打在《草地上的午餐》上，康啸宇觉得那白胖女人的眼里多了层雾。

这场大合唱直到鱼子酱端上桌，才停下来。

九、鱼子酱

某些角度看是灰绿某些角度看是亮黑的鱼子酱，凝结在面包片上，面包片躺在纯白的、反射着吊灯光影的瓷碟上。每人一碟，外加一勺酸奶油。这是碧云天新到的一批野生黑海鲟鱼子，不是顶级的可以上拍卖行的那种大白鲟，但一口下去也得上千。

破费了，邵岐山冲着毕然的方向说。

哪里话，千金难买高兴，何况是咱们这些年过半百的。一家人不说两家话，我这年纪在这种企业里，你们懂的……最后一搏啦。

是是是，敬毕总。敬梅花落。敬三十年。

等等——毕总放下酒杯——鱼子酱怎么能搭红酒。香槟也不行。那是法国人的玩法，太温顺。一定得上伏特加。又去腥，又提鲜，就那种在你舌头上引爆炸弹的感觉。太刺激了。

康啸宇并不觉得鱼子酱好吃，但伏特加入口的一刹那，他觉得整个口腔，从牙床到喉咙，都如过电般酥麻。黏稠的鱼子酱便是这麻木中的一团火焰。他的酒量本来就很可疑,再加上刚才灌下了太多红酒,于是这一杯伏特加迅速占领了中枢神经。

他知道他很快就要醉了,他知道他的醉态通常是最窝囊的那种,不吵不闹只是像一团橡皮泥那样瘫在桌上。这可不行,他想。他要趁着还没死过去,把事儿给办了。他觉得他能看见自己的肾上腺素飞升,被鱼子酱点燃。

墨绿色天鹅绒旗袍刚在门口一闪,康啸宇便站起来。安妮塔,他听到自己口齿清晰地叫住她。

十、安妮塔

安妮塔是碧云天的公关经理。她熟悉这一桌人的名字和身份,记得在临近他们生日的时候准备好蛋糕和蜡烛。以前冯树悄悄跟康啸宇说,安妮塔是怎样一种女人呢——她可以一次性坐在两个男人的两条大腿上,但每个男人都觉得她的分量是压在自己这头的。

不过,当然,冯树眨眨眼睛,安妮塔归根结底还是毕总的人。毕然在碧云天里有股份,总得布个子在局里才安心。像安妮塔这样耳聪目明的,人不怠慢一个,话不啰唆一句,最胜任这样的角色。康啸宇喊她,她毫不迟疑地过来寒暄,眼睛却不忘匀一道余光投向毕然,像是他们少年时代听无线电短波时努力拉长的天线。

今天这一局,我请。康啸宇本来打的腹稿是要先兜个圈子讲句俏皮话的,舌头打了个转,心一横便直奔主题。他一边说,一边欠身离座,与安妮塔迎面而立。

呀,康主任发达了呢,安妮塔笑得软糯,尾声带着恰到好处的装饰音。

一家人不说两家话。梅花落是在我和老范手上开张的，庆祝三十年不吃我们吃谁的。老范那份，我替他付。

周到，康主任的礼数最周到。哈哈，您说是不是，毕总？

毕总的脸色渐渐严峻起来。他的手举起又落下，嘴里的说辞在"老康你喝高了"和"规矩岂能说破就破"之间来回切换。他慢慢察觉老康是来真的。老康那白得刺眼的新衬衫的领口，正被汗水洇染成可疑的黄。毕然用眼神向安妮塔宣布，现在不能来硬的——养兵千日用兵一时啊安妮塔，你自己想辙。

桌上所有的人都放下了筷子。鱼子酱和伏特加的气味悬浮在半空。于思曼坐也不是站也不是，半个身子支在桌上，近乎哀求地低声叫康啸宇的名字。他没有看她。

康主任大手笔。安妮塔突然挑高嗓门。佩服佩服。这单谁买不是买啊，今儿我做主了。您跟我来，我们办张卡。

什么卡？本来已经拉开架势准备抢单的康啸宇愣在半空。

安妮塔凑近一步小声说，我给您算算，这一顿消费够我们至尊 VIP 的标准了。就算您不在乎这结结实实的折扣，下一回自己来消费也方便。您说是不是？

十一、云生活

银色卡上浮着两朵云。"碧云天餐饮股份有限公司"的字号缩到最小，"云生活"和花体英文 A walk in the cloud 放到最大。背面五六条细则，康啸宇一眼瞥见了八点八折和满两万送选定酒水。填表，复印身份证，安妮塔指派收银员干这干那，节奏不紧不慢。末了，她把卡嵌在皮面账单夹里，微笑着递给康啸宇。

康啸宇里外翻翻,账单夹里只有"云生活",没有账单。

什么意思,安妮塔小姐,我带了三张信用卡,可以随便刷。

您是我们的贵宾,刷脸就成。

我不懂。

毕总要我谢谢您的好意。这点小事就不劳您牵挂啦。已经记在他账上了。他发我微信了。

总台贵宾雅座的空调开得太热。汗水从康啸宇的领口、额头同时往外冒。他想盯住安妮塔的珍珠耳钉定定神,却觉得那一团亮白的边缘不断扩大,像一颗正在融化的奶糖。

这算缓兵之计吗安妮塔小姐?如果我刚才不在乎你们的八八折,是不是这单也就抢成了?

这个——安妮塔左手下意识地拂一圈耳边的鬈发,奶糖顿时被揉搓得失去了形状。真要那样的话,确实会给我增加点难度。不过这账单您真别往心里去。您想想,您现在回去,实际上跟已经买了的效果是一样的。我认为是您买的,大家也都认为是您买的。您还办了张"云生活",下回可以自己来玩,什么都不耽误。

康啸宇想大吼一声——重要的不是你认为也不是大家认为,是我自己认为。但安妮塔已经引导着他往回走了。他又一次把话咽了回去。

在碧云天,在梅花落,这将是康啸宇最后一次把话咽回去。

包房里的人像迎接凯旋的英雄一样迎接他。冯树拍拍他肩膀,说三日不见当刮目相看——你连个招呼都不打我目都来不及刮啊。毕然双手抱拳说让老哥破费,我择日回礼。一丝别人不易觉察的苦笑爬上于思曼的嘴角。康啸宇觉得毕然和于思曼的表情,在某条看不见的轴线两侧,是对称的。

安妮塔斟满一杯伏特加敬康啸宇。他几乎是一把抢过来,一饮而尽。在众人的连声赞叹中,康啸宇突然大声说:安妮塔,当着大家的面,我们把账算算清楚。

安妮塔勉强挤出一丝慌张的笑。您别开玩笑——账清清楚楚，全结了。

康啸宇把钱包往桌上一甩，打结的舌头颠三倒四地往外吐字。他开始一张一张地报信用卡额度，问安妮塔够不够。说我就要付全款千万别给我打折。他说我的钱是不是钱我的诗是不是诗，是不是？这三十年你们谁觉得过明白了？哪一个上天入地，站在老范面前，敢说自己过明白了？谁这么想，谁就他妈的给我站出来。

于思曼试图拦住他，拽了两下都被他甩开，最后只好坐下来叹气。毕然愣了半天还是觉得只有他能控制局面，于是艰难地站起来，沿着圆桌走过来。

桌上还有瓶红酒剩了大半。康啸宇说到第三遍"站出来"的时候，抄起瓶子砸在桌角上。红色。于思曼的一声呜咽。亮晶晶的反射着灯光的碎玻璃。

十二、碎玻璃

玻璃成为事件的焦点。

警察取走了攥在康啸宇手里的半截瓶子，瓶颈下的玻璃碴龇牙咧嘴，宛若凶器。安妮塔和毕然都被人送到医院里做了全身检查，毫发无伤。警察拿到体检报告才放人。警察对来领人的于思曼说，你家这位，耍完酒疯倒头就睡。拘留三天，睡足一天半。剩下一天半，我们要批评教育，他就瞪着我们唠叨三十年前的事。

三十年前，是不是有人偷了他的什么东西？

康啸宇说他忘了这顿饭，忘了那个瓶子，只知道从此看到碎玻璃就晃眼。有人在微博上传那张照片时，他的第一反应是在拍电影，演员都脸熟得很。

画面上的康啸宇，青筋迭暴，嘴角上扬，像是在强忍一个笑，直到忍出内伤。安妮塔双手护住大半张脸，半根眉毛露在外面。画面上最清晰的反而是位置靠后的毕然，拍摄者坚决地在他的鼻梁上对实了焦。

照片匿名流出，无从考证拍摄者的身份。于思曼依稀记得从康啸宇大叫大嚷开始，包房门口就有人过来看热闹。碧云天十桌有九桌是商务宴请，在门口一眼便能认出毕然的圈内人不在少数。以照片的抓拍功力判断，拍摄者也有可能是正巧在隔壁吃饭的记者。

照片上，尖锐的玻璃碴正对着安妮塔。由于拍摄角度关系，那玻璃看起来离她的脸只有几厘米远。冯树说，谣言如此逼真，是因为张牙舞爪的玻璃使得整个画面获得了充分的戏剧张力。流传最广的版本是：酒店女公关脚踩两船不慎踩翻，名人毕然横刀夺爱终于现眼，老实人以命相搏，企图毁容女公关所幸未遂。

那天的菜单和消费金额，鱼子酱的产地，安妮塔的三围，碧云天的财务状况，毕然的持股比例，都被翻到了台面上。公关部辟谣灭火的速度并不慢，每一条流言最后都不了了之。它们轮流发酵的时间都不长，但加起来足以让投资人失去耐心。董事会召开紧急会议，一致结论是企业在关键时刻不能承受任何形象风险，IPO暂时压后，给组合拳的第二套打法留出足够的时间。公司给毕总裁放了个大假去登山，把技术总监吴匀提到了常务副总裁的位置。业内人士说，这个新举措说明该企业止损及时，逐渐淡化了对总裁人设的依赖，转而挖掘新的核心竞争力。塞翁失马，他们说，焉知非福。

像一幕缺乏想象力的过场戏：于思曼面无表情地把这些告诉康啸宇的时候，窗外开始下雨。

十三、雨夹雪

其实是雨夹雪。

江南的冬天,最恼人就是这暧昧的雨夹雪。就像是天地间站个巨人,上半身哈出一口冰冷的白气,沉到下半身,便撞进一团微温的潮湿。

事情的严重性,就像是裹在雨水里的雪珠一般,暧昧地、尖刻地钻进衣领或者打在脸上。最严重的表现是,喜欢刨根问底的于思曼,自始至终没有问过一个为什么。康啸宇没有任何机会,向任何人道歉。

康啸宇假装不知道他被移出了那个叫"梅花落"的微信群。他只当他们在那顿饭以后都没有说过话。一个只存在了三年的诗社,在成立的第三十年里郑重地再死一回,也算是死得其所。第一个拉黑他的是廖巍。他那档励志综艺节目,在第一期播出之前被迫剪掉了所有毕然的镜头。据说廖巍是抹着眼泪剪的,他没有接毕然的公司打来的要求撤资的电话。一年到头,他在另一档选秀综艺里挣的钱,全拿来堵这个窟窿都不够。

薇薇怎么办?康啸宇憋出五个字。

你居然还能想起她。于思曼的冷笑干涩刺耳。那张表没有失效,但我是没有脸再找毕然了。这事儿黄了你懂么?康采薇也就是搏一搏区重点的命。康啸宇,人活一世,得知道自己几斤几两。

不过,于思曼说,这些以后跟你也没有什么关系了。

康啸宇没有争辩。隔着玻璃窗望出去,房顶才被雪珠子刷上的那一层浅白,已经化作一团深灰色的湿泥,沿着屋檐往下滴水。他想,这样糟糕的天气,不适合讨论未来。

原刊《花城》第 3 期

天台上的父亲

邵 丽

一

也许是离开那个城市后我改变了信仰。其实也无所谓改不改变，一直以来我就没有坚定的信仰。妹妹一直说我迷信。我迷信了几十年，是从母亲那里传过来的。她是一个泛神论者，神灵附着在任何一个老旧的事物上。尤其是我父亲刚死的那段时间，她更加疑神疑鬼，即使是一根绳子，她都会端详半天，好像那上面写着神的启示似的。

我喜欢这个新来的城市的新区，它好像凭空多出来这么一部分，虽然与老城区仅仅隔了一条快速通道，却是另外一个世界了。它的空气像是刚刚过滤过，有真正的青草、河滩和森林的气味。我喜欢在夜晚独自穿过由石条铺成的曲曲弯弯的人行步道，像踩过一排排钢琴键。在道路的尽头，有一家小食店，卖一种当地的小吃，生意相当好。有一次，我饿了，进去要了一碗面，竟然排了半天队。

小食店的老板娘是个厉害角色。那天跟在我后面进去的是个小姑娘,那姑娘抱着她的狗,一只咖啡色的泰迪。她刚刚进门,女老板尖厉的声音就叫了起来,让狗马上出去。女孩愣了一下,面色变得通红,抱着狗羞惭而去。

面吃到一半,我越想越不对头,竟然一点胃口都没了,推开碗走了出去。我自己也觉得奇怪,莫名其妙地生了气,也许是生那个女老板的气,也许是生那个抱狗的女孩的,也许是生自己的。反正是气鼓鼓地走了。

父亲不在后,我的情绪在慢慢平复,已经不再那么焦躁、暴戾和善变。想起父亲在的时候,这个点他已经睡觉了。他就像一座时钟,到点该干什么就必须干什么,典型的强迫症。有一天傍晚,他看了一下表,到喝粥时间了。我母亲因为老家来了客人,耽误了一点时间。他气恼得把水杯都蹾碎了,弄得客人脸上红一阵白一阵的。

"过去他不这样啊!不是这样子啊!"我母亲老是跟我这样抱怨。过去他确实不这样,没退休之前,他是多么细心周全的一个人啊!每次下班进家门之前,老是听到他跟周围邻居打招呼的声音。虽然那声音低调、谦和得像讨好似的,但有一股感染人的韧劲儿,把我们的日子铺垫得绵密厚实。所谓岁月静好,就是那副模样吧。

某一天,一切都忽然起了变化。哦,对,开始时不是一切,只是有一些东西在起变化。退休之后,他的生活在慢慢缩小,像一个剩馒头,在变干,在缩水。他很少再走出屋外,即使晒太阳,也缩在阳台的藤沙发上。他频繁地看表,每小时必须听一次天气预报;《新闻联播》前五分钟,准时坐到客厅沙发上打开电视。

他为自己的一切都做上标记,好像该怎样生活,还得看看他插的路标。

那家小食店今天客人好像并不多。一个年轻姑娘坐在靠门的地方,一边看手机，一边吃着碗里的烩菜。那是一种掺杂着羊肉、白菜、炸豆腐丝和粉条的地方小吃，名字叫豆腐菜，这家店也是因为这个菜而出名。但我不大喜欢吃这个，我喜欢吃他们的羊肉汤面。

父亲过去爱吃羊肉，也爱吃豆腐。但他喜欢分开吃，不喜欢烩一起。他吃羊肉就是清水煮一下，然后捞出来，切成片，再用原汤冲成羊肉汤，里面什么调料都不放，原汁原味。豆腐也是，在水里煮一下，或者蒸一下，在小碟子里调一点料，就那样蘸着吃。

他退休的第一个国庆节，我们带他去郊区的农场玩儿，那里有个养殖场。他兴致勃勃地订了四只羊，说等春节的时候杀了吃。结果等到春节，我们带着他过去，他看到一群小羊羔追着母羊咩咩地跑，就心软了，不忍心让人家杀。

父亲死后，有一次我和妹妹趁假期带着孩子们到农场玩儿，路过养殖场，当她看到一群羊的时候，突然捂着嘴蹲在路边失声痛哭。我知道她想起了父亲，但我不知道该怎么安慰她。其实，很久以来，我们都无法安慰自己。刚刚过去的事情既像一个伤口，更像是到处游走的内伤，无从安抚。

二

我跟妹妹一起的时候，她几次都想努力回忆父亲跳楼的那个下午的一些细节，但不是很成功。不过，与其说是她忘记了，倒还不如说她宁愿自己忘记了。

在那之前，因为妹妹，也因为我，我已经从父母所在的城市搬迁到她生活的这个城市，两个城市相距一百四十三公里。这样，一来我可以在她去照顾父亲的时候，照顾她的孩子；二来也是想逃脱那个逼仄的环境，出来透透气。守了父亲一年多时间，我几乎抑郁了。夜里莫名其妙地惊坐起，就再也睡不着了，整夜整夜地大睁着眼，大把大把地掉头发。开始我每天吃普通的安定，后来效果不好，就改用级别更高的，一直服用超过普通安定好多倍含量的药，据说那是正常人所能承受的极限。开药的医生反复对我说，你服药的时候一定要坐在床边，不然的话，可能吃完走不到床前就睡着了。但是这药对我没用，没一点用，还是彻夜失眠。即使浅睡片刻，稍微有一点声音，我便一身大汗，惊厥得心脏好像要跳出来。

刚好闺蜜给我打电话，让我帮她运作一个项目。也刚好，她在妹妹所在的这个城市。我毫不迟疑，一口便答应了。我觉得那是生活对我关闭所有大门、在我走投无路之际，上帝给我打开的另一扇窗。我必须猛身而上。

可是，当我面对妹妹，当她一遍又一遍地回忆那些细节的时候，我觉得，我就像赤脚踏在一团棉花，或者是一团云上。我们一直漫无目的地往前走，根本看不清楚眼前脚下的一切。

那个下午，那个燠热难耐的下午，到底发生了什么？按照妹妹的叙述，我仔细拼贴并努力还原那天发生的事情。妹妹说，那天本来该哥哥过来替换她看守父亲。母亲一早就买好了荠菜，给哥哥包他喜欢吃的荠菜馅饺子。包好饺子，十一点多了，又等了一会儿哥哥才来。他过来刚刚坐下不久，电话就追了过来，是嫂子的电话。两个人乒乒乓乓在电话里吵了起来，母亲的笑脸不见了，一会儿愁得眼看要拧出水来。妹妹朝哥哥打个手势，意思是让他小声一点。哥哥气得摆了摆手，说，不吃了！摔上门就走了。

她再打他电话，要么占线，要么无人接听。

妹妹和父母亲按时吃午饭。吃过午饭，按照惯例，看守父亲的人中午都要小憩一会儿。母亲中午不习惯午睡，由她来照看父亲。

263

本来妹妹已经回房间休息了，但是她好像听到了异常的响动，像是父亲窸窸窣窣的脚步声。她不放心，起来到父亲的房间，看到父亲和衣躺在床上，面朝里，好像睡得很熟的样子。于是她便回到自己的房间睡下了。她睡了不到半个小时就起来了，觉得屋子里静得怕人，她先走到母亲的房间。母亲像往常一样，安静地坐在那里，在翻看一本旧书。她问，我爸呢？母亲愣了一下，用手指了指父亲的房间。

妹妹走到父亲的房间，看到房间里空空如也。父亲不在房间。她觉得事情不妙，还没等她回过神来，家里的座机铃声大作。有人打电话报信说，父亲从我们小区西面人民会堂的天台上跳下来了——我父亲的一个下属在人民会堂前的广场散步，抬头看见楼顶上站着个人，像是我父亲。他心里嘀咕着，他爬那么老高是干吗呢？正在犹豫着要不要给我父亲招手打个招呼，就看见他往前一倾，好像有人从后面踹了他一脚，随后便如一只笨鸟般飞了下来。

三

父亲跳楼那天，我正在外面参加一个开业剪彩。剪完彩，又参加午宴。等整个活动结束，我看到几十个未接来电，主要是我哥哥和妹妹打来的。我心头一紧，想着家里肯定出了什么事儿，就赶紧给我妹妹打过去。妹妹说，你赶紧回来，父亲跳楼了！

当时我好像被什么撞击了一下，脑子里一片空白，真说不清楚自己是什么心情，说是震惊或者悲伤吧，还真不是。说是轻松？也不完全是，反正就像是跑完马拉松，那种既松懈又虚脱的感觉。

莫名其妙地，想起周作人写的一件事，当他听到自己心心念念的初恋杨三姑娘患霍乱死了之后，"似乎很是安静，仿佛心里有一块大石头已经放下了"。

对，仿佛就是这种感觉。

在此之前，很久很久，我把自己沉到烦琐的事务中，我必须把自己变成另外一个人，才能保持自己。这话听着拗口，其实就是那么回事儿。

刚好上面说到的我的一个闺蜜，她老公是搞房地产开发的，在郊外盖了一片市场，专门给她辟出一栋楼，让她按照自己的喜爱随便折腾。她不知怎么迷上了城市生活空间美学，决计玩儿这个。不过这玩意儿是什么东西，我们都说不清楚，可能就是因为说不清楚，大家都很兴奋，马不停蹄地跑到北上广深，还有成都，去看人家怎么做的。还天天到网上收集资料，一副煞有介事的样子。那些新鲜的、好像从生活中刚刚长出来的话语天天挂在嘴边，什么场景式空间呈现及场景革命营销手段，什么长期积淀所产生的生活方式，什么家具、艺术品和主人的关系。其实说穿了，在这些富丽堂皇的话语下面，不过还是卖家具，卖茶，只是把庸俗的赚钱行为套上华丽的美学空间外衣而已。

管他呢，我需要的，无非就是忙活，别停下来就行。

我的这个朋友，人家就是活得明白，按她的话说，什么时候活糊涂了，也就活明白了。她就是一个糊涂得说不清楚的人，说不清楚她天天在干什么，也说不清楚她喜欢什么。一会儿在东区学古筝，一会儿又在茶城听茶艺课，再过一会儿，跟着人家给流浪狗搞慈善。

不管怎么说，在一个新的地方，我需要一份工作，刚好也有工作需要我。我要把自己深深地埋在工作里。我必须逃离某些东西，达到某种新的平衡，可以让我自由自在地呼吸、欢笑或者静思，这才能让我们所有人都轻松，包括我周围的朋友，包括我的家人。这样子看起来，生活并没有变化，还保留着完整的样子，我不亏欠任何人，任何人也不亏欠我。

但是那天下午妹妹的那个电话，让这一切戛然而止。我匆匆结束了活动，没有参加他们的茶聚，同时也推掉了一系列类似的活动。一直到坐在回去的车上，我才感觉到我与父亲的各种联系，不是因为他的死而中断了，相反，而是像突然通了电似的，那些生动的场景，杂沓的细节，纷纷扰扰地来到我面前。但我明白，那已经于事无补，就像我们曾经被父亲遗忘的那些岁月，疼痛，寂寞，空虚，还有恐惧。但所有这些事情，在它过去多年之后，就只剩下一片碎玻璃般扎痛的感觉了。

四

父亲死后，有很长一段时间我跟妹妹探讨我们和父亲在一起的细节。我觉得那时候她还小，不会记得那些事情。哥哥记得，他又不参与我们的讨论。

在我们很小的时候，那时候我八岁，我妹妹只有三岁多一点。父亲在县委武装部工作，后来因为什么问题，他被下放到一个偏远的部队外营地，后来，母亲也跟着过去了。他们就把我们兄妹三个寄养在乡下，我外公外婆那里。

那时候哥哥十一岁，比我大三岁，我们都没有独立生活的能力。外公外婆有好几个孩子，他们的好几个孩子又各自有好几个孩子，都丢给外公外婆照看。这些孩子年龄也跟我们差不多。那时候正是经济困难时期，生活条件极差。吃饭的时候我们不会抢，只有等着别人吃完，才能轮到我们。饭要么不够吃，要么已经凉了。外婆每天睁开眼睛就忙，但还是照顾不过来，等想到我们的时候，她已经累得话都说不出来了。有时候，她会把我妹妹揽在怀里，还没等她说话，妹妹已经睡着了，有时候是饿睡着的。

外公为了贴补家用，有时候出去打鱼，有时候出去干个手工活，每天都是很晚才回到家里。他回来的时候,一般我们都睡了。有一次他回来早了,就坐在门口抽烟。等到很晚很晚,其他的孩子都走了,他从怀里拿出三块烤红薯,给我们三个每人一块,那红薯还带着他的体温。我们三个狼吞虎咽,还没品出来味道就没有了。

其间母亲来过几次。她骑着自行车,从几十里外赶回来,浑身冒着热气。每次她都陪我们吃完晚饭,待我们都睡着了才走。父亲一次都没来过,母亲没说过他,我们也不敢问。有关他的消息,我们一点也不知道。

我们是有父亲的孩子,这一点在当时、当地非常重要。可是,我们的父亲呢?有一次哥哥跟我说,他觉得爸爸肯定是被抓走了,不然的话,不可能从不回来看我们,也不让妈妈告诉我们他的消息。我吓得立马哭了起来。哥哥不知道怎么结束那个场面,自己也吓得哭起来。但是没人问我们一句为什么,可能大人都有各自的烦恼,那烦恼比我们更甚。

那是寒冷的冬天,晚上外婆也许看到我脸上已经风干的泪痕,泪水流淌过的地方,是皴裂的。她用粗糙的拇指,给我抹了半天。

其实这些东西,现在看来可能并没什么——事实上也没有什么。过去我也曾和哥哥说起过。说起这些事情,哥哥总是一副茫然的表情,要么沉默,要么就是深深地叹气,牙疼似的。跟我一样,他也不会跟父亲交流。或者怎么说呢,经历过那样的童年,我们都学会了沉默,很多埋在心里的东西,都不愿意拿出来,好像这是我们在那场磨难里,得到的唯一一样值得珍惜的东西。

其实仔细想想,在那样的时代,又是那样的环境,我们是父亲为数不多可以忽略的人吧。除了自己的亲人,父亲必须对所有人、所有事情小心翼翼。而作为他的孩子,即使被忽略,也真的没什么,那些小小的伤害,绝对不是让我们与父亲隔阂的唯一原因。它也许就像挂在我脸上被风皴裂的泪痕一样,用手指轻轻一抹,就平展了。

很多年里，父亲没有给我们谈论过曾经发生的那段历史，也从没跟我们解释过什么，一次都没有。我们也从来没有主动问起过，更不可能给他说起我们当时的感受。好像我们没有共同的历史。还有一种可能是，我们都刻意回避着那段历史。也许在父亲看来，如果他说起这些，我们会把已经忘记的东西再一点一点捡回来。然后，怎么说呢，对他会有一次结算，那是他作为一家之尊所不能接受的。而对于我们来说，更害怕的是提起这样的事情时，被父亲淡淡地打发，让我们受第二次伤害。

再后来，到他退下来之后，是不是还想说这些已不得而知，但即使想说也已经晚了。我觉得，已经晚了的意思是，他没必要说，我们也没必要听了。我们空旷、寂寞，曾经被浓烈的遗弃感伤害的心灵，已经被许多新的东西填满了。生活就是这样，从心灵到房子，都会逐一被各种各样的物事填满，直到有一天，需要重新清理为止——在清理父亲房间的时候，这样的想法一次一次拍打着我。

也许，作为一个父亲，他生养了我们，本来就不该追问对得起还是对不起的问题。但这不是全部，好像缺了什么，有什么被某种东西隔膜着，就像隔着一层脏玻璃。只是我们和父亲之间，这种隔膜，再也不可能擦干净了。

五

妹妹曾经不止一次地说，想不到父亲会自杀，他没有任何自杀的理由啊！是啊，确实没有理由。他这一辈子，不管怎么对母亲，母亲对他始终忠心耿耿，一直到他死，一直到他死后，她做到了一个妻子该做的一切；我们兄妹几个，虽然各自生活都有不如意的地方，但算总账，还是过得去的，至少没有人成为他的负累。唯一可以解释的理由是，不是跟我们的隔阂，而是他跟这个时代和解不了，他跟自己和解不了。曾几何时，他是那样风光。但他的风光是附着在他的工作上，脱离开工作，怎么说呢，他就像一只脱毛的鸡。他像从习惯的生命链条上突然滑落了，找不到自己，也找不到可以依赖的别人。除了死，他没有更好的解决办法。

并不是妹妹最早发现父亲想自杀，而是母亲发现的。妹妹生性敏感，按她自己的话说，直觉大于理性。医学院毕业后，她分到一家医院的后勤部门，后来不甘寂寞，跳槽到一家咨询公司做人力资源管理。实际上两个单位的活儿差不多，但是她觉得在后来这个部门自在，自主性大，有成就感。

有次她跟妹夫一起回来看父亲。过去看见他们回来，父亲都高高兴兴地去买菜，饭前总要把酒打开，先和女婿喝一阵子。可是那天父亲沉默寡言，一直到吃饭都没怎么说话。

那天回去的路上，妹夫闷闷不乐。妹妹说，父亲今天的情绪不是因为我们，而是因为他自己，肯定是他自己出了问题。后来妹妹为此多次回来，她发现父亲精神低迷，而且有一种死亡的气息覆盖着他。莫非他想自杀吗？她把她的看法跟母亲说了。还没说完，母亲就捂着脸哭了起来，母亲说，她早就知道这事儿，是因为她时时处处看得紧，父亲才没机会得手。

"那你怎么不告诉姐姐？"妹妹伤心地问。

母亲说，你姐姐离婚之后，就没看见她有过笑脸。她自己带一个孩子已经够难的了，现在那孩子又非常叛逆，就不让提她爸爸的事儿，只要一说起，就发飙，把你姐姐也快逼疯了！

说起来真有点悲哀：是父亲想自杀这事儿，让我们一家人又重新聚集起来——我们分散在三个城市，几乎很少团圆。我们都结婚成家后，每年也就交叉着见那么几次，春节或者中秋节，或者其他什么事由，反正很少有为了见面而见面的。为了见面而见面，我印象中好像只有一次，就是父亲过六十大寿那一次。

六十大寿，六十岁。对于我父亲来说，真的算是大寿了。他死那一年，还未满六十四。给他过寿那一天，母亲私下里说，有人给你爸看相，说他活不过六十三。事后想，如果按周岁算，可不就是嘛！可是母亲说的时候，我们都笑。那时父亲是多么沉稳、健康啊。可能他还没意识到退休对他意味着什么，我们也盼望着他早早退下来颐养天年，可以轮流到每个孩子那里小住。

当时我们只能被迫轮流陪他了。按照母亲的安排，我、小妹，还有哥哥，要轮流看守父亲，防止他自杀。也就是说，父亲想自杀这事儿，已经不是什么秘密了。

我还好说，自从离婚后，虽然没跟父母住在一起，但基本天天回家吃饭，而且我还算是个自由职业者，时间可以自己掌握。原来我想着我一个人看着父亲就行，但是几天跟下来，我就支撑不住了，一个人要想严防死守另外一个人，实在是太难了。有一次我去洗手间久了一点，他已经开门走了出去。母亲在厨房做饭没发现。我头皮都是紧的，赶紧出门往楼上追。好险！好在我们提前把通往楼顶的小门锁住了，他正站在那里发呆。我拉着他的手往回走，我相信他能感觉出来我的手心像水洗的一样。

而母亲这样的决定，苦了我的哥哥和妹妹。他们都在别的城市住，虽然开车都不超过两个小时，但毕竟是各自一家人，家家都有本难念的经。哥哥的婚姻也朝不保夕，跟嫂子已经分居好几年了。两个人同在一个屋顶下，却形同陌路，很难说上一句话。只要一说话，双方就火力全开，闹得天昏地暗。

妹妹的小家庭还不错，妹夫在一家上市公司当财务总监，虽然忙一点，收入很可观。只是妹妹的孩子刚刚上小学，离不开她。自从她回来值班看守父亲，孩子的学习成绩就每况愈下。有一次她接完老师的电话，半天没说话。在我的反复追问下，她才告诉我，孩子在学校打了别的孩子。老师让他喊妈妈到学校去，他告诉老师，妈妈出车祸了。老师问，你爸爸呢？他说，他们一起出的车祸！

"这么恶毒的话，他是怎么编派出来的啊？"妹妹泣不成声。

有一次，父亲当局长时候的办公室主任来看他。他带了几个凉拌菜，还带了一瓶老酒。过去父亲爱喝两口儿，可是那天俩人坐在屋子里抽了一下午烟，父亲没动一下筷子，也没喝酒。

办公室主任走的时候，我去送他。我们是上下届同学，他跟我哥哥是好友，我跟他妹妹是好友。我们在一起情同手足，无话不谈。那天我把他一直送到小区后面的河堤上，临分手的时候，他站下来看着我说："你们打算怎么办？"

我扭脸看着远处，长叹了一口气，无话可说。没人知道该怎么办。

"这样子拖下去，谁都受不了，也终究不是解决问题的办法，最终会把一家人都拖垮。"他的眼里突然涌出泪水来。他跟了我父亲十几年，两人有父子般的感情，"你想想有用吗？你帮一个想活的人，可能还真有不少办法；但是，一个人如果想死，你没办法，一点办法都没有！"

六

父亲葬礼前我们家来了不少人——我觉得比葬礼那天来的人还多。他们是我父亲曾经的领导、同事、同学、同乡、下属……还有我们家多得数不过来的远亲近邻。在他们的惋惜、褒扬和悲伤里，我觉得父亲不是越来越清晰，而是越来越模糊。我真实的父亲，到底是什么样子？

父亲还上班的时候,有一次办公室主任跟我开玩笑,说与其说他是你父亲,还不如说是我父亲;我跟他在一起的时间肯定比跟你多。

这不是玩笑。这话说得一点都没错。我小的时候,父亲大部分时间在乡下,一年也见不了几次面。等他回城,我上大学去了。我大学毕业参加工作后,他基本上整天待在单位,真是以单位为家。市里干部们说,他是一个最爱开会的人。有人取笑他,说市政府一个灭鼠文件,他也得召开会议层层传达,并且让参加会议的人都表态,记录在案。

最经典的一个例子是,有一次他开会传达上级的表彰文件。开到夜里一点多,有人实在坚持不住,他终于发了善心,说实在困得很的同志,可以趴会议桌上睡一会儿。

的确如此,他退休的时候从他办公室拉回来了整整一卡车笔记本和各种文件。几乎他每天的工作、生活甚至是思想,都记录在笔记本上。有一次市政府安排的一项重点工作出了纰漏,分管的副市长带着工作组到他们单位开会,说是要追查责任。他翻出两年前的笔记本,念给工作组听:当时是谁主持开的会,谁谁谁在哪里坐,几点几分都是谁发的言,都说了什么,一清二楚。笔记本证明那项工作完全是按照副市长的安排进行的。副市长当时弄得很下不来台,说,老张,今后我们都不敢跟你打交道了,什么你都有记录啊?

是的,什么他都有记录。记录挽救了父亲,那件事情最后不了了之。

他去世后,我们收拾他的遗物。我在他的笔记本上赫然发现,他有一次跟我母亲一起去我外婆家,竟然详细记录着那天发生的所有事情。"今天陪月娥(我母亲)回家看她父母。十点零七分到家。父母在,二弟三弟在。大弟去西安。饭后,两点四十五分,三弟说了两件事情,第一……"

我拿着他的笔记本给母亲看。哪知母亲只淡淡地笑笑,说,这事儿她一直都知道。

"你爷爷就是因为爱多说话被整死的；年轻的时候，你爸也因为乱放炮被整下乡，吃了半辈子苦头儿。他也得学会保护自己嘛！"

七

哥哥总觉得父亲的死跟他有关。每次他说起这个问题，总是絮絮叨叨地说个没完：要是那天家里没生气，要是他不急着赶回去，要是……妹妹跟我说，哥哥本来就神经质，千万别跟他讨论这些问题了，否则他会抑郁。

其实不用妹妹提醒我也明白，每次跟哥哥在一起，我都刻意回避这个问题。他和父亲之间的感情，远远比我们复杂，但又是一笔糊涂账。我也知道他这么多年是怎么挣扎着走过来的。他的婚姻是父亲指定的，嫂子的父亲跟我父亲是抗美援朝时期的战友，转业之后也分到了同一个地方。她父亲也够惨的，在冰天雪地的朝鲜战场上喝了一个多月生水，回国后一直肚子疼。到医院检查一下，说是直肠癌。把肠子切了之后化验，发现切错了，只是一般的炎症。好不容易身体恢复了，几年之后又发现患了胃癌，年纪轻轻就离开了人世。父亲和他的那些战友们，就把抚养孤儿寡母当成自己的责任，那个时候他就决定，让大我哥哥三岁的战友的女儿将来做他的儿媳。

从结婚第一天起，俩人就吵架。据说结婚当天晚上，俩人闹得把结婚证都撕了。

在婚姻这件事上，尽管哥哥从来没有原谅过父亲，但也从来没有抱怨过他。像所有事情一样，因为是父亲做的，这事儿便没有了对错。

父亲死后，哥哥每次回家都坐在他的房间里，半天也不出来。他总是望着我们俩和父亲的一张合照出神。拍这张照片的时候，哥哥上大三，我刚刚接到大学录取通知书。我们爷儿仁就站在院子里的一棵枣树前拍了一张照片。父亲说，爷爷心心念念的，就是耕读传家。现在无地可耕，但是家里出了两个大学生，也算是给了爷爷一个交代。

照片上，父亲的身体明显向哥哥那边倾斜。一九五二年，他们的部队在朝鲜战场上中了一发炮弹，他的大腿骨粉碎性骨折，手术后一直没有恢复，里面还打着一个钢钉。另外，还有一个弹片离心脏只差不到两厘米，没有让他的骨灰撒在三千里锦绣江山。后来他作为伤残军人荣归故里，在县委当了武装部长。

照相的人本来想让父亲坐在那里，但被他严词拒绝了。即使倾斜着身子，他也要稳稳地站着。

安葬了父亲之后，哥哥专门去重新洗印放大了这张照片，并郑重地放在父亲生前用的书桌上。那天他看着这张照片跟我说："爸再也不用走路了！"

我默然无言。妹妹说得好，只要哥哥说起父亲的事儿，我们一律不接茬。他说上一阵子就过去了。

可是有一次，他把自己灌醉了，把我和妹妹堵在屋子里发酒疯。他先指责我，说我离开这个家到妹妹那个城市去，完全是因为想逃避，不想承担责任。然后他又指责妹妹，说她是老公的家奴，天天把孩子圈在自己身边，完全被自己的小家给绑架了。

"你们一个比一个自私！"

说完之后，他突然抱着头，蹲在门口失声痛哭，说："是我杀死了父亲！是我们联手杀死了父亲！刚开始的时候我们爱父亲，心疼父亲，害怕他死。可是时间长了，我们还有耐心吗？我们每个人，都关心自己，可是，父亲呢？谁管？谁管？"

我坐着没动，我觉得他是借酒发疯。他说的不是醉话。可是妹妹受不了这些话,妹妹过去拍他的头,他把妹妹推开了。

他哭得像一个摔痛的小孩子。

"我们每个人都觉得自己的事儿比父亲自杀这件事儿大。有一次跟你嫂子生气,我就想赶在父亲之前自杀!那个时候我恨死父亲了,我就想,你怎么还不死啊!"

"哥!你太过分了!"我怒不可遏。

他低头痛哭,一句话都没再说。

哥哥的精神已经崩溃了。

回头想想,哥哥说的不是没有一点道理。我离开此地的目的,虽然未必完全是为了自己,但自己的因素占了大半。后来在陪伴父亲的过程中,我的情绪也已经失控了。有时候会低落到极点,自己关在屋子里一天不出门,不吃也不喝;有时候电话铃声就会让我心惊肉跳;有时候又暴躁欲狂,动不动就想发脾气,弄得我母亲都是小心翼翼地看着我的脸色说话。

父亲也一样,他也关在自己屋子里,只是让门留个缝儿。那个房间虽然比我的大一些,但是窗户被防盗窗护得严严实实。屋子里一切可以伤害身体的东西都被清理得干干净净。

他与我们,自己的老婆孩子,变成了一种敌对关系。我们防备着他,他也防备着我们。我们进行着势不两立的攻防战,真说不清楚是爱还是恨。

不久前,我的一个朋友过来,说起她的父亲。说起她父亲死后,她收拾父亲的遗物,看到父亲完整地保存着她成长过程中的一切,突然失声痛哭。我坐在她面前,不知道该怎么安慰她。我对那样的父女感情很陌生。但是不久,我也哭了起来,想起父亲纵身一跃的那一刻,那么寒冷,那么坚定,又是那么绝望。于是,我真的哭了起来,比她哭得还伤心。

莫非,真的是我们杀死了父亲?

这句话,不过是借哥哥的口说出来罢了。我记得在父亲的葬礼上,我们互相回避着,不敢看对方的眼睛。

八

母亲这一辈子,至少在儿女们看来,从来对父亲唯命是从,她努力放低身段来成全父亲。其实母亲也算一个知识女性,她是当时县女中的高才生。自从嫁给父亲,尤其是有了我们几个之后,她就把自己深深埋在家庭生活里,而且乐此不疲。她放弃了很多进步和晋升的机会,安心做一个家庭妇女,父亲到哪里她就跟到哪里,无怨无悔。

但是我们觉得,父亲对母亲虽然说不上不好,但也说不上好。工作上的事情,他遭受的委屈、和同事的关系……他从来不说与母亲听。开始的时候,母亲还问,还打听。父亲总是像没听到一样,沉默以对。后来母亲就不再问了。

在家里,他们也像同事关系,说话客客气气的,但是缺乏烟火气。他们一辈子都没吵过嘴,我也从没有看到过他们闹什么别扭。作为后人,怎么用现代眼光去理解他们的关系呢?可能这根本就不叫爱情,也许还可以说,这就是最好的爱情。毕竟他们相互陪伴着,走了一辈子。

还有父亲的笔记本,我觉得那是他人生的备份,虽然我只简单地翻了翻,看了没几页。如果认真地翻下去,我相信他和我母亲的一切,都会记录在笔记本上。也就是说,他们的婚姻生活会有记录,一旦发生变故,他就能向组织上交代清楚。想想这些,真让人有说不出的难受。他与母亲谈心、交合、探亲……我无法想象,一个人既活在现实中,还要活在发黄的纸上。

只是在父亲想自杀的事情发生之后,母亲对父亲的态度逐渐有了变化。在夫妻和家庭关系中,她慢慢找到了自己,就像一张洗印的照片,她在其中慢慢地显影。

她悄悄地掌握了主动权,对于母亲来说,这无异于一场革命,或者是政变。

有一段时间,父亲患了支气管炎,我和母亲每天陪他去医院输液。有天下午,天气晴好,输完液之后,我没有按惯例走大路回家,而是开车绕到河堤上。从那里回我家虽然绕远了一点儿,但是人少,环境也好。

刚到河堤上的时候,父亲像往常一样表情平淡,木然地看着车窗外。走到河堤中间的广场边,他突然咦了一声,用手指点着窗外。母亲说,把车停下吧。原来他是看到了自己的一个老战友,正在广场上散步。等我们把车子停好,走到广场的时候,父亲的那个战友已经走到树丛后面看不到了。但我们没有停下,也没有折转头往回走,而是沿着河堤一直向前,这也是母亲的意见。父亲一声不吭地夹在我和母亲之间,走了很久很久,直到他开始大口喘气,我们才在路边站了下来。

父亲又喘了一阵才慢慢平息下来。他跟我母亲说,让她跟老周——就是刚才跑步那个人,他也来我家看过几次父亲——联系一下,他想和他一起,去北方看看几个战友。

"好啊,"母亲热情地鼓励道,"我跟你一起去。"

"我想自己去!"父亲眼里突然现出热切的目光,那目光到现在我还记得,是一种强烈的生的光芒,像电弧光。

"让我自己去吧!"父亲的声音几乎是在乞求了。

"不!"母亲坚决地摇摇头。

父亲把目光转向我。我也坚定地摇了摇头。

那种光,突然像断电了一样,在父亲的眼里熄灭了。

九

  这一年的中秋节,天气非常好。父亲去世三周年,我们兄妹三个约好跟母亲聚在一起过节。下午母亲安排我说,去买点东西,晚上到阳台上赏月。难得母亲有这样的兴致,本来我想拉着他们一起去,但哥哥闷头坐在父亲房间里,说他不想出去。我只好带着母亲和妹妹去了。在月饼柜台上,母亲坚持要买一块老式月饼。我知道她是给父亲买的,父亲爱这一口儿。

  晚上,月亮东升的时候,我们和母亲来到阳台上。

  "给你爸掰一块月饼,"母亲点着给父亲留的空椅子说,"昨天我梦见他了,他说过得还不错,就是晚上门口不安静。这几天你们去买点东西烧烧。"

  我一边答应着,一边把老式月饼切四块,放在留给父亲的那把空椅子前。

  哥哥低着头不说话。最近一个时期他情绪反复无常,尤其是跟嫂子离婚之后,他轻松了没几天,就重新陷在抑郁的情绪里了。

  "欢子,"母亲喊着我哥的乳名,"你从来没有梦见过你爸吗?"

  哥哥摇摇头,又点点头,但是没抬头。

  "你爸什么都没跟你说过?"母亲问,"我怎么不相信呢!"

  哥哥一脸迷茫地抬起头看着母亲,然后又低了下去。

  "你也别想不开。其实你爸自杀那一天,我什么都知道。你们想想,我怎么可能不知道呢?"

  我打了一个激灵,起了一身鸡皮疙瘩,感觉父亲回来了,正坐在我们中间。哥哥也诧异地抬起头来。我和他对视了一眼,看到了他眼睛里闪着的某种光亮,让我突然想起我们被寄养在外婆家,他说父亲被抓时的情景。不过只是在心里一闪而过,冰凉而疼痛。

一时间我们都沉默了,谁都不知道该怎么接母亲的话,只是看着留给父亲的那把空椅子发呆。月上中天,突然感觉天气有点凉了,也许是气氛有点凉,我站起来给母亲披上一件衣服。

母亲对我说:"你把阳台上的灯打开。"

我开了灯,回头看见母亲拿出一个小布包摆在桌子上,示意哥哥打开它。哥哥把它展开,里面是一个弹片,磨得明晃晃的,铜已经变成了暗红色。

"这个东西,卡在离你爸心脏一指多远的地方,再往里挪一点他就没命了。"母亲用指头在心脏处比画着,然后把弹片对着灯光看了半天,好像它透明似的。过了一会儿,她把哥哥的手拉过来,把弹片放在哥哥的手里,"过去咱们家最难的时候,每当我想不开,你爸就把它拿出来搁在我手里,说,看看这个,还有什么想不开的?虽然最后他还是没想开,但是他让我想开了。要不是这,我真活不过来,哪还能把你们几个养大?"

哥哥拿着弹片,也朝着灯光照了照,脸上现出很复杂的神情。

"他去死,我怎么会不知道呢?"母亲又把话头转了回来,"他出去的时候,我看到了,想站起来。他就站那里狠狠地瞪着我,严厉地制止我。他知道我这一辈子都不敢违背他。不过,那时我也横下一条心,心想,只管让他走吧,看到底能会怎样!"

一片静寂。我们的心都提到了嗓子眼儿。

"结果,他真死了。"母亲好像沉迷其中,脸上平静得像说别人的一桩旧事,"死了就死了吧,谁不死呢?所以我觉得我对得起他。这也是我最后一次成全他,最后一次按他的意见办。"

我努力克制着自己,直到一波又一波强烈的情绪过去。我知道,今天即使母亲这样说,我们也不会这样去想,至少我不会。我们知道母亲对父亲的忠诚和爱,而且,我宁愿相信她这样说只是为了安慰哥哥,她不想让我们家的最后一个男人,再爬上天台。

事情只有这样想,对生者和死者,才是最好的安慰。

的确如此。也不过如此。

原刊《收获》第 3 期

天食，地食

王好猎

"真的，中国的哲学一开始，就和舌头有关。从大禹开始中国人就把炖肉的鼎作为沟通天人的礼器。"

"那西方呢？"

"西方的哲学一开始就和眼睛有关。柏拉图不是说了吗，不懂几何者做不了他的学生。纯净的数学空间就是他的理想国。"

我还记得那次和云一树沿着乌松河行路时说的这段话。

作为曾经的高校哲学教师，我很容易就能从他的观点做出这个推论：中国的哲学和厨艺是相通的，带着作物和土壤的味道，根子在地上，目的是生活；而西方的哲学和数学是默契的，迷恋光线和空间，根子在天上，目的是超脱。可是我曾经深信柏拉图对食欲的贬低，用了很长时间，很努力地去割开食物与哲学之间的关系，就像在切掉自己身体上坏死的部分。这个巨大的错误仍然像缓释的毒药一样影响着我的生活。

我，叫冯平羽。

一、关外三绝

当冯平羽和韩诗朗在冰岛的苔原上追寻着奥丁的足迹,努力执行着他们"不插电"的假期攻略时,抚西的厨神冯老爷子在祖宅里拥被而逝。

几经波折,当冯平羽从地球另一面回到久别的祖宅,看见正屋厅堂里父亲的遗像和母亲的遗像挂成了一对。都是他们三十多岁时的模样,那时的黑白摄影术都是好莱坞默片时代的风格,把人都拍得很美、很有精神。该流的泪早在飞机上就流完了,此刻她平静地看着父母的遗像,心情反而像照片里父母的神情一样宁静。亲与子,缘分那么深,但究其始终,却又那么可叹:通常父母能见证孩子从无到有,却不能见其从有到无;而子女则正相反。错过了父亲在这个世界的消逝,就好像让父女一世的缘分以巨大的缺憾收场。

但生活还要继续,谁的死亡也阻挡不了太阳照常升起。他们家祖传了几代的抚西老字号冯记炖菜,也还要继续举火烹食以飨四宾。如今独木当门撑着家业的是冯老爷子的义子大涛,不,她立刻在心里纠正自己,什么义子,冯老爷子生前倾囊相授,把大涛视如己出,连大涛的儿子也当亲孙子养在自己房里,她自己,包括店里大大小小的伙计,都把大涛当作冯家的长子,这个"义"字早该在她意识中抹掉才是。整个抚西,除了她亲哥哥大军夫妻俩对此咬牙切齿晨昏诅咒之外,几乎没几个人知道。而她就是有这个分别心,她觉得大涛比亲哥还亲厚,但"哥"字却叫不出口,从小到大一直叫他的名字。

冯平羽在自己七八年没回过的房间里昏昏沉沉醒来,感觉仿佛是几十年的时差,断断续续的梦境里,多少阴阳相望、聚散离合,没有一张面孔可以留得住,没有一声哭泣能寻到方向,清醒时的悲伤是梦境里的摧城风暴,是滂沱大雨,是山风野火……她依稀听到厨房里有炒菜的声音,一瞬间就闻出来是香芹尖炒土豆丝儿。她坐起来,醒了醒神,走到厨房,轻轻拉开厨房门,看见那个宽厚魁伟的背影,只穿一件白背心,露着健壮的臂膀,系着那条藏蓝色围裙,正在往盘子里扒拉炒好的菜。另一个灶口上正蒸着一屉东西,冯平羽一闻就知道是苏子叶蒸鲫鱼。年少时,父亲下厨的背影不就是这样吗?甚至炒菜时哼的曲子都一样。

小炕桌摆上来,怀旧的蓝口碗端上来,红漆筷子拿在手上,多少个日夜前,一家人坐在炕上吃饭的日子好像又回来了。土豆如豆腐,本身味道寡淡,需要别的食材来提味。香芹尖就是她小时候的至爱。这香芹一闻就知道是田野里长的,不是蔬菜大棚里的。大概就是长到脚踝高一点,采下来。鲫鱼也是河里捞的,巴掌那么大,却很肥,大涛只放了一点油,那鱼肚的脂肪自己化成油了,带着乌松河草甸子深夏的香味。她闻到也尝到了,简简单单的一顿晚餐,但大涛准备起来可不简单。

冯平羽在快要吃完时说,她打算后天祭扫完之后就走。大涛愣了一下,"就这么硌硬这里吗?"他的失落显而易见。其实,恰相反,冯平羽一回来就感受到一种黏稠安逸的温暖,即便是父亲新丧也不能冲淡。但就像多年前一样,她绝不要沉溺在小镇的幸福幻象里,这里的家长里短、父兄宠爱、邻人艳羡、祖传美食等等,都在融化她高飞的翅膀,大涛本人也是一种溶剂,是她内心里要防备的危险。是的,她应该认真考虑一下和韩诗朗的关系,他们才是从肉体到精神都等量齐观的潜在伴侣。所以她必须走,越早越好。

可是她万万没想到,她的父亲,老到的冯老爷子,还埋了一道伏笔呢。大涛从自己屋子里拿出一个盒子来,这盒子她见过,母亲说是祖辈传下来的,黑漆螺钿、紫铜铰链、紫铜扣。里面放着一部线装书,父亲说是爷爷的爷爷写的。那都是道光年间的人了,当时冯家在泰州。因为被人诬告勾结私盐贩子渔利,被流放到黑龙江。这位先祖待了十几年,发现皇上也没有恩赦他回到故土的意思,于是就死了心在塞外经营家业。他在泰州时就喜欢吃,到了白山黑水,发现食材是全新的,于是就如同神农尝百草一样,考察了多种食材,写了一本《骈园食谱》。二马为骈,冯者,也是二马,就转借了骈字。这食谱历经子子孙孙,终于传到了她手里。

"这是师父留给你的,里面还有一封亲笔信。我得赶紧给你,放在我这里,我总觉得心里不踏实。"大涛说。

"给我的信我收着,那本食谱,你非要给我干吗?你是大徒弟,就算有什么秘笈,那也是该给你的。"

"那哪能呢,师父说你虽然不稀罕做厨子,但天分比我可是强多了。这古书一翻开我就眼花了,更别说懂啥意思了。该你的就是你的,你躲多久也得接着。"说完,他就放下盒子走了。打开盒子,那本《骈园食谱》已经发黄,都不忍心翻,纸都有些脆了。冯平羽打开那封信:

闺女啊,我知道自己日子不多了。不论你能不能回来,有一件事爸都要交给你完成。咱们定居东北的第一代先人写了《骈园食谱》,里面说的有些食材,现在找不到了,也不知道是啥,这些年我和大涛琢磨复原出来三十几道菜,但是最后三道,就是写到最后一页的,叫关外三绝,整不明白了。据说是因为有一年涨大水,你奶奶抱着盒子没搂住,掉到水里,进了水,最后一页让水泡了,字儿都糊成了一片。因为这事,差点没被你爷爷给休了。这么多年,我根据字形大约猜出来,一种应该是哈什蚂,一种是鱼,啥鱼没整明白,还有一种完全蒙圈,书上写跟雷有关,你说这地球上啥吃的还跟雷有关?你是咱冯家的人精,这个任务怎么着都得完成,不完成你就不许走。

这个遗嘱，由大涛监督执行。放心，你们一定会完成。

看完信，她不由得升起一股火来。可真是亲爹啊，琢磨了十几年，就是为了有朝一日把闺女拽回来，不管她已经飞得多高多远。但即便如此，父亲也不应该让她无限倒退，回到起点啊。况且她已经是一个哲学学者，一旦见识过太阳，又怎么能回到不见五指的洞穴里呢？冯平羽的确觉得，四线小城的饭馆生活就像蒙昧者被困在山洞里。诚如西哲所说，人如果做了胃的奴隶，精神上就不会自由。更何况还要一辈子为了满足胃而操劳呢。她心里一直在意父亲不能接受她选择的学术生涯，一个厨子怎能理解学术就像超级缓释的药物，往往要在学者死了之后才能起到效果？他更不理解她都三十了还是单身——在他看来，单身的女人就是没人要。而她也懒得跟父亲说她的几段情史，而且连粉丝过百万的当红学者韩诗朗都在追她。当然，像她这样独立而骄傲的女性，难道会沾沾自喜于沾男人的光？甚至浮世的荣耀加给她本人，她都觉得就如同酒醉般，是转瞬即逝的。不愿回家，刻意疏远，就是因为父亲对她这种生活不理解。不能说是赌气吧，至少是一种示威。绝不为了满足任何人而假装选择一种生活。

所以，她虽然还在思念父亲，还在不时回放记忆里那黄金般的父女间的画面，但她却讨厌这封遗嘱，没好气地把它扔在地上。虽然她一时间确实不想再回北京，更不想回到乌烟瘴气、歧视女性的哲学系里，但她怎么可能为了冯记炖菜浪费青春呢？真是癞蛤蟆想吃炖大鹅。

这种情绪当然也会影响到墓前祭奠时的心情。跪在修剪得如同高尔夫球场一样的墓前草坪上，冯平羽的心情却很纠结，这时哥哥大军突然鬼魅似的出现了。

"我想搬回去住，那么大的院子，你们俩住也太冷清了。"大军说。

"行——"大涛刚一张嘴,冯平羽立刻斩绝地说:"不行!爸早就说了,你已经不是冯家的人。甚至你的姓如果能收回来,也早收回来了。"想起自己因为豪赌而被逐出家门的事情,大军既羞又恼,说:"你不让我回去住,是怕妨碍你俩吧?"冯平羽气得抓起祭奠的一个咸鸭蛋扔过去,大军侧身躲过,消失在树丛后面。

但每次经过父母的遗像之前,父亲那浅浅的笑意,就像最柔韧深切的叮咛,冯平羽知道自己没解开关外三绝的谜题之前,是无法离开这个宅子了。

二、知 味

蛰伏了多日之后,冯平羽忽然提议说去外面吃。大涛笑着说:"自己家是开饭店的,你要出去吃?出去吃也没啥,关键是去哪家,人家厨子都要跑出来和我唠,而且不停地说涛哥,赶上你来,得进后厨指导我两下啊。你说烦不烦?"冯平羽说:"谁让你在这小地方这么出名呢?我想去吃绿杨馄饨,那家还在吗?就是火车站对面那一摊小吃铺。"

"你不提我都忘了,早就没了。大光叔老伴前些年得了尿毒症,大光叔最后把店盘给了别人,听说回山东了。四十年前闯关东,如今凡是关里老家还能找到亲戚的都回去了,如今东北可是留不住人。"

这还真是让她有些伤情。大光叔多好的一个人,每一颗馄饨都包得特别饱满,冯老爷子也喜欢吃。大光叔认得冯平羽,每次都会问,一碗八颗馄饨够不够?再给你多捞两颗,凑成十全十美。其实哪吃得完啊。想起高中时常在那里等她的那个清秀男孩,是叫刘大擎吧?会和她分吃一碗……她曾好几次想问高中同学,刘大擎后来如何了,可是终究没开口,她清楚,这种不切实际的怀旧,如同在河流上写字,是妄念。

那天上午冯平羽在店里看店员们洒扫庭院,放着二人转《看灯》,一片喜气祥和。以前饭馆只是一层平房,房顶上会晒辣椒、茄子干、土豆片、萝卜干、豆腐干、豆角丝、鱼干、风干家鸡和野鸡,就像给阳光的祭坛。那时候没有空调,墙上装了八台清风牌电扇,摇头晃脑呜呜地吹着。晚上打烊之后,大涛经常开着电扇,只穿一条小裤衩,躺在八仙桌上睡觉。她进了后厨,想来自从上了高中就再也没进过后厨了。那时后厨没这么大,人也没这么多,她和大涛在里面择菜、改刀,她甚至偶尔也会站在凳子上,上灶炒一两个菜。那两根羊角辫随着掂勺的节奏一动一动,大涛抓拍了一张照片,还曾经在她二十岁生日的时候给她看过。现在想来,感觉恍如隔世。

从上高中以后她开始讨厌后厨,那里刀光血影,葱椒姜蒜对于那时的她来说都太重口味了。就是那次高中第一天自我介绍的时候,她说自己最喜欢做菜,爸爸是厨子,很多同学偷偷笑,尤其是刘大擎也笑。后来她问同桌为什么大家笑,同桌说,因为你一进屋就带着菜味、蒜泥味。这让她自卑了很久,甚至觉得自己不配跟刘大擎做朋友。所以自打那以后她就不进饭店后厨了,更不再和爸爸、大涛聊厨艺的事儿。

想着前尘往事,如混剪的片花,这时候一个戴着金边眼镜的人走进店里。领班小谢过去说,还有十分钟营业,请在休息区坐一坐。这人遥遥看见冯平羽,于是就摆了摆手。冯平羽心想,这谁啊?不认识啊,气质倒是极斯文沉静。毕竟是自家生意,不能怠慢,冯平羽就走过去。

"您就是冯老先生的女儿吧?"

"不用这么客气,请问您是……?"

"云一树。"

哦,听说过,很有名的美食家,或者说美食作家。很多杂志上都有他的专栏,曾经出过一本很畅销的书《知味》。他天南地北、纽约巴黎,哪儿没吃过？今天怎么跑四线小城的小菜馆里来了？重要的是，冯平羽暗自想，谁敢在她面前声称自己知味？哼，除非是古人。

"我来得唐突，三年前我曾经和冯老先生一起聊过，还切磋了几道菜。这次来，物是人非，故人已去，真是遗憾。"

大涛也从后厨出来了，但上次云一树来的时候，他正好没在。冯平羽觉得既然是父亲的故人，而且也是位美食家，干脆请到老宅里聊聊吧。泡上茶，三个人坐在海棠树下。冯平羽和云一树一聊，才知道他也是学哲学的，不过比她早八年，算是学长了。她对他选择的道路有点不解，学哲学的人最后竟然托身于食物，这似乎有些高开低走啊。

云一树问，你的专业领域是什么？冯平羽说，康德研究。于是两个人就在貌似闲谈中开始了哲学内力比拼，从哥尼斯堡的手稿，到维特根斯坦的战地笔记……冯平羽发现，自己虽然有第一手文献的优势，但谈到理解力，自己完全落在下风，眼见云一树聊起了中国哲学，算是个破绽，便说道："语焉不详，说不明白，我最怕中国哲学这一点，像东北乱炖。""这就是西方人的问题了，在西方，抽象思考最后成了一种职业。但中国可没有，中国人不会供养一些天天以思考为生的人，中国哲人都在自己从事的工作里思考，庄子就讲了一个厨子，杀牛之余谈了一大堆生命哲学。你在北京，你也知道从出租车司机到在墙根下象棋的，都敢讲一套修身齐家治国的哲学，这就是中国哲学的土壤。你觉得这是东北乱炖，但乱炖其实并不乱，我在哈尔滨道外区的一家小馆子吃过生平最难忘的乱炖，馆子旁边就是一个寿衣店，但半夜十二点之前，店里的四张桌子永远是满的。我连续去了九次，并且说自己是扬州人，老板才跟我透露了一点点乱炖的秘诀，那就是芹菜、茄子、土豆、白菜、猪蹄、棒骨、鸡肉、鱼头等等，每一种东西放进锅里的顺序是极其严格的，有一样顺序错了，就好像瑞士手表里的一个齿轮放反了一样，他一口就能尝出来，而这个顺序是他们家两代人反反复复试了无数次才找出来的。东北有多少家乱炖的馆子？但真正把一大堆食材的品性摸清楚的,只有这一家。以此类比,能在各种复杂的因素之间找到秩序,这是中国哲学的特点,是中国人思考的方式,你说这是乱炖的哲学,也未尝不可。"

本以为是个破绽,却一下撞到了重拳,冯平羽被他这一套大开大合的理论说得无言以对。早已经打盹发出微鼾的大涛,忽然在这时醒了过来。

"来吧,我今天愿意献丑,给二位做一道菜,怎么样?"云一树往厨房里一瞥,看见几根茄子,露出笑意,"就来一道东北家常名菜烧茄子。献丑了,我今天可真是要在草堂赋诗、班门弄斧了。"大涛笑了笑,冯平羽知道大涛什么意思,因为师父教大涛的第一道菜就是烧茄子,云一树可是碰到他的拿手活儿了。

云一树一边洗茄子一边问大涛:"你知道我为什么不蒸、不炖,偏要烧呢?"

大涛看了看那茄子,笑了笑,低声说:"东北话糙,你别挑我。厨子们说,脚大的茄子蘸酱,大的茄子油炝。"

"没错,正是这个理儿。烧茄子用十几公分的最好,因为要烧出那种香味来。茄子越大里面的籽越多。而茄子的香味主要在皮,所以要选皮厚籽少的嫩茄子。"

切的时候,云一树只是每条茄子劈开,绝不多切一刀。冯平羽知道,烧茄子如果切成丁,像做地三鲜那样,就毁了。烧茄子就要尽可能让茄子皮完整。大油舔锅,把一小撮蒜末煸成金黄,然后云一树看着油花,静静等待,如将军审时度势,伺机一战。忽然倾盘落子,几条茄子如虎贲勇士、青檐乌骑,迅雷不及掩耳之势入油爆炒,烈焰翻腾之际,几个江山翻覆,落灶后,锅铲划了几个阴阳鱼,翻手落盘,一菜已成。三个人围坐无言,静静闻着茄子的香味。

毫无疑问,这道菜真是炒到了极致。就算冯老爷子再世,也不能过之。

云一树告辞,冯平羽说改日一定亲自下厨请学长再叙。云一树说好,他这个夏天一直在抚西一代游荡,搜寻辽东美食。

"真是个人物,学问那么高,把菜琢磨得还这么深,一招一式,不比我差。而人家还能谈出啥哲学来,真是了不起。"大涛啧啧赞叹。冯平羽虽然嘴上没说什么,但心里简直就像那盘茄子,被云一树炮制得外焦里嫩,已然放不下了。要不是还在清醒中,她甚至都要跟着云一树出去了,随他走到哪里都愿意。所谓虽不能见,心向往之,只好上他的公众号,见字如晤。看他的微信公众号获得的最有价值的一条信息是,他现在是单身,这使她很难抑制自己的浮想……冯平羽又看他"往期精华",读着读着,竟然不觉间会流泪,便一个劲骂自己矫情。

如果今生今世她还在期待一个人作为眷侣的话,即使只是精神的,那一定就是他了。她这么想。心动了就要行动,冯平羽发了微信,问他在不在酒店。他说正在青树山和村妇们一起采松菇猴头呢,估计要下周才能回来。"有什么急事吗?"他问。

一日不见,如隔三秋,你说急不急?但这恰恰是世间说不出的一种急。终于等了一个星期,云一树说回来了。午饭时,大涛说晚上要给她好好做两道自己梦到的菜。她敷衍说,行,她要去找老同学柳青,尽量赶上晚饭的点儿。饭后冯平羽打扮停当,叫了辆专车,直奔云一树住的酒店。云一树说在大堂等她。她觉得有些不爽,但转念一想,如果他直接说在房间等她,那反而有些不好。看来还是他想得周到。

他被高纬度透亮的日光晒得红了一点,但在冯平羽眼里,无论怎样都是那么好。他们先是聊云一树这些天采食之旅的精彩,虽然他讲得很有意思，但她心里存了一周的话，却找不到机会说，或者还不敢说。而且没多久，云一树另外三个朋友进来，说要和他一起离开，她就知道，或许今天不是吐露心声的日子，直觉告诉她，或许今天之后再也没有合适的时机。冯平羽本来想就此告辞，但忽然内心腾起一股斗志，她对那三个人说："我今天本来要跟云学长说一件重要的事情，还没来得及。这样吧，请你们三位先走一步，在外面稍等片刻。"那三个人就先出去了。剩下她和他，四目相对，之间无形的气氛里，却看到不同的世界。

在她而言，是一场风暴就要来临。而在他，是风暴早已消退。

"你知道我要说什么？"聪明敏锐的冯平羽已经预感到什么。

"恕我轻慢，我早在你第一次发微信的时候，就感觉到了。"

"所以，其实你让我这个时候来是故意的，想让他们三个挡住我要说的话？"

"如果我这样安排让你不舒服，我向你道歉。我觉得爱情其实也只是人生的一门课、一种技艺、一门知识，我爱过、领略过、体会过，如今我已经走了出来，这世界很大，我想去过的生活还有很多。"

为什么他说出来的话让她这么绝望，但却又如此内力深厚，让她骂不起、恨不起？的确不能因为她对他热烈的爱慕，他就必须接受。

"可是，我可以陪你一起走，这世界这么大，难道你都要一个人去经历吗？"

"是。我相信你也爱过，男女间的爱本质上就是相互拥有，嫉妒是其本性，就算你陪我一起走，就算我们日日夜夜手拉手不分开，你也不能容忍在我的精神世界里，爱不是第一位的。你不能够。都是爱过的人，你也足够聪明，能理解我的世界，所以能够预料到结果，我们又何必开始呢？"说完他就拿起外套出去了。

她就站在那里，站了很久，其他想来沙发坐一坐的客人一看她的样子，怕她突然失控，于是都一闪而过。后来她就沿着街道走，并不理会方向和路牌。沙果树上的果实快熟了，不久，所有的树都要绿叶成荫子满枝了。她漫无目的地走到乌松河边的湿地公园，在芦苇旁的蓝色长椅上呆坐了很久很久……她的灵魂似乎终于回到身体里，她发现手机屏幕又亮起来。她的手机是习惯性静音。一看，是大涛打来的，五六个未接。一下午的精神凌乱，竟然忘记了和大涛的约定。

大涛在院子里的海棠树下抽烟，烟蒂已经成了一小堆。冯家其实有规矩，历代主厨不可以酗酒好烟，不可以暴食暴饮，不可以过食肥甘厚味，不可以嗜食葱蒜姜芥等所有烈味食材，因为这些东西都会损害味觉，舌头是厨子最宝贵的硬件之一。大涛恪守这个规矩，比她爸还严格，这在烟酒鱼肉盛行的东北，是极为难得的。但他今天竟然抽了这么多。那都是他的心的余烬啊。看见她进来了，他笑了笑，但她看得出来，笑得很难。

"柳青前天就去大连出差了。不是我问她的，是她在朋友圈晒的。"他说。

她感觉脸上一阵灼烧，她无话可说，无可抵赖，只能沉默。

过年依然是东北最隆重的日子。年前几天，大涛忽然对冯平羽说，他要搬出去。"为什么？"冯平羽跺着脚说，"不行不行，这院子你住了二十五年，这就是爸留给你的家，你往哪儿走？"

"家永远是家，我没说离家出走。我就是搬出去住。我的心还在这儿。"

"你别跟我说身哪儿心哪儿的，是不是因为大军的话你听进去了？要是因为害怕流言，那我们得活成什么样子？"

"我皮糙肉厚，他随便说去。你还没嫁人，名声还是得保全。不是说了吗？谎言重复一千遍，就是真理。对了，还有一件事我也办好了，冯记炖菜的法人变更成你了，只有你自己。今后这饭店是你的。"

"你干什么啊!是净身出户吗?你要是这样,就直接把饭店关了吧,我不会去开饭店的。"

"你别想得天都塌了,就是老板换成你自己了,我还是CEO,没说我要撂挑子,你也不会炒我鱿鱼啊。"

"不行不行就是不行,你说的我都不听。"冯平羽说着就坐在那里,摆出一副心如死灰的样子,想试试看他会不会心软。然而他走了,茶没喝一口,兀自冒着热气。他一走,院子一下子就空旷了,也冷了,有他在的院子,似乎满院子的深雪也是暖的。

年三十的中午,大涛来贴春联、福字、窗花,买了一堆爆竹。

"你不去北京和儿子团聚几天?"她问。

"前天已经去看过了。儿子已经上二年级,那骨架子将来也不是省饭的。当天晚上就回来了。"他说。

"真是就见了一面啊。"

"既然当初选择留在抚西,也就只能做到这个份儿上了。"

"当初为什么离婚?"她忽然问。

他一愣,沉默下去。她生硬地又问了一次。他忽然盯着她看,良久,他也没移开视线。她反而有些胆怯了,转身去了厨房。

该接神了,两个人看着窜天猴一颗一颗的彩弹射向夜空。有太多太多年少时的画面,随着花火在空中绽开。焰火之下,谁能不是一个孩子?

三、天 食

刚过了年,冯平羽就再一次领教了什么叫"庆父不死,鲁难未已"。哥哥大军趁人不在,偷走了《骈园食谱》,卖给了疯狂扩张、想要占领抚西的餐饮巨头满汉楼。还真是如同海德格尔讲的,一个人只有因截肢而失去手的时候,才意识到手的最本质的存在。这本《骈园食谱》就以失去的方式,宣告了它的重要性,狠狠地惩罚了素来漠视、轻视甚至是鄙视它的冯平羽。其实,自从云一树向她谈了饮食的哲学之后,她已经开始转变观念,开始阅读这本食谱。但就在此时,食谱丢了。这唯一记录着六代冯氏生息东北的载体不见了,家谱还在,但没有了食谱,家谱也就平淡无奇。这食谱是他们一家之所以独特的依托,没有它,冯家的历史荣耀、自豪就没了源头活水。正痛苦无方的时候,满汉楼忽然把《骈园食谱》还回来了。

四月,河冰已破,积雪难存。满汉楼的新菜发布如期举行,但宣传文案却变了,《骈园食谱》消失了,成了"当代美食创意大师携手满汉楼,'知味食单'发布会"。

冯平羽终于明白了,是云一树解了她的困。云一树用几年间在白山黑水游历探寻所得的一份食单,从满汉楼手里换回了冯家的这本菜谱。冯平羽和大涛自然是感激不尽,说要酬谢他,他却坚决推辞。冯平羽说,那就让她来做一顿饭,棋士手谈,文人笔谈,厨人以箸谈,总不能推了吧?

云一树想了想,甚好。"我有几个朋友,常说'关外无厨',咱们莫不如好好准备一次冯氏家宴,让他们彻底闭嘴。"她问时间。"就在七月吧。"云一树说。"干吗一竿子支到下半年去了?"大涛问。

"时令!"云一树说,"你父亲说过你的天赋他也比不了,不过,美食之道,也是很深邃的,这几个月的时间,还是可以更进一步的。"

这话说得冯平羽若有所悟。接下来的几个月,冯平羽真是用了全部心思筹备七月之约,她和大涛商量了好多次,都定不下来菜单。这次是家宴,肯定不能做得像堂菜,专讲究威武气派,一定要看似简单,实则精致,看似平易,实则珍奇。

冯平羽和大涛又花了好多时间商量了很多东北传统家常菜的改良方案,但她整理了这些改良方案之后,发现这些菜组合到一起,毫无章法。也没有主题,就如吴文英、李商隐的佳句断章,连不成文。冯平羽想来想去,只好回到《骈园食谱》。暂时不想怎么准备七月之宴,先静静心看看老祖宗是怎么琢磨食物的。看来看去,就读到所谓"天食"这一段。以前寻常跳过,这次再看,不就是现成的主题吗?骈园主人说:"树上之果,五谷之实,虽生土中,然不伏于土,其所受者,日月之辉,云霓之雨,四时之气,八方之风,以天为主。其味清远,使人动悦,是谓天食。"原来同样是长在地里的东西,在先人看来,味性并不一样。五谷百果是天食,土豆地瓜就是地食;水中之物,如菱角漂在水上就是天食,而藕埋在泥里就是地食;至于鱼类,喜欢在水面游动的叫天食,而钻泥打洞的就是地食。这样一来,思路顿开,冯平羽有方向了。

正巧云一树因为到沈阳,顺便来抚西看冯平羽和大涛。冯平羽说了关于天食的想法,云一树连连点头,"其实我来之前本想提示你的,不过我又想这毕竟是你的宴席,更何况凭你的聪明,应该能发现的。"

主题虽定了,但具体挑选什么食材呢?大涛说,猴头、飞龙、鳇鱼、鹿尾,但凡白山黑水的水陆奇珍,只要冯平羽说出来,他肯定能弄到。冯平羽沉吟不语,然后摇了摇头,"虽然都是天食中的极品,但总感觉没有人间气,仿佛我们准备的是仙宫里的蟠桃宴,来吃的不是人。"大涛对云一树说:"东北除了这些,还有什么能让你们这些美食家开眼的呢?"

云一树笑了笑,"说实话,真让我在东北开眼的不是犴鼻鹿尾,美食往往在不经意处。"然后他提议,明天去向阳镇吃包子。大涛很是蒙圈,你们扬州人什么包子没吃过,跑这儿来吃,就奔着俺们这包子个儿大呗,你们南方人横竖两刀,分四顿吃啊。

在乡镇农机站的破铜烂铁旁边就是那家包子铺,外面最简易的木条长凳上坐满了背包客。周围三三两两站着一些人，十几平方米的屋子里，没有桌子，也放了三条长凳，食客们开心地吃着包子，丝毫不觉得简陋。穿过人群，看见写在门楣之上墙面的四个字：梅香五花。冯平羽一看那字，疑惑地瞅了瞅云一树，"是你的字。"云一树笑着点了点头，进去吧，吃了再说。老板娘小琴对云一树似乎极为感激，但两个人似乎有默契，都克制这种热情，只如平常顾客打个招呼。冯平羽咬了一口，真惊住了，这么薄的皮却裹得这么紧实，揉面绝对花了大工夫，咬开之后，不是剁碎的肉馅，而是整整一大片五花肉卷着，不生不烂，肉味之甘美有点匪夷所思。大涛嚼了一口，很肯定地说："猪肉里的极品！大锅木头文火熬一宿，咦？这酸甜的馅料是什么？"冯平羽小时候吃过，立刻尝出来，是蓝莓干。难怪这包子铺叫梅香五花。

"快说，你一定和这家包子铺渊源甚深——老板娘也算得上是包子西施了。"冯平羽对云一树说。

"呵呵，我可是先见的包子。两年前一个朋友邀我来吃所谓中国最优质的蓝莓。早上朋友的女儿拎了一袋包子来，我一尝，真的吃了一惊，我就寻来了。那时候这里可没现在这么热闹。老板娘刚从旁边的林子里喂猪回来，原来他们镇子西面山边的人家，经常把家猪撵到林子里跟野猪交配，时间一久，他们养的猪其实都是混血猪，难怪肉味卓异。她进了店开始揉面，一边揉一边和我慢悠悠地聊天。她揉了那么久，我不禁想，一块钱一个的包子，值得这么用心吗？我甚至注意到了她胳膊上的肌肉发达得不太自然。揉着揉着，我发现她哭了。我以为她是因为生意不好而焦虑，等她哭完了继续揉面，才告诉我是因为她男人。她男人几个月前碰上了矿难，侥幸没死，但不幸的是截了肢，一米八五的身体变成了一米三五。他不想成为废人，就非要帮她剁包子馅。坚持了几十天，昨天夜里爆发了，把一大盆包子馅像泥一样，甩得满屋子都是，然后把刀递给她，让她把他砍死得了。人生有这种苦痛，不努力觉得自己很失败，努力了却发现失败感变得更真切。我想了一会儿，忽然记起一次在顺德某个苍蝇馆子吃叉烧包，那家老板就不是把叉烧肉剁成馅，而是一整块，当地人喜欢买他家的包子，但都说老板是偷懒，把这包子叫'嘻包'。于是我就对她说，那就不要剁成馅了，这种机械琐碎的工作或许真的会让一个汉子得上抑郁症。她惊讶地看着我说，肉不剁成馅怎么包呢？我就告诉她，一整片五花肉的滋味或许不比肉馅差。可是一大片肉在包子里，多腻人呢。她担心地说。我看着远处一望无际的蓝莓园，忽然就想到了可以解油腻的蓝莓干，我在法国吃过蓝莓奶酪，知道蓝莓的味性。"

冯平羽忽然有泪涌的感觉，但又不是难过，或许就是所谓的悲欣交集，但还是忍不住说，你这梅香五花的名字，也够心机的。云一树摊了摊手，传播之道嘛，就如西芹百合的流行，我在专栏上提了几次这家包子铺，就有人在做辽东攻略的时候，会为了这个包子铺而改变行程。"她男人还掀锅打碗吗？"大涛问。云一树摇了摇头，"他现在每天切肉切得很开心，不是因为生意好，否则他们早就去城里开大店了，他们的可爱之处就在于为了保证每个包子都出自自己的手，每天只炖那么多肉，只揉那么多面。她男人有时候会坐轮椅出来，远远地在那棵柳树下惬意地看着店里的人。这让我有了一种警醒，这不就是一个厨人的初心吗？当他对至味的追求获得认同，那就是他人生的乐趣了。说真的，我发现我最难忘的食物记忆没有一次是在北上广港的米其林餐厅里得到的，这对夫妻给了我棒喝。"

后来，冯平羽经常会想起农机站旁边的这个包子铺，尤其是小琴背过身去揉面垂泪的样子。云一树在这个事情上悟到厨人毕生追求的价值，但对于食物而言，这又意味着什么呢？冯平羽以她的直觉似乎感受到了什么，却又一时无法聚焦明晰。一天傍晚一个人在乌松边漫步，忽然间看见碧云四合，自己如在天地一体的琥珀里，之前那个缥缈不定的悟忽然明晰了。小琴当年一个人的眼泪，她男人今天默默注视时的眼神，都化作食物中最悠远的后味，只有他们能尝得最深。或许食物对于厨人自身的价值，不仅仅在于让食客吃得忘情，还是在一道菜里，开启尘封的一面记忆之镜，就如失散多年的故友在夕阳里重逢那一刻的忧欢，仿佛是穿透了岁月的歌声。

云一树终于带着美食界的天团来了，加他一共八位。冯家老宅的海棠树下，宾主在一张五米长的榆木清油长桌两边落座。这类美食家品鉴，自然是序菜，逐道上来，从厨房到上桌，时间都有讲究，稍一拖延，口感就差了。每一道菜上来之前，都会有人将一个写着菜名的小木牌立在条桌一端。

冯平羽先跟众人解释了一下"天食"的出处和含义。

其中一位叫李衔枚的说："既然这位骈园主人是从泰州来的，今天可千万别让我们吃淮扬菜啊。"

云一树笑了，"也真是杞人忧天，你们试试用东北的豆腐做个煮干丝试试，用查干湖的鲤鱼做个西湖醋鱼尝尝？美食家如果不能因地制宜，入乡随俗，那也不是真知味的。"

说话间，第一道菜"细柳营"已经端上来了。每人一小碟子，摆在面前。显然这菜名来自"忽过新丰市，还归细柳营"。当时和大涛商量这菜的时候，大涛忍不住笑说："不就是猪血肠吗？叫得这么文绉绉的。"冯平羽就说："哎呀，这个你就不懂了，一道菜的名字也是可以入味的。小碟子里，码了四小段猪血肠，像芥末墩大小，每一段上面插着几根嫩韭，露出一寸长。"

李衔枚说："名字叫得贴切。"然后搛了一段放在嘴里，默默嚼了咽下，喝了口水，说："这猪血肠你们看出什么门道没有？告诉你们吧，这肯定是小乳猪的肠衣,可能最多一个半月大,否则肠衣不能这么细。大肥猪的血肠,在酸菜里一炖,有手腕子那么粗,一搛就散,根本没法吃。这才是好血肠,血紧实,肠筋道。好。"另一位叫陆东夫的笑了笑说:"衔枚兄的舌头自然一向有准头,不过您今天可是走了神了。"

李衔枚说:"怎么了?"

陆东夫的说:"这菜叫'细柳营',猪血肠是那营,细柳你可是一字没提啊,是不是有点顾此失彼啊?"

大涛听他们文绉绉地说来说去,自己听得跟哑谜似的,这句话终于听明白了,于是立刻解释说:"对对,各位老师,这韭菜不是一般韭菜,普通韭菜到这时候早臭大地里,没人吃了。这几根韭菜是在青树山上冷泉眼旁边的野韭菜,那里节气比山下晚。这韭菜发得晚,才新鲜呢。韭菜的鲜来克猪血的腥,妥妥的。"

众人都轻轻拍拍桌子,表示认可,这第一道菜就是开篇不俗啊。云一树朝大涛身后站着的冯平羽竖起大拇指,他知道,这种搭配肯定都是她的心思。冯老爹对自己的女儿没看错啊。

接下来的六道菜,章法俨然,不出所料地让这些人吃得神魂颠倒。主要是完全颠覆了他们的三观,这些挑剔的食客,从来没有想到东北厨子还有这番巧思,没想到这里能把酸菜、血肠、土鸡、茄子这些东北菜馆里的大路货,做得这么别出心裁,而且品质如此精严、品相还这么高华,甚至在整个江南也找不出几家来。最最重要的是,所有的做法都没有放弃东北味道的本色,没有为了迎合而失去面目。众人都好奇最后一道菜会是什么。

大涛请众人移步,撤了条桌,院子中放了个一人高的铁炉子,下面开了四个口,里面已经塞满了炭,红亮的炭块似乎晶莹剔透,发着宝石般的光芒。每个灶口斜放着两穗玉米。四个店员全神贯注地戴着手套翻烤着,每次大概只转两排玉米粒的角度。大涛请八位围着炉子坐在板凳上，静静等待。

李衔枚呵呵笑了，其他几个人看他笑了，也相视会心一笑。云一树自然熟悉他们这些老饕的微表情。他大声说："衔枚兄啊，你是不是觉得这次家宴有点虎头蛇尾啊？"李衔枚摇了摇头："知味兄，虎头蛇尾你有些言重了，我觉得不过是黔驴技穷吧。"其他几个哈哈大笑。李衔枚接着说："不过，知味兄，即便如此，绝对也是不虚此行了。这也是我们近几年吃到的少见的一餐，整个下来可以说是一件白璧微瑕的佳作。"

"您所谓的微瑕，指的就是这最后一道烤玉米吗？"冯平羽笑着问。

"姑娘，知味兄说去年在东北碰到一位天分极高的美食家，同时也是个厨人，我们都不信。这次来了，见识了，知味兄没打诳语，你的确是潜力非常。尤其是你懂得言外之意、味外之思，这可比技术重要多了。厨艺易成，而厨才难得啊，这是靠老天爷赏饭的。"

冯平羽也不多言，只是给大家添茶而已。云一树趁她来添茶的时候，轻轻说："这压轴的一道可是够险的。"冯平羽说："您别忘了，最险的地方才有最鲜的味道。"

终于玉米烤熟，用原棒的内皮包好了，拿给诸位。云一树大声说："你们这些老饕可别露怯啊，烤苞米一定要趁着有些烫手烫嘴的时候边啃边转，这才能吃出至味。"

拿在手里，李衔枚忽然倒吸一口凉气，"哎呀，从没见过烤得这么漂亮的玉米。你们看哈，颜色琥珀似的黄，籽粒饱满油光，而且一个都没爆，每粒上面毛笔尖点的似的，一点点焦，如同蜻蜓眼，哎呀真是烤得蛮有功夫的，不舍得啃下去了。"待第一口咬下去，几粒玉米在齿间舌畔一盘桓，哇，那种滋味，简直是把东北无际的田畴含在嘴里。

一时间八个人都吃得默然无声。

食毕，李衔枚皱着眉头说："我还就是不服气了，本以为你们最后一道烤玉米，已经是黔驴技穷了，但吃了之后，不得不说，这一道埋伏你们打得漂亮。我不服的是，你们怎么那么自信，怎么就赌定了我们肯定会买账？"

大涛说："这道菜本来我是觉得有点怠慢各位贵客了，但小羽说了想法之后，我觉得可以试试。我们之前花了不少时间订制这个炉子，烤了一百来棒玉米，才练出现在的手法。你看我这些徒弟那小脸都跟炼钢工人似的。这玉米之所以这么香，其一是因为品种。现在的玉米都是所谓优质杂交种，叫啥水果玉米的，这和我们小时候吃的完全不是一个东西。我们也是找了不少地方，才找到这个老品种玉米，而且必须要挑，不能太嫩，一咬一嘴都是浆；也不能太老，里面夹生。更重要的一点是啥呢？是要避开烟。平时在大街上烤串的人也烤玉米，那烟直接往上走，全熏在玉米上，烤出来的玉米就呛嗓子。这个炉子，用的炭都是精炭，烟本来就很少，而且这个炉子的结构，让烟全往上走，底下灶口这里一点烟都没有，是百分百纯阳火烤熟。"八个人不住地深深点头，云一树也彻底舒展开面容。

八个人要一起回酒店，大涛去把车开到门口。就在出门的时候，陆东夫忽然问冯平羽："这最后一道菜没有名字吗？就叫烤玉米？"其他几个才如梦初醒，对啊，之前每一道的名字都非常惊艳，这最后一道怎么可能没名字？这可使不得，好像七言律诗最后一个字漏掉了。

"乐游原。"冯平羽说。

众人忽然都沉默下来，肃然站在那里，好几分钟之后，才纷纷出门上车。

将美食家们送到酒店之后，大涛回来问冯平羽："是不是这些人吃得不高兴啊，还是有什么地方他们觉得咱们怠慢了？一路上都没说话呢。在院里的时候不还有说有笑的吗？"

"他们没有生气，是在沉思，我以前跟你说过的。"

"吃饭就吃饭呗，思啥啊？憋不憋屈啊。"大涛摇了摇头。

宴尽人散。大涛也走了。月色下只剩她一个人。

想起小时候一个八月的黄昏，暮色就像琥珀一样，就像今晚烤玉米的色泽。她坐在一个大概叫刘大擎的男孩的单车后面，迎着琥珀般的光辉往城郊的一片高地骑行，西大坡，人们是那么叫的。停在那个地方可以望见整个城市浸泡在琥珀色的夕照里。

"夕阳无限好，只是近黄昏。"这是李商隐在乐游原上看到的，是今晚八位食客在一穗琥珀色的玉米上看到的，也是她和刘大擎在那片高地上看到的。

四、地 食

冯平羽知道云一树在业界的威力，但是这次七月家宴带来的影响还是超出她的预料。远远出乎预料。不但无数电视台、平媒、网媒、视频平台、纪录片导演、专栏作家、出名老饕纷纷要来采访、摄制、预约、洽谈、膜拜，还有很多餐饮界巨头把橄榄枝摇得她心思凌乱，甚至很多本来对餐饮没兴趣的资本，也生发了兴趣。云一树说，小荷才露尖尖角，早有蜻蜓立上头！如今就是收割名气的时候，你可以行他们的方便，不能让他们行你的方便。

冯平羽沉下心来，毕竟父亲的心愿还没完成。她发现《骈园食谱》越读越妙，开始由衷地服膺自己的这位先祖。他作为一个士大夫被流放于荒寒之地，却没有自暴自弃，而是以一己之力，用自己的"文"，来化周围的"野"，这是何其强大的心力啊。《论语》上说，非道弘人，乃人能弘道，这就是儒者的坚毅和雄伟之处吧。关外三绝还没有水落石出呢，还是要下功夫细读，看看能否从其他的字里行间找到线索。

她决定要去一趟骈园主人冯静亭和他的儿子冯洽山居住的地方。从第三代冯鹏水开始，冯家就从黑龙江迁到辽宁来了。所以骈园主人所谓的关外三绝，应该都是在黑龙江的祖居地周围可以见到的。

冯平羽最终自己踏上了寻根之路。先到宁岗县，打听食谱上提到的丹伯嘎村，没人知道。后来找到县文化局，拜访了里面的一个机关职员。他帮着找出了宁岗县所有行政村的资料，没有发现丹伯嘎村。百年间的变故，大概这个村子已经湮灭于历史之中。黯然之余，冯平羽只好在县内各乡村间辗转游历。她发现此时的原野已经今非昔比，饱受化肥和农药侵害的土地，早已变得极其匮乏。童年时常见的酸角、黑天天、刺玫果、菇娘……开春翻开的稻田地里，会有甜脆的老母猪牙、香糯的狗卵豆子，如今都消失得一干二净。

行至哈尔滨时，最大的惊喜是联系上了刘大擎。他现在是医生，是因为在微信里看见一篇讲抚西冯记的爆文，才想来联系她的。两人在松花江大桥上溜达，远处哈尔滨大剧院柔软的轮廓像某种蛤的肉。看着男孩子载着女孩子从身边骑过，冯平羽说，她第一次坐男生后座就是他的车。他瞪大眼睛说不记得这回事，他协调性差，到大二才学会骑车。她提醒说高一那年端午节，同学一起约了去青树山采艾蒿，就是坐在他后座，途中她还偷偷摸了他肚子上软软的肉，还有好多毛呢。他想了想，很肯定地说，那次他是坐在班长大辰的后座，她坐的是她大哥大涛的后座，而且自己高中的时候瘦得像筷子，肚子上哪有肉，更没有毛，就算现在发了福，也是长不出毛的。说着撩起衬衫，果然是青光光的肚皮。他说他俩最常做的事就是去吃绿杨馄饨。"那你没有骑车带我去西大坡上看过夕阳？""更别提了，那个大坡我自己都骑不上去，何况还带着你。"冯平羽从没意识到自己把和大涛相处的很多事情，都换成了跟刘大擎在一起，难道是因为他当时清秀漂亮？或者他的学霸名气？人的记忆也真是诡异。

冯平羽回到抚西已经是国庆节。云一树说他的一位日本朋友濑户先生知道了那次天食家宴，想明年夏天来拜访，希望能领略地食的风采。"他凭什么可以提出这个要求？"冯平羽问。云一树说："因为他可是日本屈指可数的宗师级美食家。我钦佩的人，你还不信吗？"冯平羽说："那好吧，请你转告，我正式邀请他。"

"松下之覃，泥中之蛙，泽中之鳅，洞中之獾，伏于地、濡于湿，所受者土也，其性阴厚，其味腥冷，知味者食之有黍离之思，是谓地食。"看了食谱中关于地食的描述，冯平羽有些困惑，首先地食的食材似乎并不稀罕，而且都有土腥味，这都是厨人最头疼的。虽然可以用作料压制土腥，但只是掩耳盗铃，失其本真。为什么骈园主人说地食之美"胜于天食"呢？而且说关外三绝正是地食之冠。

时间一晃就到了，但冯平羽还没有在全书里找到关外三绝的最后答案。这时候三姑姑来探门儿，听说了这事。三姑姑说，丹伯嘎是满语，后来肯定改成汉语名字了。三姑姑记得她爸讲过老家的样子，是在一个山谷的谷口，山里面有一座峰叫羊角山，山崖上都是石头缝，人们经常去那里捉蝎子。大涛说不如再去一次。冯平羽觉得为了这本食谱里最后的秘密，值得。两个人再次找到了那个宁岗文化局的干事，在众多村子里依据地形一个一个地找，最后发现有一个村在谷口，村名叫烤烟村。冯平羽在网上查了一下，满语里烟草的发音特别像丹伯嘎，实是烟草最先传入中国时英文 tobacco 的音译。烤烟村看来就是以前的丹伯嘎村。两个人到了烤烟村，一问果然有羊角山，现在谁家长疮长疖子，还有人去山上捉蝎子来吃呢。

村主任说了，听老辈的老辈传下的话，是有家姓冯的人家在这里住过，房子早没了。以前山上林子密，松树多，有哈什蚂，现在少了。大涛对冯平羽说，这倒不怕，延吉的林蛙更好。然后问这儿的人吃什么鱼，老汉说河里也没啥大鱼，有人家喜欢在稻地里养鲫瓜子。冯平羽去看那蛙声噪天、稻花飘香的水田，看到那在秧苗间游弋吞吃稻花的鲫鱼她就知道了，食谱里"游于田塍"的第二种关外绝味就是这个。

第三个，打雷天就有的东西，问了好几天，终于有个老太太说，那就是雷窝子吧，一种蘑菇，长榛子树下面，也不值钱哪。

然而正赶上早了一个多月，山上一个蘑菇都看不见。云一树问，何时回？濑户先生一行已经抵达。大涛说，要不干脆用猴头菇代替？冯平羽说不行，骈园主人既然这么推崇这种蘑菇，一定有原因。等吧，等一场雷，等一场雨，这一宴不是单为了濑户先生。至味也是缘，没赶上，也只能遗憾了。

两个人就住在老乡家里，闲着没事了就替老乡下田干干活。农活，冯平羽小时候只学了一点，早忘了，大涛出手还是有模有样，脱成赤膊干得满头大汗。村人看他那身肌肉和胸口肚子连片的体毛，都说真是条汉子。老太太就问，你俩是两口子吧？冯平羽急忙说不是。那你俩是兄妹？大涛又说不是。村人就蒙了。终于等到了白雨倾盆，雷霆震撼，整整下了一夜，第二天雨势如丝，两个人等不及了，上了山。路窄蒿深，走几步，全身都湿透了。雨又大起来，两个人躲到山上药农的窝棚里。里面打更的老头出去看雨里羊是不是跑了。

大涛说："心里一块石头终于要落地了。"

"我怎么觉得好像一切都要结束了似的？"

"什么意思？日本老头还没吃到呢。"

"那有什么关系，反正食谱最后的谜团已经解开了。我想我也为冯家尽了本分了。"

"你别吓唬我,是又要走吗?"

"你关心这干吗?"

"瞧你说的,到底怎么样你才能留下呢?"他一边说,一边脱下上衣擦头发。

冯平羽忽然问:"你记得高中的时候,有一年端午节,你骑车带我去采艾蒿吗?"

"嗯……"他支支吾吾,"可不,上了高中,你就和同学在一起,不怎么搭理我了,说我身上老有蒜泥味,也不让我带你去西大坡看夕阳了。"

她忽然用手摸着他的肚子,闭上眼睛,就好像回到十几年前的那个端午节,那时早上的露水也把她的裤腿湿透……他没说话,只是呼吸变得粗重。她把脸轻轻靠在他胸口,毛茸茸的,像早春浅草的原野……

找羊的大爷回来了,掀开塑料门帘一看,"哟呵"了一声,就缩身出去了。

山中天气还真是善变,忽然又响晴了,大太阳透过门帘晒进来,湿漉漉的衣服一晒,又湿又热,最难受。这时候外面的大爷用羊鞭子敲了敲门帘,"雷窝子那玩意儿,太阳一晒就瘪咕了,赶紧去采吧。"一听这个,两个人只好强忍着又把湿衣服穿上。

大爷带着他俩专门挑榛树棵子找,那雷窝子色泽洁白细腻,如同邢窑白瓷,伞盖不同于一般菌类的薄而扁,而是非常厚实,简直像从地里钻出来的小小的乳房。冯平羽还特意摘了很多青涩的榛果。"这没熟的玩意儿摘了干啥用啊?"大爷问。她只是笑,没回答。

回抚西的路上,他们都对山中发生的事只字不提。冯平羽就好像终于打开了一个系错了多年的绳结。大涛呢,是有点蒙,他一直期待她能感受且接受他。

濑户先生快八十了，但依然容光焕发。"还以为知味观道的厨人在中国已经绝迹了呢，没想到会在这里。"他说话并不客气，但也没有恶意。他小时候就出生在这里，爸爸是南满铁路的修理工。"我爸爸很善良，没有杀过人。而且他的维修技术是最好的，所以不用拿枪。可是作为战争机器上的零件，有谁是真正无辜的呢？我只祈祷战争永远不再发生。"

除了濑户、云一树，还有回头客陆东夫和香港的二星米其林店厨师大竹。

地食的第一道是"风入松"，哈什蚂肚子里塞了一小勺松粉，以葵花子油淋之，并以热油自其口灌入，一激之下，松粉的香味向外散发，透过肉和油的混合，呈现出一种极纯净的松脂气息。四个人吃完，颔首浅躬。"长白林蛙果然名不虚传。"大竹说。陆东夫说："不过似乎土腥味稍浓。"

第二道，名曰"江上书"。巴掌大的鲫鱼切花，过热油，七分熟即出，同时稻花也过油沥在鱼旁。点睛的是在雪白的翻翘的鱼脍上挤几滴黑天天汁，这种浆果的乌蓝汁液和鱼脍的味道混合在一起，酸清甘厚，不断升降沉浮，仿佛老酿一般，可以咀出好多个层次，恰如翻墨入江，散色成云。

濑户吃完依然没说话。这次连大竹都说，看来河鱼的土气确实有点重啊。大涛有些尴尬，因为他是想去处理掉土腥味道的，但冯平羽闻过尝过之后，坚持本味。大涛又看看云一树。云一树表情平静，看不出喜恶。

第三道，"缶中月"。几片洁白如瓷的雷窝子，上面撒着一点点盐，放在黑陶大碗里端上来，撷起一片，底下是滚烫的带着绒皮的青涩榛果。榛果是在热锅里翻炒过的，它的香气顺着热力透进菌片里。陆东夫、大竹一片入口，久久才咽下去。云一树闭上眼睛，深深吸了口气，好似要让这滋味凝固在感觉里。

大竹说："这什么菌啊？味道真是——特别啊。"

陆东夫说："这算我平生所吃到的最土腥的食物了，你们放在压轴的一道，想必这东西一定是不得了的山珍。你们用榛果烤它，虽然是巧思，但说实话，这东西不是生鱼片，还是烹了好。"

这时候大家忽然看见濑户先生竟然流下眼泪。他说了声"斯米麻赛"，然后掏出手帕掩住脸。陆东夫纳闷了，低声嘀咕："濑户先生是怎么了？是不是说这么珍贵的食材被糟蹋了？"濑户先生忽然对陆东夫说了几句日语，似乎有些生气，好像是在反驳他，而且在努力克制自己的激动。云一树立刻说："濑户先生是说东夫兄误解了他，这种菌类并不稀奇，东北的百姓常用来炒酱吃，而高档餐馆并不采用。我觉得我能理解濑户先生对今晚三道菜的感受，我可以替您说说吗？"

濑户鞠了一躬，伸手示意请云一树说。

"《骈园食谱》里说，天食味道清远，地食味道浊厚。我们用尽一生努力收割高高生长的谷物，采摘高处的各种果子，我们甚至觉得风是清香的。而供养这一切的、养育我们一切人的大地呢，她的味道恰恰是腥的、浊的，因为她接受所有万物死亡之后的遗骸，我们不能死在天上，死在云里，我们都死在地上，腐朽在泥土里。大地不嫌弃我们，把万物之死全都包容下来，而且在乌黑的泥土里，所有死亡的东西都复活了，野草、花朵、虫子、大象、人都在泥土里融合在一起，然后又滋养出新的万物，这样周而复始，直到永恒。美食家们都讨厌土腥的味道，但乡野之间的寻常百姓家，这些味道每天都是他们闻到尝到的，也只有这种气息，才能让我们记住土地，记住她的容纳与痛苦，她用痛苦转化死亡的力量，是世间最伟大的。"

云一树说的时候，陆东夫和大竹也不禁低首，冯平羽第一次因为别人读出自己的菜而哭了。大涛不明所以，但也是气氛到了，湿了眼眶。当然，云一树自己的眼睛也湿润了。濑户先生站起来和冯平羽、大涛、云一树一一拥抱，轻声说着谢谢。

"我在这味道里又想起童年的大雨,我是赤着脚的孩子,奉天城外乌黑的泥从脚趾缝里钻出来,带着新鲜的腥味……"

尾声·之一

美食不是智慧的障碍,也不会让智者成为胃的奴隶。真正的知味者在食物中获得的启示,绝不亚于理智所窥见的真理之光,而爱情也绝非一定要在精神上等量齐观。爱的发生,也是不由自主,也是蓦然回首,也是人生的神秘啊。

尾声·之二

大涛开车送冯平羽去机场。初冬的雾里,东北的树,举着一个个巨大的鸟巢,那是被候鸟们遗弃的乌黑心脏吗?

濑户先生极力邀请冯平羽和云一树去日本厨人协会访问,NHK也要录一个大型节目,A Bite of Manchu。考虑再三她还是接受了。一路上冯平羽和大涛少有地沉默。

在机场停车场里,他们谁都不催谁,坐了十几分钟。

"走吧。"最后大涛猛地推开车门,去车后厢取箱子。

在安检通道门口,他突然问:"不会不回来了吧?"

"为什么?"

"有云一树陪着你,也兴许有哪个更懂厨艺的日本人什么的。回到这里呢——只有一个厨子。"

"是啊。兴许吧,"话没说完,她就转身离去,但在心里继续说,"品到最深处的至味,还是从小生长之地的一茎一叶。"

尾声·之三

那年我为了解开关外三绝最后的谜团,第一次去寻找祖居之地,未果,之后在东北游荡。

在一个午后,因为口渴,我到一户农家找水。墙上爬满豆角蔓的院子静悄悄的,我看见一个两三岁的男孩骑在农民自制的土玩具木马上,平静地看着我这个陌生人,并且没有忘记吮着手里的一块腌萝卜干。那或许是农忙时无暇照顾他的父母给他的一下午的零食。

我也不知道为什么当时差点哭了,不是因为可怜,恰恰相反,或许是因为那笨拙的木马上男孩满脸幸福而自在的神情……或许几十年后,他的舌根又偶然泛起腌萝卜的滋味。在暮色满墙的寂静宅院里,父亲做的笨拙的木马上,他像一个王子,从家门口到父母劳作的田野,都是他的国。

我想我明白了骈园主人推尊地食的想法。关外三绝并不是什么昂贵珍馐,恰恰相反,都是林中、河谷、山上居住的农人常见之物,这些食材就和农人的双脚一样,感受东北四季往复的寒暑霜露山远水长。所以地食的真味,就是用味蕾感受这方水土和这里生活的人。当年我的祖先知道江南将永远回不去了,白山黑水将成为我们繁衍生息的地方,这本食谱或许宣示着精神上的迁居,努力完成口味上的转换。只有吃惯了东北的食物,才能真正成为这里的人。

原刊《人民文学》第 5 期

小陶然

房 伟

一

深冬白日,雪飘飘洒洒。天色灰铅铅的,快八点了,老邱才挨挨蹭蹭地踱到陶然居,吃上一顿迟来的早餐。陶然居隔着一条马路,就是麓城的定慧寺。老邱爱寺里的钟声。八点整,定慧寺早课刚下,院里老槐树下那口青铜钟敲响了,"嗡嗡"的响声,发闷,但传得远,刚走到饭馆门口,钟响荡漾过来,揪住老邱的裤腿,弄得他一个趔趄。

柜台收银的小凤,瞥了他一眼,嚷着,邱叔,肉丝面给你留着呢。

小凤飞快跑到后台,端出热气腾腾的面,"吭"地摆在他面前。

老邱道谢,懒懒地吸溜着面条。小凤又拿上了一碟炸得红澄澄的花生米。

邱叔,别睡太晚,你看那黑眼圈!小凤关切地说。

女孩不过二十出头,胖头胖脑,朴实,热心,见不得倒霉的人。

老邱点头，继续吸溜他的热面条。他习惯人们用这样怜悯语气和他讲话。开始，他还强颜欢笑地说，挺好，谢谢关心。次数多了，懒得解释了。

花生米挤在青色瓷碟，冒着诱人香气，闪着油光。老邱小心翼翼地，将花生米一颗颗地用筷子数着，从碟子拨到吃光了面的面碗。然后，再一粒粒地，从面碗将花生米数到碟子中。刚炸好的花生米，滑溜，老邱的筷子，夹不准，滴溜溜乱转。

老邱数得认真，小声嘟哝着，额头冒了汗。用餐的人少，没人注意他。老邱抬头，看到窗外电线杆上，站着一只枯瘦的喜鹊。它缩着脖，勾着爪，盘在电线上，铁铸般冷硬。微风吹过雪花，沾在喜鹊身上，一片，两片，喜鹊黑白相间的身躯，仿佛变成一个白球，只有长长的黑喙，尖尖的尾巴，伸出来，证明这是个活物。

钟声最后敲了一响，仿佛叹息，渐渐扩散在街头巷尾，像水的波纹。漫天浮雪，好似也颤抖了一下。喜鹊也晃了晃，再次执拗地钉在电线上。

倒霉鸟，不知找窝避避？有伴儿吗？该不是冻死了？老邱心下惨然，天地不仁，这喜鹊，餐风披雪，受饥忍渴，它怎么能叫"喜鹊"呢？

老婆在医院走了，老邱的生活节奏被打乱了。原来他很早就做好早餐，小米稀饭，溏心蒸蛋，翠绿小莴苣咸菜，稀饭里还切了细细火腿丝。老婆吃不惯医院的饭。她生病后，脾气更大，动不动就骂人，摔东西，疼狠了，更是喊着老邱的老娘骂。

年轻那会儿，老婆就和老邱的母亲不对付。现在，母亲早过世了，老婆也身患重病，可还记着十几年前吵架细节，翻箱倒柜地耙出，掸干净历史尘埃，拎在嘴边示众。老婆口角有点歪，讲话不清楚，但这不耽误她骂人。老邱也不晓得，"女人何苦为难女人？"芝麻绿豆的事儿，咋有这么多深仇大恨？

老邱嘻嘻笑着，早起，给老婆弄早饭，再送过去。累是累，气是气，可看到老婆被化疗折磨得憔悴不堪的脸，老邱也只能忍着了。

几个女病友，都敬重老邱，赞美老邱心细，对女人好。老婆找到老邱，是上辈子的福气，这就是传说的"真爱"。老邱"嘿嘿"笑着，不搭话。

老邱在市文联上班，挂着副主席职，处级干部，算是闲差。宣传部陈部长，挺关心老邱，让他把工作都放放，全力陪护老婆。老婆这肝癌晚期，陪护也就是尽尽心意。儿子小邱是深圳一家化工公司的中层，没时间陪护，就给老邱微信上，分几次转了几万块钱，说，实在对不起妈，订单搞定，马上就回，这点钱，给妈妈买营养品，一点小心意。

老邱看着小红包，一个个跳出屏幕，很像几把血淋淋的红色小刀。

老邱一笔钱也没接，都点了"拒收"。他在微信上，用语音对小邱说："'小心意'留着吧。你妈快病死了，你还在挣钱。有'意思'吗？"

人到了这份上，很多事，就是"意思意思"。"意思"既是给快死的人看的，也是给活着的人看，更是给自己看。

意思到了，心也就安稳了。

老邱晓得，小邱在深圳房贷很高，工作压力大，抠门很正常。小邱结婚，老邱只给了房贷首付，儿媳意见很大，但老邱实在拿不出那么多钱。小邱也晓得，按照老爹的脾气，微信转的钱，老邱多半不要。

果然，老邱拒收，小邱在微信上发了一个"遗憾痛哭"表情包，没了下文。

这就是"远走高飞"的儿女吧。

其实，"意思"到不到，也是"没意思"的事。"意思"再大，再感天动地，也糊弄不了阎王爷。

老婆几年前中风，歪了嘴角，行动不灵了。去年，又查出肝部癌变，化疗，遭了老罪。她是清晨突然走的。医院抢救了几次，下了死亡通知书。老邱慌乱着，几个老乡帮忙，换老衣，洗脸，拾掇好了，给拉到了火葬场，走那边的程序。家里也搭起灵棚，走家乡风俗的程序。小邱也坐飞机赶来，臊眉耷眼的，进门就号啕大哭，倒捞了"孝子"名头。

老邱冷着脸，没搭理他。儿子的算计，人死了，飞一趟什么事都办成。如果单是看病人，就得飞两趟，甚至更多，不划算。

老邱木头般坐着，向送丧的人致谢，不说话，也不哭。大家都称赞老邱坚强。过几天，程序走完了。市郊鹿耳山，风景不错，老邱给老婆准备了一块墓地，就埋在了那里。小邱又飞回深圳。小邱就有些内疚，嚷着说，让老邱多去玩玩，放松心情。

老邱还是送儿子去了机场，叮嘱他早点生小孩，别太拼命。回来路上，出租车里，老邱望着窗外倏然逝去的风景，想起儿子六岁那年，他让儿子骑在脖子上，一手领着老婆，全家人去南林公园玩。那一幕好像就在昨天。老邱张着大嘴，呜呜咽咽地哭，鼻涕淌在手背，泪水打湿了出租车沙发套。司机不知为啥，也不敢劝。

老邱哭够了，才想起，亲友送的白包，好像儿子都带走了，名单却不知放哪里了。

没了老婆，家里安静了，静得吓人。老婆脾气大，风风火火，年轻时爱笑爱闹，在机关医务室工作。老邱家是农村的，老婆家庭条件好，父母都是铸件厂干部。老邱长相一般，个头不高，苦瓜脸，性子蔫蔫的，但他学习好，是省城师范大学的高才生。岳父母看他老实，就找人促成了婚事。老邱说不上爱老婆，也说不上不喜欢。他一个山沟的穷孩子，上了大学，当上干部，还娶了城里女人，有啥不满足？

他习惯了老婆发脾气，吼叫，指使他干各种事。如今，都没了，所有气息和影子，变成了尘埃。家里空空荡荡，好似身体被生生摘走了什么，走路都漏风。"漏风"的老邱，顺着耳朵、鼻孔，溜走很多精气神，生活也不规律。原来每天早起，现在却醒得很晚。

晚上睡不着。老邱睁大着眼，看着黑暗中飘浮在空房间的尘埃，老婆还没走，就站在房间某个角落，喋喋不休地对他说着什么。他怎么也听不见。刚要闭上眼，老婆又跑来，在他耳朵边吹气。他爬起，打开灯，还是什么都没有。

他叹息着。这个老婆，活着不让他安生，死了也不放过他。

陈部长看到老邱萎靡不振的状态，关心地说，你还年轻，再向前走一步？这样下去，不是办法。

老邱也明白，可真要续弦，心里没底。他刚五十出头，虽然"发际线高"，但常年搞文化工作，戴上一副黑边眼镜，文绉绉的。他是处级干部，公务员工资也稳定。但老邱谨慎，对续弦有些担心。他这个身份、岁数，去婚介所，有些难为情。

他依稀想起，第一次和老婆相亲的场景。二十世纪八十年代末，他大学毕业，分配到文化局，给局长写材料。文化局局长学戏出身，喝了酒后，在办公室，关着门吼上两嗓子。局长也是话痨，开会能把群众说昏过去。但局长不喜别人说话。他欣赏老邱这个沉默寡言，颇为实干的年轻人。局长张罗着给老邱介绍女友。老婆打扮时髦，性格开朗，和老邱一见面，就打开话匣，津津有味地说了半个小时。老邱没见识过几个女人，上大学时更自卑，没和女同学说过几句话。一个时髦城里姑娘，干部子女，又在机关工作，浑身都是雪花膏味，和他说说笑笑，他怎能抗拒？

结婚，有孩子，性格差异显露出来了。老邱爱静，老婆爱动；老邱性子宽和，老婆急躁；老邱爱文学，老婆更爱钱。更要命的是，老婆和老邱的母亲关系恶劣。母亲在麓城待了两年，就回了乡下。没过几年，就去世了。老邱没少掉眼泪。老邱的母亲，年轻守寡，拉扯他长大。母亲没跟着老邱享几天福，就被城里儿媳妇气得减了寿。

婚姻就是鞋，合不合脚，只有自己知道。可穿鞋的人，开始都图新鲜热闹,哪能想到凑合着挺下去,要吃一辈子苦头?

母亲死后,老邱的话越来越少,文章却越写越多。也是因祸得福,老邱婚姻不顺心,散文写作,竟然更加得心应手。那些文字,回忆家乡,想念母亲,书写自然,描写朴素人情,还真闯出条路。老邱获了散文奖,成了麓城市,乃至省里有名的散文家。老邱也因此受到提拔,调入文联,成了分管文艺创作的副主席。

陈部长大手一挥,说:"寻个老婆还不容易?我让工会冯主席帮你!"

二

冯主席,白白净净,有点"娘炮",五十多岁男人,下巴不见几根胡须,溜光水滑。他是机关有名的"婆婆嘴",最喜欢保媒拉纤——特别是二婚。用他的话说,结婚像荒山遇狼,第一次全凭大胆和运气,打死了狼,大获全胜,胆怯被狼撑,终不免亡于狼腹。这二婚,要靠算计,购买武器,提前准备,充分评估,力争万无一失。但也有风险,人算不如天算,再好的计划,赶不上变化快。这三婚就成了妥协,狼和人都怕,相安无事,又相互提防,胜利喜悦,无从谈起,还要担惊受怕。

婚姻心理学上讲,第二次婚姻,幸福的机会更大。男人经过一次婚姻,再也不是幼稚小男生,更成熟,也更富于智慧,知道如何经营婚姻⋯⋯

冯主席"嘚啵嘚啵",上了一个小时"婚姻真理课"。

老邱听人说,冯主席老婆是"母老虎",俩人在家也吵架。冯主席热爱这份"媒公"兼职,就好比武松改行成了杀猪匠,英雄豪情无处施展,只能将哨棒换了杀猪刀,只要过了瘾,权当又成了"打虎英雄"。

老邱性子蔫，只听着，倒被冯主席以为"偶遇知音"，兴奋得唾沫星乱飞。

老邱实在受不了，说："冯主席，我再婚这事，靠不靠谱？"

冯主席一拍大腿，说："老邱，你是'钻石王老五'！关键你想寻啥样的？有条件吗？"

老邱搔搔头，想了想，说："没啥条件，投脾气投缘。我不挑。"

冯主席面露难色："保媒最怕遇到'闷骚'的主，嘴上说没条件，实际条件高得上天。还有的说不挑，那是找梦中情人，难上加难。"

"先给你讲讲，麓城二婚市场行情吧。"冯主席郑重其事地说。

老邱有点好奇，敢情还有这么多说道？

冯主席的样子很专业。他打量着老邱说："你这条件，基本可找三十到四十的女人，离婚、丧偶，都没问题，运气好，能碰上老姑娘。"

老邱不信，说："老冯，为了喝口喜酒，不能信口开河，我可是秃顶大肚子的老鳏夫，又不是潘安、宋玉，这么抢手？"

冯主席挺直身子，自信地说："你不了解，男人有点身份地位，又是丧偶，不愁找。女人二婚，那是打折处理，行情不一样哇！"

按照冯主席的说法，麓城是普通三线地级市，人口两百多万，说开放不甚开放，说保守也不甚保守，关键是女多男少，"优质男性资源"不易找。一般而言，五十多岁丧偶独居，经济条件好、地位不错的男人，都能找到四十多岁、三十多岁的女性。

"五十多岁丧偶女性呢？"老邱追问。

"只能找六十多岁，或七十多岁的男性。"冯主席说。

性别歧视，老邱惨然，可想到自己的"优越性"，又有点兴奋。

冯主席很激动，望着老邱，眼睛闪亮，"奇货可居"的意思，还透着点"羡慕嫉妒恨"的神情，好像巴不得死老婆的不是老邱，而是自己。

老邱有些将信将疑,还是回家想想,到底要找啥样的。

老邱回家,把老婆遗像拿出来。老婆高鼻梁,大眼,人高马大,配他绰绰有余。但他模糊想起,上大学前,他暗恋过一个村里姑娘,小巧娇羞,皮肤白,性格温柔极了。

温柔!老邱眼前一亮,对了,就找温柔的!

老邱羞羞答答地把意思讲了,冯主席说:"有目标,就有方向,陈部长和我说了,你这事儿,关系到干部队伍稳定,保准完成任务!"

冯主席办事效率高,没过几天,给老邱约来一位,人民医院护士,三十九岁,无孩,丧偶一年多了。

见面地点,老邱约在陶然居。这家饭馆饭菜口味香,环境好,早上有早餐,晚上关门又晚,还可以喝下午茶,适合老邱这样没人疼的老鳏夫。再说,老邱愿意听定慧寺的钟声。

老邱刮了脸,换了新夹克,人显得年轻。小凤见到他,撇嘴,说:"邱叔,春天要来了?"

老邱有些窘,说:"叔的人生,下了半辈子雪,就不能有个迟来的春天?"

小凤笑着说:"我给叔安排僻静雅间,祝叔成功!"

老邱挺满意,小凤这孩子,别看是乡下丫头,可心善,又有眼色。

老邱要了一壶红茶,等了会儿,来了个女人,个子不高,小巧玲珑。她告诉老邱,在医院工作,不再说别的,只低头喝茶。白衣天使,老邱有点喜欢。他当女人害羞,没话找话,和她瞎扯。女护士倒不忭,老邱有问,就有答,但也不主动。

老邱说了半天,也惊讶,这些年,他从没和一个女人说这么多话。

"你有病吗?"女护士突然问。

什么？老邱有点蒙圈。

"我是问，身体有啥病吗？"女护士低低的声音说。

"挺健康，"老邱嘿嘿地笑着说，"都是些小问题。"

"到底有啥病？"女护士抬起头，锲而不舍。

老邱无奈，说："谢顶，痔疮，中度脂肪肝，轻微神经衰弱，还有脚气，灰指甲……"

女护士掏出小本，认真记着。老邱更奇怪了，这是相亲，还是来看病？

女护士记完，用中性笔敲着本子说："还叫没啥毛病？你看看，问题还少？"

老邱说完，也被吓一跳，敢情自己是个病人！

"还有，"女护士打量着他，说，"看体形，超重不少，前列腺还行？"

老邱脸红腾腾的，感觉让人扒光，绑在烤肉架，上下左右地翻烤，还撒上孜然辣椒面，刷上热油……

要戒酒，戒肉，多运动，早睡觉……女护士说起来没完。

"从前有过大的病史？"女护士又逼问。

老邱支支吾吾，到底说出，五岁得过肺炎，住过医院，十一岁淘气，摔断胳膊，打过石膏。十六岁，在学校爬围墙，偷跑出去租小说看，被扎穿过左脚……

女护士眼神愈发严肃，下笔唰唰的，记录不停。

老邱慌了，这是"几个意思"？

他偷偷发短信，问冯主席，女护士何方神圣？她是"孙猴子请的救兵"吗？

女护士不记了，盯着老邱看，眼圈发红，哽咽地说："大哥，别嫌我烦。我真怕了，我们家那口子，走的时候，才三十八岁，尿毒症，受老罪了，整天做CRRT。"

"那是啥？"老邱问。

"CRRT是持续性肾脏替代治疗，包括持续性静脉-静脉血液透析滤过（CVVHDF）和持续性静脉-静脉血液滤过（CVVHF），比普通透析好点。这尿毒症，太受罪，人不能排尿，从后腰上，都能渗出黄黄的尿结晶……"

女护士一边讲，一边哭，老邱想到老婆癌症的惨状，也陪着哭。女护士说了一个多小时。好好的"相亲会"，成了"诉苦会"，一男一女，相对而泣。

临走，女护士表态说，老邱人挺好，如果俩人发展，要求他婚后，每月提供一次体检报告……

俩人离开陶然居，下午四点多了。小凤嘻嘻哈哈地说："邱叔，厉害哇，第一次见面，就聊得人家寡妇'嗷嗷'地哭。"

老邱懊恼地说："是我被撩得哇哇地哭，这是造了啥孽……"

定慧寺的钟声，响得也乱。小凤说，这钟声，最不靠谱，除了和尚早课晚课比较准时，平时花二十块钱敲一下，没板没眼，不听也罢。

三

老邱给冯主席打电话，气哼哼地说："你推荐的啥人？就是没走出丧偶之痛的疯狂妇女。"

冯主席说："人家重感情，总比老公刚死，就喜笑颜开的女人好吧？"

老邱承认，但"每月体检"的架势，受不了。女护士有"疾病密集强迫恐惧症"，精神不太正常，可能医院干久了，都有点职业病。

冯主席见老邱不满意，又发动关系，继续寻找，组织出面的事儿，还搞不定？

老邱见了不少，不是他看不上，就是人家看不上他。有的女人借相亲推销产品，有的女人开口就让老邱买这买那。还有的女人，一上来就盘问老邱的存款和房子。有的看起来不错，但话多，苛刻，挑剔，自以为是，特别是因男方出轨离异的女人，对全天下男人都有意见。

最夸张的是一个女律师，四十多岁，老公跟着小三跑了。她和老邱去渔歌舫吃鱼头宴，先是咒骂了一个多小时前夫，又非说鱼头有异味，逼着饭店倒赔二百元。趁着她讨价还价的空当，老邱飞快逃走了。

老邱当时想，如果包厢在一楼，他真想跳窗户逃生。

吃鱼都能整出这么多事。老邱原以为，老婆厉害强势，可将她和奇葩女律师一比，简直是"柔弱小妖"与"强悍大魔王"。

前前后后见了七八个，都不合适，老邱有点泄气。有人给老邱出主意，还是去大型婚介公司靠谱。冯主席不让，说这是挑战他"职业媒公"声誉。他又介绍了一个女教师，在麓城九中教语文。冯主席电话中，神神秘秘地说，三十四岁，老姑娘，没结过婚，长得好，温柔，老邱，你遇到我当媒人，修来的福气！

老邱的心脏没缘由地"怦怦"蹦了几下，好像一只熟睡绿皮大青蛙，被几只飞虫逗醒，一蹦吃一口虫，有点"惊喜小高潮"。

老邱嗫嚅地说："不合适吧，女孩和我儿子差不多大。"

"虚伪！"冯主席批评他，"你是合理又合法，又不是包二奶！"

隔着话筒，老邱都能感到冯主席喷薄而出的"酸劲儿"，全是碳酸味。

这次见面，老邱准备更充分。他先去浴场泡澡，让搓澡工"咯吱咯吱"地搓了个白里透红。接着，又去买了一件高档米黄色风衣，搭配白衬衣,深蓝色领带。他特意带上去年出版的散文集《蓝水河的呼唤》,送给女教师。

还有一束玫瑰。老邱这次真动了心思。

刚到陶然居,小凤眼尖,连忙给老邱道喜,说:"邱叔,浑身上下透着喜气,又来相亲?真行,越战越勇!"

老邱答应着,说,哪里,赶鸭子上架。

也怪,自从去相亲,老邱对生活又有热情了,工作勤快,话比从前也多了。虽说不成功,但总能抱点期待。生活还是有点期待,才能"有意思"。

老邱这次不点红茶,点了一壶龙井。他起身接茶壶,恰好碰到一个女人身上。女人身材匀称,气质不错,笑眯眯的。茶壶的水,洒了女人一身。老邱道歉,心想,坏了,不会是女教师吧。谁想,包间又进来一个年轻女人,瘦瘦的,米黄色大衣,戴着淡红色围巾。

小凤过来帮着收拾,对洒了茶水的女人说:"大姐,别介意,这是邱叔,来相亲的,慌着呢,您是和邱叔相亲的女朋友?"

女人忙摆手,退了出去。这时,年轻女人说:"我是冯主席介绍的。"

小凤忙道歉,又笑着对老邱说:"邱叔,真不是打听您隐私,上次那阿姨,一把鼻涕一把泪,太吓人了。"

老邱也觉得好笑,中年大叔相亲,惊天地泣鬼神。他说:"这次保证不这样,千万别围观,不好意思。"

年轻女人主动介绍说,叫谢红。老邱赶紧让座,也介绍自己。俩人相互寒暄。老邱偷眼看去,谢红化了点淡妆,白净瓜子脸,还戴着金丝边眼镜。

年轻,知性美,看着也"正常"。

有了上次经验,老邱不那么猴急,学会了矜持。他先送散文集,再送玫瑰。老邱观察了一下,谢红接到散文集,是惊喜,拿到玫瑰,表情羞涩。

按照文学家的揣摩功夫，老邱判断，谢红喜欢文化，也没怎么交往过男人。

谢红说话细声细气，春风化雨，又像小溪流水，潺潺湲湲。谢红说，上学时，整天忙学习，没考虑婚姻，上班，又忙工作，就给耽误下来了。

老邱也聊了丧偶状况，不好意思地说："年龄差距有点大，委屈你了。"

谢红说："成熟稳重的男人，有责任感，也能更好地参悟人生。"

老邱忙不迭地说，参悟，参悟，共同参悟。

老邱偷眼看去，谢红没恼，还笑了，两个酒窝，真好看。

谢红又说，报上看过老邱的散文，有悲悯之心，又称赞老邱选的地方好，素雅，干净。

老邱说："心里烦闷，在这里消磨时光，听听定慧寺的钟声，静了许多。"

谢红眼中透着惊喜，说也喜欢定慧寺，老邱开玩笑说，人家都说，和尚收钱，让人乱敲钟。

聊了两个小时，彼此感觉不错。谢红还送了一串菩提根佛珠手串给老邱，说是特意到藏佛牙的山东汶上宝相寺求的，特别灵验。

过几天，老邱又约谢红在陶然居吃饭。谢红提议，去定慧寺后面的"慈航素斋馆"。老邱喜欢肉，但看在谢红面上，勉强去吃素斋。馆子清静，大厅放着王菲的《弥勒佛心咒》。菜品透着"素意"，有豆腐做的"素鱼""素肉"。每份数量少，谢红吃得更少。

老邱有心多点，又怕不雅，被谢红看成"贪吃"。

俩人后来又约着去书店、公园。老邱处处小心，迎合谢红，心也挺累。也不是自卑，就是面对林黛玉般纤尘不染、高洁温柔的女孩，生怕面露粗鄙，唐突佳人。

老邱自从"谈恋爱"，精神状态好转，开始注重打扮。冯主席少不得表功劳，从老邱办公室抢走几盒高档金骏眉茶叶。认识的人都说，老邱最少年轻了十岁。老邱在心里算计了一下，减去十岁，就比谢红大不了几岁啦。

也有不习惯的地方，谢红喜欢叹气，没事就聊佛经。她喜欢"读书和文化"，基本是佛系一路。她也喜欢文学，但局限在《红楼梦》这样的伤感文学，文学修养有限，对心灵鸡汤那些道理，倒听得津津有味。生活的事，她不甚了解，不会洗衣做饭，更别说家务。年纪轻轻的，家里的事儿，都是钟点工打理。

老邱了解，谢红年纪很小，父母过世了，她是被一辈子未婚的姑姑抚养大的。前几年，姑姑也走了。谢红的性子，就有点冷。老邱可怜她，愈发对她好。老邱还常到她家里，帮着收拾屋子。一来二去，老邱起了心思，想要留下，住一宿。

冯主席说，经营二婚，好比买二手房，房子"大小新旧"很重要，更重要的是，房子要"住得舒服"，水管不能漏，楼板要隔音，木地板不能翘，床要软硬适度。老邱想看看，谢红到底适不适合结婚？只有"住过"，才能清楚。

天公作美，雨夹雪，北风呼啸，怎么看，都是留客的天气。谢红睡得早，老邱抱着被子，屁颠颠地躺在客厅黑色真皮大沙发，浮想联翩。厨房料理台，还残留着老邱做的青菜炖豆腐的气味，清香怡人。屋里暖气热乎，客厅左侧，老邱摆了一件花篮，花开败了，可以换点别的，提升空气质量；客厅右侧，摆着洗衣机，下午老邱洗了几十件衣物，烘干，叠好，摆在长桌上，散散潮气。毛巾、床单、T恤、袜子、三套纯棉美人牌内衣裤，一件柔软的粉红色内裤，松紧带有点松垮变形，底部也磨损变薄。他甚至发现，棕红色木地板和踢脚线接缝处，有些细小粉末，该是蚂蚁的痕迹。老邱合计着，改天给房子除除虫……

谢红抱着被子，从卧房钻出，说睡不着，找老邱聊天。这也是应有的题中之义。懂得和女人聊天，就是耐心听她缓慢地讲一个冗长故事，或一个冗长道理。谢红给老邱讲《金刚经》心得，修行的人，要力防我相、人相、众生相、寿者相。人不可执着、不可分别人与我、不可凌驾众生，整天琢磨这过程，都是"着相"……

这种场合，这种氛围，聊天应该不止于此。

老邱内心的欲望，仿佛小野兽在瞬间长大，再也无法遏制。他抱住谢红亲吻。谢红避让，挺不好意思。老邱继续，却吃了一个耳光。

老邱蒙了。咋回事？谢红赶紧退开，开始哭。老邱更蒙了，挨打的是他，谢红咋哭了？谢红抽抽搭搭地说着，大意是以为找岁数大，丧偶的男人，历经沧海巫山，能超脱俗世，"和谐"度此残生……

老邱听了半天，大致明白了谢红的心思。她要的不是老公，而是一个"佛经听众"，能给她鞍前马后，打点俗事的"管家"，保护她躲在幻梦中的"金钟罩"，只在一起唠"素嗑"，讲"素经"，吃"素斋"，睡"素觉"。

她"素"得只爱自己，难道不也是"着相"？

老邱想想，也是傻，这样的女孩，如果不是有问题，怎可能这个年龄还没男友？

老邱没伤心，只是有些遗憾，为谢红惋惜。这么好的女孩，怎么钻牛角尖？老邱的脑海，总浮现出那件粉红色的、松散的小内裤。他使劲摇头，感到羞愧，就像一只老花狗，努力忘记昨天丢失的一块肉骨头。

深夜，老邱离开谢红家。雨雪正紧，路上泥泞。老邱蹦蹦跶跶，躲着小泥水坑，手抄在大衣口袋，紧紧地扣着佛珠。毗邻小区，是一条肮脏商业街，红红绿绿霓虹灯，高高低低的电线杆，与那些鹅毛大雪，瓢虫般雨点,纠缠在一起,模糊了老邱的视线。

老邱的手心盘着佛珠,沁出了汗,不是说开过光?咋不灵呢?

老邱远远望去,谢红家的灯还亮着,一个孤独的影子,印在了窗上。

四

老邱冷静了,再仔细想,要啥"第二春"?自己的春天就没来过。你以为是富豪还是明星?"老牛吃嫩草",老牛要老当益壮,身份显赫,嫩草也要软硬适度,才能不扎伤老牛。又好比"老树发新芽",老树要生机勃勃,新芽也要有韧性,才不会变死芽。大部分老树和老牛,都吃不上嫩草,长不出新芽,不过"痴牛或痴树说梦"罢了。

几次折腾,老邱再婚的念头淡了。每天早上去公园跑步,白天上班,晚上练书法,生活单调,但比较规律。遗憾肯定有。时间久了,遗憾就慢慢堆在脸上,蔓延成皱纹,佛家讲,这就叫"废退"。

天气越来越暖和,麓城的病毒性感冒,却开始肆虐。老邱本来没事,单位组织活动,搞文艺汇演,忙前忙后,人多又扎堆,老邱就病倒了。平时老邱感觉身体不错,照顾老伴,整天忙活,也没觉得如何。这次不一样,似乎要集中把几年的悲伤孤独都"冒"出来。老邱发高烧,昏天黑地,吃不下饭,只能住院。医院人满为患,都是因为流感住院的,大部分是老人和孩子。

我是老人了?老邱从没有这么无助。

更倒霉的是,老邱居然在医院遇到第一次相亲见过的女护士。女护士见到老邱,一副"早知你身体不好"的表情。护士告诉老邱,她再婚了,老公是退休体育老师,身体特棒,还参加过环城马拉松。老邱被奚落了一顿,也没心情还嘴。

郁闷,真是郁闷。

老邱迷迷糊糊,总能听到老婆在身边讲话,说的是十几年前的旧事,儿子打碎了一个碗,两口子斗上半天嘴。那天晚上,不知为何,陈芝麻烂谷子,老邱记得格外清晰,老婆骂人时的俏皮话,他都记得一清二楚。

春夜,老邱望着病房外墨色天空,默默无语。他闻到了死亡诱惑的气息,像老婆做的稀饭,寡淡,却有着一股踏实的感觉。他使劲盘着佛珠,十三颗菩提子"哗哗"作响。有信仰真是欣慰之事。病好了,他也要到定慧寺烧香。

病好不了,就戴着这串佛珠去见佛祖。

第二天,吃了消炎药和退烧药,老邱身体轻了很多,五脏六腑空荡荡的。其他病人,都有亲属陪床,老邱这边冷冷清清。他给儿子发了微信,顺便发了一张卧床"惨照",儿子又回复一个"惊讶痛哭"表情包,就没有了下文。

老邱想,儿子太忙,发文字的时间都没有。忙点好,受重用,这样他也放心了。

老邱眼窝湿湿的,也不晓得是不是眼泪,就是心里难受。

"大哥,咋还哭了?是不是打针太疼?家人呢?"

老邱听到耳边有人问,抬头看去,不认识,一个四十多岁妇女,戴着口罩,瞅着他笑。看穿着,应是医院的护工。

老邱没好气地说:"你是谁?多管闲事。"

女人放下扫帚,在他的病床前站了站,说:"大哥,人这辈子短着哩,想开点。"

老邱再仔细看,眼熟,女人又笑,解了口罩,弯着腰笑,眉眼都笑开了。她身量匀称,虽然穿着护工的衣服,但整洁干净,手指长长的,也是白白净净。

老邱这才想起,陶然居好像见过这女人,被他洒了一身茶水。他绷着脸说:"在饭店看我笑话,又笑到医院来了?"

女人还是灿烂,说:"我当时好奇,也是奇怪,又碰到了你。"

"碰到你倒霉!你是倒霉鬼他妈咋的!"老邱的嘴更毒了。

女人不恼,说:"你心情不好,说两句就说吧。人就这样,撒撒气,气顺,病就好了。"

老邱鼓着腮帮,"呼哧呼哧"地捯气,像被针扎透了的气球,瘪了。

老邱再看那女人,人家没理他,帮隔壁床位老头喂饭。老头也是高烧,满头虚汗,只能吃点稀薄小米粥。女人小心翼翼地端碗。老头忍不住咳嗽,一口黄绿浓痰,喷到碗里,恶心极了。老头有点窘。老邱也赶紧往旁边拧身子。女人却不急,笑眯眯地说没事,倒了碗,洗干净,拿热毛巾给老头擦嘴。

女人到卫生间拾掇干净,又回来给老头喂稀饭。

老邱有点服气那女人。他也伺候过病人,这可不是啥好活计。

女人是真好脾气。别人说老邱脾气好,老邱明白,他的"好脾气"是装的,不过比较能忍罢了。

俩人你来我往,居然也说在一起,互相留了手机号。女人叫高静,四十多岁,没孩子,老公在外面有了别的女人,和她离婚了。她没正经工作,当过服务员,现在家政公司给人家当钟点工。在医院当护工,也是别人暂时安排帮忙的。

一个女人,中年离异,又没孩子,她怎么活得这么开心?

老邱越发佩服她了。这叫坚强,活出"自我风采"。自己这爷们,倒不如女人豁达。

老邱的病好多了,回家休养。老邱忙着还好点,在家待着,冷锅冷灶,看电视发呆,书也读不下去,眼前高静的影子,晃来晃去。

鬼使神差,老邱拨通了高静的电话,听着那边挺热闹。高静说:"在菜市场呢。"老邱说:"能不能上我们家做做钟点工?没啥事儿,就是做饭,打扫卫生。"

高静有些为难,说:"有主顾了,如果上老邱家做,只能一周来一到两次。"

也行哇,老邱挺兴奋,声音都高了。

这么说定了。老邱洗澡,换衣服,刮胡子,把家里大扫除一番,等着周末高静过来。

一天,两天,三天……可算熬到了周末。

高静一进门,就伴随着笑声。她带了不少清洁工具,看了老邱家里,吃了一惊,说:"这不收拾得挺干净?"老邱咧着嘴,有点"计谋得逞"的小得意。高静也乐了,说:"大哥,行呀,现在不也挺开心?"

"还不是你来了。"老邱说。

高静脸红,没搭话茬,赶紧又收拾。老邱拾掇房间,就是"驴粪蛋子表面光",不够细致,仔细打量,就露了马脚。床底灰尘,堆得挺厚,犄角旮旯,也沾挂着不少脏东西。更不能细看的是厨房和卫生间,水槽子底下是积水,便池也有不少黄渍。

高静够利索,一个多小时,屋子亮堂清爽。高静又向老邱要钱,跑到小区门口菜市场,买了蔬菜、生猪蹄、鲤鱼和乌鸡。不一会儿,厨房传来切菜声音,外带一股久违的油烟味。

老邱缩着手脚,踱回书房,看起了书。不知咋的,那本书老邱瞅着,格外舒服。书皮摩挲着,也沙沙地响。不知不觉,一个多小时,高静在客厅喊老邱吃饭,花生炖猪蹄、乌鸡莼菜汤、炒藕片、糖醋鲤鱼,三菜一汤,营养丰富。

闻到饭菜香气,看到高静穿着花围裙,笑意盈盈的样子,老邱的眼有些湿润。老邱伺候了小半辈子老婆,如今也被女人舒舒服服地伺候,才感觉出当男人的好处。

老邱悄悄地把手腕那串佛珠抹下来。

五

高静每周来一次,大部分是周末。老邱央求她多来,她推托,说不能怠慢其他老主顾。周末成了老邱最期盼的节日。高静给老邱收拾房间,外带做饭,收费不高。老邱有心给她加钱,高静不同意,说,我凭劳动得收入,光明正大,你多加给我,可不敢来你这里了。

老邱对高静又敬重了一分。他喜欢和高静说话。他和老婆过了几十年,都是听老婆训斥和安排。他和谢红相处,也是整天听谢红讲佛经。没承想,老邱在高静那里找到了听众。也有人愿意听他说。老邱说到伤心处,她陪着落泪,老邱说到滑稽处,她也陪着笑。高静永远是一副精神抖擞、心情愉快的模样。老邱好奇地问,你怎么这么乐观?

高静说:"没啥大道理,人生一世,草木一秋,人都苦熬着,别太在意,就这么回事。"

老邱惊讶,说:"你挺哲理呀。"

高静说:"别看不起人,我虽然学历不高,当年也热爱过文学。"

说到文学,老邱有了自信。他和高静讲他写的散文。高静听得认真,还做笔记,过了一阵子,居然写出了一篇小散文,名字叫《陶然》,讲的是第一次与老邱认识的经过。老邱看来,散文比较幼稚,也带有心灵鸡汤痕迹,但贵在真实。老邱打趣着说:"小高,我当时在你眼中,是不是就是一个怪咖老头,相亲狂?"

高静认真地说："没那么想，就感觉你有点搞笑，细一想，又觉得可怜。"

老邱鼻子一酸，又哈哈笑起来。陶渊明说："人亦有言，称心易足。挥兹一觞，陶然自乐。"他现在就差一个小酒杯了。人生如流水，随意赋形，全都由不得自己。他有吃有喝，有固定工作，还有女人听他讲文学，该知足了。

几个月过去了。老邱平时想着高静，见不到，发微信语音，有点难舍难分，可那层窗户纸还在，就缺"捅破"的契机。那天周末，高静又来做家务，来时有些晚，下午四点多了。高静看着疲惫，精神不振。老邱心疼，就帮着一起做饭，俩人相对而食，有点老夫老妻的感觉。高静一顿饭下来，郁郁寡欢，话也没说几句。

"是不是遇到啥事了？"老邱问。

高静说没事，老邱再三追问，高静迟疑着说，前夫又来闹，要钱。老邱说，不是离了吗？还纠缠不清？高静讲，男人不务正业，与别人合伙做生意，生意赔了，合伙人卷钱跑路。男人不出去工作，天天在家玩游戏，网上扎金花，现在的老婆也跑了，他没钱就来和她纠缠。

都是套路。老邱替高静惋惜。好女人背后，都有一个赖男人？电视剧的狗血剧情，也有生活底色呀。俩人有一搭没一搭地聊，天就黑下了，先是稀稀拉拉的小雨，再后来，雷声轰隆隆地响，雨点连成小佛珠似的串子，哗哗啦啦，抽打在屋檐和阳台的防雨篷，发出"噼噼啪啪"的火星。

望着漫天扯过的大雨，老邱看看意气消沉的高静，有心留她，又张不开嘴。高静怔怔地，才醒悟过来，慌着要走，又发现没带雨具。

慌啥？晚点回去，不也是你一个人，这雨看着要下一夜。老邱慢慢地说，像自言自语。

高静没说话。暴雨天不能动电器，老邱没开电视。屋里暗，俩人开了灯,喝茶。老邱讲了这些年来和老婆生活的苦恼。高静说:"你俩性格不投,你也真能忍,几十年做模范丈夫。"

"不过怕麻烦罢了,"老邱苦笑着说,"人都有惰性。我过去不晓得想要什么。"

"现在晓得了?"

"晓得了,"老邱眼睛亮着,咬咬牙,一字一句地说,"就是想要你。"

男人都是这样。高静叹息着,茶水的蒸汽袅袅,笼罩着高静匀称的身姿,渐渐有些看不清脸庞上的表情。

老邱没来由地惶恐。他又想起那串佛珠。

男人真不是东西。所有温情蜜意,都为了那一刻"图穷匕见"。

可是,高静不答应怎么办? 老邱无法想象,如何面对那个局面。

高静叹息着,不讲话。老邱大着胆子伸过手,紧紧握住高静的手。雷声轰鸣,仿佛万吨炸药在老邱耳边炸响。几道精白闪电,凄厉地亮,刻在沾满雨点的玻璃上,惊心动魄,连带着老邱的心肝脾肺都被劈了个焦煳。这是老邱的战场,已无路可退。高静的手挣扎了几次,劲不大,都没走脱,好似茫茫雨夜,在陷阱里挣扎着的母兔,被夹住了腿,流血是死,淋雨也是冻死,被猎人逮着是死,哀嚎着更是累死,总之都难逃一死……

一夜折腾。这是老邱从没有过的体验。这是不是爱情? 老邱拿不准,可俩人就是快乐。漫天大雨,河水也漫灌出河道,四处都是汪洋。高静不主动,也不被动,俩人配合得默契,好似多年夫妻。老邱老当益壮,高静就低俯,曲意迎合;老邱力不从心,高静就迎上去,俩人你争我夺,沉沉浮浮,又你来我往,到了凌晨才昏昏睡去。

雨过天晴,风轻云淡。老邱从未睡得如此舒服惬意。醒来,睁开眼,看到高静盯着他笑。老邱不好意思,"嘿嘿"了两声,嗫嚅着说,昨晚上风雨有点大。

高静一骨碌爬起，嚷着去做饭，临下床，拍了拍老邱的肚子，说："得了便宜卖乖，你该在家里摆上两尊神像，一尊风伯，一尊雨师。"

老邱调皮地说："没他们眷顾，能这么恣？你可是天神给的'田螺姑娘'，我这个穷书生，全靠你做饭洗衣。"

"信不信？"老邱说，"我心里早就有你？"

"不信。"

"不是我心里有你，你躺不到这张床上。"老邱说，"陶然居，我看你第一眼心就蹦。你心中也有我，要不然，也不能随了我的心。"

高静瞪起眼来。

"你……"她说。

"你喜欢我啥？秃头亮得能点灯，省电钱？还是肚子大能当桌子使？"

"你真坏……说了你也不懂。"她慢慢挪开目光，"中年女人，就想要个安稳，安稳的男人，年龄大点，也没啥，人要安稳。"

"年纪大就安稳？"老邱说，"现在坏老头多了，没看电视吗？"

"就冲着你对死去老婆的态度，就是安稳的男人。一个男人，再能忍，心不善，不安稳，也难得悉心服侍生病的女人好几年。"

"我那是窝囊。"

"不窝囊！你有才华，心善，能容人，能为别人打算。你不喜欢的女人，都能如此对待，跟着你，肯定没错。"

"我不好好对你，不是人！"

"我前夫比你会哄女人，可他喝酒了，总打我。"

"我不喝酒，不打人，更不会打喜欢的女人。"

"你是真心？还是哄我？"

"口不应心，让定慧寺的钟把我砸死！"

"呸！呸！……别说不吉利的话……你死了,我怎么办？"

六

老邱和离异中年女钟点工好上了。

消息传得飞快,机关上下都知道了。陈部长找老邱谈话,认为不般配,年龄和身份都不般配。失败的"媒公",工会冯主席也不赞同。

"都是我的失职！"冯主席拍着大腿,痛心疾首的样子。

"我现在挺好。"老邱不好意思,毕竟冯主席给他介绍了那么多女人,虽然没成,但这份人情,也不能忘。

冯主席不领情,说："你大小也是县级干部,这么将就？是不是让人讹上了？"

"说啥呢？"老邱不太高兴,"老冯,你帮忙,感激你,可你介绍的,都不合适,我现在遇到合心的,你不祝福我,还埋汰人！"

冯主席叹了口气,欲言又止,想了想,还是说,"二婚有风险,我也不说啥了,你要打听清楚对方的底细。这种事马虎不得。"

老邱答应着,没太在意。他相信高静,做人要有信任。他和高静来往越多,越感觉这个女人可以信赖。人家也不图他的钱。好几次,老邱要给她买衣服、首饰,高静都不同意。老邱也想和高静再进一步,可高静说,刚好上,再互相了解了解。

高静还是每周来一次,对老邱却更关心了,问寒问暖,有时俩人一起出去转转,也去陶然居,一起吃饭,听定慧寺的钟声。柜台收银的小凤,现在升级当了领班,还是热情的性子,见老邱过来,嚷着,邱叔,好长时间不来了。

老邱笑着,说,还是老几样,抓紧上菜。

小凤看看老邱和高静,连声祝贺,叔,春天来啦。

老邱红着脸，嘿嘿笑。他和高静边吃菜，闲聊天。老邱讲到了"佛系"的谢红，还有定慧寺的故事。高静也想跟老邱去定慧寺，去求姻缘，看看和老邱能不能白头偕老。

老邱是认真的人，和高静睡了，就要负责任。可高静的状态，不大像奔着结婚去的，倒好像谈恋爱的小女生，卿卿我我，喜欢让老邱给他念散文，听得入迷还落泪。晚上俩人更是缠绵。但是，老邱想到她的住处看看，总被她拒绝，细问家庭、父母等很多问题，她也回避，问急了，就哭，老邱也不好再深入了。

一来二去，老邱挺不舒服，感觉高静瞒着他什么事。小邱也打微信电话来询问。老邱挺奇怪，没和儿子说过这事。小邱说冯主席告诉他的。老邱有点烦冯主席多事。

小邱说："老爸，你不会被骗了吧。现在骗婚的女人可多了，专门对付你这样的半大老头。一结婚领证，就偷偷卖房，要不就哄着老头把养老的钱，全转给她。"

"胡乱怀疑！"老邱冷冷地说，"你是担心将来我死了，分不到家产吧。"

小邱说："我真的担心您。老年人理性思维退化，容易上当！"

"你才退化！"老邱暴跳如雷，不迭地骂，"兔崽子，老子养你这么大，你到底尽过多少孝心？别拿你老爸当傻子！"

"您就我这一个儿子，我咋能不孝顺您，不是工作忙……"

"甜言蜜语，留给你老婆吧。老子的钱，愿意给谁就给谁！愿意让谁骗，就让谁骗，你瞅着不顺眼，我也没办法！"

老邱挂了电话。老邱性子绵软，很少和人吵，更不要说儿子了。更年期了？还是儿子的话，戳中了他的痛处？

老邱又把和高静的交往，翻来覆去想了几遍，也蹊跷。高静的背景，雾里看花,朦朦胧胧。她不会真是"田螺姑娘"吧?

老邱摇头,决定还是和高静说清楚。他拨通高静的电话,说:"你平时都在哪里做家政?我能过去看你吗?要不我上你家?"高静还是推托,说:"我住在老城区西关,脏乱得很,你不用过来,我周末找你就行。"

老邱说:"咱们关系都这么近了,你要让我多了解你。我儿子都晓得了咱们的事,刚才问我,我都不知道怎么回答他。咱们这算什么?炮友?"

高静没了声,许久,才说:"邱哥,一言难尽,给我点时间,我一定给你满意答复。"

高静扣了电话。老邱心里更没底了,他决定当一次"福尔摩斯",来个"女友大调查"。他请了假,先去陶然居。这是他们第一次见面的地方。他找小凤了解情况。小凤想了半天,没说出所以然。不过,小凤说,那个高静打听了老邱半天,才过去和他搭讪。

小凤对此较肯定,高静缠着她问了许久,都是关于老邱的事。老邱心里沉了沉,这最起码说明,他和高静的"美丽邂逅",真有可能是刻意安排的。

这是为啥?图财害命?还是自己魅力大?老邱有点混乱,脚步有些踉跄,抬眼看去,定慧寺的屋檐,闪着一只喜鹊的影子,"嗡嗡"的钟声乱响,扰得人心烦。

老邱想,去麓城人民医院,肯定有发现。他打上出租车,去了医院,找到给他看病的熊大夫,让他查邻床老头的电话。熊大夫给他查到了,老邱迫不及待地打过去,问家政护理工高静,咋和他联系的。老头耳聋,老邱在电话里吼了半天,才听明白。老头愣愣地说,啥护理工?人家是志愿者,可别瞎说。

志愿者?老邱的眼镜好悬没掉下来。

老邱按照老头提供的电话,又联系麓城青年志愿者协会,那边倒是说,有这么个女人,但不叫高静,叫高菁菁,只有身份证号和电话,她当时也没写工作单位。

老邱颤抖着手,再拨打高静的电话,那边已关机了。

老邱追查了大半天,没啥新进展了。忙着"查案",老邱中午饭都没吃。眼看着下午一点多,老邱失魂落魄地在街上踱步,又转到陶然居。小凤看到老邱这副模样,也不敢多问,后厨已熄了火,小凤抓紧吩咐给上一碗面。老邱吸溜着面条,日子好像又回到了半年前。下午的阳光,洒进窗户,抹在青瓷碗上,老邱的脸上,仿佛涂上了一层淡金色。猛然间,钟声又响起,宁静的世界好似颤抖几下,淡金色也就倏然消散而去。老邱从窗户玻璃的反光中,看到自己苍老的容颜:硕大的脑袋,日渐稀少的头发,耷拉的眼袋,红肿的眼泡,松弛的皮肤,还有几块若隐若现的老人斑。这才是"真实的老邱"啊。

老邱感觉,自己就像贪心的孩子,偷到一瓶果酱,只顾疯狂品尝甜美味道,全然未想到,瓶子里同样融化着一颗致命毒药。

老邱胡乱填饱肚子,也不想回家,就在街面闲逛。人群熙熙攘攘,各自为了人生目标奔波,只有他是无目的地乱走。他原来也有目标,就是找一个可靠的"安稳"的女人,幸福地走完人生下半程。现在看来,这个目标,大概是镜花水月了。其实,他的内心,还有一个隐隐的目标,就是能在大街上遇到"高静",不对,是"高菁菁"。

茫然走着,不知不觉,到了西关老城区。老邱接到单位电话,说是去年绩效工资发下来了,让本人去农业银行核对。很多年轻同事,都办理了手机银行,不用去银行查账,有手机短信提示了。老邱年龄大,反应慢,不太相信网上银行这样东西。他的钱,都是定期去银行查。那天也巧,农行的折子,恰好带在身上。老邱想,今天反正不能上班了,不如去银行看看吧。

西关老城区，外来租房户较多，环境差，嘈杂，老邱很少来，对哪里有农业银行也不熟，只能胡乱走，打听着问，居然也让他找到西城农业银行分行。人真不少，老邱拿了号，坐在椅子上排队。忙碌大半天，心情又郁闷，坐在那里，他竟然瞌睡上了。老邱迷迷糊糊，做了一个美梦，梦中他变成了一个二十多岁棒小伙，高高兴兴去相亲。相亲的对象，居然是高静。那时的高静更年轻，更好看，俩人手拉手，一起去逛定慧寺。佛祖宝相庄严，小情侣跪在佛像前，美美地笑着。佛祖突然睁开眼，冷冷地对他说，醒醒吧，看看你身边的人……

老邱晃了晃，醒来，发现有个银行男职员推自己。原来老邱睡了一个多小时，排在前面的人都办理完业务，后面的人也办理完了，银行也快关门了。偌大的营业厅，只剩下老邱一个客户，"白茫茫一片真干净"。老邱睡得太香，哈喇子流到肩膀上。老邱擦擦嘴，赶紧到柜台。

正办理着，听到柜台后喊，高主任，先来看看这个单子！

一个中年女人风风火火地跑进柜台，忙不迭地说，来了，来了。

老邱听着声音熟悉，抬眼看去，匀称的身材，干净利索的短发……这是"高静"？

老邱愣住，"高静"这个打扮和平时他见的不一样，深蓝色职业套装，高跟鞋，手腕上还有块明晃晃的精致女表，一看价值不菲。

"高静"也看到老邱，脸变得煞白。俩人隔着柜台玻璃，对视着，玻璃反射着银行顶层的灯光，老邱耳边是嘈杂的人声，头发晕，简直要昏倒在地上……

银行轧账后，老邱和"高静"找了个咖啡店，坐了下来。老邱稳了稳心神，张张嘴，想要骂人，却不知如何骂起。

"高静"淡淡地说："本想过几天告诉你，你既然看到，想问什么就问吧。"

"你是谁？干什么的？"

"我叫高菁菁,高静是曾用名,我是西关农业银行的信贷部主任。"

"为什么骗我？"

"没骗你。"

"名字和工作都是假的,不叫骗子？"

"我……暗中观察你,等时机成熟,再告诉……我们的感情是真的！"

高菁菁看着老邱发飙,也不着急,好像她抚摸着一沓被顽童剪碎的钱币,甭管碎成啥样,也能拼出来。但人心不是纸币,胶水粘好了,就可以"以旧换新"。

"笑话！……把我当傻子？你还骗我上床,你是不是有艾滋病？"

正如钱钟书说："忠厚老实人的恶毒,像饭的沙砾或者骨鱼片里未净的刺,会给人一种不期待的伤痛。"老邱的愤怒,犹如冲出体温计的水银,没有正经用武之地,全都是伤人又伤己,老邱说的是高菁菁,自己的眼泪不知为何却下来了。

"我没病！"高菁菁的眼圈也有些红,"我离婚后,见了太多不靠谱的男人,我只是想先考察考察,没想骗人！"

"怎么选中我？目的是什么？"老邱气咻咻地继续问。

"能骗你啥？"高菁菁的眼泪终于落下,"我在麓城有五套房产,论收入,我也比你高！这几个月,我没多要钱,照顾你,把身子都给了你……"

老邱细想,也是这道理,气有点消了,可这么做,高菁菁到底咋想的？

高菁菁缓缓地讲述,抽噎着,断断续续,思路还清晰。她七年前离异,前夫好吃懒做,虽然离婚了,但时常跑来闹事,向她要钱。这些年,她在银行当中层领导,收入颇丰,她又很有投资头脑,在股市和房市上,都发了大财。但是，婚姻依然不顺。她也陆续经别人介绍，认识了不少男人，都没有结果。她和两个男人同居过，都到了谈婚论嫁地步，最后发现，男方都为了图财。高菁菁对婚嫁怕了，但不甘心孤独终老，她要找一个"安稳可靠"的男人。

"我就那么安稳可靠？"老邱没好气地说。

高菁菁不愧是金融高手，她对"大数据"概率选择，有着过人的精明。她先将麓城中年未婚男士，按照她的条件门槛，进行分类筛选。年龄在"35—55"之间，经济条件在"15—55"万的区间，职业要求在"公务员—事业单位"区间（她不想找商人），个人条件要求"基本健康"，"丧偶无孩"为最佳选择，"丧偶有孩"次之，"离异有孩"再次之。除此之外，还有身高体重等其他"次级指标"。高菁菁买通麓城市社保局人事处处长，将合适婚配男人的数据调出，分类组合类比，最后确定"五个男人"为终极考核入围名单，并为他们建立动态"个人信息档案"，以利于跟踪对比。

"你最后为啥确定了我？"老邱继续问。

"你的各方面条件都不错，"高菁菁期期艾艾，躲闪着，不敢看老邱的眼睛，"除了长相条件之外，其他都很好。最关键一点……"

"是什么？"

"你的婚姻忠诚度高，你几年如一日，伺候瘫痪的、暴躁脾气的老婆，这事很多人都知道，评价很高。你对那样的女人都能如此，跟着你，不会错。"

确定了对象，高菁菁就像一个老练猎手，一步步地将老邱引入"陷阱"，制造"美丽邂逅"，假装护工，走入老邱的家庭，然后就是鱼水之欢，顺理成章，"非常完美"。

"你可以找人介绍，为啥骗我？"老邱还是很生气。

"我想看看，"高菁菁说，"你和人家说的是不是一致，还有，如果我只是一个没工作的普通妇女,你会不会爱我,会不会对我好。我想等适当时机,告诉你实情。"

"那你也不能这样做!"

"我怕你骗我!"高菁菁哭着喊,"我被骗怕了,我……"

七

季春桃月,乍暖还寒,老邱恢复了去陶然居吃早饭的习惯。

还是一碗热气腾腾的肉丝面。小凤嫁了人,喜气洋洋,穿着红皮鞋,在前台后台跑来跑去,也不怕崴脚,好像特意炫耀似的。老邱的身体,恢复得差不多,也有了精气神。明年,他就退居二线了,领导有意让他得清闲,很少给他安排累活。他还是闲来写写散文,他还养花、喂猫,周末去定慧寺抄古碑,搞拓片,修炼书法。

定慧寺始建于初唐,历经多次兵灾火难,后周世宗柴荣灭佛,曾强拆寺院,明末农民起义,抗日战争时期,定慧寺均遭到过破坏。建国后,原址地基重建寺院,寺中有大光明定慧钟一座,为明代文物,还有院内数十座残碑,为历代书法家所撰,风霜雨雪,朽坏不堪。"文革"时期,红卫兵又把铜钟砸出一条缝,石碑也砸坏不少。老邱吃罢早饭,就蹲在定慧寺院里,临拓古碑。别人感到枯燥的活计,他弄得有滋有味。

那一日,又是周末,老邱在定慧寺抄古碑,一群游客嘻嘻哈哈地走进来。为了多赚点香火,定慧寺把大钟改名叫"祈福钟",敲一下,二十块钱,敲十下以上,打五折。导游把游客领来,就忽悠客人敲钟,旁边还有僧人写祈福纸,包装祈福袋,念长生咒,也都收费。生意非常火。

骗子,都是骗子,连和尚都骗人。老邱嘟哝着,定慧寺和尚他也熟悉了，几个年轻师父，皮鞋锃亮，僧袍下面，都是高档西装，戴的表也都是浪琴、劳力士。

游客乱敲了一阵钟，渐渐散了，寺院恢复了寂静。老邱摇头，继续沉醉于古碑的书法境界。谁知，钟声又响了，惊得鸟雀乱飞。老邱铺开宣纸，刚写几个字，被钟声扰得心绪大乱，一下，两下，三下，四下……钟声连绵不绝，又有股如泣如诉的味道在里面。

老邱望去，一个中年女人，笔直地站着，钉在钟旁，有规律地敲钟。她痴痴地望着老邱，面无表情，脸上似有泪痕。

老邱才看清楚，是高菁菁。真相大白之后，老邱果断选择分手，高菁菁却死活不同意。老邱明白，自己不是一个精明的人，儿子小邱，就把他骗得团团转，再来一个心机满满，演技能拿奥斯卡奖的银行主任，他招架不了。高菁菁也想明白了，精明到底害了她，害得她失去了一个可依赖的男人。她多次找老邱，希望回到"那些快乐的日子"，但生活就是这样，过去了，就不会再回来。

半辈子都和老婆凑合了，如今，有了大把时间，老邱不想再被女人拴住，他想好好安排人生，游览名胜，勤于创作，老邱觉得在艺术上"老年变法"，未必不会有新突破。

谁料想，高菁菁又跑到定慧寺，以这种特殊方式，向老邱祈求。老邱慌乱地丢了宣纸，逃也似的从后门离开定慧寺。钟声还不依不饶，响个不停，仿佛长着长长的手，揪着老邱的裤脚，掐着他的脚后跟，摸着他的皮鞋，不让他走。

老邱叹了口气，加快脚步，心里暗想，这一下下的，高菁菁得花多少钱呀。

刚到家，天色突然暗下，一阵突如其来的细雨，偷袭了春天的麓城。老邱呆坐在阳台上，喝着一壶茶，茶叶是上好的碧螺春，还是高菁菁给他打扫屋子时拿来的。老邱手里握着那串菩提子佛珠，汗津津的，盘来盘去，速度越来越快。

老邱晓得，这样钻牛角尖不对，这世界谁也不欠谁，人心难测，谁能将自己全部托付给别人？夫妻反目，父子陌路，这样的事，现在还少？活着，就是敷衍，敷衍别人，敷衍自己，还要在这敷衍中寻出"乐趣"，才能有些"现世安稳"吧。

老邱想着高菁菁，有些心软。平心而论，这个女人，除了太聪明之外，没啥缺点。老邱拗不过这劲儿。老邱是真伤心了。他喜欢高菁菁。这可能是他五十多岁的人生，真正炽热地爱过的一个女人。然而，爱之深，伤之切。女人伤心，就像病毒感冒，来势汹汹，但只要消炎药用得好，退得也一泻千里，马不停蹄，至于是否痊愈，还要看情绪。男人伤心，则像暖水壶里放冰块，看着若无其事，却是"冰"在心里，冷得化不开。

老邱站在阳台，看着细雨中的麓城。他的家，毗邻东环高架桥，越过桥，就是一个个新建高档小区。此时已临黄昏，天色黝蓝，细雨霏霏，老邱放眼望去，一排排高楼上，一点点灯火，隔了一段距离，次第闪亮着，像约好了似的，又仿佛天上那些星，在雨水中眨着眼。

也许，它们都不坏，它们只是太寂寞孤独了，因此无法靠近。

老邱忽然下意识地，从阳台上，探出头去，向着定慧寺的方向望去。牛毛细雨，带着丝丝清冷，打湿了老邱的眼。老邱的心里，钟声訇然响起。

原刊《当代》第 4 期

鼹鼠之王

肖 铁

初秋的凌晨，天还没亮，一层紫蓝色的光笼罩在印第安纳波利斯市中心的老兵纪念碑和周围的办公楼上。路上没有车，也没有人，但华盛顿大街和维克斯威尔大道交叉的路口四边停满了车，很多还没熄火，排气管像没踩灭的烟屁，有气无力地吐着烟。不知从哪里来的热气从甬道上的井盖里强有力地涌出来，仿佛就要把井盖掀起来了，仿佛地下面是只仰起头的巨兽，脸贴在地表下，鼻孔正对准了井盖上的两个孔，把憋了一肚子的白气一吐为快。白气上方是若无其事的路灯，随时准备闭上瞪了一整夜的眼睛，白气里面是一家四口贼眉鼠眼的狸子，踩着热气，直奔马路对面的垃圾桶。

走到马路中央，狸猫突然停住了，头齐刷刷地扭向一边，看着路口的红绿灯，然后闪进了路灯之间的黑影里。一辆白色的大巴车转上了华盛顿大街，轧着路中间的黄线，慢慢地开过来，停在一幢还黑着灯没有开门的购物大厦门口。靠街的一面，车窗下画着一条奔跑中的灰色猎犬，四脚腾空，身体被拉伸得像条光滑的鱼。狗鼻子前是车门，打开了，有两层台阶向下伸出来，正好连到甬道上。昏睡在马路两边的小轿车一下子醒来，纷纷打开车门，灰头灰脑的人踢踢踏踏着腿脚钻出来，又匆匆忙忙地钻进画着灰狗的大巴车里。很安静，只有车门开合的声音和人们懒散的脚步声。

邢一然从来没有这样早来过市中心，眼前平淡无奇的景象让他看得入迷，他没想到这么早会有这么多人要赶去芝加哥，也没想到那家狸猫就躲在离大巴不远的一条小巷里，随时等待着这边尘埃落定，好继续它们的觅食之旅。直到路两边的小轿车都走得差不多了，邢一然才跟妻子告了别，下了车，跑上了大巴。

开车的是位络腮胡子、剃了光头的白人，手里拿着一份名单，邢一然在名单的下方找到了自己的名字，然后把身份证放在他名字旁边让司机看。"克星先生？"司机用自己理解的"Xing"的发音问，一然点了点头。

几乎满员，大多是黑人和墨西哥人，邢一然到最后一排才找到一个靠窗的位子，刚坐稳，车就开了。最后一个上车的姑娘，摇摇摆摆地走过来，一扭屁股坐在他旁边，冲他笑了笑，然后拿出手机，戴上了耳机。连帽衫挡住了她大部分的脸，没有什么特别之处，鼻子很翘，倒也可爱。一然恍惚觉得在哪里见过她，但又不好就这样唐突地问，所以也微笑了一下，扭过头看着窗外，心想还能不能看到那家狸子。

城区很小，很快就上了高速，两旁都是农田，绿油油的，也看不出种了什么。有大牌子画着高兴的牛一边喝着可乐一边说，"还是吃鸡好！"——是一家专门做鸡肉汉堡的连锁店的广告。然后是一大片风力发电机，散落在一望无际的丘陵上，转动的巨大叶片反射着朝阳的光。

邢一然迷迷糊糊地睡着了。

进入盖瑞市时他被吵醒了。一个庞大的黑人，猫着腰站在前面的过道里，冲着旁边的座位，大声地说，你得控制自己，你懂吗？这不是在你住的什么鼹鼠洞、耗子窝,你想怎么着就怎么着,在你家,你想放多少放多少,把你家里人都熏死也没人管,但在这儿,你得憋着,而且你连一声对不起都没说,就在那没完没了地放!

邢一然发现前面本来关着的车窗都打开了,风呼呼地吹进来,味道怪怪的,说不清是什么。没人搭茬,只有一个女性的声音从那个座位里传出来,椅背很高,看不见人,只能听见一大串的西班牙语,又听不懂。

旁边的女孩还戴着帽子,但耳机摘了,也被前排的吵闹吸引,认真地听,看到一然的一脸茫然后,撇了撇嘴说,"她说自己肠胃有毛病,控制不住……不过她还是没说对不起。"

"噢,可能是溃疡性结肠炎……"

看那女孩没听懂这个医学名词,邢一然笑了笑,把旁边的车窗也打开了,"那她真不该坐公共交通,好在倒还不臭。"

盖瑞市是芝加哥前的最后一站,有很多黑人下了车,又有很多黑人上了车。那个说西班牙语的人的两旁都没人坐,椅背上没有人头冒出来。接下来开到芝加哥的半个小时里,全车的窗户都大开着,风呼呼地灌进来。

没了帽子,一然看清了女孩的脸,他确定在哪里见过她。在有过刚才关于肠胃的简短对话后,就着风,一然问,"对不起,我不想让你觉得我是神经病,但咱们以前见过,对吗?"那个女孩上下看了看一然,笑了,把耳机又戴上了,低头在手机里找想听的音乐。一然骑虎难下了,只得硬着头皮又言之凿凿地问,"你是不是印第安纳波利斯药厂的人?城西边药厂科研部的人?"因为除了自己工作的同事,一然想不出还有什么别的可能了。

女孩摘下一边的耳机,里面有声音很大的黑人说唱传出来,"不是……但我继母是。"

一然想起来了,是凯瑟琳!

在所有还在工作的人里，她是一然见过的最老的老太太。年初，她第一次站在药厂科研部职工食堂的收银台后时，一然就注意到她了，因为和另外两个中年黑人收银员比起来，她真的太老了。她驼着背坐在一个升得很高的金属转椅上，脖子和胳膊上的皮像枝蔓一样落下来，手指上青筋愤怒地在干瘪的表皮上四处爬行。脸上满是皱纹，竖着的皱纹很深，把她瘦小而松弛的脸分割成一条一条的，像一排挂在一起的腊肉，但竖纹之间有很浅的横纹，又把它们连接起来。那天是一月三号，还没什么人上班，食堂里没多少人也没多少饭，见后面没人排队，一然便和她说了几句话。收银台的计算机旁立着一个小硬纸片，上面写着当天的日期，中间画着一只海龟，海龟下是一行字："国际海龟日"。一然第一次听说这样的节日，问她是真的还是开玩笑，她笑了，指着自己胸前绿海龟形象的徽章，说："我听说夏威夷岛的人很把这个节日当回事的！"她化着淡淡的妆，嘴唇很红，黑边眼镜里一双大大的黑眼睛显得惊人的年轻。

　　"你是凯瑟琳的女儿！"

　　"继女。"

　　"我和你继母都是药厂的人。你可能忘了，但我们见过面，有一次在超市里，你和凯瑟琳在一起，我们还握过手。"

　　见那女孩还是一脸狐疑夹杂着不屑的表情，一然只得继续解释自己："我在药厂的实验室工作，你妈妈，不，你继母，是食堂的收银员，对吗？戴着黑眼镜，手边总放着标明各种特殊节假日的硬纸片，你肯定知道，对吗？我从她那学到了很多，比如，三月七号是全国麦片粥日，七月二十一日是海明威的生日，八月八日是北美水獭日……"

　　一然喜欢跟凯瑟琳说麦片粥日快乐、水獭或什么海豚日快乐、密西西比航线开通纪念日快乐，也喜欢听凯瑟琳跟他说同样的话。一然知道有时凯瑟琳穿戴的应景服饰有些滑稽，甚至庸俗，比如国际鲨鱼日那天她穿的 T 恤衫上画着一只戴太阳镜穿沙滩裤衩一笑一嘴牙的大白鲨，旁边一行字写着"别跟着我"，再比如马克·吐温诞辰日时她戴的愤怒的白色假发和两撇幽默的八字胡。他也知道海龟日救不了那些被塑料袋噎住喉咙的夏威夷绿海龟，知道麦片粥日只不过是通用磨坊食品公司、家乐氏食品公司编排出来的促销伎俩，但他喜欢凯瑟琳的奇装异服给他们灰白色的建筑带来的颜色，喜欢看她因为这些特殊的日子而兴奋的表情。全国火鸡日那天，她穿了一整身的火鸡装，红色的翅膀，红色的鸡冠子，还有两块巨大的红色肉垂，黄色的喙架在她窄小的鼻梁上——只有从红色翅膀里伸出变形变色的手不需要化装。排在一然前面的人托着一份火鸡三明治，凯瑟琳一边弹开收银台的抽屉，一边晃动着鸡冠对他说，"有时候，火鸡是所有问题的答案！"一然买的是火鸡、香肠做的咖喱杂煮，凯瑟琳抿着嘴发出"嗯嗯"的声音，"火鸡怎么做都错不了，是不是？"一然不明白她哪来的这样的劲头儿，每天都这样兴奋，不过，他想，可能她需要这样的劲头，需要这样的兴奋。那天下午，一然看见长长的走廊里驼背的火鸡缓慢地走向走廊劲头的卫生间，手被垂下来的翅膀挡住，从里面露出两只黄色鸡爪形状的拖鞋，和她瘦小的双腿比起来显得过分肥大。

"每天都很特别！"付完钱，凯瑟琳常会一边这样说，一边用手指着收银台上的硬纸片，提醒一然。一然便像小学生跟着老师背诵课文一样，也说一遍"每天都很特别！"

一然觉得没法反驳她，一个他见过的最老的老太太，手腕上青色肿胀的血管里面插着针头和输液管，管道顺着胳膊向上翻过肩膀，消失在她弯曲的驼背后面，头上缠着绷带，一只手臂弯着，打着石膏，用布固定在胸前，鼻子里横向伸出两条蓝色的输氧管——不穿节日服装时，她露在收银台上面的身体被各种医疗物品覆盖住，仿佛刚从医院里出来，饭点儿过了,还得回去。在一然脑子里,凯瑟琳在黄色的火鸡装和纱布绷带之间跳进跳出。她是一然见过的最老的人,他不知道她为什么还要出来工作。

"每天都很特别!"一然想再试一次,看能不能和身旁的女孩说点什么,他很好奇她会怎么说自己的继母,"这是她的口头禅吧?她在家里也常这么说吗?你知道,在药厂里,所有人都特别喜欢她!"

"不知道。"她把耳机拔了出来,和手机一起塞进屁股边上的小挎包里,"我不和她一起住。而且,每天都一样。每天都一样。"她目光从一然面前伸向窗外,并没要继续说话的样子。

"我叫一然。"他伸出右手。

"玛莎。"她抿了抿嘴,和一然握了手。已经进城区了,矮矮的红砖房在左,密歇根湖在右,蔚蓝的一片,像海。

这是一个普通的美国女孩,很白,很多的雀斑,很粗壮的大腿,把牛仔裤的裤线撑得很紧张,灰色套头衫上印着印第安纳波利斯棒球队队标。她身上看不出凯瑟琳的影子。她和她没什么关系。

一然不好再说什么了,也扭头看着外面。

一会儿,大巴就驶上了密歇根大道,一路疏落荒芜后,四面的繁华突如其来。现代、复古、后现代的建筑犬牙交错,大街上人头攒动,摩肩接踵,有穿着短衣短裤跑步锻炼的人,在人群中见缝插针,像受惊的鱼,不断改变方向,躲避身后捕食者的追赶。

大巴拐入杰弗逊大街,放慢了速度。司机在大喇叭里说,请大家坐好,少安毋躁,他要等前面从密尔沃基来的大巴出站,才能开门。但人们都迫不及待地站起身,舒展肢体。玛莎也一扫一路上枯燥无聊的表情,站在座椅之间的过道上,踮着脚,朝前面看,又向上伸起双手,露出套头衫下面的小腹。

"你为什么来芝加哥?"

一然没想到玛莎的主动提问,也想站起来,但头上有空调,只能歪着脖子猫着腰,"开会。你呢?"

"我来芝加哥买车。"

"来芝加哥买车?"

"嗯,这儿便宜一些。可能是因为车源多一些。印第安纳波利斯卖的车很多也是从芝加哥运过去的。我有好多朋友都是来这儿买的车。顺便还能在芝加哥转转。"玛莎一边抚平坐得满是褶皱的衣服,一边语速很快地告诉一然,有一辆五年新的黑色凯迪拉克正开着天窗,停在37街和金巴克大道的路口等着她,而且只要一辆低配置的丰田花冠的价格,比印第安纳波利斯同样的车要便宜三四千块钱!你来过芝加哥吗?哦,你以前在这儿上学。那你干吗搬到印第安纳波利斯来?!印第安纳波利斯就是个垃圾场!

和住在印第安纳波利斯的继母相比,芝加哥和车更让玛莎兴奋。她的热情让一然疲于招架,他不觉得自己有义务要为母校所在地做宣传,对于二手车的价格,他更没兴趣也没经验插嘴评议。自从他觉得自己不再属于年轻人后,一然常对年轻人一触即发的亢奋不屑一顾,甚至有种受到威胁一般的惶恐。好在前面的车门已经开了,大巴车长叹口气,一直端着架子的车头泄了劲儿,觍着脸贴向地面,好方便坐轮椅或腿脚不便的人下车。人们慢慢向前挪动,一直听话坐着没动的人也纷纷站起来,挤到过道里。一然让对面一排的两个黑人夹在自己和玛莎之间,也挤到过道里。

他终于站直了身,这才注意到玛莎个很高,棕黄色的头发披散在肩头。一下车,大巴上的人立刻变成了芝加哥人,迅速地消失在人流里。玛莎环顾左右,见一然就在旁边,便问他,"密歇根湖在哪个方向上,你肯定知道！"

一然告诉她上前面的哈里森大街，朝东一直走就到了。坐车也行，两站地，哈里森大街上任何一辆公交车都到。玛莎兴致勃勃地走了，走出几步又回来，告诉他，"可能你早知道了，但如果你还不知道……凯瑟琳上周去世了。"然后又兴致勃勃地走开了。

一然觉得自己没听清楚，想再问，但身旁已经没有玛莎了。

他愣了一会儿，然后推开身边的人，跃过一排堆在地上的行李箱，拐上哈里森大街，看到前面一边走一边仰着头欣赏两边建筑的年轻女孩，一把抓住了她的胳膊，把玛莎吓了一跳。在玛莎就要说什么之前，一然抢先说，"对不起，我不想让你觉得我是神经病，但凯瑟琳是我的好朋友，我为你失去亲人而难过，这是我的名片，上面有我的电话号码，如果你需要什么，如果有什么我能帮你的，给我打电话。"一然慌乱地把书包扔在地上，在玛莎狐疑的目光下，半蹲下来，拉开书包的拉链在里面翻，却怎么也找不到一张自己的名片，只得撕下一本书里的一角，站起身，在上面写下自己的名字和号码，很尴尬地递给她。玛莎犹豫了一下，但还是接过了纸条，像举起一架纸飞机一样，在空中晃了晃。

一然开会的酒店在芝加哥河畔，离长途客运站很近，沿着河一会儿就走到了。时间还早，会下午才开。一然和同事约好一起吃午饭，他们有的坐火车，有的坐飞机，有的自己开车过来。会的目的是接触病人，了解病人的心理和真实的需要，主要是市场部门的人来开，对一然这样的科研人员来说，可开可不开。这样的会很多，一然一般都懒得折腾。今天的会正巧和他现在正在做的药有关——就是治刚才在大巴车上提到的溃疡性结肠炎的药——加上同事说得这种病的人由于病症（控制不住大便和放屁）的缘故，往往都有特殊的幽默感，一然才临时决定来芝加哥。

同事都还没到,一然在酒店大堂一个僻静的角落,找到一个棕色单人皮沙发,深深地坐了下来。他知道自己刚才有些冲动,把电话号码硬塞给一个几乎不认识的女孩可算是行径可疑,而管凯瑟琳这位一周只在买午饭交钱时见两三次面说两三句话的老太太叫自己的好朋友,算不算是撒谎呢?他明明记得自己带了一沓名片准备见病人时发呀,于是又翻开书包找,才发现那堆小纸片就挤在电脑后面。

他突然意识到,的确,他已经有好几天没看到凯瑟琳了,虽然他知道这也不算什么错,但一然还是责怪自己怎么没有早点儿想起来,怎么没有问问那两个黑人收银员凯瑟琳去哪了,她们肯定知道,她们应该知道。他使劲想想起最后一次见到凯瑟琳时的情景,他觉得就是在上周一,全国灯塔日。凯瑟琳左腿缠满了纱布绷带,打了石膏,架在身旁一个矮凳上,右手也打了石膏,架在收银台的电脑边,脸上颧骨处有一大块瘀血,黑褐色,里面能看见墨绿色的血管像蛇芯子——现在,一然记得清清楚楚了,他能想起那块瘀血四周皱纹的纹路,想起凯瑟琳扭动脖子时小心谨慎的姿势,像快要没电了的机器人。

他说,"嘿,有人周末没有在家好好休息!"

凯瑟琳笑了,眼神仍然那样年轻明亮,和她年龄不符,"哈,你说得对。我发誓我看见松树下面长出了那种金色好吃的蘑菇,但天已经黑了,还有可恨的鼹鼠,它们到处都是,它们在地底下乐疯了,我去摘那朵金蘑菇,但却一脚踩进了鼹鼠洞,摔倒了,洞挖得真深啊,我肯定是把鼹鼠之王的家踩塌了!"

"到处都是鼹鼠,现在到处都是鼹鼠,我们家的草坪也全被它们占领了。"

"我踩进的那个洞肯定是鼹鼠之王的家。"

"今天早上出门,我妻子还跟我说,让我想办法对付鼹鼠呢,可它们不听我的,谁拿它们也没办法,谁也打不赢鼹鼠。"

"它们只听鼹鼠之王的话。"

"哈,对,鼹鼠之王!"

现在,一然全都想起来了,脑子里还出现了一只浑身长满黑毛,黑毛上挂满泥土的肥大鼹鼠,戴着金蘑菇做的王冠,挂着橡树果做的项链,挥起拳头,为自己皇宫被踩塌的屋顶愤怒不已。

一然也想起,那天,同往常一样,凯瑟琳给了他学生优惠:免税。像往常一样,凯瑟琳什么都没说,只是在接过他信用卡时,眼睛透过镜框的上沿轻轻地瞥了瞥他,嘴角微微地向上翘了一翘,除了一然,没人会觉察出来。

一然想不起来凯瑟琳是从什么时候开始这样做的了。他只记得有一次凯瑟琳可能是走神了,像问每个人一样问一然是不是学生——药厂科研部这边有很多附近大学生物系、化学系、医学院的学生实习,他们吃饭是不用交税的,但需要出示学生证——听到一然"已经不是学生很久了"的声音时,才抬头看出是他。她像一个犯了错的小姑娘一样,苍白的脸竟红了,一边收过他的钱,一边很小声地说"对不起"。第二天是"免费拥抱日",看到一然来付款时,凯瑟琳几乎是紧张地匆匆拿过他的信用卡,很快地一刷,然后动作僵硬地还给他。一然看到电脑屏幕上显示的数字没有含税,也看到凯瑟琳像完成了一项特殊任务似的,轻轻舒了口气。那天人很多,凯瑟琳已经开始接待下一位顾客了,但一然还是看到她瞟了自己一眼,眼角的皱纹里充满了得意。

那以前,凯瑟琳就常常给他学生优惠,一然并没有太在意,总觉得是她偶尔马虎不小心。但那以后,他注意到他再也没有为买午饭付过税,凯瑟琳每次似笑非笑的嘴角一抿让他明白,这不是什么年龄带来的粗心怠忽,这是他们之间你知我知的秘密。他不明白凯瑟琳为什么要这样做,可能是自己的长相还有学生的影子，可能是并不是每个人都像他一样注意到凯瑟琳手边的小硬纸片，可能是他蹩脚的英语和他一周也不换一次的衬衣让她觉得一然需要省下那五六十美分的税钱，但他又觉得都不是。

酒店的大堂里人声喧哗，各色各异的衣服、鞋子、行李箱在光滑的大理石地面上移动，穿梭在贴着木皮刨花板做的假实木家具之间。一然发现自己几乎已经要陷进沙发松软的坐垫里去了，是同事拉着他的胳膊把他拽了起来。

下午的会他开得心不在焉。从纽约、芝加哥和洛杉矶来了十个病人，都是有闲没钱想免费来芝加哥过周末的人。每个人分享一下自己的病情，分享一下自己因为溃疡性结肠炎而控制不住自己的尴尬情景，再讲讲自己最想解决的病症，就可以报销来回的经济舱机票，拿三百元的劳务费，还有晚上免费的自助餐了，当然今晚的酒店也由药厂支付。刚开始，一然还仔细地听，轮到一个纽约客发言时，他发现自己开始变得不耐烦起来。来的病人大多穿着随便，甚至有些邋遢，衬托得这个纽约来的中年人格外精干。他头剃得很短，但还是能看出即将谢顶的趋势，络腮胡也剃得很短，嘴的四周和鼻孔下面的部分都刮得一丝不苟。他穿着一个墨绿色格子衬衣，外面套着棕色的皮马甲，衬衣塞在牛仔裤里，皮带上巨大的金属盘儿写着"西部"的字样。"现在，咱们聊聊大便！"他第一句话这样说，好像前面几位病人一直在聊诗歌戏剧风花雪月，"大便对我来说是私密的，我说的不是电梯里放屁，地铁上憋不住又找不到厕所，不是耽误了什么重要的工作面试、升职审核。我最尴尬的时刻发生在浴室里，我和我的女朋友正站着一起冲澡……"说到这里，马克先生自鸣得意地停顿了一下，环顾左右病友，然后煞有介事地说，"那时，水温和气氛都正合适……但溃疡性结肠炎发生了，溃疡性结肠炎不请自来地发生了，场面极其狼狈，在座的各位都懂的。"大家都笑了，特别是几个中年女病友，摇晃着头发,声音很大地笑,看来她们都懂。市场部来的同事忙乱地在笔记本上记着什么,然后抬起头很严肃地问他,"您能不能跟我们讲讲您当时的心情?另外,您已经试用我厂的新药快一个月了,请您跟大家分享一下它给您带来的最大的惊喜和失望,好吗?"

一然听不下去了。他一个人走出会场,倚在楼梯边的栏杆上,看着楼下大堂里的人。

再也见不到凯瑟琳了,见不到她艳俗的奇装异服了,以后的收银台不会再有那些善意的无关紧要的提示牌了,没人会再提醒他"每天都很特别"了,这些想法充斥在一然的脑子里。在这个陌生的空间里,他突然非常想念凯瑟琳,他执拗地计算起凯瑟琳给他学生优惠的次数,如果一个星期算四次,到现在总该有不少于九十次了吧,一次省下的税钱就算是五毛,那就是五十块钱呀。除了爸妈,没人平白无故地给过自己一分钱。他还是想不明白凯瑟琳为什么会这样做,但他觉得自己欠她的。来美国快二十年了,他从不想平白无故地欠任何人任何东西,也从没有平白无故地给任何人任何东西,平时他生活在自己的洞里,除非需要,他从不探出头来,他自给自足,他不觉得自己欠任何人任何东西,这种感觉很好。但今天,他突然觉得自己欠这个老太太点儿什么,不是欠那些税钱,而是欠她那几天时间——她已经有好几天没来上班了,自己怎么会没注意到呢?他脑子里全是凯瑟琳的笑容,她那双与自己年龄不符的明亮的眼睛,还有每次偷偷给一然免税后眼角露出的得意。

玛莎的电话是晚上打过来的。一然正和同事们在自助餐上拿东西吃,大家小声地说起来今天来的病人好像都自己控制得不错,没有发生意外。那个纽约客端着一盘绿菜花,找到一然他们抱怨,"我提前跟你们说过了,我对牛奶过敏,但今天的菜大多含有牛奶!"一个比一然级别高的同事,对他表示了歉意,告诉他,他可以去酒店附近任何一家餐馆吃饭,药厂报销。然后一然的电话响了,里面陌生的声音说,"你说,如果我需要帮助,可以给你打电话。现在我需要你的帮助。"

和大部分美国城市一样,芝加哥市中心的繁华就局限在几条街区里,出租车一路向南没开出两分钟,两边就灰暗了下来。虽然还在密歇根大街上,但高楼大厦在刚才那个红绿灯后唰的一下消失了,矮小的房子蜷缩着身体一堆堆地躲在昏暗的路灯后面。偶尔有小饭馆、杂货店和修车铺,早都黑了灯。路过几家住户门口的草坪上立着白色的十字架,旁边有巨大的路牌黑底白字地写着"基督耶稣是真的"。车慢下来的时候,一然注意到路边的商店标牌上出现了中文,该是进了华人的社区。

果然,玛莎正和一个华人模样的中年人站在一处三层的公寓楼前,昏黄的路灯下是那辆带天窗的黑色凯迪拉克。她个头比那个中年人高了一截,还穿着连帽衫,巨大的耳机挂在脖子上,双手在胸前比画着,从远处看,像个蹩脚的演员正沉醉于自己过于夸张的表演之中。看到一然,她立刻跑了过来,拉着他的胳膊,把一然拽到凯迪拉克旁边,像老熟人一般,省略了客套的话,直截了当地告诉他,她和这辆车一见钟情,她想要这辆车,但那个操蛋人要加价一千美金,说是原来的报价里没包括车内的音响和新换的轮胎。

"我在芝加哥没有朋友,我只有你给我的电话号码。"

"你没有和他提前打电话商量好价格吗?"

"操蛋人!"

"你明白他是想讹你,对吗?他知道你不想大老远来了,再空手回去。"

"中国佬!"

一然看着站在公寓楼门洞里的那个人,他刚点上一支烟,也正看着他们。再往南走十几条街就是黑人贫民区,一然以前读博士的大学就在黑人区的边上。眼前的街道，上世纪二三十年代修的红砖楼，过于稀疏的路灯，贫于修剪的草坪，让他想起自己上学时租的宿舍，在校园和贫民区交界的地方，就像这里一样，两个路灯之间最灰暗的角落里总觉得像有什么人，穿着套头衫，手插在兜里，倚在墙边或就要走到光亮里来。那是一所很贵的私立大学，哥特式的建筑，国际知名的教授，学校美术馆里有巩县石窟里剥下来的飞天和从巴比伦内城伊什塔尔城门上搬来的釉砖狮子浮雕。刚开学，教务长给新生开会，告诉他们，"你们现在的收入，也就是你们的奖学金，是在贫困线以下，你们将在贫困线下生活好几年，但我保证，当你们从这里走出去的时候，你们都会变成富人，或是经济上的富人，或是精神上的富人，最有可能会二者兼得。"毕业后，在辗转多地，换了三四家公司和研究机构后，一然知道那只是教务长善意的许诺，就像他过于前挺的鼻子一样乐观过度了。他也知道自己过于唐突地塞给玛莎自己的电话，可能让她产生了错误的想象，觉得这个号称是自己继母的好朋友、个子不高显得有些消瘦的中国佬会有一千美金，就像这辆凯迪拉克一样躺着等她拿走。他更知道不该这样冒冒失失独自一个人来到芝加哥南郊这样的街区，不该这样和一个自己几乎完全不认识的年轻女孩站在这辆来路不明的凯迪拉克旁边。但当玛莎提起买车的钱里有五千块是凯瑟琳留给她的时候，明知他无从鉴定真伪，一然还是向那个中国人招了招手。

"今天很特别，今天是你的幸运日。"在开到附近一家二十四小时银行的路上，那个人一边单手扶着方向盘，一边回过头对玛莎说。玛莎没好气地说，"当然。今天很特别，今天也是你的幸运日。"那个人大笑了几声，然后看看前方，用带南方口音的中文对一然说，"你女朋友？"一然看了一眼身边的玛莎，用英文说，"当然。"那个人又大声笑了几声。

"中国佬！"

左边，密歇根湖在月光下黑得发亮，湖面看不出运动，但能听见浪拍在岸边礁石上的声音。一会儿连大湖都看不见了，不知道是什么工厂的烟囱三叉戟一样戳在天底下，巨大的厂房像一头卧倒的猛兽，星星点点的灯火像闪着亮光的甲壳虫正腐蚀它的尸体。右边早已经什么都没有了，一团漆黑，偶尔有黄光一闪而过，不知道是汽车还是住户的灯光，又立刻被饥饿的夜吃掉了。

已经开出了芝加哥，玛莎还在骂，好像没有意识到身旁这个人，这个刚刚平白无故地借给她一千美金的人也是"中国佬"——或者是恰恰因为知道他是，她才这样骂的？坐在副驾座位上的一然打开天窗，上面没有星星，只有黑色的天空。玛莎早不知什么时候脱了连帽衫，穿着紧身的吊带背心，露出圆滚滚的胳膊。有夜晚的凉风从天窗横着吹进来，她胡噜着胳膊，像训斥小孩一样叫一然把窗户关上。

"对，你也是中国人，对吗？"玛莎好像想起什么来，突然问。一然以为她是要为自己的言语不当表示歉意，但还没等自己回答，玛莎又问，"你不是越南人吧？刚才那个中国佬和你说的是中文，对不对？"一然想说自己不是越南人，不是韩国人，不是日本人，也不是泰国、老挝、新加坡、马来西亚人，但又想不清楚这些区分对她来说有什么意义。

没等一然回答，玛莎扭过头问他，"他刚才在车上问你什么，你回答说'当然'？"

"他问我你是不是我女朋友。"

玛莎沉默一会儿，然后说，"你回答'当然'。"

一然还没来得及解释，前面正好出现了一个下高速的出口，玛莎很急地拐了下来。一然使劲拽着保险带还是控制不住自己的身体向左倾斜，几乎要倒在玛莎身上。出口不远是一处废弃了的加油站，标识和输油管已经都不见，只有四个长方形的立柱突兀地立在地上。加油站的小卖部也早已荒废了，里面黑漆漆的，有玻璃被砸碎了，像睁着的眼睛。玛莎狠狠地踩下刹车，停在小卖部的前面，关了车，推开车门走出去，又狠狠地摔上了车门，然后拉开后车门，钻进来，坐在后排座位的中间，大声拍着一然座椅的后背，说，"来吧！"

一然回过头，后面一团漆黑，能分辨出玛莎大概的轮廓，但看不清她的脸。一然打开了车的天窗，月亮出来了，月光照在他们身上。

玛莎双腿分开坐在后座上，但膝盖还是顶在前排座椅的靠背上。一然把自己座椅向前挪了挪，好让玛莎的右腿能伸开舒服一些。

"快点，我明天还得上班呢！"

玛莎脱掉了自己的吊带背心，露出里面黑色的文胸，文胸的背带和乳罩的下沿深深地陷进肉里。

"你不就是想要这个吗？"

一然全身都扭了过来，看着凯瑟琳的继女。她上身很长，头伸在月光外的黑暗里，但脖子以下一直到大腿都在直射的月光下，白色的身体泛着浅蓝色的光。他承认自己今天的行为有些冲动，他自己也说不清到底为了什么，到底想要什么，但他从没觉得、也不相信自己就想要这个。

"我就是想要这个？"他用手指在玛莎前面的空气里转了转，使劲想控制住自己的愤怒，"你告诉我，我为什么就想要这个？"

"那你为什么跟那个人说我是你女朋友？"玛莎向前靠过来，刚才摊开来的白肉变得浓缩起来。

"你觉得当时我要是说你是我工作单位食堂里收银员的女儿，那个'中国佬'会信吗？你觉得如果那样说听起来不会更可疑吗？"

"那你想要什么？！你为什么要塞给我你的电话，为什么要给我一千美元？！"

"因为你是凯瑟琳的女儿。而且,没人会平白无故给你一千美元!我是借给你,你得还。"一然本想反问玛莎,那你给我打电话的时候,想要什么?难道那时候,你什么都不想要?但他忍住了没说。

他看着玛莎,她白色愤怒的胸脯在文胸里起伏不停。一然恍惚中看见了凯瑟琳满是皱纹的脸,他知道自己欠她的,但他不想跟眼前这个人解释,那是他和凯瑟琳之间的秘密。他回过身看着车窗前面破烂不堪的小卖部,说,"如果我刚才侮辱了你,对不起,我不是故意的。"

"凯瑟琳不是我妈!我们不住在一起。我跟她没他妈什么关系!"

玛莎穿上了背心,也穿上了套头衫,戴上了帽子,坐回到驾驶员的座位上。巨大的屁股沉重地砸下来,把坐垫里的空气挤了出来,像放一个声音很大的屁。

"中国佬!"

一然不知道自己什么时候睡着了,进印第安纳波利斯的时候,是玛莎把他叫醒的,问他家的地址。

和芝加哥相比,印市显得冷清得多。一然住在城北的郊区,新开发的社区,周围还是农田。路上没有车,路灯稀疏,玛莎打开车的大灯,能照到很远的地方。常有鹿出现在两旁或慌张地从路面上跃过。可能是云散了的缘故,满天都是星星。

看到草坪上升起的一堆堆的土丘,像漫画书里过于规整的波浪,一然知道是到家了。

"你家也有鼹鼠?"玛莎停下车,吃惊地问。

"可能是从农田那边钻过来的。我知道凯瑟琳家门前也是鼹鼠成灾,对吗?"

"你知道她就是因为踩到鼹鼠洞里,摔倒了,然后伤口感染,又发烧,才去世的。唉,谁能相信会是这样呢?!"

"我最后一次见到凯瑟琳就是在她摔伤以后,她全身缠满了绷带跟我说,她去摘门前松树下金色的蘑菇,但一脚踩塌了鼹鼠之王的家。"一然本来不想再跟玛莎提起凯瑟琳的事——他知道的凯瑟琳,他记忆里的凯瑟琳,只属于他——但看着草坪上满目狼藉的鼹鼠洞,他还是没忍住。

"鼹鼠之王的家?"

"那天是全国灯塔日。"他想起凯瑟琳手边的小硬纸片,浅蓝色的灯塔,墨蓝色的背景,明亮的光从灯塔的顶层像喇叭一样发散出来,里面黑色的字写着:"做一个灯塔!"

"那天,她不该去上班。"

一然想问她,凯瑟琳为什么这么老了还要去工作,又觉得是个很傻的问题,不该问,至少不该问玛莎,她和她没他妈什么关系。他找玛莎要了她的身份证,用手机拍了照片,他也不知道这有什么用,但总觉得心里踏实点。玛莎告诉他自己在市中心一家酒吧里当调酒师,收入主要靠小费,她感谢一然的好心帮忙,并为自己路上过激的反应表示歉意。她想尽快还他钱,但恐怕不会太快。一然想说,她根本不需要凯迪拉克,她应该量入为出,但又觉得犯不上。

"一个月,行吗?"

玛莎好像完全没有想到一然会这样问她,愣愣地看着他,不知道是时间不够,还是过于宽裕了,只是若有所思地点点头。然后重新坐回车里,准备离开,但又摇下车窗,探出头对一然说:

"你知道,我骗了你,买车的钱里面没有凯瑟琳的份儿,这是我的车,她什么都没留下,她什么都没有。"

"什么叫什么都没有?"一然拉住她的车窗问。

"什么都没有就是什么都没有,她嫁给我爸时什么都没有带来,她死的时候什么都没有留下,零。"玛莎的左手伸出来,在空中画了一个圈。

一然知道没什么可说的了,摸着钥匙走回家,顺便狠狠地踩平了几个草坪上鼹鼠新挖出来的土堆。他已经做好准备和那一千块钱,不对,如果刨去凯瑟琳替他省下的五十块,就算是九百五十块吧,说再见了。

一个星期以后,下午正在班上,一然手机里突然收到一张照片,里面有一只戴着塑胶手套的手,手里是一只鼹鼠。发来照片的电话号码不熟悉,他想是什么人发错了,没当回事,也没仔细看。下班回到家,他看见那辆黑色凯迪拉克正停在他门前的草坪旁。刚停下车,玛莎就穿着紧身的黑色牛仔裤和包身的黑色鸡心领 T 恤衫,跑了过来,很兴奋的样子。

"我马上就要上班去,所以说不了几句话。"玛莎一边指着 T 恤衫上的一行小字,一边愣头愣脑地说。一然顺着她的手指,看到她隆起的胸脯上"Rhein Haus"的字样,字母 a 上方有金色皇冠的图标,另一边胸脯上印着两头决斗的公鹿,交错的鹿角上是一面旗帜,旗面上是"Rhein Haus"的缩写"RH",他知道那是在印市小有名气的德式酒吧"莱茵之家"的标志。

见一然没有说话,玛莎接着说,"你看见照片了吧?怎么样?"

"什么照片?"一然不知道玛莎在说什么,莫名其妙的问题让他有些不耐烦。

"我下午刚发给你的呀?"玛莎一边说,一边拿出自己的手机,给他看。

一然想起来了,就是他下午收到的那张,不过这次,他仔细地看了看。那是一只很大的鼹鼠,很小的眼睛眯在灰色的浓毛后面,几乎看不见了,也看不出是死是活,粉红色的爪子和鼻子一个颜色,很长的趾甲,很长的胡子。一然真的糊涂了,不知道该怎么回答玛莎"怎么样"的问题,只是隐约觉得这只鼹鼠很干净,他本以为鼹鼠都会是两只爪子全是泥呢。

可能是对一然木然的反应有些失望,玛莎一边摊开右手在空中晃了晃,好像在称什么东西的重量,一边提高了音量说,"这是鼹鼠之王啊!就是它!"

"鼹鼠之王?"

"对,我抓住的!"

仿佛是不敢相信自己的耳朵,一然拿过玛莎的手机,又看了看,好像多看几遍就能看出这只啮齿类动物的身份来。它和一然想象的不同,它没有金蘑菇做的王冠,也没有橡树果做的项链。可能它是无冕之王。它看起来很无辜,两只前爪耷拉在棕色的塑胶手套前面,做出无可奈何的姿态。

"你抓的?"一然随口问。

玛莎似乎早有准备,把身后的背包放在地上,从里面拿出来一个锈迹斑斑的圆球形状的铁夹子,夹子的锯齿部分在底部分开,另一边系着一条不长的铁链子。"对,就用这个!"玛莎一边说,一边上下摇动着铁链,夹子口便一开一合哐当哐当地响,像只嗷嗷待哺的小兽。

一然好奇地接过铁链,也上下摇了几下,饥饿的小兽又哗啦哗啦地叫了几声,然后一屁股坐在了地上。一然又看了一眼照片,照片里手套和鼹鼠几乎占据了整个画面,只有四边的角落和鼹鼠两腿之间的缝隙能看见后面的背景,似乎是草坪,似乎有鼹鼠挖出的土堆,但又看不清楚。他还是不明白今天玛莎为什么突然出现在自己家门口,给他看这张照片,还带来了这套球形夹子。难道是为了告诉他,她抓住了杀害凯瑟琳的元凶,好让他出口恶气?他们俩还没有这样幼稚吧?

"你知道鼹鼠有多难抓吗?"玛莎把球形的夹子放回背包,一边说,

"你有没有用过那种蚯蚓形状的毒药,'美洲豹'牌,电视里有他们的广告,'美洲豹,还你一片绿地!'你肯定看过。塞在鼹鼠洞里,说鼹鼠视力不好,分不清,把它当蚯蚓吃了,就死了。还有那种撒在草坪上的化学粉末,说是能杀死草地下面的肉虫,鼹鼠就靠吃那些肉虫活着,把那些虫子都杀光,鼹鼠没吃的了,就跑别处去了。还有那种抓老鼠的笼子,只有一个入口,能进不能出,埋在地底下。都是扯淡!我还给咱们印市的几家专门除害虫的公司打了电话,你知道抓鼹鼠要多少钱吗?"

一然刚开始听得一头雾水,听到这里好像听出些滋味来了,他猜该是一千来块吧,但没有说,只是摇了摇头。

"最低的报价也是一千二!还不能保证要花多长时间才能抓住。"

玛莎停顿了一下,又扬起手,好像害怕一然打断她,害怕一然提前说出她想说的话,"我是想,我干吗不来帮你抓鼹鼠呢,就用它,我保证把你地底下的鼹鼠都抓住。"她指了指还放在地上的背包,然后转过身,看着一然家门前的草坪。

一然愤怒地跳上草坪,在一个鼹鼠堆起的土丘上使劲跺了几脚,最后一下由于用力过猛,差点把整只脚都陷进去。他盯着玛莎说,"但你欠我的是钱,不是几只鼹鼠!"

一直滔滔不绝、有些亢奋的玛莎像犯了错的小姑娘一样,低下了头,好像刚才的亢奋只是自己心知肚明的勉强表演,被一然的话捅漏了气,一下子干瘪了下来。

可能是自己站在鼹鼠挖出的土堆上的缘故,一然觉得连玛莎的个头都比刚才矮了一截瘦了一圈,不再是他印象里那个有些过于健康过于粗壮的少女了。他看见玛莎嘴动了动,像要说什么,但又没说,而是弯下腰,从背包的侧兜里掏出一个鼓鼓囊囊的棕皮信封,单手递给他,说:"对不起,我再想别的办法吧。这是我收拾屋子时找到的,我想可能你会想要。"

信封很轻,和肥胖的外表不符。撕开了,里面是一本日历,上面标识出各种特殊的节日和纪念日,纸很薄,印制也差,一看就很廉价。

一然的怒气突然被一种沮丧所代替,甚至掺杂着些许的自责。他知道在网上很容易找到那种抓鼹鼠的照片,谁知道那手套里面是不是玛莎的手,反正没人见过鼹鼠之王长什么样子,而这本日历也没法证明真是凯瑟琳用过的——谁能证明这不是玛莎刚才在拐角路边加油站旁的小商店买的?——她只是不想还给他那一千美金罢了。但说不定照片里的鼹鼠真是她抓到的,说不定凯瑟琳真的会在睡觉前翻翻这本廉价的日历,好决定第二天要不要穿什么特殊的应景服装,说不定玛莎说的都是真的,她只是一个靠小费生活的穷年轻人,她没钱,但又想还给他她欠他的,如果真能把他家的鼹鼠问题解决了,谁能说那不值一千美元呢?自己为什么就不能信她呢?这和凯瑟琳没关,这只是他和她之间的问题。但他心里清楚,玛莎刚才低下头的样子,她小声说"对不起"时的表情,让他想起了凯瑟琳。或许她真是很好的演员,但凯瑟琳不是。他跑到凯迪拉克车旁,追上了玛莎,摇着手中的日历对她说,"对不起,我刚才有点儿太着急了。就按你说的办吧。"

他本以为玛莎会做出很高兴的反应,但她只是抿了抿嘴,几乎觉察不出来地微微一笑,说,"那我这周末就开始。"然后打开车的后备厢,双手提起那个装球形夹子的背包,很小心地放了进去。上车前,她扶着车门对一然说,"那天回家,我还看见一个小的瓷海豚,可能也是凯瑟琳的,我周末也可以拿给你。"好像是担心一然不好意思接受,玛莎坐进车里以后,又摇下车窗,跟他说,"我爸爸不喜欢这些东西。"

妻子去上瑜伽课了,剩下一然一个人,站在落地窗前,看着外面的草坪。阳光好得一塌糊涂,把所有东西都染上了神一样的光芒,连新翻开的泥土都是金色的。周六下午，小区里几乎看不见人，只有车辆偶尔缓慢地驶过，或是从各家的车库里开出开进。对面印度人家的草坪刚刚修剪过，比隔壁两家的草坪矮了一截，呈现出不同的绿色。草坪中央，橡树巨大的树荫里，摆着一大盆水，边上扔着两个蓝色的滋水枪，但玩枪的孩子不见了。

他们搬进这个小区快两年了，和那家印度人前后脚。一然还记得刚搬进来不久，他第一次看见草坪上隆起一个小土丘，和土丘连在一起的一条很长的微微凸起的垄，像一条被凝固在土里的蛇，蛇头就要从土丘顶部的口里呼之欲出。他问妻子，和卖房中介一起看房子的时候，他们有没有注意到这个，但谁也想不起来了。那时他们沉浸在即将拥有一个属于自己的空间的兴奋中，即使看到了，也不会在意吧。

一然房子的后面是一排山核桃树，树后面是大片的农田。他们这里是城市的边缘，地下面应该有很多的鼹鼠吧，这里本来就是它们的家。一然在网上查过各种治理鼹鼠的方法，也试过很多，不仅没见成效，反而似乎激发了鼹鼠的活力，它们爱上了一然的草坪，在下面生儿育女。有一天一然看到一个视频，里面，一个穿着大裤衩的人坐在遮阳伞下，一边喝着可乐一边说，"我们生活在地上，它们生活在地下，我们为什么一定要是敌人呢？我觉得后院里有一家鼹鼠是件很好玩的事。"然后镜头转向他后院的草坪，几个小土堆零零星星地从地上鼓起来，那个人把镜头拉近了，能看见每个土丘上面都顶着一把小伞，静静地等待着鼹鼠探出头来乘凉。

玛莎跪在地上，撅着屁股，正挖什么东西。她已经来了三个星期了，每次都是周末的下午来。她穿一身牛仔服来，走的时候，在一然家里换上"莱茵之家"的工作服，把满是泥土的牛仔服塞在背包里。那种球形的夹子已经埋了四五个了，还没见成果，但每次玛莎似乎都充满希望，她把食指和中指交叉起来,冲一然晃一晃,要求上帝的保佑。

她没有把瓷海豚带给一然,可能是忘了,可能是她爸爸决定自己留下来,一然没有问。对他来说,瓷海豚和那本日历一样,都没什么用处。

草坪上已经全是翻起来的泥土了,分不清哪些是鼹鼠用它们粉红色的小爪子刨出来的,哪些是玛莎为了抓鼹鼠而挖出来的。有时一然看见玛莎跪在地上像上了弦的机器很起劲地挖,然后突然泄了气一样,一屁股坐在地上,一手撑在新挖出来还很湿润的泥土上,一只手擦汗,然后又跪在地上,撅起沾满泥土的屁股,从后面看,背影像一个巨大的土丘。

一然不知道玛莎是真的有抓鼹鼠的本领,还是这些都不过是她为了还他那一千美金而想出来的花招。他只知道天气就要凉了,电视里说有从什么地方吹过来的冷空气,就要光顾印第安纳州了。秋天很快就要过去了,树叶已经变了颜色,土地正一点点变硬,鼹鼠们该要往更深更暖和的地底下钻了。等叶子都落了,等雪下起来,就什么土堆都看不见了。

原刊《当代》第 4 期

缕缕金

张怡微

一

母亲过世以后，邱言的父亲从工作一生的运输公司退休，开始参加各种各样的民间旅行活动。开始还是胆怯的，活动也很精简，后来就一发不可收。据说去年一整年里，他总共游玩了十一个地方，却没有花费多少真实的钱。那些旅行团都号称"超低价"，每个礼拜来社区宣讲，主打"诚意"牌，开诚布公把购物行程全都做在宣讲的 PPT 里，每一处购物安排的地点时间都公开透明。两年来，家中因此布满了各式各样的宣传纸，"88、99 元畅游 5A、4A 热门景点，288 元三日游天天住五星级酒店；488 元五日游，天天住海景房……"父亲拿这些彩色的广告纸来垫桌脚、擦脱排油烟机滴下的油渍、包裹水果皮、揩尿液滴过的马桶圈。豪华旅游的符码像灰尘一样布满家里的角角落落，不知道究竟象征着什么。父亲说，那些纸其实全无用处，那些旅游信息看微信朋友圈就可以了。他们会发广告，每天发，根本来不及看，根本不用担心看漏了。走遍全国，走遍世界（花很少的钱），看似是他晚年的梦想了。父亲甚至找出了邱言上中学时用过的地球仪，煞有介事地放在餐桌上，像一种他刻意建设的生活仪式：譬方他在嚼着自己炒的塌棵菜炒年糕的时候，也可以瞭望地球。（邱言看到那个蓝到发黑的球，就想到小时候总害怕那只地球仪会被敲瘪掉一块。如果地球仪瘪掉一块的话，能不能像乒乓球一样，用开水给烫回来呢？）

在父亲"叨叨叨叨叨叨"的介绍下，邱言了解了不少冷知识。比如那些低价旅游团并不像微信里说的那样都是黑心的，他们卖的东西基本都是真材实料，有粮油米醋牙膏牙刷乳胶枕，也有清晨六点半开始卖翡翠玉石劳力士手表的，主讲人会特地态度特别好地跟老人们打好预防针，"阿姨老伯伯，这一天会有点辛苦喔，这都是为了全天旅行更加充实，我们白天将不再插入任何购物点，所以要麻烦你们早起了。"老人本来就早起，一点都不麻烦。邱言每次和父亲视频，父亲都在转述这些有的没的，一点新意也没有。父亲再也不用自己开车了，却会突兀地在视频里炫耀自己的憋尿能力，令人不免怀疑长途旅行对老人体能的考验。父亲还有一些奇怪的经验和好恶，比方他宁取购物团，不取烧香团。他一点也不喜欢烧香，觉得去烧香的女人脑子都有病，和尚们又贪婪。站在山里，却不知道山的历史，也没导游给介绍一下。烧香的额度不够，导游就不给游客吃饭。更重要的是，烧香没有用啊，邱言母亲烧了一辈子香，癌末时瘦成个难民，肚子却鼓胀，撑得皮肤锃亮。如果烧香有用，怎么结果会是那样，这让父亲不再相信菩萨保佑的鬼话。他看到菩萨就来气，倒不是真的想知道那座山的历史。

"当然是可以不买东西的，你还真别不信。我们上海人一般都不买的。就算买了，一个月内后悔了也可以退，包邮的，这都是事先说清楚的，我退过的。他们很讲诚信。我原来也不相信……"父亲一遍又一遍这样解释道。更重要的是,他在旅途中开始结识一些小他十多岁的老年妇女,宛如一场丧偶后的狂欢。短短几年间,他手机里的妇女快有一千人。他的自恋和兴奋像被人恶意捅过的马蜂窝一样,令人没眼细看。"我和那些会相信手机里卖武夷山茶叶的老师傅不一样的,手机里面的那些小姑娘,二十几岁说自己失恋了,叫你大哥,面也没见过就说喜欢你,跟你心心相印了,你说可能吗?我的原则是,一定要见面。年纪太小的都很可疑。最好是旅行中见面。这样最能观察出来人的缺点。贪不贪啊,戆不戆啊,我的原则是,绝对不能跟戆女人在一起玩,越玩越戆,她还在你越变越戆的过程中,不断鼓励你……"邱言听这些话时,总觉得脑壳疼。

上次见面,父亲佯装平静地坐在百货商场四楼的日本面馆靠窗口的位置,连续说了四五位丧偶妇女处心积虑想要嫁给他的故事。邱言一言不发,她在心里默默支持着父亲,但始终没法亲口说出来。对她而言,不过是个"继母",既然父亲已经打开心房,那是谁其实都一样的。父亲有权挑选新的妻子,这不犯法。他挑得那么尽情尽兴、走火入魔,这才让人有点头疼。真人面对面的话,要怎么打断他呢?(烦到关掉 Facetime 画面的话,父亲会问:"你镜头怎么又黑掉了?")

"你还记得小时候礼拜天,爸爸也给你钱叫你去轻纺市场兜兜,自己吃完夜饭再回来吗?我们年轻的时候做夫妻真是作孽啊。等到后来你上大学了,你妈妈又身体不好了。老早的年代,做男人真是作孽。还有你小姑妈,读书回来就睡在我这里,也不去你爷爷奶奶家,一点也不懂事。我跟你妈只好在阳台上……"邱言很怕父亲会咬牙切齿地说出:"生了你。"好在他每次说到这件事,都停在此处卡住,不说了,像一盘打口碟,放到那里例必是放不出来的。轻纺市场倒是还在的,邱言不怎么记得自己小时候是被父亲赶去那里游荡的(那么作孽)。很久很久以前,她陪大学时的男朋友去那里做过舞台表演的衣服。店员问他,你买长衫干吗?他说演戏。阿姨问,你演谁?他说周树人。阿姨说,哦,那他大致几岁?

想起来,上一次见父亲距离现在也有好一段日子了。那是一座邱言平时常去的商场,她平时常去的日本料理店。父亲是突然找她吃饭的,他做了一桌的菜,但他女朋友突然不开心了,不愿去他家吃。父亲就想起来让邱言去把那桌菜吃了,邱言听罢说:"外面吃吧,我还有别的事呢。"他倒也不计较,没心没肺地就出来了。

料理店的角角落落都令她感到熟悉,熟悉的程度要远超过坐在对面那个老人。邱言没有想到,父亲近来开始已经不能吃糖了,一丁点都不能吃,他事先也不说,他只在视频里说旅游的事。这真令人尴尬。桌上的菜突然间显得不合时宜。那天父亲回家之后,例必要重吃一顿午餐,没有糖的那种,吃的时候还要转转地球仪,想到这些,邱言就略感心酸。她只能努力将母亲过世时的片段嫁接到这种心酸之后,以期让内心的波澜能够极速地趋于平静。譬如,母亲火化当天下午,父亲就把母亲衣柜里的羊绒大衣、只穿过一两次的羽绒服统统送给了保姆阿姨。那些好衣服都是邱言送给母亲的,有的是生日礼物,有的是母亲节礼物,母亲生前都舍不得穿。但父亲没有问过邱言一句就着急地腾出了四分之三个衣柜。他说:"哎哟这下我的东西终于有地方放了。"那位住家保姆得了衣服,隔月就辞了职,听说是和同乡一起去了北京。临别,她都没见上邱言。邱言很想对她说:"妈妈的衣服,我能不能赎回来呢?"又如,父亲对邻居说,母亲第一次昏迷就不应该叫救护车,她白白多受了半年罪,还连累到家人。邻居觉得不应该嘴碎,但还是把话告诉了邱言,并且嘱咐说:"不要跟你爸爸说是我说的。他跟很多人都这么说的。"想到这里,邱言才觉得心中好受了一些。眼下父亲算得上硬朗,情感生活也颇充实,还是朋友圈的旅行达人。他旅途中都不能吃糖,多不方便啊,日常生活里只会方便得多,没什么的。

"我跟你讲，跟女人聊天，你一定要掌握一个原则，"父亲不怎么吃东西，反而更加自信地侃侃而谈，"绝对,不能被她们的思路带跑了。"

"如果她们问你，你是不是对别人也这样的啊？你是不是也给别的女人买东西呀？你说,这个时候我应该怎么回答？"邱言心中布满疑云，她不确定父亲是不是真的在问她的意见。她就静静地看着父亲，或者吃菜。她想，最漫长也不过是一顿饭的时间。

"……反正这种时候你说是，是不对的。说不是，也不对的。这都是顺着女人的套路。你要说：你觉得呢？"父亲脸上略有些得意。"你觉得呢？哈哈哈哈。"他又重复了一遍，还得意地笑出了声，仿佛是屡试不爽的经验。父亲把微信翻到那几位妇女的对话框，提醒邱言（或是自己），"这个四十岁出头，太年轻，不知道冲什么来的，我不理她。""这个跟儿子关系不好，我不喜欢有儿子的，我喜欢有女儿的，不麻烦，瘫了还有人管……"

父亲真的有点老了，他比手机视频里看起来要老多了。他变老的节点，刚好就发生在母亲过世以后。脸上虽然还眉飞色舞，却遮盖不了脖子上皮肤的松弛，头发也白了更多。他年轻的时候力气大、话不多。母亲话也不多。每天他下班回到家，洗脸水倒在脸盆里的声音，都是比较刺耳的喧哗。男人还是话少一点比较好，现在他这么叨叨叨叨叨叨，出于女性的自觉，邱言觉得要爱上这样的父亲、愿意照顾这样的他，真的挺难，她为那些表演掏出真心来的阿姨们感到着急。母亲真厉害，她像所有聪明的老妇一样，对丈夫的了解远胜过他本人，她挑挑拣拣把父亲身上最重要、最美好的东西都带走了，留下的那些残余，都不大灵了。

邱言还记得，父亲最后一次帮她洗澡，大概是她快要上小学。父亲让她站在红色脚盆里，没有脱她的短裤。他眼睛不知道在看水还是肥皂，很严肃。父亲帮她把泡沫冲干净之后,对她说:"你上了小学就是个大人了,妈妈不在的时候,你也要自己洗澡了,听到吗?"

邱言那时候想:"爸爸是不是不喜欢我了?"但她没敢问。

二

一次意外的重逢发生在机场。

那时邱言不见父亲已一年余。母亲漫长的疾病几乎耗尽了她,每一个道别的揪心时刻都历历在目。葬礼之后,邱言申请去仙台访学。寡淡如水的一年,唯有孤独令她在异乡耐心地栽培着新的生活勇气,打扫心内的疮痍。奇怪的是,邱言并不怀念他们三口之家的往昔,连做梦都没有梦到过什么团圆的场景。即使父母算得上是别人口中的模范夫妻,即使邱言算得上是模范女儿,她居然并没有什么放不下的"团圆"念想可流连。母亲走了以后,邱言和父亲都有了一种自由的获得感,这难免令她感到自责。父亲自由的欲望喷薄过了头,也令她有一种连坐的羞愧。发自内心的,邱言并不真心希望母亲的病痛再拖延时间了,父亲也是,但他们都不能说。母亲病到脱相之后,就不太像母亲。她每天吵着要吃油条、要吃油墩子、要吃西瓜、要吃康师傅泡面、要吃秃黄油,但那都不能给化疗的病人吃。一旦他们不让她吃,她就摔东西,打护士耳光,咆哮说:"那你们两个买点老鼠药给我吃吧。"好像被丧尸附体。父亲每每被母亲骂到灰溜溜离开房间,也不过是一声不吭地去厨房间剥剥蚕豆、大蒜头。他一直没什么怨言,现在看起来全是假的。结婚三十多年来,他们都是伟大的演员。

邱言也有样学样地扮演着一个热爱家庭生活的女儿,继承着"模范"血统的责任。她和父亲两人,都在深夜聆听过母亲绝望地呼喊"爸爸,妈妈"。他们虽然没有交流,却怀抱着共同的疑惑和惊惧,好好的人的一生,怎么会是这样的落幕。小时候要是学医就好了,邱言想,虽然不能治愈疾病,但在人类灭亡的末路上,丧尸见得多了,心肠一定会比普通人皮实。

在寂寞的一年的时光里,邱言不知道自己到底在修复些什么,不知道最后到底想明白了什么。她为未来的论文准备了一些文献,兢兢业业做了一些没有报酬的翻译,与人握手又道别。生活趋于极简,精神上反而振作了。事到如今,还有什么需要赶时间去做的呢?知识结构稳定了下来,父亲母亲也稳定了下来。一个人单枪匹马度日的坏处越来越可以负担,一个人单枪匹马创造的福利也收割得越来越有条理和层次。比起应对日常生活的枯燥,探微内心的矛盾反而更为棘手。离开日本的前一天晚上,邱言想起小时候母亲对她好的往事,突然哭了起来。可又一想,母亲临终前最后一些深夜里,她干瘪成骷髅一样的脸颊,还要歇斯底里问邱言讨辣条吃,就感到害怕。哭是真的,害怕也是真的,它们似乎不应该一起发生,却切切实实一起发生了。爱是矛盾,是变化,是矛盾在变化的旋涡里不断博弈。好在,母亲再也不会有这样的矛盾之心了,她不会再失望了。她不会看到越来越失序的父亲,力图用整段余生来证明自己前半生的失望。他们用恐惧来瓦解爱,不愿再被"模范"的爱继续勒索,余生的时光不多了,父亲的落幕也不会太灵光。人的末路是不是就是这样的呢,人间的爱欲率先熄灭以后,食欲翻江倒海,狂躁难耐,像沙地里"潮汛要来的时候,许多跳鱼儿只是跳,都有青蛙似的两个脚……"

一年的时间真是不够长,只令邱言有理由从与父亲面面相觑的生活环境里搬离,再回到上海,不用再住回去。母亲不在的时候,总有道理不与父亲亲密相处的。这是父亲亲口对她说过的话,像一个巨大的谶语。她还会有一点担心父亲不再爱她,但她不再害怕父亲不爱她了。她学习着面对没有父亲爱她,在未来可期的漫漫黑夜中。

在机场,邱言遇到了金泽。

这距离他们分手,也有了十多年。他是她第一个男朋友,虽然不是唯一一个,不是最伤心的那个,或者最近最蹉跎的那一个。他们乘坐同一班飞机,直到等待取行李时才认出对方。和电影里拍的一样,两人最初的表情都是没有表情,愕然。重排一次,显然是可以来个和解的大拥抱,但当时没有,这很中国。邱言说:"你好呀!"金泽说:"那么巧啊!"好像两个相声比赛得过鼓励奖的中学生。行李来得很慢,引发了一些抱怨。时间是被生生开辟出来的,好像天意。金泽有些尴尬,甚至摸出了名片,其实邱言也尴尬的,但她没有名片。

"我们要不要加个微信?"邱言问金泽。

"好好好!"金泽这么说,"我加你还是你加我?"(这重要吗?)

分组的时候,邱言犹豫了一下,把金泽放在了"家人领导",那是她发朋友圈会最先屏蔽的组别。分组这样的事,好像是蛰居,第一次的感觉很重要,因为未来更改组别的可能性微乎其微。如此谨慎,涉及"神秘"的心灵距离的测量,邱言和许多年轻人一样,是一个熟手。邱言不常发朋友圈,因为每次发什么会议讯息,父亲都会给她点赞。然后马上发出一组旅行照片。她又不想给他点赞,夹在那些吵着要嫁给他的老年妇女中。她不想和她们混在一起,虚拟的也不想。朋友圈像是一个奇特的舞台,制造着幻觉,将生活里不必真正相遇的人凝聚在一起,用小心心歌颂真善美。放在以前,这样的事只有婚礼和葬礼才会发生。

三十五岁的金泽有些发胖。他戴着帽子都看得出头发有些油腻,邱言并不感到嫌弃,旅行到了这个节点,的确是狼狈不堪,没有化妆的自己一定也好不到哪儿去。她觉得他晒黑了,距离……十几年前分手时的肤色,他足足黑了三个色号。她忍不住偷瞄行李板报玻璃反光里的自己,今天忘记吹头发了,机舱令人脸干,润唇膏不知道要不要补一下,还是用一下李佳琦推荐过的口红呢?口红在登机箱里,箱子却上了锁……还是算了吧。

"你去日本玩吗？"邱言问。

"我不是去玩，我是去，唉，我不知道怎么说，我是去分手的。"时隔多年，说起这样的事，他居然还有点不好意思看别人的眼睛。

"啊，真不好意思。"邱言说。只是随便问问而已。

"没事没事。我说如释重负，也很多年了。那你去日本做什么呢？"他问。

"我去访学。一年多了，刚回来。"

"太巧了。"他说得仿佛惊魂未定，"你居然还在读书啊？厉害厉害。"

"仙台蛮好玩的。有冷杉雾凇，据说二月上旬最漂亮。也有海鸥，如果你喜欢海的话。"邱言说。

"日本是蛮干净的。"他不知所云地接这话头，又说，"你一点没变啊。"

"老了啦。"邱言说。金泽静静地看邱言，却也没有反驳。这种"静静"真令人失望。

金泽一直不算英俊，但胜在风度，在那个男学生都还很柴很拘谨的年纪，能显出别致的气象。他大方、慷慨、侃侃而谈，却不巧是个颜控，在很长一段时间里，这都让邱言十分自卑。他们两个都是舞台剧社的演员，平日里喜欢写写讲讲。说起来是个剧社，其实拢共也没几个学生，他们小打小闹地等过戈多，追过风车，拆散过罗密欧与朱丽叶。金泽虽然不是社里最帅的，却一直都是男主演。最后，就像很多青春剧里写的，男主演和女主演日久生情。不过并不是周树人那一部戏，那一部戏里，邱言女扮男装演了闰土。听中文系的导师说，邱言演得蛮好的。很多年后的研讨会上，导师还会到处跟人提起，"这位邱老师很厉害的！她小时候演过闰土!特别像。"闰土不是男的吗?底下的人会这么说,很快又世故地改口说,邱老师真厉害呀!

"结婚了吗?"金泽问。邱言摇摇头。

"你还演戏吗?"邱言问。

"哈哈哈。你是说生活里吗?谁上班不是在演戏啊?"他笑得很"社会",而且是那种公众号最喜欢在大中午放送的职场丧气漫画,"我当时不知道,你在那么年轻的时候就带我去学这么重要的生存技能,就是演技。"

也许他以为自己在表现幽默吧,邱言心想,就……稍微有点陌生。

"邱言,见到你我真的很高兴。刚才那一刹那你知道我想起什么?我想到我第一次关注到你,是音乐审美课讲《梁祝》,老师问你有什么看法,你说,如果我是祝英台,我就嫁给马文才,他们为什么要一起死呢?我当时就想,这个女孩子不简单。"

"不简单"又如何呢,他还不是追逐别人而去。那个在日本的女孩就是女主演吗?他在高兴什么呢?客气话说得那么诚恳,会像一个对岁月充满歉然的老人家。金泽找邱言摊牌爱上别人的时候坦坦荡荡,说:"我不是人,但我不想骗你。"倒是挺简单。这一分手,反而帮助邱言把书安静念了下去。剧社后来也解散了。

"行李来了!"这时有人喊道。

他们俩在出口礼貌道别。分别以后,邱言在出租车上发现,金泽从不使用朋友圈。

金泽像一个古典时代的恋人,消失又出现。没有被现代媒体污染过。也可能没有那么浪漫,只是时间将他们分开得太远,在许多现代媒体平台,他们还来不及互相连接就已经被更新的技术折叠了。在被痕迹定义的新时代,他们甚至找不到一个古典的方式建立追忆:不知道他打什么游戏、不知道他日行多少步、不知道他偷不偷能量、种不种树、支付宝年消费排第几、一年出国旅行几次、平均去剧院又几点几次。世界上有那么多重叠的聊天群，每天要生产出那么多的垃圾话，他们俩却不在任何群里。才十年不见，他们已没有任何共同体，虚拟的也没有。没有任何凝聚的渴望，他们对彼此一无所知。飞速的折叠里，根本不会有他们相爱过的痕迹。

三

再见面时，金泽显然是有备而来。他显得非常自信，这自信不知道是筹措来的，还是修炼来的，镶嵌于他一贯自负的气质中。有个下午，他在手机上主动对邱言说了Hi，主动定了吃饭的地点时间。见面时又主动带起谈话节奏，适时开开玩笑，每一个节奏，都好像演练过多次。那种类似"这个女孩子不简单"老派的恭维话术，他积攒了不少（他好适合去当司仪喔）。邱言并不真的反感他的新做派，十多年的岁月，谁能保证谁没有变化呢。

金泽眉间的痣没有了。十八岁时他很臭美，一直嫌弃那颗痣，现在不见了，就像从来没有过。这有什么呢，邱言也打掉了唇毛，因为金泽曾对她说，你怎么有胡子啊。金泽曾期待的未来伴侣是"刘亦菲"的长相，那显然就不会是邱言了，不管她有没有胡子。邱言不太明白他为什么要当她的男朋友，难道仅仅是因为她会写剧本吗？（可能的确是因为，她会写剧本吧。）经过时间检验，刘亦菲的颜好像的确很扛打，他眼光不错。既然是天仙，普通人的忧虑也不会显得很滑稽。好在与金泽分手以后，邱言再也没有担心过自己永远成不了"刘亦菲"，这块莫名其妙的石头被挪到了别人心里。分手之后，过了好几年，邱言才用一笔奖学金做了小小的医美。冰冻的激光刺过嘴上皮肤的时候,像冷却的爱情的针。

围绕着东亚鲁迅学研究,邱言从从容容看过樱花"像绯红的轻云",装模作样地感叹起"东京无非是这样"。这一切都由扮演"闰土"而起的,改变了命运,挺好的。唯有注视金泽的目光,还带有"我认识他时,也不过十多岁,离现在将有三十年了"的奇怪语境,真是微妙。爱的金灿灿的瞬间旋风般裹挟着诸如"我素不知道天下有这许多新鲜事"的台词,照耀着他们两人时过境迁后的礼貌。

金泽说:"那天看到你真的很高兴的。像看到以前的自己。这些年你都好吗?"

邱言说:"还好。读读书。"

金泽说:"你们这样的……女知识分子,是不是都不结婚的?"

邱言说:"谁说的?会结的吧。"

金泽说:"我和前女友,前几年差一点结婚。可是她似乎有点问题。她的内分泌不太好,其实我是不在乎的。但她很介意。她很怕生不了孩子。拖了很多年。后来她就出国工作了。我这次去发现,一个外地人在日本会过得比在上海好。"

邱言说:"女孩子在日本好不到哪儿去的。"

金泽问:"怎么会?"

邱言说:"一般来说,美妆产品越发达的地方,女性地位越低。日本洗手间里好多女孩子在补妆,垃圾桶里都是化妆棉。"

金泽就不说话了。

"那位……是朱丽叶吗?就是祝英台?子君?"邱言问。

"哦哦不是。不是的。那个啊,她也很离奇,嫁人以后,现在在做微商,卖护肤品,还把我拉到一个群里,叫我家人。说我皮肤黑,也可以用。奇怪伐?"

邱言想到自己给他的分组名就笑了，那位朱丽叶祝英台子君还挺有意思的。心有灵犀。

"毕业那年，她想跟我结婚。我妈给了我一笔钱，我当时太年轻，不想结婚，就买了个车。她不想等，就找人嫁了。我是这样想，如果她真的嫁得好，怎么会做微商呢？你说是不是？"

"因为微商确实也有赚得到钱的，她又那么漂亮。"邱言说。

"她其实老了很多的，生完两个之后。"金泽说。

"你一直有她的微信吗？"邱言问。

"是啊。看看而已，我也不发。那笔钱，到了二〇一五年，还可以付个首付，我遇到了后来的女朋友。她想结婚，也想生孩子，但因为她身体的问题一直拖延，没有告诉我，二〇一六年房价暴涨。我现在什么都没有了。跟你说我不怕丢脸。真的。人生如梦。我们以前演戏，现在我才发现，人生要是如戏就好了，不会那么惨，总归会有鲜花掌声。但我有信心，我觉得还会有机会。你觉得呢？"金泽说。

"你觉得呢？"好可怕的话。（"你觉得呢？哈哈哈哈。"）

邱言想，他为什么还是那么不在意在她面前丢脸呢。

"身体要紧。"邱言却说。

"我现在也帮人家讲讲课的，讲讲危机公关的，还要去外地出差。我以前还有网课，做培训的。我给你看照片！"

金泽手机屏保还是两人的合照，女生并不那么像"刘亦菲"，反而有点像邓紫棋，肉鼓鼓的，应该比邱言小很多。他很快切换到了网课的广告图，他穿得像个保险推销员，发丝分明。脸旁打着许多红色的字，看起来就和如今满坑满谷的线上课程一样。嵌在手机推广里，根本来不及看，根本不用担心看漏了。如果不是金泽刻意指出那是他，邱言就算在手机里滑到，也未必能认出来。还是机场里好认一些呢。

"很棒的。你很适合这样的工作,普通话又好。"邱言说。

"可惜现在家家危机,需要危机公关的人反而很少。"金泽苦笑道,"我最后悔那时候没有买房子,其实我女朋友跟我分手很重要的原因也是因为我在上海没有房子,我本来可以有的。现在年轻女生都这样,太势利了,你知道的。不像你,一看就不是那样的。"

他以前可从不说这些。不知为何,那朵"刘亦菲"的乌云突然又飘回来了,久违得好像青春里一双不合脚却必须穿到坏的鞋,那种皮肉模糊的疼痛感,远不如冰点激光的疼痛来得爽利。

"结婚这种事,我是不急的,真的不急。我们男的又不怕的。不过我下次找,一定要找个上海人。真的,我现在有点知道你的好了。我前几天在星巴克,还看到一个跟你十八岁的时候长得很像的女孩子,很文静的。也喜欢旅行。我就觉得我以前瞎了,现在醒了,还不算太晚。你看,你现在多好,既没有卖面膜,也没有离婚、生不出孩子之类的糟心事……其实我还蛮想你的,我有次在出租车里听到一首歌,叫《大龄文艺女青年之歌》,ACAPPELLA版的,你听过没有啊,你一定要听一听,很像你的。邵夷贝跟你长得也有点像的。"金泽说着说着,自己笑了起来,笑里还汇聚着诸多天真的因子,看得出放松的气息。他应该是发自内心的高兴吧,发自内心地想起过她,祝福过她自得其乐。

在金泽的世界里,到底有没有过"深蓝的天空中挂着一轮金黄的圆月,下面是海边的沙地,都种着一望无际的碧绿的西瓜……"?是有过现在没有了,还是从来都没有过呢?

"我其实是闰土,这你都忘记了吗?"邱言心想。

"我都说了那么多自己的事了。你看我把什么事都告诉你了。那你这些年都在干什么呢?"金泽问。

"哦,我把唇毛打了。"邱言也奋力开了个玩笑。

她好像突然不怎么想知道金泽平时打什么游戏、日行多少步、偷不偷能量、种不种树了。她也曾想起过他，即使是在刻意忘记要失去母亲的那一年里。在本命一般的大学生活里，"从此就看见许多陌生的先生，听到许多新鲜的讲义。"许多旧句子萦绕在她脑海中，宛如初恋一样轻盈。异乡，真会令人产生幻觉。醒觉是那么突然……

才十年不见。

四

邱言父亲终于因为旅行过度、体力不支而病倒。到医院的时候，他强忍着高烧，坚持要求医生帮他查一下有没有艾滋病，大吼大叫的，搞得邱言十分尴尬。父亲叨叨叨叨叨叨说："女朋友不相信我，因为我女朋友太多了。我女朋友是很多的，但是也不能血口喷人你们说是不是。我还发着寒热呢，欺负我没力气。不想谈就不要谈，我很爽气的。"父亲说着说着涨红了脸，委屈得快要哭了。

而当父亲终于拿到健康报告跟隔壁床的病友光荣宣布自己没病的时候，邱言被医生叫去诊疗室。医生说，父亲患上了"阿尔茨海默症"。邱言脑袋里顿时"轰"的一下，泪水夺眶而出。倒不是因为父亲未来会忘记她，这样的事她也看过不少。而是因为这两年多来，父亲变得多么奇怪啊，多么亢奋。他早就变得不是父亲了，变成一个十三点，邱言却像默认母亲会变成丧尸一样，一直觉得可以接受的，可以接受。她一直在躲避父亲、曲解他的行为，她一直都以为父亲是因为常年压抑终于放飞想要找一个女朋友，她一直以为父亲被母亲折磨死了，父亲也是可怜的人。但是身为"模范"女儿，就一定要支持他，不要打扰他。不是这样吗？

医生被邱言突然的情绪失控震惊了，说："你们感情那么好？他说你都从来不去看他的,一直视频的。以后你要么自己去看看他,要么找个人看着他,听到了吗?手机视频不行的哦。好了不要哭了,你出去冷静一下……"

"医生,梅毒帮我也查一查好伐啦。"父亲还在叨叨叨叨叨叨,病房里的人都在笑他。邱言不知道说什么,就说"大家不要笑了不要笑了",好像管理小学生。有个病友说:"小姑娘没事的,我们都知道你爸爸没病。他刚跟我们说,你是大学老师。教鲁迅的。很忙的。是真的假的?"

在回家为父亲整理衣物的时候,拨开一沓沓脏兮兮的铜版广告纸,邱言看到父亲在床头堆了很多长条的盒子。打开一看,居然都是些假玉石、玛瑙串。有些一模一样的还有一对,吊佩上绑着说明书,寄语还写着名字,一个是她的名字,一个是母亲的名字,购买自泰国大理,还有国内的武夷山、泰国、青城山、贵州、桂林、内蒙古、海南……而父亲平时和她视频的位置,是家里整理得最干净的地方,除却那个邱言熟悉的取景框,家里简直乱成一团。擦桌子的时候,玻璃下还垫着他们一家三口的证件照,健康宛如报告所写的父亲,年轻的刚烫过头的母亲,还有当时还是大学生的她。她笑得那么拘谨,没有一点"刘亦菲"的影子。心里对爱的向往,像绯红的轻云。

原刊《小说界》第 4 期

神 龛

周李立

小汽车是新买的，红色，都因为她曾对他无意说过好几次，只有红色才是汽车该有的颜色，于是他想都没想就挑了辆红车，两厢的，很小巧，关键是便宜。

他领驾照的时间是五年前，到第六年，就该换一个新驾驶证，不过现在这个也还很新，几乎没拿出来用过，因为他刚刚才有了辆汽车。他对汽车的需求看起来没那么急迫，上下班有班车，算大公司的某种福利，不过结婚后他时常说到买车的事，说多了，她就觉得他确实想要一辆车。再说他已经抽中了牌照，在北京这么多不容易，"那就没办法了，必须买车了我们。"他知道抽中牌照的消息后是这样告诉她的。第二天，他就在午饭时间去了4S店，给小车交了定金，他一个人去的，因为4S店离她上班的地方很远，离他上班的大楼很近，他原来就经常在午饭后去那里看看车。

驾驶证躺在仪表盘上，封皮的烫金字在汽车前挡风玻璃上闪着细碎的金光。五年前那会儿,她还不认识他。那时他在上大学,她还没有到北京。他周末乘公交车去驾校学车,听他说是个冬天,还有,中午的驾校食堂总是提供冻成一坨坨的冷汤。

"它真好看。"他把袖珍的汽车开到她面前的时候,她由衷赞叹。

然后她就不打算继续称赞它了。她也没想到他还给它取了名字——小红,想不到他还会做给汽车取名这种事情,像那种很会逗姑娘开心的纨绔子弟。事实上,他很沉默,有时候内向,不熟悉的人会以为他冷漠,男人有这种特质其实是可靠。她是他的第一个姑娘,嫁给他是可靠的,让她有安全感,跟有钱没钱关系不大。他和他的父母,也确实都没太多钱。

小红,这真像个穿红棉袄的胖丫头的名字,她恍惚记得这样一个胖胖的小女孩的模样,三四岁?五六岁?想不起来了,印象深的,是胖女孩总是把自己的大拇指当零食,吮吸起来津津有味。

"它是小红,那我呢?"她娇嗔着问他。他值得她以这样的娇嗔对待,因为他为她负了债,尽管并不是太多,她惊讶于如今十万块就能买来一辆车,那些年十万块都能买个老婆却买不到一辆车,买老婆比买车容易,只要有人给你介绍那种人,专门做那种买卖的人。

总之他用了支付宝里的或者别的什么小额借贷,加上存款,就搞定了一辆车。他收入还可以,只是没什么存款了,因为结婚的时候用掉不少——包括那套紫色系的婚纱照,花了一万块,他说值得。这几年又一直给他父亲花钱治病。不过他一如既往能搞定一切,她从认识他的那天开始,就对他深信不疑。

"你是……大红?哈哈……"他兴致很高,竟然开了个玩笑,她假装生气,他替她把身上红羽绒服的拉链往上拉了拉,"今天有风,拉紧点。"随后他提出,他们应该去那里,开小红去,带着大红。

她知道他说的是哪里,离北京不远,开车几个小时(她记得需要这么久的，后来发现其实用不了），稍大一些的地图上都不会有的那座村庄。那里成排的平房都像盖了几百年了，红砖都变成黑砖。十几户人家，每家炕上都蜷缩着几个常年不洗澡的老人，见不到年轻点的。乡级公路像锈涩的锁链，将整个村庄层层锁起来。村庄周边倒是有水，是一个很大的湖，但大部分湖面时常干涸，部分形成沼泽，长满水葫芦。不过这么大的湖，在北方到底也少见。通往村庄的唯一的路，是一条乡级公路，只好弯弯曲曲地修，才能绕过那里复杂的地形。

他拍着小红的前车厢盖（她不知道那是不是该叫前车厢盖），似乎是前车厢盖给了他灵感，或者让他做出决定："明天就去，明天是周六，你可以请一天假的，今年你还没有请过假……"

"我不知道，可能，我得问问蓉蓉，如果她不用带孩子，就能跟我换班，但是最近她也挺难的，总说孩子发烧……"

"嘿嘿，别提什么蓉蓉了，你想去吗？你想去的话，这都不是问题，不就是一天不去干活嘛，扣钱就扣钱，"他更用力地拍着前车厢盖，显得说话的口气，比他想要的口气更大，"我们有车了，现在。"他接着说。

"那……我想一下好吗？要不……好吧。"她绕着小红慢慢走了一圈，本来她以为自己还没法做决定，但是这辆有名字的车，似乎让她自信了，因为她听出自己的口气，也变大了。

她给蓉蓉发信息，问明天能不能替替她。她称蓉蓉为"亲爱的"——稍后蓉蓉回复的信息里，也同样以"亲爱的"称呼她。她觉得肉麻，有点吧，她并不爱那些姑娘们，但都得这么称呼她们，算是某种约定俗成的规矩，任何地方都有自己的规矩。

出发后，先走高速公路。高速这一段，他很有把握，已经在地图上研习了多年。不过下了高速,他就不认识路了,先按照路牌指示,左转了两次,后来路面越来越窄,经过了一辆马车后,就再没出现过路牌了。他就请她指指路。

"亲爱的,可以先说好吗?有件事……"她说。

尽管无论他答不答应,她都得带路,她从没有拒绝过他,因为他从来也没提出过让她产生一丁点想要拒绝的想法的过分要求。他们就是这么般配的一对。

她说:"到那里,我们不下车,就在车上看看,好吗?"

"听你的。"他转头冲她微笑。他右手放下来,捏了捏她的左手,又回到方向盘上。

"到右转的口子那儿,我告诉你啊。"她说。

"没问题,我都听你的,肯定不会错,这条道你得记一辈子……"他平视前方,表情严肃。

"现在是记得的,不过……"她抿了抿嘴唇,咬下唇上几块死皮。从前她在南方,嘴上从来不长死皮。后来到北方,开头三个冬天,连手心都干裂了。裂口沾凉水,就像用力握一把钉子。

她接着说:"其实我不想记得,记不得最好,忘光光……"她想起那个时候,如果那时候就知道这条路是怎么弯曲怎么延伸出去的,就好了。

"你还是应该记住的。"他开车的样子她还没那么熟悉,很新鲜,她喜欢他的侧脸、正脸,还有后脑勺。

她觉得他开得太快了,"太快的话,我可能会错过那个路口。"她说。

"一点也不快,老婆,你是汽车坐得太少了,私家车,小汽车,当然比公交车快。"他说。可能他的右脚是不由自主用力压了压油门的。她听到"轰"的一声,脑袋一下子向后仰去,直到后脑勺被座椅头枕稳稳抵住。

不过,这感觉真不错,她想。

他开始表演性地驾驶了。刚刚开车的人是不是都会这么干？轰油门，加速，打方向盘，迅速超过那辆牛车，又反方向打方向盘，回到路中央，在减速带前猛踩刹车，她往前探出去半个身子，随即又被安全带拽回来……连贯的动作，十分流畅，像每天都捏着方向盘的那种人，也许他天生就适合握方向盘。

　　他其实常握的是键盘。他是程序员，这比开车更需要头脑，听起来也更高级。不过他不算那种顶尖的，只是最最底层的程序员，他毕业的院校不好，按他自己说的："其他人都是清华北大出来的。"但他很努力，在一座伟大的摩天大楼里有一个小小的工位，以及一个大大的前景。编程时他总是戴着耳机听"雷鬼"音乐。他给她听过，只是几个音符，就把她吓得尖叫。这跟她心目中理解的音乐完全相反。这也跟她心目中的他，完全相反。他确实有一些方面是她无法了解的，不过那都不算什么，重要的是，他对她好。他很瘦，个子也矮，穿上鞋也不及一米六，体重勉强一百斤。他的同事们，她见过的那几个，都跟他差不多，又瘦又小，一样没什么头发。偶尔，他会做出让她意外的事情来，这种事情里有浪漫的成分，通常能让她打心眼里高兴，比如他为她专门写过一个小程序，如果输入"谁是世界上最漂亮 / 温柔 / 可爱的女人"，结果都会出现她的名字。他们刚刚新婚半年，没有自己的房子，她从没奢望在北京有自己的房子，但他们在一套三居室里独立租有一间房，主卧，朝南，在冬天，阳光可以斜斜穿过整间屋子。

　　那座村庄最醒目的标志，是两侧各有一座山包，村庄就在两座山包间。华北平原，平地冒出山包，就算矮得像小坟，也很容易找。

　　但这条路会骗人，因为路上接连有几个 S 形急弯，你以为是冲着山包间过去的，到跟前才会发现，乡级公路把你带到了刚好相反的方向。这也是她花了那么长时间才走出来的原因。她总是往离开山包的方向走,好几次都以为自己快要成了。那都是些夜里,实际上这里的夜晚你根本看不清路面。当她远远看见槐树的影子、树下看门人坐的那把破椅子,又闻见秸秆燃烧的熟悉的臭味的时候,她第一反应都以为自己已经走到了其他村庄——她从没去过的某个附近的村庄。夜晚总让人产生幻觉。当她还顾不上欢欣雀跃并用最后的力气跑过去的时候,才在月光中认出那棵槐树、烂椅子、秸秆,还有那只满身长癣的黑狗——正趴在椅子边上睡觉,口水流了一地。黑狗白天总在村口徘徊,曾经冲她发疯般狂叫过……那几次,当然,她都没走出去。

黑狗也许是看门人的。村庄当然需要一个看门人,以防她这样的女人跑出去。看门人有点傻,她从他的眼神里猜的。但也许他不傻,因为他后来给她指过路,准确说是他教给她一个口诀。她这才知道,按正确的方向走出的关键,是一个祖传的口诀。当地方言她不是那么懂,但那时她已经能连猜带蒙地,弄懂这个宝贵口诀的秘密。

他开了两个小时的车了,现在是中午,太阳最高的时候。她担心他有点累,他总是睡得太少,他说公司里所有人都这样,要想让生活更好点,加班是最简单的方法,对程序员来说。

他打开了车上的 CD 播放器,"不用休息了,我们得赶路啊,我听点歌,提提神就好了。"他说。他只带了一盘 CD,当然还是那种吓人的"雷鬼"音乐。不过现在,她装作并不讨厌这种音乐了,因为她爱他,爱就是这样,接受他的一切。仪表盘上全是按钮,小小的指示灯一个个都是椭圆形,像萤火虫的尾巴发出橘黄的微光,连成一串,很漂亮,也复杂,所以她一个按钮都不敢动,怕自己不懂,然后弄出什么不好的状况来。

下了高速公路,又走了一小段国道,他们给小红加了油。

在加油站,他差点跟人家打起来。她从没见过他这样子。她也不明白他为什么一定要让人家把汽油灌进小红后备厢内那个塑料桶里。她甚至不知道他什么时候在后备厢放了个塑料水桶,大号的,跟她用来洗墩布的桶差不多大。她猜可能是带上汽油备用吧。他总是会准备备用品的。他们的毛巾、牙膏、洗发水这些东西,除了常用的,也始终有套没开封的,整整齐齐码在衣柜里层的储物箱内"备用"着。她就没这种好习惯。

加油站那个工作人员又高又壮,身穿油渍斑斑的天蓝色制服,肚子前几颗可怜的扣子,几乎扣不住。他说着当地方言,就是她能听懂的那种方言。她想这意味着他们离那座村庄已经不远了,"那可不行,不能把汽油加桶里,92号不行,95号也不行,这是犯法的。"

"没人知道。"他很镇静,一本正经,甚至有点严肃,他跟陌生人说话时就会这样。

"你说什么?"

"你加一点,没人会知道。"他说。

工作人员开始冷笑,她觉得那笑声非常吓人,像他知道了他们最大的把柄,然后通过笑声表示"不可思议""你是傻帽儿"或者"我看不起你"的意思。

她去拉丈夫的衣角,她悄声说着,算了,算了。

油箱如果加满的话,汽油该是足够了。不过那村庄那么偏僻,前面是肯定没有加油站了。其实她不记得前面还有没有加油站,五年前她还不关心加油站。现在她会关心了,因为他们有车了。

他握着拳头,两只手都握紧了,说:"没什么不能加的,我知道。"

"你小子有毛病吧?还加不加?不加赶紧滚!"那人不知道为什么凶巴巴地。

"你嘴巴干净点!"他没滚,反倒往前跨了两步,挥起一只拳头,她觉得丈夫是要去揪工作人员的衣服,不过对方太高了,他到底放下了拳头。

"你搞清楚,这是加油站,加油掏钱,这个,"大个子拔出加油枪,用加油枪指着丈夫的鼻子,"该往哪儿插就往哪儿插,不是你妈的随便乱插的!"

现在,她丈夫真火了,她还没明白他想干什么的时候,他已经冲着大个子过去了。

大个子利落地往旁挪了两个小碎步,躲开了他。他直接扑倒在地,嘴里骂着她听不清的脏话。

"油箱我可是给你加满了,已经。"大个子把加油枪挂回那个机器上,变得温和了不少,"我说兄弟,好了,好了,别怪我,你不能让我干犯法的事儿啊,这可是国家规定的,汽油不能往别的容器里灌,你看那是什么,摄像头嘛,谁敢乱来?这又不是我规定的,你冲我来算什么啊?你说是不是?"

他有点反常吧?离开加油站之后她开始这么想,不过,也是情有可原。

她自己可能也有点反常,只是自己意识不到——那些反常的事通常就会这样。要不之前有两次,她计划晚上要逃出来的时候,那些人怎么提前就有预感呢?"小婆娘这两天看着就怪,顶不顺眼的,估摸着是想溜,蠢货!"所以那些人才会把她绑回去,用黑色宽胶带把她两脚缠一块儿,进屋后她会被两个男人扔炕上,饿上三四天。"不能再饿了,饿坏了就没用了,生不出孩子了……"一次她昏昏沉沉的时候,听见不知哪家的老人在屋外嘟囔。

现在,她发现自己不用"口诀"也能找到正确的路了,原来这里发生的一切，五个月零七天里发生的一切，她根本就没忘掉一点。到她能看见两座形似乳房的山包的时候，记忆就扑面而来了。她其实也不想记那么清楚。

深秋的北方农村，路边晾晒着刚从地里拔出来的花生。泥迹斑斑的花生果和叶子，那么多，可想是不值钱的，谁都可以顺手拿走几株。这地方没什么值钱东西，哪家都有这么多花生。他们缺电器、缺钱、缺各种有商标的东西……缺女人，年轻女人，能生孩子的年轻女人……唯独不缺花生。她试过这事儿，偷花生。起初很忐忑，毕竟从小到大就没偷过东西，从小到大什么东西没有还需要偷呢？她是独生女，掌上明珠，父母做餐饮生意，小买卖，但什么也没缺过她。只是那个时候，又饿又冷的那个时候，她必须偷花生。不过，那时她倒不像最开始的时候那么害怕了。她已经知道，更可怕的事情是饿，她就怕饿。她是川菜馆老板的女儿，从来就不需要说"饿"字。所以，走之前偷几株花生又能如何呢？那个时候顾不了那么多。路上她就可以剥花生吃了，这像是一个活下来的办法，她记得她把棉袄罩面扯下来，裹上花生，连带着叶子和泥一块儿，拎着走。后来花生没吃完，扔了，但两手全弄上黑泥，脸上可能也有，但她没镜子，又是夜里，顾不上脸了。五个月零七天里，她就没见过一面镜子。"镜子？有什么用？不要想自杀！"那家的人，都是这样对她说的。

撕开红色罩面后，剩下的棉袄心子，她直接穿身上，因为真是太冷。棉袄心子是一种奇怪的灰色，陈年老棉花的颜色。不知道多少人穿过，在她之前，棉袄是那家的老太婆在穿，她来之后，老太婆就做了件新棉袄。

幸好棉袄心子是旧的，灰色能让她在夜里不那么容易被发现。

"亲爱的……"她说，因为她不愿意把这一路的时间都用来想生花生的味道或者那件破棉袄了，"亲爱的"，她很少这么叫他，不过她很愿意这么叫。

"嗯?"他心不在焉地哼了一声。他衣领上有刚刚摔倒时弄上的尘土。她想等他停车后得替他拍拍,但现在不行,因为会影响他开车。

"没事,"她还没想好怎么说,"你没事吧?"

"我没事。"他短短地笑了一声,有点紧张,可能对路况不熟悉,开车的动作也显得慌乱,"我……",他又停了一下,汽车颠簸起来,路面坑坑洼洼,"你确定是这条路?"他问。

"确定,"她说,"亲爱的,你,好好开车,好吗?"

"我就是在好好开车。"

"我是说你好好开车,我指路,我们说好的,其他的你不要想了,好吗?"

"我什么也没想。"

"你想了,你刚刚还问我,是不是这条路?"

"我没想,我能想什么呢?"他笑起来,汽车弹了一下,让他的笑声在中途就被噎住了。她猜他现在不是太舒服,但应该也没到难受的程度。

他说:"再说,想什么都能开车,不影响。"

听他这么说,她有点着急,说:"我求你了,好好开车吧,我们去一下,我们说好的,去一下,什么也不做,就往回走,好不好?"

"当然,我答应你了。你还在担心什么?"

"我,有点担心你。"

"奇怪,你怎么会担心我?这是我第一次去那儿,我们以前就说好,得走这一趟,不是吗……"

"你差点跟人打架,刚刚!"她声音大了些。那种奇怪的音乐不知道什么时候停止的,可能那张 CD 放完了。透过没来得及贴膜的车窗,她看

393

见干枯的树枝在半空中勾连,枝干交接处的黑影,是候鸟远飞后废弃的鸟巢。

"没有——没有——"他放慢语速,"一点小摩擦,男人嘛,常有的事情。"他伸手摸了摸她垂在肩上的马尾,"放心吧,我没事,倒是你……"

她用眼神求他,想让他把手放回方向盘上去,这样太危险,他这样做之后,她才继续说:"我怎么了?"

"你没事吗?一点事没有?"

"我……"她忘了身上还系着安全带,一时竟想站起来,但又被弹簧带子扯回去了。这东西真碍事,不过她也得乖乖系着它。

"亲爱的,"她重新坐稳,才说,"我知道你也担心我,不过,我想,这么久了,我应该,应该比你想的要好,不是吗?我们现在这么好……"

他突然捶了一下方向盘,喇叭声真刺耳,她吓了一跳,扭脸看窗外,路边几个人站成一排,像树枝上的麻雀,统统灰头土脸。他们抄着胳膊,扭头盯着汽车看,好像他们根本不认识汽车一样。但她清楚,他们当然认识汽车,他们只是不认识车上的人。在这里,每个人都是熟人,每一家都是亲戚,像拼图游戏,你随便拎出哪片拼图都会牵带出相邻的几片。他们有一种统一的眼神,是专门用来看陌生人的,真是奇怪的一致着的眼神。

"他妈的,看什么看,"他开车超过了那几个人,轻声骂道,"有时候真生气,真的……"

"别想了,我都说了别想了,我都不想了。"她很小声地说,有点没底气,连自己都差点听不见的那么小的声音,于是又没必要地补充,"本来好好的,你非要让我想……"

"我不好,怪我不好……"他开始哄她,像所有那些需要他好好哄哄她的时候一样,但又不太一样,因为,"我想不开啊。"这话一不留神就从他嘴里出来了。

"他们打你吗？"结婚前，她向他坦诚了五个月零七天的经历，他就这么问过。

这是她必须做的，亲口说出来，让他知道她的一切。她想过他会无法接受，就像她之前经历的那几个男人一样，他们无一例外，在听她说完那些事后都保持住了迷人的微笑，有的还会说点好听的话，安慰她，比如反复说着"一切都过去了，现在没事了。"

一切也确实过去了，包括说这话的那些男人们，也都过去了。他们不应该被责怪，她想，被拐卖过的女人，自己跑出来，在北京漂着，做着餐饮的工作——这样的女人不该责怪被她吓跑的男人。

对他也一样。他一开口求婚，她就答应了，因为她以为这不过又是重来一次，结果不会有什么不同——他会在知道那些事后，冷落她一段时间，再找个"性格不合"之类的理由，就能漂亮地果断地毫无负罪感地甩了她。

她也没法判断那算不算一次真正的求婚。是去年，大风天气，她在自己工作的饭店，跟他吃火锅，不是吃饭时间，店堂只有他们一桌，于是显得更冷。涮羊肉的铜锅烧得很旺，总让她想起南方火锅里的牛油，她想起自己很多年都没有回过南方了。没脸回去。

她突然就听他说："天气这么冷，我们，以后要不……一起过吧？"

"我们本来就一起过啊？"她说。在北京，昂贵的房租让他和她这样的男女都以最快速度开始同居生活，是啊，同居多好，房租减半了，吃饭可以炒两个菜了，下班回家还有人做伴了。

"我是说……"他吞吞吐吐，"是真的一起过，不是现在这样，是以后都要一直一直一直地一起过……"

她迅速明白了他在说什么，她可能比他更明白他在说什么，"我想，好的,你是说结婚吗?我们?你在点头吗?好的,天啊,当然……"她没想到自己比他还要语无伦次,她一直是两人中语速更快、话也更密的那一个。

之后她等了两天,才跟他说了那些事。不是犹豫,而是她舍不得他。或许他会跟前面几个男人不一样?她不是没这么想过,但又不敢真的这么希望,她害怕的还是相似的失望。

"我操他妈!"那时他还没听她讲完,就开始骂,停都停不下来,他第一次在她面前骂这么多这么脏的话。她想,这次一定不要哭了,以后也再不能想结婚的事情了,因为结果都一样。

"好吧,又结束了,这次。"她想,但没说出来。

他后来再也没有像那时那么失态,她当然不会计较他的反应。他还年轻,没经历过什么事,连云淡风轻假装镇定的功夫都还没学会。他值得拥有一个单纯可爱与他一样不谙世事的姑娘,那种姑娘都会穿粉红色连帽衫、白色蓬蓬裙和黑色系带皮鞋——过去她在南方就这么穿。

骂不出更多的脏话了,他有一阵子没开口,待开口就是问她:"他们打过你吗?打哪儿了?"

她没反应过来,他的思路貌似跟前面那些被她吓跑的男人有些不一样。他连问了好几遍:"他们打过你吗?"

"我……"她半信半疑地说着自己都没那么相信的话,"没有吧,我想。"

"我不信!"他松开她,"真的没有?电视上都演过,那些买卖人口的都是禽兽。"

她就哭了,真是忍不住,那些人确实都是禽兽,不过村庄里的老人还会偷偷给她吃的,哦,还有小红,那个胖姑娘,给过她一块威化饼干。

她告诉他,她其实不记得那些打骂了,家常便饭一样的嘛,谁会记得家常便饭？记得最深的是饿，没饭吃……

"所以我这几年一直在饭店工作，饭店管饭，再也饿不着……"她又笑了，她想，看来自己都学会自嘲了。不过她脸上还挂着眼泪没擦。于是她又哭又笑。

"我肯定不会让你饿着。"他说，"我一定要带你去那个地方！收拾那些禽兽。我们要张牙舞爪地去，不，不对，要轰轰烈烈地去，也不对……反正，要去一趟……"

她以为他不过说说而已，男人在关键时刻的豪言壮语，都是当不得真的。没想到他从来就把一切当真，没想到他真的开始准备买车，没想到他们真的会有去那里的一天。所以，她把他的豪言壮语也重复了一遍。"操他妈，可是你爱上她了啊，"他在涮铜锅的那边自言自语，"可是你爱她啊……"锅中升起的水蒸气缓缓上升，在他们的头顶上方就开始回旋，不安地飘来荡去。

他摘下眼镜，挤着小眼睛，撩起桌布一角狠狠地擦着小小的镜片。

他们貌似迷路了。她好像记得那条路，又好像不记得。

"等到看见那些槐树，我就能知道我们走得对不对了。"她向他解释着，以免他开始着急，他有时候性子会挺急的。

有一次他来饭店找她，几个吃饭的人正好开着她的玩笑，拿烧饼和她的胸部做比较，他就急了，走过去拍桌子，掀翻了一个小盘子，盘子碎了，他赔了钱，但他拒绝赔礼道歉。她向顾客道了歉，多送了份果盘，那几人不情不愿地买单，抹去了小票上的零头。

"我们应该停下来，找个人问问路。"他说，"破地方的人都死光了吗？"她还以为他又要开始骂人了，但没有。

她说："大方向肯定没错，我打死都认得那两个山头，真的，就是好像房子比以前多了些,还有这些地都是荒的,以前不是荒地……"

"前面好像有个小卖部。"

"没有吧?哪里?我怎么没看见?"

"开过去就知道了,我见到'小卖部'几个字了,没事,我们就过去,问问路也好。"

他说得没错,绕过门前站了头灰驴的人家,真的出现了一家小卖部,尽管只是一个小小的窗口,眼见得店内空间也该很小,他让她留在车上,他下车去问。她同意了,留在车上看他走进去,他的背影小得可怜。店内黑乎乎的,也不知道有没有人。这里似乎除了那几户新盖的房子和那头驴,见不到一个人影,像荒废了很长时间。

他很快就出来了,手里拎着些东西,她不知道他买了什么,可能是吃的,她想,他总是给她买吃的东西,好在她再怎么吃也没变胖,是胖了一点点,但在他和她都能接受的程度内。

他没把东西给她,而是打开后备厢把东西放进去了。

"你记得没错,就是这条路,再走一段就到了,"他上车,启动车辆,说,"是变样子了,难怪你觉得看着不像,那个老板说的。"

"是吗?也该变样了,五年了都。"她说。

"没什么人了,主要是,这地方快没了。"

她没接话,那些零星的人影在脑子里拥挤不堪:老迈的那几个,该早就入土了吧;年轻点的,该出去打工的;孩子们呢?不,不要有孩子生下来,如果有了小孩,他们的母亲就逃不了了……

她闭上眼睛,竭力让自己不去想那些面孔,这是她五年来学会的最有用的技能,她可以想好吃的,想漂亮衣服,想手机游戏,想综艺节目,可以想毛肚在麻辣牛油火锅底料里滚上七八下夹出来在蒜泥香油里过一遍,想黑森林蛋糕上的巧克力碎皮在室温下慢慢融化成巧克力酱,想一瓢热油淋上二荆条辣椒那"刺啦"的一声儿……反正她可以想这世界上活色生香的一切。

她睁开眼睛的时候,正好看见那棵槐树,惊讶地发现这树竟然一点没变。

他就把车停在树下,这里是村口,也是道路的尽头。

"然后呢,怎么走?"他慢慢往村里开,路面只容一辆车经过,路两旁的枯枝扫过汽车窗户。他得让汽车避开路旁的杂物。

"绕一圈,就出来了。"她用手画了个半圆。

"那家怎么走?"他说。

"不,我们不去那家,"她深呼吸,接着说,"不专门去那家。"

"要去的,我就是冲那家去的。"他摁了下车喇叭,"怎么见不到人?"

"你别摁,嗯,就不去了吧,"她有种不好的感觉,"我,我不记得是哪家了……"

"不记得?怎么会不记得呢?"

"就是不记得了。"

"我再往前开开,也许到门口你就想起来了呢。"他往右边的岔路转过去了。

"都没什么区别。"她小声说,怕惹怒了他,他似乎仍在加油站小小摩擦带来的沮丧中。

"也是,破房子,都没什么区别……"道路越走越窄,他只能往后倒车,退出来。

"别往里面走了,我们就走大路,绕一圈,就出来,好不好?"她说。

他专心致志倒车,这不是容易的事。

总算退出小道,他干脆停车,熄了火,两手捧着她的手,把她的手焐得很热,他说:"你别怕,没什么好怕的。"

"我不是怕。"她摇着头。

"你没告他们,那会儿,你说不就是因为怕吗?怕他们报复?"他说。

"那是那个时候,现在我不怕。"她没说谎,她现在感觉什么也不怕。

他愣了下,似乎不明白她的话。然后他开门,下了车。

她从后视镜看见他走到汽车后头,打开后备厢,拿了些东西。后备厢关上,砰的一下。她打了个激灵。

她以为他会把东西递给她,但没有,他绕到车前。她透过挡风玻璃看他。

挡风玻璃小小的曲面,让她觉得自己正在看一部电影,他是唯一的演员。

他从白色塑料袋里拎出一个金属桶,像一桶奶粉。

她大声问,这是什么?

他没听见。她看见他把塑料袋扔到路边,踢了两脚。

她打开车窗,探出头去,又问了一遍,你拿着什么?

"油漆——"他大声答。

"什么?"

"油漆。"

"什么油漆?"

"红的。"

她不明白,他拿一桶油漆做什么?他看上去有点兴奋了,像他写完一个漫长的程序,即将按下运行键的时刻的那种样子。

她又问,你要干吗?这次他没答,他忙着打开桶盖。

她干脆也下车，走到他身边。她想现在自己跟他一起站在电影画面里了。

"正好，帮我拿着，我来打开它。"他让她抱着油漆。她喜欢红色。

"你要做什么？"她问。

"我要给那家人泼油漆。"他说。

"什么？为什么？"

"因为加油站那人不给我汽油！我本来要泼汽油的，我本来要烧了他们的……"

油漆桶差点掉地上，还好她没松手，"不要，天啊，原来你是想这么干，危险……"

他弄开了盖子，油漆洒了些出来，滴在她红羽绒服的前襟上。

"给我吧，该死，弄你衣服上了，来，给我，你去好好看着就行……"他接过油漆桶。

她想劝他，但什么也没说，毕竟桶里不是汽油。

他指着离他们最近的一间小破房子问她："是这间吗？"她摇头。

他又走了两步，指着下一间问她同样的问题，她也跟着走了两步，然后摇头。

他接着往前走过去，指着每一间房子这样问她，她接着跟他走过去，接着摇头。

后来，她不摇头了，她拉了拉他的胳膊，示意让他往回走，她说自己有点冷。

他没再坚持，犹豫着跟她往回走了几步。

她说："泼哪家都一样，泼吧！如果你想这么干……"

他迟疑了一下，单手拎着油漆，让桶慢慢倾斜。

他们往汽车的方向走。远远看过去，他们的车红得耀眼，仿佛项链上的红宝石挂坠。

红油漆滴了出来,不浓稠,像清汤寡水的粥。

他把红油漆滴了一路,淋淋漓漓。最后还剩了些,不那么容易滴出来了。他看了一眼桶里,紧接着,他把油漆桶狠狠一甩,动作像在抛掷很重的什么东西。金属桶飞出去了,剩下的油漆,在半空就甩了出来。

瞬间,她看见好几家的窗户上,都溅上了红色的点,看起来真有些恐怖。油漆桶砸在一面墙上,落在一堆垃圾上,她想起来这是他们扔垃圾的地方。"哐啷"的声响,惊起了一阵子狗叫。那只长癣的黑狗,也早该死了吧?

他现在可以拉她的手了。他们一起不慌不忙向汽车走去。她闻见垃圾堆的臭味,还有一些油漆味。有杂乱的声音隐约传来。很远的路上,依稀能看见几个深色人影。

她忽然想起他们在拍婚纱照的夏天,她扶着他的肩头,向后微微翘起一只小腿,白裙子落在小腿肚上,一阵酥痒。他半蹲着,这样他脑袋的位置就刚好卡在她的胸部以下。"这姿势好难。"他笑道。她也这么说,不过,他们都坚持住了。只是她的笑容有些僵硬。摄影师不停要求他们大笑,"露出牙齿那种笑,还不够,再笑。"她那时才知道原来一直笑是这么难的事。

"你再笑得狠一些就好了。"后来看照片的时候,他这么评价。

"不敢笑那么狠啊。"她说,"怕脸上的肉都变形,很难看。"

"怎么会?"

"是吗,其实我平时都不敢笑太狠。"她说。

"为什么?"

"因为现在我一定走了大运,怕笑得太狠了,好运气随时会用光。"

走到小红跟前,她回头看了看,路边洒下的红油漆,仿佛一条弯曲的血管。不过,这跟她都没什么关系了。

"我好像已经不恨了……"她想,是啊,怎么就不恨了呢?不过刚刚他什么也没问,她也就没说。她知道,也许是因为现在,比起她自己,她有了更想守护的。

回到车上,她重新插上安全带插口。黑色弹簧带勒上她蓬松的红色羽绒服。黄昏,有金色夕阳低斜着,照进车内,一天中最温暖与暧昧的时刻。

她两手就按在安全带勒住的地方,按在那里,很久也没松开,仿佛肚子里有座小小的神龛——肚子里确实有个小生命。

那个小东西,让她全身都暖和起来了,她也闻不见垃圾的腐臭了,现在,她闻见的是新车的皮革气息,是春天里那种生根发芽的味道。

驾驶座那侧的车门敞开着,他握着车门把手,像要关门,又像是开门,他来回拉动车门,仿佛难以做出某个决定。

时间是下午五点,他觉得自己似乎站在一个巨大的门槛上,既无法通过,也无法回头。

原刊《当代》第 5 期

火 车

宁 肯

一九七二年意大利人安东尼奥尼拍摄《中国》时，我们院几个孩子走在镜头中。安东尼奥尼并没特别对准他们，只是把他们作为一辆解放牌卡车的背景，车上挤满蓝色人群，我们院的孩子只停留了十几秒钟便走出画面，向城外走去。城墙已经消失了，护城河还在，过河就是城外：铁路、庄稼地、二道河与三道河。二道河是污水，河汊纵横如车辙，那是我们院孩子抵达最远的地方。听说过三道河没去过，通常就在铁道边上玩。从后来才见到的片子看，他们是五一子、大鼻净、小永、大烟儿、文庆、小芹。小芹是唯一的女孩，但是跟男孩差不多，一个颜色。那么，还有一个人是谁呢？他比别人都矮了一大截，落得有点远，而且不像是和前面一伙的。但是没有他一切都无从谈起。四十年后我在镜子中看到他，他也老了。别以为侏儒不会老，照样会老，满头银发雪山似的，照耀着短小的藕节似的身体。

他们——当然也可说我们——过了桥。桥是南城的永定门桥，普通得不能再普通,要不是简易栏杆几乎看不出是座桥,路面也是一样的柏油与反光。桥上永远有人在打鱼,冬天凿开冰也打,每天打得上来打不上来都打,网抬起落下,像钟一样准确。总有含着长烟袋一动不动的老人围观,就是说不管这个城市已走了多少人总有闲人。街上也还有人,公共汽车空荡荡,但算不上空驶。偶尔车后面跟着辆自行车,汽车多快自行车就多快,没任何原因。阳光不错,路面反光,汽车、人、自行车像在镜子中。

护城河泾渭分明映着城市、农村、环城铁路,火车慢慢悠悠,汽笛声声,大团的白雾飘过河来,被坚硬的城市吸尽。白雾在田野上要飘很久,这也是我们喜欢河对岸的原因之一。我们在铁路上奔跑,追着白雾。铁路本是麻雀的世界,麻雀起起落落,重复飞翔。我们的奔跑没有重复感,我们只是几个孩子,并且奔跑的原因不明,与食物无关。枕木的节奏决定着我们的奔跑,只要踏上枕木不跑不行,直到有人带头卧下才全都卧下。没人教我们倾听,只是一人俯耳大家就都跟着——好多事都这样,然后竟真的听到了轻轻的震动。尽管就课本而言我们是白痴,但本能异常聪明。火车来了,尽管在远方,但是来了,远远地来了,简直有音准。虽然我们不知道音准但已听出来,声音越来越高,越来越密,越来越响,然后我们一哄而散……

火车从来轧不到麻雀,也轧不到我们。

黑色的火车红色的曲臂,喷着热气一下将我们吞没,什么也不见了,只见红色曲臂那样奇怪地来回转动,好像原地打转,但却在走。我们跟着热气大声呼喊,听不到自己的声音,只看到同伴的口型。火车过去了,我们依然跟着尾车跑,向尾车扔石头,歪戴帽子的押车员不为所动。

我们从没扔过绿皮车,看都看不够,窗口都是陌生人,他们看我们,我们也看他们,我们追着窗口跑,有人扔下东西,一包垃圾,或梨核儿,我们也不在乎。我们太喜欢陌生人,远方的人,每次都追出很远,客车走了看不见了我们还在铁路上走,不知为什么。有一次走得太远,突然意外地远远发现许多黑皮车,无数平行又交叉的铁轨,闪闪光,一个我们从未见过的陌生世界。我们不知道这是车站,要是客车我们自然会想到是火车站,货车站把我们看傻了。我们猫着腰穿过铁轨,神神秘秘爬上了一列列安静的列车,从此这里成为我们的乐园。我们跳进涂着沥青的车厢,进入闷罐车厢,从车尾到火车头,扳动拉杆,发出"呜、呜、呜"想象中的声音。在帽形尾车上,我们扶着简易的铁栏,站在押车人常站的地方招手,望远方,模仿叼着烟的姿势,从里面手扶门边只露半个身子,挥舞帽子。我们探寻各种可能的发现,工具箱、大衣、帽子、暖壶、杯子、饭盒、工作服,偶尔发现有工具箱没锁,打开看到里面有锤子、改锥、钳子、扳子、轴承,太让我们兴奋了。我们戴上工帽,穿上工作服,拿着扳子拧这儿拧那儿,好像工作了一样。我们不再是简单的孩子,货车站让我们像竹子拔节一下长了一大节,我们走路都和过去有点不一样,这一点甚至从影片中也可看出:我们不再是散散漫漫,而是步履匆匆。

那天是周二,是不是全世界星期二下午都没课?还有周六,不仅如此,我们那时周四下午也没课。就算上午也常有自习课。由于课本的原因尽管我们头脑简单本能不简单,那天一吃过中午饭本能就活跃起来。在大门洞外我们等了一会儿小芹,每次差不多都是小芹最后一个出来。烟色条绒上衣,烟色的猴皮筋,猴皮筋将两条烟色硬辫勒得很紧,整个看去小芹在我们之中是最接近麻雀的,干脆说就是一只鸟。五一子打了个榧子。

我们住在南城中轴线偏西,在和平门与宣武门之间的琉璃厂附近,我们院在北京也是数得着的上百户大杂院。有三个门,正门、旁门和后门,从前门儿进去后门儿出来要穿过迷宫似的夹道差不多就到了宣武门了。已经说不上几进几进院,院中有路,路中有院。夹道、小巷、角门、垂花门、豁口将十几个院连在一起，有的院门紧闭，常年没人，里边有树，亭子，甚至一段小河。小河好像是暗河的一段，没出院又消失了。具体到我们小院不到十户人，是这大院中最普通的小院，虽青砖墁地但房子低矮，就算正房也比别的院矮一点，据说是早年间牲口棚。

我们等小芹倒不因为小芹是女孩，我们没什么性别意识，所有人都是一个人。主要是小芹在别的方面和我们不一样，她有零花钱我们没有。小芹不和父母住，从小和姥姥住我们院，小芹父母住在北京的西城社会路，是中科院的工程师，过去节假日她父母老来我们院，去了干校后来得少多了，听说最近又去了新疆。小芹有一个姐姐在内蒙古插队，还有一个弟弟跟着父母，北京、五七干校、新疆到处跑。关于小芹我们也就知道这些。每月小芹都有固定的零花钱，五块钱呢，我们一年的学杂费才五块，这笔钱由姥姥掌握着，小芹因此恨死姥姥了。

我们从大院里出来，穿过门前的前青厂胡同，这是我们梦游都不会走错的胡同，前面不远过了北柳巷十字路口就是琉璃厂。我们的学校就叫琉璃厂小学，不在街面上，在小胡同内，走九道弯、小西南园、铁胳膊胡同都行。过了铁胳膊胡同是荣宝斋，荣宝斋对面是琉璃厂唯一的一座西洋建筑，四层带白廊柱，顶部刻有：一九二二年。老辈人说中国的第一部电影《定军山》就诞生在这楼前，但这是我们每天的必经之路已经视而不见。直到南新华街与东西琉璃厂交叉的十字路口才稍稍陌生一点：大街对我们这些孩子永远都有些陌生。这里有两趟公共汽车，一个是14路，一个是15路。14路在这里的站不叫琉璃厂叫厂甸。厂甸到永定门一共七站：厂甸、虎坊桥、虎坊路、太平桥、陶然亭、游泳池、永定门。我们无比熟悉这些站牌，倒不是因为坐车而是每次都数着站牌走着，一站一站，比坐车还熟悉这些站。

只有小芹坐过一次，坐完就后悔了。小芹在永定门等了我们好久，在桥上吃了三根冰棍,喝了两瓶汽水,差一点就坐车回头找我们。那以后小芹每次都跟我们走,但每次五一子都别有用心地鼓动小芹坐车。开始我们不太明白,后来就一块儿帮腔,结果终于等到小芹一句话:要坐大家一起坐。不用说,小芹请我们坐车。但五一子还有幺蛾子。小芹自然统一买票,五一子偏要把钱给他,他自己上车买。小芹给了五一子一毛,这样我们都要自己买,小芹也没说什么给了我们每人一毛。七站地七分,售票员要找三分,找回的三分说好了要还给小芹。我们都上了车,五一子最后一个,没想到车门刚要关上,五一子突然跳下车。五一子说他不坐车了,他跑着。我们立刻明白了。五一子像匹小马奔跑起来,一直在我们后面,车快他也快,车慢他也慢,有时他变得只是一小点了,但路口到了,五一子又追上来,甚至超过我们。每一分钱对我们都是宝贵的,因为就算一分钱我们兜里都没有,小芹没想到快到第四站时我们每人花了四分钱买了票,到虎坊路纷纷下车。

小芹也下了车。

五一子傻了眼,问我们为什么下车。我们都不说话。我们坐了四站花了四分钱,省了三分钱。小芹先没理五一子,先朝瘦得跟刀螂似的大烟儿要,大烟儿给了小芹三分,小芹不干,让把钱都拿出来。大烟儿看五一子,磨蹭半天,嘟嘟囔囔,说后面三站他也跑,意思是三分钱他可以留下。小芹毫不客气一把夺过大烟儿手里的三分钱,大烟儿心虚没躲,看五一子。大家都看五一子。接下来的大鼻净、小永、文庆,小芹只是伸手话都不说,他们张了手,但没主动送上钱。小芹一一从张开的手心里拿走了钱。到我这儿稍迟疑了下,我主动把钱放到小芹手里。

小芹朝向五一子,伸出手。

五一子拍拍兜,说钱丢了,可真说得出。

"那我翻了。"小芹说。

"翻吧。"五一子梗着脖子说。

一个女孩子翻一个男孩子身，我们都没想到。虽已是春天五一子仍穿着脏得发亮的土黄棉袄，并且是空心儿的，下面穿了一条单裤。五一子跑了四站地，棉袄系在腰上，光了膀子，像小一号他装卸工的爹。小芹一点不犹豫翻了五一子腰上的脏棉袄，解了下来翻，五一子光着大板儿脊梁，肩头晒得发红。小芹在五一子身上翻了个遍。

我们挺佩服小芹的，主要是我们把钱都交了，也希望小芹翻出钱。

"把他裤子脱了！"大烟儿说。

"藏裤裆里了！"大鼻净说。

我们太了解五一子了。

"我脱了？"五一子主动说。

"脱了。"

"你脱吧。"如果马有流氓的表情就是五一子。

小芹伸手便脱，五一子拿出了钱，变魔术一般。

小芹妈妈每月从远方寄来一次生活费，姥姥把小芹的零钱换成一毛、五分，分成了三十份，每天视小芹的情况发放一次。哪怕三天一次、两天一次也行。但是不。小芹姥姥不。早晨小芹睡得迷迷糊糊便听姥姥唠叨，催快起床，数落昨天小芹的错误，不是，鸡毛蒜皮，嗡嗡嗡嗡，小芹堵上耳朵，姥姥给扒开。姥姥也真会挑时间，平常小芹根本不听，吃饭都端碗到邻居家吃，我们院倒是也兴这个。或者姥姥说一句小芹顶一句。小芹同姥姥的关系就跟中苏关系似的。上学都快迟到了姥姥还没完没了，越说越气，钱捏在手里不放下，有时小芹忍无可忍背起书包就走了。姥姥便追上去把早点钱摔给小芹，最气时不追，早点钱也不给了。第二天姥姥继续数落昨天事，讲得不算太长便给了钱。小芹拿到钱问，昨天的钱呢？姥姥没办法，要是吵起来小芹会把钱放下便走，继续不吃早点。这不是没有过。

小芹的零花钱包括早点钱,每天一个油饼,八分钱,另外的七分钱才是零花,粮票可以兑钱,或者也是钱,油饼要是交一两粮票可以省两分钱。为了这一两粮票小芹跟姥姥打了好长时间,粮票按月定量供应,每人一份,每月都有粮店的人到院里来发。"发粮票喽!"一嗓子就行,全院人都出来了,拿着户口本,就等着这天呢!小芹姥姥死活不给属于小芹的这一两粮票,买粮食都用了,哪儿有你的粮票,你都吃了。小芹不服,我早晨也得吃呀,粮票包不包括早晨,你要说不包括我就不要。不包括。包括。小芹给妈妈写信,讲理,控诉,妈妈寄来了全国粮票问题才解决。我们院谁家都没有全国粮票,看着可是新鲜了,全国粮票也叫全国统一粮票,到哪儿都能花,比一般粮票大,硬挺挺的像新钱票一样。但我们还是希望小芹把全国粮票花掉,别攒着,换成钱,攒几张就行了。每次出门远行小芹都会给我们买冰棍,去时一根回来一根,还买过汽水呢。汽水一毛五分钱一瓶,当然不是每人一瓶,五六个人一瓶,你一口我一口分着喝,喝着喝着我们就打起来。这时就算五一子是我们的头儿我们也照样会跟他急,扑上去撕咬,只有小芹能像有电棒一样将五一子分开。小芹姥姥最恨的就是五一子,最瞧不上的也是五一子,老太太总能一眼就看穿五一子,每次我们筋疲力尽从铁路回来,小芹的姥姥都像定时炸弹,是我们意料之中的。你们还回来,怎么不让火车撞死!

我们四散奔逃,五一子更是缩头乌龟。说起小芹姥姥我们都不怕,但一见小芹姥姥还是怕,就像说起炸弹不怕,一响可就另外一回事了,我们都像着了弹片被炸飞了一样,跟电影上的鬼子似的。倒是小芹充耳不闻,像没看见一样,从姥姥身边走过。她们家门敞着,弹簧都被临时卸掉,只等看着我们进院。小芹也不客气,进了屋使劲把屋门拉上,拉上弹簧,就差插上门。小芹姥姥本来冲着我们,立刻停了,无比愤怒地拉开门,哐当卸了弹簧敞开房门，跺着脚将小芹和我们一起骂。小芹躺炕上堵耳朵，有时一跃而起，摔门而出，跟长征似的好不容易回来，重新走到街上。

我们毫无同情心，没有一次到街上看看小芹。我们都在挨家长骂，那么大声我们听得出也是让小芹姥姥听的。小芹姥姥在我们那片是个很特殊的老太太，既不像有文化的老太太，也不像没文化的老太太，更不像是有着工程师女儿女婿的老太太，瘦，脸上皮包骨，抽长烟袋，黑牙。出身不好，头几年还挨过斗，可是我们院邪行，一直没怎么有社会上比如工厂机关学校那一套，红卫兵的哥哥姐姐倒是闹过一段，但很快都轰乡下去了。说不迷信那也就是嘴上说，事实在那儿摆着，我们院大人就是这心理。

我们院也就小芹不怕她姥姥，每次铁道回来零花钱至少停三天，就是那七分钱不给了，只给早点钱。上铁道是大错，小芹也不争，而且没了零花钱小芹也有办法，早点不吃了，省了，就像五一子、大烟儿、小永——我们都不吃早点，就没吃早点的习惯。这当然是农村人的习惯，但我们院大多以前都是农村人，还保留着许多农村人的习惯。我就不一一列举了，还是说小芹，习惯了早点的小芹没了早点非常挂相，中午放学回来狼吞虎咽，一点吃相没有——吃相历来是老太太教育的话题。

"是不是没吃早点？"

"吃了。"

"撒谎。"

小芹姥姥跟踪了小芹，戳破了小芹的谎言。

"我的早点钱，我愿吃就吃，不愿吃就不吃，你管得着吗？你有本事别让我吃早点，别给我早点钱。就不滚，我妈的钱我干吗滚？"

"我是你姥姥！"

"你不是我妈。"

我们走在细长铁轨上，伸出两手，排成一线，晃晃悠悠，不时弯腰捡起一块砾石扔向远方。铁轨与枕木是天然的一对,像一对老人。铁路已太老了,连石头都老了,带着深深的油腻污渍。但比起这座城市它依然是现代的,钢铁世界。信号灯闪耀,路轨反光,在这盛大而又迷幻的货车站,以及这几个孩子,安东尼奥尼拍不到这里不等于这里不存在。它一定会存在。我们轻车熟路地穿过纵横交错的铁轨、道岔,划过弯曲的扇面打开的钢铁之光。在红色信号灯处我们低下头猫下腰,不像麻雀,麻雀做不到这点,避开扳道工,来到了货车丛中。这里是一个无人的世界,大多黑色车,也有个别好久不开的绿皮车。这里是我们的街道,我们的王国,我们的胡同,随便上到一辆尾车上,像以往一样,像一种固定的仪式,所有人的头习惯地凑到一起。

"海外来人了。"

"第三次世界大战就要打起来了。"

"联合国军已经登陆。"

《铁道卫士》印象深刻,已深入我们的骨髓,五一子扮演方化,手势我们太熟悉了,眼睛直直的。接下来的次序不固定,有点乱,大鼻净与大烟儿总是抢话:"可我那二百垧地?"大家一起喊:"给你弄个师长旅长干干不比你那二百垧地强!"笑得前仰后合。

小芹从不参与,看着我们,这时她的确是女孩。直到有一次五一子给了小芹一支烟,是的,五一子已开始卷大炮,偷他爹的。五一子给小芹卷了一支,小芹叼起来,大鼻净一副谄媚的样子给点上。别说,这时候小芹表情还真有几分女特务的样子,特别是小芹自行把硬辫子松开,头发弄得松松垮垮。我们都看傻了,有种非常陌生的东西,我们觉得好看,但谁也没说。

说不出来。我们的表情像镜子一样,小芹肯定看到自己。我们围着桌子。尾车空间不大,两边各一张铁凳子,中间是铁架做的桌子,两边的铁窗相对。靠里有个铁炉子，烟筒伸到车顶外。一般火车其实有两股烟，一是白烟，一是黑烟。浓浓的黑烟就从这里伸出车顶冒出，比白烟更长久，更让我们心驰神往。有时桌上还会有马灯、信号灯、信号旗，随便放着简单的行车记录，以及搪瓷缸子、饭盒、水壶、圆珠笔。椅子下面是工具箱，工具箱上面卷放着被子、大衣，都脏得要命，和煤堆在一起。我们拿着信号灯照来照去，不敢拿到外面。信号旗拿外面没问题，可以在尾车栏杆处乱晃，不会被发现。从一辆尾车到另一辆尾车，总是乱窜，我们不会停留在一辆尾车上，那天发现了一副扑克牌。扑克牌又脏又破，满是油污，但仍让我们兴奋不已，就像玩惯假枪见到了真枪。

我们一有清晰记忆就赶上了"破四旧"，脑袋像归零一样，当插队的哥哥姐姐带回扑克牌，我们无比惊讶，世界竟有这种新鲜玩意儿，神奇极了。我们当然玩不上，一向被世界忽略。但并不妨碍我们创造自己的世界。我们撕了作业本，裁成五十四张同样大的纸，写上红桃黑桃方块梅花和数字，大猫写上"大猫"，小猫写上"小猫"，也是一副牌。我们玩大百、小百、升级、争上游、憋七，甚至带到火车上玩。我们坐在两边铁椅子上，像开会一样，非常神秘，一点也不觉得那些破纸可笑。发现真正的扑克牌！那堆烂纸立刻被我们扔到窗外，随风飘散。五一子和小芹一头，大烟儿和文庆一头玩起对家，小永和大鼻净围观，替补。五一子让我把门关上。这不用说，我负责警戒，从来如此。

汽笛声声——远处总有，尽管这次是我们的车发出的，但七十多节车厢太远了，因此任何汽笛声可忽略不计，我们都习惯了。就算屁股底下"哐当"一声火车动了，通常也不太慌张。稍不同的是那天我把门锁上了，这也不打紧，还有窗户，我去开门，大家纷纷跳窗而出，以前就算开着门也有人成心跳窗。小芹和五一子收牌，收了最后几张五一子翻身跳窗。铁门打开了，毫无疑问小芹会跟着我，这都不用说。车很慢，我下到铁台阶最后一级一跃跳下。当然摔在了地上，我太小了。果然小芹跟着我出来了，到了栏杆处，却没下台阶，迟迟没跳。我们追，喊快跳，快跳，几乎拉到了小芹的手，小芹却没动。小永摔倒了，大烟儿也摔倒了，在枕木和砾石上。

小芹扔下了扑克牌，我们每个人都捡到了，一边追一边捡，一边捡一边追。我这个罪魁祸首落在最后，远远追着，也捡到了一张。我不能说扑克牌是罪魁祸首，是一种命运，哪怕它经常用来算命，但我也恨死了扑克牌，我觉得我就是扑克牌。我们散散落落停下了，五一子从我们手中一一收走了牌。五十四张，一张不少。小芹没有一次扔下，一张一张扔下，不然我们也不会追那么远。火车消失了，我们又追了好一阵。

牌与小芹都重要，这是真的。的确，在迷茫中牌仍然是一种快乐，一种无法言状的东西。一年以后我们见到了小芹，无论牌和小芹都已被成长太快的我们忘记。当然，牌要早得多，很快那副本来就很烂的牌被我们彻底玩烂，变成了碎片。确切说我们见到小芹是一年零五个月之后，也就是在那个春天过去后又过了一个春天的秋天小芹来到我们院，在午后的阳光中打开尘封已久的门。院里老人的匣子正在批判《中国》，义正词严。居然抹黑中国，却又不明白那个叫安东尼奥尼的怎么来到中国的？谁请他来的？这部纪录片就是这样和我们有着扯不清的费解的关系。以往的批判都是鲜明的，极易理解，唯独这次像个天外来客。我们都已经上了中学，除我之外。五一子、文庆、大鼻净甚至都已开始上初二，所有人都长高了半头一头，除我。

我们已不认识小芹，但一看就知道是小芹。小芹也不认识我们，从我们身边走过，旁若无人。我们正在防空盖上打乒乓球，星期二，下午没课，就如小芹消失那天。小芹也一样，长个了，不再是辫子而是短发，脖子显得有点长，对一切都不陌生，熟视无睹，好像从没消失过。她们家的门锁显然锈住,她开了半天也没开开。我想下去帮她,开个锁什么的我手到擒来,是我强项,可那时我正在房上玩扑克牌的碎片。还是她自己开开了,一股灰尘飞出来,她毫无感觉迎着进了屋,掸都没掸一下。但进去后把弹簧顺手卸下,打开门放空气。她不是不敏感。她穿了一件稍短的瘦削红黑格子上衣,下身国防绿裤子,遮住脚面,背着军挎,自行车后座夹着一个棕色有拉锁的手提包。车是八成新永久二六,支在门口。说不上她从哪儿来,不像外地,也不像北京。

小芹失踪后她爸妈连着来了两次,一次为小芹,一次是前来奔丧,相隔不到三个月,从新疆来可不是容易的事。让我们惊讶的是两次小芹父母穿的是军装,领章帽徽,四个兜。彼时全民皆绿,但真国防绿很少,有也只是两个兜,下面空空如也。四个兜可不一样,馒头扣都比两个兜大一号,我们分得可清了。而且四个兜神秘在于连级到军级都一样,连毛主席都穿得一样。不过小芹父母来自偏远的新疆,我们的惊讶有点折扣,要是北京不得了。另外两人都戴着白眼镜,像兄妹,连神态都像,和解放军简直无关。所以关于小芹我们还是那句话:她没和我们在一起,那天我们去铁道没有她,不知她去哪儿了,和我们对小芹姥姥说的一样。谎言有个奇妙的作用,一旦说出,特别是集体说出就会连自己都相信,会变成石头,我们因此从没怀念过小芹,一分钟都没想到过报案或找铁路上的人报告,五一子收走扑克牌后便提出小芹没和我们在一起、不知道小芹去哪儿的谎言,心里的石头一下落了地,一致赞同。小芹在这一刻真正消失了。我们统一了口径,攻守同盟,五一子使劲扔出一颗铁路上的砾石,挥舞着好像一下长大的拳头说谁要是说出去,他绝不放过,会整死他。

"对,"我们随声附和,"整死他!"好像说的不是我们自己,一路上大家越来越高兴,越来越振奋。小芹姥姥定时炸弹的巨响让我们第一次觉得可笑,全不当回事,也没有四散奔逃。小芹姥姥骨碌骨碌转皮包骨的眼睛,不相信我们所说,我们的异口同声事实上反而暴露了我们在撒谎,街坊四邻其实也都听出来了。

"好啊,你们说小芹是不是给火车撞死了?是不是?是不是?我告诉你们,小芹被撞死了你们谁也别想跑,都得给我偿命!"这当然是气话,恶狠狠的话,威胁的话,但并不老让人相信的话。这么说痛快,不过验证了自己过去所教训的。但是当小芹真的没出现,我们的谎言由于不断的重复完善,越来越像真的,越来越具体,越来越无情,小芹姥姥收起了嚣张。

"真没和你们在一块儿?"一脸惶惑,眼睛可笑。

"没有,真的没有,真没有,向毛主席保证没有。"

"我们出门时还看见她,她往另一边走了。"大烟儿说。

"她去菜市口照相馆了。"最可信的文庆说。

"是,是,是。"

成功,是我们最成功的一次,小芹的消失甚至成为我们高兴之源。直到小芹姥姥夜晚撕心裂肺的哭号才让我们的心一紧,但也很快就过去了。

"小芹,你个死嘎呗儿的,你上哪儿去了,你还不给我回来,你说你到底跟他们去没去,是不是撞死了,你去哪儿了呀,我怎么向你妈交代呀……我不活了……你快回来吧……回来吧……"一夜哭号,寻死觅活,非常恐怖,但直到三个月后才死去。

不是残酷,不,这是事实。

三个月后小芹父亲再次问到小芹,找了我们每个人,并保证不把我们讲的说出去。他们本来就做保密工作的,让人特别可信,可我们也在保密呀。我不知道别人说出没有,反正我没说。我相信大家都没说。如果说上一次小芹父母来我们还能看到他们白色眼镜片后面的那种怀疑,那种静默让我们的心还怦怦跳,那么三个月后我们在他们的眼睛里什么也没见到,特别干净,因为我们干净。

小芹插队的姐姐也来了,还有新疆黢黑的弟弟,全家人都带着外地人的颜色,边疆诚实的风霜。新疆的风霜和内蒙古还不同,新疆的脸更暗一些,连男孩都旧,反倒是靠东北的内蒙古的风霜十分鲜亮,好像秋梨与苹果。全家人一样的是:都没什么悲伤,我们觉得至少红苹果似的姐姐应当大哭一场,眼圈儿是红的,但是没有。他们处理了房间大部分东西,临走上了一把大锁。没必要那么大锁,好像科研成果。

要不是小芹旁若无人的样子,我想我们会很惊喜,但她的神态提醒了我们。我们惊讶,但无话可说。而且今非昔比,我们都不是孩子,都长大了甚至有点走样儿。大烟儿像刀螂,大鼻净湿乎乎的面积更大了,小永唇上起了一层茸毛。变化最大的是五一子,更像马了,说不清脸更像还是手臂更像,总之所有人都有点牲口的特征,何况他们现在都是我哥哥的徒弟,每天晚上跟着我的流氓哥哥举重,劈哑铃,盘杠子,个个表情生涩。小芹进进出出,收拾屋子,晾被子、毯子、枕头,到水管子处打水,从我们身边走过,我们对小芹慢慢收起好奇,像看陌生人一样。

"够牛 × 的。"大鼻净湿乎乎地说。

"那裤子估计是她爸的。"文庆说。

"傻 ×,她妈的。"大烟儿内行地说。

"操,你才傻 ×,"文庆说,"我还不知道她妈也是解放军?可你瞧那裤子绝对是她爸的。"

"你们傻 ×,国防绿不分男女,都是男式。"

声音就在小芹身后,尽管压低仍会让小芹听见。倒是五一子一直没说什么,像马一样的沉默,马一样的目光凝视着小芹。至于我,我在房上,我的样子倒是和下面也有一种呼应。虽然当初主要因为我锁门才出的事，我的责任最大，但我又是无法怪罪的。我干了什么别人都不奇怪，因此我可以跟小芹打招呼，问这问那，毫无障碍，但我也没动。

倒是院里的爷爷、奶奶、大爷、大妈见了小芹格外惊讶、亲热，问这问那。小芹对他们倒也正常，露出我们熟悉的淡淡的笑容，回答了我们遗忘已久不可思议的问题。回答得十分轻松，小芹到了新疆见到了父母，并且早就见到了。这还不算，不久便又和父母一起回到北京。这些变故早就发生过了，只不过我们一点都不知道。

小芹不用成心，很自然就戳破了我们当初的谎言，我们院大人都知道了小芹原来是和我们在一起的，一起去的铁路，老人们眼珠不动了，困惑多皱的脸与其说是惊讶不如说是麻木，瞪着我们也瞪着小芹一动不动。小芹说她一直想去找父母，那天正好就去了。正好我倒没想过，可我一直认为她的确可以跳下来。只是再蠢不过的五一子他们竟然好像没听太明白小芹的话，我不知道五一子他们这会儿的聪明劲哪去了，逢到真正需要智力时五一子的脸与晒黑的手臂、膀子、大腿没什么区别。

小芹在西城月坛北街铁二中上学，搬到我们院并没转到附近的四十三中，她骑着男式二六车每天早出晚归，饭还是在西城的家吃，只是住在我们院。她干吗搬回来住谁也不知道。肯定不是为了我们或街坊四邻。她有时回来得早，下午没课中午一吃过饭就回来了，晚上吃剩的。我们胡同好多人也认识小芹，但也像我们一样对她感到特陌生。除了凡人不理，肥大的国防绿裤子、二六车也特扎眼，彼时没中学生骑车上学的。还有军挎，刘胡兰式的短发，和所有人都不一样。肯定有人拍她（拍婆子），只是不知道什么人能拍她。反正我觉得我们这片人都没戏，也就朝她瞎吼一嗓子。

他们都觉得五一子有戏，毕竟过去关系不错，便鼓动五一子。但五一子一见小芹就脸红，真的像马一样出汗，和谎言没关，小芹事实上也并没在乎，就是一种畏惧，正如小芹当初扒他裤子的畏惧。五一子都不敢，大鼻净、大烟儿、小永都不敢，干脆完全放弃，就像完全不认识小芹。

有一天我敲开了小芹的门，我早可以这么做。与别人无关。那天我和猫、鸽子相隔不远坐在房上，她推着二六车进院，不知怎么向上瞥了一眼，并没与我相视便过去了。通常谁进院也不向上看，谁都是低头看门道、脚下，或平视，反而我可以看任何人。她中午之后回我们院多在周日，有时周六。偶尔星期一、星期三，这两天全天都有课。而那天是星期三，所有人都上学去了，她的黑红格瘦削上衣划破阳光，瞥了我一眼后穿过防空洞盖、小厨房过道，屋门口支上车，没锁车，掏出钥匙开门。她的短发真的不是圈子式，很阳光的。

当然，她见了我还是很惊讶，如同我对她房间的惊讶：房间竟然如此简单。

"有事吗？"

"没事。"

我到她的腰部，她的惊讶有拒绝的内容，但是随着俯视地打量，慢慢缓解下来，一贯的表情消失了。我的惊讶稍长一点，房间只一张桌子，一把椅子，几块铺板，一点生活用品。以前的八仙桌、太师椅、自鸣钟、大黑柜都没了。四壁空空，桌上有课本、笔、作业、书包，几本没皮的不知什么书。墙上的主席像，窗台的石膏像是过去的。

"你不上学了？"她先问了我个问题。

"我想知道，"我单刀直入，没回答她的问题，"你有三个月时间没找到你爸妈，到哪儿去了？怎么找到了新疆你爸妈？还有，你那天说正好，真是正好吗？"

我说："我不会对别人说的。"

憋了太长时间，尽管我的问题多，但我觉得她应该回答我，因为她应该相信我，凭我每天坐在房上。结果事实的确不简单，她看到铁门锁了，希望把大家都拉走，结果都跳了车。

"你希望我不跳车吗？"我问。

"不希望。"很干脆。

她不想跳。爱拉哪儿拉哪儿，她当时就是这种感觉。她承认以前想过藏在尾车去新疆，但也就是想想。

"可你明明说那天就想去。"

"就那么一说。"

"真的不怪我？"我问。

她没说话。我讲了那天为什么锁门，关上门很好玩。你们玩真的牌，关上门好像开会。也真怕有人来，好不容易有一副真牌。我并没把门锁死，很快就打开了。

"你要打不开我就跳窗户了。"

我们有一句没一句聊着，都没坐，靠在空荡荡的墙壁上。上面是毛主席去安源像，我离得远，她顶到了。对面是落满灰的石膏像。一个在外面封死的窗台上，里面可放东西。

"你一个人在车上不害怕？"

她没回答，将我赶走了。她这人很没准儿，不知哪句话就惹着她了。我们聊得还行，甚至有点像朋友，但她依然对我们的"友情"没任何顾忌。另一次同样的场景，还是靠在空墙上，她回答了我上次的问题。她说她一点都不怕。我觉得她没说实话。她说她觉得火车说不定会把她拉到新疆她爸妈那儿。这感觉不错，干吗要赶我走呢？

她睡着了。火车半夜停了，上来一个人。一个提着信号灯的人把她照醒了。这是个煤矿小站，押车员是个好人，答应帮她找车去新疆。她的运气可真不错，一上来就碰上了好人。我们这些常在铁路上玩的人对押车员并不陌生，大多脏兮兮的，叼着烟，歪戴帽子。不过我还是愿意相信她的话，碰到了好人。外地和北京可能不一样。

小站叫阳泉，已是山西地界，我们对山西不陌生，院里好几个插队的哥哥姐姐都在山西，我们甚至还听说过阳泉。押车员是位大叔，小芹坐的是拉煤的车，拉煤的车一般都不去新疆，押车大叔说只有拉石油的车才会从新疆过来过去，得等拉油的车。再有就是坐客车。新疆可是远了，什么车到新疆都得一个星期。客车要很多钱，最好还是拉油车。大叔有办法，铁路上有很多朋友。

"那你怎么那么长时间才到新疆？"我忍无可忍。

油罐车不是天天有，她在大叔家等。

"你住他家了？"我吃惊地问。

"是呀，怎么了？"

居然没把我赶走，我有点庆幸。小芹的脸上写着一切费解的不可思议的东西，一些即使不真真假假也是费解的东西。阳泉站在一条大沟里，四周是黄土，押车大叔还不住在大沟里，住在另一条枝杈的沟里，人家不多，散散落落着一些窑洞。窑洞我觉得很正常，院里插队的人也都住窑洞，听说冬暖夏凉，毛主席都住过窑洞。押车的个子不高，戴着一顶新的蓝帽子，那帽子蓝得就算在北京的大街上也难找。但我对那么蓝的帽子感觉并不好，有点不祥之感。小芹讲话就有不祥之感这个特点。小芹说大叔有口音，但是能听懂，有老婆孩子。

我一下放心了。

我一高兴，小芹又把我赶出去。

押车人的老婆是个盲人，但他女儿眼睛明亮。女儿十一岁了，没上过学，是妈妈的眼睛，帮妈妈干家务活。女孩想上学，有本、铅笔，自己有时写写画画。小芹说她还教了女儿写字认字画画，画青蛙和小鸟。小芹在窑洞住了一个多月，没等到新疆的油罐车，每天帮盲女人和小妹编草编。这哪是小芹干的活，可小芹不仅干了还干得非常麻利，出活，荆条没了还到塬上去割荆条。盲女人和小妹妹和她一条心，三个人加劲干，小芹说着说着眼睛红了，把我赶走了。

编草编挣车票钱？即使不是胡说八道也差不多。说好的油罐车呢？两个月都没一趟？就算攒车票钱，一个运煤小站怎么可能有客车？如果一切都是子虚乌有，押车人是个大坏蛋，小芹怎么不跑呢？押车员来来去去，小芹完全可趁他不在家逃跑。但是好像没有，她竟然还叫他大叔。我在房上和众多麻雀在一起怎么也想不明白。真有盲人老婆？我用小石子投猫，猫连躲都不躲，毫无反应，躺在房脊上睡大觉。投向鸽子，鸽子飞走了，又飞回来。再投。我站起来大黄猫才懒洋洋伸了个懒腰，跳下屋脊，走了。

另外，就算一切都来真的，问题是再怎么说也三个月呢，她怎么过的？但我再怎么单刀直入也没用，被赶出来多少次也没用。她说了能说的，自相矛盾，她说押车大叔在另一个城市把她送上火车，这是对的，但另一个城市是什么概念？忽然想到她为什么总是穿肥大男式的国防绿裤子？几乎没见她换过，能感到腿在里边逛荡，一阵风刮过来时就像旗子裹住了旗杆。安全是安全但不也很扎眼吗？这一片的玩主都比较土鳖，不敢怎么样，铁二中那边就难说了，听说铁二中有许多响当当的玩主，我总是在房上不由得想象小芹在铁二中操场走过的样子：昂首挺胸，短发一动不动。

有一次我问小芹想她姥姥不，按理这事完全犯不着将我赶走，我不过是靠在墙上没话找话，结果她将我"请"了出去，就是揪住耳朵拉开房门一下将我甩了出去。我的耳朵几乎掉下来。这样的"请"当然不是第一次，而且主要很顺手，稍一俯身即可。但这次与往次不一样，往次通常都很慢，慢慢牵着我送出屋，这次很快。她太恨她那无法言说的姥姥了，过了那么久还是那么恨，完全是雷，不能碰这话题。我从没偷窥的毛病，但那次的哭声——呜呜的深长的大哭，让我踮起脚尖看到雨一样的她。

她想姥姥？

我从没见过那么混乱的脸。

我在房顶上看着太阳落山。越过海浪般的房顶，北京真的是可以看见山的，而不仅仅随口一说就是落山。那时的北京西边只有工会大楼、民族饭店、民族宫几座高层建筑，站我们院一马平川都看得见，像在海上看见个别轮船一样。金色哨音的鸽子不断掠过前方，整个房顶都是金色，哨音让我抬头，猫也在仰头，像我一样慢慢摆头，我的眼睛毫无内容，但猫不同，永远是警觉的，你能从它的眼睛里看到什么。警察的出现最初在猫眼睛中，一动不动，跳了两下又不动了。我其实并不特别意外，真正意外的是小芹的"罪行"。

不是警察来找到的小芹，而是小芹带着警察来到我们院。一共三个蓝制服警察，长得都一样。一个就够了，不知干吗要三个。小芹垂着头，短发有些乱，挡住了部分眼睛。没戴手铐，两手仍交在前面。此前在哨音中我已听见摩托车声，当然不知上面坐着小芹。哨音由远及近，掠过屋脊，摩托车突然停下，还突突响了一会儿。我立刻随着猫跃过房脊跨到临街一边，两个警察押着小芹已进院，还有一个警察锁车。车是跨斗摩托，俗称"跨子"，就是后来在"二战"影片里常见的那种。

三个完全相同的警察随小芹进了屋，很快出来了一个，外面警戒，也像"二战"电影。打火机"啪"的一声点烟，很帅，长长地朝我们院上空吐了口，看见我立刻警觉地摸什么，随后撇了下嘴角。我们院男女老少都出来了，没人敢靠前，吱一声，问声怎么回事，倒是也都不是特别意外。没多一会儿小芹出来了，头更低了，并且惊人地戴上了手铐。

《曼娜回忆录》或者也叫《少女之心》。这个让我非常意外，怎么也想不到，我觉得也不该，她做出什么我都理解，唯独这事不可思议，抄什么不行，怎么抄的是这个手抄本？自然没不知道这个手抄本的，即使我这个已放弃学业的整天在房上的灵长类都知道。我记得马脸的五一子还拿到过两页，来到房上和大鼻净、大烟儿、文庆、小永围着一起神神秘秘地看，念，忽高忽低，高时都向后动一下。五一子特别主动地招呼我过来，肯定是冒坏，我太了解他。当我听到大烟儿"表哥的××进入了我的××"，确实，我的脸都绿了，我从没听到那样的术语，力量也就更大，更惊人。五一子看着我哈哈大笑，并低头看我的裆。那破破烂烂的两页纸不是作业本，是信纸，有红线格的那种。

　　小芹抄的是全本，家里竟然还有一本。

　　铁二中看来就是不一样，我们这片就是几张纸，大家瞎抄来抄去，要抓得有好多人抓起来，但好像一直没什么事。抄整本就不同了。小芹留给我最后的印象就是她戴着手铐低头走的样子，永远停在了这一刻。而且这次还不像上次，小芹出事后她们家的房子易主，房管所调配来了新的住家，一对在琉璃厂荣宝斋工作的老夫妇，膝下一女，据说是抱的。我们以为老头与小芹家有点关系，结果一点关系没有。关于小芹传也是瞎传，有的说小芹判了三年，有的说五年，也有的说是"强劳"，反正差不多。我们之中有人骂五一子脓包，说小芹不定被人铆过多少次，五一子早该对小芹下手，如何如何。我觉得就算小芹像人们说的那样五一子也没戏。小芹和小芹家完全断了音信，这次我们倒没很快忘了小芹，好长时间都兴奋地谈论，分析得很细，都和性有关。但时间抹去了一切，时间层层叠叠，时间太长了，想不到四十年后我还活着，镜中的白发完全像雪山一样，或者我就是雪山。

　　这事没想到没完，小芹的父母现在竟然都是院士，照片都在百度百科上。小芹父母还都是白眼镜,加上白发,一看竟是那么亲切,感觉就是我们院的人,虽然院子早已不存在。费尽了周折,有一天终于打通小芹父亲的电话。小芹的父亲不知道我是谁,我具体描述了当年的自己,然后我听到了小芹母亲的声音。小芹母亲接过了电话,给了我小芹的电话。

这天晚上,我拨通了小芹的电话。

原刊《收获》第5期

核桃树下金银花

弋 舟

如今送快递的电动三轮车已经成了路面上的交通灾难。行驶中我也受到过它们的妨碍。但我很难去谴责它们，因为在情感上，我觉得自己可能算得上是这个行当最早的从业者之一。我经常会把自己想象成快递小哥们的先驱。

那年我十七岁出头，差不多算是抢了一匹这样的铁马，一路风驰电掣地穿行在玉林街。本来也没什么目标，非要说有的话，我心里最初的方向纯然只是一个念头。那个念头的心理地名叫"透口气儿"或者"撒个欢儿"，就是诸如此类的情绪而已。临近高考，你能明白我干吗会想这么干。

结果是电动三轮车上载着的包裹驱策我将纯然的心理地标换成了玉林街。没错，那儿正是这件包裹需要派送的地址。

你看，这没什么好说的，既然你跨上了一辆送快递的电动三轮车，你就得把车上的货给送了。

那件货挺大,用绳子捆在三轮车货箱的顶上。如果它是塞在车厢里,没准我就不会奔赴玉林街了。可它正是如此拉风和招摇,摆明了你不重视它,你就是犯下了天大的罪过。有些事态一旦摆在眼前,就会成为态势,你必须对它做出反应,好比一只沙袋吊在眼前,你只能硬着头皮迎上去,忍着疼,挥拳狠狠地揍么几下。我把这种事态称为"规定性事态"。

那时,一件"规定性事态"的包裹捆在车顶,我必定会被唤起某种给定的身份归属感,它让整部电动三轮车有种满载了一番道义的属性,甚而,我还会因之升起一种自己也不大确定的荣誉感。你知道,顶着它,电动三轮车偶有颠簸,车身会发出不稳定的摇摆,于是好了,在这种不稳定的摇摆中,骑手的荣誉感却油然升起。

这匹铁马是我从张桓那儿抢来的。彼时恰在午后,张桓将他的坐骑停在了学校门口。"坐骑"这词儿,是张桓自己的命名,想必给了他有效的心理暗示,让他在蓉城走街串巷时豪情陡生。他需要这个,否则无法面对我们这帮朋友——大家初中毕业后分道扬镳,有人接着读高中,有人跨着坐骑送快递去了。读高中的实则羡慕跨坐骑的。快递员在那时还是个新兴职业,而所有新兴的东西,在我们的时代都天然地具有正确性与优越感。当时,一群人围着电动三轮车,可不真的就像是在瞻仰赤兔马?它还真是有点威风八面,黑色的车体,白色的大 logo,在一帮高中生眼里,有股身份确凿者才有的派头。

我得骑着它走一遭。这念头不由分说,就是一只沙袋吊在你眼前于是你便只能攥紧了拳头迎上去的状况。

我问:"跟骑摩托差不多吧?"

这么问,是因为我会骑摩托。

"一样的。不过货拉得多就得当心点儿,搞不好会侧翻。"张桓说。

他可能嗅到了不祥的气味,于是企图吓唬我。

我说:"我这身板儿问题不大,镇得住。"

张桓单薄得像张纸片儿,不言而喻,所谓侧翻,对他也许才是成立的。而那时候,我处在人生吨位最重的好年华。足足一百九十三斤,我比身边所有的人都大了不止一圈,自我判定为一个失败的胖子。但这个失败的胖子,在这件事儿上难得地摊上了优势,我完全称得上是一块可靠的压舱石,能够稳定住一切妄图侧翻的坐骑。想把我掀翻,那可真不是件容易的事儿。

然而张桓还是不肯轻易让出他的权力。他以掌权者才有的口吻宣布说:

"不开玩笑,公司有明文规定,货车严禁交给他人。"

此话蹊跷,对于那时的我们,完全是另外一套话语路数。"严格""明文""他人",至少,这些话当时在一个失败的胖子听来,只能加深这个胖子的失败感。除了不祥,张桓肯定又嗅到了另外的气味,混杂着沮丧的酸味儿和悲愤的硫黄味儿。他絮絮叨叨地说他送了一早上的货,送货是有时效的,他必须赶在下午三点之前干完这一趟活儿。

我问他:"那你还跑这儿嘚瑟什么?"

他说:"歇口气儿呗,看看你们呗……"

好了,"歇口气儿"直接诱发了我"透口气儿"的联想。我们都受制于一口气儿,这就好办了,既然这是大家共同的困境。我冲他笑笑,手已经搭在了他肩膀上。我在使劲儿,尽管还没有形成暴力,但向他传递的意思明白无误:走开,否则我帮你走开。

"真不行啊,哥们儿,"张桓下意识夹紧了腿,像是夹紧了他的马背,"这车是交了押金的,有个闪失我的饭碗就没了。"

我在跟他对话,但用的是手语,最后他还是听懂了。

他说:"那你骑一圈吧,试试就好啊,其实没啥好玩儿的。"

彼此换位,跨上去,我觉得车身被我压得向下一矬,那感觉就像是真的跨上了一匹马,它极富灵性地微微下沉,缓冲掉瞬间的重荷之后,又柔韧地挺起了腰背。顿挫之间,简直就是一个活物。

张桓讪讪地问:"怎样?是不是没啥特别的?"

"挺好。"

我由衷地说,手里尝试着打火。

那家伙被驱动了,向着街对面歪歪扭扭而去。这一段我是在逆行,三轮车走着不规则的曲线。扶上马,送一程,张桓跟在后面慢跑,像个跟在大统领座驾边儿慢跑着的保镖。其他人在起哄。随后我在路面上掉了头,迎着张桓马力十足地开过去。他望着我笑,继而把笑凝固住。当他的坐骑有如马儿嘶鸣一般从他身边轰吼着驰过时,他只来得及在我身后丢下这么一句话:

"货得送到玉林街啊。"

这句话他说得上气不接下气,听上去像一声力不从心的叹息。

电动三轮车很好骑,我的确镇得住它。它在路面上畅行无阻,那些耀武扬威的大家伙不得不挤作一团蠕动的时候,恰是它灵动流畅的时刻。这感觉对一个失败的胖子而言,真的是美妙极了。囿于肉体的庞大,生活中我已经习惯了笨拙和艰难,而此刻世界变得像丝绸一样光滑。于是行动本身不断自发地推远着目标。最初,我不过是想要跑一小圈儿,我的那口气经年累月,堪称一口浑厚的恶气,浑厚到都已经让我不大敢使劲儿吞吐的地步,至多吹气如兰地吁一吁。可在车流中穿梭了几下后,我就有了吞吐大荒的气魄。三轮车的轻盈成了我的轻盈,它黑色的车身和白色的大logo,显赫地重新命名了我,让那顶失败者的帽子从我的胖脑壳上随风吹落。我生活在黑色的六月久矣!即便是冬天,也被那个可怕的月份所折磨。现在,我才意识到原来成都四月份的天气这么巴适。我觉得我是逆行在时光的隧道里,从四月回向三月、二月、一月。总之,与那个不由分说、只能蛮横逼近的高考时刻背道而驰。

我的确有可能真的害死张桓了。"严格""明文""他人"这些词儿,将会因为我的行径而去围剿他,"押金""饭碗"这些狠词儿,将会不由分说地揍翻他。他现在唯一能做的大概就是:走进校门,认领命运,逐渐膨胀,直到坐在我那张课桌前,成功地蜕变为一枚失败的胖子。而我,渐渐地成为一张美妙的纸片儿,跻身快递行业最早一批从业者的行列。此刻发生着的一切,对我终归只是一个故事,但对张桓,就是一个不折不扣的事故。他此刻该有多崩溃,我是完全能够想象的,纸片儿一般的他跨着坐骑乘兴而来,却不料被敲掉了饭碗。但我没法不混蛋这么一次,就像谁都不应该在四月却过着六月的日子,就像没谁可以剥夺成都四月份巴适的好天气。为此,你被授权可以嚣张地去冒险、去慷慨地犯浑。

铁马在不自觉地往玉林街方向跑。这点起初我是没有意识的,我只是被莫名的力量所驱使。回头想想,这事儿其实好懂:老马识途,一旦你跨上了一辆送快递的电动三轮车,你的路线与目标便已经被圈定。

这是我第一次驾驶电动三轮车,但我熟练得就像是驾驶过它一辈子,我觉得我完全就是在做着一件压根不需要学习的事情;做一个快递员,我压根不需要被教育,它就是我生而为人的本能。

我加大马力,并不知道自己是往玉林街跑。我还以为我是冲着烤兔跑呢,这对一个失败的胖子而言,简直就是天经地义的方向。华西医院对面有我钟爱的烤兔——华西医院在玉林街方向,这个逻辑的链条,是一个失败的胖子内心朴素无华的真理。循着真理的轨迹,我在华西医院对面成功地吃到了烤兔。坐在店里享用,优哉游哉地隔着玻璃瞅向停在路边的电动三轮车,我将此刻的美食当做了辛劳工作间歇的一顿犒赏。

重新上马,被满足了的胃便不再为我引路了,偶尔颠簸的三轮车,终

于开始提醒我身负着某种使命。我在路边停下,研究那件车顶上的包裹。它贴着的包裹单上确实有个写着玉林街的地名:

玉林街　民航成都飞机工程公司职工宿舍

我想,这并不难找,因为这个地址看上去就不像是个泛泛之辈。我转进巷子里,信马由缰,开始蛮有派头地梭巡。打麻将的妇女被惊动,目光警惕地尾随我。我经过了坐在板凳上嘬荷叶菊花的闲汉、当街开张的剃头匠,沿着一条乌黑的排污沟前进。而后兜转一圈,恍然又是打麻将的妇女、坐在板凳上嘬荷叶菊花的闲汉、当街开张的剃头匠。显而易见,我迷失在四月的时光里了。玉林街就是一座不折不扣的迷宫啊。不过我才不在乎呢,并不在乎被绕晕,不在乎妇女、闲汉、剃头匠次第在我眼前打转,不在乎骑着赤兔马却走了麦城。作为一个失败的胖子,我从来不在乎铩羽而归。

可事态一旦成为态势,便自有其意志。几圈之后,我看到一家杂货店门口蹲着个跟我一样胖的女孩,她穿了件阔大的老头衫,却长发披肩。三轮车在她面前停稳,我下来了,看清原来她也是坐在一张板凳上的,不过板凳比起她来,小到可以忽略不计,让她看上去咄咄逼人地像是蹲着。

"我找民航成都飞机公司,"我说,意识到并没说准,定定神,又说一遍,"我找民航成都飞机工程公司,嗯,职工宿舍。"

"找去呗。"

她一出声,我就知道我遇见了一个同伙。她的那种腔调、冷漠、无理,有点儿幸灾乐祸和缺心眼儿,诚然就是一个失败者的腔调。你也看出来了,这女孩就是我的翻版,不过比我多了一头披肩发而已。

她盯着我身后的三轮车问:

"你是送煤气罐的嗦？"

我知道，她的眼睛要绕过我看到我身后的风景该有多难，我常常自诩为是一堵墙。我善意地错开一点儿，以便让她看得分明。这对我而言，绝对称得上是善举。你要知道，仗着一副庞然的身板儿，我可没少跟世界作对：故意扩张，为的是挡住后排家伙求知若渴地望向黑板的目光；故意扩张，为的是塞住门框，阻挡住尿急者错乱的脚步。而且我也相信，所有失败的胖子多多少少都会和我一样，对这个世界抱有不大不小的寒碜的敌意。

"不对，我是个送快递的。"我几乎是温柔地向她解释，"和邮递员差不多，但是比那帮家伙更高更快更强。"

"你不是飞机公司的吗？"她说，"没有比飞机更高更快更强的了吧？"

一刹那，我觉得我是被她戏弄了，她这个失败的胖子，在智力上至少比我成功，但我很快不这么想了，因为我从来笃信，没有一个胖子的智力会高过我。还有就是，尽管这世上失败的胖子不少，但让他们狭路相逢，却一定是个小概率的事件，至少在我的经验里，从未遇到过像眼前这个女孩一般与我旗鼓相当的。怎么说呢，嗯，金风玉露，对她我竟有股惺惺相惜的爱惜。

"别逗了，不是那么回事儿。帮我想想，民航成都飞机工程公司，嗯，职工宿舍在哪？"

我说得诚恳。

她威武地站起来了，动静令我都不由得想退避一步，更加让我确认自己是找到了一个同伙。

"胖子，这里压根就不可能有飞机场。"她用一根一点儿也不亚于我的胖指头环指一圈，"全是楼，全是楼啊。"

我也冲她伸出一根粗壮的食指,勾一勾,示意她过来,瞅瞅车顶上的那只包裹。

她倒是大方,凑过来看。

"玉林街,民航成都飞机工程公司,嗯,职工宿舍。"

我舒了口气,幸好,是个识字儿的。

她拍拍我的肩膀,那真是砰砰有声。

"你完了,胖子。"

她的声音像我一样温柔。

"啥意思?"我说。

"玉林街。"她重复一遍。

"是咯,难道这儿不是玉林街吗?"

我错开一步,看她身后的门牌号。没错啊,玉林十巷七号。旋即,我便知道我是真的完了。可不是吗?以"玉林"之名,至少有十巷之多,而这个包裹的单子上只大而化之地写着"玉林街",就好像玉林街如同中南海一般独一无二。

"你得帮帮我。"我温柔地说。

"这个可不好帮,"她耸肩,做了个很够劲儿的动作,"不光不知道是几巷,你还不知道东西南北。"

"东西南北我还是知道的咯。"

我顿了顿,整理了一下方向感,觉得把握尚存。

"玉林分玉林东路、玉林西路、玉林南路、玉林北路。"

她当然是笑起来了。一般情况下,只要有人冲着我笑,甚至我自己对着镜子冲自己笑,我都是不惮以恶意来揣测的,但此刻我不觉得她带有讥讽。

是啊,这是很崩溃,我所面临的困难不亚于课桌上堆积如山的习题。

然而我一点儿都不焦灼。我想,是对面这个女版的自己安抚了我。她把握十足地站在我面前,加强了我们失败胖子阵营的砝码,我们无所畏惧,大不了彼此依赖,共同失败,共同胖下去。

果不其然,她又一次拍打我的肩膀,说道:

"没事儿,就一起找找呗。"

我重新跨上坐骑,一瞬间,甚至想象着一把也将她拽上来,从此扬鞭策马、红尘潇洒。她自岿然不动,嘴角挂着平静的笑意。我立刻感到了羞愧,为我的幼稚和盲目。现实从来残酷,我却心怀叵测的梦想——这辆电动三轮车,承载了我,已经是它的极限了。

重新下马,我推着那家伙走。这是眼下行走在玉林街唯一正确的姿势。我当然还可以骑着它,跑慢点儿,但我没法想象一个胖女孩像个跟在大统领座驾边儿慢跑的保镖那样地尾随着我。谁能想到呢,我从张桓那里抢来一匹快马,原来却终究是要推着走的。如果知道是这样的局面,张桓他也是会宽恕我的吧。

我们走在四月的玉林十巷里。不必说,路面完全被我们堵塞了。这却给予我们一种满盈的豪情。我们最大限度地充斥了虚无的时光,拥有了结结实实的肉身者的尊严。迫于无形的压力,路人一定是要给我们让道的,贴着墙根,让我们簇拥着一辆电动三轮车先行,款款而过,我们就是这样被世界礼遇,连风都得绕着我们走。

想必她的心情也与我仿佛。证据是,走了大约十分钟后,她开始显得有了些闲情逸致。

"核桃树开花了嗦。"

她指着排污沟边浓荫蔽日的树木说。

对于树木,我是一窍不通的。顺着她的胖指头瞧,我有生以来第一次认识了一种树。这树,大约有二十多米高,树皮灰白,纵向排列着浅纹,花苞完全颠覆我对花朵固有的认知，差不多就是我眼里认定的果实，只在顶部有那么一点儿花的意思。

"我家地里种了好多核桃树。"她说。

我不觉得她这是在卖弄，因为种核桃树这类事儿，在那时候就不是什么值得卖弄的事儿了。很久以来，人们卖弄着的，早已经是种摇钱树之类的把戏了。可我还是感到了羡慕。让我羡慕的，除了种核桃树这事，还有她大大方方说出此事的从容和磊落。我想我是做不到的，我也是个只配跟人吹嘘栽种了摇钱树的家伙。所以，尽管我们同样是个胖子，也许还在很大程度上同样是一个失败的胖子，但至少她在种核桃树这类事儿上，境界遥遥地领先了我。

"真不错。"我赞叹道。

她话头一转说：

"还有金银花，我妈在核桃树下还种满了金银花。"

我一时有些转不过弯儿，仰着的脑壳不由自主地埋下来，好像生怕一不小心践踏了那核桃树下的金银花。没错，我出现幻觉了，感觉不是行进在玉林街的某一巷里，而是如沐春风，徜徉在一派田园风光中。

"知道啥是金银花不？"

"不知道，"我说，"——噢不，我知道，冲凉茶的咯。"

我不想在她面前暴露我的无知，不是好强，竟只是温柔地不再与世界拧巴的心情。

"没错，可是你肯定不知道它还叫别的啥名字。"

她和我对视了一眼，我们的眼神胖胖地对撞了一下。

"它还叫忍冬花。"她说，"因为开出来的花先是银白色的，再变成金黄色，才被叫成了金银花。"

"还是叫金银花好听，又是金又是银的。"

我依然是个只晓得摇钱树的浅薄蠢货。

"其实没那么富贵,金银花一点儿也不娇气,种上能有三十年的收成呢。"她停了话头,发出一声缥缈的叹息,"马上五月了,田里的金银花就要采摘了。"

说完这话,她便离我而去,仿佛直接去往田野里摘金银花去了。

我当然是回不过神儿,换了谁都会一下子回不过神儿。何况我还推着辆电动三轮车,于是只能傻在那儿不动。只要想象一下当你从某个动人的、关键还是与某个人共享着的蓝图里突然被遗弃,你就会明白我当时的滋味。有那么一会儿,我觉得我可能是中暑了。推着辆电动三轮车,即便是在巴适的四月里,一个胖子也会汗流浃背。更可怕的是,这个胖子方才还因为有了另一个胖子的加盟而变得怀有了温情和善意,变得不再觉得自己纯然就是一个失败的胖子,变得鄙视自己的摇钱树思想,变得对植物学发生了轻微的兴趣,变得萌生了一丝去见识田园风光那种自己经验之外景致的愿望——变得就像他自己的一身肥肉那样柔软。

不是说好了吗,"没事儿,就一起找找呗。"

我不得不做出判断:嗨,死胖子,你今天撞鬼了。哪儿有什么电动三轮车,什么烤兔,什么玉林街,什么飞机场,全是楼,全是楼啊。但做出此种判断的同时,我的脑子里依然充斥着一派自己未曾经验过的风光。

当年,在四月的玉林街上,你可曾看到过一个被雷蒙的、茫然无措的失败的胖子?那天我骑着一辆抢来的电动三轮车,不达目的誓不罢休地穿行在玉林街上。我不甘心,我在拼命地找,拼命地找。我找的既是玉林街民航成都飞机工程公司职工宿舍,也不是玉林街民航成都飞机工程公司职工宿舍,要"找到点儿什么"这个念头本身,也许才是左右着我的真正动力。

当暮色四合,我将三轮车开回学校门口时,好几个张桓一起向我扑来。

那是张桓、张桓的哥哥、张桓的爸爸以及张桓的亲戚们。他们是一个纸片儿的家族,在我眼里,就是好几个张桓。还没下马,我的后脑壳就挨了一巴掌。那也不过是纸片儿般的一巴掌,却将我的眼前打出了华丽的金星。

知道吗?我看到了硕果累累的核桃树,我看到了一望无际的金银花。

许多年过去,如今快递小哥没啥神气的了,新事物成为旧事物,都是这样的结局。

刚刚我还趴在家里的露台上,看小区保安扭着一个快递小哥往外赶。这位小哥端的像张纸片儿,不能不让我将其想象成我的同学张桓。如若真的是张桓,那么他就是一个持之以恒的快递楷模。可这显然没有可能,我为自己滑稽的想象而沮丧。多么无聊啊,或者多么伤怀,一转眼,你就是一个无所事事、胡思乱想的中年胖子了。

我回身进到客厅,倒在沙发上,安静地聆听楼下的吵闹,从呵斥与争执,到辱骂与咆哮。

我一直在周而复始地减肥,这差不多成了我毕生的志业。效果最好的时候,我减到了一百四十五斤——那可真是个像模像样的公子哥儿。但我最初并不知道,上帝赋予我沉重的皮囊,本来是要平衡我灵魂中根深蒂固的轻浮。这是上帝和我之间一桩很严肃的密约。我就是自己灵魂的秤砣,是我自己船身的压舱石,我轻了,灵魂便四方飘散,我轻了,就得翻船。大学毕业两年后,在二十四岁的时候,一百四十五斤的我搞砸了家里原本非常兴旺的企业,一夜之间,连居住的房子都得抵押给银行还债。那是我老爸一生的心血。一个公子哥儿倒下了,他在半年之内,体重重新攀爬到一百九十斤以上。

我跟着爸妈离开了成都,就像是一个拖累着双亲的巨型婴儿。我们一家人在西安开了个只有两张桌子的串串店,每天呼吸充满牛油与花椒味的空气,至少还可以让我们不觉得已然背井离乡。

有那么一个深夜,我在浓厚的川味儿中失声痛哭,老爸不得不连哄带吓地把我拖到街边儿去,以免我惊走店里本就稀缺的客人。他手足无措地站在我身边,而我干脆一屁股坐在了马路牙子上。我这个失败的胖子无法完成蹲姿,要么站着,要么只能坐着,上帝没收了我身体折中的姿势。老爸系着脏兮兮的围裙,神情木然,只能说一些"从头再来"之类的废话。后来我哭累了,抬头发现,自己原来是坐在一棵核桃树下,黑暗中密实的树叶浑为一个整体,从而在夜风中神圣摇曳着的就是整个树冠,那是我唯一认得的树木。

我知道我得振作起来,这并不说明我天生有自强不息的品质,我只是在十七岁时被上帝调教过。可我一旦振作,体重便开始下降,就像是一个悖论。我惧怕自己重新变得轻浮,于是振作一段时间后便重回消极气馁,在某个深夜坐在核桃树下恸哭一场,继而,再度振作。朝三暮四,我活在时重时轻的轮回里。

说来也很神奇,最重的时候,我没突破过一百九十三斤,最轻的时候,也再未跌至一百七十三斤以下。从一百九十三斤到一百七十三斤,这个区间,俨然是我开展生命运动唯一可行的活动半径,我的跑道并不长,只能折返在这样的一个摆幅里;我所有的悲伤与欢乐,见诸肉身,不过起伏在这样一截微不足道的波段里。不过区区二十斤——等我有一天终于勘破了这个秘密,我就突然得到了解放。因为我看到了本质,看到了生命的限度。

那一年冬天,我在将鸭肠和豆皮串成一把把串串之余,开启了在网络上写穿越小说的生涯。我的网名叫做"不过区区二十斤"。这个网名决定了我直抵某种神秘本质的书写能力，我觉得我多少摸准了自己命运的脉搏。事实也证明，这回我算是弄对了。

差不多用了五六年的时间，我向爸妈宣布他们可以搬回成都去了，我已经有能力为他们在成都买下最体面的房子，但他们异口同声地向我表示：此地乐，不思蜀。串串店当然是不用再开下去了，而且其后很长一段时间，我们一家三口都心照不宣地拒绝吃一切与牛油和花椒有染的食物。我的确赚到了不少钱，但我未曾松懈过。网络作家的生活非常适于我，后来，我在一些活动中与同行碰面，发现十有八九，大家个个都是一副失败胖子的尊容。这个群体日以继夜地过着昼伏夜出的生活，不免苍白而浮肿，像极了挂在天边败絮般的云团。

刚刚我在露台上还称了体重，一百七十三斤。这是我人格的红线，按照经验，我应当开始一斤一斤地爬升了。就是说，我该启动消极气馁的按钮，让心情沉下去，让体重升起来。可是这回我有点儿拿不准，因为我竟感到消极沮丧也不是说启动就能够马上启动了。至多，我不过是感到了多么无聊或者多么伤怀，可这与那种浑浊而滞重的悲观相距甚远。

我已经不能调节自己精神的重量了吗？或者说，我已经开始丧失悲伤的能力？我尝试着让自己想想女人，想想那些最能唤醒一个男人痛苦经历的记忆。我当然有过自己的女人，我在一百四十五斤的公子哥儿时期，有过不止一个女朋友，如今靠写古代爱情赚到了钱，自然也不缺乏伴侣，但此刻我将她们一一检索，她们所有的欢笑与泪水、激情与消沉，她们的身体与灵魂所带给我的一切冲击，竟然全都止步于一个具体的数据——一百二十斤。这是最保守的估计，尽管我不可能给她们一一称重，但我可以断定，她们绝对不会超越这个额度。一百二十斤，大约是个什么概念呢？我环顾四周，寻找可以比附的物件，目力所及，那大约是四台电视的重量？一定不会比真皮沙发重，也不会重过实木茶几……

就这样,一个胖女孩走进了我的记忆。我望着她,仿佛反观着自己。这么多年过去,我几乎已经遗忘了玉林街。不久前我听到一个歌手在歌里唱出"走到玉林路的尽头,坐在小酒馆的门口"这样的句子,也只是略感恍惚而已,就像他吟唱着的,并不是成都,是一个叫做爪哇国的地方。但是此刻,我清晰地听到有个声音对我说:

"玉林分玉林东路、玉林西路、玉林南路、玉林北路。"

这些具体的路标如同大地的经纬,为我迅速地构建出了一个真实的世界。

迄今为止,我没跟谁说过我曾在十七岁时干过一个下午的快递员。这不太像是我的风格。至少,在我一百四十五斤左右的时候,我算得上是一个喜欢夸夸其谈的家伙,我会将自己乏善可陈的成长史夸大其词地渲染给人听,以此佐证,眼前这个公子哥儿的青春曾经多么的富有戏剧性与叛逆精神,尽管他一度是一个失败的胖子,但这个失败的胖子忧郁虚无,同时又敢做敢当,像是贾宝玉灵魂与鲁智深肉身的合体。那么,十七岁那个四月午后的经历,理应是一个极好的噱头,堪可拍成一部文艺片,可我为何却不曾对人提及?我不知道,在这件事儿上是什么遏制了我天性中的轻浮,让我下意识地拒绝将其亮出来跟人卖弄。

那个胖女孩被我从记忆里叫醒,她在玉林街上向我迎面走来。我们遇到的时候,她应当也有一百九十斤左右的体重,对一个女孩而言,这无疑是一个非常惊人的指标,我不免会去想象她在这些年来都将遭遇些什么:一个个跟她比起来只能显得轻于鸿毛的男孩在她面前溃败,所有好的或者坏的运气一旦撞向她都会被她弹开。无论如何,对于这个世界而言,她都太庞大了,真是不幸,上帝在这个配额上赋予了她更大的艰难。如今她有自己的男人了吗?恐怕没有,不知为何,一想到这个问题,我就将自己与她无缝对接在了一起,似乎,在这个世上,"她的男人"断乎只能是我。这个舍我其谁的念头，说没道理也没道理，说有道理也有道理，就像在一些特定的时空，天经地义，核桃树只能够般配着金银花。

核桃树下金银花，此刻，我非常确凿地看到，她就置身在某个这样的背景里。我感到我的心微微地开始痛苦。

我要回趟成都，我知道我意已决。然后我意识到，自从离开我竟从未回去过。爸妈近年倒是常来常往，毕竟成都有他们的亲戚、老同事、老朋友，何况如今我也算让他们重新挺起了腰杆，为何我却从不曾想到要回去呢？不知道，我也不想知道这里面的缘由，而且我更愿意倾向于其实压根儿没什么缘由。歌手在歌里唱道"成都，带不走的只有你，和我在成都的街头走一走"，我在成都没什么是可带走的。但这个认识现在被打破了，我想起，千真万确，是有那么一个人，曾经和我在成都的街头走过那么一走的。于是，我觉得自己与那座城市重新被某种微弱却又强韧的线索牵系在了一起。

是的，我得回去走一走，这念头渐渐变得强烈，最后变得就像在那个四月的午后，我面对一辆电动三轮车时的心情一样——我得骑着它走一遭。这念头不由分说，就是一只沙袋吊在你眼前，于是你便只能攥紧了拳头迎上去的状况。

第二天一早，我乘上了飞往成都的班机。

初秋的成都依然很热，当然变得让我几乎无法与离开时的记忆对应起来，但我并不觉得陌生，就像我已经不记得对于它的熟悉。飞机没落地前，我产生过奇思异想：我是不是可以找辆电动三轮车骑到玉林街去呢？好在这念头只是一闪而过，如今我实在没有了将生活戏剧化的兴头。我叫了辆车，先去了华西医院。那家烤兔店没了。这没什么好奇怪的，它要是还在，可能才算奇怪。我信步到了锦江边，在耍都吃了几把串串。吃完我意识到，这是自从我们关了串串店之后，第一次重新把竹签捏在手里。我留意感受了一下自己的心情，让我欣慰的是，很好，我的确非常之平静。我的内心没什么波澜。然而有些重大的缝隙已经被时光抹平。

玉林街当然也不是当年的玉林街了。至少，排污沟看不到了，它被齐整的石板覆盖掉，街道俨然有了花园的意思。我从路边墙壁上的宣传栏得知，现在我所在的地方叫做芳草翠园，它是一个模范街区。但当年的楼群还在，并且全是楼、全是楼啊。打麻将的妇女、坐在板凳上嘬荷叶菊花的闲汉、当街开张的剃头匠，他们都还在。

走向玉林十巷七号，远远地，我一度真的确信，她也还在，穿着老头衫，像是蹲着一样坐在一张板凳上，等着一个在她眼里貌似送煤气罐的家伙到来。

然而那家杂货店不在了，门脸儿被墙壁砌住，依然保留着曾经是个门脸儿的轮廓而已。

我感到了热，后背的汗水已经湿了T恤。一桌打麻将的妇女围坐在墙根，我走过去席地坐下看她们鏖战。能被我看到牌面的那个妇女警惕地回头看我一下，可能她是被我的身量吓到了吧，不由自主把身子向牌桌倾斜了一下。一个庞然大物出现在身后，谁都会感到不适的。但我马上意识到，不是这么回事，现在的我只有一百七十三斤，算不得渺小，可也够不上庞大。是什么令这娘们紧张？那不过是因为她被人看清了自己的牌面而已，就仿佛暴露了她内心深处的幺鸡与白板。

她不时回头看我一眼。我只能抱歉地对她笑笑。几把过后，她输了钱，不免要迁怒于我。

"讨嫌喽。"

她侧着脸用眼睛的余光扫视我，心里的阴影面积跟我的体积一样大。

我觉得是该进入主题了。

"大姐,跟你打听个事儿。"

我尽量让自己的口气显得谦恭。

"啥事嘛?"

一旦交流起来,她好像反而轻松了。

"这儿有个胖女娃,你认得不?"

"胖女娃?"她扭脸从头到脚看我一遍,回头继续码牌,"有多胖嗦?"

"嗯,差不多比我能胖上一圈。"

我思索了一下才说,因为我差点儿说出"和我一样胖"。

"比你还胖一圈?"

她不得不又回头看我了。

"是,比我还胖一圈。"

我直直腰,以便给她提供一个准确的参照。

"不认得。"她说。

我认为她不是在敷衍我,"比我还胖一圈的女娃"这个条件,耀眼得就像地上掉着的一百块钱一样不容人敷衍。

我并不甘心,继续给她提供线索:

"年龄嘛,和我差不多。"

她又回头看我,扑哧笑了,说:

"和你年龄差不多?那还是啥子女娃嘛,胖婆娘嘛。"

我竟有些害羞,老实地点点头说:

"对头,她十几年前住在这儿,那时候,这儿有家杂货店。"

"不就是那家乡下人的胖女娃嘛!"

对面的妇女开口了,她的年龄明显是这堆人中最老的。

没错,就是她。我知道对上号了。当年,女孩对我说她们家的地里种

443

着核桃树和金银花,只是当时我并没意识到,那只能是一种乡间的生活。

"走咯。"

"想起来咯,那家人去汶川咯。"

"去汶川咯?"

"可不是嘛,说是大地震全埋在楼板下头咯。"

"哎哟哎哟。"

妇女们七嘴八舌地说开了。

我站起来,发现她们全闭了嘴,齐刷刷地抬头看我。我身前的那个妇女手里举着一张红中,像是正在盘算要不要当成防身的武器。

我说:"你们耍我嗦?"

"耍你做啥?"对面的老妇女接话道,"我跟她家邻居,她家是租房住下做点小生意的,还有老乡也在附近做买卖……"

我向前两步,把整个身子俯下来,两只手撑在牌桌上。有那么一个瞬间,我的心是静止的,因为时间静止了。我应该是想了一想,最后还是决定把这张牌桌掀翻算了,好像掀翻了牌桌,人生便可以重新开局了,但我并没有马上行动。

"她活着。"

我试图和她们商量。

"死咯。"

她们跟我对着干。

"她活着。"

"就是死了嘛。"

妇女们就是这般惊人的倔强。

"她家地里的金银花可以摘三十年,你说,现在才过去多少年?"我继续说。

我觉得我是说出了一个完全无法被推翻的事实,这事实经得起上帝的检阅。但是说完之后,我就把那张牌桌掀翻了。

妇女们在我身后尖叫。我一边回头走,一边用手揩眼泪。我等着有人在我身后袭击我,用巴掌或者干脆用红中也罢棒子也罢的什么把我打翻在地。那样的话,我就会在眼冒金星中看到一片无垠的金银花在风中摇曳。胖女孩将我遗弃在玉林街上,不就是走向了那片田野吗?她足足有一百九十斤以上,什么样的楼板都压不垮她,我们并肩走在玉林街,路面完全被我们堵塞,我们因之有了一种满盈的豪情,我们最大限度地充斥了虚无的时光,拥有了结结实实的肉身者的尊严,我们被整个世界礼遇,连风都得绕着我们走。

是她令我在那个下午与世界达成了片刻的和解,我没法不去这么想。

回到酒店,我习惯性地打开随身带着的笔记本电脑,准备按部就班地更新自己的作品。自从开始在网络上码字,我就没有一天中断过,这已经是我获得成功的首要条件。可是我知道,今天这活儿我干不下去了。有一个人,因为我今天的归来而死去,我还他妈的能去虚构那么多压根就没在这世上活过的家伙吗?如果今天我没有回到玉林街,那么她就永远在核桃树下的金银花丛中劳作与收获,永远活在我十七岁的一次冒险中,健壮、雄阔、矜重而有威仪。

十七岁的那个下午,我载着一件地址不详的包裹,风驰电掣地穿行在玉林街。它没有收件人的名字,自然也就没有收件人的电话。它就是上帝因材施教给我的一个三无考验,想要我见识的真理不外乎是:既然你跨上了一辆送快递的电动三轮车,你就得把车上的货给送了。上帝知道我有多潦草,对这个世界有多不耐烦,于是差遣了一个胖天使蹲在路边,让她陪我走上一程,软化我,给我这个失败的胖子加添肉身的尊严,她给我指认了此生的第一棵树木,启发我对原野展开想象。事实证明,这一切多么有效。当她完成了使命离我而去,我始终身在一种对于非凡风景的憧憬中,不达目的誓不罢休地穿行在玉林街上。我不甘心,我在拼命地找,拼命地找。要"找到点儿什么"的这个念头本身,充斥在我全部的一百九十三斤的灵肉里。

而这个"找到点儿什么",不过就是一个肥胖少年应当早一点比别人学会的对于"规定性事态"的服从。你可以说那是提前学会认厌,但你也得承认,那里面,于劳作中蕴含着责任与义务自重的美德。

我找到了,它在玉林六巷一号。我完全相信,今天你若是按图索骥,依然会在此看到民航成都飞机工程公司职工宿舍——今天看一定显得寒酸,因为当年此地就不是什么堂皇的所在,然而最初入住的扎根者,肯定也壮志凌云,对未来抱有无端的信心与可被理解的妄想。

那天黄昏,我将上帝的三无包裹准确地投放在了它应当抵达的终点。门房签收了它,无师自通,我还郑重地让门房在包裹的底单上签下了名字。

那是迄今为止我所做过的唯一一件有头有脸的事儿。

我不止一次想过,那件包裹总归是会有一个收件人的,或者那就是上帝本人,当他用裁纸刀割开胶带,看到满满一箱的核桃与金银花时,会不会想到,有一个少年快递员风驰电掣地开着一辆电动三轮车,向着他永远的翻版与镜像,向着一个胖天使,一头冲进漫天遍野的壮观的花海里。

原刊《青年作家》第 10 期

金 钢

陆颖墨

一

凌晨三点,礁长钟金泽准时起床,猫腰悄悄出了礁堡的门洞,到了平台。说平台,也就相当于半个篮球场,整个礁堡矗立在茫茫南沙海面,底盘也不过一个篮球场大。

今天夜里凉爽了,除了哨兵,大家都睡得很香甜。为了这香甜,礁上关闭了柴油发电机,用太阳能储存的电保障仪器设备的运行。钟金泽快步走到礁堡的西侧,见军犬金钢正在呼呼大睡,百感交集。昨天傍晚,钟金泽喂了它两片安眠药,它终于踏实地趴下了。

钟金泽眯起眼睛,看了看平静的海面,又仰望满天的星星,重重地叹了一口气。他转过身去,蹲下凝视熟睡的金钢,像是有感应,金钢动了一下。它醒了?没有。金钢舒服地翻了个身,还是呼呼大睡。听鼾声,比刚才还要香甜。

这南沙的海面像镜子一样,一轮明月带着满天繁星映在上面,晶莹剔透。放眼望去,上下两个星空在天边无垠处相连,分不出哪儿是天、哪儿是海。钟金泽恍惚间,礁堡也变成了一颗星星,进入了太空。

这里是中国海的最南端,乘军舰到海南岛至少要五十个小时,到西沙永兴岛要三十多个小时。去最近的兄弟礁堡,也要坐上五六个小时的舰艇。

都说四月的南海西湖的水,浪小海面平。现在已经到了七月,海面还像四月一样平静,平静得让人害怕。钟金泽下意识地摸摸自己的膝盖:伙计,天气预报准吗?

来南沙前,他在西沙待了十多年。岛上湿度大,腿关节染上了严重风湿,老是咯咯作响。膝关节不同程度的疼痛,告诉他要来什么样的天气。小疼是天天有,如果疼得要贴膏药,那雨就要来了。去年九月份,他调来南沙守礁,这儿的湿度比西沙还要大,所有人在礁上都要戴着护膝。在西沙,虽说小岛不到一平方公里,但有泥土,有树林和植被,在茫茫大海中具有调节湿度的能力。而南沙,礁堡就是一个水泥墩子,杵在水中央,空气中的湿度,还有温度和盐分,要比西沙高出许多。所以在南沙上了礁,虽然有护膝,他还是经常要贴膏药。一旦要下雨,就疼得受不了,得吃止痛片。吃几片,就知道雨多大。昨天下午,他吃了,还好是一片。

三点半了,指导员也悄悄来到了平台。班长刘岩带着两个老兵抬出了橡皮筏子。钟金泽走过去,拽了拽筏子上的绳子,有些走神。腿是不怎么痛了,心里却痛得厉害:半小时后,金钢就要乘着这个筏子,在茫茫大海上独自漂流……

二

金钢跟随钟金泽已经五年零八个月了。在西沙,每一次巡逻,它都在前面引路。特别是在珊瑚礁上,有金钢领着,就能在潮起潮落中,轻松避开那一条条深深浅浅的海沟。要是遇到复杂天气,金钢的作用就更大了。

在西沙守岛部队中,金钢是出了名的。它能在一群避风的渔船中发现危险品,避免重大事故;它能在漫天大雾中帮助部队准确找到目标;它还能在台风的间隙中,给困在哨所的几个战士送去食物。

钟金泽当排长那会儿,有天海上突然起了土台风,一艘渔船中招,在岛西边触礁散了架,七八个渔民都掉到海里。土台风是南中国海的"特产",突然生起,突然消失,神出鬼没,无法预报。还好台风中心没到,战士们开着小艇,顶风把他们一个个救到岛上。渔民们感激地流泪鞠躬,但叽里呱啦的,战士们听不懂说了什么。新兵刘岩是海南黎族人,在哨位值班,被钟金泽找来,听听是海南哪儿的方言。刘岩一听就急了:"他们不是中国人!"从刘岩那双喷火的眼睛,钟金泽马上明白这帮渔民是哪里来的。刘岩的父亲也是渔民,一年前打鱼被台风吹到他们那边,让巡逻艇抓住,打伤了腿。因为这事,刘岩连大学都不上了,直接到了海军当兵。突然,刘岩抄起根棍子要冲过去,钟金泽急忙把他抱住。

这时,金钢猛叫了几声。钟金泽抬头一看,岛南边海面上漂浮着一个红点。是个渔民,被浪从西边打过去的。钟金泽赶紧解开摩托艇的缆绳,上艇发动引擎要去救人。不料,咯噔一下,小艇猛地刹住,他一个趔趄,差点儿冲到海里。回头一看,刘岩把缆绳套住了,不让去。小艇的发动机还在快挡上运行,缆绳拉得笔直,像要飞起来。艇尾离岸三四米,他够不着。正干着急,只见金钢一口咬断缆绳,飞身跃上摩托艇,快艇箭一样冲了出去。

快要接近目标了,浪变得更大,小艇不敢停下。眼看着渔民就要被大浪吞没,钟金泽冒险让艇身划了个大弧,小艇从对方身边掠过的刹那,金钢把口中的缆绳猛地甩出,对方接住了。

台风后,上级派船把渔民接走了。因为这次救人,钟金泽和金钢,还有几个战士都立了功,刘岩挨了个处分。

刘岩憋了一肚子火。那天,他看到金钢尾巴一摆一摆的样子,气不打一处来,踢了一脚它的屁股,那一靴子上去还真不轻。金钢一声惨叫,转身反扑过来,一下把刘岩扑倒在地,白森森的牙齿压住了刘岩的喉管。刘岩吓蒙了。远处的钟金泽一看,大叫"金钢",直奔过来。可谁想,金钢早就收了爪子,还咬着刘岩的衣服拽他起身。刘岩满脸通红,气急败坏地又捶了一下金钢。当然,这回不敢用劲了,金钢像被按摩了一下,欢快地叫了起来。从此,金钢老是围着刘岩闹,亲热得很。

一年夏天,两栖突击队来西沙海训,上了岛。带队的连长和钟金泽是一个新兵连的。这小子入伍前就是省里的少年武术冠军,当兵后又考上了特种兵学院,武艺高超是全海军有名的。没想到在岛上能见到钟金泽,特兴奋,聊个不停。钟金泽听他侃,开始觉得挺开眼界,渐渐觉得话头不对,牛了,似乎有点儿小瞧守岛部队的意思。钟金泽就截住话头,把金钢抬了出来。没想到这家伙说:"兄弟,落后啦。这金钢,守守小岛、看家护院还行,遇到我们正规军,就差点儿事了。"钟金泽心里不爽:怎么啦,你特种兵是正规军,我们守岛部队就不是啦?他马上让刘岩把金钢叫来:"你俩比比,看谁差点儿家伙事。"那连长说:"让军犬跟我比,比啥?无声手枪一枪就够。"钟金泽问:"用无声手枪算啥本事?"连长反问他:"敌人来偷袭,还约好立个规则?"他拍拍钟金泽的肩,"兄弟,时代不同啦。"

"啥不同啦?"钟金泽冷笑了一下,"你用无声手枪试试看。"

"我不试,别坑我。"

钟金泽根本不让步:"谁坑你,橡皮子弹你不会用啊?刘岩,防弹背心给金钢穿上。"刘岩应了一声,马上把印有军徽的军犬防弹背心给金钢穿上了。

"别穿了，还背心呢，我是枪枪爆头。"连长说。

"你爆给我看看。"钟金泽为了金钢，为了守岛部队，非要争这口气。两个人争来争去，最后上级同意他们用橡皮子弹比试一下。

比试在小操场，守岛部队和海训部队都来观战了。当刘岩牵出金钢时，那个连长一怔：这是哪一出？金钢居然没穿防弹背心，却戴上了像防毒面具一样的头盔。他觉得钟金泽糊涂了，比武的要诀就是一枪爆头或击中心脏，不让军犬发出叫声。但连长没敢轻敌，飞快闪进了操场旁的椰林，借着椰树和金钢周旋。几个来回，他卖了个破绽，突然一下跌倒。金钢飞腾而起，直扑过来，连长迅速拔枪反身对它心脏射击。但一扣扳机，他立刻愣住了——金钢跳起来的时候，用左前脚紧紧护住了胸口，橡皮子弹击中了它的前肢。几乎同时，金钢发出了一种人们从未听到的吼叫，低沉而又有力，这种声音传得很远很远。

连长马上明白，金钢受过特殊的训练：当它被袭击时，在生命的最后时刻，会用尽全身的力量向部队报警！

在场的人都被金钢的一声吼叫镇住了，这是一个真正的勇士以生命相许的誓言！

吼叫声中，连长快速向左避开。但金钢在空中弹起的瞬间，依然盯住他的动向，变换了身姿，侧身扑到了左边，拖住了连长的右腿。

连长服气了！

比武结束，连长走过去对着钟金泽就是一拳："没想到你小子还挺狡猾。不让金钢穿防弹背心，给我卖了个大破绽。"当天，他就拿金钢的这声吼叫来激励第一次参加海巡的新兵——看看人家金钢！

这一声吼，也让钟金泽出了名。从海岛的实战出发，他在金钢身上费了多少心血、开了多少小灶可想而知。也确实，为了让军犬在海岛更好地发挥作用，这些年，钟金泽真是没少费心思，摸索出大量的经验。

所以，他十分有底气向上级要求：带着军犬金钢到南沙守礁。

三

军犬为西沙守岛部队立下了汗马功劳。南沙的守礁部队，也尝试让军犬上岗。但是，经过一个阶段的试训，没有一只军犬能在南沙待够两个月，最后都让补给船或经过的渔船捎回了大陆。那时，钟金泽在西沙，一直关注着这件事，听到一次次尝试的失败，感到很惋惜。直到去年，听说上级决定放弃这种尝试，开始研制"电子狗"，他着急了。因为金钢，他对所有的军犬都有深深的感情，他不愿意让军犬认这个输。凭他的经验，军犬的嗅觉、听觉，尤其是第六感觉，"电子狗"是无法替代的。

钟金泽不甘心！他一次次地请求，终于，上级同意他带着金钢再做一次尝试。

按照专家的结论，人在礁盘上的极限是三个月，超过三个月，会慢慢变得狂躁和思维退化，所以守礁的士兵都是三个月一轮换。但这几年，有不少海军官兵在打破守礁的纪录，从三个月到六个月，再到九个月甚至一年。钟金泽想，既然人在不断突破极限，金钢也应该能闯过这个难关。而且和别的军犬不一样的是，金钢在海岛生存的经验丰富，更容易适应南沙的环境。特别是有一年西沙来台风，几乎两个多月他们都没出过营房，应该和南沙的空间环境比较接近。他想，一旦金钢能在南沙礁盘上待够三个月，那就证明，只要训练对路，军犬是可以守礁的。那么每三个月，就可以和守礁部队一起轮换了。

但是，钟金泽还是非常慎重地展开这次任务。他提出，他先上南沙守礁几个月，等情况熟悉了，再让金钢上南沙。

去年九月，钟金泽到南沙守礁部队担任见习礁长。在南沙，他感受到了和西沙不一样的体验。刚上礁不久,一场特大的台风从西太平洋猛扑过来,巨大的波浪一个接一个劈头盖过来,像要把礁堡变成潜水艇。等到巨浪过去,刚松一口气,台风正面就冲击过来。窗户上几厘米厚的钢化玻璃叭叭作响,先是朝屋里慢慢鼓起,像块软塑料,紧接着出现了一个个发射状的纹路。钟金泽感觉玻璃就要炸开,问老礁长,是不是赶紧把战士们撤到地下室去?老礁长有经验,说不用。一整个下午,他死死盯着那鼓起的玻璃和一条条裂纹。那叭叭的响声,总像在告诉他马上就要炸开了。终究没有,但台风过后,还是换上了新的钢化玻璃。

第一次守礁,钟金泽就闯过了三个月的节点,轮换时,他要求留下来。到今年三月初,他整整守了六个月。要不是膝盖不争气,他还想再守三个月。当然,这六个月的见习礁长没白当,礁盘的潮汐规律,他烂熟于心,连天上北斗星随季节的变换,都记在了脑海里。

四

钟金泽是在今年三月随轮换部队下的礁。在大陆休整了两个月,觉得腿上的疼痛减轻了,他就和金钢一起上了南沙礁堡。

金钢刚上礁那十来天,可欢了。它见到了礁长钟金泽,还见到了老朋友刘岩。应该说,金钢上礁堡,钟金泽已经为它打造了相对熟悉的环境。

金钢在礁堡上开头那十几天,还真没事。日子久了,问题就来了。五月份,随着天气一天比一天闷热,金钢的舌头也越伸越长,喘气声也越来越粗。有个浙江新兵小周开玩笑说:"这金钢刚上岛喘气像奔驰,怎么现在像推土机呢?"虽说小周是开玩笑,但说到了钟金泽的痛处。金钢喘粗气,他听着心里也憋得慌。

小周在家里养着一条黑贝,所以见了金钢特别兴奋,没事就来逗金钢。他找了钟金泽好几次，要跟着刘岩一块儿训练金钢，钟金泽让他先陪金钢逗逗乐、解解闷，算是考察。

金钢不愧是金钢，不管天多闷多热，傍晚稍凉些，就跟着刘岩在平台转着圈跑开了。虽然场地过小，弯绕得有点儿急，有时头会眩晕，但金钢的跑步训练没有减少。一只军犬的爆发力，全在它的助跑。如果不练，爆发力就会慢慢减弱。在南沙这么小的地盘上让金钢练跑步，还真不容易。钟金泽让小周给刘岩做帮手，这小周还真顶点儿用，上手很快。

落潮的时候，战士们走下礁堡，在礁盘上巡逻也带着金钢去。但这儿的礁盘和西沙不同，吃水深，露出水面一块一块，在路线上不连续，战士们不时要踩到没膝的海水里。好在这里海水很清，水里的礁石看得清清楚楚，战士的脚不会踩空，只是金钢要跑起来就很困难。看来，要让它熟悉这儿的地形，也不是一两天的事。

开始，金钢一直由刘岩牵着训练。到后来，小周在礁盘上的步子也扎实了，让他牵了几回金钢，把他美得不行。

一天天下来，终于坚持了两个月，七月底到了。天气预报，台风和雨季一周内就要来到。雨季，战士们欢迎，天变凉，还能收集淡水。但南沙的台风着实让人惊恐。

补给舰来了，这是台风前礁堡的最后一次补给。下次补给，要一个多月后。

领导特地来电话问："金钢还能不能再坚持一个月？要不要把它接下礁盘？"钟金泽知道这是个严峻的问题。这一个月台风期，不光上级不会再派舰艇过来，其他船只也不会有了。他算了一下，金钢上南沙守礁已经有两个月零三天，超过了其他军犬最高纪录十九天。再有一个月，就是胜利。现在没有任何失败的征兆，凭什么让这次任务半途而废呢？如果这时让金钢提前离开礁盘，那他钟金泽和金钢这两个多月就算是白来了。

但是，万一金钢撑不过去呢？他心里颤抖了一下。那就彻底宣告军犬在南沙守礁的失败，部队只能等上级派"电子狗"来了。"电子狗"什么时候研制出来、效果如何，不得而知。

金钢不能走！在南沙，钟金泽如果这么轻易便宣告失败，就是对金钢的不负责任，也是对自己和部队的不负责任。一次次难关，他和金钢都闯过来了；一次次战功，他和金钢都立下来了。他的金钢什么时候丢过人？他钟金泽能从士官直接提干成排长，不就是因为立过一次二等功吗？那个二等功,钟金泽心里清楚,一半是金钢的。

他又想起了那次比武。发出那种吼声的金钢，能熬不过这三个月吗？自己六个月都能过，要不是膝盖,九个月也行,金钢能顶不住这三分之一？

礁上紧急召开支委会会议,钟金泽的意见大家都同意。

在军舰驶离码头前的最后三分钟，钟金泽正式向上级汇报："金钢留下来，能行！"

五

万万没想到，军舰离开后的第三天，出事了。

第三天上午有点儿闷，下午三点多突然起了凉风。大家看到旗杆上的国旗飘起来了，都到平台上乘乘凉。说乘凉，也都是穿得严严实实。要不戴上护膝，凉风带着湿气会悄悄地钻进骨缝；要不穿长袖，南沙的紫外线两小时就会让你脱层皮。全礁十二名战士，除了在机房值班和夜班补觉的，来了七八个。主角又是小周，这小子，仗着去过的地方多、见得多，就喜欢神侃，但也有人愿意听。开头几回，钟金泽听不下去，想让他收敛一些。指导员拦住了，说在岛礁上，巴掌大的地方，新的话题是化解寂宽的最好办法，有这个活宝在，能让他少操不少心。指导员比钟金泽小四岁，但是老南沙了，钟金泽这个新南沙当然得听他的。

这天，小周扯得有点儿远。他说自己属马，世界上带马的国家，他上中学时都去过。

马上有人问："哪几个带马的？"

"马来西亚、马尔代夫、马达加斯加、马赛、马德里……"

马上有人截住："等等，这马赛、马德里是国家吗？"

小周根本不接话茬儿，话题一转："我就说这个马尔代夫呀，就像我们南沙。"

对方又追上来了："哪儿像啊，是海水像吧？"

大家都笑了。

小周就像没听到，接着说，说等他退伍了，就到南沙礁盘上来建个五星级酒店，再建个度假村，马尔代夫也没这儿漂亮。到时候，和他一起守南沙的一人给一套房。

大家又都哄笑了："那金钢有没有一套？"

听到战士们开怀大笑，钟金泽心里也舒坦了许多。守礁兵在这茫茫大海、海天一色中，待太久容易抑郁，这大笑一次，起码管三天。

钟金泽坐在门洞口，没戴太阳镜，眯着眼睛仰看猎猎作响的国旗。上午湿度太大，都超过了百分之百，国旗湿漉漉地紧挨着旗杆，像要滴下水来。下午来风了，国旗飘扬起来，能看出旗面上一道道深深浅浅的印痕，那是湿布面被紫外线照射的结果。正面对阳光的，红色褪了不少，藏在皱褶里的，颜色还很深。再细看，还能看见旗面上一圈圈不规则的白细线，那是空气中的盐分留下的痕迹。

小周说得兴起，站起来了，走到趴着喘气的金钢面前："你能不能守三个月？守够三个月我就给你整一套，咱俩做邻居。"见金钢光喘气不理他,有些没面子,就用右脚尖拨开它的前爪。

金钢忽然抱住他的右脚,一口咬了下去。紧接着小周一声尖叫,抽出腿,退了好几步。要不是边上人拽住,他都要掉海里去了。

钟金泽正冲着国旗凝神,听叫声吓了一大跳。金钢抱住小周右脚时,他以为是闹着玩的,没想到真下了口。钟金泽跳起来冲过去,要吼住还朝前扑的金钢。没想到,金钢张着大口朝自己扑了过来。好在钟金泽经验丰富,采用了反制措施,和刘岩一道把金钢按住。匆忙赶来的军医,给金钢打了一针麻醉药才将它稳定住。钟金泽赶紧去看小周的脚,还好,靴子结实,留了两排牙印,没有咬破。但他心里更是着慌,凭金钢以往的水平,这样的靴子能咬不破? 这脚,能让小周抽得回去?

小周连说没事没事,可钟金泽怎能没事? 多亏是白天,要是晚上人睡着了,扑过来还了得……直觉告诉他,这环境,金钢挺不下去了! 别的军犬是蔫下去,金钢倒是刚强,只是刚强得控制不住自己了。

六

情况马上向上级报告了,同时申请上级派艘船来把金钢接走。上级很快答复:台风快来了,船不可能派。上级告诉他们,舰队机关紧急联系了中远公司,所有货轮都已驶离这片海域;广东、广西和海南的渔业部门也回应,渔船已进入防风状态。为了守礁官兵的安全,需要对金钢尽快就地处理。

处理? 钟金泽如遭电击,从头麻到脚。

自己的金钢就这么处理了? 不知怎么的,他脑中浮现出那次比武,那个连长举起的手枪,以及金钢那声震撼人心的吼叫……

他不能接受这个现实,但心里明白,上级的命令是正确的。

支委开会,研究处理的方式。

小周知道要处理金钢的消息后,发了疯似的冲到队里:"是我惹的金钢,要处理就处理我!"

钟金泽和指导员都劝他,这不关他的事,是金钢自己扛不住这恶劣环境的高温、高湿、高盐,特别是长时间的水天一色让它大脑紊乱。

小周哪是这几句话能说服得了的?他要用军线通知大陆的战友,让找家里人花大价钱雇地方船过来接金钢。钟金泽说支部还要研究,不要胡闹!让刘岩先把他拉走。

"处理"这两个字,像刀片一样扎在钟金泽的心头。他太了解金钢了,作为一名老战士,金钢是不会惧怕死亡的,它牢记的就是生命的最后一瞬,向战士们发出呼叫警报。而现在,就这样窝囊地离去,金钢自己肯定是万万不能接受的。看着被打了麻药趴在那儿一动不动的金钢,痛苦和内疚像潮水一样把钟金泽覆盖、吞噬。这次任务,是他请缨,付出的竟是金钢的生命。他从来没有如此深切地想过,和他朝夕相处的金钢,立下一次次战功的金钢,也是血肉之躯。他想:上次守礁后回大陆休整,刚上岸那几天,他好几次把日子搞混了。上次守礁,如果真的在六个月的基础上再加三个月,自己是不是也会脑子紊乱?

不错,金钢是和他在西沙一起躲过两个月的台风,但台风的间隙,他们出去过几次。在这里,他觉得让金钢下下礁盘也一样,怎么就不想想西沙岛虽然小,但有树林、植被,而这里只有水泥礁堡,只有海天一色。军舰离港前,他给上级答复时,为什么不把这些不利的因素考虑一下?光让金钢来壮自己的胆,却没有考虑金钢……往深里想,是不是因为自己的腿风湿太厉害,自己在岛礁的时间也不会太长了,急着想和金钢一起再创新的辉煌?因为这些,害了金钢。

巨大的痛苦变成了深深的自责,几乎让钟金泽喘不过气来。但他没有时间犹豫。处理金钢,自己接受不了,战士们同样接受不了。

刘岩来报告,小周老要来找金钢,看它醒没醒,说让它咬一口,他爸就是到国外租用万吨轮也会来救自己这个独子的。钟金泽的心又揪住了,真有人被咬了怎么办?

必须尽快处理。气候不等人,战士的情绪也不等人。

支委会会议开了一个多小时,争来争去没有结论。钟金泽明白,大家在等他表态。他说了想法。处理金钢,一种选择是天天注射麻醉药,熬几天算几天,这样的结果,不是金钢变傻,就是孤寂地死去。第二种选择是直接注射药物,让它无痛苦地死去。大多数人选择了第二种,但是刘岩反对,钟金泽自己也反对。于是他咬了咬牙,艰难地提出了第三种选择:让金钢像个战士一样死得轰轰烈烈,具体的做法就是,像那次比武一样,让金钢扑过来,然后一枪毙命。他能为金钢做的,是把这枪打准,让它毫无痛苦。这事不能在礁盘上完成,礁上有两个救生筏,他和刘岩各划一条,刘岩带着金钢,到远处海面,让金钢从刘岩那边跳过来,半空中,钟金泽开枪。

听了这个方案,大家都沉默了。死一样的寂静。

终于,刘岩打破了沉默,提出趁着台风还没到,给自己一条筏子,他带着金钢划到西沙去。在西沙,他们都受过训练,从一个小岛漂流到另一个小岛。

钟金泽想,从南沙到西沙,和在西沙各小岛之间漂流能是一回事吗?前者的距离至少是后者的四五倍,怎么漂过去?而且现在台风就要来了……这时,他脑中电光一闪:台风!

这次台风的前奏是寒流,这几天空气变冷就是迹象。大海的海流是由冷往热流,这次寒流是从正南边的印尼过来,朝北直奔大陆。"能不能让金钢顺着海流独自漂流到西沙?"他这么一说,几个老南沙马上明白了,特别是海洋大学毕业的水文员,马上运算起来。不一会儿,方案出来了。

后天凌晨四点,寒流到礁盘,形成的海流向北,这时金钢乘上救生筏起航,随海流向北漂流。金钢在南沙海面向北漂流两天两夜,预计能走两沙海域航程的三分之二,第三天台风追过去,金钢乘坐的筏子已接近西沙海域。台风在南沙、西沙海域的交界处向东拐,尾巴要扫到救生筏,风浪就猛烈了,但风浪期也就是五六个小时,只要金钢能挺过去,再漂流十几个小时就到了西沙海域。

钟金泽马上让人查西沙海域预报,得知这两天西沙有大风浪,两天后气候能正常一周左右。而南沙这边,第二轮台风要五天后才到,这样,金钢可以在西沙海面漂浮五天。听了这个分析,大家很振奋。水文员还说,他连夜做了一个土定位仪。当场他画了个漂流航线图,除了第三天台风追上筏子,筏子东移二三十海里,总体是一路向北。

上级立即同意了这个方案:让金钢独自漂流。上级还说,把救生筏的标志弄明显一点儿,三天后,西沙那边舰艇、渔船都会加强搜救,气象如果允许,直升机也可以帮助寻找定位。听到这个消息,在场的官兵都流下了眼泪。现在的关键是,金钢醒来后能否恢复正常?

刘岩坚决要求和金钢一起漂流,钟金泽说:"要是能去,我还不自己去?不要给金钢添乱了。"刘岩也明白,等到台风追过去的那几小时,筏子各种情况都会遇到,金钢要尽全力面对。甚至筏子被巨浪掀翻,它也要死死咬住不离开,等风浪过去,它会在海上把筏子翻过来,这时有人在,反而更麻烦。

七

熄灯前,有人提出是不是把金钢捆住,怕它麻醉过后醒来还是无法恢复正常。钟金泽没有同意。他不能忍受这样对待金钢。他决定，晚上由他来陪着金钢，等它醒来。医生说，药性明早四五点才会减退，半夜里过来也不晚。钟金泽说，他还是一直守着吧，人和动物用药剂量不一样，万一它早醒呢？其实，他坚信，醒来的金钢肯定是正常的。他需要的是静静地和金钢在一起待一晚上。

天上海面两轮明月，好大好大。钟金泽坐在金钢身边，半倚着礁堡，手搭在金钢的身上，他能清晰地感受到金钢的呼吸、金钢的心跳。这次漂流，他和战士们说得很简单，其实很凶险。万一金钢不能挺过台风中的巨浪，它会像一名战士一样在搏击中牺牲。

半夜里，指导员要来替换他，他谢绝了。万一金钢有事，只有他能对付。指导员虽然也是特种兵出身，身手了得，但没有驯犬经验。等到后半夜，刘岩来了，坚持要陪陪金钢。

今天的夜空特别亮，如果不是满天满海的繁星，他简直怀疑是在白天，明月就是太阳。因为在白天他戴着太阳镜，看到的天空就是这样。看样子，明天不会太凉……

忽然，他看到金钢纵身一跃，跳进了大海。他赶紧追过去，见金钢已骑到了一条鲨鱼的背上，劈波远去。他慌了，大喊："不行，得向北方！金钢，金钢……"猛地惊醒，原来自己不知什么时候迷糊睡着了。刘岩和哨兵都站在他的身边，而金钢正用舌头舔着他的耳根。他忽地一下起来，把金钢抱住，从金钢含泪的带有歉意的眼睛中，他知道金钢清醒了。

钟金泽深情地抚摸了一下金钢的脑袋，金钢却一个激灵，接下来的眼神让他心颤。那是一种惊恐。昨天他制服金钢的时候，金钢也是这种眼神。这时，金钢露出了一种奇怪的他从未看到过的表情，是委屈？是难过？还是讨好？难道第六感觉告诉它，自己差点儿被击毙，而要开枪的，就是他钟金泽？此刻，钟金泽已没有勇气看向金钢的眼睛。

战士们都到了平台，他看了一下表。哦，该升旗了。升旗时间是太阳升起的时间。南沙的纬度在祖国的最南端，而这个礁盘，经度和北京相当。所以战士们常说，他们天天参加天安门广场的升旗。今天，除了机房值班的，所有人都参加了升旗仪式。钟金泽破例让金钢站在他的前面，离国旗最近的地方。

钟金泽仰望和太阳一道升起的国旗，认出是昨天下午凝望了好久的那面，心里一动。在队部，有几十面崭新的国旗，还有六面换下来的国旗。这些国旗飘扬的时间，多的二十多天，少的也有几天。一直被紫外线照射的，红色变淡；雨打日晒的，颜色就不均匀了；也有经历狂风巨浪的，旗面会有破损。每一面国旗，在钟金泽眼里就是一个故事，都有一种沧桑的壮美。每一个守礁士兵回大陆时，都会得到一面换下来的国旗。上次守礁六个月，钟金泽从中挑出了一起经历台风的那面国旗。

早饭后，他把金钢领到救生筏前，开始布置任务。

金钢很快明白是怎么回事，它沉默了一会儿，轻轻地用脸靠近钟金泽的腿，无声地接受了指令。钟金泽突然意识到，也许这是金钢最后一次接受他的命令。回想起这么多年一次次给它下达命令，金钢总是这么无条件地接受。

接下来，钟金泽和刘岩立即带着金钢到筏子上，开始复习漂流中的各种训练科目，包括筏子被巨浪打翻后怎么从筏子底部逃生等。金钢都熟练地完成了。

傍晚，为了让金钢好好休息、积聚体能，钟金泽给它吃了两片安眠药。

八

"三点五十五了！"刘岩提醒钟金泽。钟金泽回过神来，看了下表，告诉自己：金钢漂流出发的时间到了。橡皮筏子上，老兵按天数用绳子系好了一包包食品和软包装的饮料、淡水。绳子很牢，即使浪把筏子打翻，食品也不会丢失。用前爪配合牙齿解开绳结，是金钢干了很多年的老把式了。刘岩终于叫醒了金钢，他真不忍心。昨天的安眠药，让它睡了个好觉。

一片乌云突然从西边过来，渐渐地遮住了半边星空，也遮住了半个海面。下雨了，和自己膝盖预测的一样，是毛毛细雨，这小雨要持续两天，像是暴风雨的前兆。但对于金钢来说，在这炎热的南海海面，小雨就是甘霖。钟金泽觉得这是个好兆头，对刘岩说："送行吧。"

刘岩叫了声"金钢"，金钢晃了晃脑袋，知道自己该走了。作为饯行，刘岩拿出一个食品包，金钢熟练地打开，几分钟就把它们消灭了，而后精神抖擞地站起身、仰起头，面朝大海。

橡皮筏子已在水中，金钢跳了上去。刘岩解开缆绳。

"等一下！"身后传来一声叫喊，一听就是小周。

不知什么时候，所有的战士都站在了身后。

"金钢！"小周顺着台阶，冲到小码头上。金钢也回过身去，跳上了码头，和小周紧紧拥抱起来。

"金钢，记住，你给我好好地漂流，退伍了咱们在一起做邻居。"小周哽咽着说。

时间不等人。钟金泽假装没事人一样走下去，大声说："有什么大不了的，不就是漂流一回，还能难倒咱金钢？过了台风期，还能见面。"他的声音很轻松，像是在安慰小周，其实他是在安慰自己。

像预测的那样，海流跟着寒流准时来了。黑色的筏子一下漂了出去，五米、十米、二十米，几分钟后已到了百米之外。"是向北！是向北！"大家都欢呼起来。

一片更大的乌云过来,遮住了整个天空,海面也失去了光亮。救生筏看不见了,十二名官兵依然站着,一动不动地目送。凉凉的细雨拂打着他们的脸庞。

不知过了多久,钟金泽轻声说:"回去休息吧。"部队没有动,他又大声说了一句,"解散!"

部队还是没有动,一名战士捧出一面国旗说:"礁长,升旗的时间到了。"还是这面国旗。钟金泽马上说:"换一面新国旗。"他把战士手里的国旗接过、收好。这一面国旗,钟金泽是为金钢保存的,他坚信金钢能经得起风浪,更能完成漂流。风湿的腿告诉钟金泽,自己的岛礁生涯不会太久了。他会请求上级让他去管理那些退役的老军犬。军犬的寿命也就十五六年,在离开部队以前,他要把那些同时期守卫海疆的军犬一个个送走。

金钢再过两年也该退役了,那时他们又能在一起了。这面国旗,会帮助他和金钢一道回忆在南沙的日子。

忽然,钟金泽的心头一紧:在礁盘的边际泛起了一道道白线,凭经验,白线的距离告诉他浪高在八十厘米左右。浪突然来了,金钢的漂流将加快,而风浪还会不会加大呢?

钟金泽久久伫立在平台上,透过蒙蒙的细雨,牢牢盯着礁盘那边一道追着一道的白浪……

原刊《人民文学》第 10 期

迟到的青年

黄锦树

一

早在远洋轮毛里塔尼亚号预定抵达马六甲海峡的前三个小时,海峡殖民地政府即在新加坡笯巴港口埋伏了三百多名士兵、警察、便衣、特务,多半伪装成等待旅人的家属。为了让场面看起来逼真些,好些便装女兵、辜卡兵还从亲戚那里借来小孩,嘻嘻闹闹的,追着球或玩着风车。

这是最后的机会了。

海风格外黏稠,海鸥凄厉。某处山头上的寺庙当当当当地敲响了钟,火烧云,好似某处大森林着火了似的。

但他们一直等到天黑,船还没到,已经迟到好几个小时了。港务局联络船长,船长却说一切正常,会准时抵达。少数敏感的人发现时间好像变慢了,不论是钟还是表,每秒每分都显著迟疑。

两周前船停泊印度德里时,大英帝国即已派遣多位驻在当地的特务精锐登船，以为可以一举将他掳获。不知怎的一直没有稍微像样的消息回报。如果成功的话，早就给新加坡拍电报了；即使失败，也该发个讯息。说完全没有消息也不准确，在各站都有精锐发回电报，也许过于仓促，都只是蛛丝马迹。德里那里发出的只是个字母b，如果说是b计划，b计划不是撤离吗？但怎不见他们撤离？

但那些干员都没再出现，也别无讯息。这种死寂的情况，总部研判是凶多吉少，一般而言是全军覆没，来不及再发出任何讯息。这让军情六处大为震惊，派遣了多位高手，在船短暂停留槟榔屿时登船，但情况和在德里时类似；传出来的是bir，是鞭打（birch）吗？接着是马六甲，也一样好似什么事都没发生。只传出ds，更不知是字头还是字的屁股。内部的密码专家把这一切片断的讯息组合起来，研判应该是这一个常用字："birds"。但为什么呢？那一带鸟特别多吗？还是它象征什么？是说那人像鸟那样会飞吗？

因此情况变得相当紧急，如果那人已经逃进马来半岛阴森稠密的雨林，只怕就更麻烦了。由于驻扎在各码头的探子都回报说，没看到疑似那人下船，那种船上三等舱旅客有色人种有时达数百人，头等、二等舱就少了，不过是几个华人、白皮印度人、阿拉伯人，都是富裕的绅士。然而各码头加起来还是有二十七个可疑的男人被留置，历经彻底的搜身、严厉的审问，十七个苦力、五个商人、三个小学教师、两个小偷，都没什么嫌疑。有关方面因而研判他应该还在船上。

但那船不知为何迟迟不离开马六甲港口，好似被淤积的底泥给牢牢吸住了。

因而总督亲自拍板定案，准备把他困在星岛，好来个瓮中抓鳖。

半年前船离开利物浦时，军情处就已掌握相当准确的情报，掌握了那人的姓名、长相、衣着、化名，公开使用的身份资料等（都是多数，他的生平像是一本故事集。甚至性别、种族、身高也都不是那么确定，有时姓马，有时姓牛，有时姓杨，Anderson, Edward, Franz, Ibrahim, Mohamad, Walter……）。虽然辗转送达的照片都嫌朦胧——颗粒粗大的黑白照，有着复杂的差异。若去异存同，则可以归纳出以下特征：发黑而浓，眉眼唇都如墨染晕开，但仍看得出是个东方脸孔，像是个犹太人，有时年轻，有时衰老。过大的毛料风衣，宽大的领子反衬得头颅小，脸尖，耳亦尖，表情有旧木头的纹理。背拱起，整体上予人驼背小人躲在大衣里的感觉，仿佛畏寒。总是微微地侧着脸，也像是在逃避什么。复制的证件照，像脸谱。记者不经意拍到的照片，像是极其拙劣的印刷过度的复制品。再者是那口看起来沉甸甸的灰色方形皮箱，透过照片都可以感受到它的重量，他持皮箱的那一侧明显欹侧。除非，他是残障人士。多方讨论后，伦敦方面决定锁定这一形象，研判是个中国人，并给他取了个代号C（Chinese）。后来才知道蒋介石的情报头子戴笠研判那是个犹太人，并戏谑地给他取了个代号J（Jisus）……

其实他一开始出现就被这世间的机器之眼给捕捉到了。一年前，雪花纷纷，瑟缩在上海街头的报摊前抽烟，被一个日本密探拍下。九个月前，在北京某大学广场上激昂的大学生之间，聆听鲁迅的演讲，被某记者摄入作为背景。七个月前，神色漠然地在莫斯科开往柏林的有流放者同行的火车上，大雪纷飞。年月不详，积雪覆盖的鹿特丹码头缆绳旁，船的阴影巨大而不分明，低头若有所思，像个忧伤的印尼人。雨中伦敦的红色邮筒前仰望大钟楼，似是典型的流浪至殖民母国为家国命运发愁的青年。当资料由各地眼线和当地特务交换或交易而来，汇整到伦敦时，他已经登上往新加坡的邮轮，而且即将抵达印度。

纳粹德国情报部门最早给他取了个K的代号，且不知为何被判定为"极其危险"；同样的判断出现在莫斯科、法国、荷兰的情报部门，而后日本的相关部门也跟进了，也做出了近似的判断，切腹自杀的情报员在遗书中留下一句费解的话："时间被他偷走了。"

军情六处负责这案子的专员亨利仔细研究收集到的各种情报后，百思不得其解，为什么他们不把他抓起来呢，为什么任其流动——唯一的可能或许是，他们动不了他。

如果真是如此，那为什么？他到底会带来什么危险？

当印度的行动失败后，亨利就比较有概念了。但还是非常不具体。从欧洲的照片来看，无一不是雨雪天气下拍的。印度那里发生了什么事呢？似乎中国边境突然爆发了一场战争，北方出土了几尊南北朝时期的古佛。最令人纳闷的是，他所到之处，运输工具都变得异常缓慢。火车误点，轮船延搁了。原本四天的航程，变成六天，甚至八天，好像有什么强大的力量阻遏了移动。连飞鸟的行动都变缓慢了。海是一样的海，但似乎海水变得黏稠了，在法国和英格兰之间，有的地方冰封了。但欧洲的冬天本来就是那样，也不足为奇。

但航程中一直有人跳海自杀，列车上也有凶杀案。但那也不能证明什么，哪天没有人死，哪天没有婴儿从女人的胯下钻出来？

当蒸汽船的汽笛远远传来时，却又浓云密布，层层滚卷，像油画那样凝滞，其间有雷电闷闪。大风起，在场的人都感受到一股窒息的压迫，心微微绞痛。六个心脏功能不佳的当场发病，紧抓胸前衣襟，倒了下去。身体变得很重。首先是脚，隔着鞋子还是被地面强力吸附，寸步难移。然后是头，直欲折断掉落。海面冰封，呼啸而过的是极北的冰风，刀子似的划过。但不过一瞬间，好似打了个盹，那阵风过去后，仍是柴油味臭烘烘的日常黄昏。海的咸味、鱼的腥臭，余晖仍是暖洋洋的。旅客正常下船，三层客舱，上千的旅客。

头等舱几个东方脸孔若非日本商人，就是华人富贾，西装笔挺的，于海关都是老面孔；二等舱三等舱倒是有不少形迹可疑的中国旅客。经过一番大费周章的仔细盘查，倒是意外地抓到九个扒手、三十几个帮派分子、二十个妓女、五个间谍、两个乩童、一个唠唠叨叨不断以古语说着天启寓言的疯子。他突然得到神启，七色光打在天灵盖上。

时间或许有一刻静止了。

有的人感到有一阵凉风从身边掠过。有的仿佛有看到一个褴褛的身影。有的听到极轻或极重的脚步声。有的闻到一股酸枣的味道。有的听到细微而繁杂的鸟叫声。

但在场的所有人都有一个共通的感觉：眼前的这件事，早就经历过了，也许在昨天，也许在更久以前。然后他们都被推入某个忧郁的昨日，虽在场而不在场，且陷入深深的忧伤。

即便是在山丘上总督府用望远镜眺望的秃头总督大人，也深受冲击，深深地怀念起那不知多久前遗弃的土著女孩。那时他还是个年轻的副官，在伟大的莱佛士大人手下做事。许久以前的时光被拉到眼前，那许许多多欢愉的时刻，两副躯体几乎融成一体，什么糊涂承诺都可能在那恍惚之间从唇间说出。他清楚地感受到那瞬间，犹如钓竿有鱼上钩时被猛地扯了一下，女孩受孕了。他烈火般的种子猛地钻进她发烫的黑色太阳。然后是她挺着和身躯不成比例的大肚子，筒裙下露出孩子式的脚胫，披着行囊披散着发离去。他到了娶个体面的白人处女繁衍纯种下一代的年龄了。也许她会诅咒他吧，一如许许多多她的族人被遗弃时。突然一阵风吹来。是的，这事昨天发生过了。好似午睡时落地窗突然被拉开，猛暴的日光直照进他梦的深处，把梦底的积水朽木地衣蘑菇蛞蝓蜗牛瞬间晒得焦干。她的诅咒像影子来到他的眼前，心脏瞬间发出巨大的、间歇的响声，耳畔响起鼓声。身体倒下，像花岗岩那般重。

最清楚发现事态变化的是坡底仅有的那五家钟表店，黄昏时，师傅和学徒都发现墙上的钟有的指针逆行,有的瞬间停止,死了似的,一动也不动,怎么修也修不好。但也有死去的表突然复活了,纵使分针秒针都没了它也努力发出嘀嗒声,齿轮转动。老师傅脸色非常凝重,一直望着天际的红云。

橡胶提前进入落叶时节,宛如被喷洒了毒药似的,由南到北,叶由绿转黄,由黄转红,而后在清风里飒飒飘落。瞬间树林里仿佛万顷枯木。

数千只乌鸦哽叫着飞过海的那端。

船离开时,亨利将登船,绕过印度洋回伦敦,他也受到过去的强烈召唤。情人、母亲、私生子。

小镇昏暗的铁皮屋里一个忧愁的少女,清早被喜鹊唤醒,发现身上令人烦心的症状不见了——不再发热,不再腰酸,不再有强烈的呕吐感,感觉小肚子里空荡荡的。那个逃走的情人留下的祸害好似不见了。但她颇疑是梦,因为这样的梦做过太多次了。每次醒来,都是一场空。肚子一天天大起来,有时她甚至感觉可以听到肚子里孩子的心跳了。肚子里的孩子好似被凭空偷走了。

她依稀看到窗外一个佝偻的身影掠过,步伐黏滞,厚重如一口钟;但却像被一阵风推过似的,一小群落叶跟着他,蝴蝶似的,在小小的旋风里上下翻飞。

一觉醒来,三百只小青蛙发现自己怎么还是蝌蚪,虽然四肢长出来了,也上了岸,但尾巴没有脱落,湿答答地拖在屁股后头。

早晨的阳光斜斜照进郊外的树林,男孩俯身拨去清清流水上覆盖的层层落叶,试图捞取沟中纵游的蓝线鱼。突然他看见不远处有一个被厚重袍子包裹着的人,日光投照在他身上,焕发出淡淡的金色光芒。但更奇怪的是,他缓缓解开外套,掏出一个黑色的鸟笼。男孩听到连串叽叽喳喳的鸟叫声,笼中挤着密密麻麻的小鸟。拉开闸门,就争先恐后地扑翅飞起。看起来不像一只只,而是一团团的,鸟头钻出来后方努力散开,因此翅与翅交击,五色羽毛纷飞。像百货公司开业的场合,彩带纷飞。

那是各种颜色的小鸟,从笼中不断地吐出,往上飞到枝梢,很快占据了整片树林。

感觉天好似突然暗了下来。

他仿佛记得那人曾经从他背后走过。水中曾映照过一衰老瑟缩的身影。然而当水中再次映现他的身影时,却是个昂扬的青年了,有小鸟追随。

鸟拍动翅膀鼓起的风,有一股臊味。

那青年沿着林中小径走向山丘的方向,几只红的绿的灰的鹦哥在光穿过雾的迷离中,跟着那人沉重的脚步。

那光景,让小孩想起昨夜他突然醒来,打开窗让月光进来的情形,他突然发现,父亲离开的那个晚上,也是那样的月光。

月光大片大片地坠落,轻轻的,像白色的鸟羽。公仔书里的,天使的羽毛。

小孩的鼻水流了下来。他没注意到倒影里的自己突然白发苍苍。

不知道过了多久,他走到墓园边上。

一座巨大的陵园,独自占据了一片山坡地,在一棵大树的庇荫里。鸟飞到树上。陵园像一栋别墅,又像座希腊庙宇,白的长长的石柱,白的屋宇。石桌旁有个乌漆墨黑的人影好似在等他。靠近些,那是刚刚从第三次死亡中复活的祖,正用小刀仔细地刮除身上被大火烧出来的炭疤,一大片一大片毫不犹豫地剥下来,露出最内层血淋淋的肉,或白森森的骨头。

"你终于来了。"他勉强张开炭唇,露出烧成陶色的牙齿。炭脸上眼缝处迸出一道蛇的目光。

因为手几乎都被烧透了,炭化的指头握刀子握得很辛苦,一直掉到地上。他俯身捡时背上发出连串的脆响。

"对不起,我迟到了。"那青年说。他的声音像是回声,好像是从那个山壁传过来的。

"您要的东西我带来了。"

手提箱搁在石桌上,脱下外套,搁在石凳上。按下手提箱密码,掀开盖子,推到怪物眼前。接着屈身从诸多物件中小心翼翼地捧出一件事物,一个巨大的厚重的瓶子,不知那么小的箱子是怎么塞进去的。一个海螺般大的沙漏。瓶子里有彩色流光晃漾,很热闹的样子。沙漏是老原木的沉色,年轮化成细密的银色螺纹缠绕。他把它竖起来,满瓶金沙缓缓往下泻。

"时间开始了。"风一般的回声沙沙地说。

二

大批军警循线赶到时,墓园静谧死寂,除了那些睾固酮过量的辜卡青年杂牌军沉重的脚步声和重浊如水牛的呼气。如临大敌,他们荷枪实弹地把墓园团团围起来。大风掀起巴掌大的落叶。墙边,一只公鸡旁若无人地正骑在花母鸡背上抖动尾羽。它完事后,跃上墙头引吭啼叫,几乎所有人都发现它是独眼的。此外,情报部的专业人士专注地观察地上那些可疑的脚印,它们的大小、深浅,是什么样的鞋底留下的(令人纳闷的是,皆似无痕平底鞋,印痕轻浅),还郑而重之地摄影存证。随即,他们也发现了数十片厚薄大小不一的木炭,大的手指大小,小如指甲,均用镊子小心翼翼地收集在雪兰莪特制的锡罐里。

颇负盛名的皇家军犬查理、查尔斯和查泰莱都被从笼里放出来了,很费劲地到处闻闻嗅嗅,在那棵绿叶覆盖整座墓园的大树下,板根旁有一坨东西。只见它们突然夹着尾巴惊叫，还尿湿了自己的脚，呜呜呜地跳回军车上铁笼里。"哈利冒！"不止一个人惊呼。老虎。难怪附近连一声狗吠都没有。

几个小时前，那一带几个乡镇都发布了临时的戒严令，大量军车警车呼啸在城镇乡间小路上，树林里猿猴的啼叫示警声此起彼落，高处有鹰盘旋。这一带不曾有如此大规模的军事行动，以为有盗匪出没，因此乡镇村民难免惶恐不安，仿佛山雨欲来。

大晴天，赤道骄阳，所有人都加速淌着汗。因此当军警收队离去时，留下的除了杂沓、重叠的靴印，就是宛如小雨后的汗水泥泞，招引了一簇簇黄蝶聚吮，如痴如醉。

那青年，其实人已在数十英里外的小镇。他自己也不知道怎么一回事，在简陋如棚子的车站怎么样买车票，上了火车，窗外的景色向后移动。好像有一阵风推着他走。整趟旅程都好像是一场梦。他经历得多，但记得的少。记忆像风中蝴蝶黄色的羽翼，飞舞的碎片。他记得风雪、樱花、苹果、伏特加、俄罗斯人狼一般浓烈的体味。上了一艘邮轮，横渡大洋。茫茫的海平面没有边际。不知道为什么，一直不会忘记拎起那沉甸甸的旧皮箱，好像是它，而不是别的什么驱使着他行动。好像它是他的记忆、他的意志。但他其实并不确切记得那里头装了什么。是那皮箱，要他到那处墓园，去见那烬余重生之人，交付一个物件，及一句台词。老人的回礼他郑重地收进了皮箱，那是一节泛黄的指骨，是他前一次死亡留下来的纪念品，上头被烧尽的指甲还在极其缓慢地成长着。另一件是花苞状的陶瓶，鼻烟壶大小，木栓封口，盛着泥土。然而他也不记得了，此后左手无名指没来由地隐隐生疼，让他误以为是某次赶上车时被车门狠狠夹了一下。

记忆像供电不稳的电路，灯泡忽明忽灭；像偶然的阵雨，穿堂风。有时没来由的激烈头痛，让他不禁怀疑是不是曾遭围殴重击，或甚至被打裂了重新缝合拼接，以致多了，或缺了某些碎片。下雪时，冷风似乎可以直接穿进脑内，在里头呼啸。那是风雪的记忆。

他当然不知道，在某趟单调乏味的越洋之旅中，趁他企图把压缩多日的老粪排尽时，伪装成服务生的印度支那法国情报部门的特务，潜入他的房间，企图打开他的皮箱，却怎么也打不开。想偷走，却像巨石那样，沉得移不动，还扭伤了手。因此在情报部的档案里，他被注记为"巫师"。

他或许也不记得，那一回在另一艘横越大洋的邮轮上，他和化名阮爱国的一个越南人以流利的法文的窃窃私语，讨论如何把法国殖民者逐出印度支那，也被印支情报部的窃听高手详详细细地记录下来，即便其时风急浪大，海鸥哀叫。

又一回，在另一艘远洋轮上，他和阮爱国互相都以为对方是另外一个人，但被印支情报部的高手指认了出来，把他们对谈的内容详详细细地记录在档案里。但因为交谈是以马来语混合着粤语、闽南语进行的，不巧的是，那位窃听高手的语言能力不是很好，在他以法语记录的档案里，内容显得扑朔迷离。该记录者还小字注记说，奇怪，怎么两个大男人花几个小时眉飞色舞在讨论马来群岛的各种蛤蜊？恰好其时任职大英帝国军情五局的小说家格林也在同一艘船上，后来把他偷听到的讯息写进小说。在《问题的核心》里，他写道，两个猥琐、好色的东方男子，花几个小时在讨论世界各地不同种族不同年龄的女人。但格林在他的回忆录《逃避之路》里，却指陈说，两个神秘、好色的东方男子，其中一个疑似后来的马共头子、三面谍莱特。但如果是越南人莱特，印支的情报人员会认错人吗？

但印度支那情报部的秘密档案里，却记载着"巫师"和阮爱国，和一群海南人，在新加坡牛车水一处破落的楼房里，一边吃咖喱，吵吵闹闹中,成立了南洋一个什么党。

他当然不知道,各帝国情报部门档案里,到处都是他自相矛盾的记录。不同的长相、年龄、名字(阮爱国不是也有四十八个化名?)有时甚至记载他同时出现在好几个地方。在档案里,他被怀疑是无政府主义者。但奇怪的是,他一直没有被逮捕。零星的审问记录显示,他总是非常合作,态度亲切,说话非常有说服力。一位海关人员作证说,他亲眼看到一只迷失的金刚鹦鹉给他逗得哈哈大笑,坚持要跟他回家。而那皮箱经仔细检查,只是些私人用品,没什么危险的东西。

他甚至不记得那皮箱的来历。那时他流落在阴暗的巴黎街头小巷,一个驼背小人擦身而过,与他交换方向;但那轻轻的一碰触,即用他数百年污渍染就的旧皮箱换走了他所有的家当。珍爱的袖珍本藏书,写写删删的笔记本,不忍丢弃的分手情人感人肺腑的情书,余味犹存的指甲;寄不出去的给父亲的长函,一把拆信刀。那驼背小人有一副出土文物般的青铜面具式的脸孔,破布式的毡帽;像机械体那样,走动时,关节且发出吱吱嘎嘎金属摩擦的杂音。他似乎可以听到那小矮人空洞的里头炽热发烫的魂灵,泛着幽幽神光。

某个午夜梦回的时刻,在异乡的小旅舍里,当火车有节奏地凌虐着铁轨,窗外飞蛾白蚁绝望地扑着街灯,隔壁房间的女人兴奋得大呼小叫时,他会突然怀疑:我到底是谁?在这漫长的旅程中,到底被偷换了多少回?他甚至有一段旅行推销员的回忆,搭火车往来各乡镇间,卖各式各样他也颇怀疑其疗效的药品,治阳痿的、秃头的、妇科病的、青少年增高的。那样的旅程中,他和各色的寂寞芳心睡过,那些在婚姻内外疲惫不堪的苦命女子。他甚至记得自己当过土地测量员,和伙伴翻山越岭,经常见到老虎的粪便,及没吃完的动物尸首。那恶臭经常陪伴他。印象最深的是一只发黑肿胀的手臂,犹套着橘色鲜亮的长袖,戴着金灿灿的戒指。

但他其实不太能确定，他记得的那些，究竟是经历过的，还是从书上读来的、梦到的，还是幻想。长途旅程单调乏味，因此他成了嗜读者，不同的旅客随手留下种类、语种繁多的书。不知怎的，所有语言对他而言似乎是同一种语言。也许他不过是误读。

那一次，就在皮箱被偷换掉不久，各方情报单位同时接到密报，把他的危险等级大大提升至 X，他自己也不知道，这一回，他的容貌身形也随之剧烈地改变了，因此被那些人当成了另一个人。那段旅程，皮箱似乎也躁动不安，时常在深夜里发出震动，好似有什么东西挣扎着要爬出来似的。

从船上下来后，他什么也不看，什么也不想，仿佛是脚本身驱使他的行动。沙漏交出去后，好像有零星的记忆闪回，于是他登上了北上的老旧火车。他甚至想起父亲，映现在车窗肮脏的玻璃上（是许许多多人留下的喷嚏余渍？）那是张未老先衰、疲惫崩垮的脸。也许因为这样，那些追踪者又错过了。

那年，到车站送行的忧心忡忡的父亲，刚过中年。

那时南向的火车中途误点了，因此当他抵达南方的码头时，他想搭的那艘船已经毫不犹豫地开走了。那是艘开往中国的慢船。他临时起意扒走一位因醉酒而摇摇晃晃的胖子老外身上的船票，恍恍惚惚地上了另一艘船，让他得以穿过马六甲海峡，航向西方。但家人一直以为他回到父亲朝思暮想的祖国去了。家人后来偶尔收到他从世界各地寄来没有回邮地址的明信片，都会纳闷不已。那是头几年的事，后来，就什么讯息都没有了。家人都以为他早已客死他乡，而努力把他给忘了。他当然不知道，父亲弥留之际疯狂地思念着他，还打算把毕生努力挣钱购得的一小片土地留给他，引发了家庭风波。

那时他在巴黎国家图书馆勤工俭学，协助一位疯狂的思想家整理因反复重写、复写而纠缠不清的手稿。那手稿，混合了自古以来欧洲各国的文字，像一团团因畏惧死亡而疯狂相互缠绕的蚯蚓。那位犹太裔的发狂思想家自杀后，竟留给他一个装满手稿、海图和旧书的巨大皮箱，大到当他的棺椁都略嫌宽松。他把那礼物以三个法郎贱卖给了图书馆。

在抵达疑似家乡的小火车站时，他很惊讶，这世界似乎没有改变，还是原来的样子，他好像就回到了过去。就好像他不曾离家，或只是短暂离开一阵子。然而，循着记忆，踩着落叶，推开铁篱笆走进去，只见大门从外头锁上，锁头且已锈蚀。邮箱里信件广告满溢，掉到地面上的反复被雨打湿、晒干，粘了落叶，住了白蚁。五脚基上不只堆满落叶，还抽长着小灌木，显然人去楼空已久。他尾指不禁又隐隐作痛，皮箱重重下坠，着地时水门汀上一阵激烈震动。

就在这时，他看到那只独眼公鸡，不知道从哪里一跃而出，单足立在倚着墙的脚踏车骸骨上。

他仿佛听到耳朵深处那只蜗牛锯齿啮咬龃龉："你已不再年轻。而且，你又迟到了。"

三

头被重重撞了一下，火车急刹，疼。有人惊呼。他一恢复意识即发现有什么不对劲。车厢里空荡荡的，从不离手的皮箱竟然不见了。

只可能是同班车的人偷走的，而且那贼一定急着下车。为难的是，他搭的是二等车厢，该往左（头等），还是右（三等）呢？直觉让他往右边冲。旅客疏疏落落的，但都在往外走，莫不是到终点站了。什么都没发现。莫不是下车去了？他快步到一侧的门边，探头往外张望，没看到拎着他手提箱的人。再往另一边瞧，也没什么异状。这才察觉也许是到了终站，他也只好下车。终站只有几盏黄灯照明,但似乎也够了。原木制的凉亭并不大,恰够覆盖售票处、小吃摊、入出栅门和四张木制长椅。他发现他的行李箱竟然就搁在左边的椅子上,而且张着大嘴,被打开了。

果如所料,里头空空如也。

他像泄了气的皮球,把箱子合上,依然拎着,在检票员的催促下,出了闸门。一身卡其服的年轻检票员随着把闸门上锁,铁链粗暴地绕了过去,灯随即暗下来。只剩那两盏照着铁道的,离他现在的位置有点远了。他和那口空皮箱颓然坐在车站旁一张铁椅上,头上有一颗昏黄的灯泡,几只蛾一直在使劲撞击它。他从口袋里掏出一包烟,擦了火柴,用力吸了一口,似乎才平静下来。但即便是这包剩下不多的烟,他也没记忆,好像是别人偷偷塞给他的似的。

"阿邦。"他听到有人喊他,用马来语。是那个蓄着八字胡的年轻检票员,接下来用英语、闽南话、广东话说:"我睇你都系唐人,中意讲乜嘢话?""我不喜欢讲话。"他以华语没好气地回复,但没忘记给他递了根烟。

"其实我也是华人来的,只是外表看不太出来。可能我阿嬷那代掺得太多了。"他嘴角露出自嘲的表情,"这里是终点站,常有人不知道要去哪里就傻傻跑来这里,第一班离开这里的火车要等到天亮。这附近没有旅舍。我看你也不像坏人,如果你没地方住,可以考虑跟我回家。我家只有我和我老婆,你要住几天也可以,要明天一早离开也可以。"见他点点头,青年检票员立即从一处暗角牵出一台骨架坚挺的脚踏车,示意他坐上后座,"有点远,走路要一个多小时呢。"和他背对背,一手拎着皮箱,一手紧抓椅座,就那样摇摇晃晃在乡间小路上。

一路上,他忍不住问青年检票员,有没有看到是什么人把他的皮箱拎下火车?"好像有一个黑黑瘦瘦的印度小老头……也没看他来剪票。

有的人为了省钱，宁愿沿着铁轨走很长的路，钻铁丝网逃走。"青年检票员啰啰嗦嗦地说。他这才发现月亮大又圆。"箱子怎么被打开了？"他忍不住又问。这回隔了好一会儿才听到青年检票员的回答，内容很不可思议，"它是自己打开的。"他语调沉稳，"有一个驼背老人从里面爬出来了。他像只寄居蟹那样，快手快脚地就消失在草丛里。"

刚好下坡，两耳风声，灰暗的甘榜风景退得很快。脚踏车突然停下，青年检票员下车，也请他下车："上坡了，一起走。"

难怪皮箱里有点湿沙。他想。

"你的皮箱盖满了各国海关的章，应该是到过很多国家吧？"青年检票员喘着气，以手背擦一擦额头的汗，还解开胸前的两个扣子。他瞥见青年检票员胸前有一道弯月形疤痕，"我还没出过国呢，太年轻结婚，老婆又怀孕了。也许有一天……你的家乡在哪里呢？"

"都不记得了。"他微喘着摇摇头。

过了那长长的土坡后，就听到水声淙淙。"快到了。"青年检票员说。一路上都没遇到人，只有椰树摇曳生姿。

大而圆月之下，不远处两座山像丰满青苍的乳房，起着大雾。"这世界要大变了。"青年检票员突然发出异样的感慨，像个知识分子，"俄国革命十年了，日本鬼子在中国东北弄了个满洲国，欧洲那里好像也不平静。你一路走来，应该看了很多吧？"他踩熄烟屁股，只淡淡回了句："也无非是那样。"又走了一段路，河水变窄，水边是接连的大而平的石头如棋盘。青年检票员说："这地方你应该听过，'大象死去的河边'。"

在一颗竖起的成人高的石头旁，他仿佛看到一个皮肤深色的小女孩，抱着只不知是橘猫还是布绒老虎的玩偶。但下一刻发生的事，是全然在他预料之外的了。后脑勺好像被重击了一下，失去意识前听到青年检票员冷冷地说："非常抱歉，受人之托。我等你很久了。"他几乎能确认他

479

被关进皮箱里了,可能也被缩小了。不能动,不知道被变成了什么。皮箱在移动,有时被提着,有时被搁着。他知道,这事在很久以前就发生过了。

原刊《天涯》第6期

木 佛

冯骥才

先别问我叫什么,你慢慢就会知道。

也别问我身高多高,体重多少,结没结婚,会不会外语,有什么慢性病,爱吃什么,有没有房子,开什么牌子的车,干什么工作,一月拿多少钱,存款几位数……这你渐渐也全会知道。如果你问早了,到时候你会觉得自己的问题很可笑,没知识,屁也不懂。

现在,我只能告诉你,我看得见你,听得见你们说什么。什么?我是监视器?别胡猜了。我还能闻出各种气味呢,监视器能闻味儿吗?但是,我不会说话,我也不能动劲儿,没有任何主动权。我有点像植物人。

你一定奇怪,我既然不能说话,怎么对你说呢?

我用文字告诉你。

你明白了——现在我对你讲的不是语言,全是文字。

你一定觉得这有点荒诞,是荒诞。岂止荒诞,应该说极其荒诞。可是你渐渐就会相信,这些荒诞的事全是真事儿。

一

　　我在一个床铺下边待了很久很久。多久？什么叫多久？我不懂。你问我天天吃什么？我从来不吃东西。

　　我一直感受着一种很浓烈的霉味。我已经很习惯这种气味了，我好像靠着这种气味活着。我还习惯阴暗，习惯了那种黏糊糊的潮湿。唯一使我觉得不舒服的是我身体里有一种肉乎乎的小虫子，在我体内使劲乱钻。虽说这小虫子很小很软，但它们的牙齿很厉害，而且一刻不停地啃啮着我的身体，弄得我周身奇痒难忍。有的小虫已经钻得很深，甚至快钻到我脑袋顶里了。如果它们咬坏了我的大脑怎么办？我不就不能思考了吗？还有一条小虫从我左耳朵后边钻了进去，一直钻向我的右耳朵。我不知道它们到底想干什么。我很怕叫它们咬得千疮百孔。可是我没办法。我不会说话、讨饶、呼救；我也不知向谁呼救；不知有谁会救我。谁会救我？

　　终于有一天，我改天换地的日子到了！我听见一阵很大的拉动箱子和搬动东西的声音。跟着一片刺目的光照得我头昏目眩。一根竿子伸过来捅我，一个男人的声音："没错，肯定就在这床底下，我记得没错。"然后这声音变得挺兴奋，他叫道："我找到它了！"这竿子捅到我身上，一下子把我捅得翻了个过儿。我还没弄清怎么回事，也没看清外边逆光中那个黑乎乎的人脑袋长得什么样，我已经被这竿子拨得翻过来掉过去，在地上打着滚儿，然后一直从床铺下边犄角旮旯滚出来，跟着被一只软乎乎的大手抓在手里，拿起来"啪"一声撂在高高一张桌上。这人朝着我说："好家伙，你居然还好好的，你知道你在床底下多少年了吗？打'扫四旧'那年一直到今天！"

打"扫四旧"到今天是多少年？什么叫"扫四旧"，我不懂。

旁边还有个女人，惊中带喜地叫了一声："哎呀，比咱儿子还大呢！"

我并不笨。从这两句话我马上判断出来，我是属于他俩的。这两人肯定是夫妇俩。男人黄脸，胖子，肥厚的下巴上脏呵呵呲出来好多胡楂子；女人白脸，瘦巴，头发又稀又少，左眼下边有颗黑痣。这屋子不大，东西也不多。我从他俩这几句话听得出，我在他家床底下已经很久很久。究竟多久我不清楚，也不关心，关键是：我是谁？为什么一直把我塞在床底下，现在为什么又把我想起来，弄出来？这两个主人要拿我干什么？我脑袋里一堆问号。

我看到白脸女人拿一块湿抹布过来，显然她想给我擦擦干净。我满身灰尘污垢，肯定很难看，谁料黄脸胖子伸手一把将抹布抢过去，训斥她说："忘了人家告诉你的，这种老东西不能动手，原来嘛样就嘛样，你嘛也不懂，一动不就毁了？"

白脸女人说："我就不信这么脏头脏脸才好。你看这东西的下边全都糟了。"

"那也不能动，这东西在床底这么多年，又阴又潮，还能不糟？好东西不怕糟。你甭管，我先把它放到柜顶上去晾着，过过风。十天半个月就干了。"

他说完，把我举到一个橱柜顶上，将我躺下来平放着，再用两个装东西的纸盒子把我挡在里边。随即我便有了一连许多天的安宁。我天性习惯于安宁，喜欢总待在一个地方，我害怕人来动我，因为我没有任何防卫能力。

在柜顶上这些日子我挺享受。虽然我看不见两个主人的生活，却听得见他们说话，由他们说话知道，他们岁数都大了，没工作，吃政府给贫困户有限的一点点救济。不知道他们的孩子为什么不管他们？反正没听他们说，也没人来他们家串门。我只能闻到他们炖菜、烧煤和那个黄脸男人一天到晚不停地抽烟的气味。我凭这些气味能够知道他们一天只吃两顿饭。每顿饭菜都是一个气味，好像他们只吃一种东西。可是即便再香的饭菜对我也没有诱惑——因为我没有胃，没有食欲。

此刻，我最美好的感觉还是在柜顶上待着。这儿不阴不潮，时时有小风吹着，很是惬意。我感觉下半身那种湿重的感觉一点点减轻，原先体内那些小虫子好像也都停止了钻动，长久以来无法抗拒的奇痒挠心的感觉竟然消失了！难道小虫子们全跑走了？一缕缕极其细小的风，从那些小虫洞清清爽爽地吹进我的身体。我从未有过如此美妙得近乎神奇的感觉。我从此能这么舒服地活下去吗？

一天，刚刚点灯的时候，有敲门声。只听我的那个男主人的声音："谁？"

门外回答一声。开门的声音过后，进来一人，只听我的主人称这个来客为"大来子"。过后，就听到我的男主人说："看吧，这几样东西怎么样？"

我在柜顶上，身子前边又有纸盒子挡着，完全看不到屋里的情景。只能听到他们说话。大来子说话的腔调似乎很油滑，他说："你就用这些破烂叫我白跑一趟？"

我的女主人说："你可甭这么说，我们当家的拿你的事可当回事了。为这几样宝贝他跑了多少地方搜罗，使了多少劲，花了多少钱！"

"我没说你当家的没使劲，是他不懂，敛回来的全是不值钱的破烂！破烂当宝贝，再跑也是白跑！"

女主人不高兴了，她戗了一句："你有本事，干吗自己不下去搜罗啊。"

大来子说：“我要下去，你们就没饭吃了。”说完嘿嘿笑。

男主人说：“甭说这些废话，我给你再看一件宝贝。”

说完，就跑到我这边来，蹬着凳子，扒开纸盒，那只软乎乎的大手摸到我，又一把将我抓在手里。我只觉眼前头昏目眩地一晃，跟着被"啪"的一声立在桌上——一堆瓶瓶罐罐老东西中间。我最高，比眼前这堆瓶子罐子高出一头，这就得以看到围着我的三个人。除去我的一男一女俩主人，再一位年轻得多，圆脑袋、平头，疙疙瘩瘩一张脸，贼乎乎一双眼，肯定就是"大来子"了。我以为大来子会对我露出惊讶表情，谁料他只是不在意地扫我一眼，用一种蔑视的口气说："一个破木头人儿啊！"便不再看我。

由此，我知道自己的名字——木头人。

随后我那黄脸的男主人便与大来子为买卖桌上这堆老东西讨价还价。在男主人肉乎乎的嘴里每一件东西全是稀世珍奇，在大来子刁钻的口舌之间样样却都是三等货色甚至是赝品。他们只对这些瓶瓶罐罐争来争去，唯独对我提也不提。最后还是黄脸男主人指着我说："这一桌子东西都是从外边弄来的，唯独这件是我祖上传下来的家藏，至少传了四五代，打我爹记事时就有。"

"你家祖上是什么人家？你家要是'一门三进士'，供的一准都是金像玉佛。这是什么材料？松木桩子！家藏？没被老鼠啃烂了就算不错。拿它生炉子去吧。"

我听了吓了一跳。我身价原来这么低贱！说不定明天一早他们生炉子时就把我劈了、烧了。瞧瞧大来子的样子，说这些话时对我都不再瞅一眼，怎么办？没办法。我是不会动的。逢此劫难，无法逃脱。

最后，他们成交，大来子从衣兜里掏出厚厚一沓钱，数了七八张给了我的男主人。一边把桌上的东西一件件往一个红蓝条的编织袋里装，袋里有许多防压防硌的稻草。看他那神气不像往袋子里装古物，像是收破烂。最后桌上只剩下我一个。

女主人冲着大来子说："您给这点钱,只够本钱,连辛苦费都没有。当家的——"她扭过脸对男主人说："这种白受累的事以后真不能再干了。"

大来子眨眨眼,笑了,说："大嫂愈来愈会争价钱了。这次咱不争了,再争就没交情了。"说着又掏两张钱,放在女主人手里,说："这辛苦费可不能算少吧。"说着顺手把孤零零立在桌上的我抄在手里,边说："这破木头人儿,饶给我了。"

男主人说："这可不行,这是我家传了几代的家藏。"伸手要夺回去。

大来子笑道："屁家藏!我不拿走,明天一早就点炉子了。怎么?你也想和大嫂一样再要一张票子。好,再给你一张。大嫂不是不叫你收这些破瓶烂罐了吗?打今儿起我也不再来了。我没钱干这种赔钱买卖!"说完把我塞进编织袋。

我的黄脸主人也没再和大来子争。就这样,我易了主,成了大来子的囊中之物了。

我在大来子手中的袋子里,一路上摇来晃去,看来大来子挺高兴,嘴里哼着曲儿,一阵子把袋子悠得很高很带劲,叫我害怕他一失手把我们这袋子扔了出去。但我心里更多的是庆幸!多亏这个大来子今天最后不经意地把我捎上,使我获救,死里逃生,没被那黄脸男人和白脸女人当作糟木头,塞进炉膛烧成灰。

可是,既然我在大来子眼里这么差劲,他为什么要捎上我,还多花了一张票子?

二

完全没想到,我奇妙非凡的经历就这么开始了。

这天，我在袋子里，两眼一抹黑，好像被大来子提到了一个什么地方。我只能听到他说话。他到了一个地方，对另一个什么人说了一句兴高采烈的话："今天我抱回来一个大金娃娃了。"

我不懂这话是什么意思。

另一个人的声调很细，说："叫我看看。"

"别急啊，我一样样拿给你开开眼。"大来子说着，用他那粗拉拉、热乎乎的大手伸进袋子，几次摸到我，却都没有拿起我来，而是把我扒拉开，将我身边那些滑溜溜的瓶瓶罐罐一样样抻出口袋。每拿出一样，那个细声调的人都说一句："这还是大路货吧！"

大来子没说话。

最后袋子里只剩下我，他忽地抓住我的脖子，一下子把我提出袋子，往桌子上一放，只听那个细声调的人说："哎呀，这东西大开门，尺寸也不小，够年份啊！我说得对吧？"

这时，我看到灯光里是两个人，四只眼都不大，却都瞪得圆圆、目不转睛、闪闪发光地盯着我瞧。一个就是这个圆脑袋、疙瘩脸、叫"大来子"的人。再一个猴头猴脸，脖子很细，一副穷相，就是细声调的人。大来子叫他"小来子"。不知他们是不是哥儿俩，看上去可不像是一个娘生的。

小来子问大来子："您瞧这木佛什么年份的？"

这时我又进一步知道自己还不是叫"木头人"，而是一个更好听的名字，叫作——木佛。我对这个称呼似乎有点熟悉，模模糊糊好像知道自己有过这个称呼，只是记不起这是什么时候的事啦。

大来子说："你先说说这木佛是什么年份？"

小来子："您考我？乾隆？"

大来子："你鼻子两边是什么眼？肚脐眼儿？没长眼珠子？乾隆的佛嘛样？能有这个成色？连东西的年份都看不出来，还干这个？"

小来子一脸谄媚的神气,细声说:"这不跟您学徒吗?您告诉给我,我不就懂了!"

大来子脸上忽然露出一丝坏笑,他说:"先甭说这木佛。我给你说一个故事——"

小来子讨好地说:"您说,我爱听。"

下边就是大来子说的故事:

"从前有个老头和老婆,老两口有个儿子,娶了媳妇。儿子长年在外地干活。老头老婆和儿媳守在家。家里穷,只一间屋。老头、老婆、儿媳各睡一张小床上。老头子不是好东西,一家人在一个屋里睡久了,对儿媳起了邪念,但老婆子整天在家,他得不到机会下手。

"一天儿媳着凉发烧。儿媳的床靠窗,老婆子怕儿媳受风,就和儿媳换了床,老婆子睡在儿媳床上。这天老头子早早地睡了,换床这些事全不知道。

"半夜老头子起来出去解手回屋,忽起坏心,扑到儿媳床上,黑乎乎中,一通胡闹,他哪知道床上躺着的是自己的老婆子。老头子闹得兴高采烈时,把嘴对在'儿媳'的耳朵上轻声说:'还是年轻的好,比你婆婆强多了。'

"忽然,在他身下发出一个苍哑并带着怒气的声音说:'老王八蛋,你连老的新的都分不出来,还干这个?'

"老头子一听是老婆子,吓傻了。"

大来子讲完这故事,自己哈哈大笑起来。

我听着也好笑,只不过自己无法笑出来,心笑而已。

小来子却好像忽然听明白了这故事。他对大来子说:"您哪里是讲故事,是骂我啊!"

大来子笑着,没再说别的,双手把我捧起来放进屋子迎面的玻璃柜里，然后招呼小来子锁好所有柜门和抽屉，关上灯，一同走出去再锁好门，走了。剩下我自己待在柜里，刚好把四下看个明白。原来这是个小小的古董店铺。这店铺好似坐落在一座很大的商场里。我透过玻璃门窗仔细看，原来外边一层楼全是古董店铺，一家家紧挨着。我是佛，目光如炬，不分昼夜，全能看得清楚。我还看到自己所在的这个小店铺里，上上下下摆满各种稀奇古怪的东西。我的年岁应该很大，见识应该很多，只是曾经被扔在我原先那主人黄脸汉子的床下太久了，许多事一时想不起来。这古董店里好几件东西都似曾相识，却叫不出名字。我看到下边条案上一个玻璃罩里有个浅赭色的坛子，上边画了一些潦草的图样。看上去很眼熟，却怎么也想不起来它是干什么用的了。

过了一夜，天亮不久，大来子与小来子就来开锁开门。小来子提着热水瓶去给大来子打水，然后回来沏茶、斟茶。大来子什么也不干，只坐在那里一个劲儿打哈欠，抽烟；大来子抽的烟味很呛鼻子。

我发现这店铺确实不大。屋子中间横着一个摆放各种小物件的玻璃柜台。柜台里边半间屋子归大来子自己用，放一张八仙桌，上边摆满花瓶、座钟、铜人、怪石、盆景、笔墨以及烟缸茶具，这里边也是熟人来闲坐聊天的地方。柜台外边半间屋子留给客人来逛店。地上堆着一些石头或铁铸的重器。

我从大小来子两人说话中知道，这地方是天津卫有名的华萃楼古玩城。

过不久，就有人进来东看西看。大小来子很有经验，一望而知哪种人是买东西的，哪种人是无事闲逛；应该跟哪种人搭讪，对哪种人不理。我在这店里待了差不多一个月吧，前后仅有三个人对我发生兴趣。一个矮矮的白脸瘦子问我的价钱。小来子说："七千。"对方摇摇脑袋就走了。从此再没人来，我由此知道了自己的身价：七千元，相当高了。这店里一天最多也卖不出二三百元的东西，有的时候还不开张。看来我可能还真有点身份呢。在市场里，身价不就是身份吗？

此后一个月，没人再对我问津。可是，一天忽然一个模样富态的白白的胖子进了店，衣着干干净净挺像样。古玩行里的人一看衣着就一清二楚。邋邋遢遢的是贩子，有模有样的是老板，随随便便的反而是大老板。这胖子一进门就朝大来子说："你这儿还真够清静啊。"看意思，他们是熟人，可是这胖子一开口就带着一点贬义，分明是说大来子的买卖不带劲儿。

大来子明白，褒贬向来是买主。他笑着说："哎哟，高先生少见啊，今儿早上打北京过来的？"

高先生说："是啊，高铁真快，半个钟头，比我们从东城到西城坐出租还快。一次我从东四到西直门，赶上堵车，磨磨蹭蹭耗了一个半钟头。"接着打趣地说："今儿我算你头一个客人吧？"

"我可怕人多。人多是旅游团，全是来看热闹的，我这儿没热闹可看。这不是您告诉我的话嘛——三年不开张，开张吃三年。东西好，不怕放着。"大来子说，"您里边坐。"

高先生一边往里走，两只小圆眼却像一对探照灯，上上下下打量着店里的东西。

大来子说："听说最近你们潘家园的东西不大好卖。"

高先生说："买古玩的钱全跑到房市那边去了。肯花大价钱买东西的人少了。你们天津这边价钱也'打滑梯'了吧！"他说着忽然眼睛落在我身上。上前走了半步，仔细又快速"盯"了我三眼，这当儿我感觉这胖子的一双眼往我的身体里边钻，好像原先我身体里那些肉虫子那股劲。他随口问大来子："你柜里这个破木佛价钱不高吧？"

大来子正要开口，嘴快的小来子已经把价钱说出来："七千。不算高。"

大来子突然对小来子发火："放你妈屁，谁定的价，你敢胡说！东西摆在这儿我说过价吗？七千？那都是人家的出价，这样大开门的东西七千我能卖吗？卖了你差不多！"

小来子机灵。他明白自己多了嘴，马上换一个神气，用拳头敲着自己的脑袋说："哎呀呀，瞧我这破记性！这七千块确实是前几天那个东北人给的价，您不肯卖，还说那人把您当作傻子。是我把事情岔了，把人家的买价记成咱的卖价了。"说完，还在敲自己的脑袋。

高先生当然明白这是瞎话。这世界上瞎话最多的就是古董行。

高先生笑眯眯看着大小来子演完这场戏，便说："我也只是顺口问问，并没说要买啊！说多说少都无妨。"说着便坐下来，掏出烟，先把一根上好的金纸过滤嘴的黄鹤楼递给大来子。大来子馋烟，拿过去插在上下嘴唇中间点着就抽。我一闻这香气沁人的烟味儿，就明白高先生实力非凡。大来子叫小来子给高先生斟茶倒水。

我呢？一动不动地坐在柜里，居高临下，开始观看高先生与大来子怎么斗智斗法。我心里明白，对于我，他俩一个想买，一个想卖。却谁也不先开口，谁先开口谁就被动。于是两人扯起闲天，对我都只字不提，两人绕来绕去绕了半天，还是人家北京来的高先生沉得住气，大来子扛不住了，把我提了出来。不过他也不是等闲之辈，先不说我的价高价低，而是手一指我，对高先生说："今儿您也别白来一趟。您眼高，帮我长长眼，说说它的年份。"

谁料高先生更老练，竟然装傻，说道："你这柜里东西这么杂，叫我看哪件？铜器我看不好。瓷器陶器佛造像还凑合。"

大来子笑道："您看什么拿手我还不知道？铜佛不会找您，就说您刚才瞧上的这木佛吧，您看是嘛时候的？"

"你心里有数还来问我。你整天在下边收东西,见多识广,眼力比我强。"高先生不紧不慢地说。

"您不说是先拿我练?我说出来您可别见笑。依我看——跟我条案上这罐子一个时候的。"大来子停了一下说,"而且只早不晚。"

大来子说的罐子,就是条案上玻璃罩里的那个浅赭色的大陶罐,也正是我看着眼熟,却怎么也想不起来干什么用的那件东西。

"你知道这酒坛子什么年份吗?"高先生问大来子。

大来子一笑,说:"您又考我了。大开门,磁州窑的文字罐,自然是宋。"

高先生举起又白又胖的右手使劲地摇,连说:"这罐子虽然品相不好,年份却够得上宋。这木佛可就差得远了。"

大来子说:"总不能是民国吧。我这件东西,古玩城里不少人可都看过。年份要是不老,那天那个东北人也不会上来就出七千。当然他心里知道这东西什么分量,那家伙是想拿这个价投石问路,探探我的底。"大来子这几句话说得挺巧,把刚刚小来子编的瞎话也圆上了。

我在柜里,把他们一来一去一招一式全看在眼里,商人们的本事,一靠脑筋,二靠嘴巴,看谁机灵看谁鬼看谁会说。我从他们斗法之中真看出不少人间的学问。

高先生听了,随即笑道:"打岔了。我什么时候说是民国的东西。虽然够不上大宋,明明白白是一件大明的东西,只是下边须弥座有点糟了,品相差了些。"

大来子站起身从柜里把木佛拿出来,说:"您伸出手来?"

高先生说:"你拿着我看就行了。"

大来子执意叫高先生伸出手,然后把木佛往高先生手上一放,说:"我叫您掂一掂它的分量。"

高先生立即露出惊讶表情。大来子龇着牙说："跟纸人一样轻吧。没有上千年,这么大一块木头能这么轻？这还是受了潮的呢！再晾上半年,干透了,一阵风能刮起来。"大来子咧着嘴,笑得很得意。

高先生说："这是山西货。山西人好用松木雕像,松木木质虽然不如榆木,但不变形。可是松木本身就轻,山西天气又干,这么轻不新鲜。再说看老东西的年份不能只凭分量,还得看样式、开脸、刀口。我看这一准是大明的做法。"

大来子说："甭跟我扯这些,您看它值多少？"这话一出口,不遮不掩就是要卖了。

高先生本来就想买,马上接过话说："你要叫我出价,我和你说的那东北人一样,也是七千。"

"七千可不沾边。"

"多少钱卖？卖东西总得有价。"

"多少钱也不卖。"大来子的回答叫小来子也一怔。不知大来子要什么招数,为嘛不卖。

"那就不谈了？"高先生边说边问。

"别人不卖,您是老主顾,您如果非要,我也不能驳面子。"大来子把话往回又拉了拉。

"别扯别的,说要价。"高先生逼大来子一句。

"三个数,不还价。"大来子伸出右手中间的三个手指,一直伸到高先生面前,口气很坚决。古董行里,三个数就是三万。

高先生脸上的假笑立即收了回去,但还是打着趣说："你就等着'开张吃三年'吧。"说完他一边站起身一边说："不是什么东西都能'开张吃三年'的。古董有价也没价。顶尖的好东西,没价；一般东西还是有价的。"然后说："不行了,我得走了。今晚北京那边还有饭局,一个老卖主有几件正经皇家的东西托我出手，饭局早定好了。我得赶回去了。"说完告辞而去。

高先生是买家，忽然起身要走，是想给大来子压力。可是大来子并不拦他。

我在柜里看得有点奇怪，大来子不是想把我出手卖给他吗？干什么不再讨价还价就放他走了？

大来子客客气气把高先生送出门后，回来便骂小来子说："都是你多嘴，坏了我的买卖。"

小来子说："我嘴是快了些。可是这七千这价也是您定的啊。再说人家高先生明摆着已经看上咱这木佛了，您干吗把价叫到三个数，这么高，生把人家吓跑了？"

大来子说："你这笨蛋，还没看出来，他这是假走，还得来。"

后来我才懂得，大来子这一招叫"钓鱼"，放长线才能钓大鱼。

小来子在古董行还是差点火候。一个劲地问："叫人家高先生看上的都是宝吧？咱这木佛能值大钱吗？"

大来子没说话，他心里似乎很有些底数了。

我却忽然想到，前些天大来子把我从原先那黄脸男主人手里弄来，只花了区区一百元！古董行里的诈真是没边了。

过了一周，高先生没露面。店里却来了另外两个北京人，点名要看我，给的价很低，才三千元，还说最多是明末的东西。这两人走后，大来子说这两个人是高先生派来成心"砸价"的，还说很快就有人要来出高价了。不出所料，过了五天来个黑脸汉子，穿戴很怪，上边西服上衣，下边一条破牛仔，右手腕上还文了一只蝙蝠。进门就指着我要看，他把我抓在手里看了半天，张口竟叫出一个"惊天价"——两万块。惊得小来子冒出汗来。谁料大来子还是不点头，也不说自己要多少，只说已经有人看上我了，黑脸汉子出的价远远够不上人家的一半，硬把这黑脸汉子挡在门外。等这汉子走后，大来子说这黑脸汉子也是高先生派来的"替身"。他更得意。他看准高先生盯上我了，并从高先生这股子紧追不舍的劲头里看到我的价值。他拿准主意，一赶三不卖，南蛮子憋宝，非憋出个大价钱不可。他对小来子说："弄好了，说不定拿木佛换来一辆原装的丰田。"

一时弄得我自觉身价百倍。

我虽然只是一个"旁观者"，却看得出来，这小来子费猜了。他既不知大来子想要多少钱，也不知我到底能值多少钱。他和大来子干了好几年，没见过大来子的买卖干得这么有根、这么带劲。一天，他独自在店里，忽然两眼冒光好似如梦方醒，朝我叫道："怪不得他那天把你背回来时，说'抱了一个金娃娃！'原来金娃娃就是你！"

这一下我反而奇怪了。我是木头的，怎么会是金娃娃？

我一动不动立在玻璃柜里，虽然前后才一个多月，却已经将这各种各样的花花肠子都看得明明白白。人世间原来这么多弯弯绕、花招和骗局，假的比真的多得多。不靠真的活着，都靠假的活着，而且居然活得这么来劲儿。虽然我还是我，却在这骗来骗去中身价愈来愈高。这就是人的活法吗？更叫我不高兴的是，我既然是佛爷，怎么没人拿我当作佛爷敬着，全叫他们当成钱了？而且当作钱那样折腾起我来。

三

一天深夜，我突然发现有两个人影在店铺门口晃动，我刚才看见小来子下班离开店铺时锁了门，不知为什么这两个黑影竟然不费吹灰之力，一拧门把就推开进来。总不会是小来子给这两人留的门吧？

虽然店内关灯，但我是佛，目光如炬，一眼就看清楚走进店内的两个人。一个五大三粗,一个竟然是个光头。两人进来直朝我这玻璃柜走来,拉开玻璃柜,双手伸上来把我端出柜子。他们的目标就是我,动作又快又利索,绝不顺手牵羊拿点别的,只用块黑布把我一包就走。我给这块黑布一包就什么也看不见了。只能听到这两个人跑步的声音。

从他们的跑步声判断,他们似乎上上下下穿越过一些不同空间,有一阵还在一条有回声的通道里奔跑,后来脚步声就加入了他们急促的喘气声。他们跑到一条街上。街上有汽车声。突然,在后边不远的地方有人喊叫:"抓住他俩,小偷!抓住他们!"这两人就跑得更快。就在脚步声变得极其紧急与慌张时,忽地发出一声巨响,同时我好像被扔了出去——我确实被扔了出去——可能是抱着我的那人被什么绊倒了,我就从他手中飞了出去。在我飞行到半空时,包着我的那块黑布脱落了。我看到了自己在空中划了一条弧线,然后掉落在地上那非常惊险的一幕!当我撞在地面时,感到眼冒金星,头部和肩部像挨到重锤一样剧痛,不知自己是否被摔坏。

直到完全静下来之后,我发现刚才偷盗我的那两个人已经跑得无影无踪。两个小偷逃命要紧,顾不上我,追小偷的人也没有发现我,我被遗弃在一条深更半夜空荡荡的大街上。偶尔有一辆汽车从我身边飞驰而过,我开始害怕起来,街上一片漆黑,这些夜行车不会看见我,如果它们从我身上一轧而过,我会立即粉身碎骨。更要命的是,我不能动,只有乖乖地等待死神降临。可是我想,我不是佛吗?佛总不会和人一样的命运吧!

忽然,一道强烈的光直照我的双眼。我横躺在街上,看着它直朝我飞驰而来,而且强光愈来愈亮,一辆车!我想我完蛋了,只等着它从身上辗过,突然它竟"吱呀"一声,来个猛刹车。跟着我看见车门开了,一个人从驾驶车位下来,手里拿个电筒朝我走来。走到我跟前用电筒一照,自言自语地说："他妈的,这是什么东西?我还以为是一只死猫死狗呢,原来是一截破木头!"他抬起脚刚要把我踢到道边,忽然说:"噢?还不是破木头,一个木头人?木佛吧?老东西吧?大半夜谁扔在这儿的呢?"他想了想说:"我得把它抱回去,说不定是件古董。"

只他一个人,他自言自语,然后猫下腰把我抱起来,回到车里去。一进车门,一股很浓重很浓重的酒气扑面而来。一个人坐在车子后排座椅上发出声来:"什么东西?"声音咬字不清,像是醉了。

这人把我递给他,说:"您看吧,老板。兴许是个宝贝!"

原来车里的醉汉是个老板,抱我进车的是老板的司机。

跟着,我感觉自己躺在一个软软的热热的晃晃悠悠的怀抱里,倒是很舒服。我开始庆幸自己又一次死里逃生。只听这醉醺醺的老板对着我胡说:"你真是个宝贝,我的好宝贝吗?不、不、不,我的那些大奶子的宝贝儿们全在'夜上浓妆'呢!我怎么看不清你呢,你睁开眼叫我好好看看……"

我可真受不了他嘴里喷出的酒气。

前边开车的司机笑呵呵地说:"老板,它的眼一直睁着。您自己得睁开眼,才能把它看清楚。"

老板说:"去你妈的,多什么嘴,开你的车,天天闻你的屁味儿谁受得了?杨科长说爱放屁的司机根本不能用……"

我还没弄清楚怎么回事,老板就打起很响的鼾声睡着了。只听司机自言自语地说:"我忍了半天没放,这就叫你闻个够。"

我还是没弄清楚司机这话什么意思,只听一连串吱扭吱扭关门似的声音,一会儿就闻到一种很臭的气味从车子前边飘到后边,渐渐与酒味混在一起。这种混合的气味叫我无法忍受。我感觉我身体里边又有点发痒,是不是残存我体内的原先那些小虫子,也受不了这气味扭动起来了?

转天,我被放在一间气派又豪华的客厅里,老板坐在这里喝茶。此时的老板和昨夜在车里完全两样了。昨天衣衫不整,红着眼珠,口角流涎,满嘴胡言,横在车里像只睡熊。今天穿戴周周正正,挺着肚子,不苟言笑,脸上还有点霸气。我有点不明白,凭老板这种实力,为什么非用那个爱放屁的司机?昨天那屁味现在都不能琢磨一下,太叫人受不了了。

将近中午时候,老板家里来了两个客人。一个像曾经到华萃楼大来子店里去过的高先生,有点身份,只是头发梳得很高,抹了许多油。另一个文绉绉,肉少骨多,衣着古板,人还文气。听他们一说话,那个像高先生、头上抹油的人,老板称他"华先生"。文绉绉这位是在博物馆工作的文物鉴定员,老板称他"曲老师"。客人进来没有落座,就叫老板引到我身前,一起把我好好端详,然后才落座,饮茶,开始对我品头论足。

两位客人先说我"这件东西"不错,是"山西货",曾经施彩,甚至沥粉和饰金。虽然年深日久,但还留有痕迹。看来这二位说话比较公道,因为不是买卖关系的,没有故意褒贬。由他们嘴里我还对自己有了进一步的认识,我听后不仅吃惊,还大喜过望。他们说出我正式的名称,叫作"菩萨坐像"。他们还有根有据说出了我的年代,属于宋元物件。华先生说是元初,因为我身上已经有一点辽金以来的"野气"。曲老师却一口咬定我是宋佛。曲老师说,宋代的菩萨还没有完全"女性化",故看上去身躯有点伟岸,唇上有髭。元代就完全没有了。曲老师还说,这皮壳下边肯定有一层彩。欧洲人修这种老木器很有办法,而且是一厘米一厘米地修,能叫皮壳下边的彩绘充分显露出来,咱们的技术还不行。如果真能露出彩绘,肯定大放异彩。那就得送到欧洲去修。

二位客人中,曲老师是货真价实的专家,还常在电视台"鉴宝"节目里露面。经曲老师这么一说,那位华先生便不敢再多嘴。

老板欣喜异常，他对露不露彩绘的颜色没兴趣，只想知道值多少银子。他笑嘻嘻地用"鉴宝"节目的口气说："您给个价吧。"

曲老师说："在咱们国内真不好说，咱国内藏家的收藏不是出于爱好，大半为了升值；文化不行，审美也差，根本看不出好来。这件东西要拿到香港拍卖得大几十万。在咱国内最多十个八个吧。"

这句话把老板说得脑袋像一朵盛开的大牡丹。

经曲老师金口玉言地一说，我确而无疑地身价百倍了。你是否认为我心里也开花了呢？别忘了——我是佛，心无俗念，只望有个清幽静谧的地方，空气纯净，安全牢靠，不像现在活得这么揪心。想想吧，既然我这么值钱，下一步这大老板会拿我去做什么？这些有钱的人没好处的事绝不会干。

事情有点出乎我的意料。没想到这老板家有个佛堂。

老板娘信佛。可是他家有钱，去庙里烧香怕招事，就把"庙"请进家里，在家里建个佛堂。他家里的事老板娘说了算。家里豪华气派，佛堂更是豪华气派。佛龛、供桌、供案、供具，全都朱漆、鎏金、贴金、镶金。还花了不少钱请了北京一位书法名家题了两幅字。一幅是"佛缘"，一幅是"心诚则灵"，词儿挺俗，却刻成匾挂在迎面大墙上。佛龛里的佛除去金佛就是玉佛。听这里人说，曾经也有做买卖的关系户为了讨老板娘欢喜，使大价钱从古玩行买来几尊佛，件件够得上文物。但老板娘嫌旧嫌脏，还是喜欢自家请来的锃光瓦亮的金佛玉佛。她说她自己请来的这些佛一看就有财气。

为此，我先被老板送到曲老师的博物馆，请一位修复师把我悉心清理一番。拿回来放在佛堂一角一个又明显又不明显的地方。因为老板不知老板娘对我是否喜欢。喜欢就往前摆，不喜欢往后放。看来我和这老板娘缺点缘分。她一见到我，就用鼓眼皮下边一双挑剔的小眼睛瞅我，脸上一点笑容也没有。她不像大来子、高先生和曲老师,对我有一种欣赏的目光。她似乎讨厌我,瞥了我几眼后,只说了一句:"怎么这么破,别给我这佛堂带进虫子来。"

老板说:"这尊佛一千年,哪能囫囵个儿。我已经请曲老师用了他们博物馆从英国进口的最先进的防虫药。"事后,老板就叫人把我挪到供案左边另一尊佛弟子阿难立像的后边。我心想,不管立在哪里,安稳就好。

老板娘不喜欢我,我也不喜欢这肥婆。虽说她信佛敬佛,一天早晚两次来佛堂磕头烧香之外,碰到任何大小麻烦都还要跑到佛堂来念叨一番,把头磕得山响,求我们帮助。于是我知道他家哪只股票要跌,哪个楼盘钱顶不住,哪个领导软硬不吃,哪个亲戚赖钱不还,再有就是老板近来又夜不归宿了。她把她恨谁、咒谁死也告诉我们,叫我们帮她。哪有佛爷管这件事的?我又想了:人间信佛礼佛敬佛拜佛,都是为了自己这点屁事、这点好处吗?

一天,老板把城南大佛寺的住持请来,请他指点一下我们这佛堂的摆设是否合乎规制,还缺什么。老板与这位住持闲话时说的话,我也全听到了。

老板问道:"到您庙里去的善男信女多吗?"

住持见左右无人,说出点实话:"现在哪还有几个真正的善男信女?都是烧香磕头来的。拜佛都是求佛。把自己解决不了的事推给佛爷。"

老板说:"都是些什么人?"

住持立即回答:"六种人。"

老板:"噢,您都归纳好了,哪六种?说说看。"

住持开口便说:"第一种是得重症的,生死未卜,来求佛爷。第二种是高考的学生,前途未卜,来求佛爷。第三种是你们做买卖的,盈亏未卜,来求佛爷。对吗?"

老板:"没错。第四种呢?"

住持接着说:"第四种是女人没有孩子,身孕未卜,也求佛爷。第五种是每次官员换届时,前程未卜,来求佛爷。官员都是偷偷来,自己一个人,连秘书也不带,悄悄来烧香磕头,完事低着头走掉。第六种,你猜是谁——"

老板想了想,说:"我怎么知道?"

住持说:"去比赛的足球队员,赢输未卜。一群壮汉一起来磕头、求佛。"住持跟着又说一句:"你想想,这六种人加在一起,每年到庙里会有多少人,香火还能不盛?"

这话叫老板听了哈哈大笑。一时我也笑,满佛堂的佛都大笑起来。

其实我们这些佛都只是心里笑。既无声音,也无表情。对人间的各种荒唐无稽,从来都是淡然相对,心怀悲悯,可怜世人的愚顽。

四

我终于没能在佛堂中待住。一天,老板那个爱放屁的司机把我从供案抱下来,放进一个讲究得有点奢侈的金黄色的锦缎盒中。我进了盒子里就什么也看不见了。我感觉自己被放在汽车里,开出了老板家。听说话车里还是老板和司机两个人,装着我的盒子就放在老板身边。他们要把我送到哪儿去,拍卖吗?

虽说佛主天下,我却不能做自己的主。谁有钱谁做我的主。本来佛是人想出来,造出来,给人用的。可是人们为什么还要给佛磕头,这事是不是太过离奇?

我听见老板说话的声音:"我还是不甘心把它送给这陈主任,毕竟几十万啊!"

司机的声音："人家批给您一个工程能赚多少钱？人家不是没给您帮过忙。当初把市里盖那个大剧院的活儿给您之前，甭说这一个佛，五个佛您也送了。再说这个佛是咱在大街拾的，白来的。"

老板说："哪是拾的？是天上掉的馅饼。要拾，怎么不叫别人拾到？"

司机说："您要不早早送出去，哪天叫您太太拿出去卖了，她还叫我用手机拍下来去打听价钱呢。卖了钱也到不了您手里。"

老板说："她怎么这么不喜欢这个佛？"

司机说："人家不喜欢旧的，喜欢新的呗！我也看着佛堂里那些金佛玉佛漂亮。如果不是曲老师说值几十万，您会喜欢吗？谁会喜欢旧的？谁不爱值钱的？"

老板说："那就不知道这陈主任懂不懂了？"

司机说："您会用得着为他操心？他秘书打一通电话，能把咱们市里最懂行的专家都叫去。不管懂不懂，懂得值大钱就行。"

老板忽说："他会不会把那个搞电视'鉴宝'的曲老师也找去？"

"肯定会！"司机说，"曲老师懂市场行情，能定价啊。"

老板说："那就坏了，曲老师就会知道咱把这木佛送给陈主任了。"

司机的笑声。他说："这您就不知道了，曲老师为嘛懂得行情？他整天在外边也折腾古董，搞钱。现在的专家哪个不憋足劲儿搞钱？您是用能耐搞钱，人家用学问搞钱。如果这佛叫曲老师沾上，美死他了，他准会使点法子，从这佛爷身上搞出一大笔钱来呢。您怕他把您说出去？他才不会呢。闷声发大财嘛。"

"是啊！"老板说，"他可以给陈主任介绍个大买家，做中间人。"

司机说："赚钱的法子多着呢，只有我靠卖苦力搞钱。"

他们笑起来。

我在盒子里一听,原来那个博物馆的专家和这些买卖人并无两样,甚至更厉害了:一边在电视上捞名气,一边在市场上捞钱。

两人在车里正说得热闹。老板忽说:"你怎么又放屁了?"

我听了一怔,并没有闻到那天那种奇臭。我马上想到我被严严实实关在锦盒里边,而且锦盒里有一种樟木的香气。我为自己感到庆幸。只听司机说:"我糖尿病吃的药拜糖平,就是屁多。十年前我刚给您开车时哪有屁?我的糖尿病就是天天晚上在酒店饭馆歌舞厅陪着您应酬吃出来的。"

老板的声音:"你小子天天在车里放屁熏我,居然还怨我,哪天我找个没糖尿病的司机把你换了!"

司机的声音有点发赖:"老板您舍得换我吗?我管不住屁眼却管得住嘴,这么多年这么多事,您哪件事哪个人名哪句话从我嘴里漏出去过。您心里有数。哎,老板,现在马上没味了,我已经打开'送风'了。"

老板的声音:"送什么风,开车门吧,咱们到了。"

当锦盒被打开,我被拿出来放在桌上,来不及弄清这是什么地方,只见眼前站着三个人,其中一个是老板,但他靠边靠后站着。中间一人倒背着手,沉着脸看着我,那神气好像他是佛。他身边站着一个年轻人,肯定是秘书了。中间那人一动不动站着,呆呆瞧着我,似懂似不懂,他也不表示喜欢与否,站了一会儿便转过身向右边另一间屋子走去,老板和秘书马上跟在他的后边一起走去;好像他走向哪里,别人就得跟着走向哪里。他大概就是陈主任了。

在他们走进另一间屋子之后,由于距离太远,我就听不清他们说些什么了。能听到都是"喝茶、喝茶",过一会儿还是"喝茶"。又过些时候,老板似乎告别而去,他走时没经过我这间屋子。看来我被陈主任留下了。随后那年轻的秘书走进来,重新把我放进锦盒,轻轻关好。我好像被拿到什么地方放好,跟着我听见关柜门和上锁的声音。

我以为从此要过一阵"深藏秘室"的绝对平静的生活。我想得美!只过了几天时间,我就给从锦盒里拿出来放在桌上,陈主任陪着一个人对着我瞧。这人并不是曲老师,刚才秘书向陈主任来报客人姓名时,说是"北京嘉宝拍卖行的黄老"。我想,陈主任是不是行事谨慎,刻意回避了曲老师这类本地人?黄老的年纪总有六十开外,谢顶,衣装考究,气度不凡,陈主任一口一个"黄老"称呼他,口气似很尊敬。他对我看得十分仔细,还几次用"不错"两个字夸赞我。在陈主任到另一间屋接听电话时,他紧盯着我胸前的璎珞与飘带细看,忽然脸上露出极其惊讶的表情,好像发现了宝物。等陈主任听过电话回来,这黄老立刻把脸上惊讶的表情收了回去,对主任只淡淡说了一句:"东西不错,您要想出手就交给我吧。"

陈主任说:"交给你我自然放心。"

黄老说:"您的东西不上拍为好,我拿到香港去找买家。国内买家大都是土豪,只认鎏金铜像,要讲看历史看文化看艺术还得是人家欧洲人,肯出高价的也是人家。"

陈主任说:"东西太老不能出关吧?"

黄老笑得露出牙来。说:"您下次去香港到荷里活老街那些古玩店看看就明白了,汉俑魏碑唐三彩,全是新出土的。只要肯出钱,什么东西都能出去。不单能出去,您要是咱大陆的人,在那儿买了几件东西还不用自己往回带,自管回来后到北京潘家园这边来取。"

陈主任听得瞠目结舌,说:"那就交您全权去办吧。"

黄老说:"那好,别的事我就和小袁秘书说吧。"说完便告辞而去。我就被装进锦盒再装进他座驾的后备厢里。

自从离开天津,我便找不到北了。

我被转手好些地方，经手好多拨人，至少被十五六个人看过，而且是在各式各样的环境里，高贵讲究的，粗俗不堪的，一本正经的，文气十足的。我对什么样的环境毫不在意，这都是人间的各种把戏，我只求一己的清净。

我的转机出乎我的意料！

那天——我也不知自己在什么地方。一个外国人拿着一大一小两个放大镜仔细打量我。外国人这么看佛吗？我第一次看到外国人，他脸上的胡子修理得很干净，根根见肉；牙齿像瓷器那么光滑透亮，金丝边的眼镜框后边一双蓝色的小圆眼珠专注地看着我。他那股认真劲儿给我一种好感。他有一个翻译，把他的话翻译成中文，说给我当时的经手人徐经理听。他说我身上刀刻的线条很深，刀法简练有力，只有宋人才有这么好的刀法。徐经理只是连说："是、是、是。"这个外国人又说一句："这种刀法，很像你们宋代北宗山水画使用的中锋的线条，非常有力，非常优美。"他跷起大拇指。

徐经理只是点头，赔笑，说是。看来他没太听明白。难道中国人对自己的好东西还不如外国人懂？

当这外国人看到我胸前的璎珞和衣衫，也和当时北京嘉宝拍卖行的黄老一样露出同样惊讶的表情，他轮番用大小两个放大镜一通看，最后开始与徐经理谈价钱。那些话即便有翻译，我也听不懂了。

为了我，这个外国人至少到徐经理这儿跑了三趟。最后他们开始对我进行精细的包装，当一些有弹性的细绵纸把我小心翼翼地缠绕起来后，我就什么也看不见、听不到了，我只能随遇而安了。

过了很长的时间，当我被从一层又一层包装中取出来后，我看到许多稀奇古怪的脸，红的、黑的、白的、满是毛的，全是外国人对着我惊奇地张着嘴，其中一个竟然用不流畅的中国话对我说："欢迎你来到德国德累斯顿温格艺术博物馆。"然后他们一同露出很友好的笑容。

他们不会相信我一个"木头人"能听见他们的话吧。我呢？则是惊讶自己的奇遇，我居然来到一个从来没有佛也不信佛的世界中来。这样会更糟糕吗？我还会碰到怎样更惊险和古怪的遭遇吗？

想不到吧，我现在已经是德累斯顿温格艺术博物馆的骄傲了。

这里边有一个重要原因连我也不曾料到。在我一连串匪夷所思的经历中，只有三个人曾经看到藏在我身上的奥妙。最早是那位搞"鉴宝"的曲老师，后来一个是北京嘉宝拍卖行的黄老，最后一个是把我"买"到德国来的那个外国人。他们都发现到我身体一层皮壳下边，还保存着一些宋代彩绘的颜色。在我进了德累斯顿的博物馆后，他们请来一些修复古物的高手，动用了很多高科技，将我身上一些没有价值的表皮和污迹，一点点极其小心地除掉，这样前后居然干了半年。我没想到他们在我身上下了那么大功夫，却渐渐将皮壳下边一千年前的色彩，美丽的朱砂、石绿、石青、石黄五彩缤纷地显露出来，叫我古物重光，再现当年的辉煌。连我自己看了都大吃一惊。好像我穿了一件无比尊贵的华服！原来我竟是这般惊艳！哈哈哈哈，大来子、高先生、老板、陈主任要是见了，准要后悔不迭、捶胸顿足呢！我最初那个黄脸男主人说不定还要跳河呢！

我现在就在温格博物馆 B 区亚洲古代艺术一展厅的正中央。他们给我量身定制一个柜子。柔和的灯光十分考究又精妙地照射在我身上。最舒服的是柜子里边的空气，清爽滋润，如在深山。柜子的一角有各种仪表，可以保证这种舒适无比的温度和湿度一直不变。最神奇的是，原先我体内那些肉虫子好像全死光了，再没有任何刺痒。最美好的感觉还是站在玻璃柜前的人们都在欣赏我、赞美我，没人再想打我的主意，拿我赚钱。

我应该从此无忧无虑了吧。可是渐渐我忽然有点想家，有点彷徨和失落，有点乡愁吧。可是我的家又在哪儿呢？大来子的古玩城还是那个老板家的佛堂？我是佛，一定来自一处遥远的庙宇或寺观，那么我始祖的寺庙又在哪里？

原刊《北京文学》第 11 期